6

120회본을 시사 詩詞까지 완역한

원본

수호전

6

시내암 지음
송도진 옮김

글항아리

차 례

간통[1]

채경이 무학에서 얼굴을 쳐들고 집 귀퉁이를 쳐다보면서 자신의 병법 강론을 듣지 않는 한 관원의 이름을 물었다. 그는 나전羅戩으로 원적은 운안군雲安軍 달주達州[2]였고 현재는 무학유武學諭[3]를 담당하고 있었다. 채경이 분노가 가슴에 가득 차 막 화를 내려고 하는데, 천자의 어가가 당도했다는 보고가 들어왔다. 채경은 결국 화내는 일을 그만두고 백관을 거느리고 어가를 영접했다. 모두들 배무를 하고 만세를 세 번 불렀다. 도군 황제가 병법 강론을 마치자 무학유 나진은 채경이 말하기를 기다리지 않고 먼저 앞으로 나아가 엎드려 아뢰었다.

"무학유 신 나전이 만 번 죽음을 무릅쓰고, 회서淮西[4]의 강도 왕경王慶이 반

1_　제101회 제목은 '謀墳地陰險産逆(음흉하게 묏자리를 빼앗더니 역적을 낳다). 踏春陽妖艷生奸(봄날 노닐다가 요염한 년과 간통하다)'이다.

2_　『송사』「지리지·지리5」에 기주로夔州路에 달주가 있다고 했다.

3_　무학유武學諭: 관직 명칭. 남송 고종高宗 소흥紹興 16년(1146) 무학武學을 중건하면서 1명을 설치했는데, 무거武擧(과거 시험 과목) 출신이 담당했다. 병서, 궁마弓馬(활쏘기와 말 타기), 무예를 학생에게 가르쳤다.

4_　회서淮西: 『수호전전교주』에 따르면 "회서는 송대 행정구역인 회서로淮西路가 아니다"라고 했다.

역을 일으킨 정황을 폐하께 아룁니다. 왕경이 회서에서 반란을 일으킨 지 5년이 되었는데, 관군이 감히 대적하지 못하고 있습니다. 동관과 채유蔡攸5가 성지를 받들어 토벌하러 회서에 갔다가 전군이 몰살당했습니다. 죄가 두려워 은닉하고 는 군사들이 기후 풍토가 맞지 않아 잠시 전쟁을 멈추었다고 폐하를 속이면서 큰 우환을 키우고 있습니다. 왕경의 세력은 더욱 사납게 날뛰어 지난달에는 신의 고향인 운남군을 공격해 격파하고 함부로 노략질과 살인을 저지르고 있는데 그 잔인하고 악독함을 차마 말로 할 수가 없습니다. 지금 그들은 8개의 군주軍州와 86개의 주현州縣을 점거하고 있습니다. 채경은 천자를 보좌하여 나라를 다스리면서 자신의 아들 채유가 군을 전멸시켜 나라를 욕되게 하고 군대에 손실을 입혔는데도 오늘 어가가 당도하기 전에 오히려 윗자리에 위엄 있게 앉아서는 병법을 강론하고 큰소리치며 조금도 부끄러워하지 않고 있으니 미쳐서 판단력을 잃은 듯합니다! 바라건대 폐하께서는 속히 채경 등 나라를 그르친 적신賊臣들을 주살하시고, 장수를 선발하고 군대를 일으켜 역적을 섬멸하여 도탄에 빠진 백성을 구제한다면 사직을 무한히 보전할 수 있을 것입니다. 이같이 한다면 신민들에게 매우 다행일 것입니다! 천하도 심히 다행일 것입니다!"

도군 황제는 나전의 상주를 듣고 크게 노하여 채경 등이 숨기고 비밀로 한 죄를 크게 꾸짖었다. 하지만 채경 등은 교묘한 말로 꾸며대어 천자는 즉시 처벌하지 않고 궁으로 돌아갔다. 이튿날 박주亳州 태수 후몽侯蒙6이 동경으로 와서 인사이동을 기다렸는데, 상서를 올려 동관과 채유가 군대를 잃고 나라를 욕되

5_ 채유蔡攸: 채경의 장자로 『송사』 「간신전姦臣傳」에 그의 열전이 있다.

6_ 『송사』 「후몽전侯蒙傳」에 따르면 "송강이 동경 동쪽 지구를 약탈하자 후몽이 상서를 올려 말하기를, '송강을 비롯한 36명이 제齊와 위魏 땅에 횡행하는데 관군이 수 만 명에 이르지만 감히 대항하는 자가 없으니 그 재능이 필시 남보다 뛰어나다 할 수 있습니다. 지금 청계青溪(저장성 춘안淳安)에서 도적이 일어났으니 송강을 사면하여 방랍方臘을 토벌하는 것으로 속죄하게 하는 것이 낫습니다'라고 했다. 황제가 말하기를 '후몽이 밖에 있으면서도 군주를 잊지 않으니 충신이로다'라고 했다. 후몽을 동평부東平府의 지주知州로 명했으나 부임하지 못하고 사망했다. 그의 나이 68세였다"고 했다. 박주亳州는 지금의 안후이성 보저우亳州다.

게 한 죄를 직언했다. 아울러 천거하면서 말했다.

"송강 등은 재능과 지모가 남들보다 뛰어나 여러 차례 뛰어난 공로를 세웠습니다. 요나라를 정벌하고 돌아왔으며, 또 하북을 평정하여 지금 개선가를 울리며 회군하고 있습니다. 지금 왕경이 창궐하고 있으니 바라건대 폐하께서는 칙령을 내리서서 송강 등이 앞서 거둔 공을 포상하시고 이들 군마로 회서를 토벌하게 하신다면 틀림없이 큰 공을 세울 것입니다."

휘종 황제는 비준하고 즉시 성원에 성지를 내려 송강 등에게 관작을 봉하는 일을 의논하게 했다.

성원관은 채경 등과 상의한 다음 천자께 아뢰었다.

"왕경이 원주宛州7를 격파했고 어제는 우주禹州8·재주載州·내현萊縣 세 곳에서 위급을 알리는 공문이 올라왔습니다. 이 세 곳은 동경에 소속된 주현으로 동경과 이웃하여 가깝습니다. 바라건대 폐하께서는 진관과 송강 등에게 칙령을 내려 동경으로 회군하지 말고 군마를 통솔하여 밤새 우주 등으로 가서 돕게 하십시오. 신 등은 후몽을 행군참모行軍參謀로 천거합니다. 그리고 나전도 평소에 군사적 책략이 있으므로 후몽과 함께 진관의 군대로 가서 명을 듣게 하십시오. 송강 등이 지금 정벌중이기 때문에 관작을 내리기가 불편하니 회서를 정벌하고 개선하여 돌아오면 다시 상과 작위를 의논하는 것이 좋겠습니다."

원래 채경은 왕경의 병사들이 강하고 장수들이 용맹한 것을 알고서, 동관·양전·고구와 계책을 상의하여 고의로 후몽과 나전을 진관에게로 보낸 것이었다. 송강 등이 대패하게 되면 후몽과 나전도 벗어날 곳이 없게 되므로 그때 일망타진할 생각이었다.

7_ 원주宛州: 지금의 허난성 난양南陽이다. '宛'의 음은 'yuan(원)'이다.
8_ 우주禹州는 지금의 허난성 위저우禹州.

장황한 말은 그만두고 본론으로 들어가서, 네 적신의 건의를 도군 황제는 모두 비준했다. 성지를 내리고 칙령을 적어 후몽과 나전에게 칙령과 함께 상으로 하사할 금은·비단·의복·갑옷·말·어주 등의 물품을 가지고 그날로 하북의 송 강에게 가지고 가서 알리게 했다. 또 하북의 새로이 회복한 각 부의 주현에 결 원이 발생한 보좌 관원들을 속히 보충을 추진하여 기한에 맞춰 밤새 달려가 부 임할 수 있도록 칙령을 내렸다. 도군 황제는 정무를 마치고 왕보王黼와 채유의 권유로 간악艮嶽9으로 유람을 떠났음은 더 이상 말하지 않겠다.

한편 후몽은 조칙과 장병들에게 하사할 물품을 수레 35량에 가득 싣고 동경 을 떠나 하북으로 출발했다. 길에서는 별 다른 일은 없었고 며칠 만에 호관산과 소덕부를 지나 위승주로 갔다. 성에서 20여 리 떨어진 곳에서 역적 수괴를 압송 해오고 있던 송 군대를 만났다. 송강은 회군하라는 칙령을 먼저 받았는데 마침 그때 경영이 모친의 장례를 치르고 돌아왔다. 송강은 경영 모녀의 지조와 효행, 섭청의 절개와 의리, 역적의 수괴를 사로잡은 공, 교도청과 손안 등이 조정에 귀 순한 일, 공적 있는 사람들의 일을 조정에 상주하는 표문을 자세히 적고는 장 청·경영·섭청에게 군사를 이끌고 역적 수괴를 압송하여 먼저 가게 했다. 그때 장청은 앞서가다가 도중에 후몽과 나전을 만났고 인사를 마쳤다. 장청은 사람 을 보내 진 안무와 송 선봉에게 이 소식을 보고했다. 진관과 송강은 장수들을 이끌고 곽까지 나와 영접했고, 후몽 등은 성지를 받들고 성으로 들어가 용정龍 亭10과 향안香案을 늘어놨다. 진 안무와 송강 이하 여러 장수는 질서정연하게 북 쪽을 향해 무릎을 꿇고 절을 올렸다. 절을 마치자 후몽은 남쪽으로 향하여 용 정 왼편에 서서 조서를 낭독했다.

9　간악艮嶽: 원림園林 건축물 가운데 하나로 송나라 때 유명한 궁원宮苑이다. 휘종 정화政和 7년(1117) 에 건축하기 시작해 선황宣和 4년(1122)에 준공되었다. 처음에는 만세산萬歲山이라 했는데, 이후에 간악으로 이름을 바꾸었다.

10　용정龍亭: 향정香亭을 말한다. 채색 비단으로 아름답게 꾸민 정자 모양을 만들어 향로를 담은 것을 말한다.

'제제制: 짐이 하늘을 공경하고 선조를 본받아 제업帝業을 계승하고 있는 것은 오로지 출중한 다리와 팔 같은 신하들이 대업을 보좌하며 돕고 있는 덕분이다. 그러나 근래에 변경에서 일이 많이 발생하여 국운이 편안하지 못했는데, 선봉사 송강 등이 산을 넘고 물을 건너 험난함을 뛰어넘어 먼저 오랑캐를 평정한 공을 세운 다음에 또 도적을 잠재우는 업적을 이루었다. 짐은 실로 갸륵하게 여기며 그대들에게 의지하노라. 지금 특별히 참모 후몽에게 조서를 받들게 하여 안무 진관과 송강·노준의 등에게 금은·비단·명마·갑옷·어주 등을 하사하여 그 공을 표창하노라. 이번에 또 강도 왕경이 회서에서 난을 일으켜 짐의 성을 뒤집어 엎고 백성을 살육하며 변경을 약탈하고 서경西京[11]을 동요시키고 있다. 칙령을 내려 진관을 안무, 송강을 평서도선봉平西都先鋒, 노준의를 평서부선봉, 후몽을 행군참모에 임명하니, 조서가 당도하는 날 즉시 군마를 통솔하여 먼저 원주로 달려가 구원하도록 하라. 그대 장사들이 협력하고 충성을 다해 소탕하여 평정한 공을 아뢰면, 관작을 봉하고 상을 내릴 것이다. 삼군 두목들에게 내리는 상이 충분하지 않거든 진관은 하북 주현의 넉넉한 창고에서 더 내어 상을 내리고 장부를 만들어 아뢰도록 하라. 그대들은 공경할지어다! 이에 알리노라.

선화 5년 4월 모일.'

후몽이 조서를 낭독하고 나자, 진관과 송강 등은 만세를 세 번 부르고 두 번 절하며 천자의 은혜에 감사했다. 후몽은 금은과 비단 등을 가져와 차례대로 각기 나누어줬다. 진 안무와 송강·노준의에게는 각기 황금 500냥, 비단 안팎 옷감 10벌, 비단 전포 한 벌, 명마 한 필, 어주 2병이 하사되었고, 오용 등 34명에

11_ 서경西京: 『송사』 「지리지·지리1」에 따르면 "서경은 당 현경顯慶(656~661, 당 고종高宗 연호) 연간에 동도東都가 되었고 당 개원 뒤에 하남부河南府로 변경했으나 송나라 때 서경이 되었다"고 했다.

게는 각기 백금 200냥, 채색 비단 안팎으로 4벌, 어주 1병이었으며, 주무 등 72명에게는 각기 백금 100냥, 어주 1병이 하사되었다. 나머지 장병들에게도 금은이 하사되었다. 진 안무는 여러 주현에서 재물을 충분히 모아 군병들에게 나누어줬다. 송강은 다시 명을 내려, 장청·경영·섭청에게는 전호·전표田豹·전표田彪를 경사로 압송하고 포로를 바치게 했다. 공손승이 아뢰어, 오룡산의 용신龍神 사당에 있는 다섯 마리 용의 형상을 수리해달라고 요청했다. 송강은 허락하고 장인을 보내 손질하게 했다.

　송강은 대종과 마령을 각지의 성을 지키는 장수들에게 보내 새로 임명된 관리가 당도하는 대로 즉시 교대하여 병력을 점검하고 왕경을 토벌하러 오라는 명을 알리게 했다. 송강이 군사 사무를 처리하는 며칠 동안, 각처에 새로 임명된 관리가 모두 당도했고, 성을 지키던 장수들이 군병을 통솔하며 잇따라 도착했다. 송강은 상을 나누어주고, 소양과 김대견에게 전호를 토벌한 일을 새긴 공적비를 만들게 했다. 마침 5월 5일 천중절天中節(단오절)이 되자 송강은 송청을 시켜 연회를 크게 열고 태평을 경축했다. 진 안무를 청하여 상좌에 앉히고, 신임 태수와 후몽·나전 그리고 주위 보좌 관원들을 그다음 자리에 앉혔다. 동경으로 상경한 장청을 제외한 송강 이하 107명 두령과 하북의 항복한 장수 교도청·손안·변상 등 17명의 장수들이 질서정연하게 양쪽으로 배열하여 앉았다. 연회에서 진관·후몽·나전은 송강 등의 공훈을 칭찬했고, 송강과 오용 등은 세 사람이 자신들을 알아준 것에 감격했다. 혹은 조정의 일을 논하기도 하고, 혹은 충정을 하소연하면서 술잔을 주고받았다. 등촉을 휘황찬란하게 밝혀놓고서 한밤중까지 마시다가 비로소 흩어졌다. 이튿날 송강은 오용과 계책을 의논하고 병마를 점검한 다음 주 관원들과 작별하고 진관 등과 함께 위승을 떠나 남쪽을 향해 출발했다. 지나는 지방마다 터럭만큼도 백성을 범하지 않았으며, 백성은 끊임없이 길에 나와 향과 꽃, 등촉을 밝히면서 송강 등이 도적을 제거하여 백성이 다시 밝은 세상을 볼 수 있게 해준 은혜에 절하며 감사했다.

송강 등이 남쪽 정벌에 나선 것은 더 이상 말하지 않겠다. 한편 몰우전 장청은 경영·섭청과 함께 전호 등을 죄수 싣는 수레에 싣고 압송하여 동경에 당도했다. 먼저 송강의 서신과 황금, 진주, 노리개를 숙 태위에게 바쳤다. 숙 태위가 천자에게 전달하자 천자는 경영 모녀의 지조와 효성을 크게 칭찬하고는 칙령을 내려 경영의 모친 송씨에게 '개휴정절현군介休貞節縣君'을 추증하고 개휴현의 유관 부서로 하여금 사당을 짓고 그 정절을 표창하고 봄가을로 제사를 지내게 했다. 또 경영을 정효의인貞孝宜人, 섭청은 정배군正排軍[12]으로 봉하고 백은 50냥을 하사하여 그 의기를 표창했다. 장청은 원래의 직무로 복귀하게 하고, 세 사람이 송강을 도와 회서를 토벌하는 공을 세우면 승진시키고 상을 주기로 했다. 도군황제는 법사法司[13]에 칙령을 내려 반적 전호·전표田豹·전표田彪를 저자거리로 끌고 가 능지처참에 처하도록 했다. 경영은 부모의 초상을 들고 가서 사형 집행을 감독하는 관원의 허락을 받아 부친 구신과 모친 송씨의 초상을 사형장에 걸어놓고 그 앞에 탁자를 놓았다. 오시午時 3각이 되어 전호가 능지처참을 당한 뒤 경영은 피가 뚝뚝 떨어지는 전호의 수급을 탁자에 놓고 부모에게 제사를 지내며 대성통곡했다. 이때 경영의 자초지종에 대한 이야기가 동경에 두루 퍼진 상황이라 그날 구경하러 온 사람들이 담장처럼 에워쌌다. 경영이 슬퍼하며 통곡하는 것을 보고는 감동하여 눈물을 흘리지 않는 자가 없었다. 경영은 제사를 마치고는 장청·섭청과 함께 궁궐을 향하여 절하며 은혜에 감사했다. 세 사람이 송강을 도와 왕경을 토벌하기 위해 동경을 떠나 원주를 향해 출발했음은 더 이상 말하지 않겠다.

이 회의 제목을 잘 기억해두고 자세히 듣기 바랍니다. 왕경이 어려서부터 장

12_ 배군排軍은 원래 한 손에 방패를 들고 다른 손에 모矛를 잡는 사졸을 가리켰다. 이후에는 일반적으로 군관을 칭하게 되었다.
13_ 법사法司: 사법 기구. 수당 시기 대리시大理寺의 별칭이다.

성할 때까지의 일을 설명하겠습니다. 왕경은 원래 동경 개봉부의 부배군副排軍이었다. 그의 부친 왕획王黍은 동경의 대부호였는데, 전문적으로 관아에 뇌물을 주고 송사를 종결하도록 부추기며 터무니없이 못살게 굴고 나쁜 짓을 하며 선량한 사람을 모함했다. 이 때문에 사람들이 모두 그를 피했다. 한번은 어떤 풍수쟁이가 한 묏자리를 보고는 크게 귀한 자식이 태어날 자리라고 말하는 것을 들었다. 그러나 그 묏자리는 왕획의 친척이 묘를 쓴 곳이었다. 왕획은 풍수쟁이와 흉계를 꾸미며 그 친척을 모함하려 했다. 왕획은 이런 일에는 출중한 자였기 때문에 그 친척을 무고하는 소장을 제출하여 고소했다. 친척은 여러 해에 걸친 송사에서 왕획을 이기지 못하고 결국 가산을 탕진하고는 동경을 떠나 먼 지방으로 가서 살게 되었다. 이후에 왕경이 반란을 일으켜 삼족이 모두 죽임을 당하게 되었을 때, 그 집안만은 먼 지방에 살고 있었고 관아에서도 조사를 거쳐 왕획에게 해를 입은 것이 밝혀지면서 목숨을 보전할 수 있었다. 왕획은 그 묏자리를 빼앗아 거기에 부모를 매장했는데, 한 달 정도 지나 아내가 임신을 했다. 어느 날 왕획은 호랑이가 방으로 들어가 서쪽 구석에 웅크리고 앉았는데, 갑자기 사자가 돌진해 들어와 호랑이를 물고 간 꿈을 꾸었다. 왕획이 꿈에서 깨어나보니 아내가 왕경을 출산했다. 왕경은 어릴 때부터 불량했는데 16~17세가 되자 체격이 우람하고 힘이 장사였고 글은 읽지 않고 오로지 닭싸움을 시키고 말을 달리게 하고 창봉 다루는 것만 좋아했다. 왕획 부부에게는 자식이라곤 왕경 하나뿐이어서 애지중지하면서 잘못을 두둔하기만 하여 못된 버릇만 생기게 되었다. 그러다보니 장성했을 때 어떻게 통제할 수 없게 되었다. 왕경은 도박을 하고 창기와 자고 술만 마셨다. 왕획 부부가 훈계라도 하면 왕경은 역성을 내고 화를 내며 심지어는 부모에게까지 욕을 해댔다. 왕획도 어찌할 방법이 없어 스스로를 자책할 따름이었다. 6~7년이 지나자 가산을 모조리 탕진했고 왕경은 다만 자신의 무예 실력으로 개봉부의 부배군을 담당하게 되었다. 약간의 돈만 손에 쥐면 패거리들과 하루 종일 퍼마시고 고기를 뜯다가 조금이라도 자신의 뜻대로 되지 않으면 주먹으로 치고 박기 일쑤였다. 이 때문에 사람들은 그를 두려워하기도 하고 좋아하기도 했다.

하루는 왕경이 5경에 관아에 가서 출근 서명을 하고 일을 마친 다음, 한가롭게 성 남쪽 옥진포玉津圃[14]로 가서 놀았다. 이때는 휘종 황제 정화 6년 음력 2월 봄날이었는데, 놀러 나온 사람들이 개미떼처럼 많고 거마가 구름처럼 모여들었다. 바로 다음과 같다.

상원[15]에는 꽃 만발하며 둑 위의 버들 조는 중에,
놀러온 무리들 속에 곱고 아름다운 여인들 섞여 있네.
향초 가득 핀 땅에선 황금 재갈 물린 말 울부짖고 있고,
살구꽃 핀 하늘 아래 옥루玉樓에선 사람들 취해 있구나.
上苑花開堤柳眠, 游人隊裏雜嬋娟.
金勒馬嘶芳草地, 玉樓人醉杏花天.

왕경은 혼자서 한 바퀴 빈둥빈둥 돌고는 한 그루 수양버들에 어깨를 비스듬히 기대어 있었는데, 아는 사람이라도 만나면 함께 주점에 가서 술이나 몇 잔 마시고 성으로 들어갈 생각이었다. 얼마 안 있어 연못 북쪽에 간판幹辦·우후·하인·계집종 등이 가마 하나를 에워싸고 오고 있었는데, 가마 안에는 꽃같이 아름다운 젊은 여인이 탔는데 경치를 구경하느라 대나무 발도 드리우지 않고 있었다. 왕경은 여색을 좋아하는 자라 이처럼 아름다운 여인을 보자 넋을 잃고 말았다. 가마를 호위하는 간판과 우후가 추밀사 동관의 부중 사람임을 알았다. 왕경은 멀리 떨어져 가마를 따라갔는데 가마는 간악艮嶽에 당도했다. 간악은 경

14_ 옥진포玉津圃: 옥진원玉津園으로 북송 때 건설한 동경 사원四苑 가운데 하나다. 원 안에는 약간의 건축물만 있고 비교적 그윽하고 고요하며 나무가 무성하여 '청성青城'이라고도 불린다.
15_ 상원上苑: 황가皇家의 원림園林.

성 동북쪽 모퉁이에 있는데 도군 황제가 건설한 곳이었다. 기암괴석과 고목, 진귀한 날짐승이 날아다녔고 정자와 누각, 숙소 건물들이 수를 셀 수 없을 정도로 많았다. 바깥 둘레는 금문禁門과 같이 붉은색 담장과 붉은 문이 있고 안쪽에는 상부相府의 군사들과 금군이 지키고 있어 일반 사람들은 발가락조차도 문앞까지 들이지 못했다.

에워싸고 있던 사람들이 멈추어 가마를 내려놓자 계집종이 여인을 부축해 가마에서 내리게 했다. 그 여인은 나긋나긋하고 요염하게 간악 문안으로 들어갔다. 문을 지키고 있던 금군과 내시들이 길을 열어주어 그녀가 안으로 들어가게 했다. 원래 이 여인은 동관의 동생 동세童貫의 딸이며 양전의 외손녀였다. 동관이 그녀를 수양딸로 길러 채유의 아들에게 혼인을 허락했으므로 채경의 손자며느리가 된다. 어릴 때 이름은 교수嬌秀였고, 나이는 이팔청춘이었다. 천자가 이틀 동안 이사사의 집으로 놀러간 틈을 타서 동관에게 아뢰어 간악으로 놀러 나온 것이었다. 동관이 미리 금군들에게 분부해두었기 때문에 누구도 감히 막지 못했던 것이다. 교수가 간악으로 들어간 지 두 시진이 지났는데도 나오는 모습이 보이지 않았다. 왕경이란 놈은 바깥에서 멍하니 지켜보다가 배가 고파지자 동쪽 거리에 있는 주점으로 들어가 술과 고기를 사서 예닐곱 잔을 서둘러 마셨다. 그녀가 가버릴까 걱정되어 계산도 하지 않고 주머니에서 2전짜리 은자를 꺼내 점소이에게 주면서 말했다.

"잠시 뒤에 와서 계산하겠네."

왕경이 다시 간악 앞으로 가서 한참 동안 기다렸더니, 그 여인이 계집종과 함께 사뿐사뿐 간악에서 걸어나왔다. 그녀는 가마에 오르지 않고 간악 바깥의 경치를 구경했다. 왕경이 다가가 그녀를 살펴보니 정말 용모가 아름다웠다. 여기에 「혼강룡混江龍」이란 사 한 수가 있는데, 이를 증명하고 있다.

탐스러운 자태 수려하니 화려한 집이라도 간수할 수 있겠는가? 앵두 같은 작은 입, 두 눈동자는 맑은 물 가로지르는 듯하네. 어젯밤 맑은 하늘에 초승달 새하얗게 뜨지 않았다면, 오늘 아침 애끓는 듯한 소량주小梁州16 어떻게 들을 수 있겠는가. 향기롭고 아름다운 혜란蕙蘭이 짝을 이룬 듯하고, 향기 풍기는 우아한 연꽃 같은 소매로구나. 서로의 들뜬 마음 달에 끌리고 꽃에 낚이는구나.

豐資毓秀, 那里個金屋堪收? 點櫻桃小口, 橫秋水雙眸. 若不是昨夜晴開新月皎, 怎能得今朝腸斷小梁州. 芳芳綽約蕙蘭儔, 香飄雅麗芙蓉袖. 兩下裏心猿, 都被月引花鉤.

왕경은 그녀를 보자 자신도 모르게 새끼 사슴이 뛰듯이 가슴이 격렬히 두근거리고 마치 눈을 쌓아 만든 사자가 불을 쬐자 뼈와 근육이 흐느적거리며 맥이 빠지듯 순식간에 온몸이 나른해졌다. 교수 또한 많은 사람 속에서 왕경의 용모를 흘겨보았다.

봉황 눈에 짙은 눈썹은 그린 듯하고, 드문드문 난 수염에 흰 얼굴, 뺨은 붉은 빛을 띠었네. 머리는 반반하고 이마는 넓으며 양미간은 풍만한데다, 7척의 키에 몸은 건장하구나. 선회善會17에서 유혹하여 몰래 정을 통하고, 뽐내고 아양 떨며 꾀어내는 데 이골이 났다네. 사람들 앞에서 멍하니 서서 응시하고 있으니, 준수하며 풍류스러움 한이 없구나.

鳳眼濃眉如畫, 微鬚白面紅顔. 頂平額闊滿天倉, 七尺身材壯健. 善會偸香竊玉, 慣的賣俏行奸. 凝眸呆想立人前, 俊俏風流無限.

교수는 왕경의 풍류를 흘겨보고는 그에게 반했다. 간판과 우후가 소리쳐 사

16_ 소량주小梁州: 곡조 명칭.
17_ 선회善會: 사원에서 거행하는 법회.

람들을 물리치고 계집종들이 교수를 부축해 가마에 태웠다. 사람들이 에워싸고 는 이리 갔다 저리 갔다 하더니 산조문 밖 악묘에 향을 사르러 갔다. 왕경 또한 뒤를 따라 악묘까지 갔다. 그러나 인산인해를 이루어 서로 밀치면서 길이 열리 지 않았는데 사람들이 동 추밀 부중의 우후와 간판을 보고는 모두 양보하면서 길을 열어줬다. 교수는 가마에서 내려 향을 살랐다. 왕경은 붐비는 사람들 틈을 비집고 앞으로 가기는 했지만 감히 가까이 다가갈 수 없었다. 또한 수행원들이 호통 칠까 두려워 사당의 향촉을 돌보는 자와 친숙한척 하면서 그녀가 촛불을 켜고 향 피우는 것을 도왔다. 두 눈으로 쉼 없이 교수를 힐끗거렸고 교수 또한 자주 흘겨보았다. 원래 채유의 아들은 태어날 때부터 아둔했다. 교수는 중매쟁 이로부터 몇 차례 그것이 진짜임을 전해 듣고는 밤낮으로 불평하며 원망하고 있었다. 그러다가 오늘 준수하고 풍치 있는 왕경을 보고는 그 놈의 춘심이 발동 한 것이었다.

동관 부중의 동董 우후란 자가 일찌감치 눈치를 챘다. 그는 부배군 왕경임을 알아보고 뺨을 한 대 후려갈기고는 소리 쳤다.

"이분이 어느 댁 가족인지 아느냐! 네놈은 개봉부의 한낱 병졸인 주제에 정 말 대담하구나. 어찌하여 여기서 북적댄단 말이냐. 내가 상공께 말씀드리면, 네 놈 대가리가 어찌 목에 붙어 있을 수 있겠느냐!"

왕경은 감히 찍소리도 못하고 머리를 감싸고 쥐새끼처럼 허둥지둥 도망쳤다. 악묘 문을 나와서는 땅바닥에 침을 뱉으면서 소리 질렀다.

"퉤! 내가 이렇게 멍청하다니! 어떻게 두꺼비가 백조 고기 먹을 생각을 한단 말이냐!"

왕경은 그날 저녁 울분을 참으면서 말도 못하고 부끄러워하며 집으로 돌아 갔다.

그런데 부중으로 돌아온 교수가 밤낮으로 왕경을 생각할 줄은 누가 알았겠 는가? 그녀는 시녀에게 두텁게 뇌물을 주고 동 우후에게 가서 왕경에 대해서 상세하게 묻도록 했다. 시녀는 잘 아는 설薛노파와 함께 뚜쟁이가 되어 남몰래 왕경을 뒷문으로 끌어들여서는 사람도 귀신도 모르게 교수와 사통하게 했다. 왕경이란 놈은 뜻밖의 행운을 만나 기뻐 어쩔 줄 모르며 종일 술을 마셨다.

세월은 덧없이 흘러 이로부터 석 달이 지났다. 즐거움 끝에는 슬픔이 생기기 마련이라 하루는 고주망태가 되도록 취한 왕경이 정배군正排軍인 장빈張斌의 면전에서 내막을 발설하고 말았다. 그 일은 결국 소문이 퍼져나가 동관의 귀에까지 들어가게 되었다. 동관은 크게 노하여 왕경에게 죄를 씌워 처벌하려 했음은 더 이상 말하지 않겠다.

한편 왕경은 일이 발각되었기 때문에 감히 다시는 동관 부중으로 들어가지 못했다. 하루는 집에 한가하게 앉아 있었는데, 때는 이미 5월 하순이라 날씨가 찌는 듯이 더웠다.

왕경은 등받이 없는 긴 나무 걸상을 뜰에 내놓고 앉아 시원한 바람을 쐬고 있다가 부채를 가지러 방으로 들어갔다. 그런데 그 걸상의 네 다리가 움직이더니 뜰에서 방으로 걸어들어는 것이었다. 왕경은 놀라서 소리쳤다.

"기괴하다!"

그러고는 나는 듯이 오른발로 걸상을 걷어찼다. 왕경이 소리쳤다.

'아이고, 아파라!'

걸상을 걷어차지 않았으면 만사 괜찮으련만 발길질한 데서 움직이지 못하고 좌절당하게 되었다. 바로 하늘의 바람과 구름은 예측하기 어렵고, 사람에게 화와 복은 헤아릴 수 없는 것이다.

결국 왕경이 걸상을 걷어차고 어찌하여 비명을 지르게 되었는가는 다음 회에 설명하노라.

흉
괘
凶卦1

왕경은 걸상이 움직이는 기괴한 일을 보고 발로 그것을 걷어찼는데, 힘을 너무 많이 쓴 탓에 옆구리가 결려 바닥에 웅크려 앉으며 소리 질렀다.

"아이고, 아파라!"

한참동안 움직일 수가 없었다. 왕경의 아내가 비명을 듣고 달려나와 보니, 걸상은 한쪽에 엎어져 있고 남편은 그 모양이었다. 아내가 왕경의 뺨을 한 대 때리고는 말했다.

"형편없는 잡놈아, 하루 종일 바깥에서 싸돌아다니고 집안은 돌보지 않더니, 오늘 늦게야 겨우 들어와서는 또 뭔 짓을 하는 거야?"

왕경이 말했다.

"여보, 놀리지 말라고. 옆구리가 결려서 어떻게 하지를 못하겠어!"

아내가 그제야 왕경을 부축해 일으켜주었다. 왕경은 아내의 어깨에 기대서는

---

1 _ 제102회 제목은 '王慶因姦喫官司(왕경이 간음죄로 송사에 휘말리다), 龔端被打師軍犯(공단이 얻어맞고 범죄자를 스승으로 섬기다)'이다.

머리를 흔들고 이를 악물면서 소리를 질렀다.

"아이고, 아파 죽겠네!"

아내가 욕을 했다.

"방탕한 짓이나 하는 좆같이 몹쓸 놈아, 허구한 날 발길질과 주먹질만 좋아하더니, 오늘 일을 저지르고 말았구나."

아내는 자신이 욕한 것이 잘못된 말이라 깨닫고는 적삼 소매로 입을 가리고는 웃었다. 왕경도 '일을 저질렀다'는 말을 듣고서 옆구리가 아프면서도 터져 나오는 웃음을 참을 수 없어 '히히'거리며 웃기 시작했다. 아내가 또 왕경의 귀싸대기를 한 대 때리면서 말했다.

"이 좆같은 잡놈아, 또 어디 갈 생각을 하나?"

아내는 왕경을 부축해 침상으로 데려가 눕히고 호두 한 접시를 까고 술을 한 병 데워 와서 왕경에게 먹였다. 아내는 방문을 걸고 모기를 때려잡은 다음 휘장을 내리고는 남편과 잠자리에 들었다. 그러나 왕경은 옆구리가 너무 아파서 거시기가 서지 않았음은 말할 필요가 없다.

그날 밤에는 말할 만한 것이 없었다. 이튿날 아침에도 왕경은 통증이 여전히 멈추지 않았다. 왕경은 속으로 관아에 가서 물으면 어떻게 대답할지를 생각했다. 오시까지 기다렸는데 아내가 그에게 고약이라도 사서 붙이라고 재촉했다. 왕경은 마지못해 관아 앞으로 가서 북쪽에 점포를 열어 놓고 타박상을 치료하는 고약을 파는 전錢 노인한테 가서 고약 두 개를 사서 옆구리에 붙였다. 전 노인이 말했다.

"도배군都排軍님 빨리 나아 제대로 돌아오게 하려면 상처를 낫게 하고 피를 잘 통하게 하는 탕약을 두 첩 달여 먹어야 합니다."

그러고는 약 두 첩을 담아 왕경에게 건넸다. 왕경은 전대에서 2~3푼 무게의 은자를 꺼내 종이에 쌌다. 전 노인은 왕경이 은자를 싸는 것을 흘겨보고는 고개를 동쪽으로 돌렸다. 왕경이 종이에 싼 은자를 건네면서 말했다.

"선생께서는 적다고 꺼리지 마시고, 이걸로 시원한 참외나 사 드십시오."

전 노인이 말했다.

"도배군님, 친구 사이에 무슨 계산을 하시오. 받을 수 없소!"

말은 그렇게 하면서도 오른손은 벌써 은자를 싼 종이를 받아 약상자 뚜껑을 열어 안에 넣었다.

왕경이 약을 받아서 막 일어서는데 관아 서쪽 거리에서 한 점쟁이가 오고 있는 것이 보였다. 머리에는 한 가닥으로 짠 말미두건抹眉頭巾[2]을 쓰고 몸에는 갈포葛布로 된 두루마기를 입었으며 손에는 양산을 펼쳐 들었는데 양산 밑에 걸린 종이에 '선천신수先天神數'라고 큼지막하게 쓰여 있었다. 그리고 양쪽에는 작은 글씨로 다음과 같이 쓰여 있었다.

'형남荊南[3]의 이조李助, 점 한 수에 복채 10문. 점괘마다 정확히 맞으니 관로管輅[4]보다 낫다.'

왕경은 점쟁이를 보자, 교수와 사통한 일과 또 어제 일어났던 괴이한 일이 생각나서 점쟁이를 불러 말했다.

"이 선생, 이리 와서 앉아보시오."

점쟁이가 말했다.

"나리께서는 무슨 가르침이 있으신지요?"

입으로는 그렇게 말하면서, 두 눈동자를 굴리면서 왕경의 머리부터 발끝까지 살펴보았다. 왕경이 말했다.

"점 한 수 보려고요."

2_ 말미두건抹眉頭巾: 눈썹까지 내려온 두건을 말한다.
3_ 형남荊南: 지금의 후난성 란산藍山.
4_ 관로管輅: 삼국시대 때 유명한 점술가였다.

이조는 양산을 접고 고약 파는 점포 안으로 들어서며 전 노인에게 두 손 마주 잡고 가슴 위로 올려 인사하며 말했다.

"잠시 폐를 끼치겠습니다."

이조는 갈포 소매 속에서 자단목紫檀木으로 만든 점괘 통을 꺼내더니, 뚜껑을 열고 대정大定 동전[5] 하나를 꺼내 왕경에게 건네면서 말했다.

"나리께서는 저기로 나가셔서 묵묵히 하늘에 기도를 드리시오."

왕경은 동전을 받아들고 작렬하는 붉은 해를 보면서 허리 굽혀 공손히 기도를 올리려 했다. 그러나 허리가 너무 아파 제대로 구부리지 못하고 마치 80~90세 노인네처럼 굳어진 허리를 반쯤 구부려 두 손을 마주 잡은 자세로 얼굴을 쳐들고 한 바퀴 빙 돌며 기도를 올렸다. 이조가 그 광경을 보고는 살며시 전 노인에게 말했다.

"선생의 고약을 쓰면 빨리 좋아지겠는데. 맞아서 다친 것 같소."

전 노인이 말했다.

"뭔 걸상인지 걷는 것을 보고 발로 찼다가 허리와 옆구리가 결리게 됐다는군요. 방금 전에 올 때는 숨이 차서 헐떡거리더니 고약 두 개를 붙여줬더니 지금은 허리를 조금 구부리는군요."

이조가 말했다.

"어쨌든 결리는 모양이네요."

왕경은 기도를 마치고 동전을 이조에게 돌려줬다. 이조는 왕경의 성명을 묻고는 점통을 흔들면서 입속으로 중얼거렸다.

"길하고 좋은 날에 천지가 열리노라. 성인이 『역易』을 지어 몰래 신명神明의 도움을 받는다. 삼라만상을 모두 포함하니 그 도道는 건곤乾坤과 합치된다. 천

5_ 대정大定은 금나라 세종世宗의 연호로 대정大定 동전은 대정통보大定通寶를 말한다. 금나라 세종 대정大定 18년(1178)에 주조되었다.

지와 함께 그 덕이 합치되고, 일월과 함께 그 밝음이 합치되며, 사계절과 함께 그 순서가 합치되고, 귀신과 함께 그 길흉이 합치된다. 지금 동경 개봉부의 왕씨 선생이 하늘로부터 점괘를 얻고자 합니다. 갑인甲寅 중순 을묘乙卯일에 주역周易을 받들어 청하오니, 지극히 신묘하고 성명하시며, 지극히 복되고 영묘하신 문왕선사文王先師, 귀곡선사鬼谷先師, 원천강선사袁天綱先師께서는 의심가고 미혹됨을 가리키시고 인과응보를 명백하게 해주시옵소서.”

이조는 점통을 두 번 흔들고 점괘를 하나 얻었는데, ‘수뢰둔괘水雷屯卦’6라고 했다. 육효六爻의 움직임을 보더니 왕경에게 물었다.

“나리는 무슨 일을 점치려 하십니까?”

왕경이 말했다.

“집안이 어떤지 묻고 싶소.”

이조는 머리를 흔들며 말했다.

“나리는 제가 직언을 드리더라도 탓하지 마십시오. ‘둔屯’이란 ‘난難(어려움)’입니다. 재난이 조만간 일어날 것입니다! 몇 마디 말씀드릴 테니 반드시 기억해두십시오.”

이조는 대나무 살에 기름종이를 붙인 부채를 흔들며 읊었다.

“집안이 종횡으로 어지러워지고, 온갖 괴이한 일과 재난이 일어나 집안이 평안하지 못할 것이오. 오래된 절이 아니라 높고 위태로운 다리로 백호가 돌진해오기에 관아에 흉한 일이 생기고 몸에 병이 날 것입니다. 처음에는 왕성하나 끝은 부진하여 어찌 구제받을 수 있으며, 귀인을 만나지만 흉한 송사에 휘말려 감옥에 갇힐 것입니다. 식구들은 안정되지 못하며 좌절과 재난을 만날 것이고, 사지는 힘이 빠져 작은 지팡이 짚고 절룩거릴 것이오. 바꾸지 않으면 소멸되지 않

6_ 수뢰둔괘水雷屯卦: 막 생장하는 잔풀을 대표하는데 연약하고 상처 받기 쉽다. 모든 일에서 곤란을 만난다는 의미로 흉괘凶卦다.

을 것이오. 호랑이·용·닭·개의 날에는 허다한 번뇌와 화가 생겨날 것이오."

왕경은 이조와 마주앉아 있었는데, 기름종이를 붙인 부채에서 나는 감물 냄새가 역겨워 검은 적삼 소매로 코를 막고 들었다. 이조가 다 읊고는 왕경에게 말했다.

"소인이 이치에 따라 직언을 드리자면, 집안에 괴이한 일이 일어날 것이오. 반드시 잘못을 고치고 거처를 옮겨야만 비로소 무사함을 보증할 것이오. 내일은 병진丙辰일이니 조심해야 하오!"

왕경은 이조가 험한 말을 하자 주의를 기울이지 않고 돈을 꺼내 이조에게 복채를 주었다. 이조는 약방을 나가자 양산을 펼치고는 동쪽을 향해 갔다. 그때 부중의 아역 5~6명이 와서 왕경을 보고는 말했다.

"어째서 여기서 한가하게 이야기나 나누고 있소?"

왕경이 괴이한 일로 옆구리가 결리게 된 일을 이야기하자 모두들 웃었다. 왕경이 말했다.

"부윤 상공께서 물어보시면, 형제들이 빈틈없게 해주시오!"

공인들이 말했다.

"걱정 마시오."

이야기가 끝나자, 각자 흩어져 갔다.

집으로 돌아간 왕경은 아내에게 약을 달이게 했다. 왕경은 병이 빨리 나으라고 두 시진도 안 되는 사이에 약 두 첩을 모두 달여 먹었다. 약발이 빨리 오르도록 술도 여러 잔 마셨다. 부부는 다음 날 진시까지 자고서야 비로소 일어났다. 세수를 하고 나자, 왕경은 뱃속이 허전하고 출출하여 술을 데워 마시고 아침밥을 먹었다. 다 먹지도 않았는데 바깥에서 외치는 소리가 들렸다.

"도배군은 집에 있소?"

아내가 판자 벽 틈으로 내다보더니 말했다.

"부중에서 두 사람이 왔네."

왕경은 그 말을 듣고 잠시 멍하니 있다가, 밥그릇을 내려놓고 입을 닦고서 밖으로 나갔다. 왕경이 두 손을 마주잡고 절하며 물었다.

"두 분은 무슨 일로 오셨습니까?"

두 공인이 말했다.

"도배군은 정말 팔자 좋으시오! 이른 아침부터 얼굴에 춘색春色7이 돌구려! 오늘 아침 부윤 상공께서 점고를 하다가 도배군이 출근하지 않아 크게 화를 내셨소. 우리 형제가 도배군을 대신해서 괴이한 일로 옆구리가 결린 일을 말했지만, 믿으려 하지 않습니다. 이렇게 쪽지를 써서 주면서 우리 두 사람을 시켜 불러오라고 했습니다."

왕경은 공인이 건넨 쪽지를 보고는 말했다.

"내가 지금 얼굴이 붉어져서 어떻게 부윤 상공을 뵐 수 있겠습니까? 좀 있다가 가는 것이 좋겠습니다."

두 공인이 말했다.

"우리와 관계된 일이 아닙니다. 지금 상공께서 서서 기다리고 있을 것인데, 만약 늦었다간 우리까지 매를 맞게 될 것입니다. 가시죠! 빨리 갑시다!"

두 공인은 왕경을 부축하며 걸어갔다. 왕경의 아내가 황급히 달려나와 물어보려고 했는데, 남편은 이미 문을 나가버리고 없었다. 두 공인이 왕경을 부축하여 개봉부로 들어가니, 부윤은 대청 가운데 호피 교의에 앉아 있었다. 두 공인이 왕경을 앞으로 데리고 가서 아뢰었다.

"상공의 명을 받들어 왕경을 잡아왔습니다."

왕경은 억지로 위를 향해 허리 굽혀 네 번 절을 했다. 부윤이 소리 질렀다.

"왕경, 너는 군졸로서 어째서 일을 하러 오지 않고 태만했느냐?"

왕경은 괴이한 일로 옆구리를 결리게 된 것을 자세히 아뢰었다.

7_ 춘색春色: 얼굴이 불그스레해지거나 화색이 도는 것을 말한다.

"진실로 허리와 옆구리가 아파서 앉거나 누워도 편치 못하고 걷거나 달릴 수가 없습니다. 감히 태만한 것이 아니니 상공께서 살펴주시기 바랍니다."

부윤은 왕경의 말을 듣고서 다시 왕경의 붉어진 얼굴을 보고는 크게 노하여 소리 질렀다.

"네놈은 오로지 술에 취해서 난폭한 짓이나 하는 놈이다. 공정하지 않고 불법적인 일이나 저지르면서, 오늘 또 요사스런 말로 날조하여 상관을 속이려 한단 말이냐!"

부윤은 왕경을 끌어내어 때리라고 명했고 왕경은 변명할 수가 없었다. 왕경은 매를 맞아 살갗이 찢기고 살점이 떨어져 나갔다. 부윤은 왕경에게 요사스런 말로 날조하고 어리석은 백성을 부추겨 꾀며 위법적인 일을 도모하려고 한 죄를 인정하게 했다. 왕경은 관부의 고문을 받다가 기절했다 다시 깨어나기를 반복하면서 매질을 견디지 못하고 허위 자백을 하는 수밖에 없었다. 부윤은 왕경의 자백을 기록하고, 옥졸을 불러 왕경에게 칼을 씌우고 못을 박아 사형수 감옥에 가두게 했다. 요사스런 말을 날조하여 위법저인 일을 꾀한 죄로 사형에 처하려 했다. 옥졸은 왕경을 끌고 가서 감옥에 가두었다.

원래는 동관이 은밀히 사람을 부윤에게 보내 왕경의 죄를 찾아내어 처리하라고 분부했는데, 공교롭게도 이런 괴이한 일이 발생했던 것이다. 당시 개봉부 위아래 사람들 가운데 왕경이 교수와 사통한 짓거리를 모르는 사람이 없었기에 모두 수군거리며 말했다.

"왕경이 이번 일로 죄를 지었으니 살아남을 수 없을게야."

그때 채경과 채유는 귀에 거슬리는 좋지 않은 소리를 듣게 되었다. 이들 부자는 상의하여 왕경의 목숨을 끝장내버리면 이 일이 사실이 되어 나쁜 평판이 더욱 널리 퍼질 것이기에 은밀하게 심복 관원을 시켜 부윤에게 알리고 최대한 빨리 왕경의 얼굴에 글자를 새겨 멀고 열악한 군주로 유배 보냄으로써 그 자취를 없애고자 했다. 그런 다음에 날을 골라 교수를 결혼시켜 맞아들이면 첫째는 동관의 수치도 덮어 가리고 둘째는 사람들의 시비 거리도 없앨 수 있었다.

한편 개봉부윤은 채 태사가 보낸 심복의 말을 받들어 즉시 대청에 올랐다. 그날은 바로 신유辛酉일 이었다. 부윤은 왕경을 감옥에서 끌어내도록 하고 칼을 벗기고 척장 20대를 때린 다음에 문필장을 불러 얼굴에 글자를 새겼다. 지방의 원근을 헤아려 서경 관할의 섬주陜州8 유배지로 보냈다. 왕경에게 열 근 반짜리 철판을 머리에 두르고 칼을 씌워 못을 박은 다음에 봉인을 붙이고 공문에 수결 했으며 손림孫琳과 하길賀吉이라는 두 압송관이 왕경을 압송하여 떠났다. 세 사람이 개봉부를 나서자 왕경의 장인 우대호牛大戶가 맞이하고는 세 사람을 관아 앞 남쪽 거리에 있는 주점으로 데리고 들어가 앉았다. 우대호는 점원을 불러 술과 고기를 주문했다. 우대호는 주보를 불러 술과 고기를 내오게 하고 서너 잔을 마셨다. 우대호가 몸에서 은 부스러기를 싼 보자기를 꺼내 왕경에게 건네주면서 말했다.

"백은 30냥이네. 가는 길에 사용하도록 하게."

왕경이 손으로 받으면서 말했다.

"장인어른, 감사합니다!"9

우대호는 왕경의 손을 밀치면서 말했다.

"쉽게 주는 게 아닐세! 내가 이 은냥을 자네에게 쓸데없이 주는 게 아니라고. 자네는 지금 섬주로 유배 가는데 그곳은 천 리가 넘는 요원한 곳이라 자네가 언제 돌아올지 알 수 있겠는가? 게다가 자네가 남의 집 여인을 희롱하다가 자기 아내 신세를 그르치게 만들지 않았는가! 누가 자네를 대신해 내 딸애를 부양하겠는가? 또 자식도 하나 없고 밭과 가산도 없어 자네를 기다릴 수는 없네. 그러니 자네는 지금 떠난 뒤에 딸애가 개가를 하더라도 나중에 따지지 않겠다는 이

8_ 섬주陜州: 지금의 허난성 산현陜縣.
9_ 원문은 '생수태산生受泰山'이다. '생수生受'는 감사를 표하다라는 의미이고, '태산泰山'은 장인의 별칭 이다.

혼장을 써주게. 그렇게 한다면 이 은자를 자네에게 주겠네."

왕경은 평소에 돈을 잘 썼기 때문에 속으로 생각했다.

'내 주머니에 은냥이라고는 한 푼도 없으니, 섬주까지 어떻게 갈 수 있겠는가?'

이렇게 저렇게 생각하고 따져보다가 그 은냥을 받아 사용하기로 했다. 그러고는 탄식하며 말했다.

"할 수 없지요, 그렇게 하겠습니다! 이혼장을 써드리지요."

우대호는 이혼장을 받고 은자를 건네주고는 돌아갔다.

왕경은 두 공인과 함께 행낭과 보따리를 수습하러 집으로 갔다. 아내는 이미 우대호가 처가로 데리고 가버렸고 대문은 잠겨 있었다. 왕경은 이웃집에서 도끼와 끌을 빌려 대문을 부숴 열고 들어갔다. 집으로 들어가 살펴보니 아내가 입던 옷이나 머리장식 등은 모두 가져가버리고 없었다. 왕경은 화가 나기도 했지만 또한 처참하기도 했다. 이웃 집 주周 노파를 집으로 불러 술과 음식을 차리게 해서 두 공인을 대접하고, 은자 열 냥을 주며 말했다.

"소인이 곤봉으로 맞은 상처가 아파서 걷기가 어려우니 며칠만 쉬었다가 떠나면 좋겠습니다."

손림과 하길은 돈을 받아먹었기 때문에 허락했다. 그런데 채유가 심복을 보내 두 공인더러 빨리 출발하라고 재촉하는데 어떻게 하겠는가. 왕경은 집안일상 집기를 되는대로 팔아 돈을 마련하고 세를 얻어 살던 집도 호梅 원외에게 돌려줬다.

이때 아들 왕경으로 인한 화 때문에 두 눈이 멀어버린 왕획은 따로 살고 있었는데 아들이 찾아와서 때리거나 욕을 하곤 했다. 이날 왕획은 아들이 소송에 걸려 유배 간다는 말을 듣고는 마음이 아팠다. 머슴 아이의 부축을 받으며 왕경의 집을 찾아가서는 말했다.

"애야, 네가 내 훈계를 듣지 않더니 결국 이 지경이 되었구나."

말을 마치더니 멀어버린 두 눈에서 눈물이 흘러내렸다. 왕경은 어릴 때부터 한 번도 왕획을 아버지라고 불러본 적이 없었는데 이제 파산하고 멀리 떠나게 되자, 마음이 슬프고 괴로워지면서 울며 말했다.

"아버지, 아들이 오늘 억울한 소송에 걸렸는데, 그놈의 우 영감은 무례하게도 저를 핍박하여 아내를 내쫓는 이혼장을 쓰게 한 다음에야 은자를 주더군요."

왕획이 말했다.

"네가 평소에 아내를 사랑하고 장인에게 효도를 다했더라면, 그가 오늘 어떻게 너를 그처럼 대했겠느냐?"

왕경은 책망하는 두 마디의 말을 듣자 바로 식식거리며 잔뜩 화를 내고는 아버지는 거들떠보지도 않고 행낭을 수습하여 두 공인과 함께 성을 나가버렸다. 왕획은 발을 구르고 가슴을 치면서 말했다.

"저런 불효자식 놈을 내가 찾아오는 것이 아니었어!"

왕획은 다시 머슴의 부축을 받으며 집으로 돌아갔음은 말하지 않겠다.

한편 왕경은 손림·하길과 함께 동경을 떠나 외지고 조용한 곳을 빌려 10여 일을 몸조리했다. 척장 맞은 상처가 조금 낫자 공인들은 길에 오르기를 재촉했고 섬주를 향하여 구불구불 길 따라 천천히 걸었다. 때는 바로 6월 초순이라 날씨가 무더워 하루에 겨우 40~50리밖에 걸어가지 못했다. 가는 길에서 죽은 사람이 자던 침상도 마다하지 않았고 끓이지 않은 물을 마시기도 했다. 세 사람은 15~16일을 걸어 숭산嵩山[10]을 지나갔다. 하루는 길을 걷고 있는데 손림이 서쪽 멀리 보이는 산봉우리를 손으로 가리키며 말했다.

"저 산을 북망산北邙山[11]이라 부르는데 서경 관할에 속해 있네."

10_ 숭산崇山: 『수호전전교주』에 따르면 "『방여승략』 권5 「하남河南·하남부河南府」에 이르기를 '숭산은 등봉登封으로 즉 중악中嶽이다. 동쪽을 태실太室이라 하고 서쪽을 소실少室이라 한다'고 했다."

11_ 북망산北邙山: 『수호전전교주』에 따르면 "『방여승략』 권5 「하남·하남부」에 이르기를 '북망산은 하남부 북쪽에 있는데, 언사偃師, 공약鞏鞏, 맹진孟津 세 개 현의 경계로 후한後漢 때의 여러 능과 당·송 때의 명신名臣들 묘가 이곳에 있다'고 했다."

세 사람이 이야기를 나누며 시원한 아침에 20여 리를 걸었을 때, 북망산 동쪽에 시진市鎭이 보였는데 사방에서 농부들이 쉴 사이 없이 시장 안으로 들어가는 것이었다. 시장 동쪽 인가가 드문 곳에 '정丁' 자로 큰 측백나무 세 그루가 늘어서 있었다. 그 빽빽한 나무 그늘 아래에서 어깨가 어깨를 누르고 등과 등이 맞부딪치면서 많은 사람이 한 사내를 둘러싸고 구경하고 있었다. 그 사내는 시원한 나무 그늘 아래서 웃통을 벗고 고함을 치면서 봉을 휘두르고 있었다.

세 사람도 나무 아래 가서 더위를 식히며 쉬었다. 왕경은 걸어오느라 땀이 비오듯 줄줄 흘러 온몸이 젖은 상태인데다 칼까지 쓰고 있었지만 사람들 무리 속으로 비집고 들어가서는 발끝으로 서서 그 사내가 봉을 휘두르는 것을 구경했다. 잠시 구경하던 왕경은 자신도 모르게 웃으면서 실언하고 말았다.

"저 사내가 휘두르고 있는 것은 화봉花棒[12]이구나."

한창 떠들썩하게 봉을 휘두르던 사내가 그 말을 듣고는 봉을 거두어 살펴보니 말한 자가 유배 가는 배군配軍이었다. 사내는 크게 화를 내며 욕을 했다.

"이런 나쁜 배군 같은 놈아! 내 창봉술은 원근에 명성을 떨치고 있는데, 어디서 네놈이 감히 좆같은 주둥이를 놀리고 방귀 뀌는 소리를 지껄이느냐!"

사내는 봉을 던져버리고 주먹을 들어 왕경의 얼굴을 치려고 했다. 그때 사람들 틈에서 젊은 사내 둘이 달려나와 사내를 막아서며 말했다.

"치지 마시오!"

그리고는 왕경에게 물었다.

"족하께서는 필시 고수겠소."

왕경이 말했다.

"한 마디 말했다가 저 사내를 화나게 했지만, 소인도 창봉을 대충은 쓸 줄 안다오."

12_ 화봉花棒: 민간에서 무도용으로 사용하는 채색한 단봉短棒이다.

그러자 봉을 휘두르던 사내가 화를 내며 욕했다.

"나쁜 배군 같은 놈아, 네놈이 감히 나와 겨루어보겠느냐?"

그 두 젊은이가 왕경에게 말했다.

"그대가 저 사내와 봉을 겨루어 이긴다면 저기 거둬놓은 2관의 돈을 모두 그대에게 주겠소."

왕경이 웃으면서 말했다.

"그렇다면 한번 해보지요."

왕경은 사람들을 헤치고 나와, 하길에게 간봉을 빌렸다. 속적삼을 벗고 바짓가랑이를 잡아끌어 올린 다음 손에 봉을 쥐었다. 구경하던 사람들이 말했다.

"목에 칼을 차고서 어떻게 봉을 돌릴 수 있겠소?"

왕경이 말했다.

"그래야 드물고 귀한게지요. 칼을 쓰고도 저 자를 이겨야 실력이 있다고 할 수 있죠."

사람들이 일제히 말했다.

"당신이 칼을 쓰고서도 이기면, 저 돈 2관을 반드시 주겠소."

사람들이 길을 열어주어 왕경을 가운데로 들어가게 했다.

봉을 휘두르던 사내가 봉을 손에 쥐고 자세를 잡고는 소리쳤다.

"오너라, 와라, 와봐!"

왕경이 말했다.

"여러 손님들, 비웃지는 마십시오."

사내는 왕경이 칼을 쓰고 있어 제대로 싸우긴 힘들 것이라 여기고는 방어 태세를 하고 큰 구렁이가 코끼리를 삼키는 '망사탄상蟒蛇呑象'이라는 자세를 취했다. 왕경도 잠자리가 날아가며 꼬리로 물을 차는 '청정점수蜻蜓點水' 자세를 취했다. 사내가 소리를 지르면서 봉을 휘두르며 돌진해 들어왔다. 왕경이 뒤로 한 걸음 물러서자, 사내는 한 걸음 들어오면서 봉을 들어 왕경의 정수리를 향해 내리쳤다. 그때 왕경이 왼쪽으로 잽싸게 피하자 사내의 봉은 허공을 갈랐다. 그때 왕경이 번개같이 들어가 사내의 오른손에 쥐고 있던 봉을 향해 후려치자 정통으로 오른쪽 손목을 가격했고 사내는 그만 봉을 떨어뜨리고 말았다. 다행히 왕경이 사정을 봐주었기에 망정이지, 그렇지 않았다면 손목이 절단될 뻔했다. 사람들이 모두 크게 웃었다. 왕경이 앞으로 나아가 사내의 손을 잡으면서 말했다.

"화가 나더라도 나무라지 마시오!"

사내는 오른손이 아프자 왼손으로 2관의 돈을 가져가려고 했다. 그러자 사람들이 일제히 나무라며 소리쳤다.

"저놈은 실력도 형편없네. 방금 전에 말했잖아. 이 돈은 시합에 이긴 사람이 가져가야지!"

그때 앞서서 나왔던 두 젊은이가 사내에게서 돈 2관을 날쌔게 빼앗아 왕경에게 주면서 말했다.

"족하께서는 우리 장원에 한번 들러주십시오."

봉을 휘두르던 사내는 많은 사람을 당할 수 없어, 행장을 수습하여 진鎭으로 가버렸다. 구경하던 사람들도 모두 흩어졌다.

두 젊은이는 왕경과 두 공인을 데리고 갔다. 모두 시원한 삿갓을 쓰고 남쪽으로 두세 곳의 숲을 돌아가자 시골마을이 하나 나타났다. 숲속에 큰 장원이 하나 있는데, 주위는 흙담을 둘러쌓았고 담장 밖에는 200~300그루의 큰 버드나무들이 있었다. 장원 밖 버드나무 위에서는 어린 매미들이 울고, 장원 안 대들보 위에서는 새끼 제비들이 지저귀고 있었다. 두 젊은이는 왕경 등 세 사람을 장원으로 안내하고 초당으로 들어갔다. 예를 마치고 각자 땀에 젖은 속적삼과 미투리를 벗어놓고 손님과 주인이 자리를 나누어 앉았다. 장주가 물었다.

"여러분은 모두 동경 말씨 같습니다."

왕경은 자신의 성명과 부윤의 모함에 빠진 일을 이야기했다. 말을 마치고는 두 사람의 성명을 물었다. 두 사람은 기뻐하면서, 윗자리에 앉은 젊은이가 말했다.

"소인의 이름은 공단龔端이고, 이 사람은 동생인데 공정龔正이라고 합니다. 저희는 조상 때부터 이곳에서 살아왔기 때문에 이곳을 공가촌龔家村이라고 부릅니다. 이 마을은 서경 신안현新安縣[13] 관할입니다."

말을 마치고는 장객을 불러 세 사람의 땀으로 흠뻑 젖은 적삼을 빨게 하고, 먼저 시원한 물을 길어 와서 타는 갈증을 해소해줬다. 그리고 세 사람을 상방上房[14]으로 인도하여 몸을 씻게 하고, 초당 안 탁자에 먼저 차려져 있던 음식으로 요기를 하게 했다. 그러고는 닭과 오리를 잡고 콩을 삶고 복숭아를 따서 술상을 차려 극진히 대접했다. 장객들이 상을 새로 차려놓는데, 먼저 깐 마늘 한 접시와 썬 대파 한 접시를 내왔다. 다음에 야채와 과일, 생선과 고기, 닭고기와 오리고기 등을 내왔다. 공단은 왕경을 청해 윗자리에 앉히고 두 공인을 맞은편에 앉힌 다음, 자신은 동생과 함께 아랫자리에 앉았다. 장객이 술을 걸렀다.

왕경이 감사하며 말했다.

"소인은 한낱 죄수에 불과한데, 이처럼 두 분의 과분한 사람을 받아 폐를 끼치게 되었으니 감당하지 못하겠습니다."

공단이 말했다.

"그런 말씀 마십시오! 누군들 별일 없으리라고 보장하겠습니까? 술과 음식을 항상 가지고 다니는 사람이 어디 있겠습니까?"

벌주놀이[15]를 하다가 술이 얼큰하게 취하자 공단이 입을 열었다.

"저희 마을은 전후좌우에 200여 호가 되는데, 모두가 저희 형제를 주인으로 추대하고 있습니다. 저희 형제는 권법과 봉술을 잘해서 사람들을 복종시키고 있습니다. 금년 봄 2월에 동촌東村에서 신을 맞아들여 제사를 지내는 새신회賽

13_ 신안현新安縣: 지금의 허난성 신안新安.
14_ 상방上房: 정방正房으로 정면에 위치한 방이다.
15_ 원문은 '시매행령猜枚行令'이다. '시매猜枚'는 일종의 주령酒令(벌주놀이)이다. 원래는 손에 약간의 작은 물건을 쥐고서 홀수 짝수 혹은 수량을 맞추는 것이었다. '행령行令'은 벌주놀이다.

神會[16]를 열고 무대를 만들어 극을 공연하기에 소인 형제도 그곳에 놀러갔습니다. 그런데 그 마을에 사는 황달黃達이라는 자와 놀음을 하다가 싸움이 벌어졌고 우리 형제는 이기지 못하고 그놈한테 호되게 얻어맞았습니다. 황달이란 놈이 사람들 앞에서 허풍떨며 큰소리치는데도, 저희 형제는 그놈을 어떻게 하지 못하고 분노를 참으면서 감히 아무 말도 못했습니다. 방금 전에 도배군께서 쓰신 봉술은 빈틈없고 완전하기에 저희 둘은 도배군님을 사부로 모시고자 합니다. 사부께서 어리석은 저희 형제를 이끌어주시면 반드시 후하게 사례하겠습니다."

왕경은 그 말을 듣고 크게 기뻐했지만 한 번은 사양하는 척했다. 공단 형제는 왕경을 사부로 모시고 절을 올렸다. 그날 밤늦게까지 잔뜩 취하도록 술을 마셨고 시원한 바람을 쐬고 쉬었다.

이튿날 날이 밝자 왕경은 시원한 틈을 이용해 타작마당에서 공단 형제에게 권법과 발차기를 가르쳐주었다. 그때 바깥에서 한 사람이 뒷짐을 지고서 천천히 안으로 들어오더니 소리쳤다.

"배군 놈이 어디서 감히 솜씨를 뽐낸단 말이냐?"

이 사람이 들어왔기에 나누어 서술하면, 왕경은 다시 큰 화근이 되었고, 공단은 또 깊은 원한을 맺게 되었다. 진실로 화는 부랑자로부터 생기고 치욕은 도박으로 초래된 것이다.

결국 공단 장원으로 들어온 사람이 누구인가는 다음 회에 설명하노라.

16_ 새신회賽神會: 의장儀仗, 봉소鳳簫와 북, 각종 기예를 이용해 신을 영접하고 모여서 보답하는 제사를 지내는 것이다.

살
인1

　　왕경은 공가촌의 공단 장원 안에서 해가 떠오르고 신선한 바람이 불어오는 서늘한 아침에 타작마당 버드나무 그늘 아래서 공단 형제에게 권법과 발차기를 가르쳐주고 있었다. 그때 갑자기 맨머리에 두건도 쓰지 않고 계집애처럼 두 개의 뿔 같은 모양의 상투를 틀었으며 뇌주雷州2에서 생산되는 가는 갈포로 만든 짧고 넓은 상의를 입고 허리 아래를 두르는 홑겹의 두렁이를 묶은 건장한 사내가 시원하게 만든 짚신을 질질 끌면서 들어오는데 손에는 세모꼴 모양의 부들부채를 들고 있었다. 그는 얼굴을 쳐들고 뒷짐을 지고 오면서 한 배군配軍이 무예를 지적하며 가르치는 것을 보았다. 그는 어제 북망산 동쪽 진鎭에서 어떤 유배를 가는 배군이 창봉 쓰는 자를 이겼다는 것을 알고 공단 형제가 중요한 기술을 배울까 두려운 것이었다. 그가 왕경에게 욕을 했다.

1_　제103회 제목은 '張管營因妾弟喪身(장 관영이 첩 동생 때문에 목숨을 잃다). 范節級爲表兄醫臉(범 절급이 이종 사촌 동생 얼굴의 금인을 없애주다)'이다.
2_　뇌주雷州: 지금의 광둥성 루이저우雷州.

"너는 죄인인데 어찌하여 도중에 지체하면서 이곳에서 남의 집 자제를 속이는 것이냐?"

왕경은 그가 공씨 친척인 줄 알고 감히 대답하지 못했다. 그러나 원래 이 사람은 바로 동촌의 황달이었다. 그도 아침에 선선할 때 공가촌 서쪽 끝에 사는 유대랑柳大郎에게 노름빚을 받으려고 가다가 공단의 마을 안에서 고함치는 소리를 들었다. 평소 공가 형제를 깔보았기 때문에 갑자기 들어온 것이었다.

공단은 황달을 보자 마음속에서 불같은 분노가 3000장 높이로 치솟아 억누르지 못하고 욕설을 퍼부었다.

"당나귀, 소가 싸지른 철면피 같은 놈아! 지난번에는 내 노름밑천을 떼어먹더니, 오늘은 또 우리 집에 들어와서 사람을 얕보는 거냐!"

황달도 크게 화를 내며 욕을 했다.

"제 어미와 붙을 놈아!"

황달은 부들부채를 내던지고 앞으로 달려들어 주먹으로 공단의 얼굴을 갈겼다. 왕경은 두 사람이 욕지거리를 토해내는 것을 보고 관계를 짐작하고 말리는 척 다가가서는 목에 쓴 칼로 황달의 날갯죽지를 후려쳤다. 그러자 발끝이 공중으로 뜨면서 '쫘당' 하고 넘어졌고 발버둥쳤지만 일어나지 못했다. 그때 공단과 공정, 두 장객이 일제히 달려들어 누르고는 주먹으로 치고 발로 차기 시작했다. 황달은 등·가슴·어깨·옆구리·날갯죽지·얼굴·머리·팔다리 할 것 없이 주먹으로 맞고 발에 채이지 않은 곳이 없었고 멀쩡한 곳이라곤 단지 혀밖에 없었다. 네 사람이 달려들어 셀 수도 없이 차고 때려, 갈포로 만든 넓은 상의와 묶고 있던 홑겹의 두렁이가 갈기갈기 찢겼다. 황달은 그래도 입으로만 소리쳤다.

"잘 때리는구나! 잘 쳐!"

황달은 옷이 갈가리 찢겨져 실오라기 하나 걸치지 않은 알몸뚱이가 되고 말았다. 압송관 손림과 하길이 몇 번이나 말려서야 공단 등은 겨우 손을 멈추었다. 황달은 두들겨 맞아 땅바닥에 엎어졌는데 숨만 헐떡이며 일어나려 발버둥쳤다.

공단은 장객 3~4명을 불러 황달을 들쳐 메고 동촌으로 가는 길 옆의 풀밭에 버리게 했다. 황달은 뙤약볕 아래에서 반나절이나 뻗어 있었다. 황달의 이웃 농가에서 풀을 베러 나왔다가 우연히 황달을 발견하고는 부축해 집으로 데려다주었다. 황달은 침상에 누워 쉬면서 다른 사람에게 부탁해 고소장을 써서 신안현에 제출하여 억울함을 호소했음은 더 이상 말하지 않겠다.

한편 공단 등은 이른 아침부터 한바탕 떠들썩하게 소란을 피우고는 장객을 불러 술과 음식을 내오게 하여 왕경 등과 아침밥을 먹었다. 왕경이 말했다.

"그놈이 나중에 반드시 원수를 갚는다고 와서 소란을 피울 겁니다."

공단이 말했다.

"그 철면피 같은 놈은 좆나게 궁해서 집에 마누라 하나밖에 없습니다. 주변 이웃들도 그놈의 완력을 꺼리고 있었는데 오늘 그 철면피 놈이 터진 것을 보면 틀림없이 그놈을 위해 힘을 써주지 않을 겁니다. 만약 죽어버리면 장객을 하나 내보내 그놈의 목숨 값을 대신하게 하면 소송을 한다 해도 말하지 못할 겁니다. 주지 않더라도 서로 맞잡고 싸운 소송이 될 뿐입니다. 오늘 사부님 덕분에 원수를 갚았습니다. 사부님께서는 이곳에서 술이나 드시면서 마음 놓으십시오. 어리석은 저희 형제에게 창봉술을 가르쳐주시면 반드시 보답하겠습니다."

공단은 다섯 냥짜리 은덩이 두 개를 꺼내 두 공인에게 건네면서 며칠만 봐달라고 요청했다. 손림과 하길은 돈을 받고는 승낙했다. 이날부터 열흘 넘게 머물면서 창봉술의 중요한 관건을 공단·공정에게 모조리 전수해줬다. 공인들이 빨리 가자고 재촉하는데다 황달이 현에 고소하려고 준비한다는 소식이 들려왔다. 공단은 왕경에게 백은 50냥을 주면서 섬주에 도착하면 사용하도록 했다. 한밤중에 일어나 행낭과 보따리를 수습하여 날이 밝기 전에 장원을 떠났다. 공단은 동생에게 약간의 은냥을 주면서 왕경을 호송하게 했다. 가는 길에서는 말할 만한 것이 없고 며칠 뒤에 섬주에 도착했다. 손림과 하길은 왕경을 데리고 관아로 가서 개봉부의 문서를 바쳤다. 주윤州尹은 검사하여 확실하자 왕경을 인계 받아 회신을 적어주고 두 공인은 돌아가게 했다. 주윤은 즉시 왕경을 유배지 군영으로 보냈고 공인들은 관할에 죄인을 넘겨주고 돌아와 보고했다.

공정은 아는 사람을 찾아 약간의 은냥을 주어 왕경을 위해 관영과 차발을 비롯하여 위아래로 뇌물을 먹이는 데 사용하도록 했다. 관영은 장세개張世開란 자였는데 공정에게 뇌물을 먹어 왕경의 칼을 벗겨주고 살위봉도 때리지 않았다. 다른 곳으로 보내 생활하게 하지도 않고 혼자 방을 쓸 수 있게 해주어 왕경은 자유롭게 출입할 수 있었다.

어느덧 두 달이 흘러 때는 깊어가는 가을이었다. 어느날 왕경이 방에 한가롭게 앉아 있는데, 한 군졸이 와서는 말했다.

"관영 상공께서 부르시네."

왕경이 군졸을 따라가 점시청으로 가서 공손히 절을 했다. 관영 장세개가 말했다.

"네가 여기 온 지 한참 되었는데 네게 심부름을 시킨 적이 없구나. 내가 진주陳州에서 나오는 좋은 각궁角弓3을 한 벌을 사고 싶다. 진주는 동경 관할에 있고 너는 동경 사람이니 틀림없이 각궁의 값이나 진위眞僞를 잘 알 것 같구나."

관영은 소매 속에서 종이 꾸러미 하나를 꺼내 직접 왕경에게 주면서 말했다.

"은자 2냥이다. 너는 가서 각궁을 사오도록 해라."

왕경이 말했다.

"소인이 알아서 하겠습니다."

왕경은 은자를 받아 방으로 돌아왔다. 종이 꾸러미를 펼쳐 은자를 보니 과연 눈꽃처럼 흰 은덩이였다. 무게를 달아보니 서너 푼이 더 나갔다. 왕경은 본영을 나가서 북쪽 거리에 있는 활과 화살을 파는 점포로 가서 은자 1냥 7전을 주고

3_ 『수호전전교주』에 따르면 『『방여승략』 권5 「하남·개봉부」에 이르기를 '영주潁州에 진주陳州가 있는데, 토산품은 활이다'라고 했다."

진짜 진주 각궁을 하나 사서 돌아왔다. 그러나 장 관영은 이미 점시청에 없기에 왕경은 활을 하인에게 건네 전달하게 하고 남은 3전의 은자는 자신에게 떨어졌다고 좋아했다. 이튿날 장세개는 또 왕경을 점시청으로 불러 말했다.

"네가 일을 잘하는구나. 어제 사온 각궁은 정말 좋더구나."

왕경이 말했다.

"상공께서는 상자 안에 활을 넣고 불로 계속해서 말려줘야 좋습니다."

"알겠네."

이때부터 장세개는 매일 왕경에게 음식물을 사오는 일을 시켰다. 그런데 전날처럼 은자는 주지 않고 장부를 하나 주면서 왕경이 매일 사온 물건들을 모두 장부에 기재하게 했다. 그렇지만 상점 상인들이 반 푼어치라도 외상으로 팔려 하겠는가? 왕경은 할 수 없이 자기 돈으로 물건을 사서 관아로 보냈다. 장세개는 물건이 좋으니 나쁘니 하면서 트집을 잡아 때리지 않으면 욕을 했다. 열흘이 지나자 왕경은 장부를 건네고 그동안 쓴 은자의 지불을 요청하려 했지만, 장 관영은 한 푼도 내주지 않았다. 그렇게 한 달여가 지나자 장 관영은 도리어 왕경을 때리기 시작했는데 5대 혹은 10대, 20대, 30대로 늘어나면서 한 달 동안 300여 대를 맞았다. 왕경의 두 다리는 너덜너덜해졌고, 공단이 준 은자 50냥도 모두 써 버리고 말았다.

하루는 왕경이 본영 서쪽에 있는 무공武功 기념비 거리 동쪽 첫 번째에 있는 한약방으로 갔다. 이곳은 여러 가지 약재를 갖추어 팔고 내과와 외과를 겸하며 약을 조제하고 또 매질을 당한 형벌을 받아 생긴 상처를 치료하는 고약을 팔았다. 왕경은 주인 장張씨에게 고약을 몇 개 사와서 상처에 붙였다. 장 의원이 왕경에게 고약을 붙여주면서 말했다.

"장 관영의 처남 방대랑龐大郞이 지난번에 여기 와서 고약을 사서 오른쪽 손목에 붙여 치료했다네. 그는 북망산 동쪽 진鎭에서 넘어져 다쳤다고 말했지만 내가 보기에 맞아서 다친 것 같았네."

이 말을 들은 왕경이 성급히 물었다.

"소인이 군영에서는 어째서 본 적이 없을까요?"

"그는 장 관영의 작은 마누라 친동생으로 이름은 방원龐元이라 하네. 방 부인은 장 관영이 가장 총애하는 여인이지. 방대랑은 노름을 좋아하고 또 창봉도 잘 다룬다고 하네. 누이 덕분에 살아가는데 그 누이가 항상 동생을 돌봐준다고 하네."

왕경이 그 말을 듣고 짐작이 갔다.

'지난번 측백나무 아래에서 나한테 얻어맞은 놈이 틀림없이 방원이란 놈일 게다. 과연 장세개가 잘못을 찾아 나한테 뒤집어씌우려 하는구나.'

왕경은 장 의원과 작별하고 군영으로 돌아와 은밀히 관영의 심부름을 하는 머슴애를 불러 술과 고기를 사 먹이고 돈도 몇 푼 쥐어주면서 천천히 방원에 대해 상세히 물었다. 그 머슴애가 하는 말이 앞서 장 의원이 했던 말과 매한가지였다. 또 몇 마디 상세하게 덧붙여 말했다.

"방원이 얼마 전에 북망산 동쪽 진鎭에서 당신한테 맞고 돌아와서는 항상 관영 상공께 원한이 있다고 했어요. 이 때문에 당신이 지독하게 매질을 당하게 된 건데 면하기 어려울 것 같아 걱정이에요!"

바로 다음과 같다.

이기기 좋아하고 기량 뽐내는 것은 화근이니
겸손하게 본분 지켰더라면 재앙이 없었을걸.
곤봉 한 번 휘둘러 원수 같은 사이가 되었으니
이제는 이자까지 보태 돌려주게 생겼구나.
好勝誇強是禍胎, 謙和守分自無災.
只因一棒成仇隙, 如今加利奉還來.

머슴애에게 상세히 물어본 왕경은 방으로 돌아와 탄식하며 말했다.

"사람이 무서운 것이 아니라 그 권세가 무섭구나. 지난날 우연히 말실수를 해서 그놈과 지껄이다 봉으로는 그놈을 이기긴 했지만 관영이 마음에 둔 사람의 동생일 줄은 몰랐구나. 그놈이 나를 이렇게 조인다면 다른 곳을 찾아 달아나서 방법을 찾아야겠구나."

왕경은 몰래 거리로 나가 해수첨도解手尖刀[4]를 사서 몸에 감추어 예측하지 못한 일에 방비하고자 했다. 그 뒤로 또 10여 일이 지났는데, 다행히 관영이 부르지 않아 매 맞은 상처도 어느 정도 좋아졌다.

어느날 갑자기 장 관영은 또 왕경을 불러 비단 두 필을 사오라고 했다. 왕경은 처리해야 할 일이 있어 서둘러 점포에 가서 비단을 사서 군영으로 돌아왔다. 장 관영은 점시청에 앉아 있었고 왕경은 앞으로 가서 비단을 사왔다고 말씀을 올렸다. 장세개는 비단 색깔이 좋지 않다고, 피륙 길이가 짧다는 둥, 꽃무늬가 구식이라는 둥 불만스러워하더니 왕경에게 욕설을 퍼부었다.

"이 간땡이가 부은 노비 놈아! 네놈은 죄수로서 본래 물을 지고 돌을 나르거나, 아니면 굵은 쇠사슬에 묶여 갇혀야 할 놈이다. 지금 너한테 심부름시키는 것은 대단한 호의를 베풀어주는 것이다. 네놈은 도둑 근성이 뼈까지 밴 놈이라 좋고 나쁜 것도 모르는구나!"

욕을 얻어먹은 왕경은 갑자기 말문이 막혀 입을 다물고 꽂아 놓은 촛대처럼 서서 절하며 용서를 빌었다. 장세개가 소리쳤다.

"몽둥이질은 잠시 맡겨둘 테니 속히 가서 좋은 비단으로 바꾸어 와라. 저녁까지 돌아와서 보고하도록 해라. 만약 조금이라도 지체한다면 그 도적 같은 목숨도 조심해야 할 것이다!"

4_ 해수첨도解手尖刀: 해완첨도解腕尖刀로 홀쭉하고 등은 두텁고 날은 얇으며 자루는 짧다. 비수와 유사하지만 외날이다. 휴대가 용이하고 사용이 편리하며 주요 기능은 찌르는 것이다.

왕경은 할 수 없이 입고 있던 겉옷을 벗어 전당포에 가서 전당 잡히고 돈 2관을 얻었다. 그리고 돈을 더 얹어 좋은 비단으로 바꾸어 안고서 군영으로 돌아왔다. 그런데 여기저기 오래 돌아다니는 바람에 이미 등불이 켜진 뒤여서 군영문은 닫혀 있었다. 당직 군졸이 말했다.

"어두운 밤에 무슨 책임을 지려고 너를 안으로 들이겠느냐?"

왕경이 해명했다.

"관영 상공의 심부름을 갔다 왔소."

군졸이 들어주지 않으려 하자 왕경은 남은 돈을 꺼내 주고서야 비로소 들어갈 수 있었다. 그러나 또 한 차례 귀찮게 되었는데 비단을 안고 안채 문 앞에 이르자, 문지기가 말했다.

"관영 상공께서 큰 마님과 소란스럽게 다투시고 뒤채의 작은 마님 방으로 가셨네. 큰 마님이 화가 잔뜩 나셨는데, 누가 감히 자네 말을 전하려다가 말썽을 일으키겠는가?"

왕경은 생각하며 말했다.

"그가 저녁까지 돌아와 보고하라고 했는데, 어째서 이렇게 나를 막고 거절하는가? 일부러 나를 해치려 드는 것이 아니라면, 내일 그 악독한 몽둥이질을 어떻게 벗어날 수 있겠는가? 내 목숨이 그 철면피 같은 놈 손에서 끝장나게 생겼네. 내가 저놈한테 몽둥이로 300대를 맞았으니, 그때 한 대 맞은 보복으로 충분할 것이다. 지난번에 공정으로부터 많은 은냥을 받아 처먹고도, 오늘 이렇게 태도를 바꾸고 나를 농락한단 말인가!"

왕경은 어릴 적부터 간악하여 그를 낳아준 부모조차도 건드리지 못하는 성정이었다. 그 반항하는 성질이 다시 살아나면서 말했다.

"원망이 작으면 군자가 아니고, 독하지 않으면 대장부가 아니다."[5]

5_ 원문은 '恨小非君子, 無毒不丈夫'인데, 대업을 성취하려면 반드시 마음을 모질게 먹고 수단은 악랄

상황이 이미 시작되었으면 아예 끝까지 가야 한다고 마음먹었다. 군영 안 사람들과 죄수들이 모두 잠든 1경까지 기다렸다가 살금살금 안채 뒤쪽으로 돌아가 담장을 넘어 조용조용히 뒷문 빗장을 열고 한쪽 구석에 몸을 숨겼다. 별빛 아래에서 보니, 담장 안 동쪽에는 마구간이 있고, 서쪽에는 작은 집이 하나 있는데 살펴보니 다름 아닌 측간이었다. 왕경은 마구간의 나무 울타리를 들어 올려 중문 담장에 기대놓고, 그걸 타고 담장으로 기어 올라갔다. 담장 위에서 나무 울타리를 끌어올려 안쪽 담당에 기대어놓고 가만가만 미끄러지듯 내려갔다. 먼저 중문의 빗장을 열어놓고 울타리를 감춰놓았다. 안쪽에 또 담장이 있었는데, 담장 안에서 웃고 떠들어대는 소리가 들렸다. 왕경은 담장 옆으로 가서 바닥에 엎드리고는 귀를 기울여 자세히 들었다. 장세개의 목소리가 들리고, 한 부인과 또 다른 한 남자의 목소리가 들렸는데, 안에서 술을 마시면서 한담을 나누는 것 같았다. 왕경이 한참동안 몰래 엿듣고 있었는데, 갑자기 장세개의 말이 들렸다.

"처남, 그놈이 내일 와서 보고하면 그놈 목숨도 몽둥이에 끝장날 걸세."

그 남자의 말이 들렸다.

"내가 대충 계산해보니까 그놈이 가진 돈도 이제 7~8할은 다 써버렸을 겁니다. 매형께서 이제 결심해서 이 좆같은 기분을 풀어주십시오."

장세개가 대답했다.

"이제 내일 모레면 자네 기분이 유쾌해질 거네!"

부인이 말했다.

"이제 그만하면 됐잖아! 이제는 그만들 둬요!"

남자가 말했다.

"누님은 무슨 그런 말을 하시오? 누님은 상관하지 마시오!"

해야 함을 말한다.

왕경은 담장 밖에서 세 사람이 한 마디씩 주고받는 말을 듣고는 분명하게 알게 되자, 마음속에서 불길 같은 분노가 3000장이나 치솟아 도저히 감정을 억누를 수가 없었다. 금강 같은 괴력을 발휘하여 흰 벽을 밀어 무너뜨리고 뛰어 들어가 이것들을 모조리 죽여버리지 못하는 것이 한스러웠다. 바로 다음과 같다.

입에 맞는 음식도 과식하면 탈나기 마련인데
즐거운 정사[6]도 지나치면 재앙을 입게 되네.
가을바람 불기 전 매미는 때를 아는데
은밀히 보낸 저승사자[7] 어떻게 방비할 수 있는가!
爽口物多終作病, 快心事過必爲殃.
金風未動蟬先覺, 無常暗送怎堤防!

왕경이 더 이상 감정을 억제할 수 없었는데 그때 장세개가 큰소리로 하는 말이 들렸다.

"애야! 뒤쪽 측간에 가게 등불을 밝히거라."

이 말을 들은 왕경은 서둘러 해수첨도를 꺼내 들고 매화나무 뒤에 몸을 잔뜩 웅크리고 앉았다. 안에서 '삐걱' 하는 좌우여닫이 문을 여는 소리가 들렸다. 왕경이 어둠 속에서 살펴보니 매일 소식을 알려주던 그 머슴애가 등을 들고 앞서 오고 있고 뒤에는 장세개가 어슬렁거리며 나오고 있었다. 어둠 속에 누가 있는지도 모르고 앞만 보고 걸어가다가, 중문에 이르더니 그 머슴애에게 욕을 했다.

"조심성 없는 종놈들 같으니라고, 이렇게 늦었는데 어째서 빗장을 걸지 않았단 말이냐?"

6_ 원문은 '快心事'인데 대부분 남녀 간의 정사를 가리킨다.
7_ 원문은 '無常'인데, 영혼을 잡으러온 사자를 가리킨다.

머슴애가 문을 열고 등을 비추자 장세개가 비로소 중문을 나갔다. 왕경은 살 그머니 그 뒤를 따라갔다. 장세개는 뒤에서 오는 발걸음소리를 듣고는 고개를 돌렸다. 바로 그때 왕경은 오른손으로 칼을 빼들고 왼손은 다섯 손가락을 쫙 벌 리고는 앞으로 달려들었다. 그 순간 장세개는 몸속의 오장五臟이 몽땅 하늘 끝 저 멀리까지 튀어나올 정도로 소리 질렀다.

"도둑이야!"

그러나 말을 할 때는 이미 늦었고 행동이 빨라 왕경의 칼은 어느 결에 정세 개의 귀뿌리부터 목까지 찍어 베어버렸다. 장세개는 그만 땅바닥에 고꾸라졌다. 그 머슴애는 비록 평소에 왕경과 친숙하게 지내기는 했지만, 오늘 왕경이 번뜩 이는 칼을 손에 들고 사람을 해치는 것을 보았는데 어떻게 무섭지 않겠는가? 달아나려고 했지만 두 발이 못에 박힌 듯 꼼짝할 수가 없었고, 다시 소리를 지 르려 해도 마치 벙어리가 된 것처럼 소리가 나오지 않았다. 그저 놀라 멍하니 있을 따름이었다. 장세개는 목숨을 부지하고자 발버둥쳤지만 왕경이 뒤쫓아 가 서 등에 또 한칼로 찔러 끝장내버렸다.

방원은 방에서 누나와 술을 마시고 있었는데 바깥으로부터 분명하지 않은 이상한 소리를 듣고는 등불도 켜지 않고 급히 밖으로 뛰쳐나가 살펴봤다. 왕경 은 방 안에서 누군가 나오는 것을 보고는 등을 들고 있던 머슴애를 발로 걷어 찼다. 그 머슴애는 등을 든 채로 넘어졌고 등불은 꺼져버렸다. 방원은 장세개가 머슴애를 때리는 것으로 알고 소리쳤다.

"매형, 애는 어째서 때리시오?"

말리려고 앞으로 오는데, 왕경이 날듯이 앞으로 달려와 어둠속에서 방원을 보면서 칼을 뻗었는데, 정통으로 옆구리를 찔렀다. 방원은 돼지 멱따는 소리를 지르며 땅바닥에 뒤집어졌다. 왕경은 방원의 머리카락을 움켜쥐고는 한칼에 머 리를 잘라버렸다. 방씨는 바깥에서 사나운 고함 소리가 나는 것을 듣고 급히 몸 종을 불러 등불을 켜고 함께 밖으로 나가 살펴보았다. 왕경은 방씨가 나오는 것을 보고 달려들어 죽이려 했다. 그런데 말해도 믿기지 않는 괴상한 일이 벌어졌다. 왕경이 눈을 돌려 보니, 10여 명의 하인들이 손에 무기를 들고 방씨 뒤에서 고함을 지르면서 달려오는 것이 보였다. 왕경은 황급히 동작을 멈추고 밖으로 달려나갔다. 뒷문을 열고 군영 뒷담을 넘고는 피 묻은 옷을 벗어버리고 칼을 깨끗하게 닦은 다음 몸에 감추었다. 그때 3경을 알리는 북소리가 들려왔다. 왕경은 거리에 인적이 없는 틈을 타서 성벽 아래로 갔다. 섬주는 토성으로 둘러싸여 있었는데 성벽이 그다지 높지 않고 해자도 깊지 않아 그날 밤 왕경은 성벽을 넘어 달아날 수 있었다.

왕경이 성벽을 넘은 것은 더 이상 말하지 않겠다. 한편 장세개의 첩 방씨는 두 몸종과 함께 등을 밝히고 나와서 비추어봤을 뿐 원래는 그녀를 따라온 다른 하인들은 없었다. 방씨가 나와 살펴보니 동생 방원의 머리가 핏방울을 뚝뚝 떨어뜨리면서 한쪽에 있고 몸뚱이는 다른 한쪽에 있었다. 깜짝 놀란 방씨와 몸종들은 서로 얼굴만 쳐다볼 뿐 어찌할 바를 몰랐다. 마치 여덟 조각의 두개골을 갈라서 얼음물을 반 통 부은 것처럼 한참 동안 아무 말도 하지 못했다. 방씨를 비롯한 세 사람은 넘어지고 구르며 벌벌 떨면서 안으로 달려들어가 크게 소리질렀다. 안에서는 측근들이 바깥에서는 당직 서는 군졸들이 횃불과 무기를 들고 모두 집 뒤쪽을 비추며 살펴보았다. 중문 밖에는 장 관영이 죽어 있고, 머슴애는 바닥에 쓰러져 입으로 피를 토하면서 살고자 발버둥치고 있는데 살아날 것 같지 않아 보였다. 사람들이 뒷문이 열려 있는 것을 보고는 도둑이 집 뒤로 들어온 것 같다고 말했다. 우르르 뒷문 밖으로 나가서 불을 비춰 보니 불빛 아래 비단 두 필이 버려져 있는 것이 보였다. 모두들 왕경이라 일제히 소리 질렀고 얼른 죄수들을 점검하자 왕경만이 없었다. 군영에서 한바탕 소동이 일어나자 근처 이웃들까지 모두 나와서 찾아보니 군영 뒷담 밖에 피 묻은 옷이 발견되었고 자세히 검사해보니 모두 왕경의 것이었다. 사람들은 상의하여 아직 성문이 열리기 전에 주윤에게 보고하고 급히 사람을 보내 수색하여 체포하도록 했다. 이때는 이미 5경쯤이었다. 보고를 받은 주윤은 깜짝 놀라, 속히 현위를 보내 죽은 사람을 검시하고 흉악범이 드나드는 곳을 알아보게 했다. 사람을 보내 섬주의 네 성문을 닫게 하고 군병들을 점검해 동원했으며, 아울러 집포인들과 성 안팎의 이정들을 모두 내보내 집집마다 수색하여 범인 왕경을 체포하게 했다. 성문을 닫고 이틀 동안 떠들썩하게 집집마다 상세하게 조사했지만 왕경의 종적을 찾을 수 없었다. 주윤은 문서에 서명하여 관할하는 지방 각처의 향보鄕保[8]에게 위임하여 집집마다 수색하면서 흉악범을 체포하게 했다. 또한 왕경의 고향·나이·용모·복장을 적고 용모파기를 그려 1000관의 현상금을 걸었다.

"만약 왕경의 행방을 알아 주에 보고하는 자는 문서에 따라 상금을 지급하겠으나, 범인을 숨겨주고 숙식을 제공했다가 발각되는 자는 범인과 동일한 죄로 다스리겠다."

인근 주현에 두루 알리고 함께 협력해서 체포하도록 했다.

한편 왕경은 그날 밤 섬주성을 넘어간 다음 옷을 동여 묶고 해자의 얕은 곳을 골라 건너서 맞은편 언덕으로 올라갔다. 속으로 생각하며 말했다.

"비록 탈출하여 목숨은 건졌지만 어디로 가서 몸을 피해야 좋단 말인가?"

때는 음력 11월이 다가오고 있어 나뭇잎도 모두 떨어지고 풀도 말라버려서 별빛 아래에서도 길을 볼 수 있었다. 그날 밤 서너 개의 좁은 길을 돌아간 다음에야 비로소 큰 길이 나왔다. 왕경은 황급히 붉은 해가 동쪽에서 떠오를 때까지 내달렸는데 대략 약 60~70리 정도를 달려왔다. 남쪽을 향해 가다 보니 앞에 인가가 빽빽하게 들어찬 마을이 나타났다. 왕경은 아직 1관의 돈이 남아 있음을 생각하고 마을에 가서 술과 음식을 사먹은 다음 어디로 갈지 생각해보기로 했다.

8_ 향보鄕保: 일반적으로 향촌의 하급 관리를 가리킨다.

이윽고 시장 안으로 걸어갔는데 아직 이른 아침이어서 술과 고기를 파는 점포들이 문을 열지 않았다. 동쪽 거리의 한 집 처마 밑에 행상들이 묵는 객점임을 표시하는 낡은 등롱이 걸려 있었다. 어젯밤에 문을 닫지 않은 탓인지 문도 반쯤 열려 있었다. 왕경이 앞으로 가서 '삐걱' 소리를 내면서 문을 밀고 들어가자, 아직 세수도 하지 않고 머리도 빗지 않은 한 사람이 안에서 나왔다. 왕경이 보니 아는 사람이었다.

'이종사촌 형인 원장院長 범전范全이네. 어릴 적에 부친을 따라 방주房州⁹로 가서 장사로 돈을 벌어 그곳에서 양원兩院의 감옥을 관리하는 절급이 되었지. 금년 봄 3월에 공무로 동경에 왔다가 우리 집에 며칠 묵은 적도 있었지.'

왕경이 소리쳤다.

"형님! 그간 무탈하셨습니까!"

범전이 말했다.

"왕경 동생이 아닌가."

그런데 범전이 왕경의 모습을 보니, 얼굴에는 양쪽 줄로 금인이 새겨져 있기에 의심이 들었지만 더 이상 대답하지 않았다. 왕경은 주변에 사람이 없는 것을 보고, 바닥에 무릎을 꿇으며 말했다.

"형님, 이 동생을 구해주십시오!"

범전은 황급히 왕경을 부축해 일으키며 말했다.

"자네가 진짜 왕경 동생인가?"

왕경이 손을 흔들며 말했다.

"소리 내지 마십시오!"

범전이 눈치를 채고 왕경의 소매를 잡아끌어 객방으로 데리고 들어갔다. 범전이 어젯밤 빌린 독방이었다. 범전이 살며시 서둘러 물었다.

<hr>

9_ 방주房州: 후베이성 팡현房縣.

"동생은 어쩌다 이 꼴이 되었는가?"

왕경은 범전의 귀에 대고 낮은 소리로 소송을 당해 섬주로 유배를 오게 된 사정을 두루 이야기했다. 그리고 이후에 장세개가 원한을 갚겠다고 몹시 악독하게 굴기에 어젯밤에 이렇게 저렇게 일을 저질렀다고 모두 말했다.

이야기를 듣고 난 범전은 깜짝 놀랐다. 잠시 망설이다가 급히 세수하고 머리를 빗고는 아침밥을 먹은 다음 방값과 밥값을 계산했다. 왕경을 수행하는 군졸로 꾸미고 객점을 떠나 방주로 향해 갔다. 길을 가면서 왕경은 범전에게 무슨 일로 여기에 오게 됐는지 물었다. 범전이 말했다.

"우리 주윤이 섬주 주윤에게 서신을 갖다주라고 파견했네. 어제 회신을 받고 바로 섬주를 떠나 저녁에 이곳에 당도하여 하룻밤을 묵은 거네. 동생이 섬주에 와 있었고, 또 그런 일을 저지른 것은 몰랐네."

범전은 왕경과 함께 밤에는 쉬고 새벽에 출발하여 몰래 방주에 도착했다. 이틀이 지나자 섬주에서 흉악범 왕경을 체포하라는 공문이 왔다. 범전은 두 손에 땀을 쥐고 집으로 돌아와 왕경에게 말했다.

"성안에서는 틀림없이 거처할 수 없을 것 같네. 성 밖 정산보定山堡 동쪽에 몇 칸짜리 초가와 20여 무畝의 밭을 작년에 내가 사둔 것이 있네. 지금 장객 몇 명을 보내 경작시키고 있는데, 동생은 그곳으로 가게나. 며칠 동안 몸을 피하고 있으면서 다시 생각해보세."

범전은 칠흑 같은 밤에 왕경을 데리고 성을 나가, 정산보 동쪽 초가에서 몸을 숨기게 했다. 그리고 왕경의 성명을 바꾸어 이덕李德이라 했다. 범전은 왕경의 얼굴에 새겨진 금인 때문에 불안했다. 그런데 다행히 예전에 건강부에 갔다가 신의 안도전의 명성을 듣고 많은 예물을 주고 그와 친분을 맺어 금인을 치료하는 방법을 배운 적이 있었다. 왕경의 얼굴에 독약을 바른 후에 좋은 약을 써서 치료하여 붉은 흉터를 돋게 한 다음, 다시 금과 옥가루를 발랐다. 두 달 정도 치료하자 흉이 모두 없어졌다.

세월은 덧없이 흘러 어느 덧 100여 일이 지나, 선화 원년 2월이 되었다. 관아에서 왕경을 체포하려던 일도 이미 용두사미가 되어 처음에는 요란하다가 이제는 느슨하게 되었다. 왕경은 얼굴에 금인도 없어져 점차 바깥출입도 하게 되었다. 의복과 버선, 신발 등은 모두 범전이 마련해줬다. 하루는 왕경이 방에서 고민에 싸여 앉아 있는데 갑자기 멀리서 떠들썩하게 야단 법석하는 소리가 들렸다. 왕경이 장객에게 물었다.

"장객, 어디서 저렇게 시끄럽게 떠드는가?"

장객이 말했다.

"이李 대관인은 모르시겠지만, 여기서 서쪽으로 1리쯤 가면 정산보 안에 단가 장莊家莊이 있습니다. 그 장원의 단씨 형제가 본주의 기생들을 불러 무대를 설치하고 각종 곡조를 부르게 하고 있습니다. 그 기생들은 서경에서 새로 온 행원行院들인데 용모와 재주가 비할 수 없다고 합니다. 그들을 구경하느라 인산인해를 이룬답니다. 대관인께서도 구경하러 가시지요?"

왕경이 그 말을 듣고 어떻게 가만히 참고 있을 수 있겠는가? 한달음에 정산보로 달려갔다. 왕경이 그곳으로 갔기 때문에 나누어 서술하면, 배군配軍이 시골 여인과 부부의 인연을 맺게 되고 흉악한 자들이 한 지방을 재앙에 빠뜨렸던 것이다.

결국 왕경이 구경 간 그곳에서 정말로 기생이 노래를 부르는지는 다음 회에 설명하노라.

【 제104회 】

방
산
채[1]

    왕경은 정산보로 달려갔다. 대략 500~600호 정도의 마을이었고 무대는 정
산보 동쪽 보리밭 위에 설치되어 있었다. 기생들은 아직 무대 위에 오르지 않았
고, 무대 아래에는 사방으로 30~40개의 탁자가 놓여 있었고 사람들이 둘러앉
아 주사위 노름을 하고 있었다. 주사위 던지는 노름도 한 가지에 그치는 것이
아니라, 육풍아六風兒·오요자五소子·화요모火燎毛·주와아朱窩兒[2] 등이 있다. 또
20여 명이 무리지어 땅에 쭈그리고 앉아 동전 던지기도 하고 있었는데, 동전 던
지기 노름도 한 가지에 그치는 것이 아니라, 혼순아渾純兒[3]·삼배간三背間·팔차

1_ 제104회 제목은 '段家莊重招新女婿(단가장에서 새로 사위를 불러들이다), 房山寨雙倂舊強人(방산채에
     서 옛 강도들과 병합하다)'이다.

2_ 『수호전전교주』에 따르면 "육풍아六風兒는 6개의 주사위를 던지는 것으로 쓰촨四川에서는 육개두六
     個頭라고 한다. 오요자五소子는 5개의 주사위를 던지는 것으로 쓰촨에서는 오개두五個頭라 한다. 화
     요모火燎毛는 상세하지 않은데, 쓰촨에서는 삼삼합三三合이라 하고 3개의 주사위를 던지는 것이다.
     주와아朱窩兒는 4개의 주사위를 던지는 것이다"라고 했다.

3_ 혼순아渾純兒: 동전을 던졌을 때 전체가 글자 면 혹은 반대 면이 되거나 혹은 주사위를 던졌을 때
     똑같은 점을 '혼순渾純'이라 한다.

아八又兒 등이 있었다. 주사위를 던지는 곳에서는 '요么(1)'를 외치거나 '육六(6)'을 부르고, 동전을 던지는 곳에서는 '글자字'를 부르거나 '뒷면背'4을 외치고 있었다. 웃기도 하고 욕하기도 하며 혹은 진지하기도 하고 치고받으며 싸우기도 했다. 노름에 진 자들은 옷을 벗어 저당 잡히기도 하고 두건이나 버선을 벗어놓기도 했다. 잃은 돈을 되찾기 위해 하던 일도 접고 먹고 자는 것도 잊은 채 달려들지만 끝내는 모두 잃고마는 자도 있다. 이긴 자는 의기양양하여 삐딱삐딱 걸으며 여기저기 기웃거리다 술 좋아하고 멍청하며 사기당해도 모르는 상대를 찾아 다시 노름을 한다. 주머니나 탑박, 옷소매 안에는 모두 은전으로 가득하지만 노름이 끝난 뒤에 밑천을 계산해보면 원래 딴 돈은 얼마 되지 않게 된다. 딴 돈은 돈놀이꾼이 가져가고 개평으로 집어가기에 약간 남는 정도에 불과하게 된다. 노름판 광경은 더 이상 말하지 않겠다. 시골 처녀와 농촌 아낙네들은 보리밭 김매던 호미를 던져버리고 채소밭에 물주는 것도 잊어버린 채 삼삼오오 무리를 지어 검은 진흙 같은 얼굴을 쳐들고 황금 같이 누런 이빨을 드러낸 채 멍청하게 서서 기생들이 나오기만을 기다렸다. 기생들도 일반 사람들과 마찬가지로 부모 밑에서 자랐는데 어찌하여 저들은 그토록 아름다워 사람들이 구경을 할까? 인근 마을에서뿐만 아니라 성안에서도 사람들이 구경하러 와서, 푸릇푸릇한 보리밭이 10여 무畝나 밟혀서 빈 땅이 되고 말았다.

장황한 말은 그만두고 본론으로 들어가서, 왕경은 한가롭게 한 바퀴 돌면서 구경을 하다보니, 기량을 뽐내고 싶어서 손발이 근질거렸다. 그때 무대 안쪽 사람들이 모여 있는 가운데, 한 우람하고 건장한 사내가 두 손을 탁자 위에 올려놓고 등받이 없는 걸상에 앉아 있는 것이 눈에 들어왔다. 그 사내는 둥그런 눈에 큼지막한 얼굴이었고, 어깨는 벌어졌지만 허리는 날씬했다. 탁자 위에 5관의

4_ 옛날의 동전에는 4개의 글자 혹은 다른 글자가 한 면에 있는데, 이렇게 글자가 있는 면을 '자字'라 하고 반대 면은 '배背'라 한다.

돈이 쌓여 있고, 주사위 담는 쟁반에 여섯 개의 주사위가 놓여 있었는데 노름할 상대가 없는 것 같았다. 왕경은 생각하며 말했다.

'내가 소송당한 때부터 오늘까지 열 달이 넘도록 이런 곳에서 놀아본 적이 없네. 지난번에 범전 형님이 땔나무 사라고 준 은덩이 하나가 있으니, 이걸 판돈 삼아 저놈과 주사위 노름이나 해야겠다. 몇 관쯤 따서 돌아가 과일이나 사 먹어야겠다.'

왕경은 은덩이를 꺼내 탁자 위에 던지며 사내에게 말했다.

"대충 주사위 한번 던져봅시다."

사내가 왕경을 빤히 쳐다보더니 말했다.

"던져보시오."

미처 말을 끝내기도 전에 앞쪽에 있던 탁자를 둘러싼 사람들 틈에서 한 사람이 비집고 나왔다. 덩치 큰 용모가 걸상에 앉아 있는 사내와 비슷했다. 그 사람이 왕경에게 말했다.

"어이, 은덩어리로 판돈을 낼 수 있겠소? 은덩이를 주면 내가 동전으로 바꿔주겠소. 당신이 이기면 1관마다 20문의 이자를 떼겠소."

왕경이 말했다.

"좋소!"

그 사람은 돈 2관을 내놓고서 먼저 1관에 20문씩 이자를 떼었다. 왕경이 말했다.

"그래도 좋소!"

왕경은 바로 그 사내와 주와아 노름을 시작했다. 두세 판 놀았는데, 또 한 사람이 비집고 들어와 판돈을 걸었다. 왕경은 동경에서 오랫동안 도박을 한 고수라 마음대로 주사위를 쉬지 않고 굴릴 수 있고, 또 상대방이 손재주가 있을 때는 판돈을 걸지 않고 주사위가 굴러갈 때 손을 써서 교란시켰으며, 게다가 교활하고 간사하게 상대방이 주의하지 않을 때 속임수를 사용했다. 은덩이를 동전으로 바꿔준 돈놀이꾼이 소란한 틈을 타 다른 탁자로 가버렸다. 끼어들었던 자도 왕경의 주사위 던지는 것이 흉악한 것을 보고는 판돈을 거두고 그 사내를 위해 집어주기만 했다. 왕경은 단숨에 2관을 땄고 주사위를 던질수록 삼홍三紅, 사취四聚3가 나오면서 자기 마음대로 판을 이끌었다. 사내는 본전을 찾으려고 성급해졌지만 절絶4, 탑각塌脚,5 소사小四6 같은 것들만 나왔다. 왕경이 9점이 나올 때 그 사내는 8점에 그칠 뿐이었다. 한 시진도 되지 않아 5관을 모두 잃고 말았다.

왕경은 돈을 따자 2관은 노끈으로 꿰어 돈놀이꾼을 찾아 은덩이와 다시 바꾸려고 한쪽에 두었다. 또 3관은 동여매어 어깨에 지려고 하는데 돈을 잃은 사내가 소리쳤다.

"너는 돈을 가지고 어디로 가려는 것이냐? 그 돈은 방금 화로에서 나온 것이라, 뜨거워서 손이 구워질 것이다."

왕경이 화를 내며 말했다.

"네가 나한테 잃어놓고서 도리어 좆같이 방귀 뀌는 소리를 하네?"

그 사내가 눈을 둥그렇게 뜨고 괴이한 눈초리로 욕을 했다.

"개새끼야, 감히 이 어르신을 기분 나쁘게 해?"

왕경도 욕을 했다.

"이런 좆같은 촌놈이, 네가 주먹으로 내 배를 치고 주먹을 빼낸다면 돈을 가져가거라!"

사내가 두 주먹을 치켜들고 왕경의 얼굴을 향해 날렸다. 왕경은 옆으로 날쌔

5_ 사취四聚는 주사위를 던졌을 때 여섯 개가 동일한 색채를 이루는 것을 말한다.
6_ 절絶: 『수호전전교주』에 따르면 "절絶은 벌색罰色으로 다시 시합할 필요가 없다"고 했다.
7_ 탑각塌脚: 『수호전전교주』에 따르면 "따라갈 수 없다. 미치지 못하는 것을 말한다. 『제홍보除紅譜·척법擲法』에 이르기를 '무릇 새색賽色(주사위 놀음의 승패)에서 1점이 적은 것을 탑각이라 한다'고 했다."
8_ 소사小四: 『수호전전교주』에 따르면 "『사림광기속집事林廣記續集』 권6 『쌍육雙六』에서 이르기를 '소사는 요요이ㅅㅅ二(112)다'라고 했다."

게 피하면서 사내의 손을 잡고서 오른쪽 팔꿈치로 사내의 가슴을 냅다 밀면서 오른발로 사내의 왼쪽 다리를 걸었다. 사내는 뚝심도 있고 넘어뜨리는 법도 알았지만, 그만 얼굴은 하늘을 향하고 등은 땅에 붙이면서 '꽈당' 뒤로 자빠지고 말았다. 가까이 서서 구경하던 사람들이 모두 웃어댔다. 사내가 일어나려고 발버둥치자 왕경이 위에 올라타 누르고는 정신없이 두들겨 팼다. 그때 은덩이를 동전으로 바꿔주었던 돈놀이꾼 사내가 달려와서는 말리거나 도와주지도 않고 탁자 위에 있는 돈을 모조리 가지고 달아났다. 크게 화가 난 왕경은 사내를 내버려두고, 돈을 훔쳐가는 돈놀이꾼을 성큼성큼 뒤쫓았다. 그때 사람들 틈에서 한 여자가 번개같이 나오면서 크게 소리 질렀다.

"이놈, 무례하게 굴지 마라! 내가 여기 있다!"

왕경이 그 여자의 생김새를 보니,

커다란 눈에 흉악한 눈빛이 번뜩이고, 짙은 눈썹에는 살기가 어려 있구나. 허리는 살이 쪄 굼뜬 것이 날씬하고 아름다운 모습이라곤 찾아볼 수 없도다. 낯짝은 미련할 정도로 두꺼운데 분과 연지를 덕지덕지 발랐구나. 머리에는 이상한 모양의 비녀와 고리 꽂았고, 두 손목에는 유행하는 팔찌를 두르고 있네. 돌절구 옮겨놓고는 절구 찧는 사람 가쁘게 헐떡거리는데도 재촉하며 비웃고, 항상 두 손으로 우물 목책 들어 올리며 자신의 완력으로는 식은 죽 먹기임을 자랑하는구나. 바늘에 실을 어떻게 꿰는지는 모르고, 발길질과 주먹질만을 장기로 삼도다. 眼大露凶光, 眉粗橫殺氣. 腰肢坌蠢, 全無裊娜風情; 面皮頑厚, 惟賴粉脂鋪翳. 異樣釵鐶揷一頭, 時興釧鐲露雙臂. 頻搬石臼, 笑他人氣喘急促; 常搇井欄, 誇自己膂力不費. 針線不知如何拈, 拽腿牽拳是長技.

그 여자의 나이는 24~25세 정도로 보였다. 그녀는 겉에 입은 홑 상의를 벗어 둘둘 말아서는 탁자 위로 던졌다. 안에는 화살대처럼 소매가 짧고 앵무새처럼 녹색의 짧은 솜저고리를 입었으며, 아래에는 가랑이가 넓은 이중으로 된 자주색 비단 바지를 입고 있었다. 앞으로 걸어오면서 주먹을 들고는 왕경에게 달려들어 휘둘렀다. 왕경은 상대가 여자이고, 또 주먹질에 빈틈이 있는 것을 보고는 놀려주려고 했다. 일부러 빨리 넘어뜨리지 않고 두 주먹을 잡아당기고 무예 자세를 취하고는 그 여자와 싸웠다.

두 팔 크게 벌려 사평四平9 자세를 취하고, 두 발은 나는 듯이 공중으로 뛰어 올라 뻗으며 연속으로 차네. 선인지로仙人指路10 자세를 취하고, 늙은이가 학을 타는 모양을 취하는구나. 상대편 심장 가까이 접근하면서 손바닥을 내렸다가 심장을 가격하고 부딪쳐 들어가며 관자놀이를 치도다. 발을 앞으로 들어올린 뒤 나아가면서 주먹 날리고, 몸을 한쪽으로 기울여 다리를 보호하며 틈을 없애는구나. 저쪽 여자는 정수리에 꽃을 흩뿌리는 자세 취하고, 이쪽 남자는 끈으로 허리를 둘둘 감는 자세를 사용하네. 두 사람은 바람을 맞는 부채같이 붙더니, 한참 동안 낙화유수로 소나기 퍼붓듯이 하누나.
拽開大四平, 踢起雙飛脚. 仙人指路, 老子騎鶴. 拗鸞肘出近前心, 當頭炮熱侵額角. 翹跟淬地龍, 扭腕擎天橐. 這邊女子, 使個蓋頂撒花, 這裏男兒, 耍個繞腰貫索. 兩個似迎風貼扇兒, 無移時急雨催花落.

그때 기생들이 무대 위에 올라가 익살스러운 연극을 시작했다. 하지만 사람들은 남녀가 싸우는 것이 더 재밌어서, 모두 그쪽으로 몰려들어 두 사람을 둥글

9_ 사평四平: 무술 동작이며 주먹으로 사면을 치는 것이다. 『수호전전교주』에 따르면 "『무비지武備志』 권88, 89 『진련제陳楝制』에서 이르기를 '유사평有四平·고사평高四平·중사평中四平·저사평底四平 등의 자세가 있다'고 했다."

10_ 선인지로仙人指路: 사람을 잡아 포박하는 기술 가운데 하나다. 『수호전전교주』에 따르면 『무비지』 권87 『진련제·선인지로세仙人指路勢』에서 이르기를 '잡는 방법이다. 다리를 꼰 걸음으로 앞으로 가고 물러나는데 여러 자세로 변환시킬 수 있다'고 했다."

게 둘러싸고 구경했다. 그 여자는 왕경이 단지 막는 자세만 취하는 것을 보고는 실력이 없는 것으로 생각했다. 그녀는 빈틈을 엿보다가 검은 호랑이가 상대의 가슴을 노리는 자세를 취하더니 왕경의 가슴을 주먹으로 냅다 후려쳤다. 왕경이 슬쩍 피하자 여자의 주먹은 허공을 가르고 말았다. 미처 주먹을 거두기 전에 왕경은 그녀의 자세가 비틀거리자 거머잡고는 한 번에 여자를 뒤집어버렸다. 그 여자가 뒤집히면서 막 땅에 닿으려는 순간 왕경이 손을 내밀어 그녀를 껴안았다. 이것은 호랑이가 머리를 끌어안는 '호포두虎抱頭'라는 기술이었다. 왕경이 말했다.

"옷이 더러워지겠소. 내가 화나게 했다고 나무라지 마시오. 그쪽이 먼저 달려든 것이오."

그 여자는 터럭만큼도 부끄러워하거나 화내지 않고 도리어 왕경을 칭찬하며 말했다.

"야! 훌륭한 권법과 발차기 기술이오! 대단한 힘이오!"

그때 돈을 잃고 얻어맞은 자와 돈을 집어갔던 돈놀이꾼 두 사내가 사람들을 헤치고 나와서는 소리쳤다.

"당나귀와 소가 싸지른 개새끼가 간땡이가 크구나! 감히 내 여동생을 넘어뜨려?"

왕경도 욕을 했다.

"노름에 진 더러운 촌것 새끼들이 내 돈을 훔쳐놓고 도리어 지랄하고 있네!"

왕경이 앞으로 다가가 주먹으로 막 치려고 하는데, 사람들 틈에서 한 사람이 뛰쳐나오더니 몸으로 가로막고는 소리쳤다.

"이대랑, 무례하게 굴지 마라! 단이段二 형과 단오段五 형도 손을 멈추시오! 모두 한동네 사람들이니, 할 말 있으면 좋은 말로 합시다!"

왕경이 보니 바로 범전이었다. 세 사람이 손을 멈추었다.

범전이 얼른 그 여자에게 말했다.

"삼랑三娘, 인사 받으시오."

그 여자도 만복을 하고는 물었다.

"이대랑은 원장院長님 친척인가요?"

범전이 말했다.

"내 이종사촌 동생이오."

여자가 말했다.

"뛰어난 권법과 발치기예요!"

왕경이 범전에게 말했다.

"저놈이 져서 돈 잃고서는, 도리어 같은 패거리를 시켜 돈을 빼앗아갔소."

범전이 웃으면서 말했다.

"그건 이 두 형제의 장사인데, 자네가 어쩌다가 소란을 피웠는가?"

단이와 단오 두 사람은 여동생을 빤히 쳐다봤다. 그 여자가 말했다.

"범 원장님의 낯을 봐서라도 다툴 필요 없어. 은덩이나 내놔!"

단오는 여동생이 그를 말리고 훌륭하다고 칭찬하는 것을 보고는 말했다.

"내가 졌소."

은덩이를 꺼내 누이동생 삼랑에게 건넸고, 삼랑은 그것을 받아 범전에게 주면서 말했다.

"은덩이 여기 있으니 가져가세요!"

말을 끝내자 삼랑은 단이와 단오를 끌어당겨 사람들을 헤치고 가버렸다. 범전도 왕경을 데리고 초가로 돌아왔다.

범전이 왕경을 원망하며 말했다.

"내가 큰어머니 얼굴을 봐서 심각한 상황을 무릅쓰고 자네를 여기 머물게한 것이네. 특별 사면령이라도 내려지면 다시 자네와 뭐라도 강구해보려고 했는데, 자네는 어째 이토록 참을성이 없는가! 단이와 단오는 아주 교활하고 사나운 자들일세. 그 누이동생인 단 삼랑은 더욱 추하고 사람을 두렵게 하여 사람들이

'대충와大蟲窩(호랑이굴)'라고 부른다네. 그녀의 유혹에 빠져 신세 망친 양가집 자제들이 적지 않네. 그녀가 15세 때 어떤 늙은이에게 시집갔는데, 그 우둔한 늙은이가 1년이 못 돼 그녀의 괴롭힘에 죽었다네. 그녀는 자신의 힘만 믿고 단이·단오와 함께 바깥으로 다니면서 소란을 피우고 남을 짜증나게 속이면서 돈을 빼앗는다네. 인근 마을에서 저들을 두려워하지 않는 곳이 있는 줄 아는가? 저들이 기생들을 불러온 것도 오로지 사람들을 노름판으로 끌어들이기 위한 것이지. 거기 펼쳐진 탁자들은 저들의 올가미가 아닌 것이 있는 줄 아는가? 그런데 자네가 그곳에 가서 말썽을 일으킨단 말인가! 혹시라도 자네 정체가 탄로 나면, 자네나 나나 화를 입을 일이 결코 작지 않다네."

왕경은 범전의 말을 듣고 말문이 막혀 입을 다물었다. 범전이 일어나며 왕경에게 말했다.

"나는 관아에 당직 서러 가야겠네. 내일 다시 오겠네."

범전이 방주성으로 들어간 것은 더 이상 말하지 않겠다. 그날 왕경은 늦게 잠자리에 들었다. 그날 밤 말할 만한 것은 없었다. 이튿날 왕경이 막 세수를 하고 머리를 빗었는데, 장객이 와서 말했다.

"단段 태공이 대랑大郎을 보러 왔습니다."

왕경이 밖으로 나가 맞이하고 보니, 주름진 얼굴에 흰 수염을 기른 노인이었다. 예를 마치고 손님과 주인이 자리를 나누어 앉았다. 단 태공이 왕경을 머리에서부터 발끝까지 살펴보더니, 속으로 중얼거렸다.

"과연 훤칠하구만!"

그러고는 왕경에게 물었다.

"어디 사람이오? 어째서 여기에 오게 되었소? 범 원장과 족하와는 어떤 친척 관계요? 결혼한 적은 있소?"

왕경은 단 태공이 물어보는 것이 수상쩍어 거짓말로 대충 얼버무렸다.

"저는 서경 사람인데, 양부모는 모두 돌아가시고 아내도 죽었습니다. 범 절

60

급과는 이종사촌지간인데, 지난해에 범 절급이 공무로 서경에 왔다가, 제가 혼자 살면서 돌봐줄 사람도 없는 것을 보고 특별히 이곳으로 데려왔습니다. 제가 권법과 봉술을 자못 알고 있어서 기회를 보면서 이곳에서 일거리를 찾고 있습니다."

단 태공은 왕경의 말을 듣고 크게 기뻐하면서, 왕경의 사주팔자를 묻고는 작별하고 돌아갔다. 왕경이 한참 의심하고 있는데 얼마 뒤에 또 한 사람이 문을 밀고 들어오면서 물었다.

"범 원장 계십니까? 당신이 이 대랑이오?"

두 사람은 어리둥절해서 서로 바라보기만 하다가 깜짝 놀랐고, 마주보면서 생각했다.

'어디서 만난 적이 있는데……'

예를 마치고 물어보려고 하는데 마침 범전이 돌아왔다. 세 사람이 자리에 앉자 범전이 말했다.

"이 선생은 무슨 일로 오셨소?"

왕경은 이 말을 듣고 문득 생각났다.

'점쟁이 이조로구나.'

이조도 생각이 났다.

'저 사람은 동경의 왕씨로 나한테 점을 친 적이 있었지.'

이조가 범전에게 말했다.

"원장님, 제가 한동안 찾아뵙지 못했습니다. 친척 중에 이 대랑이라는 분이 있습니까?"

범전이 왕경을 가리키며 말했다.

"이 사람이 제 동생 이 대랑입니다."

왕경이 그 말을 이어서 말했다.

"본래 성은 이가인데, 왕가는 외가 성을 따른 것입니다."

이조가 손뼉을 치고 웃으면서 말했다.

"제 기억이 좋은 편이군요. 저는 왕씨로 알고 있었는데, 전에 동경 개봉부에서 한번 만난 적이 있지요."

왕경은 이조가 상세하게 말하자 고개를 숙이고 아무 말도 못했다. 이조가 왕경에게 말했다.

"그때 헤어진 후에 저는 형남으로 갔다가, 기이한 사람을 만나 검술을 배웠고, 또 사주팔자로 사람의 일생을 예측하는 자평子平11의 비결도 배웠습니다. 그래서 사람들이 저를 금검선생金劍先生이라 부릅니다. 근래에 방주에 와서 살게되었는데, 이곳이 떠들썩하니 번화하다는 것을 듣고 특별히 살아갈 방도를 찾으러 왔습니다. 단씨 형제가 저의 검술을 알아보고 찌르는 기술을 가르쳐달라고 청해서 그 집에 머물고 있습니다. 방금 전에 단 태공께서 돌아오셔서 당신 사주팔자를 주시면서 점을 쳐보라 하셨는데, 어찌 이런 좋은 팔자가 있습니까? 훗날말할 수 없을 정도로 귀해지실 겁니다. 지금 홍난紅鸞12이 비추고 있어 틀림없이경사스런 일이 생길 것입니다. 단 삼랑과 단 태공이 크게 기뻐하면서 대랑을 사위로 맞이하고자 하시는데, 오늘이 마침 길일이라 특별히 중매쟁이로 왔습니다. 삼랑의 팔자도 남편을 크게 부하고 귀하게 만들 운세입니다. 궁합도 맞아서 놋쇠 대야와 쇠 빗자루13로 천생연분입니다. 혼인이 성사되면 저도 축하주를 얻어먹어야겠습니다!"

범전은 이런 말을 듣고서 한참 동안 망설이며 속으로 생각했다.

11_ 자평子平은 성명학星命學을 가리킨다. 별의 현상과 모양 혹은 사람의 사주팔주를 근거로 하여 사람의 명운을 추산하는 미신 방법이다. 전해지기로는 송나라 때 서자평徐子平이란 인물이 성명학에 정통하여 후세 술사들의 종주가 되었다고 한다. 『수호전전교주』에 따르면 "여기서의 자평은 송나라말의 서언승徐彦升(서대승徐大升)으로 서자평은 아니다"라고 했다.

12_ 홍난紅鸞: 신화 전설에 등장하는 선계의 붉은색 새다. 점성가들이 말하는 길하고 상서로운 별이며인간의 혼인을 주관한다고 한다.

13_ 원문은 '동분철추銅盆鐵帚'다. 두 가지는 강하고 서로 도우니 좋은 배필을 비유한 것이다. 『수호전전교주』에 따르면 "동분철추는 '원가대두冤家對頭(끊으려야 끊을 수 없는 원수)'를 말한다"고 했다.

'단씨는 교활하고 억센 자들인데, 만약 이 혼인을 승낙하지 않았다가 허점이라도 있으면 그 손해가 결코 얕지 않을 것이다. 일단 허락하고 기회를 봐서 이용하는 수밖에 없다!'

이조에게 말했다.

"원래 그랬었군요! 단 태공과 삼랑의 호의는 알겠습니다만, 이 동생이 아둔한데 어떻게 사위가 될 수 있겠습니까?"

이조가 말했다.

"아이고! 원장님은 너무 겸손하십니다. 그쪽 삼랑이 입에 침이 마르도록 대랑을 칭찬하던데요!"

범전이 말했다.

"그렇다면 아주 좋습니다! 제가 이 혼사를 주관하겠습니다."

범전은 5냥짜리 은덩이를 꺼내 이조에게 건네면서 말했다.

"시골 마을이라 대접할 만한 것이 없습니다. 작은 성의이니 다과라도 사서 드십시오. 일이 성사되면 따로 후하게 사례하겠습니다."

이조가 말했다.

"뭘 이렇게까지 하십니까!"

범전이 말했다.

"부끄럽고 황송합니다! 한 마디 더 말씀드릴 것이 있는데, 선생께서는 동생이 두 개의 성을 가지고 있는 것은 말씀하지 마십시오, 모든 일은 선생께서 빈틈없이 보살펴주십시오."

이조는 일개 점쟁이인지라, 은자를 받자 여러 번 감사해하며 범전, 왕경과 작별하고 단가장段家莊으로 돌아갔다. 이조에게는 왕경의 성이 하나건 둘이건, 좋은 놈이든 나쁜 놈이든 무슨 관련이 있겠는가. 그저 중매쟁이로 술과 음식을 얻어먹고 돈만 벌면 그만이었다. 게다가 단 삼랑 자신이 신랑감을 마음에 들어 하는데다 평소에 집안사람들이 모두 그녀를 두려워하여 비록 단 태공이라 할지라도 그녀를 통제하지 못했기에 이번 혼사는 말 한마디로 바로 성사되었다.

이조는 양쪽 집안을 뻔질나게 드나들며 중매를 섰고 쓸데없이 말을 늘어놓으며 신랑 집에서 신부 집으로 보내는 금품을 바랐으니 중매쟁이가 비로소 왕성해졌다. 범전은 혼사가 널리 퍼져 문제가 생길까 걱정되어 양쪽 집안이 모두 간소하게 치르자고 제안했다. 단 태공도 절약하며 집안일을 돌보는 사람이라 더욱 좋아하면서 바로 날을 잡아 혼례를 치르기로 했다. 그달 22일로 날을 잡아 양, 돼지, 물고기와 개구리를 잡고 큰 사발의 술과 큰 접시로 고기를 차리고 친척들을 초청하여 축하주를 마시는 것으로 준비했다. 그러나 북치고 나발을 불며 신방에 화촉을 밝히는 것 등은 모두 생략하기로 했다. 범전은 왕경에게 새 옷을 마련해 입히고 단가장으로 데리고 갔다. 그리고 자신은 관아에 일이 있어 먼저 작별하고 돌아갔다. 왕경과 단 삼랑은 맞절을 하고 합환주¹⁴를 마시는 등 간략하게 혼례 절차를 마쳤다. 단 태공은 초당에 술자리를 마련하고 20여 명의 친척들과 두 아들, 새 사위와 중매쟁이 이조 등과 함께 저녁까지 술을 마시다가 흩어졌다. 집이 가까운 친척들은 작별하고 돌아가고 집이 먼 친척들은 남아 단가장에 묵게 되었는데 단 삼랑의 고모부 방한方翰 부부, 이종사촌 구상丘翔의 가족, 단이의 처남 시준施俊 부부 등이었다. 세 남자는 바깥 동쪽 사랑채에서 자고, 세 여자는 어른스럽지 않은 지라 술과 음식을 가지고 왕경과 단 삼랑의 난방暖房¹⁵으로 가서 시시덕거리며 술을 마시다가 비로소 자러 갔다. 계집종과 어멈이 신방으로 와서 침상에 이부자리를 깔고 새신랑과 신부를 청해 쉬도록 했다. 계집종이 바깥에서 방문을 잡아당겨 닫고 각자 눈치껏 돌아갔다.

아낙들이 낄낄거리고 서로 농담하며 손으로 움켜쥐면 꼬집고 하며 장난치는

14_ 원문은 '합근合巹'인데 합환주를 말하고 결혼의식 가운데 하나다. '근巹'은 표주박으로 박을 켜 두 개의 표주박으로 만들어 신랑 신부가 각기 하나씩 들고 술을 마시는 것이다. 이후에 합근은 결혼을 가리키게 되었다.

15_ 난방暖房: 결혼하기 전날 친척과 친구들이 신방으로 가서 축하의 말을 하고, 예물을 준비해 새로 이사한 집으로 옮기는 것을 축하하는 것을 말한다.

데, 단이가 뛰어 들어오면서 크게 소리 질렀다.

"어떡하면 좋아! 어떡하지! 당신네들은 무서운 일이 일어난 줄도 모르고 여기서 웃으며 장난치고 있는 것이오!"

아낙들은 손에 땀을 쥐며 어찌해야 할 줄 모르고 있는데, 단이가 또 고함을 질렀다.

"동생아, 삼랑아, 어서 일어나라! 네 침상이 화근을 불러왔다!"

단 삼랑은 한창 만족하고 있다가 단이를 책망하며 침상에 누운 채 답했다.

"한밤중에 무슨 일이 있기에 하찮은 일에 놀라는 거요?"

단이가 또 고함을 쳤다.

"좆 털이 불에 타고 있다! 너희는 아직도 죽을지 살지를 모르고 있구나!"

왕경은 마음에 걸리는 것이 있는 사람이라 아내에게 옷을 입게 하고 함께 방을 나가 물었다. 아낙네들은 모두 뿔뿔이 흩어졌다.

왕경이 방문을 나가자 단이가 일방적으로 잡아 초당 앞으로 끌고 갔다. 범전도 거기 있었는데, '아이고' 하는 신음에 괴로워하며 마치 뜨거운 솥 위의 개미처럼 어떻게 해야 할지 모르고 있었다. 뒤이어 단 태공·단오·단 삼랑도 모두 왔다. 신안현 공가촌 동쪽에 사는 황달이 맞아 다친 상처가 다 낫자, 왕경의 종적을 알아내고 어제 저녁 방주에 와서 주윤에게 알렸던 것이다. 주윤 장고행張顧行은 공문을 수결하고 도두에게 토병들을 이끌고 가서 흉악범 왕경을 붙잡아 오게 했고, 범인을 숨겨준 범전과 단씨 일가도 모두 잡아들이게 했다. 범전은 방주의 설薛 공목과 친하게 지내고 있어서 설 공목이 은밀히 먼저 소식을 전해줬다. 범전은 가족도 버린 채 쏜살같이 이리로 달려와 말했다.

"관병이 순식간에 들이닥칠 겁니다! 여기 있는 사람들 모두 소송당할 겁니다!"

모두들 발을 동동 구르고 주먹으로 가슴을 두드리는데, 마치 닭이 알을 품고 있는 둥지가 뒤집어진 것처럼 당황하면서 왕경을 욕하기도 하고 삼랑을 모욕하기도 했다.

한창 시끄럽게 떠들고 있는데 초당 밖의 동쪽 사랑채에서 금검선생 이조가 앞으로 와서는 말했다.

"여러분이 화를 면하고 싶으면 제 말을 들어야 합니다!"

사람들이 일제히 앞으로 다가와 둘러싸고는 그 이유를 묻자 이조가 말했다.

"일이 이미 이렇게 되었으니 삼십육계 줄행랑치는 것이 상책입니다!"

사람들이 말했다.

"어디로 달아난단 말이오?"

"여기서 서쪽으로 20리 밖에 방산房山16이 있소"

"그곳은 강도들이 출몰하는 곳이오."

이조가 웃으면서 말했다.

"여러분은 참으로 미련하시오! 당신들이 지금 좋은 사람으로 돌아갈 수 있다고 생각하오?"

"어떻다는 것이오?"

"방산의 산채 주인 요립廖立은 저와 잘 아는 사이입니다. 그의 수하에는 500~600명의 졸개가 있는데, 관병도 그를 체포하지 못하고 있소. 상황이 지체해서는 안 되니, 서둘러 귀중품만 챙겨서 모두 그곳으로 가 패거리에 들어갑시다. 그래야 비로소 큰 화를 피할 수 있을 것이오."

방한 등 여섯 남녀는 나중에 친척이라고 연루되는 것도 두렵고 또 왕경과 단 삼랑이 부추겼기에 모두들 어찌할 수 없어 길에 오르기로 했다. 장원에서 휴대가 간편한 귀중품 등 물건을 수습하여 모조리 꾸리고 횃불 30~40개를 밝혔다. 왕경·단 삼랑·단이·단오·방한·구상·시준·이조·범전 9명은 옷단장을 가지런히 하고 각자 요도를 차고 창 받침대에서 박도를 꺼내 들었다. 장객들을 불러 모

16_ 『수호전전교주』에 따르면 "『여지기승輿地紀勝』권86 「경서남로京西南路·방주房州·경물상景物上」에 이르기를 '방산은 『원화군현지元和郡縣志』에서 방릉현房陵縣 서남쪽 43리 지점에 있다고 했다'고 했다."

아놓고 그들 가운데 따라가기를 원하는 자 40여 명에게도 모두 옷을 단단히 묶고 준비를 갖추게 했다. 왕경·이조·범전이 앞장서고, 방한·구상·시준이 여자들을 보호하면서 가운데를 지켰다. 다행히 여자 5명은 모두 호미 같은 넓은 발이라 남자들처럼 걸을 수 있었다. 단 삼랑·단이·단오가 뒤를 맡았는데 장원 앞뒤에 불을 붙이고 함성을 지르며, 무기를 들고 서쪽을 향해 와아 소리 지르며 달려갔다. 이웃과 인근 마을 사람들은 평소에도 단가 사람들을 호랑이처럼 두려워했기 때문에, 오늘 그들이 횃불을 밝혀 들고 무기를 들고 나서자 또 그들이 준비한 것을 모르고 모두 문을 닫고 한 사람도 감히 나서서 가로막지 못했다.

왕경 등이 40~50리를 갔을 때 황달과 함께 자신들을 잡으러 오는 토병을 이끄는 도두와 마주쳤다. 앞장섰던 도두는 어느 결에 왕경의 칼에 두 동강이 나고 말았다. 이조와 단 삼랑 등이 우르르 앞으로 달려가 토병들을 죽이고 흩어버렸다. 황달도 왕경에게 죽임을 당했다. 왕경 등 일행이 방산 산채 아래에 이르렀을 때는 이미 5경이었다. 이조는 계책을 상의하여 자신이 먼저 산으로 올라가 요립에게 요청하여 사람들을 이끌고 산으로 올라와 패거리에 가입하는 것이 좋겠다고 했다. 그때 산채 안에서 순시하던 졸개들이 산 아래에서 횃불이 어지럽게 밝혀진 것을 보고는 즉시 두목에게 가서 보고했다. 요립은 관병이 온 것으로 의심했는데, 그는 평소에도 관병을 쓸모없는 것들로 업신여겼기 때문에 서둘러 일어나 갑옷을 걸치고 창을 쥐었다. 산채 문을 열고 졸개들을 점검하고는 관병을 대적하러 산을 내려갔다. 왕경은 산 위에서 횃불이 켜지고 또 많은 사람이 내려오는 것을 보고는 먼저 준비했다. 요립은 곧장 산 아래로 내려왔는데 많은 남녀가 있는 것을 보고는 관병은 아니란 것을 알았다. 요립이 창을 세우고 소리쳤다.

"너희 좆같은 연놈들은 어찌하여 나의 산채를 시끄럽게 하는 것이냐? 감히 이 태세신太歲神 어르신을 건드리는 것이냐?[17]"

17_ 원문은 '태세두상동토太歲頭上動土'다. '태세신 머리 위에 집 짓는 것'을 말한다. 분수도 모르고 난폭

이조가 앞으로 나가 몸을 굽히고 말했다.

"대왕, 못난 동생 이조입니다."

그러고는 왕경이 죄를 짓게 된 이유와 관영을 죽인 일, 지금 관병들을 죽이게 된 사연을 자세히 이야기했다. 요립은 이조가 말한 왕경의 굉장한 일을 들은 데다 또 단가 형제가 그를 돕는 것을 보고는 말했다.

'나는 혼자뿐인데, 나중에 저놈들 기세에 눌릴 것이다.'

요립은 낯빛을 바꾸고는 이조에게 말했다.

"이곳은 협소한 곳이라 당신들을 받아들일 수 없소."

왕경은 그 말을 듣고 속으로 생각했다.

'산채에는 주인이라고는 이놈밖에 없으니, 먼저 이놈만 제거하면 나머지 졸개들이야 무에 걱정할 필요가 있겠는가?'

왕경은 박도를 들고 곧장 요립에게 달려들었다. 요립도 크게 성내며 창을 잡고 나와 맞섰다. 단 삼랑은 왕경이 실수할까 염려되어 박도를 들고 왕경을 도우러 나갔다. 세 사람이 10여 합을 싸우고 있는데 세 사람 가운데 한 사람이 쓰러졌다. 바로 질항아리는 우물가에서 깨지고, 강도는 반드시 화살촉에 맞아 죽기 마련인 것이다.

결국 세 사람 가운데 누가 쓰러졌는지는 다음 회에 설명하노라.

하고 힘 있는 자를 건드리는 것을 비유한 말이다.

제105회

자신을 불태운 화공火攻1

　왕경과 단 삼랑은 요립과 6~7합을 싸우지도 않았는데 왕경이 요립의 빈틈을 노리고 박도로 찔러 쓰러뜨렸다. 그러자 단 삼랑이 달려들어 다시 한칼에 끝장을 내고 말았다. 반평생을 강도로 살아온 요립은 이제 일장춘몽이 되고 말았다. 왕경이 박도를 세우고는 소리 질렀다.

　"나를 따르지 않는 자는 요립 꼴이 될 것이다!"

　요립이 죽는 것을 본 졸개들은 누구도 감히 대항하지 못했고 모두들 창을 버리고 절하며 복종했다. 왕경이 사람들을 이끌고 산에 올라가 산채에 당도하니 이미 동방이 밝아진 상태였다. 이 산의 사면에는 자연적으로 생성된 석실石室이 많은데 마치 방처럼 생겼기 때문에 방산房山이라 불렸고, 방주의 관할구역이었다. 왕경은 가족들과 나머지 사람들을 안정시키고, 졸개들을 점검하고 산채의 양식과 마초 금은보화, 비단, 포목 등을 조사했다. 그러고 나서 소와 말을 잡아

1_　제105회 제목은 '宋公明避暑療軍兵(송 공명이 더위를 피하고 군사들을 치료하다), 喬道淸回風燒賊寇(교도청은 바람을 돌려 도적들을 불사르다)'이다.

졸개들에게 크게 상을 내리고 술자리를 마련하여 여러 사람과 함께 축하했다. 사람들은 왕경을 산채 주인으로 추대했다. 무기를 제조하고 다른 한편으로는 졸개들을 훈련시켜 관군에게 대적할 준비를 했음은 말할 필요가 없다.

한편 그날 밤 방주에서 왕경 일행을 체포하라고 보냈던 도두와 토병, 일꾼들이 왕경 등에게 죽임을 당하고 흩어졌는데, 그들 가운데 살아서 도망친 자들이 방주로 돌아가 주윤 장고행에게 말했다.

"왕경 등이 미리 감지하고서 관병에게 대적하여 도두와 신고자 황달이 모두 살해당했습니다. 그 흉악한 놈들은 서쪽으로 달아났습니다."

장고행은 깜짝 놀랐다. 이튿날 아침 토병들을 점검해보니, 죽은 자가 30여 명이고 다친 자가 40여 명이었다. 장고행은 그날로 즉시 본주를 지키는 군관들과 상의하여 포도 관군과 군영 군사들을 보내서 쫓아가 체포하도록 했다. 그러나 강도들이 사납고 거칠어 관병들은 또 번번이 꺾이고 말았다. 방산 산채의 졸개들은 날이 갈수록 늘어갔고, 왕경 등은 산을 내려가 민가를 약탈했다. 장고행은 도적의 세력이 창궐하는 것을 보고, 공문을 관할하는 각 현으로 보내 자신들의 경계를 지키고 방어하는 동시에 병사를 징발하여 도적을 체포하는 일에 협력하도록 했다. 또 한편으로는 방주를 지키는 병마도감 호유위胡有爲와 도적을 토벌하는 일을 상의했다. 호유위는 군영의 군병을 점검하고 날을 골라 병사를 일으켜 토벌하러 가려고 했다. 그런데 별안간 두 군영의 군사들이 야단법석을 떨었는데, 두 달 동안 급료도 받지 못하고 쌀도 공급되지 않았던 것이다. 지금 뱃가죽이 오그라들었는데 어떻게 도적과 싸울 수 있겠는가? 장고행은 변고가 일어났다는 것을 듣고 하는 수 없이 먼저 한 달치 급료와 쌀을 지급했다. 그러나 이번 배급은 도리어 군사들을 더 격노하게 만들었으니 무엇 때문이겠는가? 일을 담당하던 자가 평소에는 군사들을 위로하고 통제 관리하지 않다가 군사들이 소란을 일으킨 다음에야 비로소 지급했기 때문에 이미 군사들의 마음은 떠난 상태였다. 게다가 우스꽝스러운 것은 평소 관례처럼 또 중간에 떼먹었기 때문에 소란이 발생했다. 평소에 많이 떼인 상태에서 또 떼인 것을 받았기에 한꺼번에 폭발해버린 것이었다. 군 상황은 흉흉해졌고 일시에 터지면서 호유위를 죽여버리고 말았다. 장고행은 형세가 좋지 않음을 보고 인신印信만 챙겨서 미리 피신했다. 성안에 주인이 없어진데다 무뢰한들이 반란을 일으킨 군사들에 부화뇌동하여 양민들의 집을 불태우고 약탈했다. 강도 왕경은 성안에 변란이 일어난 것을 알고, 그 틈에 많은 졸개를 이끌고 방주성을 공격했다. 그러자 반란을 일으킨 군사들과 온갖 간악한 오합지졸들이 도리어 강도 왕경을 따르게 되었다. 이 때문에 왕경은 방주를 점거하여 소굴로 삼고 뜻을 얻게 되었다. 장고행은 결국 도망쳤다가 붙잡혀 살해되고 말았다.

왕경은 방주 창고에 저장되어 있던 돈과 양식을 털어, 이조·단이·단오를 방산 산채와 각처로 보내 군사를 모집하는 깃발을 세우게 하고는 말을 사들이고 군사를 불러 모으며 마초를 쌓고 군량을 저장하게 하니 원근의 고을들이 모두 약탈을 당했다. 하는 일 없이 빈둥거리던 무뢰한과 범죄자들이 쉴 사이 없이 모여들며 따랐다. 그때 황달에 의해 폭로되고 고발당해 가산을 탕진한 공단과 공정도 왕경이 군사를 모집한다는 소식을 듣고는 찾아와 패거리에 가입했다. 인근 주현州縣들은 자신의 성지만을 지키기만 하고 누구도 감히 군마를 동원해 토벌하지 못했다. 왕경은 두 달 만에 2만여 명을 모집해 인근의 상진현上津縣2·죽산현竹山縣3·운향현鄖鄉縣4 등 세 개의 성지를 공격해 격파시켰다. 인근 주현에서 조정에 보고하자, 조정에서는 다른 쪽에서 군사를 동원하여 토벌하라는 명을 내렸다. 그러나 송나라 관병들 대부분이 군량과 급료가 충분치 않고 병사들은 훈련도 받지 못하고 있었으며 병사들은 장수를 두려워하지 않고 장수는 병사들을 알지 못했다. 도적들이 대단히 사납다고 널리 알려져 있었기 때문에

2_ 상진현上津縣: 지금의 후베이성 윈시鄖西 서쪽.
3_ 죽산현竹山縣: 지금의 후베이성 주산竹山.
4_ 운향현鄖鄉縣: 지금의 후베이성 윈현鄖縣.

도적들이 온다는 소식만 들어도 병사들은 마음이 떨렸고 백성은 간담이 서늘해졌다. 도적과 싸움터에서 대적하게 되면 장군들은 비겁해졌고 군사들은 용기를 잃고 나약해졌다. 그러나 왕경 등의 도적떼들은 모두 목숨을 내놓고 달려들었으므로, 관군은 패하여 달아나지 않는 자가 없었다. 이 때문에 왕경의 세력은 더욱 커져 또 남풍부南豐府5를 공격해 격파했다. 동경에서 파견한 장사들은 채경이나 동관에게 뇌물을 먹이지 않으면 양전이나 고구에게 뇌물을 먹인 자들이었다. 그들은 뇌물을 받아먹기만 하고 평범하거나 나약한 자라도 상관하지 않았다. 그리고 이들은 본전을 찾기 위해 권력을 손에 쥐고 제멋대로 군량을 떼어먹고 양민을 죽이고는 공로를 제 것으로 꾸몄으며 병사들이 약탈해도 내버려두고 지방을 소란스럽게 하니 핍박 받은 백성은 도리어 도적을 따르게 되었다. 이때부터 도적의 세력은 점점 더 강대해져 병력을 이끌고 남쪽으로 내려가기 시작했다. 이때 이조가 계책을 바쳤는데, 그는 본래 형남 사람이었기에 점쟁이로 꾸미고는 형남성으로 들어가 은밀하게 불량하고 교활하며 사악한 자들을 규합하여 안팎에서 서로 호응하여 형남성을 습격해 격파시켰다. 마침내 왕경은 이조를 군사軍師로 삼고 스스로 초왕楚王이라 칭했다. 그러자 강이나 바다에서 약탈을 일삼는 도적들과 산 위의 강도들이 모두 와서 부화뇌동했다. 3~4년 만에 왕경은 송나라의 여섯 개 군주軍州를 점거하게 되었다. 마침내 왕경은 남풍성에 보전寶殿6과 내원內苑7, 궁궐을 건설하고 제왕의 존호를 제멋대로 칭하고 연호를 바꾸었다. 또한 송나라 조정의 관제를 본떠서 비합법적인 가짜 문무 직분과 성원 관료, 안으로는 승상 밖으로는 장수를 설치했다. 이조는 군사도승상軍師都丞相, 방한은 추밀樞密, 단이는 호국통군대장護國統軍大將, 단오는 보국통군도독輔國統軍都督, 범전은 전수殿帥, 공단은 선무사宣撫使에 임명했다. 공정은 전운사轉運使

5_ 남풍부南豐府: 지금의 장시성 난핑南豐.
6_ 보전寶殿: 대부분 제왕의 궁전을 가리킨다.
7_ 내원內苑: 황궁 내의 정원을 말하며 황궁 안을 가리키기도 한다.

에 임명하여 돈과 양식의 출납을 관장하게 하고, 구상은 어영사御營使에 임명했다. 그리고 단 삼랑을 왕비로 세웠다. 선화 원년에 난을 일으켜 선화 5년 봄까지의 사건이었다. 당시 송강 등은 하북에서 전호를 토벌하면서, 호관에서 서로 대치하고 있을 때였다. 회서淮西의 왕경은 또 운안군雲安軍[8]과 원주宛州를 격파하여 모두 8개 군주軍州를 점거하게 되었다. 그 8곳의 군주는 바로 남풍南豊·형남荊南·산남山南[9]·운안雲安·안덕安德[10]·동천東川[11]·원주·서경이었다. 그곳 관할 하에 있는 현은 모두 86개였다. 왕경은 또 운안에 행궁行宮을 건설하고 시준을 유수관留守官으로 임명하여 운안군을 지키게 했다.

당초에 왕경이 유민劉敏 등을 시켜 원주를 침탈하게 했을 때, 원주는 동경 인근에 위치해 있었으므로 채경 등은 더 이상 천자를 속이지 못하고 사실을 도군황제에게 아뢰었고 황제는 채유와 동관에게 왕경을 토벌하고 원주를 구원하라는 칙령을 내렸다. 그러나 채유와 동관은 군대를 통제 관할하지 못했고 사졸들에게 포학하게 굴어 군심은 흐트러져 있는 상태였다. 결국 유민 등에게 대패를 당하고 원주가 함락되면서 동경은 질겁하여 공포에 떨었다. 채유와 동관은 처벌이 두려워 단지 천자 한 사람을 속이기만 급급했다. 적장 유민과 노성魯成 등은 채유와 동관에게 승리를 거둔 기세를 몰아 노주魯州[12]와 양주襄州[13]를 포위하여 곤경에 빠뜨렸다. 한편 이때 송강 등은 하북을 평정하고 회군하다가 다시 회서를 토벌하라는 조서를 받게 된 것이었다. 참으로 앉은 자리가 따뜻해질 겨를도 없었고, 말이 발굽을 멈출 새도 없이 잠시도 쉬지 못했다. 송강은 20여만의

8_ 운안군雲安軍: 지금의 충칭重慶 윈양雲陽.

9_ 산남山南: 지금의 후베이성 샹양襄陽.

10_ 안덕安德: 『수호전전교주』에 따르면 "마땅히 덕안德安, 즉 덕안부德安府로 의심되며 지금의 후베이성 경내다"라고 했다.

11_ 동천東川: 지금의 쓰촨성 싼타이三臺.

12_ 노주魯州: 지금의 허난성 루산魯山.

13_ 양주襄州: 지금의 후베이성 샹양襄陽.

대군을 통솔하며 남쪽을 향해 진군했다. 황하를 건너자 성원에서 또 공문이 내려와 재촉했다. 진 안무와 송강 등의 병마는 밤새 달려가 노주와 양주를 구원하라는 것이었다. 송강 등은 찌는 듯한 더위를 무릅쓰고 말이 땀투성이가 된 채 달리며 속현粟縣14과 사수汜水15를 거쳐 가는 동안에도 백성을 추호도 범하지 않았다. 대군이 양적주陽翟州16에 이르자 도적들은 송강의 군대가 당도한 것을 듣고, 노주와 양주 두 곳의 포위를 모두 풀고 물러갔다.

그때 장청·경영·섭청은 전호가 능지처참되는 것을 보는 황은을 입었고, 송강이 왕경을 토벌하는 것을 도우라는 조서를 받들었다. 장청 등은 동경을 떠나 영창주潁昌州17에 도착한 지 보름이 지나고 있었다. 송 선봉의 병력이 당도했다는 소식을 듣고 세 사람은 나가 영접했다. 인사를 마친 다음 천자의 은혜를 입어 상을 하사받은 일을 자세히 이야기했다. 송강을 비롯한 두령들이 모두 칭찬해 마지않았다. 송강은 장청 등에게 군중에서 명령을 기다리게 했다.

송강은 진 안무·후 참모侯參謀·나무유羅武諭 등을 청하여 양책 성에 군사를 주둔하게 하고, 자신의 대군은 성에 들어오기 불편하여 방성산方城山18 숲속 녹음이 짙은 그늘진 곳에 주둔하여 더위를 피하게 했다. 병사들이 산을 넘고 물을 건너 천 리를 걸어오느라 더위 먹고 지친 이가 매우 많았기 때문에 안도전에게 약재를 준비하여 치료하게 했다. 또 병사들에게 시원한 마구간을 짓게 하여 말들을 편안하게 쉬게 했고 황보단에게 말들을 보살피고 갈기도 깎게 했다. 오용이 말했다.

14_ 속현粟縣: 『수호전전교주』에 따르면 "금나라 때 속읍粟邑을 설치했고 경조부로京兆府路 경조부京兆府에 속했다. 지금의 산시陝西성 린퉁臨潼에서 동북쪽으로 34리 떨어진 곳이다"라고 했다.
15_ 사수汜水: 『수호전전교주』에 따르면 "지금의 허난성 사수현汜水縣이다"라고 했다.
16_ 양적주陽翟州: 『수호전전교주』에 따르면 "지금의 허난성 양적현陽翟縣(지금의 위저우시禹州市)이다"라고 했다.
17_ 영창주潁昌州: 지금의 허난성 쉬창許昌.
18_ 방성산方城山: 『수호전전교주』에 따르면 "『방여승람』 권5 「하남·남양부南陽府」에 이르기를 '방선산은 유주裕州에 있다'고 했다."

"대군이 숲속에 주둔하고 있는데, 적들이 화공을 사용할까 걱정됩니다."

송강이 말했다.

"그들이 화공을 사용하기를 바라고 있소."

송강은 군사들을 보내 높은 언덕 시원한 나무 그늘 아래에 대나무 덮개와 띠 풀로 작은 산붕을 만들게 했다. 하북의 항복한 장수 교도청이 그 의도를 알아차리고 송강에게 아뢰었다.

"제가 선봉의 두터운 은혜를 입었으니, 오늘 미약한 수고라도 다하고자 합니다."

송강은 크게 기뻐하며 은밀히 교도청에게 계책을 알려주며 언덕 위의 산붕으로 보냈다. 송강은 군사들 가운데 강건한 자 3만 명을 선발하여 장청과 경영이 1만 명을 거느리고 동쪽 산기슭으로 가서 매복하게 했고, 손안과 변상에게도 1만 명을 거느리고 서쪽 산기슭으로 가서 매복하게 했다.

"아군 중군에서 굉천포 터지는 소리가 들리면 일제히 뛰쳐나오라."

군량과 마초는 모두 산 남쪽의 평지에 쌓아놓게 하고, 이응과 시진에게 5000명의 군사를 거느리고 지키게 했다.

배치를 마치자 갑자기 공손승이 말했다.

"형님의 계책이 대단히 묘합니다! 그러나 이 같은 무더위에다 군사들은 먼 길을 오느라 피로에 지치고 병이 들었습니다. 만약 적군의 정예병이 돌격해오면 아군이 비록 10배나 많다 하더라도 틀림없이 승리를 거둘 수 없을 것입니다. 빈도가 작은 술법을 부려 먼저 더위로 인한 사람들의 근심과 초조함을 없애고 군마를 시원하게 만들어주면 저절로 강건해질 겁니다."

말을 마치자, 공손승은 검을 짚고 술법을 부리기 시작했다. 발로는 괴강魁罡 두 글자를 밟고,[19] 왼손으로는 뇌인雷印,[20] 오른손으로는 검결劍訣[21] 자세를 취했

19_ 괴강魁罡은 두괴성斗魁星과 천강성天罡星의 합칭이다. 도사가 별에 예배를 드리고 신령을 부르는 동작이다. 방법은 땅바닥에 괴강魁罡 두 글자를 크게 써놓고 왼발로는 강罡 자를 밟고 오른발로는 괴魁자를 밟아 온 정신을 집중하여 자신의 생각을 주입하는 것이다.

다. 온 정신을 집중하여 동남방을 향해 생기를 내뿜고 주문을 외웠다. 그러자 잠깐 사이에 시원한 바람이 '쏴쏴' 불어오고 검은 구름이 산봉우리에서부터 솟아오르면서 방성산을 자욱하게 뒤덮어 20여만의 인마가 모두 서늘한 바람을 맞으며 상쾌해졌다. 그렇지만 방성산 바깥은 여전히 쇠를 녹일 정도의 강렬한 해가 내리쬐고 있어 매미들만 시끄럽게 울어댈 뿐 새들은 모두 숨었는지 자취를 감추었다. 송강을 비롯한 사람들이 매우 기뻐하면서 공손승의 신묘한 법술을 칭찬했다. 그렇게 6~7일이 지났고, 또 안도전이 병사들을 치료하고 황보단이 말들을 보살펴주어 군병과 말들이 점차 강건해졌다.

한편 원주를 지키는 적장 유민은 도적 중에서 제법 모략이 있는 자여서 도적들이 그를 유지백劉智伯이라 불렀다. 그는 송강의 병마가 더위를 피하느라 산림이 우거진 깊은 곳에 주둔하고 있는 것을 탐지하고는 말했다.

"송강의 무리는 물가에 사는 도적들이라 병법을 알지 못하는구나. 이 때문에 큰일을 성취하지 못하는 것이다. 이제 내가 작은 계책을 펼쳐 저 20만 명 군마의 절반을 불태워 문드러지게 하겠다!"

유민은 즉시 명을 내려 날랜 군사 5000명을 선발해 각기 불화살·화포·횃불을 준비시켰다. 그리고 다시 전차 2000량을 준비하여 갈대와 마른 장작, 유황과 염초 등의 인화성 물질을 가득 싣게 했다. 그리고 전차 한 량마다 네 사람이 밀도록 했다. 때는 7월 중순으로 초가을 날씨였다. 유민은 노성·정첩鄭捷·구맹寇猛·고잠顧岑 등 4명의 부장과 철기 1만 명을 거느리고, 사람들은 연전軟戰(투구와 갑옷이 없는 전포)만 입고 말들은 방울을 떼고서 뒤에서 호응하도록 했다. 유민은 편장 한철韓喆과 반택班澤 등을 남겨 성을 지키게 했다. 유민 등은 저녁 무렵에 성을 나갔는데, 마침 남풍이 크게 불었다. 유민은 크게 기뻐하면서 말했다.

20_ 뇌인雷印은 엄지손가락으로 네 손가락을 누르면서 손톱이 드러나지 않게 하는 것을 말한다.
21_ 검결劍訣은 집게손가락과 가운뎃손가락을 펴고 약지와 새끼손가락은 구부리고 엄지손가락은 두 손가락(약지와 새끼)의 마디를 누르는 것을 말한다.

"송강의 무리는 패할 수밖에 없다!"

적병들은 3경쯤에 비로소 방성산 남쪽 2리 지점에 도착했는데, 별안간 산골짜기가 안개로 자욱해졌다. 유민이 말했다.

"하늘도 나의 성공을 돕는구나!"

유민은 군사들에게 뒤에서 북을 두드리고 함성을 지르면서 위세를 돕게 하고, 군사 5000명에게 숲속 깊은 곳으로 불화살과 화포를 쏘고 횃불을 던져 불태우게 했다. 구맹과 필승畢勝에게는 전차를 밀고 온 병사들을 재촉하여 전차에 불을 붙여 산기슭 아래 군량을 쌓아둔 곳으로 내려보내게 했다. 병사들이 한창 용기를 내어 전진하는데 갑자기 모두들 소리를 질렀다.

"아이고! 아이고야!"

기이한 일이 벌어졌는데 남풍이 맹렬하게 불다가 삽시간에 북풍으로 바뀌었던 것이다. 또 산 위에서 벽력같은 소리가 들리더니 교도청이 바람 방향을 바꾸어 불을 되돌리는 술법을 쓰자 적군이 날린 불화살과 횃불이 모두 남쪽의 적군 진영으로 날아가는 것이었다. 마치 만 마리가 넘는 금빛 뱀과 화룡火龍들이 맹렬한 불길을 일으키며 적병에게 뛰어드는 것과 같았다. 적병들은 미처 몸을 피하지 못하고 모두 머리를 그슬리고 이마를 데며 곤경에 빠졌다. 이때 송강 군중에서 유민을 비웃는 네 구절의 구호가 생겼으니,

군사 계획 예측하기 어렵지만, 도적들 터무니없이 계획했다네.
자기 군대 불 질러 태워버리니, '유지백'의 훌륭한 계책이로다!
軍機固難測, 賊人妄擘劃.
放火自燒軍, 好個劉智伯!

그때 송 선봉이 능진을 시켜 신호포를 터뜨리게 했다. 포탄이 공중으로 올라가 터지자, 동쪽에서는 장청과 경영이, 서쪽에서는 손안과 변상이 군사를 이끌

고 돌진해왔다. 적병은 대패하고 말았다. 노성은 손안의 한칼에 두 동강이 났고, 정첩은 경영이 날린 돌멩이에 맞아 말에서 떨어졌는데 장청이 창으로 다시 찔러 끝장내버렸다. 고잠은 변상의 창에 찔려 죽었고, 구맹은 혼전 속에서 죽임을 당했다. 2만3000명의 인마 태반이 불에 타죽어 꺾였고 나머지는 사방으로 흩어져 도망쳤다. 2000량의 전차도 모조리 불에 타버렸다. 유민은 겨우 300~400명의 패잔병과 함께 남쪽 원주로 달아났다. 송 군대는 땔나무와 건초 하나 태우지 않고 단 한 명의 군졸도 잃지 않고서 매우 많은 말과 갑옷, 금고를 노획했다. 장청과 손안 등은 승리를 거두고 군영으로 돌아와 공을 바쳤다. 손안은 노성의 수급을, 장청과 경영은 정첩의 수급을, 변상은 고잠의 수급을 바쳤다. 송강은 각각 포상하고 위로했다. 교도청의 공을 첫 번째로 기록하게 하고, 장청·경영·손안·변상을 두 번째 공으로 기록하게 했다.

오용이 말했다.

"형님의 묘책으로 이미 적의 간담을 서늘하게 했을 겁니다. 다만 원주는 산과 강이 두르고 있고 산언덕과 평원이 비옥하여 육해陸海[22]라 불리는 곳입니다. 만약 도적들이 군사를 추가 징발하여 대군으로 지키게 되면 단박에 이기기가 어렵습니다. 지금 가을바람이 더위를 몰아내고 가을 이슬이 내려 선선해지고 있어 인마가 모두 강건해졌습니다. 아군이 위세를 크게 떨치고 있으니 성안의 적군이 허약해진 틈을 타서 속공을 펼친다면 반드시 이길 것입니다. 하지만 반드시 병력을 남북으로 나눠 주둔시키면서 적의 구원병이 돌진해오는 것을 방비해야 합니다."

송강은 오용의 의견에 찬성하고 계책에 따라 명을 전달하여 관승·진명·양지·황신·손립·선찬·학사문·진달·양춘·주통에게 3만의 병마를 통솔하며 원주성 동쪽에 주둔하여 남쪽으로부터 오는 적의 구원병을 방비하게 했고, 임충·

22_ 육해陸海: 물산이 풍부하기가 마치 바다같이 광대하며 끝이 없는 것을 말한다.

호연작·동평·색초·한도·팽기·선정규·위정국·구붕·등비에게는 3만의 병마를 이끌고 원주성 서쪽에 주둔하면서 북쪽에서 오는 적의 구원병에 대항하게 했다. 장수들은 명을 받고 군마를 점검하여 떠났다. 그때 하북의 항복한 장수 손안 등 17명이 일제히 와서는 아뢰었다.

"선봉께서 거두어주시고 환대해주신 것에 저희는 깊이 감사하고 있습니다. 이번에 저희가 선봉이 되어 앞서서 성을 공격함으로써 두터운 은혜에 조금이나마 보답하고자 합니다."

송강은 그들의 요청을 허락하고 마침내 장청과 경영에게 손안 등 17명의 장수와 군마 5만을 통솔하며 선봉이 되도록 했다. 그 17명은 바로 손안·마령·변상·산사기·당빈·문중용·최야·김정·황월·매옥·김정·필승·반신·양방·풍승·호피·섭청이었다. 장청은 명을 받고, 장수들과 군병을 통솔하며 원주를 향해 진군했다.

송강도 노준의·오용 등과 함께 나머지 장수들과 대군을 거느리고 울타리 방책을 뽑고는 모두 방성산을 떠나 남쪽으로 진격하여, 원주에서 10리 떨어진 곳에 진지를 구축하고 주둔했다. 이운·탕륭·도종왕에게 성을 공격하는 기구를 감독하며 제조하게 하여 장청 등 선봉부대에 보내 사용할 수 있도록 준비시켰다. 장청 등 장수들은 병마를 이끌고 원주성을 물샐 틈 없이 포위했다. 원주성을 지키는 적장 유민은 그날 밤 송강의 계책에 빠져 겨우 목숨만 건져 벗어날 수 있었다. 성으로 돌아온 그는 즉시 왕경이 있는 남풍으로 사람을 보내 보고하는 한편, 인근 주현에 공문을 보내 구원병을 요청했다. 송군에게 성지가 포위되어 있어 지금은 일단 성지를 굳게 지키기만 하고, 구원병이 도착하면 그때 출격하기로 했다. 송군은 연이어 6~7일 동안 성을 공격했지만 성벽이 견고하여 급히 함락시킬 수 없었다. 원주 성 북쪽의 여주汝州23를 지키는 적장 장수張壽가 구원

23_ 여주汝州: 『수호전전교주』에 따르면 『방여승략』 권5 「하남·여주汝州」에 이르기를 '그 고적은 임여

병 2만 명을 이끌고 왔지만 임충 등과 싸우다 주장인 장수가 죽고 나머지 편장과 아장 그리고 군졸들은 모두 궤멸되어 뿔뿔이 흩어졌다. 같은 날 또 원주성 남쪽의 안창현安昌縣[24]과 의양현義陽縣[25]에서도 구원병이 왔지만 관승 등에게 대패당하고 적장 백인柏仁과 장이張怡는 사로잡혀 송강의 본영으로 끌려가 처형당했다. 두 곳에서 참살당하거나 포로로 잡힌 자가 매우 많았다. 이때 이운 등은 성을 공격하는 기구들의 제조를 완료했다. 손안과 마령 등은 마음을 합쳐 협력하여 군사들로 하여금 흙주머니를 사면으로 둘러싸며 성벽에 가깝게 토산을 만들었다. 또 용감하고 날랜 군사들을 선발하여 비교飛橋[26]를 이용해 덜컹거리며 참호를 뛰어넘고 해자를 건넜다. 군사들은 용기를 내어 일제히 성벽을 올랐고 마침내 성을 점령하고 적장 유민을 사로잡았다. 나머지 편장과 아장 20여 명을 죽였으며 죽은 군사가 5000여 명이고 항복한 자는 1만여 명이었다. 송강 등 대군은 입성하여 유민을 참수하여 효시하고 방을 내붙여 백성을 안정시켰다. 관승·임충·장청 및 손안 등의 공로를 차례로 기록하고, 사람을 양적주의 진 안무에게 보내 승리 소식을 보고하는 한편 진 안무 등에게 원주로 와서 지켜줄 것을 요청했다. 보고를 받은 진 안무는 크게 기뻐하며 즉시 후 참모·나무유와 함께 원주로 왔다. 송강 등은 곽까지 나가 영접하여 성으로 들어왔다. 진 안무가 송강 등의 공로를 칭찬했음은 말할 필요가 없다.

송강은 원주에서 군사 사무를 처리하느라 10여 일을 보냈다. 때는 이미 8월 초순이 되어 더위가 차츰 물러갔다. 송강이 오용에게 계책을 상의하며 말했다.

성臨汝城에 있으며 주州 서남쪽이다'라고 했다."

24_ 안창현安昌縣:『수호전전교주』에 따르면 『방여승략』 권5 「하남·회경부懷慶府」에 이르기를 '그 고적은 안창성安昌城에 있으며 부府 동남쪽이다'라고 했다."

25_ 의양현義陽縣:『수호전전교주』에 따르면 『방여승략』 권5 「하남·남양부」에 이르기를 '신야新野가 의양이다'라고 했다."

26_ 비교飛橋: 성을 공격하는 부대가 성 바깥을 두른 해자를 통과하는 데 사용하는 도구다. 구조는 간단한데 두 개의 긴 둥근 나무에 목판을 깔고 못질하여 운반하기 편리하게 만들었고 밑에는 두 개의 나무 바퀴를 달았다.

"이제 어느 성지를 취하는 것이 좋겠소?"

오용이 말했다.

"여기서 남쪽으로 가면 산남군山南軍이 있습니다. 남으로는 호상湖湘27에 이르고 북으로는 관락關洛28을 통제할 수 있어 초촉楚蜀의 목구멍 같은 요충지입니다. 이 성을 먼저 취해야 적의 세력을 갈라놓을 수 있습니다."

송강이 말했다.

"군사의 말이 내 뜻에 부합하오."

화영·임충·선찬·학사문·여방·곽성을 남겨 5만 명의 병마를 통솔하며 진안무 등을 보좌하면서 원주를 지키게 했다. 진 안무는 성수서생 소양도 남겨두도록 했다. 송강은 명을 내려 수군 두령 이준 등 8명은 수군의 배들을 이끌고 필수泌水를 따라 산남성의 북쪽 한강漢江29에 집결하도록 했다. 송강은 육군을 세 부대로 나누어 진 안무와 작별하고 많은 장수와 군마 15만을 통솔하며 원주를 떠나 산남군으로 진군했다. 진정 만마萬馬가 질주하니 하늘과 땅도 두려워하고 천군千軍이 뛰쳐나가니 귀신도 근심할 정도였다.

결국 송 병마가 어떻게 산남을 취하는지는 다음 회에 설명하노라.

27_ 호상湖湘: '호湖'는 '동정호洞庭湖'를 가리키며 '상湘'은 '상수湘水'를 말한다.
28_ 관락關洛: '관關'은 '관중關中'을 말하며 '낙洛'은 '낙양洛陽'이다.
29_ 한강漢江: 지금의 한수이漢水를 말한다.

지
혜
로
승
리
하
다[1]

송강은 인마를 배정하고 수륙으로 진격하도록 하여 배들도 함께 출발했다. 육로는 세 부대로 나누었는데 전대는 적진으로 돌격하여 무찌르는 효장驍將 12명이 병마 1만 명을 관할 통솔했다. 그 12명의 효장은 동평·진명·서녕·색초· 장청·경영·손안·변상·마령·당빈·문중용·최야였다. 후대는 표장彪將 14명으로 5만 명의 병마를 관할 통솔하게 했는데, 그 14명은 황신·손립·한도·팽기·선정 규·위정국·구붕·등비·연순·마린·진달·양춘·주통·양림이었다. 중대는 송강 과 노준의가 장수 90여 명과 군마 10만 명을 통솔하며 산남군으로 진격했다. 전대인 동평 등의 병마가 융중산隆中山[2] 북쪽 5리 밖에 울타리 진지를 구축하 고 주둔하자 탐마가 와서 보고했다.

1_ 제106회 제목은 '書生談笑却强敵(서생은 담소를 나누며 강적을 물리치다). 水軍汨沒破堅城(수군은 물
속에 숨어 견고한 성을 격파하다)'이다.
2_ 융중산隆中山: 『수호전전교주』에 따르면 "『방여승략』 권9 「호광湖廣·양양부襄陽府」에 이르기를 '융중
산은 부府 북쪽에 있으며 제갈량이 은거했던 곳이다'라고 했다."

"아군이 당도했다는 것을 안 왕경이 특별히 융중산 북쪽 기슭에 새로 강력한 군대 2만 명을 보태고 용장 하길賀吉·미생糜貹·곽안郭矸·진빈陳贇에게 병마를 통솔하여 그곳을 지키게 하고 있습니다."

동평 등은 보고를 받고 즉시 계책을 상의했고 손안과 변상은 병력 5000명을 이끌고 왼쪽에 매복하고 마령과 당빈은 병력 5000명을 이끌고 오른쪽에 매복하고 있다가 아군에서 포성이 울리면 일제히 돌격해 나오도록 했다.

송군의 배치가 막 완료되었을 때, 적군들이 깃발을 흔들고 북을 두드리며 함성을 지르고 징을 울리며 전진해와서는 싸움을 걸었다. 양군이 대치하여 깃발이 서로 마주보게 되자 남북으로 진세를 펼치고는 각기 강궁과 쇠뇌를 발사하여 선두의 전진을 막았다. 적진의 문기가 열리면서 적장 미생이 앞장 서 말을 몰아 나왔다. 머리에는 구리 투구를 쓰고 몸에는 철갑옷을 걸쳤으며 작화궁과 수리 깃털을 단 화살을 꽂고 있었다. 자줏빛 험상궂은 얼굴에 두 눈은 구리 방울 같은데 긴 자루의 개산대부를 메고 곱슬곱슬한 누런 털의 말을 타고는 큰소리로 외쳤다.

"물가에 사는 좀도둑놈들이 무엇 때문에 송나라의 무도하고 아둔한 군주를 위해 힘을 쓰느냐? 뒈지고 싶어 이곳으로 왔느냐!"

송군 진영에서도 악어가죽 북소리가 하늘을 진동하면서 급선봉 색초가 진 앞으로 나와 크게 소리쳤다.

"아무 이유 없이 반역한 강도들아! 어디서 감히 상소리를 내뱉느냐! 내 이 도끼로 네놈들을 백 토막으로 쪼개주마!"

색초는 금잠부를 휘두르며 말을 박차 곧장 미생에게 달려들었다. 미생도 도끼를 휘두르며 달려나와 맞섰다. 양군은 끊임없이 함성을 지르고 두 장수는 싸움터 한가운데로 달려갔다. 두 말이 엇갈리고 두 도끼가 부딪쳐 치켜 올라가며 50여 합을 싸웠지만 승패를 가리지 못했다. 적장 미생은 과연 용맹했다.

송군 진영에서는 색초가 이기지 못하는 것을 보고 벽력화 진명이 낭아곤을 춤추듯 휘두르며 싸움을 돕고자 진 앞으로 달려나갔다. 그러자 적장 진빈도 극을 휘두르며 달려나와 맞섰다. 네 장수가 먼지를 일으키며 살기를 가득 내뿜는 가운데 한 발의 포성이 울렸다. 손안과 변상이 군사를 이끌고 왼쪽에서 돌격해 나오자 적장 하길이 병력을 나누어 막고는 싸웠다. 그리고 마령과 당빈이 군사를 이끌고 오른쪽에서 돌격해 나오자, 적장 곽안이 병력을 나누어 저지하며 싸웠다. 그때 송 진영에서 경영이 말을 몰아 나오며 몰래 돌멩이를 집어서는 진빈을 엿보며 날렸다. 날아간 돌은 진빈의 코허리에 정통으로 맞았고 몸이 뒤집어지면서 말에서 떨어졌다. 이때 진명이 달려가 낭아곤으로 정수리를 내리쳐 투구와 머리가 한꺼번에 부서지고 말았다. 왼쪽에서는 손안이 하길과 싸운 지 30여 합 만에 검을 휘둘러 하길을 말 아래로 떨어뜨렸다. 오른쪽에서 싸우던 당빈도 곽안을 찔러 죽였다. 미생은 여러 장수가 상대방에 패하는 것을 보고는 색초의 금잠부를 막아내고 말머리를 돌려 달아났다. 색초·손안·마령 등이 군사를 휘몰아 추격했고 적병은 대패했다. 여러 장수가 미생을 뒤쫓으며 막 산기슭 끝을 돌아갔는데 산 뒤편 숲속에 몰래 숨어 있던 적장 경문과 설찬이 병사 1만 명을 이끌고 숲에서 뛰쳐나왔다. 미생도 말머리를 돌리고는 앞장서서 돌격해왔다. 송 진영에서는 문중용이 공을 세우고자 창을 세우고 말을 박차며 달려나가 미생과 맞붙어 싸웠다. 10여 합에 이르렀을 때 미생이 휘두른 도끼에 문중용이 찍혀 두 동강이 나고 말았다. 최야는 문중용이 찍히는 것을 보고는 몹시 분노하여 칼을 들고 말을 질주하며 곧장 미생에게 달려들었다. 두 장수가 6~7합을 싸웠을 때 당빈이 말을 박차며 싸움을 도우러 달려갔다. 미생은 누군가 도우러 오는 것을 보고는 크게 고함을 지르면서 도끼를 휘둘러 최야를 베어 말에서 떨어뜨렸다. 그리고는 달려오는 당빈을 막아서며 싸웠다.

장청과 경영은 두 장수가 꺾이는 것을 보고는 부부가 말을 나란히 하여 출전했다. 장청이 돌멩이를 집어 미생을 향해 돌을 날렸다. 미생은 눈이 밝고 손이 민첩하여 도끼로 쳐내자 돌멩이는 '쨍' 하며 도끼에 부딪치면서 불꽃이 튀며 땅바닥에 떨어졌다. 경영은 남편이 던진 돌멩이가 명중시키지 못한 것을 보고 급히 돌멩이를 집어 날렸다. 미생은 두 번째 날아오는 돌멩이를 보고는 고개를 숙였다. '땡'하는 소리와 함께 돌멩이는 구리 투구를 강타했다. 이때 송 진영에서 서녕과 동평은 돌멩이 두 개가 모두 빗나가는 것을 보고는 힘을 합쳐 싸우고자 두 마리의 말이 동시에 달려나갔다. 미생은 여러 장수가 한꺼번에 달려들자 당빈의 창을 막아내고 말머리를 돌려 달아나기 시작했다. 당빈이 뒤를 바짝 추격했는데, 적장 경문과 설찬이 함께 달려나와 저지하는 바람에 미생은 빠져나가 달아났다. 여러 장수가 경문과 설찬을 죽이고 적병들을 죽이며 흩어버렸다. 무수히 많은 말과 금고, 갑옷을 빼앗았다. 동평은 군사들을 시켜 문중용과 최야의 시신을 수습하여 매장하도록 했다. 당빈은 두 장수가 죽은 것을 보고는 대성통곡하면서 직접 군사들과 함께 두 사람의 시신을 염하고 매장했다. 동평 등 9명의 장수는 병마를 융중산 남쪽 기슭에 주둔시켰다.

이튿날 송강 등의 두 부대가 모두 도착했고 동평 등과 군대를 합쳤다. 송강은 두 장수가 죽은 것을 알고 몹시 비통해했다. 제사를 지내고 추모를 마친 뒤에 송강은 오용과 성을 공격할 계책을 상의했다. 오용과 주무가 운제 위에 올라가 성지의 형세를 살펴본 다음 내려와서는 송강에게 말했다.

"저 성은 견고하여 공격해도 이로움이 없습니다. 공격하는 척하면서 기회를 엿보는 것이 좋겠습니다."

송강은 명을 내려 공성기들을 수습하게 하는 한편 세심한 군졸들을 사면으로 내보내 소식을 정탐하게 했다.

송강 등이 성을 공격할 계책을 상의하고 있을 때 미생은 단지 200~300명의 기병을 거느리고 산남성 안으로 도망쳐 들어갔다. 산남성을 지키는 주장은 왕경의 처남 단이였다. 왕경이 송나라 조정에서 송강 등의 병마를 파견했다는 것을 듣고는 단이를 평동대원수平東大元帥에 봉하고 특별히 그에게 산남성을 지키게 한 것이었다. 미생은 단이에게 인사를 하고 송강 등의 장수와 병사들이 용맹하여 다섯 장수가 꺾이고 전군이 전멸당한 일을 하소연하고는 군사를 빌려 원수를 갚고자 특별히 왔다고 했다. 원래 미생 등은 왕경이 보낸 자들이었으므로 군사를 빌려달라고 말했던 것이다. 단이는 그 말을 듣고는 크게 노하여 말했다.

"네가 비록 내 관할은 아니지만 군대를 전멸시키고 장수를 잃은 죄가 크기에 나는 너를 죽여야겠다!"

단이는 군사들에게 미생을 포박하고 끌어내 참수시키라고 소리 질렀다. 그러자 장막 아래에서 한 사람이 날쌔게 나와서는 아뢰었다.

"원수께서는 노여움을 가라앉히시고 잠시 이 사람을 살려두십시오."

단이가 보니 왕경이 파견한 참군 좌모左謀였다. 단이가 말했다.

"어째서 저놈을 용서한단 말인가?"

좌모가 말했다.

"미생은 대단히 용맹하고 날래기에 송군의 장수 둘을 연이어 베었다고 들었습니다. 송강 등은 정말 병사들이 강하고 장수들도 용맹하기 때문에 지혜로써 취해야지 힘으로 대적해서는 안 됩니다."

"지혜로 취한다는 것은 어떻게 한다는 것인가?"

"송강 등은 군량과 미초를 실은 물자를 모두 원주에 쌓아놓고 그곳에서 운반해옵니다. 듣자하니 원주의 병마는 허약하다고 합니다. 원수께서는 은밀히 일을 맡길만한 사람을 균주均州3와 공주鞏州4를 지키는 장수에게 보내 시일을 약정한 다음 그들을 두 갈래 길로 출병시켜 원주의 남쪽을 기습하게 하십시오. 그리고 우리는 이곳에서 정예병을 다시 선발하여 미생 장군에게 통솔시켜 원주의 북쪽을 습격하게 함으로써 공을 세우는 것으로 속죄하도록 하십시오. 송강이 이러한 소식을 듣게 되면 원주를 잃을까 두려워 반드시 병력을 뒤로 물려 원주

3_ 균주均州: 『수호전전교주』에 따르면 『방여승략』 권9 「호광·양양부」에 이르기를 '양양부 관할 현에 균주가 있다'고 했다. 지금의 후베이성 단장커우丹江口다'라고 했다."

4_ 공주鞏州: 지금의 간쑤성 룽시隴西.

를 구원하러 갈 것입니다. 그들이 물러나는 틈을 타 여기서 다시 정예병을 출동시켜 두 갈래 길로 공격한다면 송강을 사로잡을 수 있을 것입니다.”

단이는 본래 거친 시골뜨기라 군사 전략이 무엇인지 알지 못했다. 좌모의 말을 듣고서 따르기로 하고 바로 사람을 군주와 공주로 보내 시일을 약정하게 했다. 이어서 즉시 군마 2만 명을 점검하여 미생·궐저闕翥·옹비翁飛 세 장수로 하여금 통솔하여 야음을 틈타 깃발을 감추고 북을 울리지 않고서 조용히 서문을 나가서 원주로 향해 일제히 진격하게 했다.

한편 송강은 군영에서 성을 공격할 계책을 생각하고 있었는데, 갑자기 수군 두령 이준이 군영으로 들어와서 아뢰었다.

“수군의 배들은 이미 모두 성의 서북쪽 한강과 양수襄水[5] 두 곳에 정박해뒀습니다. 특별히 명을 받으러 왔습니다.”

송강은 이준을 장막 안에 머물게 하고서 술을 몇 잔 나누었다. 그때 정탐 나갔던 군졸이 돌아와 보고하기를 성 내부는 이러이러하며 병마가 원주를 기습하러 갔다고 했다. 송강은 보고를 듣고 깜짝 놀라 급히 오용과 상의했다. 오용이 말했다.

“진 안무와 화영 장군은 담력과 지모를 겸비한 사람들이라 원주는 근심할 필요가 없습니다. 이 기회를 이용해 이곳 산남성을 격파해야 합니다.”

오용이 송강에게 잠시 은밀히 이야기하자 송강은 크게 기뻐했다. 즉시 이준과 보군 두령 포욱 등 20명에게 비밀 계책을 전하고 보병 2000명을 이끌고 밤중에 은밀히 이준을 따라가게 했다.

한편 적장 미생 등은 군사를 이끌고 원주에 도착했고 길에 매복하고 있던 군사들이 원주성으로 들어가 보고했다. 진 안무는 화영과 임충에게 병마 2만 명

5_ 『수호전전교주』에 따르면 『방여승략』 권9 「호광·양양부」에 이르기를 '한강은 농서 파가산嶓家山에서 발원하여 균주 광화光化를 거쳐 부府의 성 북쪽에 이른다. 양수는 부 서북쪽으로 흐르며 류자산橡子山이 원류로 속수涑水라 한다'고 했다.”

을 이끌고 성을 나가 적에게 대적하게 했다. 두 장수가 군사를 이끌고 성을 나가자마자, 또 유성 탐마가 달려와 보고했다.

"미생 등이 균주의 도적들과 약속하여, 균주의 병마 3만 명이 이미 성 북쪽 10리 밖에 이르렀습니다."

진관은 다시 여방과 곽성에게 병마 2만 명을 이끌고 북문을 나가 대적하게 했다. 그런데 한 시진도 지나지 않아 또 급한 보고가 들어왔다.

"공주의 도적 계삼사季三思와 예섭倪懾 등이 병마 3만 명을 통솔하며 서문으로 쳐들어오고 있습니다."

장수들은 뜻밖의 일로 모두 깜짝 놀라 서로 돌아보며 말했다.

"성안에는 단지 선찬·학사문 두 장수가 남았고, 병마도 비록 1만 명이라고는 하지만 태반이 노약자들이니 어떻게 방어한단 말인가?"

그때 성수서생 소양이 말했다.

"안무 대인께서는 걱정하실 필요가 없습니다. 제게 한 가지 계책이 있습니다."

그리고는 두 손가락을 겹쳐 장수들에게 보이면서 말했다.

"이렇게 이렇게 하면 적군을 격파할 수 있습니다."

진관을 비롯한 장수들이 모두 고개를 끄덕이며 칭찬하고 찬성했다. 진관은 명을 내려, 선찬과 학사문에게 건장한 군사 5000명을 선발하여 서문 안쪽에 매복하고 있다가 적군이 물러날 때 출격하도록 했다. 두 장수는 계책을 받고 나갔다. 진관은 다시 노약한 군사들에게 성을 지킬 필요 없이 깃발들을 감추고 있다가 서문 성루에서 포성이 울리면 깃발들을 일제히 세우도록 했다. 그리고 성안에서 뛰어다니기만 하고 성 밖으로 나가지는 못하게 했다. 배치가 끝나자 진 안무는 군사들에게 술과 안주를 가져다 서문의 성루 위에 차려놓게 했다. 진관·후몽·나전은 성루로 올라가 담소를 나누며 술을 마셨다. 그리고는 군사들에게 성문을 활짝 열어놓게 하고서 적군이 오기를 기다렸다.

얼마 뒤에 적장 계삼사와 예섭이 10여 명의 편장을 거느리고 보무당당하고 기세등등하게 성 아래까지 쳐들어왔다. 그런데 성문은 활짝 열려 있고 관원 3명과 한 수재가 성루 위에서 화려하고 다채롭게 나발을 불며 술을 마시고 있었다. 사면의 성벽 위에는 깃발이라곤 그림자 하나도 보이지 않았다. 계삼사는 의아하게 생각하며 감히 앞으로 나아가지 못했다. 예섭이 말했다.

"성안에 분명히 준비가 있는 것 같소. 우리는 속히 군대를 물려 적의 간사한 계략에 빠져들지 말아야합니다."

계삼사가 급히 군사를 물리려 하는데, 성루에서 포성이 울리더니 함성과 북소리가 천지를 진동하면서 무수한 깃발이 성벽 안에서 왔다 갔다 하는 것이었다. 적병들은 주장의 말을 듣고는 이미 놀라고 의아해했는데 이 같은 상황을 보자 싸우기도 전에 스스로 혼란에 빠지고 말았다. 이때 성안에서 선찬과 학사문이 군사를 이끌고 돌격해 나왔다. 적병은 대패하여 무수히 많은 금고와 깃발, 무기, 말, 갑옷을 버리고 달아났다. 죽은 적병이 1만여 명이나 되었고 계삼사와 예섭도 혼란한 가운데 죽임을 당했다. 나머지 군사들도 모두 사방으로 흩어져 목숨을 구하고자 달아났다.

선찬과 학사문은 승리를 거두고 군대를 거두어 성으로 돌아왔고 진 안무 등은 이미 원수부로 들어가 있었다. 북쪽 길로 나간 화영과 임충은 이미 궐저와 옹비를 죽이고 적병들을 죽이며 흩어버렸지만 다만 미생만 홀로 달아났을 뿐이었다. 군사를 거두어 개선하여 돌아와 성으로 들어오려고 했는데, 두 갈래 길로 적병이 쳐들어온다는 소식을 들었다. 서쪽 길은 소양의 묘책으로 물리쳤는데, 남쪽 길의 여방과 곽성은 아직 승패 소식을 알지 못했다. 화영 등은 이런 소식을 듣고는 군사를 시켜 남쪽 길로 쏜살같이 달려가게 했다. 그때 여방과 곽성은 한창 적군과 격전을 벌이고 있는 중이었다. 임충과 화영이 군사를 몰아 싸움을 도우러 가자 적병들은 별똥별이 떨어지고 구름이 흩어지듯 끊겼다 이어졌다 하며 사방으로 달아났고 참수하고 포로로 잡은 이가 매우 많았다. 그날 세 갈래 길로 쳐들어온 적병들은 죽은 자가 3만여 명이고, 부상당한 자는 그 수를 헤아릴 수가 없었다. 시체가 들판에 나뒹굴었고 흘러내린 피는 논밭을 가득 메웠다. 임충·화영·여방·곽성은 모두 군사를 거두어 성으로 돌아와, 선찬·학사문과 함께 원수부로 가서 승전을 보고했다. 진관·후몽·나전은 크게 기뻐하면서 소양의 묘책과 화영을 비롯한 장수들의 영웅적인 모습을 칭찬했다. 장수들이 연거푸 말했다.

"감히 할 수 없습니다."

진 안무는 연회를 크게 열어 장병들에게 상을 내리고 삼군을 위로했다. 소양과 임충 등의 공로를 기록하고 성을 굳게 지켰음은 더 이상 말하지 않겠다.

한편 단이는 미생 등이 군사를 이끌고 성을 나간 뒤, 다음 날 밤에 성루에 올라가 송군을 멀리서 바라보았다. 때는 8월 중순이었는데, 기망幾望6의 둥근 달이 대낮처럼 밝게 비치고 있었다. 단이가 바라보니 송 군중에서 깃발이 어지럽게 펄럭이면서 서서히 북쪽으로 물러나는 모습이 보였다. 단이가 좌모에게 말했다.

"송강이 원주가 위급한 것을 알고 군대를 물리는 것이로다."

좌모가 말했다.

"맞습니다! 서둘러 철기병을 내보내 공격해야 합니다."

단이는 전빈錢償과 전의錢儀 두 장수에게 병마 2만 명을 점검하고 성을 나가 송군을 추격하게 했다. 두 장수는 명을 받고 떠났다. 단이가 서쪽 성 밖의 양수를 바라보니, 넘실거리며 흐르는 강물의 빛과 달빛이 위아래로 서로 어울리는데 송군의 군량을 실은 배 300~500척이 북쪽을 향해 상앗대로 저으며 천천히 가고 있었다.

단이는 평소에 노략질에 익숙한지라 군량을 실은 많은 배를 본 데다 배 위에 수군은 보이지 않고 배 한 척마다 6~7명의 사공들만 배를 젓고 있을 뿐이었다.

6_ 음력 14일을 말한다.

단이는 성 서쪽의 수문을 열라 소리치고는 수군총관 제능諸能에게 500척의 전선을 이끌고 성을 나가 군량 실은 배들을 강탈해오게 했다. 송 군사들은 배 위에서 적군이 오는 것을 보고는 서둘러 배를 물가에 대더니, 노 젓던 사공들이 모두 언덕으로 올라갔다. 제능은 전선을 저어 앞으로 나아갔다. 그때 송군 뱃전에서 징소리가 울리더니, 100여 척의 작고 빠른 어선들이 나타났다. 배마다 두 명이 노를 젓고 서너 명이 방패, 표창, 박도, 단도를 들었는데 날듯이 저어오고 있었다. 제능은 수군들에게 화포와 불화살을 쏘게 했다. 어선에 타고 있던 자들은 대적하지 못하고 함성을 지르면서 모두 물속으로 뛰어들었다. 적병들은 승리를 거두자 군량 실은 배들을 빼앗았다. 제능은 수군들에게 배를 저어 성으로 들어가게 했다. 막 배 한 척이 성으로 들어가려는데, 성안에서 배들을 여기저기 수색한 다음에 성안으로 저어 들어오라는 명이 떨어졌다. 제능은 군사들에게 먼저 들어온 배부터 수색하게 했다. 10여 명의 군사들이 일제히 배 위로 올라가 선창의 널빤지를 들어 열려고 했지만, 마치 한 목판으로 만들어진 것처럼 조금도 들리지가 않았다. 제능이 크게 놀라 말했다.

"적의 간계에 빠진 것이 틀림없구나!"

제능은 빨리 도끼와 끌을 가져오게 하여 널빤지를 비틀어 열게 하고는, 또 말했다.

"성 밖에 있는 배들은 들어오지 못하게 하라."

말이 미처 끝나기도 전에 성 밖 뒤쪽에 있던 군량을 실은 배 서너 척이 노 젓는 사람도 없는데 마치 조수에 밀려오는지 혹은 순풍에 떠밀려오는지 절로 움직이며 들어왔다.

제능은 계략에 빠진 것을 확실히 알고 급히 언덕으로 오르려 했는데, 물속에서 10여 명이 입에 요엽도蓼葉刀를 물고는 솟구쳐 올랐다. 바로 이준·이장二張·삼완·이동二童 8명의 영웅이었다. 적병들이 급히 병기로 찌르려고 하자 이준이 휘파람을 불었다. 그러자 너덧 척의 군량을 실은 배 안에 몰래 숨어 있던 보군 두령들이 판 아래에서 고정시키던 못을 뽑고 널빤지를 밀어젖혀 열고는 크게 함성을 지르면서 각기 짧은 병기를 들고 튀어나왔다. 한편 포욱·항충·이곤·이규·노지심·무송·양웅·석수·해진·해보·공왕·정득손·추연·추윤·왕정륙·백승·단경주·시천·석용·능진 등 20명의 두령과 1000여 명의 보병들이 일제히 언덕으로 뛰어올라 적군을 베어 죽이기 시작했다. 적병들은 막아내지 못하고 이리저리 도망쳤고 제능은 동위에게 죽임을 당했다. 성 안팎의 전선에 타고 있던 적 수군들은 이준 등에게 태반이 살해돼 강이 온통 붉게 물들었다. 이준 등이 수문을 탈취하자 포욱 등 호랑이 같은 보군 두령들이 능진을 호위하면서 굉천자모 신호포를 터뜨리고 제각기 불을 지르고 적병들을 죽였다. 성안은 삽시간에 가마솥에 물이 끓는 듯하여 형을 부르고 동생을 부르며 아들을 찾고 아비를 찾으며 울부짖는 소리가 하늘을 뒤흔들었다.

단이는 변고를 듣고서 급히 군사를 이끌고 응전하러 나오다가, 무송·유당·양웅·석수·왕정륙 무리와 맞닥뜨렸다. 단이는 왕정륙의 박도에 다리를 찔려 넘어지면서 사로잡혔다. 노지심과 이규 등 10여 명의 두령은 북문으로 쳐들어가 성문을 지키는 군사들을 죽이며 흩어버리고 성문을 활짝 열고 조교를 내렸다. 그때 송강의 병마는 성안에서 굉천자모포 터지는 소리가 나는 것을 듣고 고삐를 당겨 돌려서는 성으로 쳐들어가다가, 전빈·전의의 병마와 맞닥뜨렸고 한 바탕 혼전을 벌였다. 전빈은 변상에게 죽임을 당했고 전의는 마령에게 맞아 뒤집어졌는데 인마에 짓밟혀 잘게 다진 고기가 되고 말았다. 3만 명의 철기군 태반이 죽었다. 손안·변상·마령 등은 군사를 이끌고 앞장서서 곧장 북문으로 돌진해 들어갔다. 여러 장수가 적병을 죽이며 흩어버리고 성지를 빼앗았고 송 선봉의 대군이 입성하도록 했다.

때는 이미 5경이 되었다. 송강은 명을 내려 군사들을 시켜 불을 끄게 하고 백성을 해치지 못하도록 했다. 날이 밝자 방을 내붙여 백성을 안정시켰다. 장수들이 적장의 수급을 가지고 와서는 공적을 바쳤는데 왕정륙이 단이를 포박하여 끌고 왔다. 송강은 군사들에게 단이를 진 안무에게 압송해 가도록 했고 그가 처리하도록 했다. 좌모는 혼전 속에서 죽임을 당했고 나머지 편장과 아장들도 죽은 자가 매우 많았으며 항복한 군사는 1만 명이 넘었다. 송강은 소와 말을 잡아 연회를 열어 삼군을 포상하고 위로했다. 이준 등 여러 장수의 공을 기록하고, 마령을 진 안무에게 보내 승전을 보고하게 하고 적병의 소식을 탐문하도록 했다. 마령이 두세 시진 뒤에 돌아와 보고했다.

"진 안무는 승전 소식을 듣고 대단히 기뻐하면서, 즉시 조정에 올릴 표문을 적어 사람을 보냈습니다."

마령은 또 소양이 계책을 내어 적을 물리친 일을 이야기했다. 송강은 놀라면서 말했다.

"만약 적에게 간파되었다면 어찌 할 뻔했나? 정말 수재의 식견이로다."

송강은 창고에 있는 곡식을 내어 전쟁으로 피해를 입은 백성을 구제했다. 여러 항목의 군사 관련 사무 처리를 마치고 송강은 오용과 형남군을 공격할 계책을 상의하고 있는데 별안간 진 안무가 추밀원에서 내려온 공문을 보냈는데, 그 내용은 다음과 같다.

'서경의 도적들이 거침없이 날뛰어 동경 관할의 현들을 약탈하고 있으니, 송강 등은 먼저 서경을 소탕해 평정한 다음 왕경의 소굴로 진공하여 토벌하도록 하라.'

진 안무가 별도로 보낸 사적인 서신에는 추밀원에서 진행한 우스꽝스러운 짓들이 적혀 있었다.

송강과 오용은 추밀원의 뜻을 구체적으로 알자 군사를 나누어 형남과 서경을 동시에 공격하기로 계책을 세웠다. 그때 부선봉 노준의와 하북의 항복한 장수들이 군사를 이끌고 서경을 공격해 성지를 빼앗기를 원했다. 송강은 크게 기뻐하면서, 장수 24명과 군마 5만 명을 선발하여 노준의와 함께 통솔하여 전진하도록 했다. 그 24명의 장수는 부선봉 노준의와 부군사 주무 외에 양지·서녕7·색초·손립·선정규·위정국·진달·양춘·연청·해진·해보·추연·추윤·설영·이충·목춘·시은 그리고 하북의 항복한 장수 교도청·마령·손안·변상·산사기·당빈이었다. 노준의는 그날로 송 선봉과 작별하고 장수들과 군마를 통솔하여 서경을 향하여 진군했다. 송강은 사진·목홍·구붕·등비를 시켜 병마 2만 명을 거느리고 산남성에 주둔하여 지키게 했다. 송강이 사진 등에게 말했다.

"만약 적병이 쳐들어오면 성지를 굳게 지키기만 해야 하네."

송강은 여러 장수와 병마 8만 명을 통솔하며 형남을 향하여 내달리니, 창과 칼은 급류가 흐르는 듯했고 인마는 순풍을 타는 듯하여 군용은 정제되고 행동은 민첩하며 위세는 드높았다. 그야말로 깃발들은 온 하늘에 붉은 노을 펼쳐놓은 듯했고 도검은 천 리에 걸쳐 흰 눈이 깔린 듯했다.

결국 형남을 또 어떻게 공격했는가는 다음 회에 설명하노라.

7_ 『수호전전교주』에 따르면 "서녕과 손립은 여기서 이미 노준의 부대 안에 편성되었는데, 다음 회(107회)에서 또 서녕과 손립이 송강의 부대 안에서 출현한다. 잘못이다"라고 했다.

육
화
진
을
깨
뜨
리
다[1]

송강은 장수들과 군마를 통솔하며 형남으로 진군했는데, 매일 60리를 가서 진지를 구축하고 주둔했다. 대군이 지나는 곳에서는 터럭만큼도 백성을 범하지 않았다. 마침내 군마가 기산紀山[2]에 당도하여 주둔했는데, 기산은 형남의 북쪽에 위치해 있으며 바로 형남의 요충지였다. 기산에는 적장 이양李懹이 병마 3만 명을 통솔하며 산 위에서 지키고 있었다. 이양은 이조의 조카인데, 왕경이 그를 선무사에 봉했다. 이양은 송강 등이 산남군을 격파하고 단이가 사로잡혔다는 소식을 듣고, 사람을 남풍으로 보내 왕경과 이조에게 보고했다.

"송군의 세력이 거대하여 이미 두 개의 큰 군郡이 격파되었습니다. 그리고 지금 형남을 공격하러 왔는데, 또 노준의에게 병력을 나누어줘 서경을 취하러 보

1_ 107회 제목은 '宋江大勝紀山軍(송강은 기산군에게 대승을 거두다). 朱武打破六花陳(주무는 육화진을 격파하다)'이다.

2_ 『수호전전교주』에 따르면 『방여승략』 권9 「호광·형주부荊州府」에 이르기를 '기산은 부府 북쪽에 위치해 있다'고 했다.'

냈다고 합니다."

보고를 받은 이조는 깜짝 놀라 왕경에게 보고하고자 즉시 궁으로 들어갔다. 내시가 안으로 전달하러 들어갔다 나와서 말했다.

"군사께서 잠시 기다리시면, 대왕께서 대전으로 나오실 것입니다."

이조 등은 두 시진을 기다렸는데도 안에서는 아무런 동정이 없었다. 이조가 은밀히 친한 근시에게 물었더니 그가 대답했다.

"대왕께서는 단段 낭랑娘娘3과 한창 시끄럽게 다투고 계십니다!"

이조가 물었다.

"대왕께서 어째서 낭랑과 다투시는가?"

근시가 이조의 귀에 대고 말했다.

"대왕께서는 낭랑의 용모 때문에 오랫동안 단 낭랑 궁중으로 가지 않으셨습니다. 이 때문에 낭랑께서 성가시게 구시는 겁니다."

이조가 또 한참 기다리자 내시가 나와서 말했다.

"대왕께서, 군사가 아직 돌아가지 않고 여기에 있냐고 물으셨습니다."

이조가 말했다.

"여기서 똑바로 서서 기다리고 있네!"

내시가 아뢰러 안으로 들어가자 잠시 뒤에 몇 명의 내시와 궁녀들을 거느리고 왕경이 나와 대전에 올라앉았다. 이조가 엎드려 절하고 배무한 다음에 아뢰었다.

"소신의 조카 이양이 보고하기를, 송강 등 용감한 장수와 강력한 군사들이 원주와 산남 두 성지를 격파했다고 합니다. 그리고 지금 송강은 병마를 둘로 나누어 하나는 서경을 취하러 갔고 다른 하나는 형남을 공격하러 가고 있습니다. 엎드려 바라건대 대왕께서는 군사를 보내 구원해주십시오."

3_ 낭랑娘娘: 여기서는 황후를 말한다.

이 말을 들은 왕경은 크게 노하며 말했다.

"송강의 무리는 물가의 도적에 불과한데, 어찌하여 그토록 창궐한단 말인가?"

왕경은 즉시 칙령을 내려 도독 두학杜學에게 장수 12명과 병마 2만 명을 통솔하여 서경을 구원하게 했고, 또 통군대장 사우謝宇에게는 장수 12명과 병마 2만 명을 거느리고 형남을 구원하게 했다. 두 장수는 병부와 칙령을 수령하고는 병마를 선발하고 기계를 정돈했다. 가짜 추밀원에서는 장수들을 배정하고 가짜 전운사 공정은 군량과 마초 등 물자를 제공하기로 했다. 두 장수는 왕경과 작별하고 각기 병력을 통솔하여 길을 나누어 두 곳을 구원하러 떠났다.

한편 송강 등의 병마는 기산 북쪽 10리 밖에 울타리 방책을 세우고 주둔하면서 공격 준비를 하고 있었다. 적군의 소식을 정탐하는 군사가 돌아와 보고하자 송강은 오용과 계책을 상의한 다음 장수들에게 말했다.

"내가 듣자하니 이양의 수하들은 모두 용맹한 장사들이고 기산은 형남의 요충지라고 한다. 우리 장사들과 병마의 숫자가 적의 두 배가 되기는 하지만 적들은 험한 지세에 의지하고 있고 우리는 산 아래에 있기 때문에 적에게 갇힌 것과 같다. 더욱이 이양은 교활하고 기이한 변화가 많은 놈이니, 여러 형제는 형세를 잘 살펴서 싸우도록 하고 결코 적을 예사롭게 봐서는 안 된다."

그리고 명을 하달했다.

"모든 군사를 군영 안으로 들이고, 문을 닫고 길을 청소하라. 감히 나가려는 자는 주살할 것이며, 감히 큰소리를 내는 자도 죽일 것이다. 군대에서는 명령이 두 가지가 될 수 없다. 독단적으로 명령을 내리는 자는 주살할 것이며 명령을 차단하는 자도 주살할 것이다."

명을 내리자 군중은 숙연해졌다. 송강은 대종을 시켜 수군 두령 이준 등에게 군량을 실은 배들을 신중하게 지키면서 군량 보급이 끊어지지 않게 하라고 명을 전하게 했다. 송강은 또 이양에게 전서를 보내 내일 결전을 벌이자고 약속했다. 송 선봉은 명을 내려 진명·동평·호연작·서녕·장청·경영·김정·황월에게 병마 2만 명을 이끌고 앞으로 나가 싸우도록 했다. 또 초정·욱보사·단경주·석용에게 보병 2000명을 이끌고 가서 싸우기 편하도록 나무를 베고 길을 넓게 했다. 배정이 끝나자 송강과 나머지 장수들은 각기 방책을 지켰다.

이튿날 5경에 밥을 지어 군사들에게 먹이고 말들에게는 꼴을 먹이고 날이 밝자 싸움터로 나갔다. 이양은 편장 마강馬勞·마경馬勁·원랑袁朗·등규滕戣·등감滕戡과 병마 2만 명을 통솔하여 부딪쳐 내려왔다. 이 5명은 적군 중에서 가장 용맹한 자들로 왕경이 호위장군虎威將軍으로 삼은 자들이었다. 적병은 진명 등의 군마와 대치했다. 적병은 북쪽 기슭의 평탄하고 양지 바른 곳에 늘어섰고, 산 위에도 많은 병마들이 호응할 준비를 하고 있었다. 양쪽 진영에서는 깃발을 펄럭이면서 진세를 펼쳤고 각기 강궁과 쇠뇌를 쏘아 선두의 전진을 저지했다. 악어가죽 북소리가 요란하고 갖가지 채색 깃발들이 해를 가렸다. 적진의 문기가 열리면서 적장 원랑이 말을 몰아 앞으로 나섰다. 머리에는 정련한 구리 투구를 쓰고 몸에는 둥근 꽃 문양을 수놓은 비단 전포를 입었으며 까맣고 윤택이 나며 상감한 갑옷을 걸치고 곱슬곱슬한 오추마를 타고 있었다. 붉은 얼굴에 누런 수염이 나 있고 키는 9척 장신이었다. 양손에는 물을 부어가며 갈고 강철을 두드려 만든 강과鋼撾[4]를 들었는데, 왼손에 든 것은 무게가 15근이고 오른손에 든 것은 16근이었다. 원랑이 소리 높여 외쳤다.

"물가에 사는 도적놈들아, 어느 놈이 감히 나와서 목숨을 바칠 거냐!"

송 진영에서 하북의 항복한 장수 김정과 황월이 첫 번째 공을 세우고자 일제히 진 앞으로 달려나가면서 욕했다.

"나라를 배반한 역적 놈이 무슨 할 말이 있느냐!"

김정은 발풍대도를 춤추듯 휘두르고, 황월은 혼철점강창을 잡고 말을 몰아 곧장 원랑에게 달려들었다. 원랑은 두 자루의 강과를 들고 달려와 맞섰다. 세 장

4_ 강과鋼撾: 일종의 맹장들이 사용하는 강철로 된 공포의 병기로 약간 괭이와 비슷하다.

수는 '정丁' 자 모양으로 늘어서 싸움을 벌였다. 30여 합을 싸웠을 때 원랑이 강과로 공격해오는 상대의 병기를 밀쳐내고는 말머리를 돌려 이내 달아났다. 김정과 황월이 말을 질주하며 그 뒤를 쫓았는데, 달아나던 원랑이 재빠르게 말을 돌리자 김정의 말이 원랑의 말을 조금 앞서게 되었다. 김정이 칼을 돌리며 원랑을 베자 원랑이 왼손에 든 강과로 막았다. '쩽' 소리가 울리면서 김정의 칼날에 이가 빠지고 말았다. 김정이 칼을 거두기도 전에 어느 결에 원랑이 오른손에 들고 있던 강과로 김정의 투구를 내리치자 김정은 투구와 함께 머리가 부서지면서 말에서 떨어졌다. 그때 황월의 말이 달려왔고 창으로 원랑의 심장을 향해 찔렀다. 눈이 밝고 손이 빠른 원랑은 날쌔게 피했고 황월의 창은 그만 원랑의 오른쪽 옆구리를 지나 허공을 찌르고 말았다. 그 순간은 원랑은 왼팔로 두 자루의 강과를 잡고 오른손으로는 황월의 창 자루를 옆구리에 끼고는 뒤로 잡아당겼다. 황월이 곧장 품속으로 끌려 들어오자 원랑은 오른손으로 황월의 허리를 껴안고 타고 있는 말에서 잡아채어 땅바닥으로 내던졌다. 그러자 적병들이 함성을 지르며 급히 달려나와 황월을 사로잡아 진 안으로 끌고 갔다. 황월이 탔던 말은 주인을 잃은 채 곧장 본진으로 달려왔다.

송 진영에서는 벽력화 진명이 두 장수가 꺾이는 것을 보고 크게 성내며 말을 박차고 낭아곤을 휘두르며 곧장 원랑에게 달려들었다. 원랑도 강과를 춤추듯 휘두르며 맞섰다. 두 장수가 50여 합을 싸웠을 때 송군 진영에서 여장군 경영이 방천화극을 세우고 은빛 갈기의 말을 질주하며 달려왔다. 머리에는 자금紫金으로 된 취봉관翠鳳冠5을 쓰고 몸에는 붉은 비단에 수놓은 전포에 은에 금을 입힌 가는 갑옷을 껴입고서 진명을 도우러 나왔다. 적장 등규는 여자임을 보고는 말을 박차며 진 앞으로 나와 크게 웃었다.

5_ 취봉관翠鳳冠: 전통 희곡에서 황후, 비빈, 공주, 고명한 부인과 출가한 부녀자 등이 머리에 쓰는 봉황 장식의 관이다.

"송강의 무리는 진짜 도적들이구나, 어떻게 계집년을 싸움터에 내보낸단 말이냐?"

등규는 삼첨양인도를 춤추듯 휘두르며 경영을 가로 막고 싸웠다. 두 사람이 10여 합을 싸웠을 때, 경영이 화극으로 등규의 칼날을 밀쳐내고 말을 돌려 본진을 향해 달아났다. 등규가 크게 호통을 치더니 말을 몰아 뒤를 쫓았다. 경영은 말안장에 걸려 있는 비단주머니에서 몰래 돌멩이를 꺼내 버들가지 같은 가는 허리를 돌리면서 등규를 곁눈질하더니 돌멩이를 날렸다. 등규는 날아온 돌에 얼굴을 정통으로 맞고는 살갗이 터지고 피를 흘리며 뒤집어지면서 말에서 떨어졌다. 그러자 경영은 재빠르게 말을 돌려 달려가 다시 화극으로 찔러 등규를 끝장내고 말았다.

등감은 여장군이 자신의 형을 죽이는 것을 보고 크게 노하여 호안죽절강편虎眼竹節鋼鞭을 춤추듯 휘두르며 말을 박차고 진 앞으로 달려나가 경영을 공격했다. 그러자 쌍편 호연작이 편을 휘두르며 말을 몰아 나가 등감을 막아서며 싸웠다. 여러 장수가 두 사람의 실력을 보니 비등한데다 차림새도 큰 차이가 없었다. 호연작은 충천각철복두沖天角鐵幞頭6를 쓰고 금박을 입힌 누런 비단을 이마에 감았으며 칠성七星 형상으로 못을 박은 검은 비단 전포를 입고 까맣고 윤택이 나며 상감한 갑옷을 걸치고 척설오추마를 타고 있었다. 등감은 교각철복두交角鐵幞頭7를 쓰고 커다란 붉은 비단을 이마에 감고 있었으며, 온갖 꽃을 새기고 비취색의 깃을 넣은 검은 전포를 입고 검고 반지르르하며 황금을 도금한 갑옷을 걸쳤으며 누런 갈기의 말을 타고 있었다. 호연작에게는 수마팔릉강편水磨八棱鋼鞭 한 자루가 더 있을 뿐이었다. 두 장수는 진 앞에서 이리저리 빙빙 돌며 앞

6_ 충천각철복두沖天角鐵幞頭는 좌우 양쪽 뿔이 철사를 뼈대로 삼은 듯하고, 서로 마주 선 것이 곧장 높은 하늘에 부딪칠 듯하다고 하여 이런 명칭을 얻었다. 송나라 때 무사들이 많이 사용했다.

7_ 교각철복두交角鐵幞頭: 일종의 두 다리가 교차하여 위로 꺾인 복두로 송나라 때 제조되었고 대부분 궁정의 의장병이 사용했다.

으로 밀고 뒤로 물러나면서 50여 합을 싸웠지만 승부를 가리지 못했다. 저쪽 편에서는 진명과 원랑 두 사람이 이미 150여 합을 싸우고 있었다. 적진의 주장인 이양은 높은 언덕 위에서 여장군이 돌을 날리는 것이 매서운데다 등규가 꺾이는 것을 보고는 징을 울려 군사를 거두었다. 진명과 호연작은 적장들이 용감하고 날랜 것을 보고는 추격하지 않았다. 원랑과 진명 두 사람은 각자 본진으로 돌아갔다. 적병들은 산 위로 올라갔다.

진명 등은 군사를 거두어 본영으로 돌아와서는 적장들이 날래고 용감하여 김정과 황월이 꺾이고 말았고 장장군의 부인이 나서지 않았더라면 아군의 날카로운 기세가 꺾였을 것이라 말했다. 송강은 매우 근심하면서 오용과 계책을 상의했다.

"이런 상황에 어떻게 형남을 깨뜨릴 수 있겠소?"

오용은 두 손가락을 겹치면서 한 가지 계책을 내놓았다.

"이러이러하게 하는 수밖에 없습니다."

송강은 그 계책을 따르기로 하고 즉시 노지심·무송·초정·이규·번서·포욱·항충·이곤·정천수·송만·두천·공왕·정득손·석용 등 10명의 두령을 불러서는 능진과 함께 용감하고 민첩한 보병 5000명을 거느리고, 오늘 밤 달빛 없는 어둠을 틈타 각자 전포만 입고 단도·방패·표창·비도 등을 가지고 오솔길로 산 뒤편으로 가서 행동하게 했다. 장수들은 명을 받고 갔다.

이튿날 아침, 이양이 군사를 파견해 전서를 보내왔다. 송강이 오용과 상의했는데, 오용이 말했다.

"적군에게는 틀림없이 교활한 계책이 있을 것입니다. 노지심 등이 이미 적진 깊숙이 들어가 있으니, 속히 교전을 벌일 준비를 해야 합니다."

송강은 허락했다.

"그래, 오늘 교전을 벌이자."

그 군사는 답서를 가지고 산으로 올라갔다. 송강은 진명·동평·호연작·서녕·

장청·경영을 전군으로 삼고 병마 2만 명을 통솔하게 했는데 활과 쇠뇌를 든 군사는 바깥에 배치하고 방패와 극을 든 군사들은 안에 배치했으며 전차를 전면에 내세우고 기병들이 도우면서 진격하여 부딪치게 했다. 황신·손립·왕영·호삼랑은 병마 1만 명을 정돈하여 군영 안에서 대기하게 했고, 이응·시진·한도·팽기도 병마 1만 명을 정돈하여 군영 안에서 기다리도록 했다.

"전군에서 신호포 터지는 소리가 들리면, 자네들은 동서 양쪽 길로 내달려 앞으로 오게."

다시 관승·주동·뇌횡·손신·고대수·장청長靑·손이랑에게는 보군 2만 명을 통솔하여 본영 뒤쪽에 주둔하고 있다가 적의 구원병이 오는 것을 방비하게 했다. 배치가 끝나자 송강은 오용·공손승과 함께 직접 전투를 감독하기로 하고 나머지 장수들은 군영을 지키게 했다. 진시가 되자 오용이 운제 위에 올라가 살펴보고는 산세가 험준하자 급히 명을 내려 군마를 2리 뒤로 물러나게 하여 후퇴시켜 포진시키고 두 갈래 길의 기습부대가 수단을 발휘하도록 했다.

이쪽에서 진세를 펼치자 기산의 적장 이양은 원랑·등감·마강·마경 4명의 호장虎將과 병마 2만5000기를 통솔하며 나왔다. 등감은 군사를 시켜 대나무 장대에 황월의 수급을 매달게 하고는 진을 돌파하는 철기鐵騎 5000명을 이끌고 달려나왔다. 군사들은 투구를 깊숙이 눌러쓰고 쇠 갑옷을 걸쳤는데 두 눈만 드러내고 있었다. 말들도 모두 두 층으로 된 갑옷을 입혔고 얼굴에도 가면을 씌워 네 발굽만 드러나 있었다. 어제 여장군이 돌멩이를 날려 한 장수가 꺾이는 것을 보았기 때문에 오늘 이렇게 무장을 시킨 것이었다. 비록 화살과 돌이 날아올지라도 보호할 수 있게 한 것이었다. 철기병 5000명은 궁수 2개 부대와 장창을 든 1개 부대가 그 사이에서 도우며 돌격해 내려왔고, 그 뒤쪽의 군사들은 양쪽 길로 나누어 공격해왔다. 송강은 막아내지 못하고 뒤로 급히 물러났다. 송강은 서둘러 신호포를 터뜨리게 했다. 이미 전차를 밀고 가던 수백 명이 화살에 맞아 다쳤지만, 다행히 전차가 가로막고 있었기에 적의 철기들이 앞으로 나오지는 못했다. 전차 뒤에 송군의 기병이 있었지만 역시 앞으로 나아가 힘을 발휘하지 못했다.

한창 위급해졌을 때 산 뒤편에서 연주포 터지는 소리가 울리자 노지심을 비롯한 장사들이 험준한 산길을 지나 산 위로 올라갔다. 산채를 지키고 있던 적병들은 5000명의 노약한 병사들과 편장 1명뿐이었다. 노지심 등은 적병을 모조리 죽이고 산채를 탈취했다. 이양 등은 산 뒤쪽에서 변고가 일어난 것을 보고 급히 군대를 물리려 했을 때 또 황신 등의 네 장수와 이응 등의 네 장수가 양쪽 길로 질러 쳐들어왔다. 송강은 또 총포수들을 시켜 철기를 쏘게 했다. 적병들은 크게 붕괴되기 시작했고 그때 노지심과 이규 등 14명의 두령이 보군을 이끌고 산 위에서 돌격해 내려왔다. 적병들은 빗방울이 떨어지고 별이 흩어지듯 어지러이 목숨을 구하고자 도망쳤다. 가련하게도 맹장 원랑도 화포에 맞아 죽었고, 이양은 뒤쪽에 있다가 노지심에게 맞아 죽었다. 마경과 등감도 혼전 속에서 죽고, 단지 마강 한 사람만이 도망칠 수 있었다. 노획한 갑옷과 금고, 말 등이 셀 수 없이 많았다. 3만 명의 군병 가운데 태반이 죽어 산 위아래에 시체가 가득 널렸다. 송강이 군대를 거두어 병사들을 점검해보니 1000여 명을 잃었다. 날이 저물자 기산 북쪽에 방책을 세웠다.

이튿날 송강은 군사를 이끌고 산을 올라가 금은과 식량을 수습하고 군영은 불을 놓아 태워버렸다. 삼군의 장병들에게 크게 상을 내리고, 노지심 등 15명 두령과 경영의 공적을 순서대로 기록했다. 이어서 군사를 감독하며 전진하여 기산을 지나 형남 1리 밖에 대군을 주둔시켰다. 그러고는 군대 파견과 성을 공격해 격파할 일을 군사 오용과 상의했다.

이야기는 둘로 나뉘는데, 한편 노준의의 병마는 서경을 향하면서 산을 만나면 길을 열고 물을 만나면 다리를 놓으면서 진군했다. 보풍寶豐8에서 적장 무순武順 등이 향화와 등촉을 밝히고서 성을 바치는 등 지나는 고을마다 조정에 귀순했다. 노준의는 적장을 위로하고 이전과 같이 무순에게 성지를 지키도록 했다. 적장은 모두가 감격하여 눈물을 흘리며 마음을 기울여 성심을 다했고 그릇된 것을 버리고 바른 길로 돌아섰다. 이때부터 노준의 등은 남쪽을 돌아보는 근심 없이 병마들은 신속하게 진입했다. 며칠 뒤에 서경성 남쪽 30리 밖 이궐산伊闕山9에 당도하여 주둔했다. 정탐해보니 성안의 주장은 가짜 선무사 공단과 통군統軍 해승奚勝을 비롯해 몇 명의 맹장이 지키고 있었다. 그들 가운데 해승은 일찍이 진법을 익혀 현묘한 이치를 깊이 이해하고 있었다. 노준의는 즉시 어떤 계책을 써야 성을 취할 수 있을지를 주무와 상의했다. 주무가 말했다.

"해승이란 놈이 제법 병법을 알고 있다고 하니 반드시 먼저 싸우러 올 것입니다. 우리 아군은 먼저 진세를 펼쳐놓고 있다가, 적병이 오면 천천히 도전하면 됩니다."

노준의가 말했다.

"군사의 생각이 지극히 고명하오."

노준의는 즉시 군마를 파견해 산 남쪽의 평탄한 곳에 순환팔괘진循環八卦陣을 펼쳤다.

한참 기다리자 적병이 세 부대로 나누어 공격해왔다. 가운데 부대는 홍기, 왼쪽 부대는 청기, 오른쪽 부대는 홍기를 들고는 일제히 몰려왔다. 해승은 송군이 진세를 펼치는 것을 보고는 청기와 홍기 부대를 좌우로 나누어 진지를 구축하고 주둔했다. 운제에 올라가 송군이 펼친 순환팔괘진을 보고는 해승이 말했다.

"이런 진을 누가 모를 것 같으냐? 내가 진세를 펼쳐 저놈들을 놀라게 해줘야겠다."

8_ 보풍寶豐:『수호전전교주』에 따르면 "『방여승략』 권5 「하남·여주汝州」에 이르기를 '관할 현에 보풍이 있다'고 했다." 지금의 허난성 바오펑寶豐이다.

9_ 이궐산伊闕山:『수호전전교주』에 따르면 "『방여승략』 권5 「하남·하남부」에 이르기를 '이궐산은 하남부 서쪽에 있다'고 했다." 일반적으로 용문산龍門山이라고 한다.

해승은 군사들에게 삼통화고를 두드리고 지휘대를 세우게 하고는 그 위에 올라가 신호 깃발을 좌우로 흔들어 진세를 늘어놓게 했다. 지휘대에서 내려와 말을 타고 수장首將에게 진세를 펼쳐내도록 하고는 진 앞으로 나와 노준의에게 말을 걸었다. 통군 해승의 차림새를 보니,

> 햇빛에 비춘 황금 투구는 노을빛 뿜어내고, 은빛 갑옷엔 서리 깔려 달그림자도 삼킬 듯하구나. 겹겹이 수놓은 붉은 비단 전포에 진주 박은 누런 혁대 둘렀네. 녹색의 가죽 장화는 진귀한 등자를 비스듬히 밟고, 금박으로 무늬 그린 말다래에는 실로 만든 채찍 달려 있구나. 용 같은 말 타고 진 앞에 선 그는 손에 검 비껴 쥐고 있도다.
>
> 金盔日耀噴霞光, 銀鎧霜鋪吞月影. 絳征袍錦綉攢成, 黃鞓帶珍珠釘就. 抹綠靴斜踏寶鐙, 描金鞓隨定絲鞭. 陣前馬跨一條龍, 手內劍橫三尺水.

해승이 진 앞에서 고삐를 당겨 말을 세우고는 큰소리로 외쳤다.

"네놈들이 순환팔괘진을 펼치고 누굴 속이려는 거냐? 내가 펼친 진이 무엇인지 알아보겠느냐?"

노준의는 해승이 진법으로 싸우려는 것을 듣고, 주무와 함께 운제에 올라가 적군의 진세를 살펴보았다. 그 진은 세 사람을 한 소대로 삼고, 세 소대를 합하여 한 중대로 하고, 다섯 중대를 합하여 한 대대로 만들었다. 바깥은 네모난데 안쪽은 둥글면서 큰 진이 작은 진들을 에워싸면서 서로 연결되어 있었다. 주무가 노준의에게 말했다.

"저 진은 이약사李藥師의 육화진법六花陳法으로 제갈공명의 팔괘진八卦陣을 헤아려 만든 것입니다. 적장은 우리가 자신의 진을 모른다고 깔보는 것 같습니다. 저들은 우리의 팔괘진이 64가지로 변화된다는 것을 알지 못할 것이니, 제갈공명의 팔괘진으로 저들의 육화진을 격파할 수 있습니다."

노준의가 진 앞으로 나가 소리쳤다.

"네놈의 육화진이 무에 그리 기이하단 말이냐!"

해승이 말했다.

"네가 감히 깨뜨릴 수 있겠느냐?"

노준의가 크게 웃으면서 말했다.

"그따위 작은 진을 깨뜨리는 것이 뭐가 어렵겠느냐!"

노준의가 본진으로 들어가자, 주무가 지휘대에 올라가 신호 깃발을 좌우로 흔들어 팔진도八陣圖로 변화시켰다. 주무는 노준의에게 양지·손안·변상을 시켜 갑옷 입은 마군 1000명을 이끌고 적진을 치도록 명하게 했다.

"오늘은 금金에 속한 날이므로, 우리 진에서 정남 방향 이離 방위에 위치한 군마가 일제히 돌격해야 합니다."

양지 등이 명을 받들고 북을 세 번 두드렸다. 여러 장수가 적군의 서쪽 문기를 쓸어버리고 돌진해 들어갔다. 그때 노준의가 마령 등의 장수와 군병을 이끌고 돌격하자 적병은 대패했다.

한편 양지 등은 적진 속으로 돌진해 들어가 해승과 맞닥뜨렸는데 해승은 맹장 몇 명의 보호를 받으며 북쪽으로 달아났다. 손안과 변상은 공을 세우려고 군사를 이끌고 해승의 뒤를 쫓았는데, 너무 깊숙이 들어간 것을 깨닫지 못했다. 그때 산비탈 뒤쪽에서 징소리가 울리더니 한 무리의 군마가 튀어나왔다. 양지와 손안 등이 급히 물러나려 했지만 이미 늦은 상태였다. 그야말로 적진으로 돌진하던 말이 병풍처럼 깎아지른 듯한 푸른 산봉우리에서 떨어지고 파도 놀이를 하던 배가 녹색의 물속으로 빠져 들어간 것과 같다.

결국 이 한 무리의 병마가 어느 병마이고, 손안 등이 어떻게 대적하는가는 다음 회에 설명하노라.

소
가
수 蕭
嘉
穗
의
거
사[1]

양지·손안·변상이 해승을 추격하여 이궐산 옆에 이르렀을 때, 방비하지 않은 산비탈 뒤쪽에 매복하고 있던 적장이 1만 명의 기병을 이끌고 튀어나와서는 양지 등과 한바탕 싸움을 벌였다. 그 틈에 해승은 벗어나 패잔병을 이끌고 성으로 들어가버렸다. 손안은 용감하게 앞장서 싸워 적장 두 명을 죽였지만 중과부적이었다. 1000명의 갑옷 입힌 전마를 탄 기병은 적군에게 몰리면서 깊은 골짜기로 밀려들어갔다. 그 골짜기는 사면이 모두 낭떠러지라 나갈 수 있는 길이 없었다. 적군들은 나무와 돌을 운반하여 골짜기 입구를 막아 끊어버리고, 성으로 들어가 공단에게 보고했다. 공단은 병사 2000명을 보내 골짜기 입구를 지키게 했다. 양지와 손안 등은 날개가 돋쳤다 하더라도 빠져나갈 수 없게 되었다.

양지 등이 곤경이 빠진 것은 더 이상 말하지 않겠다. 한편 노준의 등은 해승

1_ 제108회 제목은 '喬道淸興霧取城(교도청이 안개를 휘몰아 성을 취하다), 小旋風藏炮擊賊(소선풍이 화포를 감추어 적을 격퇴하다)'이다.

의 육화진을 격파했는데 태반은 마령이 쇠 조각을 던지는 금전술金磚術로 적병을 때려 쓰러뜨렸으며 또한 여러 장수의 용맹 덕분에 완승을 거둔 것이었다. 적의 맹장 3명을 죽이고, 그 기세를 몰아 군사를 진격시켜 용문관龍門關을 빼앗았다. 1만여 명을 참수했고 노획한 말과 갑옷, 금고는 셀 수 없을 정도였다. 적병은 물러나 성으로 들어갔다. 노준의가 군마를 점검해보니 적진으로 돌파해 들어간 양지·손안·변상의 군마들이 보이지 않았다. 노준의는 즉시 해진·해보·추연·추윤에게 각기 1000명의 인마를 이끌고 사방으로 나뉘어 그들의 행방을 찾게 했지만 해질 무렵까지도 그림자조차 보이지 않았다.

다음 날 노준의는 군사 행동을 멈추고 다시 해진 등을 시켜 그들을 찾게 했다. 해보는 한 무리의 군사를 이끌고 칡덩굴을 붙잡으며 산을 오르고 산봉우리를 넘어 이궐산 동쪽의 가장 높은 봉우리로 올라갔다. 봉우리 위에서 바라보니 서쪽의 깊은 골짜기 속에 어렴풋이 한 무리의 인마가 있는 것처럼 보였는데 숲이 빽빽하게 덮여 있어 자세히 볼 수 없는데다, 또 너무 멀리 떨어져 있어 소리도 들리지 않았다. 해보는 군졸들을 이끌고 산을 내려가 주민들에게 물어보려고 찾았지만 모두들 전란으로 피난을 가서 한 사람도 보이지 않았다. 이후에 가장 깊고 외진 가운데가 우묵하게 들어간 평평하고 널찍한 곳으로 가서야 비로소 가난한 농가 몇 집이 있었다. 농부들은 군마를 보고 모두 당황해하며 모여들었다. 해보가 말했다.

"우리는 조정의 군대로서 도적들을 토벌하고 체포하러 왔습니다."

농부들은 관병이란 말을 듣고는 더 안절부절 못했다. 해보가 좋은 말로 위로하고서 말했다.

"우리는 송 선봉의 부하들입니다."

한 농부가 말했다.

"오랑캐들을 쳐 죽이고 전호를 사로잡고 가는 곳마다 폐를 끼치지 않는다는 송 선봉을 말하는 것이오?"

해보가 말했다.

"맞습니다."

그러자 농부들이 무릎을 꿇고 절하며 말했다.

"장군께서는 닭이나 개를 잡아가지 않는 분으로 알고 있습니다. 작년에 도적을 소탕하러 온 관병들은 강도나 마찬가지로 노략질을 했습니다. 그래서 저희가 이곳으로 피난 와 사는 것입니다. 오늘 장군께서 오셨으니, 저희는 다시 밝은 세상을 볼 수 있게 되었습니다."

해보는 양지 등 1000명의 인마가 어디로 갔는지 알 수 없는 상황인데, 산봉우리 서쪽의 깊은 골짜기에 대해 아느냐고 물어보았다. 농부들이 말했다.

"그 골짜기는 요홍곡蓼葒谷이라 부르는 곳인데 들어가는 길은 하나밖에 없습니다."

농부들은 해보 등을 골짜기 입구까지 안내하는데 마침 그곳에서 양지 일행을 찾으러 온 추연·추윤의 군마와 만났다. 군사를 합쳐서 적병들을 흩어버리고, 나무와 돌을 치워 입구를 열었다. 해보와 추연이 군사를 이끌고 골짜기 안으로 들어갔다. 때는 이미 가을이 깊어가는 날씨였고 과연 험준하고 깊은 골짜기였다.

옥 같은 가을이슬 단풍나무 숲 시들게 하고
벼랑 끝 깊은 골짜기 적막하고 쓸쓸하구나.
산꼭대기 구름과 안개 하늘 끝에 맞닿아 있고
절벽의 소나무와 대나무 땅 그늘 드리웠네.
玉露雕傷楓樹林, 深巖邃谷氣蕭森.
嶺巔雲霧連天涌, 壁峭松筠接地陰.

양지·손안·변상과 1000명의 군마는 사람과 말이 모두 지쳐서 나무 아래 앉아서 죽음을 기다리고 있었다. 해보 등의 인마를 보자, 모두 기뻐 날뛰며 환호

했다. 해보는 가지고 온 마른 양식을 양지 등 군사들에게 나누어주어 먼저 굶주린 배를 채우게 하고는 일제히 골짜기를 빠져나왔다. 해보는 농부들을 본영으로 따라오게 하여 노 선봉을 만나게 했다. 노준의는 크게 기뻐하면서 은냥과 미곡을 내와 곤궁한 농부들을 구휼했다. 농부들은 머리를 조아리며 감격해했고 은혜에 여러 번 감사 인사를 하고 떠났다. 뒤이어 해진도 군마를 이끌고 본영으로 돌아왔다. 이날은 늦어 휴식을 취했다.

이튿날 아침 노준의가 주무와 병마를 파견하고 성을 공격해 취할 계책을 상의하고 있는데, 별안간 유성 탐마가 와서는 보고했다.

"왕경이 가짜 도독 두학에게 12명의 장수와 병마 2만 명을 이끌고 서경을 구원하러 보냈습니다. 병마는 이미 30리 밖에 도착했습니다."

보고를 받은 노준의는 주무·양지·손립·선정규·위정국에게 교도청·마령과 함께 병마 2만을 통솔하며 본영 앞에 진을 펼쳐 성에서 돌격해오는 적병을 맡도록 했다. 그리고 해진·해보·목춘·설영에게는 군마 5000명을 거느리고 산 위의 군영을 지키게 했다. 노준의는 직접 나머지 장수들과 군마 3만5000명을 통솔하며 두학을 대적하러 갔다. 그때 낭자 연청이 말했다.

"주인님께서는 오늘 친히 싸움터에 나가시면 안 됩니다."

노준의가 말했다.

"무엇 때문이냐?"

"소인이 어젯밤에 상서롭지 못한 꿈을 꾸었습니다."

"꿈속의 일을 어떻게 믿을 만하겠느냐? 내가 이미 나라에 몸을 바쳤으니 이롭고 해로움을 돌아볼 수는 없다."

"만약 주인님께서 가시기로 결정했다면, 제게 보병 500명을 주십시오. 제가 할 일이 있습니다."

노준의가 웃으면서 말했다.

"소을아, 네가 무엇을 하려는 거냐?"

연청이 말했다.

"주인님께서는 상관하지 마시고 소인에게 병력을 주십시오."

"그래 네게 주마, 네가 무엇을 하는지 보자꾸나!"

노준의는 즉시 보병 500명을 연청에게 내주었고 연청은 그들을 이끌고 떠났다. 노준의는 그저 웃음을 지을 뿐이었다. 노준의는 병마를 거느리고 본영을 떠나 평천교平泉橋2를 지났다. 평천에는 기이한 돌이 많이 있었는데, 당나라 때 이덕유李德裕의 장원이 있던 곳이었다. 연청이 병사들을 이끌고 가서 나무를 베고 있었다. 노준의는 속으로 웃었지만 적과 싸우러 가는 일이 급해 연청에게 물어볼 겨를이 없었다. 병마가 용문관 서쪽 10리 되는 곳을 지날 때 서쪽을 향해 진을 펼치고 적을 기다렸다. 1시진쯤 지나자 적병이 당도했다.

양쪽 진영이 대치하자 북을 두드리며 함성을 질렀다. 서쪽인 적진에서 편장 위학衛鶴이 자루가 긴 대도를 춤추듯 휘두르며 말을 박차고 달려나왔다. 송군 진영에서는 산사기가 창을 세우고 말을 질주해 나갔다. 두 장수는 아무 말도 없이 맞붙어 싸우기 시작했다. 두 장수가 진 앞에서 30합쯤 싸웠을 때, 산사기가 창으로 위학의 전마 뒷다리를 찔렀다. 말의 뒷발굽이 비틀거리자 위학이 잽싸게 말에서 내렸는데, 그때 산사기가 다시 창으로 위학을 찔러 죽였다. 적장 풍태酆泰가 크게 노하여 두 자루의 철간鐵簡을 춤추듯 휘두르며 말을 박차 곧장 산사기에게 달려들었다. 두 장수가 10여 합을 싸웠을 때, 산사기가 풍태를 이기지 못하는 것을 본 변상이 창을 잡고 싸움을 도우러 말을 박차며 달려나왔다. 그때 풍태가 크게 소리를 지르면서 철간으로 산사기를 내리쳐서 말에서 떨어뜨리고, 다시 다른 철간으로 내리쳐 끝장내고 말았다. 풍태가 말을 박차며 변상에게 맞섰는데 변상은 더욱 용맹했으니 풍태의 말머리가 가까이 다가오자 변상이 큰소

---

2 평천교平泉橋: 『수호전전교주』에 따르면 『방여승략』 권5 「하남·하남부」에 이르기를 '평천은 하남부 남쪽에 있다. 다리가 있는데 바로 이덕유李德裕의 옛 장원이었다. 중간에 괴상한 돌이 많았다'고 했다."

리를 지르면서 풍태의 심장을 한 창으로 찔렀고 풍태는 말에서 떨어져 죽었다. 양군이 크게 함성을 질렀다. 서쪽 진영의 주장인 두학은 연이어 두 장수가 꺾이는 것을 보고는 가슴 속에서 불길이 치솟고 연기가 나는 것 같이 잔뜩 화가 치밀어 올라 장팔사모를 세우고 진 앞으로 질주해 나갔다. 송군 진영에서도 주장 노준의가 직접 출전하여 두학과 50합을 싸웠는데도 승부를 가리지 못했다. 두학의 사모는 그야말로 신출귀몰했다. 손안은 노 선봉이 두학을 이기지 못하는 것을 보고 싸움을 돕고자 검을 휘두르며 말을 박차며 달려나갔다. 그러자 적장 탁무卓茂가 낭아곤을 휘두르며 달려나와 손안과 맞섰다. 둘이 싸운 지 4~5합이 되지 않아 손안이 신과 같은 위력을 떨치며 한칼에 탁무를 베어 말에서 떨어뜨렸다. 손안은 말머리를 돌려 검을 휘두르며 두학을 찍었다. 두학은 탁무가 죽는 것을 보고 놀라 당황하다가 손안이 휘두른 검에 오른쪽 팔이 잘려 몸이 뒤집히면서 말에서 떨어졌다. 그때 노준의가 한 창으로 두학의 목숨을 끝장내고 말았다. 노준의 등이 군사를 휘몰아 들이쳤고 적병은 대패했다.

그때 별안간 서남쪽 측면 오솔길에서 한 부대의 기병이 돌진해 나왔다. 앞장선 장수는 얼굴이 검고 추악하게 생겼는데, 흐트러진 짧은 머리에 쇠로 된 도관道冠을 쓰고 옷깃이 붉은 전포를 입고 있었다. 숯불 같은 붉은 말을 타고 검으로 군사들을 지휘하면서 빙 돌아 질풍처럼 달려왔다. 노준의 등은 그들이 적병의 군복을 입은 것을 보고는 군사를 몰아 앞으로 돌진했다. 그런데 그 장수는 싸우지 않고 입속으로 웅얼웅얼 두 마디 주문을 외우더니 정남쪽 이離 방위를 향해 검을 휘둘렀다. 별안간 적장의 입에서 불길이 뿜어져 나왔다. 잠깐 사이에 허공에 불길이 기세등등하게 타오르고 맹렬하게 연기가 피어오르면서 송군을 향해 불태우며 몰려왔다. 노준의는 미처 달아나지 못했고 송군은 대패하고 말았는데, 금고와 말 등을 버리고 사방으로 흩어져 목숨을 구하고자 도망쳤다. 미처 달아나지 못하고 모두들 머리를 그슬리고 이마를 데었으며 불에 타 죽은 군사가 5000명이 넘었다. 장수들은 노준의를 보호하여 평천교까지 도망쳤다. 그러나 군사들이 먼저 다리를 건너려고 다투었기 때문에 다리에 한꺼번에 오르자 다리가 무너지고 말았다. 다행히도 연청이 나무를 베어 다리 양쪽에 막 부교 설치가 완성된 상태였다. 군사들은 강을 건널 수 있었고 살아남은 자가 2만 명이었다. 노준의는 변상과 함께 맨 뒤에서 오고 있었고 다리 근처에 당도했을 때 적장이 뒤쫓아 와서는 변상을 향해 입으로 불을 뿜어냈다. 변상은 온몸에 불이 붙어 말에서 떨어졌고 적병들에게 죽임을 당했다. 노준의는 다행히 부교를 건너 급히 내달렸다.

적장은 군사를 이끌고 계속 추격해왔고 앞서 달아난 군사들이 교도청에게 알리자 교도청은 검을 들고 필마단기로 달려와 적장에 맞섰다. 적장은 교도청이 맞서러 오는 것을 보고, 다시 검을 들어 남쪽을 향해 휘둘렀다. 그러자 불꽃은 이전보다 더욱 맹렬하게 타올랐다. 그걸 본 교도청이 묵념하면서 자세를 잡고 주문을 외우며 검을 들어 감坎 방향을 향해 휘둘러 삼매신수법三昧神水法을 사용했다. 삽시간에 천 가닥이 넘는 검은 기운이 날아오르더니 폭포가 되어 무수히 많은 옥가루 같은 물방울이 적장에게 쏟아지며 요사스런 불을 꺼버렸다. 적장은 요술이 깨지자 말을 돌려 달아났는데, 말이 물이 묻은 돌을 밟아 말굽이 뒤로 미끄러지면서 순식간에 말에서 떨어지고 말았다. 그때 교도청이 나는 듯이 달려가 검을 휘둘러 적장을 두 동강 내고 말았다. 적 기병 5000명 가운데 넘어져 다친 자가 500여 명이었다. 교도청이 검을 들고 크게 호통 쳤다.

"투항하면 당나귀 같은 대가리는 붙어 있을 것이다!"

적병들은 교도청의 이 같은 신통력을 보고는 모두 말에서 내려 무기를 내던지고 땅에 엎드려 절하며 살려달라고 애원했다. 교도청은 좋은 말로 그들을 위로하고, 적장의 수급을 잘라서 효수하고 항복한 적병들을 이끌고 노 선봉에게 가서 바쳤다. 노준의는 교도청에게 감사해 마지않았으며, 아울러 연청의 공로를 칭찬했다. 장수들이 항복한 적들에게 묻고서야 요술을 쓴 적장의 이름이 구멸寇威이라는 것을 알게 되었다. 그는 요사스런 불길을 일으켜 사람을 태워 죽이는 자였는데 용모가 추악하여 독염귀왕毒焰鬼王이라 불렸다. 이전에 왕경을 도 와 반란을 일으켰고 2년 동안 어디로 갔는지 알 수 없었는데 근래에 다시 남풍 으로 와서 왕경에게 말했다.

"송군의 세력이 대단하다니, 제가 가서 그놈들을 섬멸하겠습니다."

이 때문에 왕경이 구멸을 이곳으로 보낸 것이었다. 공단과 해승은 구원병이 패한 것을 보고, 감히 밖으로 나와 싸우지 못하고 병사를 보충하고 성을 굳게 지키기만 했다. 교도청이 노준의에게 말했다.

"이 성은 성벽이 견고하고 해자가 깊기에 급히 격파할 수가 없습니다. 오늘 밤에 빈도가 작은 술법을 부려 선봉께서 공을 이루는 것을 도와 두 분 선봉의 두터운 은혜에 보답하고자 합니다."

노준의가 말했다.

"어떤 신기한 술법을 쓸 건지 듣고 싶소."

교도청이 노준의의 귀에 대고 낮은 목소리로 말했다.

"이렇게 이렇게 하겠습니다."

노준의는 크게 기뻐하면서 즉시 장수들을 보내 각기 자신들의 일을 진행하 도록 시키고 성을 공격할 준비를 했다. 다른 한편으로 군사들에게 산사기와 변 상을 예로써 장사지내도록 했고 노준의가 직접 제사를 지냈다.

그날 밤 2경쯤에 교도청은 군영을 나가 검을 짚고 술법을 부리기 시작했다. 잠깐 사이에 안개가 피어오르더니 서경성 주변이 온통 뒤덮였다. 성을 지키는 적병들은 지척도 분간할 수 없게 되어 서로를 돌아보지도 못하게 되었다. 송군 은 어둠을 틈타 비교飛橋를 이용해 덜컹거리며 여장으로 기어 올라갔다. 그때 포성이 울리더니 짙게 깔렸던 안개가 갑자기 걷혔다. 성 위 사방은 모두 송 군사 들이었고 각자 몸에서 불씨를 꺼내 횃불을 밝히자 성 위아래가 대낮처럼 밝아 졌다. 성을 지키던 적병들은 깜짝 놀라 온몸이 마비된 것처럼 움직일 수 없었고 송 군사들의 병기에 베어져 죽고 성 위에서 떨어져 죽은 자가 셀 수 없이 많았다. 공단과 해승은 급작스럽게 변고가 발생하자 급히 병력을 이끌고 구원하러 왔지만, 네 성문은 이미 송 군사들에게 빼앗긴 뒤였다. 노준의는 병마를 대대적으로 휘몰아 성안으로 돌격해 진입했다. 공단과 해승은 모두 혼전 속에서 죽임을 당했고, 나머지 편장과 아장, 두목들은 모두 투항했다. 항복한 군사가 3만 명이었고 송군은 터럭만큼도 백성을 범하지 않았다.

날이 밝자, 노준의는 방을 내붙여 백성을 안정시켰다. 교도청의 대공을 기록하게 하고, 삼군의 장병들에게 두터운 상을 내렸다. 마령을 송 선봉에게 보내 승리의 소식을 보고했다. 마령이 명을 받고 갔다가 저녁에 돌아와 보고했다.

"송 선봉께서 형남을 공격해 격파하고 연일 적군과 교전을 벌이고 있습니다. 남풍에서 온 구원병을 대패시키고 주장인 사녕謝寧를 사로잡았다고 합니다. 송 선봉께서는 군사 사무로 인해 애쓰는 바람에 병이 생겨 군영에서 며칠째 앓고 계십니다. 군사 사무는 모두 오 군사께서 총괄하고 계십니다."

노준의는 보고를 받고 우울해하며 즐겁지 않았다. 급히 군사 사무를 처리하고, 서경성은 교도청과 마령에게 군사를 통솔하며 지키게 했다. 이튿날 노준의는 교도청, 마령과 작별하고 주무 등 20명의 장수들을 거느리고 서경을 떠나 서둘러 형남을 향해 출발했다. 며칠 뒤 형남성 북쪽에 있는 본영에 당도했고, 노준의 등은 군영으로 들어가 송강의 안부를 물었다. 송강은 신의 안도전의 치료 덕분에 병세가 6, 7푼은 나아진 상태였다. 노준의 등은 기쁘고 안심이 되었다.

한창 송강과 각종 군사 사무에 관해 이야기를 나누고 있었는데 갑자기 도망쳐 돌아온 군사가 보고했다.

"당빈이 소양 등을 호송하여 본영을 떠나 30리 정도 떨어진 곳으로 갔는데 갑자기 형남의 적장 미생·마강이 1만 명의 정예병을 이끌고 후미진 오솔길에서 튀어 나왔습니다. 적군은 선봉께서 병으로 누워 계신 틈을 타서 우리 본영 뒤쪽을 기습하러 오다가 마침 저희들 인마와 마주쳤던 것입니다. 당빈은 두 적장과 힘을 다해 대적했지만 중과부적인데다 미생이 대단히 용맹했습니다. 결국 당빈은 미생에게 죽임을 당했고 소양·배선·김대견은 모두 사로잡혔습니다. 저들이 우리 방책을 기습하려 했지만, 노 선봉께서 대군을 거느리고 온 것을 탐지하고서 소양 등만 사로잡고 도망갔습니다."

송강은 보고를 듣고 깜짝 놀라서 자기도 모르게 통곡하며 말했다.

"소양 등의 목숨이 끝장나겠구나!"

송강의 병세는 다시 엄중해졌다. 노준의를 비롯한 장수들이 모두 와서 송강을 위로했다.

노준의가 송강에게 물었다.

"소양 등은 어디로 가는 길이었습니까?"

송강이 목메어 울면서 대답했다.

"소양은 내가 병이 난 것을 알고 특별히 진 안무에게 허락을 받고 문병을 왔었고 아울러 김대견과 배선을 원주로 보내달라는 진 안무의 명을 받들고 왔네. 비석을 새기고 문서를 조사시킬 일이 있었던 것 같네. 그래서 오늘 특별히 당빈을 시켜 1000명의 인마를 거느리고 세 사람을 원주로 호송하게 했던 것이네. 그런데 생각지도 않게 적군에게 사로잡혀 갔으니, 세 사람은 틀림없이 살해될 것이야!"

송강은 노준의에게 오용을 도와 성을 공격해 격파하고 미생과 마강을 붙잡아 원수를 갚도록 했다. 노준의 등은 명을 받들어 성 북쪽의 군영으로 갔다. 여러 장수와 오용이 맞이하여 예를 마친 뒤 노준의는 얼른 소양 등이 사로잡힌 일을 이야기했다. 오용이 깜짝 놀라며 말했다.

"아이고! 세 사람 목숨이 끝장났구나!"

오용은 즉시 장수들에게 명을 내려 성을 포위하고 힘을 다해 공격하도록 했다. 장수들은 명을 받고 사면으로 성을 공격했다. 오용은 또 군사를 시켜 운제 위에 올라가 성 안쪽을 향해 큰소리로 외치게 했다.

"속히 소양·김대견·배선을 내보내라! 조금이라도 지체한다면 성을 깨뜨려 군사와 백성을 막론하고 모조리 도륙해버릴 것이다!"

한편 성을 지키고 있는 적장 양영梁永은 가짜 유수留守의 직책을 수여받아 여러 장수와 편장을 거느리고 성을 지키고 있었다. 미생과 마강이 모두 싸움에 패하여 이곳으로 도망쳐온 상태였다. 그날 소양 등 세 사람을 사로잡아 왔을 때에는, 아직 송군이 성을 포위하고 있지 않았기에 미생은 성문을 열라 소리치고 성으로 들어왔다. 미생은 소양 등을 원수부로 끌고 가서 바치고 공을 청했다. 양영은 일찍이 성수서생의 이름을 들어본 적이 있었기 때문에 군사를 시켜 포박을 풀어주고 항복을 권했다. 소양·배선·김대견 세 사람은 눈을 부릅뜨고 욕설을 퍼부었다.

"무지한 역적들아, 네놈들은 우리를 어떤 사람들로 보는 것이냐? 역적 네놈들은 빨리 우리 세 사람을 한칼에 두 동강 내거라! 우리 여섯 개의 무릎 뼈가 단 반이라도 땅에 닿으리라고는 생각도 하지 마라! 며칠 내로 송 선봉께서 성을 깨뜨리고 너희 쥐새끼 같은 무리를 사로잡아 만 토막으로 갈기갈기 찢어죽일 것이다!"

양영은 크게 노하여 군사들에게 소리쳤다.

"저 개 같은 세 놈을 두들겨 무릎을 꿇려라!"

군졸이 간봉으로 두들겨 팼는데, 세 사람은 맞아 엎어져도 한 사람도 무릎을 꿇으려 하지 않았다. 세 사람이 그래도 계속 욕설을 퍼붓자 양영이 말했다.

"네놈들은 한칼에 두 동강 내달라고 하지만, 나는 네놈들을 천천히 희롱하다 죽일 것이다."

양영은 군사들에게 소리 질렀다.

"이 개 같은 세 놈에게 칼을 씌워 원문轅門3 밖에 세워두고 두 다리를 두들겨라. 다리가 부러지면 절로 무릎을 꿇게 될 것이다."

3_ 원문轅門: 군대를 통솔하는 장수 군영의 문.

군사들은 명을 받고 소양 등 세 사람에게 칼을 씌우고 옷을 벗기고는 늘어세웠다.

원수부 앞에 군사들과 주민들이 모여들어 구경했다. 그들 가운데 분노한 진정한 기개 있는 대장부가 한 사람 있었다. 그는 소가수蕭嘉穗란 사람으로, 원수부 남쪽 거리의 종이 파는 점포 옆집에 살고 있었다. 그의 고조부 소담蕭憺[4]은 자가 승달僧達인데, 남북조 시대에 형남 자사刺史[5]를 지낸 사람이었다. 당시 비가 많이 와서 강물이 둑을 무너뜨리자 소담은 친히 문무관원들을 인솔하여 비를 무릅쓰고 둑을 수축했다. 비가 더욱 많이 내리고 물이 거세져 관원들이 잠시 피해 있으라 청하자 소담이 말했다.

"왕존王尊[6]은 몸으로 강물을 막았는데, 나만 홀로 어찌 물러날 마음이 있겠느냐?"

말을 마치자 강물이 줄어들었고 제방을 수축했다고 한다. 그해에 가화嘉禾[7]가 생장하여 벼 한 줄기에 이삭穗이 여섯 개나 달렸다고 했다. '소가수蕭嘉穗'라는 이름은 여기서 가져온 것이었다. 소가수가 우연히 형남으로 놀러갔었는데, 형남 사람들이 그 조상의 인덕을 사모하여 소가수를 대단히 공경했다. 소가수는 포부가 시원시원하고 패기가 높았으며 도량도 넓었다. 힘도 남들보다 세고 무

4_ 소담蕭憺(478~522): 양문제梁文帝 소순지蕭順之의 11번째 아들로 천감天監 원년(502) 형주자사荊州刺史가 되었다. 역사에서는 시흥충무왕始興忠武王이라 불린다.

5_ 자사刺史: 관직 명칭. 한무제漢武帝 원봉元封 5년(기원전 106) '자사십삼부刺史十三部(주州)'를 설치했는데, 경사 부근 7군郡을 제외한 13개 구역으로 나누어 자사를 설치했다. 군국郡國을 감독했는데 관직이 군수郡守보다 낮았다. 성제成帝 수화綏和 원년(기원전 8)에 자사를 주목州牧으로 변경했고 후한 광무제光武帝 건무建武 18년(42)에 주목을 없애고 다시 자사를 설치했다. 영제靈帝 때 다시 자사를 없애고 주목을 설치했는데 지위가 군수의 위였다. 이때부터 단순한 감찰관에서 지방 군사와 정치 대권을 총괄하는 군정장관이 되었다.

6_ 왕존王尊: 자가 자공子贛으로 전한 말기의 저명한 대신이었다. 그가 동군東郡 태수였을 때 황하가 범람하자 둑을 몸으로 막았다고 한다.

7_ 가화嘉禾: 생장이 기이한 벼로 옛사람들은 상서로운 징조로 여겼다. 또한 일반적으로 건강하게 자라는 벼를 가리킨다.

예도 정통했으며 대단한 담력이 있는 사람이었다. 그는 진심 있는 사람을 만나면 귀천을 가리지 않고 교분을 맺었다. 왕경이 반란을 일으켜 형남성을 침탈했을 때 소가수는 적을 방어할 계책을 바쳤지만 담당자가 그의 계책을 사용하려 하지 않아 결국은 성이 함락되고 말았다. 도적들은 영을 내려 백성에게 성으로 들어오는 것은 허락하지만 한 사람도 성을 나가는 것은 허락하지 않았다. 그래서 소가수는 성안에서 밤낮으로 역적들을 도모할 생각을 했지만, 실 한 가닥을 비틀어 줄을 만들 수는 없었다. 그러다가 오늘 도적들이 소양 등 세 사람을 옷을 벗겨 묶어놓은 것을 보았고, 또 송군이 소양 등을 구하기 위해 성을 급하게 공격하여 성중의 군사와 백성이 모두 놀라 두려워하고 있다는 것을 듣게 되었다. 소가수는 이에 생각하며 말했다.

"지금이 기회다. 이 기회를 잘 이용하면 성안 많은 백성의 목숨을 보전할 수 있을 것이다."

소가수는 서둘러 거처로 돌아갔다. 이때는 이미 신시였다. 심부름하는 머슴애를 불러 먹을 갈게 하고, 이웃의 종이 가게에서 질기고 두꺼운 종이 여러 장을 사왔다. 그러고는 저녁에 등불 아래에서 먹을 적셔 붓을 휘두르며 큰 글씨로 적었다

'성안에 있는 사람은 모두가 송나라의 양민이어서 결코 도적 돕는 것을 달가워하지 않는다. 송 선봉은 조정의 우수한 장수로서 오랑캐들[8]을 죽이고 전호를 사로잡았으며, 이르는 곳마다 그 날카로움에 감히 맞서는 자가 없도다. 그 수하에는 108명의 장수들이 있어 그들의 정은 다리와 팔 같아 서로 믿고 중하게 여기고 있다. 지금 원문 앞에 옷이 벗겨지고 묶여 있는 세 사람은 의리를 지켜 무릎을 꿇지 않고 있으니, 이는 송 선봉을 비롯한 영웅들의 충의를 가히 알 수 있

8_ 원문은 '달자韃子'다. 몽골을 '달자達子'라 했는데 즉, 달자韃子다. 여기서는 '오랑캐'로 번역했다.

음이로다. 오늘 도적들이 이 세 사람을 해친다면, 성안에는 병사와 장수들이 적어 조만간에 성이 공격당해 격파되면 옥석玉石을 가리지 않고 모두 불타게 될 것이다. 성안의 병사와 백성은 목숨을 보존하고자 한다면 모두들 나를 따라 도적들을 죽이자!'

소가수는 여러 장을 쓴 다음 몰래 성안의 소식을 정탐해 보니 집에서 사람들이 우는 소리만 들렸다. 소가수가 말했다.

"민심이 이와 같다면 내 계획이 성공하겠구나!"

동틀 무렵에 거처를 나와 적은 종이 여러 장을 원수부 앞 좌우 거리와 시장에 뿌렸다.

잠시 후 날이 밝자, 군사들과 거주민들이 이쪽에서 한 장을 주워 읽기 시작했고 저쪽에서도 또 어떤 사람이 한 장을 주웠다. 순간 많은 백성이 모여들어 함께 읽었다. 그때 정탐하고 감시하는 군졸 하나가 한 장을 주워 날듯이 달려가 양영에게 알렸다. 양영은 깜짝 놀라 급히 선령관宣令官[9]을 내보내 명을 전하여 군사들은 원문과 각 군영을 신중하게 지키는 한편 급히 첩자를 체포하라고 했다. 소가수는 몸에 보도 한 자루를 감추고서 사람들 틈을 뚫고 들어가 살펴보고 종이에 적힌 내용을 큰소리로 두 번이나 낭독했다. 사람들은 깜짝 놀라며 서로 얼굴만 쳐다보고 있었다. 그때 선령관이 주장의 명을 받들어 각 군영에 전달하기 위해 말을 타고는 5~6명의 군졸을 거느리고 오고 있었다. 소가수는 앞으로 돌진하며 크게 고함을 지르더니 감추고 있던 칼을 꺼내 말 다리를 찍어 끊어버렸다. 선령관이 말에서 떨어지자, 한칼에 그의 목을 잘라버렸다. 소가수는 왼손에는 수급을 들고 오른손에는 칼을 들고서 크게 소리 질렀다.

"목숨을 보전하고 싶으면, 이 소가수를 따라 도적을 죽이러 갑시다!"

9_ 선령관宣令官: 명령을 전달하는 관원.

원수부 앞에 있던 병사들은 평소에 소가수가 무쇠 같은 사내임을 잘 알고 있었기 때문에, 삽시간에 500~600명이 모여들어 그를 둘러싸며 한 덩어리가 되었다.

소가수는 병사들이 모여드는 것을 보고 다시 큰소리로 외쳤다.

"백성 가운데 담력 있는 사람은 모두 도우러 오시오!"

소가수의 목소리가 몇 백 보 밖에까지 울리자 사방에서 호응하기 시작했고 사람들이 곤봉을 빼앗고 삼나무 가시를 뽑고 탁자다리를 부러뜨려 들고는 잠깐 동안에 5000~6000명이나 모여들었고 여러 차례 함성을 질렀다. 소가수가 앞장서서 사람들을 이끌고 원수부로 쳐들어갔다. 양영은 평소에 백성에게 포학하게 굴고 사졸들을 채찍으로 때렸기 때문에 호위장수들까지도 모두가 원한이 골수에 사무쳐 있었다. 변고가 일단 일어나자 모두들 돕고자 몰려왔다. 그들은 원수부로 돌진해 들어가 양영을 비롯한 그 일가의 노소를 막론하고 모조리 죽여버렸다. 소가수가 사람들을 이끌고 원수부를 나섰을 때 따르는 사람들이 이미 2만 명을 넘었다. 소가수는 소양·배선·김대견을 풀어주고 칼을 벗긴 다음에 힘센 장정 세 사람을 뽑아 소양 등 세 사람을 업게 했다. 소가수는 양영의 수급을 들고는 앞장서서 북문으로 달려가, 문을 지키던 장수 마강을 죽이고 군사들을 쫓아버린 뒤에 성문을 열고 조교를 내렸다.

당시 오용은 북문으로 가서 성을 공격하는 장병들을 감독하고 있었다. 그런데 성안에서 함성 소리가 들리고 또 성문이 열리자 도적들이 돌격해 나오는 줄 알고 급히 군마를 화살 서너 대가 날아갈 거리 정도로 물리고는 진을 펼치고 대적하려 했다. 그때 소가수가 사람 머리를 들고 앞장서 나오고 그 뒤로는 3명의 군졸이 등에 소양 등을 업고 황급히 조교를 건너오고 있었다. 오용이 깜짝 놀라 의아해하고 있는데, 소양 등이 크게 소리 질렀다.

"오 군사, 이 장사들이 사람들을 모아 도적을 죽이고 우리를 구해서 나오는 것이오."

그 말을 들은 오용은 놀라면서도 기뻐했다. 소가수가 오용에게 말했다.

"급작스럽게 벌어진 일이라 인사드리지 못했습니다. 군사께서는 어서 군사를 이끌고 입성하십시오!"

조교 옆에는 이미 약간의 병사와 백성이 있었는데, 모두들 일제히 소리 질렀다.

"송 선봉은 입성하십시오!"

오용은 온갖 종류의 사람들이 그 속에 섞여 있는 것을 보고는 마침내 장수들에게 군마를 통솔하여 입성하되 함부로 사람을 죽이는 자는 그 대오까지 모두 참수하겠다고 명을 내렸다. 성의 북쪽을 지키던 군사들은 사태가 그와 같이 된 것을 보고는 모두 무기를 내던지고 성을 내려왔다. 동, 서, 남 세 방면의 성을 지키던 군사들도 이런 소식을 듣고는 모두 적장을 포박하고 성문을 활짝 열고서 향화와 등촉을 밝히고 송군을 영접하여 입성시켰다. 오직 미생이란 놈만 용맹하여, 사람들이 접근하지 못하는 틈에 서문을 빠져나가 겹겹의 포위를 뚫고 달아났다.

오용이 사람을 보내 날듯이 송강에게 이런 사실을 보고하자, 국가를 근심하고 형제들을 위해 울던 송강의 병세가 보고를 받자 호전되어 9푼은 나아졌다. 송강은 기뻐 깡충깡충 뛰면서 장수들과 함께 울타리 방책을 뽑고 모두 일어나 대군을 거느리고 형남성으로 들어갔다. 송강은 원수부에 좌정하여 백성을 안정시키고 장병들을 위로했다. 송강은 소가수를 원수부로 청해 성명을 물은 다음 그를 부축해 상좌에 앉혔다. 송강은 고개를 숙여 절을 올리며 말했다.

"장사의 호기 있는 행동으로 역적들을 뿌리 채 뽑아버리고 많은 백성의 목숨을 보전했으며 칼에 피를 묻히지 않고 성을 수복했습니다. 게다가 저의 세 형제까지 구해주셨으니, 이 송강이 절을 올리는 것이 마땅합니다."

소가수는 답례하고서 말했다.

"이번 일은 제 능력이 아니라, 모두 여러 병사와 백성의 힘이었습니다!"

송강은 그 말을 듣고서 소가수를 더욱 경모했다. 송강 이하 장수들이 모두 인사를 마치자 성안의 군사들이 적장들을 끌고 왔다. 송강은 투항하기를 원하는 자들은 모두 그 죄를 용서했다. 성안은 환호성이 진동했고 투항한 자가 수만 명이나 되었다. 그때 마침 수군 두령 이준 등이 수군 배들을 통솔하여 한강에 이르렀고 모두 송강에게 와서 인사를 올렸다.

송강은 술자리를 마련해 소가수를 극진히 대접하면서 직접 술잔을 잡고 권하면서 말했다.

"족하의 재능이 뛰어나고 훌륭한 품덕을 지녔으니 제가 조정으로 돌아가면 천자께 아뢰어 높이 등용되도록 하겠습니다."

소가수가 말했다.

"그렇게 하실 필요는 없습니다. 제가 오늘 거사한 것은 공명이나 부귀를 위한 것이 아닙니다. 저는 어려서부터 어떤 출중한 행위를 드러낸 적도 없었고 장성한 뒤에도 고향에서 어떠한 칭찬도 들은 적이 없는[10] 학식이 얕고 견문이 좁은[11] 사람입니다. 지금처럼 아첨하는 소인들이 득세하고 현능한 사람이 명성이 없는[12] 때에는, 설사 수후주隨侯珠[13]와 화씨벽和氏璧[14] 같은 뛰어난 재능이 있고,

---

10_ 원문은 '蕭某少負不羈之行, 長無鄕曲之譽'이다. 출전은 사마천司馬遷의 「보임안서報任安書」에 나오는 "僕少負不羈之才, 長無鄕曲之譽"이란 구절이다. '소부불기少負不羈'에 대해서 안사고顔師占는 말하기를 "불기不羈는 자질이 높고 심원하여 고삐로 속박할 수 없음을 말한다. 부負는 또한 이런 일이 없음을 말하는 것이다"라고 했다. 결국 '어려서부터 뛰어난 재능이 없었고 그러한 행위를 드러낸 적이 없었다'는 것을 말한다.

11_ 원문은 '孤陋寡聞'으로 출전은 『예기禮記』 「학기學記」다.

12_ 원문은 '讒人高張, 賢士無名'으로 출전은 『초사楚辭』 「복거卜居」다.

13_ 수후주隨侯珠: 수隨는 춘추시대 때 소국 명칭으로 지금의 후베이성 쑤이저우隨州 경내에 있었다. 수후隨侯가 상처를 입은 큰 뱀을 살려주자 이 뱀이 강에서 큰 진주를 물고 와서 보답했다고 전해진다. 후세 사람이 이것을 수후주라고 불렀다.

14_ 화和는 초나라 사람 변화卞和를 말한다. 『한비자』 「화씨和氏」에 다음과 같은 내용이 있다. "초나라 사람 화씨和氏가 옥돌을 초산楚山에서 손에 넣어 여왕厲王에게 바쳤다. 여왕은 옥을 다듬는 장인에게 감정하도록 했다. 옥을 다듬는 장인이 말했다. '이것은 돌입니다.' 여왕은 화씨가 자신을 속였다고 여기고는 그의 왼쪽 발을 절단했다. 여왕이 죽고 무왕武王이 즉위하자 화씨는 다시 그 옥돌

허유許由[15]와 백이伯夷 같은 품행이 있을지라도[16] 끝내 조정에 알려지는 것은 불가능합니다. 저는 큰 포부를 지닌 영웅들이 개인의 안위를 돌아보지 않고 국가의 위급함을 해결하고자 달려가는 것을 봐왔습니다. 그러나 그들의 거사에 한 명이라도 자신과 처자식을 보전하려는 자가 있으면 집단으로 모함하며 그의 죄명을 과장하여 자신과 가족의 목숨이 군세가 있는 간악한 자들의 손아귀에 떨어지고 맙니다. 지금 저는 책임을 지는 관직도 없고 구속 없이 한가로이 떠도는 구름과 야생의 학과 같은데, 어느 하늘이라고 날아가지 못하겠습니까!"

자리에서 그 말을 들은 송강을 비롯한 모든 장수 가운데 탄식하지 않는 이가 없었다. 좌중에 있던 공손승·노지심·무송·연청·이준·동위·동맹·대종·시진·번서·주무·장경 등 10여 명은 소가수의 말을 듣고 머리를 끄덕이며 그 뜻을 깊이 새겨보았다. 그날 저녁 술자리가 끝난 뒤 소가수는 감사하고 원수부를 나갔다. 이튿날 아침 송강은 대종을 진 안무에게 보내 승리 소식을 알리게 하고는 직접 소가수의 거처를 찾아갔다. 하지만 거처는 텅 비어 있었다. 옆집 종이 파는 점포 주인이 말했다.

"소가수는 오늘 새벽 날이 밝기 전에 거문고와 칼, 책과 보따리를 수습하여 소인에게 작별인사를 했는데 어디로 갔는지는 알 수 없습니다."

후세 사람이 소가수의 덕을 칭찬한 시가 있다.

을 무왕에게 바쳤다. 무왕은 옥을 다듬는 장인에게 그것을 감정하게 했는데, 그 장인은 또 '돌입니다'라고 했다. 무왕 또한 화씨가 자신을 속이려 한다고 여기고는 그의 오른쪽 발을 절단했다. 무왕이 죽고 문왕文王이 즉위하자 화씨는 그 옥돌을 끌어안고 초산 아래에서 사흘 밤낮을 울었다. (…) 문왕은 옥을 다듬는 장인에게 그 옥돌을 다듬게 했고 아름다운 보배를 얻었다."

15_ 『장자莊子』「양왕讓王」에 따르면 "요堯임금이 천하를 허유에게 물려주려 했지만 허유는 받지 않았다"고 했다. 진晉나라 사람 황보밀皇甫謐은 『고사전高士傳』에서 이 일을 부연 설명했는데, 요임금이 천하를 허유에게 양도하려 하자 허유는 영수潁水 북쪽, 기산箕山 아래로 도망쳤다. 요임금이 다시 불러 구주의 장관으로 삼으려 하자 허유는 치욕으로 여기고 결국은 영수가로 달려가 물에 귀를 씻었다고 한다.

16_ 원문은 '雖材懷隨和, 行若由夷'다. 출전은 사마천의 「보임안서」다.

비 무릅쓰고 둑을 쌓은 소승달, 격노한 거센 물결도 겁내지 않았다네.

진심을 다해 물 막고 둑 수축하니, 벼 한 줄기에 여섯 이삭 달렸구나.

자손의 준걸함도 선조와 엇비슷해, 백성 꾸짖어 도적 괴수를 잡았더라.

백성 목숨 보전시킨 은혜 베풀고는, 떠도는 구름과 학처럼 초월했구나.

冒雨修堤蕭僧達, 波狂濤怒心不悞.

恪誠止水堤功成, 六穗嘉禾一莖發.

賢孫豪俊侔厥翁, 咄叱民從賊首撤.

澤及生靈哲保身, 閒雲野鶴眞超脫.

송강이 원수부로 돌아와 두령들에게 소가수가 정처 없이 떠났다고 말하자 탄식하지 않는 자가 없었다. 저녁에 대종이 돌아와 보고했다.

"원주와 산남 두 곳의 관할 현 가운데 아직 수복하지 못한 곳이 있는데, 진 안무와 후 참모가 나전·임충·화영 등에게 계획과 책략을 주었고 모두 토벌했습니다. 조정에서 이미 새로 임명된 관리들을 보내 교대시키고 있고 진 안무는 장수들을 거느리고 출발하여 곧 이곳에 당도할 것입니다."

송강은 오용과 계책을 상의했다.

"진 안무가 이곳에 도착하면 지키게 하고 우리는 대군을 일으켜 역적 괴수를 토벌하러 갑시다."

송강은 형남에서 대엿새 동안 몸조리하면서 병이 완쾌되었다. 어느 날 진 안무 등의 병마가 당도했고 송강 등이 성안으로 영접했다. 인사를 마친 다음 진 안무는 삼군에게 크게 상을 내리고 위로했다. 뒤를 이어 산남을 지키던 사진 등도 새로 임명된 관리와 교대하고 뒤따라 당도했다. 송강은 형남을 진 안무에게 다스리도록 맡겼다. 송강 등은 진 안무와 작별하고 대군을 통솔하며 수륙으로 진격하며 기병도 동행하게 하여 남풍의 도적 소굴을 소탕하러 갔다. 이때는 108명의 영웅이 모두 한 곳에 모였고, 또한 손안을 비롯한 하북의 항복한 장수

11명도 함께 했다. 군마 20여만 명을 거느리고 진격하여 연전연승하며 군대의 위력을 크게 떨치자 지나는 곳마다 도적들은 소문을 듣고 항복하며 순종했다. 송강은 주와 현을 수복할 때마다 진 안무에게 보고했고 진 안무는 나전을 시켜 장수와 병마를 이끌고 가서 지키게 했다.

송강 등 수륙 대군이 신속하게 진군하여 남풍 경계에 이르렀다. 가마 초병이 달려와 보고하기를, 정탐해보니 도적 왕경이 이조를 통군대원수로 삼아 수륙으로 병마 5만 명을 선발하여 파견했고, 또 운안·동천·안덕 세 곳에서 각기 병마 2만 명을 보냈는데 가짜 병마도독 유이경劉以敬과 상관의上官義 등이 수십 명의 맹장과 11만 명의 강력한 군대를 통솔하여 대적하러 오고 있다고 했다. 또한 왕경이 직접 감독한다는 것이었다. 송강은 보고를 받고 오용과 계책을 상의했다.

"적군이 소굴을 비우고 모조리 출동하여 쳐들어오고 있으니, 틀림없이 죽기로 싸울 작정인가 보오. 내가 어떤 계책을 써야 이길 수 있겠소?"

오용이 말했다.

"병법에 이르기를, '여러 가지 방법으로 적이 잘못하도록 만들라'[17]는 말이 있습니다. 우리는 지금 장병들이 모두 한곳에 모여 있으니 여러 갈래로 나누어 공격해 싸우게 하여 적들이 서로 호응할 겨를이 없도록 해야 합니다."

송강은 계책에 따라 명을 내려 장병들을 나누어 파견했다.

하루 전날, 박천조 이응과 소선풍 시진이 송 선봉의 명을 받들어 마보두령 선정규·위정국·시은·설영·목춘·이충과 병력 5000명을 통솔하며 군량과 마초, 비단과 화포를 실은 수레를 호송하고 있었다. 이들은 대군의 뒤를 따라가고 있었는데 용문산龍門山이란 곳에 이르렀고 남쪽 기슭 산 옆에 한 마을이 있었다. 사면이 모두 높은 흙 언덕으로 둘러싸여 있어 마치 토성과 같았는데, 세 방면으로 출입할 수 있는 길이 있었다. 거주민들은 전쟁으로 모두 피난을 가고 빈

17_ 원문은 '多方以誤之'으로 출전은 『좌전左傳』 소공昭公 30년이다.

기와집과 초가집 수백 채가 있었다. 그날 저녁 동북풍이 크게 불면서 먹물을 끼얹듯 짙은 구름이 뒤덮었다. 이응과 시진은 날이 저물자 군량과 마초가 비에 젖을까 염려하여 군사들을 시켜 집 문짝을 뜯어내고 수레를 집 안으로 밀어 넣게 했다. 그리고 군사들이 막 밥을 지어 먹고 쉬고 있는데, 별안간 병대충 설영이 군사를 이끌고 순찰을 돌다가 첩자 하나를 붙잡아 와서 시진에게 보고했다.

"첩자를 심문했더니, 미생이 정예병 1만 명을 거느리고 오늘 밤에 우리를 기습하여 군량과 마초를 불태우려고 한답니다. 지금 용문산 속에 매복하고 있다고 합니다."

원래 용문산은 양쪽에 절벽이 서로 대치하고 있어 대문처럼 되어 있는데 그 사이는 수목이 빽빽하여 배가 겨우 통과할 수 있을 정도였다. 이응이 설영의 보고를 듣고, 시진에게 말했다.

"내가 마을 앞으로 가서 저 좆같은 패한 역적 놈들이 갑옷 한 조각도 돌아가지 못하도록 하겠소."

시진이 말했다.

"저 미생이란 놈은 아주 용맹하여 힘으로는 대적할 수 없소. 하물며 우리는 병력도 적으니, 내가 화포 대여섯 수레와 땔나무 수레 100여 대로 작은 계책을 사용하겠소. 우선 저 첩자를 죽여 당빈 등의 원수를 갚겠소. 군사들을 시켜 군량과 마초, 화포를 실은 수레를 끌게 하고, 이응 그대는 병력 3000명을 거느리고 활과 불화살을 가지고서 군량 수레를 호위하시오. 황혼 무렵에 모두 흙 언덕을 나가 남쪽을 향해 먼저 출발하시오. 그리고 땔나무를 실은 수레 100여 대는 남겨두어 서남쪽 바람이 부는 곳에 있는 초가들 옆에 사방으로 흩어 놓으시오. 또 100여 대의 빈 수레를 대여섯 곳에 대오를 지어 늘어놓고, 위에는 군량을 대략 조금만 싣고 아래에는 화포와 유황, 염초를 부은 마른 장작을 숨겨두시오. 시은·설영·목춘·이충에게는 군사 2000명을 거느리고 동쪽 흙 언덕 아래 길목에 매복하게 하고, 선정규는 병마 1000명을 거느리고 마을 남쪽 길목에 매복시켜 적군이 오기를 기다리게 하시오. 모두들 이렇게 이렇게 내가 하라는 대로 진행하시오."

시진은 신화장군 위정국과 함께 보병 300명을 이끌고 모두 화기와 불씨를 지닌 채 산으로 올라가 수목이 울창한 곳에 매복했다.

2경까지 기다리자 과연 적장 미생이 2명의 편장과 1만여 명의 군마를 이끌었는데, 전포만 입고 말은 방울을 떼고 깃발을 감추고 북소리를 멈추고는 남쪽 흙 언덕 아래 길목으로 질주해왔다. 선정규는 적병이 오는 것을 보고 군사들을 시켜 횃불에 불을 붙이게 하고 막아서며 싸웠다. 선정규는 미생과 4~5합을 싸우다가 말머리를 돌려 군사를 이끌고 물러나 마을 안으로 들어갔다. 미생은 용맹하지만 지모가 없는 자라 군사를 이끌고 곧장 쫓아 들어왔다. 설영과 시은은 남쪽 길에서 횃불이 오르는 것을 보고, 즉시 이충과 목춘에게 군사 1000명을 나누어 마을 남쪽으로 빨리 달려가서 길목을 막게 했다. 그때 적병은 함성을 지르며 마을로 돌진해 들어와 동북쪽 바람이 부는 곳을 향해 달려갔다. 그런데 빈 집들만 있고 군량과 마초는 보이지 않았다. 미생은 군사를 이끌고 사방으로 수색하다가, 바람이 불어오는 곳에 100~200대의 군량과 마초를 실은 수레를 발견했다. 500~600명의 군사들이 수레를 지키고 있다가, 적병이 오는 것을 보고는 함성을 지르며 모두 흩어져 달아났다. 미생이 말했다.

"군량과 마초가 많지 않군!"

군사들에게 횃불로 비추게 하니 중간 수레 행렬이 있었는데 매 행렬마다 비단을 실은 수레가 두 대씩 있었다. 적병들은 그걸 보자 서로 차지하려고 어지러워졌다. 미생이 급히 제지하려고 할 때, 산 위에서 불화살을 어지러이 쏘아대고 횃불들을 던지자 초가와 땔나무를 실은 수레에 불이 붙어 타오르기 시작했다. 적병들이 함성을 지르며 급히 몸을 피하려는데, 화포의 심지에 불이 붙어 빠르게 전달되었고 우레같은 소리를 내면서 '쾅, 쾅' 터지기 시작했다. 미처 달아나지 못한 적병들은 모두 화포에 맞아 죽고 일순간에 불길이 활활 타오르고 뜨거운 연기가 솟아올랐다.

바람은 불기운을 돕고, 불길은 바람 타고 위력을 떨치누나. 천 대의 불화살은 황금색 뱀을 끌어내고, 만 개의 우레는 화염을 일으키도다. 여산驪山 정상에서 봉화가 하늘 높이 올려 포사褒姒 위해 영웅다운 용감함 드러냈는가.18 양자강변에서 주랑周郎이 사용한 묘한 계책보다 약하지 않도다. 자욱한 자줏빛 짙은 안개 하늘로 피어오르고, 번쩍이는 붉은 노을 땅에 구멍을 낼 듯하구나. 파닥파닥 타는 소리 끊임이 없으니, 섣달 그믐날 밤 폭죽 소리 같다네.

風隨火勢, 火趁風威. 千枝火箭掣金蛇, 萬個轟雷震火焰. 驪山頂上, 料應褒姒逞英雄; 揚子江頭, 不弱周郎施妙計. 氤氳紫霧騰天起, 閃爍紅霞貫地來. 必必剝剝響不絕, 渾如除夜放炮竹.

불기운은 점점 더욱 거세지고 화포가 터지는 소리는 마치 하늘이 무너지고 땅이 갈라지는 것처럼 진동했다. 잠깐 사이에 100여 채의 초가가 불덩이로 변해 버렸다. 미생은 화포에 맞아 죽고 적병들도 태반이 화포에 맞아죽었으며 불길에 머리를 그슬리고 이마가 데인 자는 그 수를 셀 수 없이 많았다. 또 선정규와 시은 등이 세 갈래 길로 추격해 진입해오자 적군의 편장 2명이 모두 죽임을 당했고 1만 명의 인마 가운데 1000여 명만이 흙 언덕으로 기어 올라가 목숨을 구해 달아날 수 있었다. 날이 밝자 시진 등은 이응 등의 군마와 합쳐 군량과 마초를 실은 수레를 본영으로 운송해 갔다. 송 선봉은 적을 공격하기 위해 장수들을 장막으로 소집하여 병마의 파견을 논의했다. 마군은 말들을 한 군데로 모으고

18_ 포사褒姒는 포褒나라 여인으로 성은 사姒이고 주나라 유왕幽王(재위 기원전 781~기원전 771)의 총애를 받았으며 나중에 왕후가 되었다. 유왕은 포사를 웃기기 위해 거짓으로 봉화를 올려 제후를 모이게 했다. 이후에 견융犬戎에게 공격을 받아 다시 봉화를 올렸을 때는 제후가 모이지 않아 유왕은 여산 아래에서 견융에게 죽임을 당하고 포사는 포로가 되었다고 한다. 여산驪山은 산 명칭으로 여산酈山이라고도 한다. 지금의 시안西安 린퉁臨潼 동남쪽이었다.

보군도 병장기 등을 정리했으니, 바로 깃발은 놀처럼 붉게 펼쳤고, 도검은 천 리에 걸쳐 눈이 하얗게 덮인 듯했다.

결국 송강 등이 어떻게 싸우는가는 다음 회에 설명하노라.

수
괴
를
사
로
잡
다

송강이 장막으로 소집하자 제장들은 손을 맞잡고 서서 명령을 들었다. 화포가 터지고 금고가 울리며 깃발을 올리자 이어서 정영포靜營炮[2]를 쐈다. 각 군영[3]의 두목들이 차례로 장막 안으로 와서 정숙하게 일렬로 서서는 명을 기다렸다. 취수吹手[4]가 북을 두드리고 선령관이 명을 전달하자 군영의 두목들이 차례대로 절을 하고는 양쪽에 섰다. 순시를 맡은 남색 깃발을 든 기수가 무릎을 꿇자 선령관이 명을 전하기를 함성을 지르지 않거나 대오를 어지럽히고 떠들어대며 명령을 어기거나 싸움터에 임해서 뒷걸음치는 자는 잡아서 엄하게 처벌하겠다고 했다. 또한 기패관들이 좌우로 각 20명씩 늘어서자 송 선봉이 직접 분부했다.

1_ 제109회 제목은 '王慶渡江被捉(왕경이 강을 건너다 사로잡히다). 宋江剿寇成功(송강이 도적을 토벌하여 공을 세우다)'이다.
2_ 정영포靜營炮: 주장이 장막에 올랐을 때 쏘는 포를 말한다.
3_ 원문은 '영초營哨'다. 청나라 때 군대 편제로 '영營' 아래가 '초哨'이다. 즉 '영초'는 '영'과 '초'를 말한다. 100명을 '초'라 하고, 3초를 '기旗'라 하며 5초를 '영'이라 한다. 역자는 '군영'으로 번역했다.
4_ 취수吹手: 취고수吹鼓手로 관현악기를 불거나 연주하는 사람이다.

"너희는 각 군영으로 가서 작전을 독려하되 군사들이 적을 만났는데도 진격하지 않는 자나 뒤로 물러나 명을 어기는 자는 붙잡아 처벌하라."

기패관들이 명을 받고 각 군영으로 가자, 징이 크게 울리며 각기 대오를 지어 명에 따라 출발 명령을 기다렸다. 송강이 명을 전달하여 수륙의 여러 장수가 각기 배치를 마치자 취수의 첫 번째 신호에 대오를 정돈하고 두 번째 신호에 깃발을 들고 세 번째 신호에 각 군영이 적들을 향해 출발했다. 북 두드리고 징 울리는 가장 자리에 오방기五方旗를 내걸고 대포를 쏘자 신호에 따라 군영이 모여 각기 진을 펼치고 출전했다. 바로 다음과 같았다.

하늘 진동시키는 비고鼙鼓5 소리 산악을 뒤흔들고,
깃발들이 햇빛을 받아 빛나니 귀신들도 도망치누나.
震天鼙鼓搖山嶽, 映日旌旗避鬼神.

한편 도적 왕경도 대적하고자 군병을 배정했다. 수군장사 문인세숭聞人世崇 등은 이미 파견되었고 운안주의 가짜 병마도감 유이경은 정선봉이 되고 동천의 가짜 병마도감 상관의는 부선봉이 되었다. 남풍의 가짜 통군 이웅李雄과 필선畢先은 좌초左哨6가 되고, 안덕의 가짜 통군 류원柳元과 반충潘忠은 우초右哨가 되었다. 가짜 통군대장 단오段五는 정합후正合後7로 삼고, 가짜 어영사御營使 구상丘翔을 부합후副合後로 삼았으며, 가짜 추밀 방한方翰을 중군우익中軍羽翼으로 삼았다. 왕경은 중군을 장악했고 많은 가짜 상서, 어영금오御營金吾, 위가장군衛

5_ 비고鼙鼓: 작은 북과 큰북으로 고대에 군대에서 사용했으며 악대에서도 사용했다.
6_ 좌초左哨: 명나라 성조成祖 때 조성된 오군영五軍營 가운데 하나다.『명사明史』「병지일兵志一」에 따르면 "보군과 기병을 중군中軍, 좌액左掖, 우액右掖, 좌초, 우초로 나누었는데 또한 오군五軍이라 했다"고 했다.
7_ 합후合後는 군직 명칭으로 '선봉'의 상대적인 말이다. 후방에서 지원하거나 혹은 뒤를 끊고 엄호하는 것을 말한다.

駕將軍, 교위校尉 등을 거느렸으며, 그들은 각기 수하에 편장과 아장들을 수십 명씩 두었다. 이조는 원수가 되었다. 대오를 이룬 군마는 매우 질서정연했는데, 왕경이 직접 감독했다. 말들에게도 갑옷을 걸치고 군사들은 철갑옷을 입었으며 활에는 화살을 먹이고 전고를 세 번 울리자 모든 부대가 진격했다.

10리를 채 못 갔는데 먼지가 일어나면서 송군의 정찰부대가 점차 접근해왔다. 말방울이 울리면서 약 30명의 정찰 기병이 달려오는데, 모든 푸른 장건將巾[8]을 쓰고 각기 녹색 전포를 입었다. 말에는 모두 붉은 술을 매달고 각 술 옆에는 수십 개의 구리방울이 달렸으며, 뒤에는 꿩 꼬리를 꽂고 있었다. 군사들은 모두 은고리가 달린 가는 자루의 긴 창을 들고 가벼운 활과 짧은 화살을 메고 있었다. 앞장선 장수는 도군 황제의 칙명을 받들어 원래의 직책으로 돌아온 호기장군虎騎將軍 몰우전 장청이었다. 머리에는 금박을 입힌 푸른 두건을 쓰고 몸에는 수놓은 녹색 전포를 입었으며 허리에는 자주색 털실을 땋은 끈을 맸다. 연향피軟香皮[9]를 신고 은빛 안장의 말을 타고 있었다. 그 왼편에는 칙명으로 정효의인貞孝宜人에 봉해진 경시족 경영이 있었다. 그녀는 머리에는 금이 박힌 자금紫金으로 되어 있고 구슬을 박은 봉황 장식의 관을 쓰고, 몸에는 수놓은 자줏빛 비단 전포를 입고 허리에는 여러 색채의 털실을 땋은 끈을 맸다. 자주색으로 수놓은 작은 봉두혜鳳頭鞋[10]를 신고 은빛 갈기의 준마를 타고 있었다. 오른편에는 칙명으로 의복정배군義僕正排軍을 수여받은 섭청이 깃발을 들고 있었다. 이들 정찰기병은 이조의 부대 앞까지 왔는데 멀리 떨어지지 않고 100보 정도 떨어진 곳에서 고삐를 당겨 말을 세웠다가 이내 돌아갔다. 선봉인 유이경과 상관의가 군사를 몰아 돌격했다. 장청이 말을 박차며 흰 이화창을 들고 두 장수와 맞서 싸웠다. 경영도 방천화극을 세우고 달려와 싸움을 도왔다. 네 장수가 10여 합을 싸

8_ 장건將巾: 명대에 쓰던 두건이다. 뒤쪽은 비단 조각을 엮어 아래로 드리웠다.

9_ 연향피軟香皮: 무두질한 가죽으로 만든 신발로 대부분 장수나 무사들이 신었다.

10_ 봉두혜鳳頭鞋: 코가 뾰족한 여자 신발로 앞코 부분이 봉황으로 장식되었다.

웠는데, 장청과 경영이 적장의 병기를 밀쳐내면서 말머리를 돌려 달아났다. 유이경과 상관의가 군사를 몰아 추격하자, 좌우에서 소리쳤다.

"선봉은 추격하지 마시오! 저 두 사람의 안장 뒤에 있는 비단주머니 속에는 돌이 가득 들어 있는데, 빗나간 적 없이 맞춥니다!"

유이경과 상관의는 그 말을 듣고 말을 멈춰 세웠다. 그때 용문산 뒤쪽에서 북소리가 진동하면서 500명의 보병이 돌아나왔다. 앞장선 네 보군두령은 바로 흑선풍 이규·혼세마왕 번서·팔비나타 항충·비천대성 이곤이었다. 그들은 달려 나와서는 산비탈 아래에 일자로 늘어섰고 양쪽에 방패수들이 둥글게 둘러싸며 정연하게 막아섰다. 유이경과 상관의가 군사를 몰아 들이치자 이규와 번서는 보군을 두 갈래 길로 나누어 방패를 거꾸로 들고 산비탈을 돌아 달아났다. 그때 왕경과 이조의 대군이 도착했고 일제히 돌격했다. 이규와 번서 등은 날듯이 산으로 올라가 고개를 넘어 숲속으로 들어갔는데 어디로 갔는지 보이지 않았다.

이조는 명을 내려 군마를 넓은 평원에 늘어서 진세를 펼치게 했다. 그때 산 뒤쪽에서 포성이 울리더니, 산 남쪽 길에서 군마가 쏟아져 나왔다. 세 장수를 에워싸고 있는데 중간에는 왜각호 왕영, 왼쪽에는 소울지 손신, 오른쪽에는 채원자 장청이었다. 이들은 마보군 5000명을 통솔하며 앞으로 전진해왔다. 왕경이 장수를 내보내 대적하려고 하는데, 또 산 뒤쪽에서 포성이 울리더니 산 북쪽에서 한 갈래 군마가 쏟아져 나왔다. 이들은 세 명의 여장수가 에워쌌는데 중간에는 일장청 호삼랑, 왼쪽에는 모대충 고대수, 오른쪽에는 모야차 손이랑이었다. 세 여장수가 마보군 5000명을 이끌고 앞으로 돌격해왔다. 세 여장수는 마침 적병 우초인 류원과 반충의 병마와 맞닥뜨려 싸웠고 왕영 등은 적병 좌초인 이응과 필선의 군마와 마주쳐 싸움을 벌였다. 양쪽에서 각기 10여 합을 싸웠는데, 남쪽의 왕영·손신·장청이 말을 돌려 군사를 이끌고 동쪽으로 향해 달아나자, 북쪽의 호삼랑·고대수·손이랑도 말을 돌려 군사를 이끌고 동쪽을 향해 이내 달아났다. 왕경이 보고는 웃으면서 말했다.

"송강의 수하는 모두 저런 좆같은 연놈들뿐인데, 우리 장사들이 어째서 여러 차례나 패했단 말인가?"

왕경은 대군을 휘몰아 추격하기 시작했다.

5~6리를 채 못 갔는데, 별안간 징소리가 울리면서 조금 전에 달아났던 이규·번서·항충·이곤 네 보군두령이 산 왼쪽 숲속에서 방향을 돌려 나왔다. 또 화화상 노지심·행자 무송·몰면목 초정·적발귀 유당 네 보군장수가 방패와 짧은 병기를 든 500명의 보병을 이끌고 돌진해 나왔다. 적장 부선봉 상관의가 황급히 보군 2000명을 떼어내 부딪쳐 싸웠다. 이규와 노지심 등은 적병과 몇 합 싸우다가 대적해내지 못하는 척하면서 방패를 거꾸로 들고 두 갈래 길로 나누어 다시 숲속으로 날듯이 달아났다. 적병이 뒤쫓았지만 이규 등은 빠르게 달아나 순식간에 흩어져버렸다. 이조가 보고는 황급히 왕경에게 말했다.

"대왕께서는 추격하시면 안 됩니다. 저것은 우리를 유인하는 계책입니다. 우리는 진을 펼치고 있다가 대적하는 것이 좋겠습니다."

이조가 지휘대에 올라가 진세를 펼치기 시작했는데 진을 다 펼치기 전에 산비탈 뒤쪽에서 굉천자모포 터지는 소리가 나면서 급히 대부대가 쏟아져 나오더니 들판 가운데를 차지하고 진세를 펼치기 시작했다. 왕경이 좌우에 전마를 멈추도록 영을 내리고는 직접 지휘대에 올라가 살펴보았다. 정남쪽의 인마는 모두 붉은 깃발, 붉은 갑옷, 붉은 전포, 자주색 술을 단 붉은 말이었다. 전면에는 금박을 입힌 붉은 깃발을 든 군사를 이끌고 있었는데, 휘날리는 붉은 깃발 속에서 한 대장이 나왔다. 그는 바로 벽력화 진명이었고 왼쪽에는 성수장군 선정규, 오른쪽에는 신화장군 위정국이었다. 세 명의 대장은 손에 병기를 들고 모두 붉은 말을 타고서 진 앞에 섰다. 동쪽의 인마는 모두 푸른 깃발, 푸른 갑옷, 푸른 전포, 푸른 술을 단 푸른 말이었다. 전면에 금박을 입힌 푸른 깃발을 든 인마를 이끌고 있었는데, 휘날리는 푸른 깃발 속에서 한 대장이 나왔다. 그는 바로 대도 관승이었고 왼쪽에는 추군마 선찬, 오른쪽에는 정목안 학사문이었다. 세 명의 대장은 손에 병기를 들고 모두 푸른 말을 타고서 진 앞에 섰다. 서쪽의 인마는 모두 흰 깃발, 흰 갑옷, 흰 전포, 흰 술을 단 흰 말이었다. 전면에 금박을 입힌 흰 깃발을 든 인마를 이끌고 있었는데, 휘날리는 흰 깃발 속에서 한 대장이 나왔다. 그는 바로 표자두 임충이었고 왼쪽에는 진삼산 황신, 오른쪽에는 병울지 손립이었다. 세 명의 대장은 손에 병기를 들고 모두 흰 말을 타고 진 앞에 섰다. 뒤쪽 한 무리의 인마는 모두 검은 깃발, 검은 갑옷, 검은 전포, 검은 술을 단 검은 말이었다. 전면에 금박을 입힌 검은 깃발을 든 인마를 이끌고 있었는데, 휘날리는 검은 깃발 속에서 한 대장이 나왔다. 그는 바로 쌍편장 호연작이었고, 왼쪽에는 백승장 한도, 오른쪽에는 천목장 팽기였다. 세 명의 대장은 손에 병기를 들고 모두 검은 말을 타고 진 앞에 섰다. 동남방 문기 그림자 속의 군마는 푸른 깃발을 들고 붉은 갑옷을 입고 있었다. 전면에 수놓은 깃발을 든 인마를 이끌고 있었는데, 한 대장이 나왔다. 바로 쌍창장 동평이었고, 왼쪽에는 마운금시 구붕, 오른쪽에는 화안산예 등비였다. 세 명의 대장은 손에 병기를 들고 모두 전마를 타고 진 앞에 섰다. 서남방 문기 그림자 속의 군마는 붉은 깃발을 들고 흰 갑옷을 입고 있었다. 전면에 수놓은 깃발을 든 인마를 이끌고 있었는데, 한 대장이 나왔다. 바로 급선봉 색초였고, 왼쪽에는 금모호 연순, 오른쪽에는 철적선 마린이었다. 세 명의 대장은 손에 병기를 들고 모두 전마를 타고 진 앞에 섰다. 동북방 문기 그림자 속의 군마는 검은 깃발을 들고 푸른 갑옷을 입고 있었다. 전면에 수놓은 깃발을 든 인마를 이끌고 있었는데, 한 대장이 나왔다. 바로 구문룡 사진이었고, 왼쪽에는 도간호 진달, 오른쪽에는 백화사 양춘이었다. 세 명의 대장은 손에 병기를 들고 모두 전마를 타고 진 앞에 섰다. 서북방 문기 그림자 속의 군마는 흰 깃발을 들고 검은 갑옷을 입고 있었다. 전면에 수놓은 깃발을 든 인마를 이끌고 있었는데, 한 대장이 나왔다. 바로 청면수 양지였고, 왼쪽에는 금표자 양림, 오른쪽에는 소패왕 주통이 있었다. 세 명의 대장은 손에 병기를 들고 모두 전마를 타고 진 앞에 섰다. 팔방의 늘어선 배치는 철통같았다. 진문 안에서 마군은 마군 부대를 따르고, 보군은 보군 부대를 따르고 있는데 각기 강철 칼이나 큰 도끼, 검과 장창을 들고 있었다. 깃발은 질서정연하고 대오는 위세가 있었다. 팔진의 중앙은 모두 살굿빛 도는 행황기였고 그 사이사이에는 64폭의 긴 깃대의 깃발이 서 있었다. 그 위에는 64괘가 금박으로 수 놓여 있었고, 또한 네 개의 문이 있는데 남문은 모두 마군이었다. 정남쪽 누런 깃발 그림자 속에 두 명의 상장이 서 있는데, 왼쪽은 미염공 주동, 오른쪽 삽시호 뇌횡이었다. 군사들은 누런 깃발을 들고 누런 전포에 구립 갑옷을 걸쳤고 누런 술을 단 누런 말을 타고 있었다. 중앙의 진 동문에는 금안표 시은, 서문에는 백면낭군 정천수, 남문에는 운리금강 송만, 북문에는 병대충 설영이 서 있었다. 누런 깃발 뒤에는 한 무리의 화포가 늘어서 있고, 포수 굉천뢰 능진이 조수 20여 명을 이끌고 화포의 포대를 둘러싸고 있었다. 포대 뒤쪽으로는 적장을 사로잡는 갈고리와 올가미를 든 군사들이 늘어서 있고, 그 뒤쪽에는 갖가지 색채의 깃발들이 둘러싸고 있고 사면으로 28수의 별자리 깃발들이 세워져 있었다. 금박으로 수놓은 깃발들 중간에는 한 면을 털실로 수놓고 가장자리에 진주를 둘렀으며 밑에는 금방울이 달리고 위에는 꿩 꼬리가 꽂혀 있는 담황색 '수帥'자 깃발이 세워져 있었다. 그리고 '수'자 깃발을 지키는 장사는 머리에 쓴 관에 물고기 꼬리 모양의 비녀를 찌르고, 용 비늘 같은 주름의 갑옷을 입고 있었다. 그는 1장의 큰 키에 위풍당당하게 서 있었는데, 바로 험도신 욱보사였다. 깃발 옆에는 깃발을 지키는 장사 두 명이 전마를 타고 같은 복장으로 손에 강철 창을 들고 있었다. 한 사람은 모두성 공명이고, 또 한 사람은 독화성 공량이었다. 두 사람의 앞뒤로 낭아곤을 들고 철갑을 입은 군사 24명이 늘어서 있고, 그 뒤에 또 수놓은 깃발 양쪽에 방천화극을 든 24명의 군사가 늘어서 있었다. 그 앞에 두 명의 용맹한 장수가 섰는데 왼쪽은 소온후 여방이고 오른쪽은 새인귀 곽성이었다. 두 장수는 각기 방천화극을 들고 말을 타고 양쪽에 서 있었다. 방천화극을 든 군사들 가운데 삼지창을 든 보군장수 두 명이 같은 차림을 하고 서 있는데, 바로 양두사 해진과 쌍미갈 해보였다. 그들은 각기 삼고연화차三股蓮花叉를 들고 중군을 수호하고 있었다. 그 뒤에 비단 안장을 얹은 말을 타고 있는 두 사람이 있는데, 왼쪽은 성수서생 소양이었고 오른쪽은 철면공목 배선이었다. 두 사람 뒤에 자주색 옷을 입고 부절을 지니고는 마찰도를 든 군사들이 늘어서 있었다. 그들 가운데 사형을 집행하는 회자수 두 명이 서 있있는데, 왼쪽은 철비박 채복, 오른쪽은 일지화 채경이었다. 그 뒤쪽 진 양편에 금창金槍을 든 군사들과 은창銀槍을 든 군사들이 늘어서 있는데 두 대장이 부대를 이끌고 있었다. 금창수 부대는 금창수 서녕이고, 은창수 부대는 소이광 화영이었다. 그 뒤에 또 비단옷을 입고 화모花帽를 쓴 사람들이 쌍쌍이 늘어서 있고 붉은 색의 관복을 입고 비단 저고리를 걸친 사람들이 모여 있었다. 양쪽 부근에는 벽당碧幢[11], 비취색 장막, 붉은색 깃발, 검은 일산, 황월, 백모, 청평青萍[12] 청전青電[13]이 늘어서 있고, 두 줄로 부월과 편과鞭撾가 줄지어 있는데, 그것들 가운데 금박을 입힌 일산 세 개가 있고 수놓은 안장을 얹은 세 필의 준마 위에 세 영웅이 앉아 있었다. 오른쪽에는 성관星冠을 쓰고 학창의를 입은 비바람을 부르는 입운룡 공손승, 왼쪽에는 관건을 쓰고 깃털 부채를 든 문무를 겸비한 지다성 오용, 정중앙에는 황근 안장을 얹은 조야옥사자를 타고 있는 인의가 있고 오랑캐를 물리치고 도적을 평정하는 정서정선봉征西正先鋒 산동 급시우 호보의 송 공명이었다. 그는 복장을 갖추고 곤오錕鋘 보검을 들고는 진중에서 전투를 감독하며 중군을 장악하고 있었다. 세 사람의 말 앞 왼쪽에는 군사 상황의 보고와 병사 및 장수 파견을 전담하는 신행태보 대종, 오른쪽에는 중군을 보호하고 기밀 기밀을 처리하는 낭자 연청이 있었다. 그 뒤에는 긴 극과 긴 과戈, 비단 안장을 얹은 준마가 질서정연하게 늘어

11_ 벽당碧幢: 수·당 이래로 고급 관원의 배와 수레에 길게 건 기름을 칠한 휘장이다.

12_ 청평青萍: 옛 보검 명칭이다.

13_ 청전青電: 『수호전전교주』에 따르면 "'청상青霜' 혹은 '자전紫電'으로 의심된다. 청상과 자전은 보검의 명칭이다"라고 했다.

서 있고, 35명의 아장들이 전마를 타고 손에 장창을 잡고는 활과 화살을 갖추고 있었다. 말들 뒤쪽에는 화각을 불고 북을 두드리며 사기를 북돋고 있다. 진 뒤쪽에는 또 두 부대의 유병游兵이 양측에 매복하여 중군을 호위하는 날개가 되었다. 왼쪽에는 석장군 석용이 구미구 도종왕와 함께 마보군 3000명을 거느리고 있었고, 오른쪽에는 몰차란 목홍이 동생 소차란 목춘과 함께 마보군 3천을 거느리고 양 옆구리에 매복하고 있었다. 이러한 배치는 매우 정밀했다.

군사는 지략 많고 원수는 도량 넓은데
병사들 비휴처럼 솟아나고 말들 용처럼 뛰어넘누나.
서쪽 평정하는 업적 세우고자 지휘하며
도적 소탕한 공적 이루고자 큰 소리로 질타하네.
君師多略帥恢弘, 士涌貔貅馬跨龍.
指揮要建平西續, 叱咤思成蕩寇功.

도적 두령인 천자 왕경은 이조와 함께 진 안의 지휘대에 올라가 송강의 병마를 살펴보고 있었는데, 잠깐 사이에 구궁팔괘진을 펼쳤다. 군병들은 용맹하고 장수들은 영웅이었으며 군대의 위용이 정돈되었고 창칼은 예리했다. 왕경은 깜짝 놀라 겁에 질려 넋을 잃고 간담이 서늘해져 하소연하며 말했다.

"아군이 여러 차례 패한 이유를 알겠다. 원래 저놈들이 이처럼 대단했구나!"

그때 송군 진영에서 전고가 끊임없이 울렸다. 왕경과 이조는 지휘대에서 내려와 말에 올랐다. 좌우에 금오金吾, 호가護駕 등 관원들이 있었고 말 뒤쪽에는 많은 내시가 둘러쌌다. 왕경은 선봉부대에게 출전하여 돌격하라고 명을 내렸다. 동서 양 진영이 대치했다. 이날은 간지干支로 '목木'에 속하는 날이었다. 송 진영의 서방 문기가 열리면서 표자두 임충이 문기 아래서 날듯이 달려나갔다. 양군은 일제히 함성을 질렀다. 임충이 말을 멈춰 세우고 장팔사모를 비껴 든 채 성난 목소리로 크게 외쳤다.

"무지한 반역자들, 모반한 미친놈들아! 천병이 당도했는데 아직도 투항하지 않고 있느냐! 뼈와 살이 잘게 다진 고기가 된 다음에는 후회해도 소용없다!"

적진의 이조는 본래 점쟁이였기에 상생상극相生相剋의 이치를 잘 알고 있었다. 급히 명을 내려 우초의 류원과 반충에게 붉은 깃발을 든 군사들을 이끌고 돌격하게 했다. 류원과 반충이 명을 받고 붉은 깃발 군대를 이끌고 돌진하자 양 진영에서 함성이 오르고 전고가 일제히 울렸다. 임충은 류원을 맞아 싸움을 벌였다. 네 개의 팔이 종횡으로 움직이고, 여덟 개의 말발굽이 어지럽게 얽혔다. 두 장수는 가득 일어나는 먼지와 살기 가득한 속에서 앞으로 밀고 뒤로 밀리며 좌로 돌고 우로 돌면서 50여 합을 싸웠는데 승부를 가리지 못했다. 류원은 적군 중에서 용맹한 장수였는데 반충은 류원이 임충을 이기지 못하는 것을 보고는 칼을 들고 말을 박차며 싸움을 돕고자 달려나갔다. 임충은 두 장수를 대적하다가 크게 호통 치며 신과 같은 위력을 떨쳐 류원을 한 창으로 찔러 말에서 떨어뜨렸다. 임충의 부장인 황신과 손립이 잽싸게 진 앞으로 달려나갔다. 황신이 상문검喪門劍을 휘둘러 반충을 향해 찍자 이마에서 한 줄기 피를 뿜으면서 금빛 투구를 쓴 머리가 말 옆으로 떨어졌다.

반충이 말에서 떨어져 죽자, 수하의 군졸들은 흩어져 달아나 어느새 자신들의 진두로 달려갔다. 적병들은 날듯이 중군에 보고했고 왕경은 두 장수가 꺾였음을 알고 급히 명을 내려 군대를 뒤로 물렸다. 그때 송 진영에서 포성이 울리더니 병마들이 어지럽게 뒤섞였다. 백기는 흑기를 이끌고, 흑기는 청기를 이끌고, 청기는 홍기를 이끌더니 장사진長蛇陣으로 변했다가 키와 바구니 같은 둥근 형상으로 변하더니 포위하기 시작했다. 왕경과 이조는 군사를 내보내 제각기 세차게 부딪치게 했지만 포위가 철옹성 같아서 급히 뚫어낼 수가 없었다. 관군과 적병 사이에 한바탕 싸움이 벌어졌다.

병장기가 부딪치고 인마는 거침없이 내달리네. 창이 칼을 막을 때 칼이 머리를 내리찍으면 창은 반드시 물고기 낚듯이 응수하는구나. 칼을 밑에서부터 올려 휘두르면 창도 반드시 땅을 넓게 그으며 막는다. 칼을 다시 잡아당기면 창도 반드시 아래를 막으며 지키네. 창이 심장을 향해 찌르면 칼은 고기 자르듯 막는구나. 창이 눈을 겨누고 찌르면 칼은 정찰하듯 곁눈질하며 막는다네. 낭선창狼筅槍14이 방패를 막을 때 방패가 구르듯 다가오면 낭선창은 바람을 맞듯이 막고, 방패가 옆에서 쫓아오면 낭선창은 반드시 비스듬히 하여 찌른다네. 방패가 밀쳐 들어오며 때리면 낭선창은 반드시 뒤로 물러나며 찌르네. 낭선창이 곧장 가슴을 향해 찌르면 방패는 재빠르게 앉는 자세를 취해 피하누나. 낭선창이 빼곡히 둘러싸 찌르면 방패도 끊어 부수는 듯한 방법으로 막네. 단도單刀15는 몸에 붙여 실로 묶어 패배한 척하는구나. 쇠 삼지창은 위로 뻗고 아래는 가리고, 옆으로 비키면서 막고 날쌔게 피하도다. 수전袖箭16은 말 위에서 적을 엿보고, 구겸창鉤鐮槍은 전차 앞에서 말이 다가오기를 기다리네. 편鞭, 간簡, 과撾, 추撾, 검, 극, 모, 방패 저쪽에서 막는 법 무궁무진하지만 이쪽에서의 바뀌는 법도 예측하게 어렵도다. 잠깐 사이에 흐르는 피는 강을 이루고, 시체는 순식간에 산처럼 쌓이누나.

兵戈衝擊, 士馬縱橫. 槍破刀, 刀如劈腦而來, 槍必釣魚而應. 刀如下發而起, 槍必綽地而迎. 刀如倒拖而回, 槍必裙攔而守. 刀解槍, 槍如刺心而来, 刀用五花以御. 槍如点睛而来, 刀用探馬以格. 筅破牌, 牌或滾身以進, 筅卽風掃以當. 牌或從旁以追, 筅必斜揷以待. 牌或推擠以入, 筅必退却以搊. 牌解筅, 筅若平胸, 牌用小坐之勢以避. 筅若簇擁, 牌將碎剪之法以隨. 單刀披挂絞絲, 佯輸詐敗. 鐵叉上排下掩,

---

14_ 낭선창狼筅槍: 장창長槍이라고도 하고 자루를 대나무로 만들었다.
15_ 단도單刀: 자루가 짧은 긴 칼.
16_ 수전袖箭: 소매 속에 감추고 있다가 은밀하게 쏘는 화살이다. 용수철 힘으로 발사한다. 화살대는 짧고 가볍지만 화살촉은 비교적 무겁다.

側進抵閃. 袖箭于馬上覷賊, 鉤鐮于車前俟馬. 鞭簡撾挝, 劍戟矛盾. 那邊破解無窮,
這裏轉變莫測. 須臾血流成河, 頃刻屍如山積.

격전을 벌인 끝에 적병을 대패하고 송군은 대승을 거두었다. 왕경은 소리쳐
병사들을 물리고 남풍성으로 물러나 본영으로 들어가게 했다. 다시 작전을 세
우려고 하는데 후군에서 포성이 울리면서 탐마가 나는 듯이 달려와 보고했다.

"대왕, 뒤편에서도 송군이 쳐들어오고 있습니다!"

용맹한 군대의 앞장선 대장은 바로 부선봉 하북 옥기린 노준의였다. 그는 점
강창을 비껴들었는데, 왼쪽에는 박도를 사용하는 호걸 병관색 양웅이고 오른쪽
에는 박도를 사용하는 두령 반명삼랑 석수였다. 이들은 정예병 1만 명을 거느리
고 정신을 가다듬고 뒤쪽의 적병을 죽이며 흩뜨리고 있었다. 양웅은 단오를 베
어 쓰러뜨리고, 석수는 구상을 찔러 죽이고는 힘을 합쳐 돌격해오고 있었다. 왕
경이 다급해하고 있는데 또 한 차례 포성이 울리더니, 왼편에서 노지심·무송·
이규·초정·항충·이곤·번서·유당 등 8명의 용맹한 두령들이 보군 1000명을 이
끌고 선장·계도·판부·박도·상문검·비도·표창·방패 등을 휘두르며 이응과 필
선을 죽였는데 마치 박을 자르고 채소를 썰 듯이 곧장 쳐들어왔다. 오른편에서
는 장청張淸·왕영·손신·장청張青·경영·호삼랑·고대수·손이랑 네 쌍의 영웅적
인 부부가 기병 1000명을 이끌고 이화창·편강창·방천화극·일월쌍도·강창·단
도 등을 춤추듯 휘두르며 적의 좌초 군병들을 마른 나무나 썩은 나무를 꺾듯
이 죽이며 쉽게 돌파하며 곧장 쳐들어왔다. 적병들은 사분오열되어 끊겼다 이어
졌다 하며 비가 흩날리고 별이 흩어지듯 붕괴되어 사방으로 어지럽게 달아났다.

노준의·양웅·석수가 중군으로 돌진하다 방한과 맞닥뜨리자 노준의가 한
창으로 찔러 죽였다. 중군의 오른쪽 날개 군병들을 물리치고 곧장 왕경을 잡으
러 달려가다가 금검선생 이조와 마주쳤다. 이조는 검술을 제법 아는 자라 검을
전광석화같이 휘두르며 달려들었다. 노준의가 막아내지 못하고 있는데 송강의

중군이 당도했다. 오른쪽에 있던 입운룡 공손승이 입으로 주문을 외우며 소리 쳤다.

"가라!"

그러자 이조의 손에 들려 있던 검이 땅바닥에 떨어졌다. 노준의가 말을 몰아 달려들어 원숭이 같은 긴 팔을 가볍게 뻗고 이리처럼 허리를 돌려 이조를 말에 서 잡아끌어 내리고는 군사들에게 포박하게 했다. 노준의는 창을 들고 말을 박 차며 다시 왕경을 잡으러 들어갔다. 마치 검은 수리가 제비를 추격하고 맹호가 새끼 양을 잡아먹으려 하는 것과 같았다. 적병들은 징과 북을 버리고 칼과 극 을 내던지고는 아들과 아비, 형과 동생을 부르면서 달아났다. 10만 적병 가운데 태반이 죽음을 당해 온 들판에 시체가 널리고 흐르는 피가 강을 이루었다. 항 복한 자가 3만 명이나 되었는데 도망쳐 벗어난 자들을 제외하고 나머지는 10명 중 9명이 죽고 대부분이 심한 상처를 입었으며 땅바닥에 뒤집어져 말발굽에 짓 밟히면서 잘게 다진 고기가 되었으니 그 수를 헤아릴 수 없을 정도였다. 유이경 과 상관의 두 맹장도 초정이 그들이 탄 말을 찍어 쓰러뜨리자 말 아래로 떨어졌 고 모두 초정에게 죽었다. 이응은 경영이 던진 돌멩이에 맞아 말에서 떨어졌고 경영이 달려가 화극으로 찔러 죽였다. 필선은 달아나고 있었는데 별안간 활섬과 왕정륙이 튀어나와서는 박도로 찔러 말 아래로 떨어뜨렸고, 다시 왕정륙이 박 도로 가슴을 내려쳐 끝장내고 말았다. 그 외에 가짜 상서·추밀·전수·금오·장 군 등도 모두 달아나지 못하고 죽었는데, 수괴인 왕경만 보이지 않았다. 송군은 대승을 거두었다.

송강은 징을 울려 병마를 거두어 남풍성을 향해 진격했다. 장청과 경영에게 마군 5000명을 이끌고 앞서 가서 정탐하게 했고, 다시 신행태보 대종을 보내 손안이 남풍성을 기습한 일이 어떻게 되었는지 서둘러 가서 알아보게 했다. 대 종이 명을 받고 신행법을 일으켜 장청과 경영을 앞질러 갔다가 잠깐 사이에 돌 아와서 보고했다.

"손안이 선봉의 명을 받고 적군으로 변장하고 성으로 들어가다가 적군이 알아채고는 성문 안에 함정을 파놓았습니다. 그러고는 동문을 열어 손안의 군마가 들어오게 했는데, 손안의 수하인 매옥梅玉·김정金禎·필첩畢捷·반신潘迅·양방楊芳·풍승馮升·호매胡邁 7명의 부장이 앞 다투어 성으로 돌진해 들어가다가 500명의 군사와 함께 사람과 말이 모두 넘어지면서 함정에 빠졌습니다. 그때 양쪽에서 복병이 일제히 일어나 장창과 날카로운 극으로 매옥 등 500명을 모두 찔러 죽였습니다. 다행히 손안은 뒤에 있다가 기세를 몰아 용맹을 떨쳐 성문 안으로 진입해 군사들을 시켜 함정을 메우게 했습니다. 손안이 필마단기로 앞장서서 군사를 이끌고 성안으로 돌진했는데 적병이 막아내지 못했습니다. 손안은 동문을 탈취했지만, 뒤에 적병이 사면으로 포위하면서 호응하자 손안의 병마가 동문에서 차단당해 갇혀 있습니다. 제가 이 소식을 탐지하고 날듯이 돌아오다가 도중에 장청과 경영을 만나 이런 사정을 설명했고, 두 사람은 인마를 재촉하여 빠르게 달려갔습니다."

송강은 보고를 듣고 대군을 재촉하며 전진하여 남풍성을 포위했다. 그때 장청과 경영은 동문으로 들어가 손안에게 동문을 지키게 하고 자신들은 적군과 격전을 벌이고 있었다. 송강 등 장수들이 병마를 이끌고 동문으로 돌진하여 성을 빼앗고 적병을 모두 흩어버렸다. 네 성문에 모두 송 군대의 깃발이 꽂혔고 범전을 비롯한 성안의 많은 가짜 문무관원은 모조리 도륙되었다. 그때 가짜 왕비 단 삼랑은 송 군마가 성안으로 진입했다는 소식을 들었다. 그녀는 힘이 세고 말을 탈 수 있었기에 무장을 하고 100여 명의 힘센 내시들과 함께 병기를 들고 왕궁을 떠나 후원을 나가 서문으로 탈출하여 운안군으로 가고자 했다. 그런데 마침 군사를 이끌고 후원으로 쳐들어오던 경영과 맞닥뜨렸다. 단 삼랑은 보검을 들고 말을 몰아 결사적으로 돌격했지만, 경영이 던진 돌멩이에 얼굴을 정통으로 맞아 선혈을 흘리며 말에서 떨어졌고 두 다리가 하늘을 향하면서 뒤집어졌다. 경영의 군사들이 달려들어 포박했고, 내시들은 모두 송군에게 죽었다. 경영이 군사를 이끌고 후원의 내궁으로 들어가자, 후궁과 궁녀들은 송군이 입성했다는 것을 듣고 목을 매고, 우물에 투신하고, 칼로 찌르고, 섬돌에 머리를 부딪쳐 태반이 자결했다. 나머지는 모두 경영의 군사들에게 포박되어 송강 장막 앞으로 끌려갔다. 송강은 크게 기뻐하면서 단씨들을 비롯한 이들 일행을 모두 감금시키고, 왕경을 사로잡은 뒤에 한꺼번에 경사로 압송하고자 했다. 그리고 다시 병사들은 사면팔방으로 내보내 왕경을 뒤쫓도록 했다.

한편 왕경은 수백 명의 철기를 거느리고 겹겹의 포위를 뚫고 나가 남풍성 동쪽으로 달아났다. 성안으로 송군이 진입해 싸우는 것을 보고는 놀라 혼비백산하고 있는데, 뒤에서 또 대군이 당도하자 북쪽을 향해 달아나기 시작했다. 달아나면서 좌우를 돌아보니 100여 기만이 따라오고 있었다. 나머지는 비록 평소에 가장 친근했던 자들이었지만, 오늘 형세가 불리해지자 모두 도망쳐버린 것이었다. 왕경은 100여 기와 함께 운안을 향해 달아나면서 따르는 근시에게 말했다.

"과인에게는 아직 운안·동천·안덕 세 성이 남아 있다. 강동江東이 비록 작기는 하지만 어찌 왕 노릇하기는 충분하다고 하지 않겠느냐? 지금 흩어진 관원 놈들은 평소에 과인이 준 두터운 봉록을 받아먹던 놈들인데 오늘 일이 생기니까 모두 도망쳐버렸구나. 과인이 다시 군대를 일으켜 송군을 물리치면 그 도망친 놈들을 잡아들여 잘게 다져 젓갈을 담아버릴 것이다."

왕경은 잠시도 쉬지 않고 계속 달려 날이 밝을 무렵에는 다행히 멀리 운안성이 보이기 시작했다. 왕경은 말 위에서 기뻐하면서 말했다.

"성안의 장병들이 아주 신중하구나. 깃발이 질서정연하고 병기들이 엄숙한 것을 보거라!"

왕경은 말하면서 무리와 함께 성에 가까이 다가갔을 때, 따르는 자들 가운데 글자를 아는 자가 말했다.

"대왕 좋지 않습니다! 어떻게 성 위의 깃발들이 모두 송군의 것들입니까?"

왕경이 그 말을 듣고 눈여겨 바라보니, 과연 멀리 동문 위에 번뜩이는 깃발에 크게 금박으로 '정서 송 선봉 휘하 수군대장 혼강……'이라고 쓰여 있는데, 그다음의 세 글자는 깃발이 바람에 날려 분명하지가 않았다.

그 깃발을 본 왕경은 깜짝 놀라 온몸이 마비되어 한동안 움직이지도 못하고 있었다. 진정 송군이 하늘에서 내려온 듯했다. 그때 왕경 수하들 가운데 계략이 있는 근시가 말했다.

"대왕, 지체하시면 안 됩니다! 속히 포복袍服17을 벗어버리고 동천으로 가시지요. 아마도 성안에서 변고가 일어난 듯합니다."

왕경이 말했다.

"경의 말이 지극히 타당하네."

왕경은 즉시 충천전각금복두冲天轉角金幞頭18와 왕이 입는 어깨 장식에 이무기 문양을 수놓은 도포를 벗고 황금에 보배를 상감하고 벽옥을 끼워넣은 허리띠를 풀고 신발 코가 황금으로 된 구름 형상인 조화朝靴를 벗고는 두건을 바꾸고 평상복으로 갈아입고 부드러운 가죽 신발을 신었다. 나머지 시종들도 겉 의복을 벗어버리고 상갓집 개나 그물에서 벗어난 물고기처럼 황급히 오솔길로 운안성을 지나 동천을 향해 달아났다. 사람과 말이 모두 피로하고 배고픔을 참으며 달아나기만 했다. 백성은 오래도록 도적들에게 해를 입은 데다 또 대군이 쳐들어온다는 소문을 들어 모두 달아났기에 요충지의 사통팔달 도로에도 밥 짓는 연기가 나는 인가가 하나도 없었고 고요하여 개 짖는 소리조차도 들리지 않았다. 물 한 모금 얻어 마실 데도 없는데, 밥과 술을 어디서 찾을 수 있겠는가? 당시 왕경 수하의 총애를 받아 따르던 자들 가운데 측간에 가는 척하거나 오줌을 눈다고 속이고는 흩어져 도망친 자들이 60~70명이나 되었다.

17_ 포복袍服: 두루마기 종류의 예복에 대한 총칭.
18_ 충천전각금복두冲天轉角金幞頭: 보통의 '충천복두冲天幞頭(직각 복두)'와 구별되는 것은 '전각轉角'인데 위로 곧게 선 것이 아니며 황금으로 장식한 것을 말한다.

왕경은 30여 기만 거느리고 저녁 무렵에야 비로소 운안에 소속된 개주開州 지방에 이르렀는데 한 줄기 강물이 가는 길을 가로막았다. 그 강은 청강淸江이라 불렸다. 달주達州의 만경지萬頃池에서 발원했는데, 강물이 아주 맑아 청강이라 불렸다. 왕경이 말했다.

"어디서 배를 구해 강을 건널 수 있겠는가?"

뒤에서 한 근시가 가리키며 말했다.

"대왕, 저기 남쪽 물가에 갈대가 드문드문 있고 기러기가 내려앉은 곳에 어선들이 모여 있습니다."

왕경은 보고서 무리와 함께 그쪽 강변으로 갔다. 때는 음력 시월이었지만 날씨가 맑고 따스하여 수십 척의 어선들이 물고기를 잡거나 그물을 햇볕에 말리고 있었다. 그리고 배들 가운데 몇 척은 중류에 떠 있었는데 어부들이 큰 사발에 술을 따라 벌주놀이를 하고 있었다. 왕경이 그걸 보고 탄식하며 말했다.

"저놈들은 즐겁게 노는구나! 나는 오늘 저놈들보다도 못하도다! 모두 나의 백성이거늘 과인이 이토록 곤궁한 것을 모르는구나"

근시가 크게 소리 질렀다.

"어이, 어부들은 배 몇 척을 이리 저어와라. 우리를 건네주면 뱃삯을 많이 주겠다."

그 소리를 들은 두 어부가 술 사발을 내려놓고는 작고 빠른 어선을 끼익끼익 저어서 기슭으로 다가왔다. 뱃머리에 선 어부가 배 옆에 붙은 대나무 상앗대로 배를 밀어 기슭에 갖다 대더니, 왕경을 머리에서부터 발끝까지 눈여겨보고는 말했다.

"좋구나, 또 술값을 벌겠구나. 어서 배에 타시오, 오르시오!"

근시가 왕경을 부축하여 말에서 내리게 했다. 왕경이 어부를 보니 체격이 건장하고 눈썹은 짙고 눈이 컸으며 뺨은 붉었다. 수염은 철사 같고 목소리는 구리 종을 울리는 듯했다. 어부는 한 손으로 대나무 상앗대를 쥐고 다른 한 손으로 왕경을 부축해 배에 태웠다. 그러더니 상앗대를 기슭에 대고 밀자 배는 기슭에서 한 장 정도 밀려 나갔다. 따르던 도적들이 기슭에서 부산스럽게 일제히 소리 질렀다.

"빨리 배를 저어 와라! 우리도 강을 건널 사람들이다."

그러자 어부가 눈을 크게 뜨고 소리쳤다.

"오라고? 어디를 그리 급하게 가는데?"

어부는 대나무 상앗대를 내려놓더니, 왕경의 멱살을 거머쥐고 두 손으로 내리누르자 '꽈당'하며 배 밑바닥의 널빤지에 자빠졌다. 왕경이 발버둥치자 선미에서 노를 젓던 어부도 노를 내려놓고 뛰어넘어와 함께 달려들어 왕경을 사로잡았다. 그때 저쪽에서 그물을 말리던 어부들이 왕경이 사로잡히는 것을 보자 모두들 언덕으로 뛰어와 한꺼번에 달려들어 30여 명의 따르던 도적들을 한꺼번에 모조리 사로잡았다.

상앗대질을 한 어부는 혼강룡 이준이고, 노를 저은 어부는 출동교 동위였으며, 어부들도 모두 수군이었다. 이준은 송 선봉의 명을 받고 수군의 배를 통솔하며 저어와서 적의 수군과 싸웠다. 이준 등은 구당협瞿塘峽[19]에서 적의 수군과 크게 싸워 주장인 수군도독 문인세숭을 죽이고 부장 호준胡俊을 사로잡았으며 적병은 대패했다. 이준은 호준의 용모가 범상치 않음을 보고 그를 풀어주었다. 호준은 은혜에 감동하여 이준과 함께 가서 운안의 수문을 속여서 열게 하고, 성을 빼앗고 가짜 유수留守 시준施俊 등을 죽였다. 혼강룡 이준은 적이 대군과 싸우다 궤멸되면 반드시 소굴로 도망칠 것이라고 헤아렸다. 이 때문에 장황과 장순에게 성을 지키게 하고 자신은 동위·동맹과 함께 수군을 거느리고 어선으로 변장하고 여기서 정찰하고 있었던 것이다. 또한 완씨 삼형제에게는 어부로 변장

19_ 구당협瞿塘峽: 『수호전전교주』에 따르면 "『방여승략』 권10 「사천四川·기주부夔州府」에 이르기를 '구당협은 기주부 성 동쪽으로 옛 명칭은 서릉협西陵峽이었다. 양쪽으로 벼랑이 대치하고 있고 중간에 강이 관통해 흘러간다. 삼협三峽의 문이다'라고 했다."

하고 나누어 염여퇴灩澦堆20·민강泯江21·어복포魚腹脯22의 각 길목에 매복해 있으면서 적 상황을 탐지하게 했다. 마침 이준은 왕경이 말을 타고 앞장서고 뒤에 많은 사람이 빼곡히 둘러싸고 오는 것을 보고는 적군의 두목으로 여겼지 그가 원흉일 줄은 알지 못했다. 이준은 따르던 자들을 심문하여 왕경이라는 것을 알게 되자 손뼉을 치며 크게 웃었다. 이준은 이들 무리를 포박하여 운안성으로 끌고 갔다. 사람을 보내 완씨 삼형제를 불러 장횡·장순과 함께 성을 지키게 하는 한편 이준은 항복한 장수 호준과 함께 왕경 등 일행을 압송하여 송 선봉 군대가 있는 곳으로 갔다. 가는 길에 송강이 이미 남풍을 격파했다는 소식을 듣고 이준 등은 곧장 남풍성으로 들어가 왕경을 원수부로 끌고 갔다. 송강은 여러 장수가 왕경을 체포하지 못했기에 근심하고 있었는데, 이준이 왕경을 사로잡아 왔다는 대단히 기쁜 소식을 보고받았다. 이준이 원수부로 들어와서 송 선봉에게 인사하자, 송강이 칭찬하며 말했다.

"동생의 이번 공로는 작지 않네."

이준이 항복한 장수 호준을 인도하여 송 선봉에게 인사시키며 말했다.

"이번 공로는 모두 이 사람 덕분입니다."

송강은 호준의 성명과 운안성을 속여서 탈취한 일에 대해서 물었다.

송강은 상을 내리고 노고를 위로하고는 장수들과 동천과 안덕 두 곳을 공격해 점령할 계책을 의논했다. 새로이 항복한 장수 호준이 아뢰었다.

"선봉께서는 마음 쓰실 필요가 조금도 없습니다. 저의 한 마디 말이면, 두 성은 손바닥에 침 뱉는 것만큼이나 쉽게 손에 넣을 수 있습니다!"

20_ 염여퇴灩澦堆: 『수호전전교주』에 따르면 『방여승략』 권10 「사천·기주부」에 이르기를 '염여퇴는 구당협 입구에 있다'고 했다."

21_ 민강泯江: 『수호전전교주』에 따르면 『방여승략』 권10 「사천·기주부」에 이르기를 '민강은 기주부 성 남쪽에 있으며 일명 촉강蜀江이라고 한다'고 했다."

22_ 어복포魚腹脯: 『수호전전교주』에 따르면 『방여승략』 권10 「사천·기주부」에 이르기를 '어복포는 기주부 성 동남쪽에 위치해 있다'고 했다."

송강은 크게 기뻐하며 황급히 자리에서 일어나 호준에게 읍하며 계책을 물었다. 호준이 몸을 굽혀 송강에 몇 마디를 건넸다. 나누어 서술하면 화살 한 대 쏘지 않고 성을 탈환하고 삼군을 움직이지 않고 적을 투항시켰다.

결국 호준이 무슨 말을 하는가는 다음 회에 설명하노라.

또
다
른
반
란[1]

송강이 항복한 장수 호준에게 어떤 계책으로 동천과 안덕을 취할 것인지 묻자, 호준이 말했다.

"동천성을 지키는 장수는 소장의 형제 호현胡顯입니다. 소장은 이준 장군의 큰 은혜를 입었으니, 원컨대 동천으로 가서 호현 형제를 불러 투항하도록 설득하겠습니다. 그러면 남은 안덕은 고립된 성이 되어 또한 스스로 항복할 것입니다."

송강은 크게 기뻐하며 이준에게 함께 가도록 했다. 장사들로 병력을 나누어 아직 수복하지 못한 주현을 투항하게 하고, 다른 한편으로 대종을 시켜 표문을 가지고 가서 조정에 아뢰어 가부를 결정하는 성지를 청하도록 하고, 아울러 문서를 수령해 진 안무와 숙 태위에게 알리고 서신을 전하도록 했다. 송강은 장사들을 왕경의 궁으로 보내 황금, 구슬과 귀금속, 진귀한 보물과 옥, 비단 등을 수색하여 거둬들이도록 하고 불법적인 궁전과 누각, 비취와 옥으로 장식한 건물과

1_ 제110회 제목은 '燕靑秋林渡射鴈(연청이 추림도에서 화살로 기러기를 쏘다), 宋江東京城獻俘(송강이 동경성에서 포로를 바치다)'다.

복도, 금령을 위반한 의장 용품과 의복을 모두 불태우게 했다. 또 운안의 장횡 등에게도 불법적인 행궁과 의장 등을 모두 불태워 없애도록 했다.

한편 대종은 먼저 표문을 가지고 형남으로 가서 진 안무에게 보고했다. 진 안무도 표문을 써서 함께 조정에 올리게 했다. 대종은 동경에 당도하여 숙 태위에게 서신과 예물을 전달했다. 숙 태위가 표문을 올리자 휘종 황제는 크게 기쁜 안색을 띠고는 성지를 내려 회서로 보내게 했다. 반적 왕경은 동경으로 압송하여 처결을 기다리게 하고, 나머지 사로잡은 가짜 왕비와 관원들을 비롯하여 도적을 따른 자들은 모두 회서의 저잣거리에서 참수하고 효시하도록 했다. 왕경의 포학무도함에 시달린 회서의 백성에게는 얼마간의 군량을 남겨두어 호구를 계산해 나누어주고 빈민을 부양하도록 했다. 공을 세우고 전몰한 항복한 장수들에게는 그들 자식에게 두텁게 관작을 수여하도록 했다. 회서의 각 주현에 결원이 있는 보좌 관원들에 대해서는 속히 보결 관원들을 추천하여 부임시켜 교대하도록 했다. 각 주에서 처음에는 도적에게 순종하다가 이후에 옳은 길로 돌아온 많은 관원은 모두 진관에게 맡겨 사정과 경중을 헤아려 처분하도록 했다. 이번 토벌에 공을 세운 장수와 편장들은 동경으로 돌아오면 공에 따라 상을 내리겠다고 했다. 칙명이 내려지자 대종은 먼저 돌아가 보고했다. 진 안무 등은 이미 남풍성에 와 있었다. 그때 호준은 형제 호현을 투항시켜 동천 군사와 백성의 호적부와 돈, 양식 장부를 바치고 죄를 청했다. 그러자 안덕의 도적들도 소문을 듣고 투항하여 귀순했다. 운안·동천·안덕 세 곳이 농부는 밭을 떠나지 않고 장사꾼은 점포를 떠나지 않게 되었으니 이는 모두 이준의 공이었다. 이리하여 왕경이 점거했던 8군郡 86주현州縣이 모두 수복되었다.

대종이 동경에서 남풍으로 돌아온 뒤 10여 일이 지나자 천자의 사신이 조서를 받들고 역참으로 달려왔다. 진 안무와 각 관원은 성지를 접수하고 일일이 명을 받들어 시행했다. 다음 날 아침, 사신은 동경으로 돌아갔다. 진관은 감옥에 있던 단 삼랑과 이조 및 반역한 도적의 무리를 끌어내어 참형의 판결을 내리고,

남풍 저잣거리에서 참수를 집행하고 수급을 각 성문에 효시하게 했다. 단 삼랑은 어려서부터 부녀자들이 준수해야 할 준칙을 따르지 않고 멋대로 배우자를 얻더니 지극히 큰 죄악을 저질러 몸과 머리가 나뉘고 또 가족도 연루되게 했다. 그녀의 부친 단 태공은 방산의 산채에서 이미 죽고 없었다.

　장황한 말은 그만두고 본론으로 들어가서, 한편 진 안무와 송 선봉은 이준·호준·경영·손안의 공을 차례로 기록하고, 각처에 방을 내붙여 백성을 위로하고 안정시켰다. 86개 주현은 다시 밝은 해를 보게 되었고 백성은 양민으로 돌아갔다. 나머지 도적을 따르기는 했지만 사람을 해치지 않은 자들은 산업을 돌려받고 향민으로 돌아갔다. 서경을 지키던 교도청과 마령도 신임 관원이 부임하자 순차적으로 남풍으로 왔고, 각 주현에도 보좌하는 부직副職 관원들이 속속 당도했다. 이준·장씨 형제·완씨 삼형제·동씨 형제도 주의 임무를 교대하고 모두 남풍으로 와서 서로들 한담을 나누었다. 진 안무 등 관원들과 송강 이하 108두령, 하북의 항복한 장수들이 모두 남풍에 모이자 태평 연회를 열어 서로 축하하고 삼군의 군관들에게 상을 내리고 위로했다. 송강은 공손승과 교도청에게 초사醮事를 주관하게 하여 7일 밤낮으로 의식을 거행하여 전쟁터에서 죽은 장병들과 회서의 억울하게 죽은 원혼들을 제도하게 했다.

　초사가 끝나자, 별안간 손안이 급병에 걸려 군영에서 죽었다는 보고가 들어왔다. 송강은 비통한 마음으로 애도하고 예로써 장례를 치르고 용문산 옆에 매장했다. 교도청은 손안이 죽자 통곡하면서 송강에게 말했다.

　"손안은 빈도와 동향으로 가장 친밀했습니다. 그는 부친의 원수를 갚기 위해 죄를 저지르고 도적의 무리에 가담했습니다. 그러나 선봉께서 거두어주셨기에 훗날 좋은 결과가 있으리라 희망했는데 뜻하지 않게 중도에 죽고 말았습니다. 선봉께서 빈도를 거둬주실 수 있게 길을 잘못 든 것을 가르쳐준 것도 그였습니다. 이제 죽었으니 빈도가 어찌 그 정을 위할 수 있겠습니까? 저는 두 분 선봉의 두터운 은혜를 입어 뼈에 새기고 있으나 끝내 보답하기는 어려울 것 같습니다. 바라건대 사직하여 전원으로 돌아가 남은 생을 마치고자 합니다."

교도청이 떠나려는 것을 본 마령도 송강에게 작별을 청했다.

"저도 교 법사와 함께 가고자 하니, 바라건대 선봉께서 허락해주십시오."

송강은 두 사람의 말을 듣고 슬퍼 가슴이 아팠지만 두 사람이 떠나고자 하는 뜻이 단호하여 만류할 수가 없었다. 송강은 하는 수 없이 떠나는 것을 허락하고, 술자리를 마련해 송별연을 벌였다. 공손승은 곁에 있으면서도 아무 말도 하지 않았다. 교도청과 마령은 송강과 공손승에게 작별 인사를 하고 또 진 안무에게도 작별한 다음 표연히 떠났다. 그 뒤로 교도청과 마령은 나진인을 찾아가 스승으로 모시고 도를 배우면서 천수를 마쳤다.

진 안무는 회서 여러 군郡의 군사와 백성을 위로하고 구휼했다. 회서는 회독淮瀆[2]의 서쪽에 있어서 송나라 사람들은 원주와 남풍 등을 회서라고 불렀다. 진 안무는 송 선봉과 두목들에게 군대를 수습하여 동경으로 개선하라는 명을 전했다. 송강은 먼저 중군 군마를 보내 진 안무·후 참모·나무유를 호송하며 출발하게 하고, 다른 한편으로 수군 두령들에게 배를 타고 수로를 따라 먼저 동경으로 가서 주둔하면서 명을 기다리게 했다. 송강은 소양에게 왕경을 평정한 일에 대한 글을 짓고 김대견에게는 비석에 그 글을 새기게 하고는 남풍성 동쪽 용문산 아래에 비석을 세웠는데 그 고적이 지금까지도 보존되어 있다. 항복한 장수 호준과 호현은 술자리를 마련하여 송 선봉과 작별했다. 뒤에 송강이 입조하여 두 사람이 정당하지 못한 길에서 바른 길로 돌아왔으며 두 성을 항복시킨 공적을 천자께 상주했다. 천자는 특별히 호준과 호현에게 동천 수군단련사의 직분을 수여했다. 이것은 뒤에 말하겠다.

2_ 회독淮瀆은 일반적으로 '회하淮河'를 가리킨다. 『수호전전교주』에 따르면 『이아爾雅』 「석수釋水」에 이르기를 '강江·회淮·하河·제濟가 사독四瀆이다. 사독은 발원하여 바다로 유입된다'고 했다."

송강은 병마를 다섯으로 나누고 기한을 정해 출발했다. 군사들 가운데 각 주현에 남아 성을 지키는 자들과 전원으로 돌아가려는 자들을 제외하고 10여 만 명의 병마가 남풍을 떠나 길을 잡아 동경으로 향했다. 송강의 군대는 기율이 엄하여 지나는 지방마다 털끝만큼도 백성을 범하지 않았다. 백성은 길에 나와 향화와 등촉을 밝히고 군대를 전송했다. 며칠 간 행군하여 추림도秋林渡라는 곳에 당도했다. 추림도는 원주에 속해 있는 내향현內鄕縣 추림산秋林山[3]의 남쪽에 있었다. 그 산은 경치가 아름다워 송강이 말을 타고 가면서 구경하다가 하늘을 올려다보니 국경 밖의 기러기[4]가 줄지어 날아가지 않고 아래위로 어지럽게 날면서 놀란 울음소리를 내고 있었다. 송강이 의심이 들어 괴이하게 생각하고 있는데, 앞서 가던 부대에서 갈채를 보내는 소리가 들렸다. 군졸을 보내 까닭을 알아봤더니 그 군졸이 날듯이 돌아와 보고하기를, 원래 낭자 연청이 처음 활쏘기를 배워 공중을 날아가는 기러기를 쏘았는데 쏘는 화살마다 빗나가지 않고 적중하여 잠깐 사이에 열 마리가 넘는 기러기를 쏘아 떨어뜨렸고, 이 때문에 여러 장수가 놀라워한다고 했다. 송강이 연청을 불렀더니 연청이 활에 화살을 먹인 채 재빠르게 말을 달려왔는데 등 뒤 말에는 죽은 기러기 여러 마리를 매달고 있었다. 연청은 송강을 보자 안장에서 내려 길옆에 섰다.

송강이 연청에게 물었다.

"방금 자네가 기러기를 쏘았는가?"

연청이 대답했다.

"제가 처음 활쏘기를 배웠는데, 마침 공중에 기러기 떼가 날아가기에 그냥 쏴봤는데 생각지도 못하게 쏘는 화살마다 모두 명중했습니다."

3_ 『수호전전교주』에 따르면 『방여승략』 5권 「하남·남양부」에 이르기를 '추림산은 내향현內鄕縣에 있고 산수의 경치가 아름다웠다'고 했다.

4_ 원문은 '새안塞雁'인데, '새홍塞鴻'으로 '국경 밖의 기러기'라는 의미다. 전해지기로는 한나라 때 소무蘇武가 흉노에 구금되었는데 기러기를 빌려 편지를 전했다고 한다. '새홍'은 가을에 남쪽으로 내려왔다가 봄에 북쪽으로 돌아간다.

송강이 말했다.

"군인으로서 활쏘기를 배우는 것은 마땅히 해야 할 일이고, 정확하게 맞추는 것은 자네가 재능이 있는 것이라네. 그런데 내 생각으로는 기러기는 추위를 피해 천산天山을 떠나 갈대를 입에 물고5 관문을 넘어 따뜻한 강남땅으로 날아와서 곡물 같은 먹이를 먹다가 초봄이 되면 다시 돌아간다네. 이 기러기는 인의仁義를 아는 새인지라 수십 마리 혹은 30~50마리가 함께 날아가도 서로 겸양하여 지위가 높은 새는 앞서고 낮은 새는 뒤를 따라 차례를 지키며 날아가고 함께하는 무리를 벗어나지 않는다네. 밤이 되어 잠잘 때도 당번을 서며 알리는 새가 있다네. 암컷이 짝을 잃으면 죽을 때까지 다른 짝을 구하지 않는다고 하니, 이 새는 인의예지신仁義禮智信 오상五常을 갖추고 있다고 할 수 있네. 공중을 날다가 죽는 기러기가 멀리 보이면 모두 슬피 울고 짝을 잃은 외로운 기러기는 결코 침범하지 않으니, 이것이 인仁이네. 수컷이든 암컷이든 짝을 잃으면 죽을 때까지 새로운 짝을 구하지 않으니, 이것은 의義라 할 수 있네. 순서에 따라 날아가며 앞뒤를 넘어서지 않으니, 이것은 예禮이네. 매를 미리 피하기 위해 갈대를 물고 관문을 넘어가니, 이것은 지智일세. 가을이 되면 남으로 날아왔다가 봄이 되면 어김없이 북쪽으로 돌아가니, 이것이 바로 신信일세. 이같이 기러기는 오상을 모두 갖춘 새인데 어찌 차마 해칠 수 있겠는가? 하늘에서 무리를 지어 서로를 부르며 날아가는 기러기 떼는 바로 우리 형제와 같다고 할 수 있네. 자네가 활을 쏘아 몇 마리를 잡았는데, 이것을 우리 형제 가운데 몇 사람을 잃는 것에 비유한다면 마음이 어떻겠는가? 동생, 이제부터 이런 예의 있는 새를 해쳐서는 안 되네."

연청은 묵묵히 말이 없었고 죄를 뉘우쳤지만 이미 늦은 일이었다. 송강은 무

5_ 기러기가 날 때 갈대와 풀을 무는 것은 소리 내는 것을 방지하는 것으로 일종의 자신을 보호하는 행위다.

언가 마음에 느낀 바가 있어 말을 탄 채 시 한 수를 읊었다.

산봉우리 험하고 강물은 아득한데, 하늘 높이 기러기 떼 줄지어 날아가는구나.
홀연히 함께 날던 짝 잃어버리니, 차가운 달빛 서늘한 바람에 애간장 끊어지네.
山嶺崎嶇水渺茫, 橫空雁陳兩三行.
忽然失却雙飛伴, 月冷風淸也斷腸.

시를 읊고 난 송강은 자신도 모르게 마음이 처량해져 옛 친구의 물건만 봐
도 슬픔에 젖어들었다. 그날 저녁 추림도 입구에 군사를 주둔시켰다. 송강은 장
막에서 연청이 기러기를 쏘았던 일을 다시 생각하며 탄식하다가 마음이 울적해
졌다. 그러고는 지필묵을 가져오게 하여 사詞6 한 수를 지었다.

초나라7 하늘은 넓고 넓은데 무리와 떨어져 만 리나 날아온 기러기 문득 놀라
도망치누나. 스스로 자신의 그림자 돌아보며 차가운 못에 내려앉으려는데, 풀
은 마르고 모래는 깨끗하며 수평선 하늘만큼 멀구나. 글자 같지만 글자를 이루
지 못하고 단지 필획의 한 점이란 생각만 드네.8 해는 저물어 못은 공허하고 옛
참호는 새벽안개 가득한데 수많은 슬픔과 원망 하소연할 곳 없구나. 펼쳐진 갈
대꽃 속에도 쉴 만한 곳 찾지 못하니, 어느 때 옥관玉關9을 다시 볼 수 있을지
한탄만 한다. 끼룩끼룩 근심하며 우는 소리, 모래톱 떠나기 서운치 않은 것이
한스럽네. 다시 봄 돌아오면 채색한 들보에 제비 한 쌍 볼 수 있을까.

6_ 장염張炎의 「고안孤雁」이란 사를 참고하여 고쳐 쓴 것이다. 「고안」은 흉노에 구금되었던 소무蘇武의
　고사를 이용하여 원나라 통치하에서 절개를 지킨 남송 인물을 비유한 것이다.
7_ 일반적으로 남방을 가리킨다.
8_ 기러기가 줄지어 날아가는 모습은 글자와 같은데 외로운 기러기는 글자를 이루지 못해 단지 필획의
　한 점과 같다는 말이다. 외톨이가 된 한 마리의 기러기 같은 나는 글자를 이루지 못한다는 의미다.
9_ 옥관玉關은 옥문관玉門關으로 여기서는 북방을 가리킨다.

楚天空闊, 雁離群萬里, 恍然驚散. 自顧影欲下寒塘, 正草枯沙淨, 水平天遠. 寫不成書, 只寄的想思一點. 暮日空濠, 曉烟古堅, 訴不盡許多哀怨. 揀盡蘆花無處宿, 嘆何時玉關重見. 嘹嚦憂愁鳴咽, 恨江渚難留戀. 請觀他春晝歸來, 畫梁雙燕.

사를 쓰고 난 송강은 오용과 공손승에게 보여주었다. 사가 내포한 의미는 더욱 슬프고 비통한지라 송강은 즐겁지 않았다. 그날 밤 오용 등은 술과 안주를 준비하여 술을 따르면 마셨고 취한 다음에야 비로소 쉬었다. 이튿날 날이 밝자 모두 말에 올라 남쪽을 향해 출발했다. 때는 마침 늦겨울이라 경치는 더욱 처량했으며 가는 길에 송강은 우울한 감정이 끝내 사라지지 않았다. 며칠 뒤에 경사에 당도했고 군마를 진교역에 주둔시키고 성지를 기다렸다.

한편 진 안무는 후 참모와 중군 인마를 이끌고 성으로 들어가, 송강 등의 공로를 천자께 상주하여 아뢰고 송 선봉 등의 제장과 병마가 회군하여 관 밖에 당도해 있음을 보고했다. 진 안무가 앞으로 나아가 송강 등의 노고를 말하자 천자는 크게 칭찬했다. 천자는 진관·후몽·나전의 관작을 높여 봉해주고 은냥과 비단을 상으로 하사했다. 황문시랑에게 성지를 전하게 하여, 송강 등은 갑옷을 입은 채로 입성하여 조정에서 천자를 알현하라고 했다. 여기에 이를 증명하는 시가 있다.

떠날 때 서른여섯이었는데, 돌아와서도 열여덟 쌍이라네.
만 리나 거침없이 내달렸는데, 담소 나누며 귀향했구나.
去時三十六, 回來十八雙.
縱橫千萬里, 談笑却還鄉.

한편 송강 등 따르는 장수 108명은 성지를 받들고 군장을 갖추었다. 혁대를 매고 투구를 쓰고 갑옷을 걸쳤으며 비단 저고리를 입고 금은 패면牌面을 차고는 동화문으로 들어갔다. 모두 문덕전에 이르러 천자를 알현하자 배무를 하고 일어나 만세를 세 번 불렀다. 송강을 비롯한 장수들은 영웅적인 모습으로 비단 전포를 입고 황금 띠를 맸다. 오직 오용·공손승·노지심·무송만이 원래의 복색이었다. 천자는 크게 기뻐하며 말했다.

"과인은 경들이 정벌에 나서면서 많은 노고가 있었음을 알고 있다. 도적을 섬멸하느라 마음을 쓰고 다친 자도 많았다고 하니 과인이 심히 근심하며 슬퍼했다."

송강이 두 번 절하며 아뢰었다.

"성상의 더할 수 없이 크나큰 복 덕분에 신들이 비록 금상金傷[10]을 입은 자가 있기는 하지만 모두 무사합니다. 지금 원흉이 투항했고 회서가 평정되었으니 실로 폐하의 위엄과 덕망으로 이룬 것입니다. 신 등에게 무슨 노고가 있겠습니까."

송강은 두 번 절하며 감사했다. 그러고는 또 아뢰었다.

"신 등이 성지를 받들어 왕경을 사로잡아 궁궐 아래에 바치니, 폐하의 가부 결정을 기다리겠습니다."

천자가 성지를 내렸다.

"법사회法司會의 관원들에게 맡겨 왕경을 능지처참하라."

송강은 소가수가 기이한 계책으로 성을 수복하고 많은 목숨을 보전시켰으나 공을 자랑하지 않고 초연히 은거했음을 말했다. 천자가 칭찬하며 말했다.

"모두가 경들의 충성에 감동한 것이로다!"

천자는 관원들에게 명하여, 소가수를 경사로 불러들이고 발탁하여 임용하라고 했다. 송강은 머리를 조아려 감사를 표했다. 그러나 관원들이 조정을 위해 힘을 다하여 현량한 이를 방문하려 하겠는가. 이는 뒤에서 말하겠다.

이날 천자는 관원들에게 특명을 내려 작위 봉하는 일을 의논하게 했다. 태사

10_ 금상金傷: 금속의 날카로운 무기에 찔리거나 베여 입은 창상創傷을 가리킨다.

채경과 추밀 동관이 상의하여 아뢰었다.

"지금 천하가 아직 조용하게 평정되지 않아 지위를 높일 수는 없으니, 송강은 보의랑保義郎 대어기계帶御器械11 정수황성사正受皇城使를 더해주고, 부선봉 노준의는 선무랑宣武郎, 대어기계 행영단련사行營團練使12를 더해주십시오. 오용 등 36명은 정장군正將軍을 더해주고, 주무 등 72명은 편장군偏將軍을 더해 봉하십시오. 그리고 삼군에게는 상으로 금은을 지급하는 것이 좋겠습니다."

천자는 윤허하고 성원의 관원들에게 칙명을 내려 송강 등에게 작위와 봉록을 봉하고 상을 하사하게 했다. 송강 등은 문덕전에서 머리를 조아리고 성은에 감사했다. 천자는 광록시光祿寺에 명하여 연회를 크게 열고, 송강에게는 비단 도포 한 벌, 황금갑옷 한 벌, 명마 한 필을 상으로 내리고 노준의 이하 장수들에게도 차등을 두어 상을 내렸는데, 모두 내부內府13에서 수령하게 했다. 송강과 제장들은 은혜에 감사한 다음 궁전을 나와 서화문 밖에서 말에 올라 군영으로 돌아왔다. 일행 장수들은 성에서 나와 곧장 행영行營14으로 가서 쉬었고 조정의 임용을 기다렸다.

그날 법사는 성지를 받들어 관원들을 모이게 한 다음 죄상을 범유패에 적고 죄수 싣는 수레를 열고 왕경을 끌어내 과형剮刑15을 판결하고 사형장으로 끌고 갔다. 구경하러 온 사람들이 어깨가 밀리고 등이 겹치도록 인산인해를 이루었는

11_ 대어기계帶御器械: 무관 관직 명칭이다. 북송 초에 황제가 삼반사신三班使臣 이하 혹은 내시 무사 가운데 신임하는 자들을 선발하여 호위병으로 삼아 예상치 못한 상황에 대비했다. 활과 화살을 넣는 주머니와 검을 소지하고 있어 '어대御帶'라 했다. 함평 원년咸平 원년(998)에 '대어기계'로 명칭이 변경되었다.

12_ 행영단련사行營團練使: 출정할 때 군영 안의 단련사로 군영의 군사 사무를 관장했다.

13_ 내부內府: 황궁의 창고. 또한 관직 명칭으로 왕실의 창고를 관장했다.

14_ 행영行營: 행군할 때의 군영을 가리킨다. 여기서는 개선하여 돌아온 군인의 주둔지를 가리킨다. 이하 군영으로 번역했다.

15_ 과형剮刑: 능지凌遲를 말한다. 민간에서 말하는 '천도만과千刀萬剮'로 사람의 살과 뼈를 발라내어 죽음에 이르게 하는 형벌이다. 사람을 천천히 고통 받게 하며 죽이는 것이다.

데 침을 뱉고 욕하는 사람도 있고 탄식하는 자들도 있었다. 왕경의 부친 왕획과 전처·장인 등 친인척들은 이미 왕경이 반란을 일으킨 초기에 체포되어 거의 다 주살된 상태였다. 이날은 단지 왕경 혼자 도검이 빼곡히 둘러싼 가운데 섰다. 북소리가 두 번 울리고 징소리가 한 번 울리자 서릿발 같은 창칼이 늘어서고 검은 큰 깃발이 먹장구름처럼 펼쳐졌다. 혐오스러운 회자수들이 살생하고자 다가왔고 오시삼각午時三刻이 되자 왕경을 십자로 입구로 끌고 왔다. 죄상이 낭독되고 법에 따라 능지로 처결했다. 구경하던 사람들이 모두 말했다.

이는 악한 자의 본보기이니, 끝내는 목 잘리고 사지 찢겨졌네.

십대죄악 저지르지 않았다면, 어떻게 저런 극형 받았겠는가?

此是惡人榜樣, 到底駢首戕身.

若非犯着十惡, 如何受此極刑?

사형을 감독하는 감참관監斬官이 왕경을 처결하고 효수를 시행했음은 더 이상 말하지 않겠다.

한편 송강 등은 은혜를 입고 군영으로 돌아왔다. 이튿날 공손승이 군영 중군 장막으로 와서 송강 등 장수들에게 머리를 조아리고 송강에게 아뢰었다.

"지난날 스승 나진인께서 저에게 분부하시기를, 형님을 경사로 모셔다드린 뒤에 산중으로 돌아오라고 하셨습니다. 이제 형님께서 공을 세워 이름을 떨치셨으니 형님께 삼가 작별을 고하고 다른 형제와도 작별하고 산중으로 돌아가 스승님을 따라 도를 배우고 노모를 봉양하면서 남은 수명을 다할까 합니다."

송강은 공손승의 말을 듣고 이전에 승낙한 것을 후회하면서 눈물을 흘리며 공손승에게 말했다.

"예전에 형제들이 모여들 때는 마치 꽃이 막 피어나는 것 같더니, 이제 이별하려니 꽃이 시들어 떨어지는 것과 같네. 내 비록 이전에 했던 말을 어길 수 없지만, 마음속으로 어찌 차마 이별할 수 있겠는가?"

공손승이 말했다.

"만약 제가 도중에 형님을 버리겠다고 말했다면 정이 없다고 말할 수 있지만, 지금 형님께서 공을 세워 이름을 떨치셨으니 허락해주십시오."

송강은 재삼 만류하다가 머물게 할 수 없어 술자리를 마련해 작별의 정을 나눴다. 모두 술잔을 들면서 탄식하고 눈물을 흘렸다. 형제들이 저마다 황금과 비단을 송별 예물로 건넸지만 공손승이 받지 않자 형제들은 보따리 속에 넣고 묶어버렸다. 이튿날 공손승은 작별하고 짚신을 신고 보따리를 매고서 머리를 조아려 인사하고 북쪽을 향해 떠나갔다. 송강은 연일 공손승을 그리워했고 눈물을 비 오듯 쏟았다.

정월 초하루(설날)가 다가오자, 관원들은 천자께 인사를 올리고 경하하는 조하朝賀16를 준비했다. 채 태사는 송강 등이 모두 와서 조하를 하게 되면 천자가 틀림없이 그들을 중용할 것이라 여겨 걱정했다. 그래서 천자께 아뢰어 관작이 있는 송강과 노준의 두 사람은 관직이 있기에 반열에 따라 조하하고 나머지 백신白身17의 신분인 출정한 자들은 황제를 놀라게 할 수 있어 모두 예를 면해주도록 성지를 내려 막도록 했다. 정월 초하루에 천자는 조회를 열었고 백관이 조하했다. 송강과 노준의도 예복을 입고 대루원에서 기다리다가 반열을 따라 예를 행했다. 이날 천자는 자신전紫宸殿에서 조하를 받았는데, 송강과 노준의는 반열에 따라 절을 마친 다음 양반에 시립할 뿐 전상에는 올라가지 못했다. 전상을 우러러보니, 옥비녀를 꽂고 구슬로 장식한 신을 신고 자줏빛 인끈에 황금 인장을 단 사람들이 오가며 잔을 들어 축배를 하고 예물을 바치며 축하했다. 아침부터 시작된 연회는 오시가 되어 끝나 은혜에 감사했고 어주가 하사되었다.

16_ 조하朝賀: 부속국이 중앙정권에 조공을 바치고 배알하며 황제를 신하의 예절로 섬김을 표시하고 경하하는 것을 말한다.

17_ 백신白身: 과거에 응시한 적이 없고 벼슬길에 오를 자격을 얻지 못한 평민을 말한다.

천자가 일어나자 백관은 흩어졌다. 송강과 노준의는 내전을 나와 예복과 복두를 벗고 말에 올라 군영으로 돌아왔는데, 얼굴엔 수심이 가득차고 부끄러워하는 안색이었다. 오용 등이 맞이했는데 송강의 근심스런 표정에 모두 즐겁지 않았지만 그래도 다들 와서 명절을 축하했다. 세배하고 양쪽으로 나뉘어 섰는데, 송강은 고개를 숙인 채 말이 없었다.

오용이 물었다.

"형님은 오늘 천자께 조하하고 돌아오셨는데 어찌하여 걱정하십니까?"

송강이 한숨을 쉬면서 말했다.

"내 팔자가 천박하게 태어나 운명이 꼬였나보네. 요나라를 격파하고 도적을 평정하여 동쪽을 정벌하고 서쪽을 토벌하면서 많은 노고를 겪었건만, 오늘 형제들에게 공이 없게 되어 이 때문에 근심하고 있네."

오용이 말했다.

"형님께서는 운명이 사나운 것을 아시면서 무엇 때문에 즐겁지 않으십니까? 세상만사는 이미 다 정해진 것이니, 더 이상 우울해 하실 필요 없습니다."

흑선풍 이규가 말했다.

"형, 이리저리 궁리하지 말라고! 애초에 양산박에 있을 땐 한 번도 이런 적이 없었잖아. 오늘도 귀순, 내일도 귀순만 바라다가 걱정이 생긴 거잖아. 형제들이 모두 여기에 있으니까, 다시 양산박으로 올라가는 것이 상쾌하지 않겠어?"

송강이 크게 소리 질렀다.

"저 시커먼 짐승 같은 놈이 또 무례를 저지르는구나! 이제 나라의 신하가 되었고 모두 조정의 선량한 신하인데, 네놈은 도리를 깨닫지 못하고 아직도 역심을 버리지 못했단 말이냐!"

이규가 또 응수했다.

"형이 내 말을 듣지 않으면, 내일 아침에 또 더러운 기분이 들거야!"

모두 웃으면서 술잔을 들어 송강에게 장수를 축원했다. 그날 2경까지 술을 마시다가 각자 흩어졌다. 이튿날 송강은 10여 기를 이끌고 성으로 들어가 숙 태위와 조 추밀을 비롯한 성원 관료들에게 명절 인사를 드렸다. 성안에서 오가는 동안 구경하는 사람이 매우 많았다. 그런데 그들 가운데 한 사람이 채경에게 가서 그 사실을 알렸다. 다음 날 채경이 천자께 아뢰어 성지를 성원에 전달하여 각 성문에 금지하는 방을 내걸게 했다.

'출정했던 관원과 장군, 두목들은 성 밖에 주둔하여 명을 기다리도록 하라. 상사上司가 공표한 공문을 받들어 부르는 것이 아니라면 제멋대로 성으로 들어오는 것을 허락하지 않는다. 만약 어기는 자가 있다면 군령에 따라 죄를 심의하여 처벌하도록 하겠다.'

사람을 시켜 방을 붙이게 했는데 진교문 밖에도 방문이 걸렸다. 누군가 보고서 송강에게 보고했다. 송강은 더욱 우울해졌다. 여러 장수는 이 사실을 알고 또한 화가 났고 모두들 역심을 품게 되었는데, 단지 송강 한 사람 때문에 참을 따름이었다.

한편 수군 두령들이 군사 오용에게 상의할 사무가 있다면서 특별히 청했다. 오용이 배에 오르자, 이준·장횡·장순과 완씨 삼곤중三昆仲[18]이 오용에게 말했다.

"조정은 신의를 잃었습니다. 간신들이 권력을 휘두르고 현명한 이들의 벼슬길을 막고 있습니다. 우리 형님이 요나라를 격파하고 전호를 섬멸하고 지금은 또 왕경을 평정했습니다. 그런데 황성사皇城使라는 관직뿐이고 우리에게는 직분과 상도 수여하지 않았습니다. 이제는 도리어 방을 내붙여 우리가 성에 들어가는 것조차 금지하고 있습니다. 생각하기에 저 간신 놈들은 우리 형제를 차츰 뜯어 각지에 분산시켜놓고 처리하려는 것 같습니다. 형님과 상의해봤자 결단코 하지 않으려 할 것이니, 지금 군사를 청해 저희 견해를 말씀드리는 겁니다. 여기서 일어나 동경을 약탈하고 다시 양산박으로 돌아가 도적이 되는 것이 낫겠습니다."

18_ 곤중昆仲은 형제를 말하는데 장남을 '곤', 차남을 '중'이라 한다.

오용이 말했다.

"송 공명 형님은 단연코 하지 않으려 할 것이네. 자네들이 부질없이 힘만 낭비하여 화살은 쏘지도 못하고 살대만 부러뜨리고 말걸세. 예로부터 뱀이 대가리가 없으면 갈 수 없다[19]고 했는데, 내가 어떻게 감히 그런 주장을 할 수 있겠는가? 자네들이 한 말은 형님이 기꺼이 하려고 할 때 비로소 행할 수 있는 것이네. 형님은 아닌데 자네들이 도리어 저지른다면 반역이 아니겠는가!"

오용이 감히 주장할 수 없다고 하자 여섯 두령은 모두 아무 말도 하지 못했다. 오용은 중군 군영으로 돌아와 송강과 한담을 나누었고 군사 상황을 계획하다 말했다.

"평상시에 형님은 구속되고 거리끼는 바 없이 자유스러운데다 여러 형제도 모두 쾌활했습니다. 그런데 귀순 요청을 받은 뒤로 국가를 위해 힘을 다하고 신하의 도리를 다했건만, 생각지도 않게 도리어 구속을 받고 임용도 되지 못했습니다. 형제들에게 모두 원망하는 마음이 생기고 있습니다."

송강은 듣고서 놀라며 말했다.

"여기서 자네한테 누가 그런 말을 하던가?"

"그것은 인지상정이라 굳이 말할 필요가 있겠습니까? 옛사람이 말하기를 '부귀는 사람이 바라는 것이고, 빈천은 사람이 싫어하는 것이다'[20]라고 했습니다. 상대방의 안색을 살펴보고 의중을 헤아려보면 그 속마음을 알 수 있습니다."

"군사, 형제들이 다른 마음을 품고 있다 하더라도, 나는 죽어 구천九泉[21]으

19_ 원문은 '蛇無頭而不行'이다.

20_ 원문은 '富與貴人之所欲, 貧與賤人之所惡'이다. 출전은 『논어』「이인里仁」으로 "부와 귀는 사람들이 바라는 것이지만 올바른 방법으로 얻은 것이 아니라면 그것을 누리지 말아야 한다. 빈과 천은 사람들이 싫어하는 것이지만 올바르지 못한 방법으로 얻어진 것이라면 그것을 버리려들지 말아야 한다富與貴, 是人之所欲也; 不以其道得之, 不處也. 貧與賤, 是人之所惡也; 不以其道得之, 不去也."

21_ 구천九泉: 구중천九重泉이라고도 하고, 황천黃泉을 말한다. 사람이 죽은 뒤에 땅으로 들어가 안장되는 곳이다.

로 가지 충심을 바꾸지는 않을 것이네!"

다음 날 아침 제장들을 모아 군사 기밀을 상의했다. 대소 장수들이 모두 장막 앞으로 오자 송강이 입을 열었다.

"나는 운성현의 아전 출신이고 또 큰 죄를 저질렀는데, 여러 형제의 보살핌 덕분에 두령이 되었고 지금은 조정의 신하가 되었소. 예로부터 이르기를 '사람이 성취하고자 한다면 한가롭게 만족을 도모할 수 없고, 한가롭게 스스로 만족하려 한다면 성취할 수 없다'[22]고 했소. 조정에서 방을 내붙여 성으로 들어오지 못하게 금지한 것은 이치가 이러하기 때문이오. 그대 장사들은 까닭 없이 성으로 들어가서는 안 되오. 우리는 산과 숲속에서 살았기 때문에 거친 군사들이 지극히 많소. 만약 이로 인해 일이 발생한다면 틀림없이 법에 따라 죄를 다스리게 될 것이며 명성 또한 무너질 것이오. 지금 성에 들어가지 못하는 것은 우리에게 도리어 다행스런 일이라 할 수 있소. 구속받는 것을 싫어하여 다른 마음을 품는다면, 먼저 나부터 참수한 다음에 하고 싶은 대로 하시오. 참수하지 않는다면 세상에 사는 것이 부끄러워 반드시 목을 베어 자결할 것이니 그대들이 알아서 하도록 내버려둘 것이오!"

송강의 말을 들은 두령들은 모두 눈물을 흘리며 맹세하고 흩어졌다. 여기에 증명하는 시가 있다.

누가 서주西周에서 좋은 소식 기다리는가, 공명의 충의에는 다른 마음 없구나.
진장각秦長脚[23]도 몹시 부끄러워했으니, 몸은 남조南朝지만 마음은 금나라였네.
誰向西周懷好音, 公明忠義不移心.
當時羞殺秦長脚, 身在南朝心在金.

22_ 원문은 '成人不自在, 自在不成人'이다.
23_ 진장각秦長脚: 남송 때 진회秦檜(남송의 간신)를 경멸적으로 부른 칭호.

송강과 장수들은 이날 이후로 일이 없으면 성으로 들어가지 않았다. 정월 대보름이 다가오자, 동경에서는 등불을 많이 달아놓고 대보름을 경축하고 구경했다. 모든 거리와 각 관아마다 등불이 밝혀졌다. 한편 송강의 군영 안에서는 낭자 연청이 악화와 상의했다.

"지금 동경에서는 화려한 등을 밝히고 축포를 쏘면서 놀고 있네. 풍년을 기원하면서 금상 천자께서도 백성과 함께 즐기고 있네. 우리도 옷을 갈아입고 몰래 성으로 들어가서 구경하고 돌아오세."

그때 한 사람이 말했다.

"너희가 등불 구경을 간다면 나도 데려가줘!"

연청이 보니 흑선풍 이규였다. 이규가 말했다.

"나를 빼놓고 등불 구경 가려고 상의하는 걸 이미 다 들었어."

연청이 말했다.

"형님과 함께 가는 건 어렵지 않지만, 형님은 성질이 좋지 않기 때문에 틀림없이 일을 저지르고 말거요. 지금 성원에서 방을 내붙여 우리가 성으로 들어가는 것을 금지하고 있는데, 만약 형님과 함께 성으로 들어가 등 구경을 하다가 사단이라도 발생하면 성원의 계략에 빠지게 되는 거요."

"내가 이번에는 일을 저지르지 않고 자네가 하라는 대로 하겠어!"

"그러면 내일 옷과 두건을 갈아입고 나그네같이 꾸며서 함께 성으로 들어갑시다."

이규는 크게 기뻐했다. 다음 날 이규는 나그네로 꾸미고 함께 성으로 들어가고자 연청을 기다렸다. 그런데 뜻하지 않게 악화는 이규가 두려워 몰래 시천과 함께 먼저 성으로 들어가버렸다. 연청은 할 수 없이 이규와 함께 등 구경을 하러 성으로 들어갔다. 감히 진교문으로는 들어가지 못하고 멀리 돌아서 봉구문을 통해 성으로 들어갔다. 두 사람은 손을 잡아끌며 상가와 桑家瓦[24]란 공연장으로 갔다.

두 사람이 공연장 앞에 이르자 구란 안에서 징소리가 들렸다. 이규가 들어가려고 하자 연청은 할 수 없이 이규와 함께 사람들 틈을 비집고 안으로 들어갔다. 무대 위에서 이야기꾼[25]이 『삼국지』 중에서 관운장이 뼈를 깎아 독을 치료하는 대목을 이야기하고 있었다. 당시 관운장은 왼쪽 팔에 독화살을 맞았고 독이 뼈까지 스며들었다. 의원 화타華陀가 말했다.

"이 독을 제거하려면 구리기둥을 세우고 쇠고리를 단 다음 팔을 그 고리에 끼우고 밧줄로 단단히 묶어야 합니다. 그리고 살을 절개하고 뼈를 3푼 정도 긁어내 화살 독을 제거한 다음 기름을 바른 매끄러운 실로 꿰매야 합니다. 상처에는 고약을 발라 붙이고 약을 장시간 복용해야 하는데 보름쯤 지나면 원래대로 회복될 겁니다. 이 때문에 매우 치료하기 어렵습니다."

관공이 크게 웃으면서 말했다.

"대장부는 죽고 사는 것도 두려워하지 않는데, 팔 하나쯤 무슨 문제겠소? 구리기둥이나 쇠고리 따위는 필요 없으니, 그냥 살을 절개해도 상관없소!"

관공은 즉시 바둑판을 가져오라 하여 손님과 바둑을 두면서, 왼쪽 팔을 내밀어 화타에게 뼈를 깎고 독을 제거하라 했다. 얼굴빛 하나 변하지 않고 손님과 태연하게 담소를 나누었다.

이야기가 여기까지 이르렀을 때 이규가 사람들 틈에서 크게 소리 질렀다.

"그 사람 진정한 호남이로구나!"

그 말에 사람들이 깜짝 놀라 모두 이규를 쳐다봤다. 연청이 황급히 가로막으며 말했다.

24_ 상가와桑家瓦: 송나라 때 동경에는 상가와자桑家瓦子·중와中瓦·이와裏瓦 등의 공연장이 있었는데, 수천 명을 수용할 수 있었다.

25_ 원문은 '평화評話'인데, 설창說唱 예술의 표현 형식의 하나로 한 사람이 현지 방언으로 이야기를 하고 노래도 부르는데 송나라 때 유행했다. 역자는 '이야기꾼'으로 번역했다.

"이형, 왜 이리 촌스럽소! 공연장에서 그렇게 괴상한 말로 사람들을 놀라게 하면 어떡하오!"

이규가 말했다.

"이야기를 듣다보니, 나도 모르게 갈채를 보내게 되었네!"

연청은 도망치듯 이규를 끌고나왔다.

두 사람은 공연장을 떠나 작은 골목길[26]로 돌아들어갔는데 어떤 사내가 남의 집에 벽돌과 기와를 집어던지고 있었다. 그러자 집 안에서 누군가 말했다.

"넓은 천지 평화로운 세상에 두 번이나 빚을 지고서 돈은 갚으려 하지 않고 도리어 내 집을 때려부수는구나."

그 말을 들은 흑선풍은 불공평한 일을 보자 그 사내를 치려고 했다. 연청이 죽음을 무릅쓰고 이규를 끌어안았다. 이규가 두 눈을 부릅뜨고 사내를 치려고 하자 사내가 말했다.

"내가 저놈한테 돈 좀 빌리려 하는데 네가 뭔데 간섭이야? 가까운 시일 내 장張 초토招討를 따라 강남으로 출정을 떠날 거니까, 나를 건드리지 마라. 거기 가서 죽을 거니까 치려면 어디 한번 쳐봐라. 여기서 죽으면 좋은 관이라도 얻을 수 있을 것이다."

이규가 말했다.

"무슨 강남으로 간다는 거냐? 군대를 점검하고 장수를 파견한다는 말은 듣지 못했다."

연청은 두 사람의 싸움을 뜯어 말리고 이규를 끌고 골목길을 나왔는데 작은 찻집이 눈에 들어왔다. 두 사람은 찻집으로 들어가 자리를 잡고 차를 마셨다. 맞은편에 노인이 앉아 있는 걸 보고 연청이 차를 권하며 한가롭게 이야기하다가 말했다.

26_ 원문은 '천도串道'다. 양쪽 길 사이를 관통하는 작은 길을 말한다. 작은 골목이다.

"어르신께 여쭙겠는데, 방금 전에 골목에서 어떤 군인이 싸우면서 조만간 장 초토를 따라 강남으로 출정을 떠난다고 하더군요. 죄송한데 어디로 출정하는지 아십니까?"

노인이 말했다.

"손님은 아직 모르는군요. 지금 강남의 도적 방랍方臘이 반란을 일으켜 8주州 25현縣[27]을 점거하고서 목주睦州부터 윤주潤州[28]까지 자기 나라라고 하고 있소. 조만간 양주揚州를 공격하려 하고 있기에 조정에서 장 초토와 유劉 도독을 보내 방랍을 토벌하고 체포하려 한다오."

그 말을 들은 연청과 이규는 황급히 찻값을 치르고 골목을 떠나 성을 나와 군영으로 돌아와 군사 오용에게 이 사실을 보고했다. 오용은 그 말을 듣고 속으로 크게 기뻐했다. 송 선봉에게 가서 강남의 방랍이 반란을 일으켰는데 조정에서 이미 장 초토를 파견하기로 했다는 소식을 전했다. 송강이 말했다.

"우리 군마와 장수들이 여기서 한가롭게 머물고 있는 것은 대단히 옳지 않소. 사람을 숙 태위에게 보내 천자께 아뢰고 우리가 군대를 일으켜 토벌하러 가 겠다고 청하는 것이 낫겠소."

송강이 장수들을 모아 상의하자, 모두들 좋아했다.

이튿날 송강은 옷을 갈아입고 연청을 데리고 숙 태위를 찾아가 이 일을 말하고자 했다. 성으로 들어가 곧장 숙 태위 부중으로 가서 말에서 내렸다. 마침 부중에 있어 사람을 시켜 알리니 숙 태위는 서둘러 들어오라고 했다. 송강이 대청 앞으로 가서 두 번 절하고 일어나자 숙 태위가 말했다.

"장군은 무슨 일로 옷을 갈아입고 오셨소?"

27_ 견해가 일치하지는 않다. 『수호전전교주』에 따르면 "『청계구궤靑溪寇軌』에서는 항杭 · 목睦 · 흡歙 · 처處 · 구衢 · 무婺 6주 52현이라 했고, 『송사』 권447 「충의이막전忠義李邈傳」에서는 7주 40여 현이라고 했다"고 했다.

28_ 윤주潤州: 저장성 전장鎭江.

송강이 말했다.

"근래에 성원에서 방을 내붙여 출정했던 관군들은 조정에서 부르지 않으면 제멋대로 성을 들어오지 못하게 했습니다. 오늘 소장이 사적으로 이곳에 온 것은 은상께 보고드릴 게 있어서입니다. 듣자하니 강남의 방랍이 반란을 일으켜 주군州郡을 점거하고 제멋대로 연호를 고쳤다고 하며, 윤주까지 침략하고 조만간 강을 건너 양주를 공격하려 한다고 합니다. 이 송강 등의 인마가 오래도록 이곳에 한가롭게 주둔하고 있는 것은 옳지 않습니다. 청컨대 저희가 병마를 거느리고 가서 역적을 정벌하여 섬멸시켜 충성을 다해 나라에 보답하고자 합니다. 바라건대 은상께서 천자께 상주해주시면 좋겠습니다!"

숙 태위는 그 말을 듣고 크게 기뻐하면서 말했다.

"장군의 말이 내 뜻에 부합되오. 당연히 천자께 힘껏 상주할 테니 장군은 돌아가 계시오. 내일 아침 문건을 천자께 상주하면 반드시 중용될 것이오."

송강은 숙 태위와 작별하고 군영으로 돌아와 형제들에게 알렸다.

한편 숙 태위가 다음 날 아침 입조하니 천자는 피향전에서 문무백관과 계책을 논의하고 있었다. 강남의 방랍이 반란을 일으켜 8주 25개 현을 점거하고 연호를 바꾸었으며 스스로 왕이라 칭하고 있는데다 조만간 양주를 침범할 것이라고 했다. 천자가 말했다.

"이미 장 초토와 유 도독에게 정벌을 명했건만, 아직 진전이 보이지 않는구나."

숙 태위가 반열에서 나와 아뢰었다.

"신은 이 도적이 큰 근심거리가 되었다고 생각합니다. 폐하께서 이미 장과 유를 파견하셨지만 다시 회서를 정벌하고 승리를 거둔 송 선봉을 보내서, 두 갈래 군마가 선봉이 된다면 도적을 소멸시키는 큰 공을 세울 것입니다."

천자는 크게 기뻐하면서 급히 성원의 관원들을 불러 성지를 듣게 하는 한편 장 초토와 종 참모從參謀, 경 참모耿參謀에게도 송강의 인마를 선봉부대로 파견한다는 것을 알게 했다. 성원의 관원들은 대전으로 와서 성지를 받들고는 즉시 가서 송 선봉과 노 선봉은 피향전으로 와서 천자를 알현하라고 전했다. 송강과 노준의가 피향전으로 와서 배무를 마치자 천자는 칙명을 내려 송강을 평남도총관平南都總管으로 삼아 방랍을 토벌하는 선봉이 되게 하고, 노준의를 병마부총관兵馬副總管으로 삼아 부선봉이 되도록 했다. 그러고는 두 사람에게 각기 황금 혁대 하나, 비단 도포 한 벌, 황금 갑옷 한 벌, 명마 한 필, 채색비단 안감과 겉감 25감을 하사했고, 나머지 정장과 편장들에게도 각기 비단과 은냥을 하사했다. 그리고 공적에 따라 상을 내리고 관작을 더해주기로 했다. 삼군 두목들에게도 은냥을 하사하고 내부에서 수령하게 했으며 기한을 정해 출병하도록 했다. 송강과 노준의가 성지를 받고 작별하려 하는데 천자가 말했다.

"경들 가운데 옥석과 인신을 잘 새기는 김대견과 좋은 말을 잘 알아보는 황보단이 있는 것으로 알고 있다. 그 두 사람을 남겨 어전에서 쓰겠다."

송강과 노준의는 성지를 받들어 두 번 절하고 용안을 우러러 바라보고는 은혜에 감사한 다음 궁을 나와 말을 타고 기뻐하면서 나란히 성을 벗어났다. 거리를 지나다 어떤 사내가 두 개의 막대기 중간에 가는 줄을 묶고 손으로 잡아당겨 소리를 내고 있었다. 송강은 처음 보는 물건이라 군사를 시켜 그 사내를 불러놓고 물어보게 했다.

"그게 무슨 물건이오?"

사내가 대답했다.

"이건 호고胡敲29라고 하는데 손으로 줄을 당기면 소리가 납니다."

송강이 이에 시 한 수를 지었다.

낮게도 울리고 높게도 울리는데, 맑고 깨끗한 소리 푸른 하늘까지 닿네.
유명무실 용감한 기개만 지녔으니, 끌어주는 사람 없어 모두 헛수고만 하누나.

29_ 호고胡敲: 일종의 장난감으로 형상이 팽이와 비슷하다.

一聲低了一聲高, 嘹亮聲音透碧霄.

空有許多雄氣力, 無人提處謾徒勞.

송강이 말을 타고 가면서 노준의를 보고 웃었다.

"저 호고가 우리 같구려. 유명무실할 뿐 하늘 높이 오를 만한 실력을 지니기만 했지 이끌어주는 사람이 없으니 어찌 소리를 낼 수 있겠소?"

노준의가 말했다.

"형님은 무슨 까닭으로 그런 말씀을 하십니까? 우리가 지니고 있는 포부와 학식은 고금의 명장들보다 못하지 않습니다. 실력이 없다면 이끌어주는 사람이 있다 한들 또한 무슨 소용이 있겠습니까?"

"동생이 틀렸다네! 숙 태위가 온힘으로 우리를 추천하여 보증하지 않았다면, 어떻게 천자께서 우리를 중용하셨겠는가? 사람은 자신의 근본을 잊어서는 안 된다네!"

노준의는 실언했음을 알고 감히 대답을 하지 못했다.

두 사람은 군영으로 돌아와 장수들을 소집하고 앉았다. 여장수 경영은 임신을 한데다 병까지 걸려 동경에 남게 하고 섭청 부부를 시켜 돌보면서 의원을 청해 치료받도록 했다. 그 외 나머지 장수는 모두 소집해 안장과 말, 갑옷을 수습해 방랍을 토벌할 준비를 했다. 그 뒤에 경영은 병이 낫고 한 달 뒤에 얼굴이 넓적하고 귀가 큰 아들을 낳았는데 이름을 장절張節이라 했다. 훗날 남편 장청이 독송관獨松關30에서 적장 여천윤厲天閏에게 죽임을 당했다는 소식을 듣고 경영은 몹시 슬퍼하다가 혼절했는데, 섭청 부부와 함께 직접 독송관으로 가서 장청의 영구를 모셔다가 고향인 창덕부彰德府에 안장했다. 섭청이 또 병으로 세상을 떠나자, 경영은 섭청의 아내인 노부인이 된 안씨와 함께 아들을 길렀다. 장절은

30_ 독송관獨松關: 지금의 저장성 항저우杭州 서북쪽에 있는 관문.

장성하여 오개吳玠를 수행하여 화상원和尙原에서 금나라 장수 올출兀朮을 대파했는데, 올출은 너무 급박한 나머지 수염까지 자르고 도망쳤다고 한다. 그리하여 장절은 관작에 봉해졌고 집에 돌아와 어머니를 봉양하며 천수를 누렸다. 또 장절은 어머니의 정절을 천자께 상주하여 표창을 받게도 했다. 이는 경영 등의 정절과 효성의 결과물이다.

장황한 말은 그만두고 본론으로 들어가서, 한편 송강은 방랍을 토벌하라는 조서를 받든 이튿날, 내부에서 보낸 비단과 은냥을 장수들과 삼군의 우두머리들에게 나누어주고 김대견과 황보단을 어전으로 보내 쓰이도록 했다. 송강은 수군 두령들에게 돛, 상앗대와 노를 정돈하여 전선들을 먼저 장강으로 출발하게 하고, 마군 두령들에게는 활, 창칼, 전포, 갑옷을 정돈하여 전선들과 함께 수륙으로 진격하도록 했다. 그때 채 태사는 부간府幹[31]을 군영으로 보내 성수서생 소양을 대필代筆로 쓰고자 한다며 데려갔고, 다음 날에는 왕 도위가 직접 찾아와 철규자 악화가 노래를 잘 부른다고 하니 부중에서 심부름꾼으로 쓰겠다고 송강에게 요청했다. 송강은 승낙할 수밖에 없어 즉시 두 사람을 보냈다. 송강은 김대견·황보단·경영·소양·악화 다섯 형제를 보내고 나자 울적해졌다. 송강은 노준의와 상의하여 장수들에게 출병 준비를 하라고 명했다.

한편 강남의 방랍은 반란을 일으킨 지 오래되어 점차 세력이 강대해져 뜻하지 않게 허다한 대규모 사업을 마련하게 되었다. 방랍은 원래 흡주歙州 산속의 나무꾼이었는데, 시냇가에서 손을 씻다가 물에 비친 자신의 모습이 머리에 평천관平天冠[32]을 쓰고 몸에 곤룡포袞龍袍[33]를 입고 있는 것으로 보였다. 이때부터 방

31_ 부간府幹: 관부 안의 사무 처리 인원.
32_ 평천관平天冠: 지존이 쓰는 예모禮帽였는데 이후에는 제왕의 예모를 가리키게 되었다. 앞은 둥글고 뒤는 네모났으며 앞뒤로 모두 옥을 꿰어 드리웠다.
33_ 곤룡포袞龍袍: 제왕의 조복朝服으로 위에는 용 문양을 수놓았다.

랍은 사람들에게 자신이 천자의 복을 타고났다고 말했다. 그때 주면朱勔이라는 자가 오吳 땅에서 화석강을 강제로 징수하여, 백성이 크게 원망하며 반란할 생각을 품게 되었다. 방랍은 이 기회를 이용해 반란을 일으키고는 청계현淸溪縣 방원동幫源洞34 안에 보전寶殿, 내원內苑, 궁궐을 짓고 목주睦州와 흡주에도 각기 행궁行宮35을 지었다. 문무 관직을 설치하고 성원의 관료를 두었으며 재상과 장수를 두어 모든 대신을 갖추었다. 목주는 지금의 건덕建德으로 송나라 때 엄주嚴州로 명칭을 변경했고, 흡주는 지금의 무원婺源인데 송나라 때 휘주徽州로 개명했다. 방랍은 목주와 흡주에서부터 윤주까지 점거했으니 지금의 진강鎭江이다. 모두 8주 25개 현36으로, 8주는 흡주·목주·항주杭州37·소주蘇州·상주常州·호주湖州·선주宣州·윤주였고, 25개 현은 모두 이 8주의 관할이었다. 이때 가흥嘉興·송강松江·숭덕崇德·해녕海寧은 모두 현의 치소였다. 방랍은 스스로 국주國主38라 부르면서 한 지방을 제패했으므로 작은 일이라 할 수 없었다.

원래 방랍은 위로는 천서天書에 상응한다고 했는데 추배도推背圖39에 다음과 같은 말이 있었다.

"십천十千에 점을 하나 더하고, 겨울이 지나면 존귀해지리라. 거침없이 절수浙水를 건너 오 땅에서 자취를 드러내며 흥하리라."

'십천十千'은 '만萬'이고 머리에 점을 하나 더하면, '방方' 자가 된다. 겨울이 지

34_ 방원동幫源洞: 청계동淸溪洞이다.

35_ 행궁行宮: 도성 이외에 제왕이 출행할 때 거주하는 궁실이다. 여기서는 방원동 이외의 지방을 가리킨다.

36_ 『수호전전교주』에 따르면 『선화유사』 권2에서 이르기를 '방랍은 반란을 일으킨 이래로 6주 52현을 격파했다'고 했다. 『송패유초宋稗類鈔』에서 이르기를 '방랍은 자칭 성공聖公이라 했고 영락永樂으로 개원했으며 수만 명의 무리를 보유했다. 목·흡·항·처處··구衢·무婺 6주 52개 현을 점령했다'고 했다."

37_ 항주杭州는 옛날에 전당錢塘이라 불렀다. 남송이 이곳에 도읍을 건설했고 임안臨安이라 했다.

38_ 국주國主: 국군國君 혹은 소국 군주의 칭호다.

39_ 추배도推背圖: 당나라 이순풍李淳風과 원천강袁天綱이 함께 저술한 당대의 흥망과 변란을 예언한 도참서圖讖書다.

나면 섣달인 '납臘'이 된다. 존귀해진다는 것은 남쪽을 향해 앉아 군주가 된다는 것이다. 바로 이렇게 '방랍方臘' 두 글자에 상응한다는 것이다. 강남 8군을 점거했으니 장강에 의해 차단된 천연의 요새였으며 또한 회서와는 어느 정도 거리가 차이나는 곳이었다.

한편 송강은 출정했고 성원의 관료들과 작별했다. 숙 태위와 조 추밀이 직접 나와 전송하면서 삼군을 포상하고 위로했다. 수군 두령들은 이미 전선을 몰아 사수泗水를 거쳐 회하淮河로 진입하여 회안군淮安軍 제방이 있는 양주에 모였다. 송강과 노준의는 숙 태위와 조 추밀에게 인사하고 군마를 다섯 부대로 나누어 양주를 향해 출발했다. 가는 길에는 말할 만한 것이 없고 전군은 회안현에 당도하여 주둔했다. 본주의 관원들이 주연을 마련하여 기다리고 있다가 송 선봉을 맞이하여 성안으로 들어가 극진히 대접했다. 관원들이 하소연했다.

"방랍 적병들 세력이 강대하니 가볍게 대적해서는 안 됩니다. 전면이 장강인데 그곳은 강남 제일의 요새입니다. 강 건너편이 윤주인데 지금 방랍 수하의 추밀 여사낭呂師囊이 12명의 통제관과 함께 강기슭을 지키고 있습니다. 만약 윤주를 얻어 본영으로 삼지 못하면 방랍을 대적하기 어렵습니다."

그 말을 들은 송강은 즉시 군사 오용을 불러 계책을 의논하고 전면에 큰 강이 가로막고 있으므로 수군의 배를 이용하여 전진하려 했다. 오용이 말했다.

"장강 안에 금산金山과 초산焦山[40]이 있는데 윤주의 성곽 곁에 있습니다. 형제 몇 명을 보내 길의 상황을 정탐하고 강 건너편의 소식도 알아본 다음에 어떤 배를 이용해 강을 건널 수 있을지 생각해보시지요."

송강이 수군 두령들을 불러 명을 듣게 했다.

"형제들 가운데 누가 먼저 가서 길의 상황을 정탐하고 강 건너편의 소식을

40_ 초산焦山은 장쑤성 전장鎭江 동북쪽으로 장강 중간에 위치해 있는데, 금산金山과 마주하고 있다. 『수호전전교주』에 따르면 "『당도경唐圖經』에서 이르기를 '후한 때 초선焦先(초광焦光이라고도 한다)이 이곳에 은거했기 때문에 초산이라 했다'고 했다." 초산과 금산은 15리 정도 떨어져 있다.

알아오겠는가?"

장막 아래서 네 명의 장수가 가기를 자원했다. 이 몇 사람이 길의 상황을 정탐하러 가지 않았던들, 나누어 서술하면 시체가 북고산北固山[41]처럼 높이 쌓이고 장강이 붉은 피로 물들지는 않았을 것이다. 그야말로 나는 듯이 오룡진烏龍陳을 건너고 전선이 백안탄白雁灘[42]을 삼키게 된 것이다.

결국 송강의 군마가 어떻게 방랍을 사로잡는가는 다음 회에 설명하노라.

보의랑保義郎

본문에서는 왕경을 토벌한 송강에게 '보의랑'이란 관직이 수여되는 내용이 있다. '보의랑'은 『신당서新唐書』 「이덕유전李德裕傳」에 근거하면, 이덕유가 검남劍南 절도사節度使를 담당했을 때, 200호 가운데 한 명을 선발하여 무예와 진법을 가르쳐주고 정예병을 오군五軍으로 나누었는데, 남연南燕, 보의保義, 보혜保惠, 양하막의兩河慕義, 좌우연노左右連弩였다. 송나라 휘종 때 와서 무직武職의 관리 등급을 다시 제정했는데 52등급이었다. 그 가운데 보의랑은 49번째 등급이었다. 즉, 송나라 때 보의랑은 저급 무관이었음을 알 수 있다.

장 초토張招討

장 초토는 허구의 인물이다. 초토라는 관직은 남송 때 설치되기 시작했다. 『송사』 「직관지」에 따르면 "건염建炎 4년(1130) 검교소보檢校少保이며 정강초경군절도사定江招慶軍節度使인 장준張俊이 강남로초토사江南路招討使를 담당했는데 뒤에 강회로초토사江淮路招討使로 전임되었으며 지위는 선무사宣撫使 아래였으나 제치사制

41_　북고산北固山: 장쑤성 전장鎭江 동북쪽에 위치해 있다. 남쪽과 중간, 북쪽에 세 봉우리가 있고 북쪽 봉우리는 삼면으로 강과 접하고 있어 형세가 험준하여 북고산이라 불렀다.

42_　백안탄白雁灘: 백안담白雁潭이다.

置使보다는 위였다. 군중에 급한 사무가 발생했을 때 회답이 오지 않아도 편의에 따라 시행하도록 허락했다"고 했다. 여기서 출현하는 장 토초가 혹여 이 사람을 옮긴 것 같다. 장준은 남송 초기에 금나라에 대항한 대장이었다.

유 도독劉都督

본문에서의 유 도독은 유세광劉世光을 가리킨다. 유세광은 『송사』에 열전이 있으며 방랍 토벌에 참가했다. 그는 유연경劉延慶의 아들이었고 총수가 아니었으며 또한 주력 부대도 아니었다. 『송사』 「유세광전」에 근거하면, 방랍이 반란을 일으키자 유연경을 선무사도통宣撫司都統으로 삼았고 유광세에게 한 부대를 이끌게 하여 구주衢州와 무주婺州로 파견했는데 상대방이 방심한 틈을 타서 허를 찌르는 출기불의出其不意 계책을 사용하여 적을 격파했다고 했다.

두 명의 송강

『수호전보증본』에 따르면 "북송 말기 동 시대에 두 명의 송강이 있었다고 한다. 한 명은 산동의 송강이고, 다른 한 명은 동관을 수행하여 방랍을 토벌한 비장 송강이다. 1939년에 발견된 절가존折可存의 묘비에 따르면, 송나라 장수 절가존은 선화 3년 4월 26일에 방랍을 포위하여 섬멸하는 작전에 참가해 임무를 마치고 돌아왔는데, 도중에 또 조서를 받아 도적 송강을 토벌했다고 했다. 5월 초사흘, 절가존은 송강을 사로잡았다고 했고 그 차이가 단지 7일에 불과했다. 이는 송강이 방랍 토벌에 참가하는 것은 불가능하다는 것을 증명하는 것이다"라고 했다.

행운을 잡다[1]

　9300리를 흐르는 양자대강揚子大江은 멀리 한양강漢陽江·심양강潯陽江·양자강 세 강을 받아 사천四川을 지나 바다에 이르는데, 중간에 많은 곳을 거치므로 만리장강萬里長江이라 불리기도 한다. 오吳와 초楚 땅을 나누는 이 강의 가운데에는 금산과 초산이라 불리는 두 산이 자리잡고 있다. 금산 위에는 절이 하나 있는데 산을 둘러싸며 건축하여 사리산寺裏山이라 불리고, 초산 위에도 절이 있는데 산의 움푹 들어간 곳에 숨어 있어 형세가 보이지 않기 때문에 산리사山裏寺[2]라고 불린다. 이 두 산은 강 가운데 있어 초 땅의 꼬리가 되고 오 땅의 머리가 되는데, 한쪽은 회수 동쪽의 양주이고 다른 한쪽은 절강 서쪽의 윤주로 지금의 진강鎭江이 바로 이곳이다.

1_　제111회 제목은 '張順夜伏金山寺(장순이 야밤에 금산사에 숨어 있다). 宋江智取潤州城(송강이 지혜로 윤주 성을 취하다)'이다.

2_　『수호전전교주』에서는 임경희林景熙의 『제산선생집霽山先生集』 권2 「금산사金山寺」를 인용하여 "초산에 산리사, 금산에 사리산"이라고 했다.

한편 윤주의 성곽은 방랍 수하의 동청추밀사東廳樞密使인 여사낭이 강기슭을 지키고 있었다. 그는 원래 흡주의 부호였는데, 방랍에게 많은 돈과 양식을 바쳐 동청추밀사에 봉해진 자였다. 어릴 때부터 병서와 전략을 읽었고 장팔사모를 잘 사용했으며 무예도 출중했다. 여사낭 부하로는 '강남십이신江南十二神'이라 불리는 12명의 통제관이 있었는데, 협동하여 윤주 강기슭을 지키고 있었다. 그들은 경천신擎天神 복주福州 심강沈剛·유익신游弋神 흡주 반문득潘文得·둔갑신遁甲神 목주 응명應明·육정신六丁神 명주明州 서통徐統·벽력신霹靂神 월주越州 장근인張近仁·거령신巨靈神 항주 심택沈澤·태백신太白神 호주湖州 조의趙毅·태세신太歲神 선주宣州 고가립高可立·조객신弔客神 상주常州 범주范疇·황번신黃旛神 윤주 탁만리卓萬里·표미신豹尾神 강주江州 화동和㠉·상문신喪門神 소주蘇州 심변沈抃이었다.

추밀사 여사낭은 남병南兵 5만 명을 거느리고 강기슭을 점거하면서 감로정甘露亭3 아래에 전선 3000여 척을 늘어놓고 있었다. 북쪽 기슭에 있는 과주瓜洲4의 나루터는 입구에 조용하게 넓디넓게 흘러가는 강물만 있어 어떠한 장애물도 없었다.

이때 선봉인 송강의 병마와 전선은 수륙으로 동시에 진격하여 이미 회안에 당도해 있었고 대략 양주에 모여 있었다. 당시 송 선봉은 장막 안에서 군사 오용 등과 상의했다.

"여기서 큰 강이 멀지 않고 남쪽 기슭을 적병이 지키고 있으니 누가 먼저 가서 길의 상황을 조사하고 강 건너편의 소식을 알아와야 군사를 진격시킬 수 있을 것 같소."

3_ 감로정甘露亭: 장쑤성 전장鎭江 북고산 위 감로사甘露寺 안의 정자. 삼국시대 오나라 감로 연간에 건축되었다고도 하고 당나라 이덕유李德裕가 건축했다고도 하는데 당시 감로甘露가 이 산에 내려 감로정이라 했다고 전해진다.

4_ 과주瓜洲: 과주瓜洲라고도 하며 진鎭 명칭이다. 지금의 장쑤성 한장邗江 남쪽으로 대운하 분기에서 창장강으로 유입되는 곳에 위치해 있다. 창장강 남북 해상 운송의 요충지였다.

4명의 장수가 자원하여 모두 가기를 원했다. 소선풍 시진·낭리백도 장순·반명삼랑 석수·활염라 완소칠이었다. 송강이 말했다.

"자네들 네 사람이 두 길로 나누어 가도록 하게. 장순과 시진이 같이 가고 완소칠과 석수가 같이 가게. 곧장 금산과 초산으로 가서 머물면서 윤주 도적 소굴의 허실을 정탐하고 양주로 돌아와 보고하게."

네 사람은 송강과 작별하고 각각 두 명의 졸개를 데리고 나그네로 분장하여 길을 잡아 먼저 양주로 향했다. 이때 길가의 백성은 대군이 방랍을 토벌하러 온다는 소문을 듣고 모두 가족을 데리고 시골로 몸을 피했다. 네 사람은 양주성 안에서 헤어져 각기 약간의 마른 양식만 챙겼다. 석수와 완소칠은 두 명의 졸개를 데리고 초산으로 갔다.

시진은 장순과 함께 졸개 둘을 데리고 마른 양식을 몸에 지니고, 각기 날카로운 칼을 숨기고 손에 박도를 들고서 과주로 향했다. 때는 초봄이어서 날씨가 온화하고 꽃향기가 풍겼다. 양자강에 이르러 높은 곳에 올라 바라보니, 눈처럼 하얀 물결이 도도하고 안개 자욱한 수면으로 세차게 굽이쳐 흐르고 있어 정말 아름다운 풍경이었다. 여기에 증명하는 시가 있다.

만 리에 안개 자욱한 수면은 곧 만 리의 하늘, 동해 멀리 붉은 놀 비추네.
고깃배 어부들은 근심 없고, 푸른 도롱이 덮어쓰고 술에 취해 자는구나.
萬里烟波萬里天, 紅霞遙映海東邊.
打漁舟子渾無事, 醉擁靑簑自在眠.

시진과 장순 두 사람이 북고산 아래를 바라보니 그 일대가 온통 푸르고 흰 깃발로 가득 찼고 물가에는 수많은 배가 일자로 늘어섰으며 북쪽 기슭에는 한 그루의 나무도 보이지 않았다. 시진이 말했다

"과주로 오는 길에 집은 있어도 사는 사람이 아무도 없고 강 위에는 건너갈

배도 없으니 어떻게 건너편의 소식을 알아볼 수 있겠나?"

장순이 말했다.

"일단 빈 집에 들어가서 쉬고 계십시오. 제가 건너편 금산 아래로 헤엄쳐 가서 허실을 알아보겠습니다."

"자네 말대로 하지."

네 사람이 강변으로 내려와 일대의 몇몇 초가를 찾아가 보았는데, 모두 문을 닫아놓아 밀어도 열리지 않았다. 장순이 옆 모퉁이를 돌아가 벽을 막은 칸막이를 옮겨놓고 들어가니 백발 노파가 부뚜막에서 나오고 있었다. 장순이 말했다.

"할머니, 왜 문을 열어주지 않습니까?"

노파가 대답했다.

"속이지 않고 말하겠네. 지금 조정에서 대군을 일으켜 방랍을 치러 온다고 들었네. 여기는 요충지라 가족은 모두 다른 곳으로 피신했고 이 늙은이만 남아서 집을 지키고 있네."

"이 집 남자들은 어디로 갔습니까?"

"식구들 돌보려고 시골로 갔네."

"우리 네 사람이 강을 건너려고 하는데, 어디로 가야 배 한 척 구할 수 있습니까?"

"배를 어디서 빌리겠나? 근래에 대군이 쳐들어온다는 말을 듣고 여 추밀이 배들을 모두 윤주로 끌고 가 버렸네."

"우리 네 사람이 양식은 있으니까, 방만 빌려 이틀만 쉬겠습니다. 방세로 은자를 드리고 폐를 끼치지는 않겠습니다."

"쉬는 거야 상관없지만 잠자리가 없네."

"저희가 알아서 하겠습니다."

"조만간에 대군이 들이닥칠까봐 걱정이네!"

"그땐 알아서 피하겠습니다."

장순은 문을 열어 시진과 졸개들을 들어오게 했다. 박도를 벽에 기대놓고 보따리를 풀어 마른 양식과 구운 떡을 꺼내 먹었다. 장순이 다시 강변으로 나가 경치를 살펴보자 금산사는 강 가운데에 있었다.

강물은 큰 바다를 삼킬 듯하고, 우뚝 솟은 산은 용 비늘이 돋친 듯하네. 반짝이는 은 쟁반에 강에서 자라는 푸른 고둥 담고, 부드러운 비취색 휘장 뒤쪽에서 한 폭의 흰 명주 잡아당기는 듯하구나.[5] 아득히 보이는 황금으로 장식한 전당은 팔면으로 큰 바람 맞고, 멀리 보이는 종루는 천 층의 석벽에 기대어 섰네. 우뚝 선 불탑은 창해의 지는 해 재촉하고, 낮은 강당은 푸른 물결에 낀 구름을 비추누나. 수많은 누각에선 만 리 길 떠나는 배 바라볼 수 있고, 비보정飛步亭에서는 시원한 바람 맞을 수 있다네. 곽박郭璞[6]의 묘에선 용이 큰 물결 토해내고, 금산사 안에서는 귀신이 등불을 옮기는구나.
江吞鰲背, 山聳龍鱗. 爛銀盤涌出青螺, 軟翠幃遠拖素練. 遙觀金殿, 受八面之大風; 遠望鍾樓, 倚千層之石壁. 梵塔高侵滄海日, 講堂低映碧波雲. 無邊閣, 看萬里征帆; 飛步亭, 納一天爽氣. 郭璞墓中龍吐浪, 金山寺裏鬼移燈.

강변을 한 바퀴 둘러본 장순은 속으로 생각하며 말했다.
"윤주의 여 추밀이란 놈은 틀림없이 자주 이 산을 오르내릴 것이다. 내가 오늘 밤 가보면 소식을 알 수 있겠다."
장순은 돌아가서 시진과 상의하며 말했다.
"지금 이곳에는 작은 배 한 척 없으니 강 건너편의 일을 어떻게 알 수 있습니까? 제가 오늘 밤 큰 은덩이 두 개를 옷으로 싸서 머리에 이고 헤엄쳐서 금산사

5_ 산 위의 무성한 산천초목과 강 위의 굽이쳐 흐르는 흰 물결을 묘사한 것이다.
6_ 곽박郭璞: 진晉나라 사람이다. 경학을 좋아했고 점술과 지리에 능통했으며 저명한 시인이자 사부가詞賦家였다. 곽박의 묘가 금산에 있다고 전해지지만 확실한 것은 알 수 없다.

로 가겠습니다. 화상들에게 뇌물을 주고 적의 허실을 알아본 다음 돌아가서 송선봉 형님께 보고하겠습니다. 그러니 형님은 여기서 기다리십시오."

시진이 말했다.

"빨리 처리하고 돌아오게."

그날 밤은 별과 달이 비추고 풍랑도 없어 고요했으며, 강물과 하늘이 같은 색이었다. 황혼이 되자 장순은 웃옷을 벗고 흰 명주로 만든 바지만 입었다. 두 개의 큰 은덩이를 두건과 옷으로 싸매고는 머리 위에 단단히 묶고 허리에 끝이 뾰족한 칼을 찼다. 과주에서 물속으로 들어가 강 가운데로 헤엄쳐 갔다. 물이 가슴까지밖에 차오르지 않아 물속인데도 육지를 걷는 것과 같았다. 금산 부근에 이르러 살펴보니 돌 봉우리 옆에 작은 배 한 척이 묶여 있었다. 장순은 배 옆으로 올라타서는 머리에 이고 있던 옷 보따리를 풀고 젖은 옷을 벗어 닦고는 마른 옷으로 갈아입고 배 안에 앉았다. 이때 윤주에서 3경을 알리는 북소리가 들렸다. 장순이 배 안에 엎드려 살펴보고 있는데, 상류 쪽에서 작은 배 한 척이 노를 저으며 다가오고 있었다. 장순이 말했다.

"저 배가 오는 모양이 수상쩍다. 분명히 첩자가 탔을 것이다!"

배를 풀어 저어가려 했는데 뜻하지 않게 굵은 쇠사슬에 묶여 있는데다 노와 상앗대도 없었다. 장순은 할 수 없이 다시 웃옷을 벗고 칼을 뽑아 들고서 강물 속으로 뛰어들어 그 배 곁으로 다가갔다.

배에 타고 있던 두 사람은 노를 저으면서 북쪽 기슭만 바라보고 남쪽은 경계하지 않고 있었다. 장순은 물속에서 배 옆으로 솟구쳐 올라 배를 끌어당겨 붙잡고 뾰족한 칼을 빼들었다. 노를 젓던 두 사람은 노를 던지고 물속으로 뛰어들었다. 그때 장순이 배 위로 올라가자, 선창에서 두 사람이 불쑥 나왔다. 장순이 칼로 한 사람을 베어 물속으로 빠뜨리자, 다른 한 사람이 깜짝 놀라 다시 선창으로 들어갔다. 장순이 소리쳤다.

"너는 누구냐? 어디서 오는 배냐? 사실대로 말하면 용서해주겠다!"

그 사람이 말했다.

"호걸께 아뢰겠습니다. 소인은 이곳 양주성 밖의 정포촌定浦村에 사는 진 장사陳將士의 심부름꾼입니다. 소인은 여 추밀께 양식을 바치고자 준비했다는 주인의 말씀을 전하러 윤주에 갔는데, 여 추밀께서 우후 한 사람을 소인과 함께 보내면서 벼슬을 얻으려면 쌀 5만 석과 배 300척을 바치는 예물로 하라는 말을 전하라고 했습니다."

"그 우후라는 자의 이름이 무엇이냐? 지금 어디 있느냐?"

"우후의 이름은 섭귀葉貴인데, 방금 호걸께서 베어 물속에 빠뜨린 자입니다."

"너는 이름이 무엇이냐? 언제 강을 건너갔느냐? 배 안에는 무슨 물건이 있느냐?"

"소인의 이름은 오성吳成이고, 금년 정월 7일에 강을 건너갔습니다. 여 추밀은 소인을 소주蘇州로 보냈는데, 거기서 황제의 동생인 삼대왕三大王 방모方貌를 뵙고 깃발 300개와 주인 진 장사를 양주부윤揚州府尹에 봉하고 중명대부中明大夫라는 작위를 수여한다는 명령을 받았습니다. 그리고 호의號衣7 1000벌과 여 추밀에게 보내는 답서도 받았습니다."

"네 주인의 이름은 무엇이냐? 거느리고 있는 인마는 어느 정도 되느냐?"

"수천 명의 인마와 100여 필의 말이 있습니다. 친아들이 둘 있는데 장자는 진익陳益이고 차남은 진태陳泰입니다. 주인의 이름은 진관陳觀입니다."

장순은 자세한 사항을 모두 알게 되자, 한칼에 그 심부름꾼을 베어 물속에 빠뜨리고 선미에 장착된 노를 저어 과주로 돌아갔다.

시진이 노 젓는 소리를 듣고는 급히 나와 살펴보니 장순이 배를 저어 오고 있었다. 시진이 묻자 장순이 있었던 일을 자세히 이야기했다. 시진은 크게 기뻐하면서 선창으로 들어가 문서 보따리와 붉은 비단 깃발 300개, 여러 색의 호의

7_ 호의號衣: 병졸과 차역 등이 입는 제복.

1000벌을 모두 수습했다. 장순이 말했다.

"저는 가서 옷을 가져오겠습니다."

장순은 다시 배를 저어 금산 부근으로 가서, 옷·두건·은자를 가지고 과주 기슭으로 돌아왔다. 그때 하늘이 비로소 밝아오면서 짙은 안개가 땅을 덮기 시작했다. 장순은 배에 구멍을 뚫어 강물 속으로 밀어 가라앉혔다. 초가로 돌아와 노파에게 은자 두세 냥을 주고, 두 졸개와 함께 짐을 메고 양주로 돌아왔다. 이때 송 선봉의 군마는 모두 양주성 밖에 주둔하고 있었다. 양주의 관원들이 송 선봉을 영접하여 성으로 들어가 역관에서 쉬게 했다. 연일 연회를 열어 대접하고 군사들도 먹였다.

한편 시진과 장순은 연회가 끝나기를 기다렸다가 역관 안에서 송강을 뵙고 진관 부자가 방랍과 결탁한 일과 조만간에 도적들을 이끌고 강을 건너와 양주를 공격할 것임을 자세히 얘기했다. 천만다행으로 강에서 그 배를 만난 것은 송 선봉으로 하여금 공로를 세우도록 한 것이었다. 송강은 듣고서 크게 기뻐하며 즉시 군사 오용을 불러 계책을 상의했다. 오용이 말했다.

"이런 기회가 생겼으니 윤주성을 손에 넣는 것은 손바닥 뒤집는 것처럼 쉬운 일입니다. 먼저 진관을 잡으면 큰일은 정해진 것이나 마찬가지입니다. 이렇게 저렇게 하기만 하면 됩니다."

송강은 즉시 낭자 연청을 불러 섭 우후로 꾸미도록 하고, 해진과 해보는 남군南軍으로 변장하게 했다. 연청은 정포촌으로 가는 노선을 알아봤고 해진·해보는 짐을 멨다. 연청은 현지 말투를 세세히 준비한 다음에 세 사람은 양주성을 떠나 정포촌으로 가는 길을 잡았다. 양주성에서 40여 리를 가서 진 장사의 장원 앞에 당도했는데, 문 앞에는 20~30명의 장객들이 같은 복장을 하고 가지런하게 서 있었다. 그들의 차림새를 보니,

대껍질 엮어 만든 삿갓 위에 검은 술 펼쳐져 있고, 가는 실로 짠 저고리에 허리

는 팔 척 길이 붉은 명주를 묶었구나. 소가죽 신발 신고 산 오를 때 화살처럼 빠르고, 노루가죽 버선은 다리 보호하니 풀솜 같네. 저마다 안령도 차고, 제각기 까마귀 부리 같은 창 들었구나.

攢竹笠子, 上鋪着一把黑纓; 細線衲襖, 腰繫着八尺紅絹. 牛膀鞋, 登山似箭; 獐皮襪, 護脚如綿. 人人都帶雁翎刀, 個個盡提鴉嘴撾.

연청은 절강 사람 사투리로 장객들에게 물었다.

"장사께서는 댁에 계십니까?"

장객이 말했다.

"손님은 어디서 오셨습니까?"

연청이 말했다.

"윤주에서 왔는데, 강을 건너고 길을 잘못 들어 반나절을 빙빙 돌다가 물어 물어서 이제야 당도했습니다."

장객은 세 사람을 손님방으로 안내하여 짐을 내려놓고 쉬게 하고, 연청을 데리고 후당으로 가서 진 장사를 만나게 했다. 연청이 절하고 말했다.

"섭귀가 인사드립니다!"

진 장사가 물었다.

"족하는 어디서 오셨소?"

연청이 절강 말투로 말했다.

"다른 사람들을 물리치시면, 상공께 드릴 말씀이 있습니다."

"여기 있는 사람들은 모두 저의 심복이니 말씀하셔도 상관없습니다."

"소인의 이름은 섭귀인데, 여 추밀 휘하에 있는 우후입니다. 정월 7일에 오성이 가져온 밀서를 받고 추밀께서 대단히 기뻐하시며, 특별히 저더러 오성과 함께 소주로 가서 황제의 동생인 삼대왕을 뵙고 상공의 뜻을 자세히 말씀드리게 했습니다. 삼대왕께서는 사람을 시켜 폐하께 상주하여 상공을 양주부윤에 봉한다는 명령을 내리셨습니다. 두 자제분은 다음에 여 추밀을 만나보신 뒤 다시 관작을 정하겠다고 하셨습니다. 오성과 함께 돌아오려고 했는데 뜻하지 않게 오성이 감기에 걸려 거동을 할 수 없게 되었습니다. 추밀께서는 큰일을 그릇될까 걱정하시어, 특별히 제게 관직 수여 명령과 추밀 문서, 인장과 패면, 깃발 300개, 호의 1000벌을 상공께 갖다드리라고 했습니다. 날짜를 정해서 상공께서는 양식을 실은 배를 윤주 강기슭으로 보내 인도하라고 하셨습니다."

연청이 관직을 수여하는 증빙 문서를 건네자 진 장사는 보고서 크게 기뻐하며 황급히 향안을 마련하여 남쪽을 향해 은혜에 감사했다. 그리고 두 아들인 진익과 진태를 불러 연청과 인사를 나누게 했다.

연청은 해진과 해보에게 호의와 깃발을 두 번째 객실로 가져가 건네게 했다. 진 장사가 연청에게 자리에 앉기를 청하자 연청이 말했다.

"소인은 졸개에 지나지 않는데 어떻게 감히 상공께서 계신 곳에 앉겠습니까?"

진 장사가 말했다.

"족하는 그쪽 여 추밀께서 보낸 사람이고, 또 나에게 관작을 봉하는 칙서를 가져다준 사람인데, 어떻게 소홀히 대할 수 있겠습니까? 같이 앉아도 무방합니다."

연청은 재삼 사양하다가 멀리 떨어져 앉았다. 진 장사가 술을 가져오게 하여 연청에게 술잔을 권하자, 연청이 사양하며 말했다.

"소인은 선천적으로 술을 마시지 않습니다."

진 장사가 거듭 권하자 연청은 두세 잔을 마셨다. 진 장사의 두 아들도 부친에게 경하하면서 술을 권했다. 연청이 해진과 해보에게 눈짓을 하자, 해보가 사람들이 주의를 기울이지 않을 때 술병에다 독약[8]을 탔다. 연청이 일어나며 말했다.

8_ 원문은 '불안군신不按君臣'이다. 중의학에서는 군신이 서로 어울리는 것을 처방 원칙으로 삼는다. 군君은 주 약재이고 신臣은 보조 약재다. 불안군신은 약재 배합의 원칙을 위반하는 것으로 약리藥理를 위반하면 부작용으로 독이 발생하게 된다. 여기서는 독약을 가리킨다.

"제가 비록 술을 가지고 강을 건너오지는 못했지만 상공께서 차려주신 술을 빌려 경하의 뜻을 표하고자 합니다."

연청은 큰 술잔에 술을 가득 따라 진 장사에서 권하고, 이어서 두 아들에게 도 술을 권하자 두 사람이 한잔씩 마셨다. 그리고 심복 장객들에게도 모두 한잔 씩 권했다. 연청이 입술을 내밀며 신호를 보내자 해진이 밖으로 나가 불씨를 구한 다음에 신호 깃발과 신호포를 꺼내 장원 앞에서 불을 붙여 터뜨렸다. 그러자 이미 좌우에 매복해서 기다리고 있던 두령들이 신호포 소리를 듣고는 달려와 호응했다.

대청에 있던 연청은 그들이 한 명씩 모두 쓰러지자 몸에서 단도를 꺼내 쥐고 해보와 함께 머리를 잘라냈다. 그때 장원 문 밖이 뒤흔들리더니 10명의 호걸이 돌진해 들어왔다. 바로 화화상 노지심·행자 무송·구문룡 사진·병관색 양웅· 흑선풍 이규·팔비나타 항충·비천대성 이곤·상문신 포욱·금표자 양림·병대충 설영이었다. 문 앞에는 장객이 여러 명 있었지만 어떻게 대적할 수 있겠는가? 안에서 연청과 해진·해보가 일찌감치 진 장사 부자의 수급을 들고 나왔다. 문 바깥에서는 또 한 무리의 관군이 도착했는데, 여섯 장수가 앞장섰다. 미염공 주동·급선봉 색초·몰우전 장청·혼세마왕 번서·타호장 이충·소패왕 주통이었다. 이들은 1000명의 군마를 이끌고 와서 장원을 에워싸고는 진 장사 일가족을 모조리 죽여버렸다. 사로잡은 장객들을 끌고 포구로 가보니, 300~400척의 배가 정박해 있었는데 배마다 식량이 가득 실려 있었다. 수량을 파악한 장수들은 주장 송강에게 날듯이 달려가 보고했다.

송강은 진 장사를 죽였다는 보고를 받자 즉시 오용과 함께 진격할 계책을 의논했다. 짐을 수습하고 총독 장 초토와 작별하고는 대부대의 인마를 거느리고 직접 진 장사의 장원으로 갔다. 그는 선봉 장교들의 조를 나누고 배에 올라탈 계책을 상의하도록 하는 한편 사람을 시켜 전선들을 몰아가도록 재촉했다. 오용이 말했다.

"300척의 쾌속선을 골라 방랍이 보낸 기호旗號9를 꽂고, 군사 1000명에게 방랍이 보낸 호의를 입히도록 하라. 나머지 3000~4000명에게는 다른 옷을 입혀라."

300척의 배 안에 2만여 명을 매복시켰다. 그리고 목홍을 진익으로, 이준을 진태로 변장시켜 각기 큰 배 한 척씩 나누어 타게 하고, 나머지 배에도 장수들을 배치했다.

선박 제1대는 목홍과 이준이 통솔하는데, 목홍 옆에는 10명의 편장을 선발해 에워싸게 했다. 항충·이곤·포욱·설영·양림·두천·송만·추연·추윤·석용이었다. 이준 옆에도 10명의 편장을 선발해 에워싸게 했는데 동위·동맹·공명·공량·정천수·이립·이운·시은·백승·도종왕이었다.

선박 제2대는 장횡과 장순이 통솔하는데, 장횡의 배에는 4명의 편장을 선발해 에워싸게 했다. 조정·두흥·공왕·정득손이었다. 장순의 배에도 4명의 편장을 선발해 에워싸게 했는데 맹강·후건·탕륭·초정이었다.

선박 제3대는 10명의 정장正將이 통솔했는데, 두 척의 배로 나누어 진군하게 했다. 사진·뇌횡·양웅·유당·채경·장청·이규·해진·해보·시진이었다.

이렇게 300척의 배에 대소 정장과 편장 42명이 타고 강을 건너가게 했다. 그 뒤로 송강 등은 유용游龍10과 비경飛鯨 등의 1000척 배에 말을 싣고는 '송조宋朝 선봉사先鋒使 송강宋江'의 깃발을 꽂고 마군과 보군 장병들을 태우고 뒤를 따라 강을 건넜다. 그 배들은 수군 두령 완소이와 완소오가 통솔하며 진격을 재촉했다. 송강의 중군이 강을 건넌 것은 더 이상 말하지 않겠다.

한편 윤주의 북고산 위에 있는 초소에서는 강 건너편에서 300척의 전선들이

9_ 기호旗號: 장수의 이름을 나타내는 깃발을 말한다.
10_ 유용游龍: 떠서 움직이는 교룡蛟龍.

일제히 포구를 떠나 다가오고 있는 것을 보았는데, 배 위에는 '호송의량선봉護送衣糧先鋒(의복과 양식을 호송하는 선봉대)'이라고 쓴 붉은 깃발이 꽂혀 있었다. 남군들이 황급히 행성行省[11]으로 들어가 보고했다. 여 추밀은 12명의 통제관들을 불러 모았는데 모두 갑옷을 입고 궁노에는 화살을 먹이고 도검을 뽑아들고서 정예병들을 이끌고 강변으로 가서 살펴보았다. 전면에 100척의 배가 먼저 강기슭에 도착했다. 배 위에는 두 명의 우두머리가 서 있고 그 앞뒤에는 황금 고리가 달린 호의를 입은 우람한 체격의 사내들이 에워싸고 있었다. 여 추밀이 말에서 내려 온 교의에 앉자, 12명의 통제관이 두 줄로 강기슭에 서서 호위했다.

목홍과 이준은 여 추밀이 강기슭에 앉아 있는 것을 보고, 배 위에서 일어나 인사했다. 여 추밀 좌우의 우후들이 배를 멈추라고 소리치자, 100척의 배들이 일자로 늘어서서 닻을 내렸다. 뒤를 따라온 200척의 배들도 순풍을 타고 모두 당도했고 먼저 온 배들 좌우에 100척씩 늘어섰다. 객장사가 배에 올라와 물었다.

"어디서 온 배들인가?"

목홍이 대답했다.

"소인은 진익이고, 동생은 진태라고 합니다. 부친 진관이 특별히 저희 형제를 보내, 백미 5만 석, 배 300척, 정예병 5000명을 헌납하여 추밀 상공께서 황제께 상주하신 은혜에 감사하고자 왔습니다."

"지난번에 추밀 상공께서 섭 우후를 보냈는데, 지금 어디에 있느냐?"

"우후와 오성은 감기에 걸려 지금 장원에서 요양하느라 오지 못했습니다. 여기 인장과 문서가 있습니다."

객장사는 문서를 받아 강기슭으로 와서는 여 추밀에게 아뢰었다.

"양주 정포촌의 진 부윤 아들 진익과 진태가 양식과 병사를 바치러 왔습니

11_ 행성行省: 지방 행정 구역 명칭이다. 남송·금나라 때 이런 명칭이 존재했다. 그 장관은 승상·평장平章·참지정사參知政事 등이었다. 행성은 최고 지방 행정구의 명칭이다. 방랍은 남방을 점거하고 황제를 칭하며 건국했으므로 또한 이런 명칭을 사용한 것이다.

다. 원래 가져갔던 인장과 문서가 여기 있습니다."

여 추밀이 받아보니 과연 원래의 공문이었다. 여 추밀은 두 아들을 강기슭으로 오라고 명했다. 객장사가 진익과 진태를 불러 여 추밀을 뵈러 가라고 하자, 목홍과 이준이 강기슭으로 올라갔는데 20명의 편장이 모두 그 뒤를 따라 올라왔다. 배군排軍[12]이 소리쳤다.

"경상卿相께서 여기 계시니, 잡인들은 가까이 접근하지 마라!"

편장들은 모두 멈춰 섰고, 목홍과 이준은 두 손을 가슴 앞에서 맞잡고 몸을 굽혀 공손히 인사하고 멀리서 시립했다. 잠시 후 객장사가 한 사람만 데리고 가서 여 추밀 앞에 무릎을 꿇게 했다. 여 추밀이 말했다.

"너희 부친 진관은 어찌하여 오지 않았느냐?"

목홍이 아뢰었다.

"부친께서는 양산박 송강 등이 군사를 이끌고 쳐들어왔다는 소식을 듣고, 적들이 마을로 쳐들어와 어지럽게 할까봐 집에서 대응하느라 감히 멋대로 떠나지 못했습니다."

"너희 형제 중 누가 형이냐?"

"진익인 제가 형입니다."

"너희 형제 둘은 무예를 익혔느냐?"

"은상께서 도와주신 덕분에 조금 훈련을 받았습니다."

"너희가 가져온 양식은 어디에 실려 있느냐?"

"큰 배에는 300석씩이고 작은 배에는 200석씩 실려 있습니다."

"너희 둘이 온 것이 다른 뜻이 있는 것은 아니겠지!"

"소인 부자는 오직 효도하는 마음이 있을 뿐입니다. 어떻게 감히 조금만이라

12_ 배군排軍: 원래는 한 손에 방패를 들고 다른 손에 창을 잡고 있는 사졸로 이후에는 일반적으로 군교軍校를 칭했다.

도 다른 뜻을 품겠습니까?"

"너희가 좋은 마음으로 왔다고 하지만, 내가 보기에 너희 배에 타고 있는 군사들의 모양이 보통이 아니니 의심하지 않을 수 없다. 너희 둘은 여기에 있고, 내가 통제관 4명에게 군사 100명을 이끌고 배에 올라가 수색하게 하겠다. 만약 양식 이외의 다른 물건이 있다면 결코 용서치 않을 것이다."

"소인들이 이곳에 온 것은 은상께 중용되기를 바라고 온 것입니다. 어찌하여 의심을 하신단 말입니까!"

여사낭이 4명의 통제관을 선발해 배를 수색하라고 명하려는데, 탐마가 달려와 보고했다.

"성지를 받든 사신이 남문 밖에 당도했습니다. 상공께서는 즉시 영접하러 가십시오."

여 추밀은 급히 말에 오르면서 분부했다.

"너희는 잠시 강기슭을 지키고 있고, 진익과 진태 둘은 나를 따라오너라."

목홍이 이준에게 눈짓을 보냈다. 여 추밀이 앞서 가자 목홍과 이준은 20명의 편장을 불러 함께 뒤를 따라갔다. 성문으로 들어가려 하자 문을 지키는 장교가 소리쳤다.

"추밀 상공께서 우두머리 둘만 들여보내라고 하셨다. 나머지는 들여보낼 수 없다!"

목홍과 이준만 성으로 들어가고 편장들은 모두 성문 옆에 멈춰 세웠다.

한편 여 추밀은 남문 밖에 당도하여 천사를 영접하며 물었다.

"무엇 때문에 이렇게 급히 오셨습니까?"

천사는 방랍의 면전에서 인진사引進使13를 하는 풍희馮喜였다. 그는 조용히 여사낭에게 말했다.

13_ 인진사引進使: 바치는 예물을 관장하는 관원.

"근래에 사천태감司天太監 포문영浦文英이 아뢰기를, '밤에 천문 현상을 관찰해보니, 무수한 강성罡星들이 오 땅 분야로 진입했는데, 그 가운데 절반이 빛을 잃었습니다. 그중에 화가 적지 않을 것 같습니다'라고 했습니다. 그래서 천자께서 특별히 성지를 내려 추밀은 강기슭을 단단히 지키라고 하셨습니다. 그리고 북쪽에서 오는 자는 자세히 캐물어 실정을 알아내고, 만약 형체나 그림자라도 이상한 점이 있는 자는 그대로 두지 말고 즉시 주살하라고 하셨습니다."

여 추밀은 깜짝 놀라며 말했다.

"방금 전에 한 무리가 왔는데 내가 의심을 하고 있었습니다. 지금 이런 말을 듣게 되었으니, 성안으로 들어가 성지를 읽어봐야겠습니다."

풍희는 여 추밀과 함께 행성으로 가서 방랍의 성지를 읽어주었다. 그때 탐마가 달려와서 또 보고했다.

"소주에서 사신이 삼대왕의 명령을 가지고 왔습니다."

그 명령에서 이르기를,

'그대는 지난번에 양주의 진 장사가 투항하겠다고 했는데, 믿을만한 전언이 아니다. 혹시 속임수가 있을까 실로 걱정된다. 성지를 받아보니, 근래에 사천감에서 오 땅 분야에 강성이 떨어지는 것을 보았다고 한다. 강기슭을 굳게 지키도록 하라. 내 조만간에 사람을 보내 감독할 것이다.'

여 추밀이 말했다.

"대왕께서도 또한 이 일을 걱정하시는군요. 저도 이미 성지를 받았습니다."

여 추밀은 즉시 사람을 보내 강 쪽을 단단히 지키고 배를 타고 온 자들은 단 한 명도 기슭에 오르지 못하게 했다. 그리고 연회를 열어 두 사신을 극진히 대접했다.

한편 300척의 배에 타고 있던 장수들은 반나절이 지나도 아무런 동정이 없자, 왼쪽의 배 100척에 타고 있던 장횡과 장순이 8명의 편장을 데리고 무기를 들고 강기슭에 올라갔다. 오른쪽의 배 100척에 타고 있던 정장 10명도 모두 창

칼을 들고 강기슭으로 뚫고 올라갔다. 강 위를 지키고 있던 남군들이 막아내지 못했다. 흑선풍 이규와 해진·해보가 성안으로 돌진했다. 성문 군사들이 급히 나와 막았지만, 이규가 쌍 도끼를 한 번 찍고 다질 때마다 두 명씩 찍혀 엎어졌다. 성 옆에서 함성이 일어나더니 해진과 해보가 각기 강차를 들고 성안으로 달려 들어갔다. 모두 한 순간에 일어난 일이니 어떻게 문을 닫을 수 있겠는가? 이규가 성문 아래에 버티고 서서 보이는 대로 찍어 죽이자, 먼저 성 주변에 와 있던 20명의 편장이 각자 무기를 탈취하여 죽이기 시작했다.

　여 추밀이 급히 사람을 보내 강 위를 단단히 지키라는 명을 전하러 왔을 때는 성문 쪽에서 이미 성안으로 돌격해 들어간 뒤였다. 성 쪽에서 함성 소리를 들은 12명의 통제관이 각기 군마를 동원하려고 할 때, 사진과 시진이 300척의 배에 타고 있던 군병들을 일으켰다. 남군의 호의를 벗어버리고 먼저 강기슭에 올랐고, 뒤이어 선창에 매복해 있던 군병들도 일제히 강기슭으로 올라갔다. 통제관의 우두머리인 심강과 반문득이 두 갈래 길로 나누어 군마를 이끌고 가서 성문을 보호하려고 했지만, 심강은 사진의 한칼에 베어져 말에서 떨어졌고, 반문득은 장횡의 한 창에 찔려 쓰러졌다. 군사들이 죽임을 당하자 나머지 10명의 통제관들은 모두 가족을 지키기 위해 성안으로 물러났다. 목홍과 이준은 성안에서 소식을 듣고는 주점에서 불씨를 탈취하여 여기저기 불을 질렀다. 여 추밀이 급히 말에 오르자 통제관 3명이 구원하러 달려왔다. 성에서 불길이 하늘에서 떨어진 것처럼 치솟자 과주에서 바라보고는 먼저 한 무리의 군마를 호응하러 보내, 네 성문에서 한참동안 혼전이 벌어졌다. 어느새 성 위에는 송 선봉의 깃발이 세워졌고 사면팔방에서 인마를 죽이는데, 모두 다 말하기는 어렵고 아래에서 볼 수 있다.

　한편 북쪽 기슭에 대기하고 있던 150척의 전선이 배를 대고는 일제히 전마를 끌고 10명의 장수가 완전무장한 채 앞장서서 올라왔다. 관승·호연작·화영·진명·학사문·선찬·선정규·한도·팽기·위정국으로 2000명의 군마를 이끌고 성으로 쳐들어갔다. 여 추밀은 대패하고 다친 인마들을 이끌고 단도현丹徒縣[14]으로 달아났다. 송강의 대군은 윤주를 빼앗고 화재를 진압하고 군사를 나누어 네 성문을 지키게 하고는 강변으로 가서 송 선봉의 배를 영접했다. 강 위에 유용과 비경 배가 순풍을 타고 모두 남쪽 기슭에 당도했고 대소 장수들은 송 선봉을 영접하여 입성했다. 먼저 방을 내붙여 백성을 위로하고 본주 장수와 관원들을 점검했다. 모두들 중군으로 와서 공을 청했는데 사진이 심강의 수급을 바쳤고, 장횡은 반문득의 수급을 바쳤다. 유당은 심택의 수급을 바쳤고, 공명과 공량은 탁만리를 사로잡아 왔다. 항충과 이곤은 화동을 사로잡았으며, 학사문은 서통을 활로 쏘아 죽였다. 윤주를 얻으면서 통제관 4명을 죽이고 2명을 사로잡았으며 죽은 아장과 병사들은 그 수를 헤아릴 수 없었다.

송강이 본부 장병들을 점검해보니, 3명의 편장을 잃었는데 모두 난군 속에서 화살에 맞거나 말에 밟혀 죽었다. 운리금강 송만·몰면목 초정·구미귀 도종왕이었다. 송강은 세 장수가 죽자 번뇌하며 울적해했다. 오용이 위로하며 말했다.

"사람의 생사는 정해진 것입니다. 비록 세 형제를 잃기는 했지만, 강남에서 제일의 요충지 주군을 얻었으니 기뻐해야지 무슨 까닭으로 고민하면서 옥체를 상하게 하십니까? 이제 국가를 위해 공을 세우려면 큰일을 의논해야 합니다."

송강이 말했다.

"우리 108명은 천문天文으로 그 이름이 기재되어 있고 위로는 하늘의 별자리에 상응해 태어난 사람들이오. 당초 양산박에서 소원을 빌고 오대산에서 맹세하면서 함께 살고 함께 죽기를 원했소. 동경으로 돌아간 뒤에 생각지도 않게 공손승이 먼저 떠났고, 김대견과 황보단을 어전에 남겨두었으며, 또 채 태사가 소양을 데려가고, 왕 도위가 악화를 데려갔소. 오늘은 강을 건너자마자 또 세 형

14_ 단도현丹徒縣: 춘추시대 오나라의 주방읍朱方邑이었고 진나라 때 단도현을 설치했다. 당나라 때는 윤주의 치소였고, 송나라 이후에는 진강로鎭江路, 진강부鎭江府의 치소였다.

제를 잃었소. 송만은 비록 대단히 뛰어난 공적을 세운 적은 없지만, 당초 양산박을 개창할 때 이 사람 덕을 많이 보았소. 그런데 오늘 구천의 객이 되었구려!"

송강은 군사들에게 송만이 전사한 곳을 찾으라고 명을 내리고, 그곳에 제사의식을 위한 자리를 마련했다. 은전을 늘어놓고 검은 돼지와 흰 양을 잡고서 송강이 직접 제사를 지내고 술을 땅에 뿌렸다. 사로잡은 가짜 통제관 탁만리와 화동을 끌고 와서 참수하고 핏방울이 떨어지는 수급을 바쳐 세 영혼에게 제사를 지냈다. 송강은 부중으로 돌아와 공에 따라 상을 내리고, 상황을 진술하는 문서를 적고 사람을 시켜 장 초토에게 승리를 보고했음은 더 이상 말하지 않겠다. 길가의 시체들을 모두 수습하여 성 밖에서 화장하고, 세 편장의 시신을 수습하여 윤주성 동문 밖에 매장했다.

한편 여 추밀은 태반의 인마를 잃고 통제관 6명을 이끌고 달아나 단도현을 지키면서 감히 다시는 군사를 진격시키지 못하고 있었다. 위급함을 알리는 문서를 써서 소주의 삼대왕 방모에게 보내 구원을 요청했다. 이후 소주에서 원수元帥인 형정邢政에게 군사를 이끌고 보냈다는 탐마의 보고가 들어왔다. 여 추밀은 형 원수를 접견하여 노고를 위로했다. 현의 치소로 가서는 진 장사가 거짓 투항하여 송강의 군마가 강을 건너게 된 일을 자세히 이야기했다.

"이제 원수께서 이곳에 오셨으니, 함께 윤주를 회복합시다."

형정이 말했다.

"삼대왕께서는 강성이 오 땅을 침범한 것을 알고 특별히 저를 보내 강 위를 지키라고 하셨습니다. 추밀께서 패할 것이라고는 생각지도 못했습니다. 이제 제가 원수를 갚아드릴 테니 추밀께서는 싸움을 도와주십시오."

이튿날 형정은 군사를 이끌고 윤주를 되찾으러 갔다.

한편 송강은 윤주의 관아에서 오용과 상의하여, 동위와 동맹에게 군사 100명을 이끌고 초산으로 가서 석수와 완소칠을 찾아오게 하는 한편 군사를 성 밖으로 내보내 단도현을 취하게 했는데, 군마 5000명을 점검하고 10명의 정장正將을 파견하기로 했다. 10명의 정장은 관승·임충·진명·호연작·동평·화영·서녕·주동·색초·양지였다. 그들은 정예병 5000명을 거느리고 윤주를 떠나 단도현으로 향했다. 관승 등이 한창 행군하고 있는데 길에서 형정의 군마와 맞닥뜨렸다. 양군이 대치하자 각기 화살을 쏘아 선두의 진격을 저지했고 진세를 펼쳤다. 남군의 진에서 형정이 창을 들고 말을 몰아 나오자 6명의 통제관이 양쪽으로 나누어 섰다. 송군 진에서는 관승이 청룡언월도를 휘두르며 달려나가 형정과 싸움을 벌였다. 두 장수가 싸운 지 14~15합 만에 한 장수가 몸이 뒤집어지면서 말에서 떨어졌다. 질항아리는 우물가에서 깨지기 마련이고 장군은 싸움터에서 죽기 마련인 것이다.

결국 두 장수 싸운 가운데 누가 졌는지는 다음 회에 설명하노라.

여사낭呂師囊

방랍의 추밀 여사낭(?~1122)이란 사람은 확실히 실존한 인물이었지만 윤주潤州와는 무관하다. 여사낭 또한 방랍에 예속되어 있지 않았고 방랍 군대가 북상하여 수주秀州(저장성 자싱嘉興)를 공격하다 좌절되었을 때 절동浙東 연해에서 일어난 별도의 무장 세력 영수였다. 또한 여사낭은 원래 마니교摩尼教의 수령이었다.

진 장사陳將士

진 장사陳將士는 진씨 성의 장사를 말한다. 그러나 '장사將士'는 원래 '장사將仕'라고 해야 한다. 송나라 때 관리 등급에 '장사랑將仕郎'이 있는데, 문인 가운데 정8품을 '장사랑'이라 했고 종8품을 '장사좌랑將仕左郎'이라 했다. 송나라 때 지방유지 가운데 관직에 있지 않는 자들은 통상적으로 '장사將仕'라는 존칭으로 불렀다.

【 제112회 】

식
견
있
는
부
인[1]

   원수 형정은 관승과 말을 타고 싸운 지 14~15합 만에 청룡도에 찍혀 말에서 떨어졌다. 호연작이 보고는 인마를 대대적으로 휘몰아 돌진했다. 6명의 통제관은 남쪽을 향해 달아났다. 여 추밀은 본부 군병이 대패한 것을 알고, 단도현을 버리고 패잔병을 이끌고 상주부常州府를 향해 달아났다. 송군의 10명 대장은 단도현을 탈취하고, 송 선봉에게 승리를 보고했다. 송강은 대부대의 군병을 거느리고 단도현으로 진군하여 주둔하고 삼군을 위로하고 상을 내렸다. 그리고 날 듯이 장 초토에게 보고하고 병력을 윤주로 이동시켜 주둔하며 지키게 했다. 이튿날 중군의 종 참모와 경 참모가 조정에서 내리는 상을 가지고 단도현으로 왔다. 송강은 이를 삼가 받아들고 장병들에게 상을 지급했다. 송강은 노준의를 청하여 군사를 파견해 진격할 계책을 의논했다. 송강이 말했다.

   "지금 선주宣州와 호주 역시 역적 방랍이 점거하고 있네. 우리 둘이 병력을

1_   제112회 제목은 '盧俊義分兵宣州道(노준의는 군사를 나누어 선주로 향하다), 宋公明大戰毗陵郡(송 공명은 비릉군에서 크게 싸우다)'이다.

나누고 장수를 선발해 두 갈래 길로 가서 토벌하여 섬멸하도록 하세. 어느 곳으로 정벌하러 갈지는 하늘 앞에서 제비를 뽑는 것으로 결정하고 제비에 적힌 대로 군사를 이끌고 가도록 하세."

제비를 뽑아 송강은 상주와 소주를 정벌하고, 노준의는 선주와 호주를 정벌하기로 했다. 송강은 즉시 철면공목 배선을 시켜 장수들을 균등히 분배하도록 했다. 병을 앓아 정벌에 나설 수 없어 단도에 남기로 한 양지를 제외한 나머지 장수는 둘로 나누었다. 송 선봉이 거느리고 상주와 소주를 공격하러 갈 장수는 정장 13명과 편장 29명이었다.

정장은 선봉사 호보의 송강·군사 지다성 오용·박천조 이응·대도 관승·소이광 화영·벽력화 진명·금창수 서녕·미염공 주동·화화상 노지심·행자 무송·구문룡 사진·흑선풍 이규·신행태보 대종이었다. 편장은 진삼산 황신·병울지 손립·정목안 학사문·추군마 선찬·백승장 한도·천목장 팽기·혼세마왕 번서·철적선 마린·금모호 연순·팔비나타 항충·비천대성 이곤·상문신 포욱·왜각호 왕영·일장청 호삼랑·금표자 양림·금안표 시은·귀검아 두흥·모두성 공명·독화성 공량·굉천뢰 능진·철비박 채복·일지화 채경·금모견 단경주·통비원 후건·신산자 장경·신의 안도전·험도신 욱보사·철선자 송청·철면공목 배선이었다.

대소 정장과 편장 42명과 정예병 3만 명의 인마를 송 선봉이 통솔했다.

부선봉 노준의 또한 장수를 나누어 선주와 소주를 공격하기로 했는데, 정장 15명과 편장 32명이었다. 주무는 편장의 우두머리로서 군사의 직분을 맡았다.

정장은 부선봉 옥기린 노준의·군사 신기 주무·소선풍 시진·표자두 임충·쌍창장 동평·쌍편 호연작·급선봉 색초·몰차란 목홍·병관색 양웅·삽시호 뇌횡·양두사 해진·쌍미갈 해보·몰우전 장청·적발귀 유당·낭자 연청이었다.

편장은 성수장 선정규·신화장 위정국·소온후 여방·새인귀 곽성·마운금시 구붕·화안산예 등비·타호장 이충·소패왕 주통·도간호 진달·백화사 양춘·병대충 설영·모착천 두천·소차란 목춘·출림룡 추연·독각룡 추윤·최명판관 이립·청안호 이운·석장군 석용·한지홀률 주귀·소면호 주부·소울지 손신·모대충 고대수·채원자 장청·모야차 손이랑·백면낭군 정천수·금전표자 탕륭·조도귀 조정·백일서 백승·화항호 공왕·중전호 정득손·활섬파 왕정륙·고상조 시천이었다.

대소 정장과 편장 47명과 정예병 3만 명의 인마를 노준의가 통솔했다.

이 회의 제목을 잘 기억해두기 바랍니다. 노 선봉은 선주와 호주를 공격하기로 하고 모두 47명이었고, 송 공명은 상주와 소주를 공격하기로 하여 모두 42명이었다. 수군 두령은 한 무리로 하기로 결정했다. 석수와 완소칠을 찾으러 초산으로 갔던 동위와 동맹이 돌아와 보고했다.

"석수와 완소칠은 강변에 도착하여 한 가족을 죽이고 쾌속선 한 척을 빼앗아 초산사焦山寺로 갔습니다. 절의 주지가 양산박 호걸임을 알고 절 안에서 머물며 숙식하게 해주었습니다. 뒤에 장순이 공로를 세운 것을 알게 된 석수와 완소칠은 초산에서 배를 타고 내려가 묘항茆港2을 취하면 강음江陰과 태창太倉 연해의 주현州縣을 공격하기 좋으므로 사람을 시켜 보고 문서를 보내서는 수군 두령들이 배와 전투 도구를 가지고 와주기를 청하고 있습니다."

송강은 즉시 이준 등 8명의 두령과 수군 5000명을 선발하여 석수·완소칠 등을 따르게 하여 함께 수로로 진격하게 했는데, 정장 7명과 편장 3명이었다.

반명삼랑 석수·혼강룡 이준·선화아 장횡·낭리백도 장순·입지태세 완소이·단명이랑 완소오·활염라 완소칠·출동교 동위·번강신 동맹·옥번간 맹강이었다.

대소 정장과 편장 10명이 수군 정예병 5000명과 전선 100척을 거느렸다.

독자 여러분 들어보십시오. 송강이 단도현에서 병력을 나누었는데, 모두 99명으로 100명을 채우지 못했다. 큰 전선은 모두 수군 두령에게 줘 강음과 태

2_ 묘항茆港: 어떤 한 곳에 띠풀을 쳐서 만든 항구를 말한다.

창을 공격하게 했고, 작은 전선들은 모두 단도현으로 들어와 항구에 있으면서 상주를 공격할 때 따라오도록 했다.

한편 여사낭은 통제관 6명을 이끌고 상주 비릉군毗陵郡으로 물러나 지키고 있었다. 상주를 지키고 있는 통제관은 전진붕錢振鵬으로 그의 수하에는 2명의 부장이 있었다. 한 사람은 진릉현晉陵縣 상호上滬 사람 김절金節이고, 다른 한 명은 전진붕의 심복인 허정許定이었다. 전진붕은 원래 청계현淸溪縣 도두 출신이었는데, 방랍을 도와 여러 성을 빼앗아 상주의 제치사制置使3로 승진되었다. 전진붕은 여 추밀이 패하여 윤주를 잃고 상주로 도망쳐오고 있다는 소식을 들었다. 그는 김절과 허정을 데리고 성문을 열어 영접하고 주의 치소로 들어오기를 청하고는 극진히 대접했다. 맞서 싸울 계책을 상의하면서 전진붕이 말했다.

"추밀 상공께서는 안심하십시오. 제가 재주는 없지만 개와 말 같은 하찮은 수고도 마다하지 않고 쳐들어오는 송강 그 놈들을 대패시키고 강을 건너 윤주를 회복하는 것이 저의 바람입니다!"

여 추밀이 말했다.

"제치사께서 이렇게 마음을 쓰시니, 국가가 안정되지 못하는 것을 어찌 근심하겠습니까? 공을 이룬 다음에 내가 극력 상주하고 보증하여 높은 관작으로 승진되도록 하겠습니다."

그날 전진붕이 연회를 열었음은 더 이상 말하지 않겠다.

한편 송 선봉은 인마를 나누고 상주와 소주를 공격하기 위해 대군을 거느리고 비릉군을 향해 진격했다. 앞장선 정장은 관승으로 진명·서녕·황신·손립·학사문·선찬·한도·팽기·마린·연순과 마군 3000명을 이끌고 상주성 아래에 당

3_ 제치사制置使: 관직 명칭으로 당나라 현종 때 설치되었다. 변방의 군사 사무를 책임졌고 지방의 질서를 통제했다. 송나라 초에는 상시 설치되지는 않았고 남쪽으로 장강을 건넌 뒤에 금나라와 작전을 벌이면서 점차 많이 설치되기 시작했다. 대부분 안무대사按撫大使를 겸임했고 명·청 시기의 총독과 유사하다.

도하여 깃발을 흔들고 북을 울리면서 싸움을 걸었다. 여 추밀이 보고는 말했다.

"누가 나가서 적군을 물리치겠는가?"

전진붕이 전마를 준비하며 말했다.

"제가 힘을 다해 전진하겠습니다."

여 추밀은 즉시 응명應明·장근인張近仁·조의趙毅·심변沈抃·고가립高可立·범주范疇 등 6명의 통제관을 선발해 전진붕을 돕게 했다. 7명의 장수가 5000명의 인마를 이끌고 성문을 열고 조교를 내렸다. 전진붕은 발풍도를 사용하고 털이 곱슬곱슬한 적토마를 타고 앞장서서 성을 나갔다.

관승은 적군이 나오는 것을 보고는 군마를 잠시 뒤로 물리고 전진붕이 진세를 펼칠 수 있게 했다. 6명의 통제관이 양편으로 나누어 늘어섰다. 관승이 진 앞으로 나와 말을 세우고 청룡도를 비껴들고는 성난 목소리로 크게 소리 질렀다.

"반적들은 듣거라! 너희는 한 필부의 모반을 도와 많은 생명을 해쳤으니, 사람과 귀신이 모두 노하고 있다! 오늘 천병이 당도했는데도 여전히 죽을 줄을 모르고 감히 대항한단 말이냐! 우리는 너희 도적 무리를 모조리 주살하기 전에는 절대로 군대를 돌리지 않을 것을 맹세한다!"

그 말을 들은 전진붕이 크게 화를 내며 욕을 했다.

"네놈들 도적떼는 천시天時⁴를 알지 못하고 패업霸業을 도모할 생각도 않고서 도리어 어리석은 군주에게 투항하여 우리 대국과 나란히 서려 한단 말이냐. 이제 네놈들을 죽여 갑옷 한 조각도 돌아가지 못하게 할 것이다!"

관승이 크게 노하여 청룡언월도를 춤추듯 휘두르며 곧장 달려들자, 전진붕도 발풍도를 휘두르며 맞서 달려나왔다. 두 장수가 30합을 넘게 싸우자 전진붕은 점차 힘에서 밀려 감당하지 못하고 있었다. 남군의 문기 아래에 있던 2명의 통제관은 전진붕의 힘이 약해지는 것을 보고는 창을 세우고 일제히 달려나와 위

4_ 천시天時: 여기서는 어떤 일을 하는 자연적인 시기를 가리킨다.

쪽에서는 조의가 아래쪽에서는 범주가 관승을 협공했다. 송 진영의 문기 밑에서도 성난 두 편장이 상문검과 호안편虎眼鞭을 춤추듯 휘두르며 돌진해 나갔는데, 바로 진삼산 황신과 병울지 손립이었다. 6명의 장수들이 둘씩 짝을 지어 진 앞에서 싸움을 벌였다. 여 추밀은 급히 허정과 김절을 성 밖으로 내보내 싸움을 돕게 했다. 명을 받은 두 장수가 각기 병기를 들고 곧장 진 앞으로 달려나와 보니 조의는 황신과 싸우고 범주는 손립과 싸우고 있는데 모두 적수가 될 만했다. 그러나 싸움이 격렬해지자 조의와 범주는 점차 불리해지기 시작했다. 허정과 김절은 각기 대도를 휘두르며 진 앞으로 달려나갔다. 그러자 송 진영에서도 한도와 팽기가 출전하여 맞섰다. 김절은 한도와 싸우고 허정은 팽기와 싸웠다. 네 장수가 또 싸우게 되니 다섯 쌍이 진 앞에서 싸움을 벌이게 되었다.

원래 김절은 평소 송나라에 투항하여 귀순할 마음을 지니고 있었기 때문에, 일부러 자신의 본대 진영을 혼란하게 만들려고 몇 합 싸우는 척하다가 말머리를 돌려 본진을 향해 먼저 달아났다. 한도는 그 기세를 몰아 뒤를 쫓았다. 그때 남군 진영의 고가립은 김절이 한도에게 급박하게 쫓기는 것을 보고는 조각한 활을 꺼내 강한 화살을 먹이고는 힘껏 당겨 한도를 향해 화살을 날렸다. '씨잉' 하는 소리와 함께 화살은 한도의 얼굴에 꽂혔고 거꾸러지면서 말에서 떨어졌다. 이를 본 진명이 급히 말을 박차고 낭아곤을 휘두르며 구하려고 했는데, 적장 장근인이 어느새 달려와서는 한 창으로 한도의 목을 찔러 목숨을 끝장내고 말았다. 팽기는 한도와 형제와 같은 사이였기 때문에, 한도가 죽는 것을 보자 급히 원수를 갚기 위해 허정을 내버리고 곧장 적진으로 달려가 고가립을 찾았다. 허정이 팽기를 뒤쫓자 진명이 가로막고 싸웠다. 고가립은 팽기가 쫓아오는 것을 보고 창을 들고 맞섰다. 방비하지 않은 틈에 장근인이 겨드랑이 쪽에서 달려와 팽기를 한 창으로 찔러 말에서 떨어뜨렸다. 관승은 두 장수가 꺾이는 것을 보고 분노가 치밀어 올라 상주로 돌진해 들어가지 못하는 것을 한스러워했다. 그는 신 같은 위력을 발휘하여 한칼에 전진붕을 베어 말에서 떨어뜨렸다. 관승은 전진붕이 탔던 곱슬곱슬한 털의 적토마를 빼앗으려고 했는데, 조심하지 않아 자신이 타고 있던 적토마가 발을 헛디디는 바람에 높이 솟으면서 말 아래로 떨어지고 말았다. 이를 본 남군 진영의 고가립과 장근인이 곧장 관승에게 달려들었다. 그러자 서녕이 선찬과 학사문을 이끌고 일제히 달려와 관승을 구출하여 본진으로 돌아갔다. 그때 여 추밀은 대군을 몰아 성을 나와 돌격했다. 관승 등 장수들은 패하여 북쪽으로 물러났고 남군은 20여 리를 추격하다가 돌아갔다.

이날 관승은 약간의 인마를 잃고 본진으로 돌아와 송강을 만나 한도와 팽기가 전사했다고 하소연했다. 송강은 통곡하면서 말했다.

"강을 건너온 뒤에 다섯 형제를 잃을 줄을 누가 생각이나 했겠소. 황천이 노하시어 이 송강이 방랍을 잡는 것을 허락하지 않으시려나보오. 그렇지 않다면 병사와 장수를 잃게 하겠소?"

오용이 위로하며 말했다.

"주장의 말씀은 틀렸습니다! 전쟁에서 이기고 지는 승패는 병가兵家에서 흔히 있는 일이니 괴이하게 여기실 필요 없습니다. 이는 두 장군의 기운이 단절된 날이라 이렇게 된 것입니다. 선봉께서는 근심 마시고 큰일을 처리하십시오."

그때 이규가 장막 앞으로 돌아나오며 말했다.

"내 형제를 죽인 놈을 아는 자 몇 명을 나한테 붙여줘. 내가 가서 그 도적놈들을 죽여 두 형님의 원수를 갚을 거야!"

송강은 내일은 백기를 세우라고 명을 전하고는 말했다.

"내가 직접 장수들을 이끌고 곧장 성으로 진격하여 적과 교전을 벌여 승부를 결정짓겠다."

이튿날 송 공명은 대부대의 인마를 일으켜 수륙으로 진격하며 울타리 방책을 모두 뽑아버렸다. 흑선풍 이규는 포욱·항충·이곤과 강하고 용맹한 보군 500명을 이끌고 앞장서서 곧장 상주성 아래로 돌진했다.

여 추밀은 전진붕이 꺾이는 것을 보고는 더욱 걱정되어 소주의 삼대왕 방모에게 연이어 세 차례나 지급 문서를 보내 구원을 요청하고, 또 조정에도 표문을 올려 상주했다. 그때 보고가 들어왔다.

"성 아래에 보군 500명이 쳐들어와 공격하는데, 깃발에 우두머리인 흑선풍 이규라고 적혀 있습니다."

여 추밀이 말했다.

"그놈은 양산박에서도 제일 흉악하고 사람 죽이기를 좋아하는 놈이다. 누가 나가서 나를 위해 먼저 그놈을 잡아오겠는가?"

그러자 장막 앞으로 승리하여 공을 세운 고가립과 장근인이 돌아나왔다. 여 추밀이 말했다.

"자네들이 이 도적놈을 사로잡으면, 내가 천자께 온힘으로 상주하여 관직을 더해주고 두터운 상을 내리도록 하겠네."

장근인과 고가립은 각기 창을 잡고 말에 올라 1000명의 마보군을 이끌고 성을 나가 대적했다. 흑선풍 이규는 적군이 나오는 것을 보고는 500명의 보군을 일자로 늘어세우고 손에 두 자루의 도끼를 들고는 진 앞에 섰다. 상문신 포욱이 넓적한 도끼를 들고 이규 옆에 섰고, 항충과 이곤은 각기 방패를 당기고 오른 손에는 철표鐵標5 들고 있었다. 네 사람은 각기 앞뒤로 가슴을 보호하는 철갑옷을 걸치고 진 앞에 늘어섰다. 고가립과 장근인 두 통제관은 승리를 가뒀기 때문에 마치 살쾡이가 호랑이보다 강하다고 여기고 유리할 때 까마귀와 까치가 수리를 업신여기듯 하며 1000명의 군마를 통솔하며 성을 등지고 늘어섰다.

송군 안에 한도와 팽기를 죽인 고가립과 장근인을 알아본 염탐꾼 몇 명이 있어, 그들을 가리키며 흑선풍에게 말했다.

"저 두 군사를 이끌고 있는 놈들이 바로 한도와 팽기 두 장군을 죽인 놈들입니다!"

5_ 철표鐵標: 철을 두드려 만든 병기로 끝에는 창끝과 같은 형상으로 던져서 사람을 상하게 할 수 있다.

이 말을 들은 이규는 아무 말 없이 도끼 두 자루를 들고 곧장 적진으로 뛰어들었다. 포욱은 이규가 적진으로 돌격하는 것을 보고, 급히 항충과 이곤을 불러 방패를 춤추듯 휘두르며 호응하러 달려나갔다. 네 장수가 일제히 함성을 지르며 구르듯 돌진해오자 고가립과 장근인은 깜짝 놀라 어찌할 바를 몰라 당황해하며 급히 말을 돌리려고 했는데, 그때 이미 방패를 든 두 장수가 말의 턱 밑에까지 다가왔다. 고가립과 장근인이 말 위에서 창을 밑으로 하여 찌르자 항충과 이곤이 방패로 막았다. 어느새 이규가 달려들어 도끼로 고가립이 탄 말 다리를 찍었다. 고가립이 말에서 떨어지자 항충이 소리쳤다.

"저놈을 잡아라."

그러나 이규는 살인을 좋아하는 사내라, 참지 못하고 도끼로 고가립의 머리를 찍어버렸다. 그때 포욱이 말을 타고 있던 장근인을 끌어당겨 내리고는 한칼에 목을 잘라버렸다. 네 장수는 적진 속에서 마구 적군을 죽였다. 흑선풍은 고가립의 머리를 허리에 묶고서 두 자루의 도끼를 휘두르며 천지를 불문하고 용감하게 나서서 적군을 찍어 죽였다. 1000명의 적 마보군은 성안으로 쫓겨 들어갔다. 이규 등은 이미 적군 300~400명을 죽이고서 곧장 조교 가까이까지 쫓아갔다. 이규와 포욱이 성안으로 쳐들어가려고 하자, 항충과 이곤이 죽을힘을 다해 가로막고서 돌아서게 했다. 그때 성 위에서 뇌목과 포석이 쏟아져 내렸다. 네 장수는 본진으로 돌아왔는데, 500명의 군병들은 여전히 일자로 늘어서니 어떻게 감히 그곳에서 가볍게 움직일 수 있겠는가? 본래는 그들도 혼전을 벌이려고 했지만 흑선풍이 흑백을 가리지 않고 마구 찍어버리는 것을 보고는 두려워 감히 앞으로 접근할 수 없었던 것이다.

그때 먼지가 일어나면서 송 선봉의 군마가 당도했다. 이규와 포욱이 각기 수급을 바치자 장수들은 고가립과 장근인의 머리임을 알아보고 모두 깜짝 놀라며 말했다.

"원수의 수급을 어떻게 얻었소?"

두 사람이 말했다.

"본래는 사로잡아 오려고 했는데, 많은 적을 죽이다보니 손이 근질근질하여 도저히 참을 수 없어 바로 죽여버렸소."

송강이 말했다.

"원수의 수급을 얻었으니, 백기 아래에서 하늘을 우러러 한도와 팽기 두 장수의 제사를 지내도록 합시다."

송강은 또 한바탕 통곡을 하고는 백기를 내려놓았다. 이규·포욱·항충·이곤에게 상을 내리고 즉시 상주성 아래로 군사를 진격시켰다.

한편 성안에 있던 여 추밀은 당황하여 즉시 김절·허정 및 4명의 통제관과 송강을 물리칠 계책을 상의했다. 그러나 장수들은 이규 등이 한바탕 죽이는 것을 보고는 모두 간담이 서늘해져 감히 출전할 엄두를 내지 못했다. 여 추밀이 여러 번 물었지만, 마치 화살이 부리에 꿰인 기러기처럼 낚싯바늘에 아가미가 걸린 물고기마냥 묵묵히 말이 없었고 아무도 감히 대답하지 못했다. 여 추밀은 갑갑해하다 사람을 성 위로 올려보내 살펴봤는데, 송강의 군마가 성의 삼면을 포위하고는 북을 치고 깃발을 흔들어 함성을 지르며 싸움을 걸고 있었다. 여 추밀은 장수들을 불러 각자 성 위에서 지키도록 했다. 장수들이 물러가자 여 추밀은 후당으로 가서 여러모로 생각했지만 펼칠 계책이 없었다. 친근한 좌우 심복들을 불러 상의한 끝에 성을 버리고 달아나기로 했다.

한편 김절은 집으로 돌아와 아내 진옥란秦玉蘭에게 말했다.

"지금 송 선봉이 성을 포위하고 삼면으로 공격하고 있는데, 우리 성안에는 양식이 부족하여 오래 버티지 못할 것이오. 성이 격파되기라도 한다면 우리는 모두 칼날 아래 귀신이 될 것이오."

진옥란이 대답했다.

"당신은 평소에 충효의 마음을 지니고 조정에 투항하여 귀순할 뜻을 지니고 있잖아요. 그리고 원래 송나라 조정의 관원이었을 때에도 조정이 당신을 저버린 적이 없었어요. 만약 나쁜 길을 버리고 올바른 길로 들어서 여사낭을 사로잡아 송 선봉에게 바친다면 입신출세하는 계책이 될 거예요."

"여사낭의 수하에는 현재 4명의 통제관이 각각 군마를 거느리고 있고, 허정이란 놈은 나와 화목하지 못한데다 여사낭의 심복이오. 일이 잘 처리되지 않았다가 도리어 화를 초래하게 될까 두렵소."

"당신이 서신을 화살에 묶어 한밤중에 은밀하게 성 밖으로 쏘아 보내, 송 선봉과 안팎으로 호응하여 성을 취하도록 하세요. 내일 당신이 출전해 패한 척하면서 송군을 성안으로 끌어들이면, 당신의 공로가 될 거예요."

"당신 말이 지극히 타당하오. 당신 말대로 하리다."

사관이 시에서 이르기를,

암흑 버리고 광명 찾아 재앙 면하니, 비릉의 식견 있는 아내[6] 또 보는구나.
여인네도 충의 지녔거늘, 무슨 일로 남아의 견식은 갈피를 잡지 못하는지.
棄暗投明免禍機, 毗陵重見負羈妻.
婦人尚且存忠義, 何事男兒識見迷.

이튿날 송강이 병력을 이끌고 성을 급히 공격하자, 여 추밀은 장수들을 모아 상의했다. 김절이 대답했다.

6_ 원문은 '부기처負羈妻'인데, 춘추시대 조曹나라 대부 희부기僖負羈의 아내를 가리킨다. 『좌전』 희공僖公 23년과 28년에 근거하면, 진晉나라 공자 중이重耳가 도망치면서 조曹나라를 지나갔는데 조나라 군주인 조공공曹共公은 예로써 대접하지 않았다. 조나라 대부 희부기의 아내가 말하기를 "제가 진나라 공자의 수행하는 자들을 살펴봤는데 모두가 국군을 보좌할 만한 사람들이었습니다. 그들의 보좌를 받는다면 공자는 반드시 본국으로 돌아가 국군이 될 것입니다. 그가 본국으로 돌아가 국군이 된 이후에 반드시 제후 가운데 패주가 될 것입니다. 패주가 된 이후에 이전에 그에게 무례를 범했던 국가를 징벌하려 한다면 조나라가 첫 번째로 토벌될 것입니다. 당신은 어찌하여 그에게 조나라 군주와 다르다는 것을 표시하지 않습니까?"라고 하면서 희부기에게 중이와 결연을 맺도록 권했다. 이후에 중이는 진나라로 돌아가 즉위했고 조나라를 정벌하여 조공공을 잡아 희부기를 중용하지 않은 잘못을 꾸짖었다. 이후에 '부기처'는 식견 있는 부녀자를 가리키게 되었다.

"상주성은 높고 해자는 넓기 때문에 지키기만 해야지 대적해서는 안 됩니다. 장수들이 견고하게 지키면서 소주에서 구원병이 올 때를 기다렸다가 출전하는 것이 합당합니다."

여 추밀이 말했다.

"그 말이 지극히 맞소."

여 추밀은 장수들을 나누어, 웅명과 조의는 동문을, 심변과 범주는 북문을, 김절은 서문을, 허정은 남문을 지키게 했다. 배치가 끝나자 각자 군사를 이끌고 가서 굳게 지켰다. 그날 저녁 김절은 사사로운 서신을 써서 화살에 묶은 다음, 밤이 깊어 인기척이 없는 때를 기다렸다가 성에 올라 서문 밖 송군의 정탐병들이 있는 곳으로 쏘아 보냈다. 한 장교가 화살을 주워 황급히 방책 안으로 가서 보고했다. 서쪽 방책을 지키고 있던 화화상 노지심과 행자 무송은 서신을 보고서, 즉시 편장 두흥을 시켜 동북문 밖에 있는 본영으로 날듯이 달려가 보고하게 했다. 송강과 오용은 등촉을 밝혀놓고 장막에서 의논하고 있었는데 두흥이 와서 김절의 사사로운 서신을 바쳤다. 송강은 서신을 보고서 크게 기뻐하며, 다른 세 방책에도 알리게 했다.

이튿날 세 방책의 두령은 삼면으로 성을 공격했다. 여 추밀이 성루에 올라가 바라보니, 송강의 진에서 굉천뢰 능진이 포가를 설치해놓고 풍화포를 쏘아대고 있었다. 포탄이 곧장 날아와 적루敵樓7 모퉁이를 정통으로 때리자 '와르르' 소리와 함께 한쪽 모퉁이가 절반이나 무너져 내려 평평해졌다. 급히 달아난 덕분에 목숨을 구한 여 추밀은 성루에서 내려와서는 네 성문을 지키는 장수들에게 성을 나가 적을 물리치고 싸움을 끝내라고 재촉했다. 그러자 전고가 세 번 울리고 성문을 활짝 열리고 조교가 내려지더니 북문에서 심변과 범주가 군사를 이끌고 출전했다. 송 군중에서는 대도 관승이 전진붕에게서 빼앗은 곱슬곱슬한 털의

7_ 적루敵樓: 성벽 위에서 적을 방어하는 성루로 초루譙樓라고도 한다.

적토마를 타고 진 앞으로 나가 범주와 교전을 벌였다. 두 장수가 싸우고 있을 때, 서문에서 김절이 또 한 무리의 군사들을 이끌고 달려나와 싸움을 걸자 송강 진영에서 병울지 손립이 말을 몰아 나갔다. 두 장수가 싸움을 벌인 지 3합도 되기 전에 김절이 패한 척하면서 말머리를 돌려 달아났다. 손립이 앞장서 뒤를 쫓았고, 그 뒤를 연순과 마린 그리고 노지심·무송·공명·공량·시은·두흥이 일제히 군사를 진격시켰다. 김절이 물러나 성안으로 들어갔을 때 손립은 이미 성문까지 쫓아가 서문을 점거했다. 성안이 떠들썩해지기 시작하면서 송 군마가 이미 서문으로 들어왔다는 것을 알게 되었다. 이때 그동안 방랍에게 해를 입었던 백성이 원한이 충천한데다 송군이 입성했다는 소리를 듣고는 모두 뛰어나와 송군의 싸움을 도왔다. 성 위에는 어느 결에 송 선봉의 깃발이 세워졌다. 범주와 심변은 성안에서 변고가 일어난 것을 보고 가족을 보호하려고 급히 성안으로 달려 들어갔다. 그때 왼쪽에서 왕영과 일장청이 달려와 범주를 사로잡았고, 오른쪽에서는 선찬과 학사문이 달려나와 일제히 전진하면서 심변을 창으로 찔러 말에서 떨어뜨렸다. 그러자 송 군사들이 달려들어 그를 사로잡았다. 송강과 오용은 인마를 대대적으로 휘몰아 성으로 들어가서는 사방을 수색하여 남군을 모조리 붙잡아 주살해버렸다. 여 추밀은 허정을 데리고 남문을 나가 달아나 죽기 살기로 뚫고 도망쳤다. 군사들이 추격했지만 따라잡지 못하고 상주성으로 돌아와 명을 기다리면서 공을 청하고 상을 받았다. 조의는 민가에 숨어 있다가 백성에게 붙잡혀 바쳐졌고, 응명은 난군 속에서 죽어 수급을 손에 넣었다. 송강은 관아에 당도하여 방을 내붙여 백성을 위로했다. 사람들은 노인을 부축하고 어린아이 손을 잡고 찾아와 감사 인사를 올렸다. 송강은 이들을 위로하고 다시 양민으로 돌아가게 했다. 장수들이 모두 와서 공을 청했다.

　김절이 관아로 가서 송강에게 절을 올리자, 송강은 직접 계단 아래까지 내려가 김절을 영접하고 대청 위로 청하여 자리에 앉혔다. 김절은 한없이 감격해하며 다시 송나라 조정의 신하로 돌아갔다. 이는 모두 그의 아내가 만들어준 공적이었음은 말할 필요도 없었다. 송강은 범주·심변·조의를 죄수 싣는 수레에 싣고는 사실을 진술하는 공문과 함께, 김절을 시켜 윤주에 있는 장 초토의 중군 장막으로 압송토록 했다. 김절은 공문을 수령하고 세 장수를 압송하여 윤주로 가서 인계했다. 이때 송강은 이미 신행태보 대종에게 문서를 주어 먼저 장 초토의 중군으로 가서 김절을 보증하며 천거했다. 장 초토는 김절이 이같이 충의로 오니 거듭 그를 회복시켜주기를 송강이 호소하는 것을 보고는 김절이 윤주에 당도하자 크게 기뻐하면서 금은과 비단, 안장과 말을 하사하고 연회를 열어 대접했다. 부도독 유광세劉光世는 김절을 행군도통行軍都統으로 승진시키고 중군에 남겨두어 채용했다. 이후에 김절은 유광세를 수행하여 금나라 넷째 태자인 올출兀朮을 격파하고 많은 공로를 세워 친군지휘사親軍指揮使[8]에까지 이르렀는데 중산中山 전투에서 전사했다. 여기에 증명하는 시가 있다.

그릇된 조정 따르는 것 부끄러운 일, 도의 위해 죽은 자 백골도 향기롭네.
중산中山의 충의로운 귀신 됐으니, 방랍 진중에서 죽음에 비할 수 있겠는가.
從邪廊廟生堪愧, 殉義沙場骨也香.
他日中山忠義鬼, 何如方臘陳中亡.

그날 장 초토와 유 도독은 김절에게 상을 내리고, 세 도적을 능지처참한 다음 효수하여 대중에게 본보기로 삼았다. 이어서 사람을 상주로 보내 송 선봉의 군마를 위로했다.

한편 송강은 상주에 군마를 주둔시키고, 대종을 선주와 호주를 공격하러 간 노준의에게 보내 병력 이동 소식을 알아보고 보고하게 했다. 그때 또 탐마가 달

8_ 친군지휘사親軍指揮使: 군직 명칭. 금위관禁衛官으로 궁중의 위병 장관이다. 송나라 때 전전사殿前司와 시위친군侍衛親軍에 모두 도지휘사都指揮使와 부도지휘사副都指揮使를 설치했다.

려와 보고하기를, 여 추밀이 도망가다가 무석현無錫縣에서 소주의 구원병과 회합하여 다시 대적하러 오고 있다고 했다. 송강은 보고를 듣고 즉시 마군과 보군을 파견했는데, 정장과 편장 10명의 두령에게 군병 1만 명을 선발하여 남쪽으로 가 대적하게 했다. 10명의 장수는 관승·진명·주동·이응·노지심·무송·이규·포욱·항충·이곤이었다. 관승 등은 선봉부대 인마를 거느리고 송 선봉에게 작별을 고하고 성을 떠났다.

한편 대종은 선주와 호주의 군사 진격 소식을 알아보고 시진과 함께 돌아와 송강을 만나 부선봉 노준의가 선주를 얻어 특별히 승전을 보고하기 위해 시진을 보냈음을 보고했다. 송강은 크게 기뻐했다. 시진이 관아에 당도하여 인사를 올리자 송강은 접풍주接風酒를 가지고 시진과 함께 후당으로 들어가 앉아서 노 선봉이 선주를 격파한 자제한 경위를 물었다. 시진이 문서를 건넸는데 송강이 읽어보니, 선주를 격파한 일이 자세히 적혀 있었다.

'방랍의 부하로서 선주를 지키던 자는 경략사經略使 가여경家余慶이었는데, 수하의 통제관 6명은 모두 흡주와 목주 출신이다. 그 6명은 이소李韶·한명韓明·두경신杜敬臣·노안魯安·반준潘濬·정승조程勝祖였다. 그날 가여경은 6명의 통제관을 세 길로 나누어 성을 나가 대적하게 했다. 노 선봉도 군병을 세 길로 나누어 맞서게 했다. 가운데 길에서 호연작은 이소와 교전을 벌이고 동평은 한명과 맞섰다. 10합을 싸웠을 때 한명이 동평의 쌍창에 찔려 죽자, 이소는 달아나고 가운데 길의 적군은 대패했다. 좌군에서는 임충이 두경신과, 색초가 노안과 교전을 벌였다. 임충이 장팔사모로 두경신을 찔러 죽이고, 색초가 도끼로 노안을 찍어 죽였다. 우군에서는 장청이 반준, 목홍이 정승조와 교전을 벌였다. 장청이 돌을 던져 반준을 맞추었고 이충이 쫓아가 죽여버렸다. 정승조는 그걸 보고 말을 버리고 달아났다. 이날 연이어 네 장수를 대적해 승리를 거두자 적병들은 물러나 성으로 들어갔다. 노 선봉은 성을 빼앗으려 급히 군사를 휘몰았는데 성문 근처에 이르자 방비하지 않은 틈에 적병들이 성 위에서 맷돌을 던지는 바람에 아군 편장 한 명이 맞아 죽었다. 또 화살을 비 오듯 쏘아댔는데 모두 독을 바른 화살들이었다. 그 화살에 아군 편장 두 명이 맞았고 군영으로 돌아왔지만 모두 죽었다. 노 선봉은 세 장수가 꺾이자 밤새도록 성을 공격했고 동문을 지키던 적 장이 느슨하여 선주성을 얻을 수 있었다. 어지러운 군중에서 이소는 죽었고, 가 여경은 패잔병을 이끌고 호주로 달아났다. 그런데 지심은 진중에서 곤경에 빠졌 는데 행방을 알 수 없다. 맷돌에 맞아 죽은 편장은 백면낭군 정천수였고, 독화 살에 죽은 두 편장은 조도귀 조정과 활섬파 왕정륙이었다.'

송강은 또 세 형제가 죽었다는 것을 듣고 대성통곡하다가 돌연 바닥에 쓰러 지고 말았다. 오장육부는 어떻게 되었는지 알 수는 없어도 사지는 늘어졌다. 꽃 이 또 바람에 떨어지는 것이고, 달은 밝은데 구름과 안개가 가린 격이었다.

혼절하여 쓰러진 송강의 생명이 어떻게 되었는가는 다음 회에 설명하노라.

송나라의 방랍 토벌 노선

『수호전보증본』에 따르면 "송강과 노준의가 군대를 나누고 합치면서 방랍을 토벌 하는 노선은 모두 소설가의 말이다. 비록 지리적인 추세는 부합할지라도 여전히 당시 방랍 토벌 노선과는 어긋나는 것이 많다. 역사적 사실에 근거하면 당시 송 군대는 방랍을 토벌하면서 두 갈래 길로 나누었다. 동로군東路軍(왕품王稟, 신흥종辛 興宗, 왕연王淵 등)은 윤주(장쑤성 전장鎭江)에서 수주秀州(저장성 자싱嘉興)을 거쳐 항 주를 공격했다. 서로군西路軍(유연경劉延慶, 유진劉鎭, 양가세楊可世 등)은 금릉金陵(장쑤 성 난징南京), 광덕廣德, 선주宣州(안후이성 쉬안청宣城)에서 흡주歙州를 공격했다. 양 군은 동서로 함께 청계靑溪를 공격했고 방원동幫源洞에서 회합했다. 이후의 송강 행군과 작전 노선은 대체적으로 동로군에 근거하며 서술했다"고 했다.

태
호
의

의
형
제
들

장수들이 송강을 구했는데, 한참 뒤 비로소 깨어나 오용 등에게 말했다.

"우리는 이번에 방랍 정벌에 실패할 것 같소! 강을 건넌 이래 이처럼 불리하고 연이어 형제를 8명이나 잃었소."

오용이 위로하며 말했다.

"주장께서는 그런 말씀 마십시오. 군심이 해이해집니다. 당초에 요나라를 격파했을 때, 대소 두령이 모두 온전하게 동경으로 돌아간 것은 모두 천수天數[2]이고 이번에 형제들을 잃은 것은 모두가 각자의 수수壽數[3]입니다. 강을 건넌 이래 연이어 윤주·상주·선주라는 큰 군郡을 얻었으니, 이는 천자의 더할 수 없이 크나큰 복이자 주장의 위풍당당한 위엄 덕분입니다. 어찌하여 이롭지 않다고 하

1_ 제113회 제목은 '混江龍太湖小結義(혼강룡이 태호에서 결의형제를 맺다). 宋公明蘇州大會垓(송 공명이 소주에서 병마를 대대적으로 소집시켜 공격하다)'다. 회해會垓는 각 노의 병마를 소집해 적들을 포위 공격하는 것을 말한다.

2_ 천수天數: 상천이 안배한 명운이다.

3_ 수수壽數: 운명으로 정해져 있는 수명이다.

십니까? 선봉께서는 무슨 까닭으로 스스로 기개를 꺾으려 하십니까?"

송강이 말했다.

"비록 천수가 다했다 하더라도, 우리 108명은 위로는 하늘에 있는 별자리에 상응하고 또 천문에 기재된 것에 부합되니 수족과도 같은 친근한 형제들이오. 오늘 이런 흉한 소식을 들었으니 내가 상심하지 않을 수 없소."

오용이 다시 위로하며 말했다.

"주장께서는 근심으로 귀한 몸을 상하지 않도록 하십시오. 군사를 보내 호응하여 무석현을 공격해야 합니다."

송강이 말했다.

"시 대관인은 나와 함께 여기에 남고, 따로 문서를 써서 대 원장에게 주어 노선봉에게 알리도록 하시오. 군사를 진격시켜 호주를 공격하고 빨리 항주에서 모이자고 하시오."

오용은 배선에게 문서를 작성하게 하고 대종을 선주로 보내 전달하게 했다.

한편 여사낭은 허정을 데리고 무석현으로 도망치다가 도중에 소주의 삼대왕이 보낸 구원군을 만나게 되었다. 구원군의 우두머리는 육군지휘사六軍指揮使 위충衛忠이었는데, 10명이 넘는 아장과 군사 1만 명을 거느리고 상주를 구원하러 오다가 여사낭을 만나 군사를 합쳐 무석현을 지키고 있었다. 여 추밀이 김절이 성을 바친 일을 하소연하자 위충이 말했다.

"추밀께서는 안심하십시오. 소장이 반드시 상주를 회복시키겠습니다."

그때 탐마가 와서 보고했다.

"송군이 가까이 다가왔으니, 어서 준비해야 합니다."

위충은 말에 올라 군사를 이끌고 북문을 나가 적에 맞섰다. 송강의 군마는 기세가 대단했는데, 우두머리 흑선풍 이규가 포욱·항충·이곤을 데리고 앞서서 곧장 쳐들어오고 있었다. 위충은 두려워하며 군마가 미처 진을 펼치기도 전에 대패하여 달아났다. 급히 물러나 무석현 성으로 들어갈 때 이규를 비롯한 네 장수도 뒤를 따라 이미 성으로 들어갔다. 여 추밀은 즉시 남문을 통해 달아났다. 그때 관승이 이끄는 병마는 이미 무석현을 탈취했다. 위충과 허정 역시 남문을 통해 달아나 모두 소주로 돌아갔다. 관승 등은 현의 치소를 손에 넣자 사람을 송 선봉에게 보내 승리 소식을 보고했다. 송강과 두령들이 모두 무석현에 당도하자 즉시 방을 내붙여 백성을 위로하고 다시 양민으로 돌아가게 했다. 그리고 대부대의 군마를 모두 무석현으로 옮겨 주둔시키고, 사람을 보내 장 초토와 유 도독에게 상주를 지켜달라고 요청했다.

한편 여 추밀은 위충·허정을 만나 함께 패잔병을 이끌고 소주로 달려갔다. 삼대왕에게 구원을 요청하며 송군의 세력이 너무 커서 대적하지 못했으며 병마가 땅을 말듯이 쳐들어오는 바람에 성이 함락되고 말았다고 하소연했다. 삼대왕은 크게 노하여 무사들에게 큰 소리로 여 추밀을 끌어내 참수하고 보고하라 명했다. 위충 등이 설명했다.

"송강의 부하 장수들은 모두 전쟁에 익숙해 용맹하고 강렬한 자가 많습니다. 게다가 보졸들도 모두 양산박의 졸개들로서 전투에 잔뼈가 굵어 대적하기가 어렵습니다."

삼대왕 방모가 말했다.

"잠시 네 목을 칼 위에 붙여두겠다. 5000명의 군마를 줄 테니, 네가 먼저 나가거라. 나도 대장을 선발해 뒤따라 내보내 호응하게 하겠다."

여사낭은 감사하며 갑옷을 걸치고 손에 장팔사모를 잡고서 말에 올라 군사를 이끌고 앞장서서 성을 나갔다.

한편 삼대왕은 수하 장수 8명을 소집했는데, 이들을 팔기표八驃騎라 불렀다. 이들은 모두 키가 크고 힘이 세며 무예에 정통한 자들이었다. 비룡飛龍대장군 유빈劉贇·비호飛虎대장군 장위張威·비웅飛熊대장군 서방徐方·비표飛豹대장군 곽세광郭世廣·비천飛天대장군 오복鄔福·비운飛雲대장군 구정苟正·비산飛山대장군 견성甄誠·비수飛水대장군 창성昌盛이었다.

삼대왕 방모도 갑옷을 걸치고 방천화극을 들고는 말에 올라 출전하여 중군 인마를 감독하면서 교전하러 앞으로 나갔다. 그의 말 앞에는 8명의 대장이 늘어서고, 뒤에는 20~30명의 부장들이 질서 정연하게 섰다. 방모는 남군 5만 명을 거느리고 창합문閭閣門⁴을 나가 송군과 대적했다. 선봉인 여사낭은 위충과 허정을 데리고 한산사寒山寺⁵를 지나 무석현을 향해 가고 있었다. 송강은 이미 사람을 시켜 그 사실을 탐지하고 있었고, 허다한 정장과 편장을 이끌고 무석현을 떠나 10리 정도 전진한 상태였다. 양군이 서로 맞닥뜨리고 깃발과 북이 마주보게 되자 각기 진세를 펼쳤다. 여사낭은 분노가 치밀어 올라 장팔사모를 비껴들고 말을 질주해 나와 직접 출전하여 송강과 교전을 벌이고자 했다. 송강은 문기 아래에서 보고 있다가 고개를 돌려 물었다.

"누가 저 도적놈을 잡아오겠느냐?"

말이 끝나기 전에 금창수 서녕이 금창을 들고 진 앞으로 달려나가 여사낭과 교전을 벌였다. 두 장수가 맞붙어 싸우자 양쪽에서 함성을 질러 싸움을 북돋웠다. 대략 20여 합을 싸웠을 때 여사낭이 빈틈을 보이자 서녕이 한 창으로 옆구리를 찔러 말에서 떨어뜨렸다. 양군은 일제히 함성을 질렀다. 그때 흑선풍 이규가 쌍 도끼를 휘두르고, 상문신 포욱은 비도를 들고, 항충과 이곤은 각기 창과 방패를 춤추듯 휘두르며 적진으로 돌격하자 남군은 크게 어지러워졌다. 송강은 군사를 휘몰아 쫓았는데, 그때 마침 방모의 대부대와 마주쳤다. 양군은 화살을 쏘아 선두의 전진을 막고 각기 진세를 펼쳤다. 남군 진영에는 8명의 대장이 일자로 늘어섰다. 방모는 중군에 있다가 여 추밀이 죽었다는 말을 듣고, 크게 노하여 화극을 비껴들고 나와 송강에게 욕을 퍼부었다.

"네놈들은 양산박에서 민가를 습격하여 약탈이나 하던 도적놈들인데, 송나

4_ 창합문閭閣門: 일반적으로 도성의 궁문을 가리킨다.
5_ 한산사寒山寺: 지금의 장쑤성 쑤저우蘇州 서쪽 평차오진楓橋鎭에 위치해 있다. 당나라 때 승려인 한산자寒山子가 이곳에 거주하여 한산사라 했다고 한다.

라가 망하려고 네놈을 선봉으로 삼아 내 땅을 침범하게 했구나. 내 지금 네놈들을 모조리 주살하여 싸움을 끝내겠다!"

송강이 말을 탄 채 방모를 가리키며 말했다.

"네놈은 목주의 일개 촌놈에 지나지 않는데, 네까짓 놈이 무슨 복록이 있다고 터무니없이 패업을 도모하려 한단 말이냐. 어서 투항하여 네 죽음이나 면하거라! 천병이 당도했는데도 여전히 교묘한 말로 항거한단 말이냐! 내가 네놈들을 모조리 죽이기 전에는 맹세컨대 회군하지 않을 것이다!"

방모가 소리쳤다.

"입씨름하지 말라. 내 수하에 8명의 맹장이 있으니, 네놈도 8명을 출전시켜 싸워보겠느냐?"

송강이 웃으면서 말했다.

"만약 우리쪽 2명이 너희 하나와 싸운다면 호걸이라 할 수 없다. 네가 8명을 출전시키겠다면 나도 8명 장수를 내보내 실력을 겨뤄 승패를 가려보자. 단 말에서 떨어지는 자가 있으면 각자 본진으로 데려가고, 몰래 화살을 쏘아 다치게 하거나 시신을 빼앗아가는 것은 허락하지 않겠다. 또 만약 승부를 가리지 못하게 되면 혼전을 벌이지 말고 내일 다시 싸우기로 약속하자."

방모는 송강의 말을 듣자 즉시 8명의 대장을 출전시켰다. 그들은 각자 병기를 들고 말을 질주해 앞으로 나갔다. 송강이 말했다.

"다른 장수들은 마군 장수들이 출전하도록 양보하라."

말이 미처 끝나기 전에 8명의 장수들이 일제히 출전했으니, 관승·화영·서녕·진명·주동·황신·손립·학사문이었다. 송강의 진에서 문기가 열리면서 좌우 양쪽에서 8명의 장수들이 일제히 말을 질주해 진 앞으로 나섰다. 양군에서 화강고花腔鼓[6]가 울리고 각종 색깔로 짠 깃발들이 휘날리는 가운데, 각기 신호

6_ 화강고花腔鼓: 북틀에 꽃 문양을 그려넣은 북.

포를 한 방 터뜨렸다. 양군에서 함성을 질러 북돋으며 16명의 기마가 일제히 출전하여 각자 적수를 찾아 잡아놓고 싸움을 벌였다. 관승은 유빈, 진명은 장위, 화영은 서방, 서녕은 오복, 주동은 구정, 황신은 곽세광, 손립은 견성, 학사문은 창성과 맞붙어 싸웠으니 진실로 묘사하기 어려웠다.

먼지는 어지러이 날리고, 살기가 뒤얽혀 어리네. 사람마다 나타那吒가 되고자 하고, 저마다 경덕敬德[7]이 되고자 다투누나. 서른 두 개의 팔은 견직물 짜는 베틀 북이 드나드는 듯하고, 예순 네 개의 말발굽은 바람 쫓아 내리는 우박 같구나. 양쪽의 깃발들 뒤섞여 적, 백, 청, 황색을 분간하기 어렵고, 교차하는 병기는 창, 칼, 검, 극을 판별하기 어렵다네. 빙빙 도는 연기 속에서 싸움 벌이는 그들, 진정 원소절의 주마등 같구나.

征塵亂起, 殺氣橫生. 人人欲作那吒, 個個爭爲敬德. 三十二條臂膊, 如織錦穿梭; 六十四只馬蹄, 似追風走霆. 隊旗錯雜, 難分赤白靑黃; 兵器交加, 莫辨槍刀劍戟. 試看旋轉烽烟裏, 眞似元宵走馬燈.

16명의 맹장들은 모두가 영웅이라 심혈을 기울여 서로 대적했다. 싸우기를 30합이 넘어섰을 때 한 장수가 몸이 뒤집어지면서 말에서 떨어졌다. 이긴 자는 누구였을까? 미염공 주동이 한 창으로 구정을 찔러 말에서 떨어뜨린 것이었다. 양쪽 진영에서는 각자 징을 울려 군사를 거두었다. 일곱 쌍의 장군들은 서로 떨어져 각지 본진으로 돌아갔다.

삼대왕 방모는 대장 한 명을 잃게 되자 속으로 불리하다고 생각하여 군사를 이끌고 물러나 소주성으로 들어갔다. 송강은 그날 군마를 재촉하여 한산사 아래에 진지를 구축하고 주둔했다. 주동에게 상을 내리고 배선을 시켜 군령장[8]을

7_ 경덕敬德: 울지경덕尉遲敬德(585~658)을 말한다.

써서 장 초토에게 보고하게 했다.

한편 삼대왕 방모는 군사를 물려 성안으로 돌아가 굳게 지키면서 나오지 않았다. 장수들을 나누어 각기 성문을 지키게 하고 녹각을 깊이 심고 성 위에는 답노와 강한 활, 뇌목과 포석을 배치시켰다. 가건물9을 지어 쇠를 녹이고 여장 옆에는 재가 든 병을 쌓고는 성을 견고히 지키기 위한 준비를 했다.

이튿날 송강은 남군이 출전하지 않는 것을 보고는 화영·서녕·황신·손립과 30여 기의 마군을 거느리고 성을 살펴보러 갔다. 소주성 주변을 모두 해자가 두르고 있고 성벽이 견고한 것을 보고는 송강은 생각했다.

'이 성은 급하게 격파할 수 없겠구나.'

방책으로 돌아와 오용과 함께 성을 격파할 계책을 상의하고 있는데, 누군가 보고했다.

"수군 두령 정장 이준이 강음江陰을 거쳐 와서 주장을 뵙고자 합니다."

송강은 이준을 장막으로 불러들였다. 이준을 보자 송강은 바닷가 근처 지방의 소식을 물었다. 이준이 대답했다.

"선발된 수군을 이끌고 석수 등과 함께 강음과 태창 등의 바닷가 근처 쪽으로 갔는데, 그곳을 지키던 적장 엄용嚴勇과 부장 이옥李玉이 수군 배들을 거느리고 나와 교전을 벌였습니다. 적장 엄용은 배 위에서 완소이의 한 창에 찔려 물에 빠져 죽었고, 이옥은 어지러이 날아든 화살을 맞고 죽었습니다. 그래서 강음과 태창을 손에 넣었습니다. 지금 석수·장횡·장순은 가정嘉定을 취하러 갔고, 완씨 삼형제는 상숙常熟을 취하러 갔습니다. 이 때문에 제가 특별히 와서 승리를 보고드리는 겁니다."

송강은 그 말을 듣고 크게 기뻐하면서 이준에게 상을 내리고 상주로 가서

---

8 원문은 '군상軍狀'인데, 군령장을 말한다. 명령을 받은 뒤에 쓰는 보증서로 임무를 완수하지 못해 엄격한 처분을 받겠다는 것을 표시하는 것이다.
9 원문은 '와포窩鋪'다. 나무판이나 수숫대를 이용해 임시로 세운 비바람을 막는 영채 혹은 막이다.

장 초토와 유 도독에게 사실을 진술하는 문서를 전하게 했다.

이준은 상주로 가서 장 토초와 유 도독에게 적장 엄용과 이옥을 죽이고 강음과 태창 섬들을 수복한 일을 자세히 보고했다. 장 초토는 상을 내리고 송 선봉에게 돌아가 명을 기다리라고 했다. 이준은 한산사의 방책으로 돌아와 송 선봉을 만났다. 송강은 소주성 밖의 해자 수면이 넓어 반드시 수군의 배를 이용하여 싸워야 했기 때문에 이준을 머물게 하여 배들을 점검하고 성을 공격할 준비를 하게 했다. 이준이 말했다.

"제가 가서 수면이 얼마나 넓은지 살펴본 다음에 어떻게 군사를 부릴지 방법을 찾도록 하십시오."

송강이 말했다.

"맞네."

이준은 이틀 동안 살펴본 뒤에 돌아와 송강에게 말했다.

"이 성의 정남쪽이 태호太湖와 가깝습니다. 제가 배 한 척을 얻어 타고 의흥宜興의 작은 항구로 가서 몰래 태호로 들어가 오강吳江으로 나오면서 남쪽의 소식을 정탐하겠습니다. 그런 뒤에 군사를 진격시켜 사면으로 협공하면 격파할 수 있을 것입니다."

송강이 말했다.

"동생의 말이 지극히 타당하네! 다만 자네와 함께 가서 도와줄 조수가 없는 것이 문제네."

송강은 즉시 이응을 시켜 공명·공량·시은·두흥 4명을 데리고 강음·태창·곤산昆山·상숙·가정 등으로 가서 수군을 도와 바닷가 근처의 현 치소들을 수복하는 한편, 그 대신 동위·동맹을 이쪽으로 보내 이준이 실행하는 일을 돕게 하라고 했다. 이응은 군중의 문서를 수령하고 송강과 작별하고는 4명의 편장을 데리고 강음으로 갔다. 이틀이 지나지 않아 동위와 동맹이 돌아와 송 선봉에게 인사했다. 송강은 이들을 위로하고, 이준을 따라 작은 배를 타고 가서 남쪽의 소식을 정탐해오게 했다.

　이준은 동위·동맹을 데리고 일엽편주一葉扁舟를 타고, 두 명의 수군에게 노를 젓게 하여 의흥의 작은 항구로 들어가 돌아서는 곧장 태호로 들어갔다. 태호는 과연 넓디넓은 호수로 끝없이 푸른 물결이 펼쳐져 있었다.

　하늘은 아득히 먼 물에 이어져 있고, 물은 요원한 하늘에 맞닿아 있네. 높고 낮은 물그림자는 티끌 하나 없고, 위 아래로 비추는 하늘빛은 푸르른 한 가지 색이로구나. 쌍쌍이 날아오는 해오라기 유리 같은 푸른 수면 차고, 짝을 이룬 갈매기는 비취 같은 푸른 물결 박차누나. 봄빛은 화창하고 넘실거리는 파도는 물고기 비늘처럼 주름졌으며, 여름비는 세차게 퍼붓고 높이 솟구쳐 소용돌이치는 흰 물결은 은빛 집 같구나. 휘영청 밝은 가을 달은 황금빛 뱀이 물결 속에서 이리저리 헤엄치는 듯하고, 겨울눈 흩날리니 흰 나비가 천지를 가득 채운 듯하네. 혼돈의 천지에서 원기元氣를 갖고자 구멍을 파는 듯하고[10], 풍이馮夷가 수정궁 水晶宮[11]을 독점한 듯하구나.

天連遠水, 水接遙天. 高低水影無塵, 上下天光一色. 雙雙野鷺飛來, 點破碧琉璃; 兩兩輕鷗驚起, 衝開靑翡翠. 春光淡蕩, 溶溶波皺魚鱗; 夏雨滂沱, 滾滾浪翻銀屋. 秋蟾皎潔, 金蛇游走波瀾; 冬雪紛飛, 玉蝶彌漫天地. 混沌鑿開元氣窟, 馮夷獨占水 晶宮.

　또 여기에 증명하는 시[12]가 있다.

10_　고대 전설에서 중앙제中央帝 혼돈混沌이 온몸에 구멍이 하나도 없이 태어났는데, 하루에 구멍 한
　　　개씩을 7일 동안 파내고 죽었다고 한다. 이것은 천지개벽 전에 원기가 나누어지지 않은 모호한 상
　　　태를 비유한 것이다.
11_　풍이馮夷는 하백河伯으로 전설 속 황하의 신이다. 여기서는 수신水神을 가리킨다. 수정궁水晶宮은 전
　　　설에서 동해의 용왕龍王이 기거하는 곳으로 수정으로 건설되었기에 수정궁이라 한다.
12_　이 시는 당나라 두목杜牧이 지은 것으로 원래 제목은 「한강漢江」이다. 당나라 개성開成 4년(839)에

세찬 물결 위로 흰 갈매기 날아들고, 무르익은 봄 초록 물 옷 물들이네,

배 타고 남북 오가는 이들 저절로 늙지만, 석양은 늘 낚싯배 전송하누나.

溶溶漾漾白鷗飛, 綠淨春深好染衣.

南去北來人自老, 夕陽常送釣船歸.

이준과 동위, 동맹 그리고 2명의 수군은 한 척의 작은 배를 저으며 태호를 지나 오강吳江으로 점차 접근해갔다. 멀리 대략 40~50척의 어선 무리가 보였다. 이준이 말했다.

"물고기를 사러온 척하면서 저기 가서 한번 알아보세."

일행 5명은 배를 저어 그 어선들 곁으로 다가갔고, 이준이 물었다

"어부 양반, 큰 잉어 있소?"

어부가 말했다.

"큰 잉어가 필요하면 우리 집으로 따라오시오."

이준은 배를 저어 어부들의 배를 따라갔다. 얼마 지나지 않아 점차 어느 한 곳에 접근했는데, 낙타 허리처럼 구불구불한 버드나무가 둥글게 둘러싸고 있는 울타리 안에 20여 채의 집이 있었다. 어부는 먼저 나루에 배를 묶고서, 이준·동위·동맹을 인도하여 가슭으로 오른 뒤 한 장원으로 갔다. 장원 문안으로 한 발짝 들어서자마자 어부가 기침을 했다. 그러자 양쪽에서 7~8명의 덩치 큰 사내들이 불쑥 튀어 나오더니 갈고리로 세 사람을 걸고는 붙잡아 장원 안으로 끌고 갔다. 사정도 묻지 않고 세 사람을 말뚝에 묶어버렸다.

이준이 눈을 뜨고 보자 대청에 4명이 앉아 있었다. 우두머리는 누런 머리카

두목이 선주宣州(안후이성 쉬안청宣城)에서 심양潯陽(저장성 주장九江)으로 가서 장강과 한강漢江을 거쳐 장안에 도착했다.

락에 수염은 붉었는데, 푸른 비단을 세밀하게 재봉한 저고리를 입고 있었다. 두 번째는 비쩍 마르고 큰 키에 구레나룻은 짧았으며 검푸른 큰 깃에 비단 적삼을 입고 있었다. 세 번째는 검은 얼굴에 수염이 길었으며, 네 번째는 광대뼈가 나오고 넓적한 얼굴에 부채처럼 둥그렇게 수염을 길렀다. 두 사람 모두 푸른 깃의 저고리를 입고 있었고 머리에는 각기 검은색의 털로 만든 방한모를 쓰고 있었으며 곁에는 무기가 기대어 있었다. 우두머리가 이준에게 소리쳐 물었다.

"어디서 온 놈들이냐? 여기 호수에는 뭘 하러 왔느냐?"

이준이 대답했다.

"저희는 양주 사람으로 특별히 이곳으로 물고기를 사러 온 상인입니다."

광대뼈가 나온 네 번째 사람이 말했다.

"형님, 뭘 물어보쇼. 보아하니 첩자가 분명합니다. 저놈들 심장과 간을 꺼내 술안주나 삼으려 하오."

그 말을 들은 이준이 생각했다.

'내가 심양강에서 여러 해 동안 암거래를 했었고 또 양산박에서 오랫동안 호걸 노릇을 해왔는데, 오늘 여기서 목숨이 끝장날 줄은 생각지도 못했구나! 끝났구나, 끝났어!'

이준은 탄식하면서 동위·동맹을 쳐다보며 말했다.

"오늘 나 때문에 자네들 두 형제까지 엮여 귀신이 되어 함께 가게 생겼구나!"

동위·동맹이 말했다.

"형님, 그런 말씀 마시오. 우리야 죽으면 그만이오. 단지 여기서 죽으면 형님의 큰 이름이 드러나지 않게 되는 것이 걱정이오."

세 사람은 서로 얼굴을 쳐다보면서 가슴을 똑바로 펴고 죽음을 받아들일 준비를 했다.

네 사내는 세 사람이 나누는 말을 듣고서는 서로 쳐다보면서 말했다.

"저 우두머리 되는 자는 틀림없이 지위가 낮은 사람이 아닌 것 같네."

우두머리 되는 사내가 다시 물었다.

"너희 셋은 정말 어떤 자들이냐? 성명이나 알려 달라."

이준이 또 대답했다.

"너희가 죽이려거든 어서 죽여라. 우리 이름은 죽어도 너희한테 말할 수 없다. 헛되이 호걸들의 비웃음만 살 뿐이다!"

이 말을 들은 우두머리는 벌떡 일어나더니, 칼로 밧줄을 끊어 버리고 세 사람을 일으켜 세웠다. 네 어부는 세 사람을 부축하여 집으로 들어가 자리에 앉기를 청했다. 그 우두머리가 머리 숙여 절을 하고는 말했다.

"저희는 평생 동안 강도로 살아왔는데, 당신 같은 의기 있는 인물은 일찍이 본 적이 없습니다! 호걸, 세 분 형씨께서는 정말 어디서 오신 분입니까? 성명을 알고 싶습니다."

이준이 말했다.

"보아하니 네 분 형씨들도 분명히 호걸인 것 같소. 당신네들이 우리 세 사람을 어디로 끌고 가든지 말해 주겠소. 우리 세 사람은 양산박 송 공명 수하의 부장들이오. 나는 혼강룡 이준이고, 이 두 형제는 출동교 동위와 번강신 동맹이오. 우리는 조정의 부름을 받고 얼마 전에 요나라를 격파하고 동경으로 회군했었는데, 또 칙명을 받들어 방랍을 잡으러 왔소. 만약 당신들이 방랍의 수하들이라면 우리 세 사람을 끌고 가서 상을 청하시오. 그래도 우리는 발악하고 싶지 않소!"

네 사람은 그 말을 듣고 머리 숙여 절을 하고는 일제히 무릎을 꿇고 말했다.

"눈이 있어도 태산을 알아보지 못했습니다. 방금 전에 심히 모독했는데, 언짢게 생각하지 말아 주시오! 저희 네 형제는 방랍의 수하가 아닙니다. 원래 녹림에서 강도짓하며 먹고 살다가 지금은 이곳을 찾았습니다. 이곳은 유류장楡柳莊이라 불리는 곳인데, 사방이 모두 깊은 물이어서 배가 아니고서는 들어올 수 없습니다. 저희 네 사람은 물고기를 잡으며 감시하면서 태호에서 강도짓을 하고 있습니다. 근래 겨우내 이곳의 물살을 모두 익혀 두었기 때문에 감히 침범하는 자가 아무도 없습니다. 저희는 양산박의 송 공명께서 천하의 호걸을 모은다는 소문과 형님의 큰 이름을 오래전부터 들었습니다. 또한 낭리백도 장순이 있다는 것도 들었습니다. 오늘 형님을 만나게 되리라고는 생각지도 못했습니다!"

이준이 말했다.

"장순은 나의 형제로 나와 함께 수군 두령이 되어 지금 강음에서 도적들을 잡고 있소. 다음에는 그와 함께 와서 여러분과 만나도록 해주겠소. 원컨대 네 분의 성명을 알고 싶소."

그들 우두머리가 말했다.

"저희는 녹림에서 살기에 모두 별명이 있습니다. 형님께서는 비웃지 마십시오! 저는 적수룡赤鬚龍 비보費保이고, 이 사람들은 권모호捲毛虎 예운倪雲·태호교太湖蛟 복청卜青·수검웅瘦臉熊 적성狄成입니다."

네 사람의 이름을 들은 이준은 크게 기뻐하며 말했다.

"여러분 이제부터 서로 의심할 필요가 없소. 한 집안사람을 만나 기쁘오! 우리 송 공명 형님은 지금 방랍을 사로잡을 정선봉이 되어 가까운 시일 내 소주를 취하려 하고 있소. 그런데 실마리를 잡을 수 없어 특별히 우리 세 사람에게 길의 상황을 정탐하게 한 것이오. 지금 이렇게 네 분 호걸을 만났으니, 우리를 따라가서 선봉을 만나 관리가 되어 방랍을 잡는다면 여러분을 등용할 것이오."

비보가 말했다.

"용서하십시오. 저희 네 사람이 관리가 되기를 원했다면 오래전에 방랍 수하에서 통제관이 되었을 겁니다. 저희는 관리가 되는 것을 원치 않고 즐겁게 살고자 할 따름입니다. 만약 형님께서 저희의 도움을 원하신다면 물속이든 불속이든 뛰어들겠습니다. 그러나 저희에게 관리가 되라고 하신다면 사실 저희가 원하는 것이 아닙니다."

이준이 말했다.

"그렇다면 우리가 여기서 결의형제를 맺는 것이 어떻겠소?"

네 호걸은 그 말을 듣고 크게 기뻐하면서 즉시 돼지와 양을 잡고 술자리를 마련해 의형제를 맺고 이준을 형으로 삼았다. 이준은 동위·동맹과도 의형제를 맺게 했다.

7명은 유류장에서 송 공명이 소주를 취하는 일을 상의했다. 이준이 말했다.

"방모는 출전하려 하지 않고 있는데, 성의 사면이 모두 물로 둘러싸여 있어 공격할 길이 없네. 그런데 배로도 물길이 좁아 진입하기가 어려우니, 어떻게 하면 성을 격파할 수 있겠는가?"

비보가 말했다.

"형님은 마음 편히 이틀만 이곳에서 지내십시오. 방랍의 수하들이 항주에서 소주로 항상 왕래하며 용무를 보고 있으니, 그 틈을 타서 지혜로 성을 취할 수 있을 것입니다. 제가 어부 몇 사람을 보내 탐문해보도록 하겠습니다. 그들이 돌아온 다음에 계책을 정하시지요."

이준이 말했다.

"그 말이 정말 묘하네!"

비보는 즉시 어부 몇 사람을 불러 먼저 보내놓고 자신은 이준과 매일 장원에서 술을 마시며 지냈다. 그곳에서 2~3일 머물자 어부가 돌아와서는 보고했다.

"평망진平望鎭에 10여 척의 화물선이 있는데, 선미에 '승조왕부의갑承造王府衣甲'이라고 쓰인 누런 깃발이 꽂혀 있습니다. 항주에서 온 배 같았는데, 배마다 5~7명씩 타고 있었습니다."

이준이 말했다.

"좋은 기회인 것 같으니, 형제들이 도와주기를 바라네."

비보가 말했다.

"지금 바로 가시지요."

이준이 말했다.

"만약 그 배에서 한 놈이라도 달아난다면, 이 계책은 성공할 수 없게 되네."

비보가 말했다.

"형님은 안심하시고 모든 것을 저희 형제에게 맡기십시오."

비보는 즉시 60~70척의 작은 어선들을 모았다. 일곱 호걸이 각기 배 한 척에 타고 나머지는 모두 어부들이 탔다. 각기 암살무기를 감추고 작은 항구에서 출발하여 큰 강으로 들어가 사방으로 흩어져갔다.

그날 밤은 하늘엔 달이 밝고 별이 가득했다. 항주에서 온 10척의 관선들은 모두 강 동쪽의 용왕묘龍王廟 앞에 정박해 있었다. 비보가 탄 배가 먼저 당도하여 신호로 휘파람을 불자, 60~70척의 어선들이 일제히 다가오더니 각기 큰 관선에 바짝 붙여 댔다. 관선 안에 있던 사람들이 급히 뛰쳐나왔지만 어부들이 던진 갈고리에 걸렸고 3~5명씩 한데 꿰어 묶어버렸다. 물속으로 뛰어든 자들도 모조리 갈고리로 걸어 배 위로 건져 올렸다. 작은 어선들이 관선을 붙잡아 모두 태호 깊숙한 곳으로 끌고 들어간 다음 곧장 유류장으로 갔다. 때는 이미 4경이었다. 관선에 타고 있던 관계없는 잡인들은 모두 한데 꿰어 묶어서 큰 돌을 매달아 태호 속에 던져버려 수장시켜버렸다. 우두머리 두 놈만 남겨두어 묻자, 그들은 원래 항주를 지키는 방랍의 태자 남안왕南安王 방천정方天定의 수하로 창고를 관리하는 관원들이었다. 특별히 명을 받들어 새로 제작한 철갑옷 3000벌을 소주의 삼대왕 방모에게 인도하러 가는 길이었다. 이준은 이름을 묻고 관인이 찍힌 문서를 빼앗은 다음, 두 창고 관원을 죽여버렸다. 이준이 말했다.

"내가 형님께 가서 상의한 다음에야 이 일을 처리할 수 있네."

비보가 말했다.

"제가 사람을 시켜 배로 형님을 건너가게 해드리겠습니다. 작은 항구에서 군영까지는 가깝습니다."

비보는 어부 둘을 불러 빠른 배로 이준을 데려다주도록 했다. 이준은 동위·동맹과 비보 형제들에게 탈취한 갑옷과 배들을 장원 뒤편 항구에 몰래 감추어

두고, 남에게 발각되지 않도록 분부했다. 비보가 말했다.

"걱정하지 마십시오."

비보는 배들을 몰아 감춰두었다.

이준은 두 어부와 함께 빠른 배 한 척을 타고 작은 항구를 거쳐 방향을 돌려 군영이 있는 한산사로 가서 기슭을 올라갔다. 방책으로 가서 송 선봉을 뵙고 있었던 일들을 자세히 이야기했다. 오용은 듣고서 크게 기뻐하며 말했다.

"그렇다면 소주는 손바닥에 침 뱉는 것처럼 쉽게 손에 넣을 수 있습니다. 주장께서는 즉시 명을 내려, 이규·포욱·항충·이곤에게 적진을 돌파하는 방패수 200명을 데리고 이준을 따라 태호의 장원으로 가서 비보 등 네 호걸과 함께 계책을 시행하되 둘째 날에 진격하도록 약정하십시오."

이준은 군령을 받고 일행을 데리고 곧장 태호 물가로 갔다. 이준과 두 어부가 먼저 앞서가고 이규 일행이 탄 배는 그 뒤를 따라 모두 유류장에 도착했다. 이준이 이규·포욱·항충·이곤을 인도하여 비보 등과 인사를 나누게 했는데, 비보 등은 이규의 해괴한 생김새를 보고는 모두 놀랐다. 비보는 장원에서 이규 일행 200여 명에게 술과 음식을 극진히 대접했다.

셋째 날이 되자 상의하여 계책을 정했다. 비보는 갑옷을 운반하는 창고 관원으로 꾸미고 예운은 그 부관의 역할을 맡으며 모두 남관南官[13]의 호의로 갈아입고 관인이 찍힌 문서를 지녔다. 어부들도 모두 관선을 젓는 사공과 선원으로 꾸미고, 흑선풍 이규 등 200여 명은 선창 안에 숨었다. 복청과 적성은 불지를 기구들을 가지고 뒤쪽 배에 타고 따라갔다. 막 출발하려고 하는데, 어부 하나가 달려와 보고했다.

"호수 위에 배가 한 척 있는데 정체를 알 수 없습니다."

이준이 말했다.

13_ 남관南官: 여기서는 방랍 휘하의 관원을 가리킨다. 그 정권을 남국南國이라 불렀다.

"또 이상하구나!"

이준이 급히 가서 살펴보니, 뱃머리에 두 사람이 서 있는데 신행태보 대종과 굉천뢰 능진이었다. 이준이 휘파람을 불자 배는 나는 듯이 장원으로 저어왔다. 기슭에 당도하자 올라와 함께 만났다. 이준이 물었다.

"두 분은 무슨 일로 오셨습니까? 무슨 일을 알리러 오셨습니까?"

대종이 말했다.

"형님이 이규를 급히 보내느라 큰일 하나를 잊으셨네. 그래서 특별히 나와 능진에게 신호포 100대를 배에 실어 가져가게 했는데, 호수에서 이규를 따라잡지 못했고, 또 여기까지 와서도 또 감히 배를 기슭에 대지 못하고 있었네. 동생은 내일 아침 묘시(새벽 5~7시)에 성으로 진격하고 그곳에서 이 100대의 화포를 터뜨려 신호로 삼게."

이준이 말했다.

"아주 좋지요!"

이준은 배 안에 있는 화포를 운반하고 덮어서 가리는 물건을 포가에 씌우고 갑옷을 실은 배 안에 숨겼다. 비보 등은 대종이라는 말을 듣고 또 술자리를 마련해 극진히 대접했다. 능진이 데리고 온 10명의 포수들은 세 번째 배 안에 매복했다. 그날 밤 4경에 장원을 떠나 소주로 갔는데 5경이 지나서 성 아래에 이르렀다. 성문을 지키던 군사가 성 위에서 멀리 남국 깃발을 보고는 황급히 달려가 성문을 지키는 대장인 비표대장군 곽세광에게 보고했다. 곽세광은 직접 성위로 올라가 소교를 보내 상세히 묻고 관인이 찍힌 문서를 받게 하고는 조교를 올려 받아서는 살펴봤다. 곽세광은 문서를 삼대왕 부중으로 보내 진위 여부를 판별하게 했다. 또 사람을 보내 감시하면서 이준 등의 배를 수문 안으로 들였다. 곽세광은 수문 옆에 앉아서 다시 사람을 시켜 배를 살펴보게 했는데, 배마다 철갑옷과 호의가 가득 실려 있었다. 이렇게 한 척씩 모두 성안으로 들여보낸 다음 10척이 다 들어오자 수문을 닫았다. 또한 삼대왕이 보낸 감시관이 군사 500명을 데리고 강기슭에 당도하여 즉시 배를 정박시켰다. 이때 이규·포욱·항충·이곤이 선창에서 튀어나오자, 감시관은 거칠고 추악한 그들의 모습을 보고는 급히 누구냐고 물었다. 어느 결에 항충과 이곤이 방패를 춤추듯 휘두르며 칼을 불쑥 빼내 감시관을 베어 말에서 떨어뜨렸다. 감시관이 데리고 온 500명 군사들이 배로 몰려오자 이규가 쌍 도끼를 들고 강기슭으로 뛰어올라 연이어 10여 명을 찍어 쓰러뜨렸다. 500명의 군사는 모두 달아나버렸다. 선창에 있던 호걸들과 200명의 방패수들이 일제히 강기슭으로 올라가 불을 지르기 시작했다. 능진은 기슭에서 포가를 늘어놓고 신호포를 옮겨서는 연속해서 10여 발을 터뜨렸다. 포성이 성루를 진동시키고 포탄이 사방으로 날아들었다.

삼대왕 방모는 부중에서 계책을 상의하고 있다가 화포가 연이어 터지는 소리를 듣고는 혼비백산했다. 각 성문을 지키던 장수들도 성안에서 화포 소리가 끊이지 않고 들리자 각자 군사를 이끌고 성안으로 달려왔다. 각 문에서 나는 듯이 보고했다.

"남군들이 모두 갑자기 날아온 화살에 맞아 죽고, 송군이 이미 성 위로 올라왔습니다."

소주성 안은 솥의 물이 끓듯이 떠들썩해졌고 얼마나 많은 송 군사가 입성했는지 알 수 없는 상태였다. 흑선풍 이규는 포욱과 함께 2명의 방패수를 데리고 성 안에서 멋대로 활개 치며 남군을 쫓아 죽였다. 이준과 대종은 비보 형제 4명과 함께 능진을 호위하면서 화포를 터뜨렸다. 그때 송강은 이미 세 갈래 군마를 보내 성을 탈취하기 시작했다. 송군이 성안으로 돌진해 들어오자 남군들은 사방으로 흩어져 각자 목숨을 구해 달아나기 바빴다.

한편 삼대왕 방모는 급히 갑옷을 걸치고 말에 올라 600~700명의 철갑군을 이끌고 길을 뚫고 남문을 돌파하려다가 생각지도 않게 흑선풍 이규의 무리와 맞닥뜨렸다. 이규 등이 철갑군들을 마구 죽이자 이리저리 도망치다 사방으로 흩어져 달아났다. 골목 안에서 또 노지심이 뛰쳐나와 철 선장을 휘두르며 달려들었다. 방모는 막아낼 수 없어 홀로 말을 박차며 다시 부중으로 돌아갔다. 오작교烏鵲橋14를 지나는데 다리 아래에서 무송이 돌아 나와서는 한칼에 말 다리를 베어 끊어버렸다. 방모가 말에서 떨어지자 무송이 다시 한칼에 목을 베어버렸다. 무송은 송 선봉에게 공을 청하고자 방모의 수급을 들고 중군으로 갔다. 이때 송강은 이미 성으로 진입하여 왕부王府(삼대왕 부중)에 앉아 장수들에게 남군을 모조리 잡아들이라고 명했다. 유빈 한 사람만이 패잔병 몇 명을 데리고 수주秀州로 달아났을 뿐이었다. 여기에 증명하는 시가 있다.

제위15는 거스를 수 없는 것이니, 본분 넘어 왕 청한 자 어찌 편할까?
무송 말 다리 찍어 방모 주살했으니, 흉악하고 완고한 자 죽여 경계했도다.
神器從來不可干, 僭王稱號詎能安?
武松立馬誅方貌, 留與凶頑做樣看.

송강은 왕부에 앉아 즉시 명을 내려 양민을 살해하지 못하게 하고 사방의 불을 끄게 하는 한편, 백성을 안정시키는 방을 내붙여 명백하게 알렸다. 그리고 장수들을 소집해 왕부로 와서 공을 청하게 했다. 이미 알고 있듯이 무송은 방모를 주살했고, 주동은 서방을 생포했고 사진은 견성을 사로잡았다. 손립은 편으로 장위를 때려죽였고, 이준은 창으로 창성을 찔러 죽였으며, 번서는 오복을 죽였다. 그러나 선찬은 곽세광과 격전을 벌이다 둘 다 상처를 입고 음마교飮馬橋16 아래로 떨어져 죽었다. 나머지 장수들도 적의 아장들을 사로잡아 끌고와서는 공을 청했다. 송강은 추군마 선찬이 죽었다는 말을 듣고는 애도해 마지않았다. 즉시 사람을 시켜 화관花棺과 채색한 곽을 준비하게 하고 호구산虎丘山17 아래

14_ 오작교烏鵲橋: 옛 전설에 오작관烏鵲館이 있는데, 오작교라는 명칭은 이것에서 얻은 명칭이다.
15_ 신기神器는 신물信物로 옥새 같은 국가 정권을 대표하는 기물이다. 여기서는 제위帝位를 가리킨다.
16_ 음마교飮馬橋: 소주·항주 일대에는 이런 지명이 많은데, 말을 기르는 땅에서 얻은 지명이다.

에서 장사를 지냈다. 방모의 수급과 서방·견성을 상주의 장 초토에게 보내 처리하게 했다. 장 초토는 서방과 견성을 저자에서 능지처참하고 방모의 수급은 경사로 보냈다. 많은 상을 소주로 보내 여러 장수에게 나누어주도록 했다. 장 초토는 또한 유광세에게 사실을 알리는 문서를 보내 소주로 가서 지키게 하고, 송선봉에게는 즉시 진격하여 도적들을 체포하라고 했다. 탐마가 달려와 보고했다.

"유 도독과 경 참모가 소주를 지키기 위해 왔습니다."

이날 여러 장수가 송 선봉을 수행하여 유광세 등의 관원들을 영접하고 성으로 들어와 왕부에서 쉬었다. 인사하고 축하를 마친 다음, 송강은 장수들과 관아로 돌아와 계책을 의논하는 한편, 사람을 보내 바닷가 근처 지방으로 간 수군 두령들의 소식을 알아오게 했다. 얼마 뒤에 보고하기를, 바닷가의 여러 현의 치소에서는 소주가 이미 격파되었다는 소식을 듣고 도적들이 각자 흩어져 도망쳐, 바닷가와 외진 현들도 모두 평정되었다고 했다. 송강은 크게 기뻐하면서 승리소식을 전하는 문서를 중군으로 보내고 장 초토에게 옛 관원들을 복직시키고 별도로 중군의 통제관을 선발하여 각 고을로 보내 방어하면서 민심을 안정시킬 것을 요청했다. 그리고 수군 두령의 정장과 편장들에게 모두 소주로 돌아와 명을 기다리게 했다.

며칠 뒤에 통제 등의 관원들이 각 고을로 가고 수군 두령들도 모두 소주로 돌아왔다. 그런데 완씨 삼형제가 상숙을 공격할 때 시은을 잃었고, 또 곤산을 공격할 때 공량을 잃었다고 하소연했다. 석수와 이응 등은 모두 돌아왔지만, 시은과 공량은 헤엄을 칠 줄 몰라서 물에 빠져 죽었다는 것이었다. 송강은 또 2명의 장수를 잃었다는 말을 듣고 울적해하며 탄식해 마지않았다. 무송도 옛 은혜와 의리를 생각하면서 한바탕 통곡했다.

17_ 호구산虎丘山: 지금의 장쑤성 쑤저우蘇州 서북쪽에 위치해 있다. 산 위에는 호구탑·운암사雲岩寺·
　　검지劍池 등의 명승고적이 있다. 오왕 합려闔閭가 이 산에 매장되었다고 전해진다.

한편 비보 등 네 사람은 송 선봉을 찾아와 작별하면서 돌아가겠다고 했다. 송강이 고집부리며 만류해보았지만 듣지 않아 네 사람에게 두터운 상을 내리고 다시 이준을 시켜 이들을 유류장까지 전송해주라고 했다. 이준이 동위·동맹과 함께 비보 등을 유류장까지 전송해주자, 비보 등은 또 술자리를 마련해 극진히 대접해줬다. 한창 술을 마시다가 비보가 일어나 이준에게 잔을 권하면서 몇 마디 말을 했다. 나누어 서술하면, 이준이 중원을 떠나 별도로 화외化外[18]에 기반을 세우게 되었다. 그야말로 근심 없이 생활하면 두꺼비도 껍질을 벗고, 큰 성취를 이루면 물고기도 용으로 변한다[19]는 것이다.

결국 비보가 이준에게 무슨 말을 했는지는 다음 회에 설명하노라.

용왕묘龍王廟

『수호전보증본』에 근거하면, 명·청 시기에 하천 지대에는 대부분 용왕묘가 있었으나 송나라 때는 아직 하천 지역에 사당을 건설하지는 않았다고 했다. 『문헌통고文獻通考』에 따르면 "대관大觀 4년(1110)에 조서를 내려 천하의 오룡신五龍神을 모두 왕의 작위에 봉했는데, 청룡신靑龍神은 광인왕廣仁王, 적룡신赤龍神은 가택왕嘉澤王, 황룡신黃龍神은 부응왕孚應王, 백룡신白龍神은 차제왕乂濟王, 흑룡신黑龍神은 영택왕靈澤王에 봉했다"고 했다.

18_ 화외化外: 정령과 교화가 도달하지 못하는 지방을 말한다. 여기서는 외국을 가리킨다.
19_ 상대가 방비하지 않은 틈을 이용해 위장한 다음에 신속하게 벗어난다는 것을 비유한 말이다.

장
순,
저
승
으
로
가
다[1]

비보가 이준에게 말했다.

"제가 비록 어리석은 필부에 지나지 않지만, 어떤 총명한 사람으로부터 들은 말이 있습니다. '세상일은 성공이 있으면 반드시 실패가 있고, 사람은 흥할 때가 있으면 반드시 쇠퇴할 때가 있다'[2]고 했습니다. 형님은 양산박에서 공업을 세운 이래로 지금까지 10여 년 동안 백전백승을 거두었습니다. 요나라를 격파할 때에는 한 사람의 형제도 잃지 않았는데, 이번에 방랍을 토벌할 때에는 왕성한 기세가 손상되고 동요하여 천수가 오래가지 않을 듯합니다. 제가 왜 관리가 되는 것을 원치 않겠습니까? 세상의 상황이 좋지 않기 때문입니다. 태평해진 다음에 양산박 두령들은 한 명씩 반드시 목숨을 잃게 될 것입니다. 예로부터 말하기를 '태평한 세상은 본래 장군이 다지지만, 장군이 그 태평한 세상을 보는 것은 허

1_ 제114회 제목은 '寧海軍宋江弔孝(송강이 영해군에서 제를 올리다). 涌金門張順歸神(장순이 용금문에서 저승으로 가다)'이다.
2_ 원문은 '世事有成必有敗, 爲人有興必有衰'이다.

락하지 않는다'3고 했습니다. 이 말이 지극히 묘합니다. 지금 저희 네 사람이 형님 세 분과 결의형제를 맺었으니, 이 운수가 다하기 전에 몸을 안정시킬 수 있는 곳을 찾지 않겠습니까? 가진 재물로 큰 배를 한 척 사고 뱃사공 몇 명을 모아 강과 바다에서 조용히 몸을 편안히 할 수 있는 곳을 찾아 천수를 마친다면, 어찌 아름다운 일이 아니겠습니까!"

이준은 그 말을 듣고 땅에 엎드려 절하며 말했다.

"동생이 나의 미숙하고 사리에 어두운 것을 깨우쳐주고 우매함을 지도해 주었으니, 대단히 아름답네. 단지 방랍을 아직 토벌하지 못했고 송 공명 형님의 은혜와 의리를 저버릴 수 없어 한 발짝도 움직일 수 없네. 내가 오늘 동생들을 따라간다면, 평생 함께 했던 의기를 보지 못하게 될 것이네. 만약 동생들이 이 이준을 잠시 기다려준다면, 방랍을 굴복시킨 뒤에 이 두 형제와 함께 돌아올 것이니 부디 인도해주기 바라네. 동생들이 먼저 떠날 준비를 해주게. 만약 오늘의 말을 저버린다면 하늘이 진실로 용납하지 않을 것이며 남자도 아닐 것이네!"

네 사람이 말했다.

"저희는 배를 준비해두고 형님이 오시기를 기다리겠습니다. 절대로 약속을 저버리지 마십시오!"

이준은 비보와 술을 마시며 모두 약속하고 어기지 않겠다고 맹세했다.

이튿날 이준은 비보 등 네 사람과 작별하고 동위·동맹과 함께 송 선봉에게로 돌아왔다. 비보 등 네 사람이 관리가 되는 것을 원하지 않으며 다만 물고기나 잡으며 즐겁게 살고 싶어 한다는 말을 구체적으로 전하자, 송강은 또 한 차례 탄식했다. 송강은 수군과 육군을 점검하고 출발하라는 명을 내렸다. 오강현에는 이미 도적의 무리가 없었기 때문에 곧장 평망진을 취하고 인마를 몰아 진

3_ 원문은 '太平本是將軍定, 不許將軍見太平'이다. 태평한 세상을 보기 전에 공신들은 제거된다는 의미다.

군하여 수주를 향해 전진했다. 한편 수주를 지키는 적장 단개段愷는 소주의 삼대왕 방모가 죽었다는 소식을 듣고 정리하고 도주할 생각을 하고 있었다. 사람을 보내 탐지했더니 대군이 이미 성에서 멀지 않은 곳에 당도했고 멀리 바라보자 수륙 양면으로 진격해오는데 깃발들이 해를 가리고 배와 말들이 끊임없이 이어져 있다고 했다. 너무 놀란 나머지 단개는 혼이 사라지고 간담을 잃는 듯했다. 그때 선봉대장 관승과 진명이 이미 성 아래에 당도했고, 수군의 배들이 나뉘어 움직이면서 서문을 에워쌌다. 단개는 성 위에 올라가 소리쳤다.

"공격하지 마시오, 투항할 준비를 하고 있었소."

그러고는 즉시 성문을 열었다. 단개는 향화와 등촉을 밝히고 양고기와 술을 가지고 나가 송 선봉을 영접했다. 송 선봉이 성으로 들어와 관아에서 휴식을 취했다.

단개가 관원들을 이끌고 와서 인사했다. 송강은 단개를 위로하고 조정의 신하로 복귀시키고 방을 내붙여 백성을 안정시켰다. 단개가 송강에게 말했다.

"저희는 원래 목주의 양민이었는데, 여러 차례 방랍에게 해를 입어 어쩔 수 없이 투항하여 부하가 되었습니다. 지금 천병이 당도했는데 어찌 감히 투항하지 않겠습니까?"

송강이 물었다.

"항주 영해군寧海軍[4]의 성은 어떤 자가 지키고 있소? 인마와 장수는 어느 정도 되오?"

"항주의 성곽은 아주 넓고 인가가 조밀합니다. 동북쪽으로 육로가 있고 남쪽은 큰 강에 접해 있으며 서쪽에는 호수가 있습니다. 방랍의 태자 남안왕 방천정이 지키고 있는데, 그 부하는 7만여 군마가 있고 24명의 장수와 4명의 원수가

4_ 영해군寧海軍: 『수호전전교주』에 따르면 "『여지기승』 권2 「양절서로兩折西路·임안부臨安府」에서 인용한 『국조회요國朝會要』에서 이르기를 '순화淳化 원년, 진해군鎭海軍을 영해군으로 변경했다'고 했다."

있어 모두 28명입니다. 그들 가운데 우두머리가 둘인데, 하나는 흡주의 중으로 이름을 보광여래寶光如來라고 합니다. 속세의 성은 등鄧이고 법명은 원각元覺이라 합니다. 한 자루의 선장을 사용하는데 제련되지 않은 철을 두드려 만든 것으로 무게가 50여 근이 나갑니다. 사람들은 모두 그를 국사國師[5]라 부릅니다. 또 하나는 복주 사람으로 이름을 석보石寶라고 하는데 유성추流星錘를 잘 다루어 백발백중입니다. 또 벽풍도劈風刀라는 보검을 항상 사용하는데 쇠나 구리도 자르고 세 겹의 갑옷이라 할지라도 마치 바람을 가르듯이 베어버릴 수 있습니다. 그들 외의 26명 장수들도 모두 신중하게 선발한 자들로 또한 강하고 용맹합니다. 주장께서는 결코 가볍게 대적해서는 안 됩니다.”

송강은 듣고서 단개에게 상을 내리고, 장 초토에게 가서 상황을 자세히 보고하게 했다. 이후에 단개는 장 초토를 따라 소주를 지키게 되었고, 부도독 유광세는 수주를 지키게 되었다. 송 선봉은 군사를 취리정橋李亭[6]으로 이동시켜 진지를 구축하고 주둔하게 했다. 제장들과 연회를 열어 장병들에게 상을 내렸다. 그리고 군사를 파견해 항주를 공격해 취할 계책을 상의했는데, 소선풍 시진이 일어나 말했다.

“형님께서 고당주에서 제 목숨을 구해주셨는데, 줄곧 형님의 배려와 애호를 받으며 앉아서 영화만 누리고 은혜와 의리에 보답한 적이 없습니다. 이번에는 제가 방랍의 소굴에 깊이 들어가 첩자 노릇을 하여 공을 세워 조정에 보답하고 형님을 빛내고자 합니다. 형님의 뜻은 어떠하십니까?”

송강은 크게 기뻐하며 말했다.

“만약 대관인이 적의 소굴로 들어가 그곳의 계곡과 산의 자세한 지형을 알아와준다면, 우리가 군사를 진격시켜 수괴인 방랍을 사로잡아 경사로 압송하여

5_ 국사國師: 제왕이 중에게 하사하여 봉한 존호다. 여기서는 제왕을 자칭하는 방랍이 하사한 존호다.
6_ 취리橋李는 옛 지명으로 지금의 저장성 자싱嘉興 서남쪽.

작은 공이라도 드러내 함께 부귀를 누릴 수 있을 것이네. 노정이 고생스러우니 가지 않는 것이 좋겠네."

"목숨을 걸고 가기를 진심으로 바라는데 다만 연청과 함께 가는 것이 가장 좋겠습니다. 그는 여러 지방의 사투리도 잘 알고 발생할 일을 사전에 알아채 행동할 줄 압니다."[7]

"동생의 말은 다 들어줄 수 있는데 연청은 지금 노 선봉 밑에 있기 때문에 문서를 보내 불러와야 하네."

상의가 아직 끝나지 않았는데, 보고가 들어왔다.

"노 선봉이 특별히 연청을 보내 승리 소식을 전해 왔습니다."

송강은 보고를 받고 기뻐하며 말했다.

"동생이 이번에 가면 반드시 큰 공을 세울 것이네! 공교롭게도 연청이 왔으니, 그야말로 길조로세."

시진도 기뻐했다.

연청이 방책에 도착해 장막에 올라 송강에게 인사하자 송강은 술과 음식을 먹인 뒤 물었다.

"동생은 수로로 왔는가? 육로로 왔는가?"

연청이 대답했다.

"배를 타고 왔습니다."

"대종이 돌아왔을 때 노 선봉이 진격하여 호주를 공격한다고 말했는데, 그 일은 어떻게 되었는가?"

"선주를 떠날 때 노 선봉은 병력을 두 갈래로 나누었습니다. 노 선봉이 직접 절반의 군마를 거느리고 호주를 공격하여, 가짜 유수 궁온弓溫과 그 수하 부장

7_ 원문은 '견기이작見機而作'이다. 『역경』 「계사繫辭 하」에 따르면 "군자는 미세한 징조를 살펴 행동을 취하니 하루 종일 기다릴 필요가 없다君子見機而作, 不俟終日"고 했다.

5명을 죽이고 호주를 수복했습니다. 적병들을 흩어버리고 백성을 위로한 다음에 문서를 장 초토에게 보내 통제관을 파견하여 지키게 하도록 보고했습니다. 그리고 특별히 저를 이곳으로 보내 승리 소식을 알리게 했습니다. 또한 병력 절반을 임충에게 주어 독송관獨松關을 취하고 항주에서 모두 만나자고 했습니다. 그런데 제가 여기에 올 때까지 독송관에서 매일 싸우면서 아직 손에 넣지는 못했다고 들었습니다. 노 선봉은 또 주무와 함께 독송관으로 떠나면서 호연작에게 군병을 통솔하며 호주를 지키고 있다가 중군인 장 초토가 파견한 통제관이 당도하면 경계를 지키고 백성을 안정시키도록 분부하고 군사를 진격시켜 덕청현德淸縣8을 취한 다음에 항주에서 만나기로 했습니다."

송강이 또 물었다.

"호주를 지키다가 덕청현을 취하게 하고, 또 독송관으로 싸우러 가면서 장수를 두 곳으로 나눈 것이로군. 그러면 모두 몇 명이 갔고, 또 호연작을 따라 간 장수가 몇 명이고 누구인지 자네가 말해보게."

"여기에 명단에 있습니다. 독송관으로 싸우러 간 장수는 정장과 편장 23명인데, 선봉 노준의·주무·임충·동평·장청·해진·해보·여방·곽성·구붕·등비·이충·주통·추연·추윤·손신·고대수·이립·백승·탕륭·주귀·주부·시천입니다. 현재 호주를 지키고 있고 가까운 시일 내로 덕청현으로 진격할 정장과 편장은 19명인데, 호연작·색초·목홍·뇌횡·양웅·유당·선정규·위정국·진달·양춘·설영·두천·목춘·이운·석용·공왕·정득손·장청·손이랑입니다. 양쪽의 장수가 도합 42명인데, 제가 여기로 올 때 이미 상의가 끝났으니 지금쯤이면 출발했을 겁니다."

송강이 말했다.

8_ 덕청현德淸縣: 저장성 후저우湖州 관할이다. 저장성 북부에 위치해 있으며 동쪽으로는 상하이上海를 바라보고 남쪽으로 항저우杭州에 접해 있으며 북쪽으로는 태호太湖와 연결되어 있다.

"그렇다면, 우리도 두 갈래 길로 나누어 진격하는 것이 가장 좋겠군. 방금 전에 시 대관인이 자네와 함께 방랍의 소굴로 들어가서 첩자 노릇을 하겠다고 했는데, 자네 가겠는가?"

연청이 말했다.

"주장의 파견인데 어떻게 감히 따르지 않겠습니까? 제가 시 대관인을 모시고 그곳으로 가겠습니다."

시진이 매우 기뻐하면서 말했다.

"나는 수재로 꾸밀 테니, 자네는 하인으로 꾸미게. 주인과 하인이 거문고와 검, 책 상자를 지고 길을 가면 아무도 의심하지 않을 걸세. 곧장 바닷가로 가서 배를 타고 월주越州를 지나 오솔길로 제기현諸暨縣9으로 가세. 그곳에서 산길을 넘어가면 목주가 멀지 않을 게야."

상의가 정해지자 날을 택해 시진과 연청은 송 선봉과 작별하고 거문고와 검, 책 상자를 챙기고 바닷가로 가서 배를 구해 갔음은 더 이상 말하지 않겠다.

한편 군사 오용이 다시 송강에게 말했다.

"항주 남쪽에 전당강錢塘江10이라는 큰 강이 있는데 바다의 섬으로 통합니다. 만약 몇 사람이 작은 배를 타고 바다를 통해 자산문赭山門11으로 들어가 남문 밖의 강변에 당도하여 신호포를 터뜨리고 깃발을 세우면 성 내부가 틀림없이 당황할 것입니다. 수군 두령 가운데 누구를 보내는 것이 좋겠습니까?"

말이 미처 끝나기 전에 장횡과 완씨 삼형제가 말했다.

"저희가 가겠습니다."

9_ 제기현諸暨縣: 저장성 중부에서 동북쪽으로 치우쳐 있다. 사오싱紹興 서남부.

10_ 전당강錢塘江: 저장浙江성을 동북으로 흐르는 강의 하류로 입구가 나팔 형상인데 물이 역류하여 큰 조수를 조성한다. 매년 8월이면 볼 수 있는데 조수가 내달리며 부딪칠 때의 소리가 천지를 진동시킨다.

11_ 자산문赭山門: 본래는 저장성 하이닝海寧 서남쪽에 있어 강과 바다의 문이었다. 이후에 강의 흐름이 북쪽으로 이동했다. 산의 흙과 돌이 모두 붉은색이라 저산이라 했다.

송강이 말했다.

"항주의 서쪽 길 또한 호수와 붙어 있으므로 수군이 필요하네. 자네들이 모두 가면 안 되네."

오용이 말했다.

"장횡과 완소칠이 후건과 단경주를 데리고 배를 저어가게."

네 사람은 30여 명의 수군을 데리고, 10여 개의 화포와 신호 깃발을 가지고 해변으로 가서 배를 얻어 타고 전당강을 향해 출발했다.

독자 여러분 들어보십시오. 이번 회의 말은 모두 흩어진 모래와 같습니다. 옛 사람의 서회書會[12]가 후세에게 까지 전해지는데, 일일이 모두 말하려고 하지만 일시에 말하기는 어렵고, 천천히 절정의 대목을 표현하기에 다음 구절에서 볼 수 있습니다. 절정의 대목을 잘 기억해두면 이야기의 은밀함과 오묘함을 알 수 있을 것입니다.

한편 송강은 군사 파견을 마치고 수주로 돌아가 항주를 공격할 계책을 상의하고 있었다. 그때 별안간 동경에서 사신이 어주와 하사할 상을 가지고 왔다는 보고가 들어왔다. 송강은 대소 장교를 거느리고 나가 사신을 영접하여 성으로 들어왔다. 천자의 은혜에 감사하고 어주를 내어 연회를 열고 천사를 극진히 대접했다. 술을 마시는 중에 천사가 또 태의원太醫院의 상주에 대한 비준의 성지를 내놓았는데, 천자가 갑자기 작은 질병에 걸려 신의 안도전을 경사로 불러들여 어전에 임용하겠다는 내용이었다. 송강은 감히 막을 수 없었다. 이튿날 천사를 대접하고 안도전을 함께 동경으로 보냈다. 송강을 비롯한 두령들은 십리장정十里長亭까지 나가 전송했다. 여기에 칭찬하는 시가 있다.

12_ 서회書會: 설서인說書人과 희곡 작가, 연기자 등이 결성한 동업자 성격의 단체.

안자安子13의 의술 주머니14는 세상에서 가장 뛰어나

산동에서 병을 치료하며 명성 떨쳤다네.

진맥은 창공倉公15의 오묘함과 같다고 칭찬받고

단약은 계자성薊子成16 같다고 자부하누나.

화살 박힌 뼈 깎아내 화살촉 뽑아내고

갈라낸 피부에는 칼자국 평평하게 보이는구나.

양산에서 맺은 결의형제 반석같이 굳건한데

이별할 땐 수족 같은 형제의 정 잊기 어렵더라.

安子靑囊藝最精, 山東行散有聲名.

人誇脉得倉公妙, 自負丹如薊子成.

刮骨立看金鏃出, 解肌時見刃痕平.

梁山結義堅如石, 此別難忘手足情.

한편 송강은 천자가 하사한 상을 장수들에게 나누어주고, 날을 택하여 제기

13_ 안자安子는 안도전을 말한다.

14_ 원문은 '청낭靑囊'이다. 이것은 삼국시대 때 의원인 화타華佗의 고사를 빌린 것이다. 소설『삼국연의』에 다음과 같은 내용이 있다. '화타가 갇혀 있는 감옥에 옥졸이 한 명 있었는데 성이 오吳라 사람들이 모두 오압옥吳押獄이라 불렸다. 그 사람이 매일 술과 밥을 화타에게 바쳤다. 화타가 그 은혜에 감격하여 "내 이제 죽을 것인데『청낭서靑囊書』가 세상에 전해지지 못하는 것이 한스럽소. 공의 두터운 인정에 감사하나 보답할 수가 없소. 내 편지 한 통을 써줄 테니 공이 우리 집에 사람을 보내 편지를 전하고 『청낭서』를 가져오게 하여 공께 드리고 내 의술을 계승하게 하겠소'라고 했다.'『청낭서』는 화타의 저술이라고 하나 전해지지는 않는다. 청낭靑囊은 고대에 의원이 의서를 보관해뒀던 포대를 말하며 의술이나 의원을 가리키기도 한다.

15_ 창공倉公: 순우의淳于意다. 『사기』에 따르면 순우의는 "양경陽慶을 스승으로 섬기며 의술을 배웠다. 양경은 자신의 비방을 순우의에게 모두 전수해주고 황제黃帝와 편작의 맥서脈書를 전해줬다. 환자의 얼굴에 나타나는 다섯 가지 색깔로 병을 진단하는 방법을 썼다. 이것으로 환자가 살 수 있을지 없을지를 알고 의심스럽고 복잡한 증상을 판정하여 치유할 수 있을지 없을지 결정했으며, 아울러 순우의에게『약론藥論』을 전수했는데 매우 정교하고 오묘했다"고 했다.

16_ 계자성薊子成: 마땅히 '계자훈薊子訓'이라고 해야 한다. 삼국시대의 도사로 신기한 도술을 부렸다고 한다.

祭旗를 지내고 군대를 일으켰다. 유 도독과 경 참모에게 작별하고 말에 올라 군사를 진격시켰으니 수륙으로 함께 진격하면서 말과 배가 동시에 출발했다. 숭덕현崇德縣에 당도하자 적장은 송군이 진격해온다는 소식을 듣고는 항주로 달아나버렸다.

한편 방랍의 태자 방천정은 장수들을 행궁으로 소집해 의논했다. 지금 용상궁龍翔宮[17]의 토대는 이전의 행궁이었다. 방천정 수하의 대장 4명은 보광여래 국사 등원각鄧元覺·남리대장군南離大將軍 원수 석보石寶·진국대장군鎭國大將軍 여천윤厲天閏·호국대장군 사행방司行方이었다. 이 4명은 모두 '원수' '대장군'이라는 명호가 붙었는데 방랍이 더해서 봉한 것이었다. 또 24명의 편장이 있는데, 여천우厲天佑·오치吳値·조의趙毅·황애黃愛·조중晁中·탕봉사湯逢士·왕적王勣·설두남薛斗南·냉공冷恭·장검張儉·원흥元興·요의姚義·온극양溫克讓·모적茅迪·왕인王仁·최욱崔彧·염명廉明·서백徐白·장도원張道原·봉의鳳儀·장도張韜·소경蘇涇·미천米泉·패응기貝應夔였다. 이 24명도 모두 방랍이 장군에 봉했다. 총 28명의 장수가 방천정의 행궁에 모여 계책을 의논했다. 방천정이 말했다.

"지금 송강이 선봉이 되어 수륙으로 진격해오고 있는데, 강을 건너 남쪽으로 온 이후로 그들에게 세 개의 큰 군郡을 잃었소. 항주만 남았는데 항주는 남국의 울타리이니 이곳을 잃는다면 목주를 어떻게 보존하여 지킬 수 있겠소? 사천태감 포문영이 아뢰기를 '강성罡星들이 오 땅 분야로 침입했는데, 그 화가 적지 않을 것이다'라고 했는데, 바로 이놈들을 말한 것 같소. 지금 저놈들이 우리 경계를 침범했으니, 여러분 관원들은 각기 높은 관작을 받은 만큼 반드시 참된 마음으로 나라에 보답하고 태만해서는 안 될 것이오."

17_ 용상궁龍翔宮: 『수호전전교주』에 따르면 "『서호유람지西湖遊覽志』 권17 「도원道院」에 이르기를 '용상궁은 청호교淸湖橋 서쪽에 있다. 궁전은 시가지 뒤쪽에 있다'고 했다." 용상궁은 방랍의 행궁이 아니었다. 당시에 이런 궁은 없었다. 용상궁은 남송 보경寶慶(남송 황제 이종理宗의 연호로 1225~1227년) 초년에 건설되기 시작했다.

장수들이 방천정에게 아뢰었다.

"주상께서는 마음 놓으십시오! 많은 정예병과 장수가 아직 송강과 대적해보지 않았습니다. 지금 비록 여러 곳의 주군을 잃었다고 하지만 모두가 적당한 인물을 얻지 못해 이런 지경에 이른 것입니다. 지금 송강과 노준의가 병력을 세 갈래 길로 나누어 항주를 취하러 오고 있다고 하는데, 전하께서는 국사와 함께 영해군의 성곽을 신중하게 지켜 만년 기업으로 삼으십시오. 신 등 장수들이 각각 병력을 나누어 적에 맞서겠습니다."

태자 방천정은 크게 기뻐하며 군마를 세 갈래 길로 나누어 나가 적에게 호응하여 싸우라 명하고, 자신은 국사 등원각과 함께 성을 보전하기로 했다. 세 갈래 길로 나누는 세 명의 원수는 바로 다음과 같다.

호국원수 사행방은 4명의 수장首將을 이끌고 덕청현을 구원하는데, 설두남·황애·서백·미천이었다. 진국원수 여천윤은 4명의 수장을 이끌고 독송관을 구원하는데, 여천우·장검·장도·요의였다. 남리원수 석보는 8명의 수장을 거느리고 곽을 나가 적의 대부대에 맞서기로 했는데, 온극양·조의·냉공·왕인·장도원·오치·염명·봉의였다.

3명의 대장은 세 갈래 길로 나누어 각기 3만의 군사를 거느렸다. 인마의 배정이 정해지자 황금과 비단을 상으로 하사하고 출발을 재촉했다. 원수 사행방은 한 갈래 군마를 거느리고 덕청주德清州를 구원하기 여항주餘杭州[18]를 향해 진군했다.

두 갈래 군마가 응전하러 간 것은 말하지 않겠다. 한편 송 선봉의 대군이 구불구불 이어서 전진하여 임평산臨平山[19]에 당도해보니, 산꼭대기에 붉은 기가

<hr>

18_ 여항주餘杭州: 『수호전전교주』에 따르면 "『원화군현지元和郡縣志』에 이르기를 '여항현餘杭縣은 항주에서 70리 떨어져 있다'고 했다."

19_ 임평산臨平山: 『수호전전교주』에 따르면 "『함순임안지咸淳臨安志』권24 「산천삼山川三」에 이르기를 '임평산은 인화현仁和縣 옛 치소에서 54리 떨어져 있다. 위에는 탑, 용동龍洞, 여동礪洞, 천정天井이 있다. 아래에는 동악묘, 경성관景星觀이 대치하여 양쪽으로 서 있고 또 정호鼎湖가 있다'고 했다."

펄럭이고 있는 것이 보였다. 송강은 화영과 진명 정장 2명을 보내 먼저 길을 정탐하게 하고, 전선과 수레를 재촉해 장안패長安壩[20]를 지나갔다. 화영과 진명이 1000기의 군마를 이끌고 가다가 산모퉁이를 돌자 남군 석보의 군마와 맞닥뜨렸다. 석보 수하 2명의 수장이 앞장섰는데 화영과 진명을 보고는 일제히 말을 몰아 나왔다. 한 명은 왕인이었고 다른 한 명은 봉의로 각기 장창을 세우고는 곧장 달려들었다. 화영과 진명은 군마를 늘어놓고 출전했다. 진명은 낭아곤을 춤추듯 휘두르며 곧장 봉의에게 달려들었고, 화영은 창을 들고 왕인과 싸웠다. 네 말이 서로 어우러지며 10합 넘게 싸웠으나 승패를 가리지 못했다. 진명과 화영은 남군 뒤에 호응하는 군사가 있는 것을 보고는 소리쳤다.

"잠시 쉬자!"

네 장수는 각기 말을 돌려 진으로 돌아갔다. 화영이 진명에게 말했다.

"저들과 싸움하는데 연연해하지 말고, 빨리 형님께 보고하여 별도로 상의하도록 합시다."

후군이 즉시 날듯이 달려가 중군에게 보고했다.

송강이 주동·서녕·황신·손립을 데리고 곧장 진으로 왔다. 그때 남군의 왕인과 봉의가 다시 말을 몰아 나와 욕설을 퍼부었다.

"패장 놈들아 감히 다시 나와 싸우겠느냐!"

진명이 크게 노하여 낭아곤을 휘두르며 달려나가 봉의와 다시 싸웠다. 왕인은 화영에게 싸움을 걸었는데 서녕이 창을 들고 달려나갔다. 화영과 서녕은 함께 다니는 부장과 정장, 금창수金槍手와 은창수銀槍手이기에 화영도 즉시 말고삐를 놓고 달려나가 서녕의 뒤를 따라갔다. 화영은 활을 집고 화살을 꺼내들고는 서녕과 황인이 맞붙기도 전에 비교적 가까워졌음을 가늠하고는 화살 한 대

20_ 장안패長安壩: 즉 장안진長安鎮이다. 저장성 하이닝海寧 서북쪽 및 항현杭縣과 경계를 접하고 있는데, 송나라 때 이곳에 장안 댐을 수축하고 장안패라고 불렀다. 원나라 군대가 진격하여 고정皐亭에 주둔했고 송나라는 멸망했다.

를 날려 왕인을 말에서 떨어뜨렸다. 남군은 모두 낯빛이 변했다. 봉의는 왕인이 화살에 맞아 말에서 떨어지는 것을 보고 깜짝 놀라 어찌할 바를 몰라 당황해 하다가 진명이 휘두른 낭아곤에 머리를 맞고 말에서 굴러 떨어졌다. 그걸 본 남 군은 사방으로 흩어져 달아났다. 송군이 돌격해가자 석보는 막아내지 못하고 고정산阜亭山21으로 후퇴하여 동신교東新橋22 부근에 진지를 구축하고 주둔했 다. 그날 날이 저물고 계책이 정해지지 않자 남군은 성안으로 들어갔다.

이튿날 송 선봉의 군마는 이미 고정산을 지나 동신교 아래에 당도하여 방책 을 세우고 주둔했다. 송강은 본부 군마를 세 갈래로 길로 나누어 항주를 협공 하라고 명을 내렸다. 그 세 갈래 군병의 장수는 누구인가?

한 갈래는 보군두령이 정장과 편장을 이끌고 탕진로湯鎭路23에서 동문을 취 하게 했는데, 주동·사진·노지심·무송·왕영·호삼랑이었다.

또 한 갈래는 수군 두령이 정장과 편장을 이끌고 북신교北新橋24에서 고당古 塘25을 취하고 서쪽 길을 차단하고 호성문湖城門을 공격하게 했는데, 이준·장 순·완소이·완소오·맹강이었다.

가운데 갈래는 마군·보군·수군이 세 부대로 나누어 진격하여 북관문北關門 과 간산문艮山門26을 취하게 했는데, 선봉대의 정장과 편장은 관승·화영·진명· 서녕·학사문·능진이었다. 제2대는 군대를 총괄하는 주장 송 선봉과 군사 오용

21_ 고정산阜亭山: 지금의 저장성 항저우 북쪽 교외에 있다. 반산半山이라고 부른다.
22_ 동신교東新橋: 『수호전전교주』에 따르면 "『함순임안지』 권21 「교도橋道」에 이르기를 '동신교는 임안 臨安성 북쪽 5리 떨어진 당대로塘大路 입구에 있다'고 했다."
23_ 탕진로湯鎭路: 『수호전전교주』에 따르면 "『함순임안지』에 이르기를 '인화현仁和縣에 탕촌진시湯村鎭 市가 있다'고 했다."
24_ 북신교北新橋: 임안 향적사香積寺 북쪽에 위치해 있고, 송나라 소흥 연간에 건설되었다.
25_ 고당古塘: 『수호전전교주』에 따르면 "『함순임안지』 권21 「교도」에 이르기를 '고당교古塘橋는 성 서쪽 동전국銅錢局 앞에 있다'고 했다."
26_ 북관문北關門은 송나라 때 여항문餘杭門의 속칭이었다. 간산문艮山門은 『수호전전교주』에 따르면 "『서호유람지』 권13 「성인城闉」에 이르기를 '임안성 동쪽 근처의 북쪽에 위치해 있으며, 속칭 패자 문壩子門이라 한다'고 했다."

이 본부 인마의 정장과 편장을 이끌었는데 대종·이규·석수·황신·손립·번서·포욱·항충·이곤·마린·배선·장경·연순·송청·채복·채경·욱보사였다. 제3대는 수로와 육로에서 호응하며 싸움을 돕기로 했다. 그들의 정장과 편장은 이응·공명·두흥·양림·동위·동맹이었다.

이날 송강이 대소 삼군의 배정을 정하자 각자 출발했다.

한편 가운데 갈래 대부대의 선봉대 관승이 동신교에 당도하여 정찰했으나 남군이 하나도 보이지 않았다. 관승은 의심이 들어 다리 밖으로 후퇴하여 사람을 보내 송 선봉에게 보고했다. 송강은 듣고서 대종을 불러 분부했다.

"함부로 진격해서는 안 되고 매일 두령 2명이 나가서 정탐하라."

첫날에는 화영과 진명이, 둘째 날에는 서녕과 학사문이 나가 정탐했는데, 며칠이 지나도록 싸우러 나오는 남군이 보이지 않았다. 이날 또 서녕과 학사문이 수십 기를 거느리고 북관문 앞으로 가서 정찰했는데 성문이 활짝 열려 있었다. 두 장수가 조교 근처까지 가서 살펴보자 성 위에서 북소리가 울리면서 성 안에서 한 무리의 군마가 뛰쳐나왔다. 서녕과 학사문이 급히 말을 돌리는데, 성의 서쪽 길에서 또 함성이 울리면서 100여 기의 군마가 앞으로 달려나왔다. 서녕이 힘을 다해 싸워 마군들 속에서 뚫고 나왔는데 고개를 돌려 보니 학사문이 보이지 않았다. 다시 돌아가 살펴보자 몇 명의 장교가 학사문을 사로잡아 성안으로 끌고 가고 있었다. 서녕이 급히 몸을 돌리려는데 화살 한 대가 날아와 목에 꽂혔다. 서녕이 화살이 꽂힌 채 날듯이 달아났지만 적장 6명이 뒤를 쫓아왔다. 마침 길에서 관승을 만나 구원되어 돌아왔지만 피를 많이 흘려 현기증으로 쓰러졌다. 6명의 남군 장수들은 관승에 격퇴되어 물러나 성안으로 들어갔다. 황급히 송 선봉에게 보고하여 알렸다.

송강이 급히 달려와 서녕을 살펴보자 일곱 구멍에서 피를 흘리고 있었다. 송강은 눈물을 흘리며 급히 종군한 의원을 불러 치료하게 했다. 의원은 화살을 뽑고 금창약을 상처에 발랐다. 송강은 서녕을 배 안으로 옮겨 쉬게 하고 직접 보살폈다. 그날 밤 서녕은 서너 차례 정신을 잃었고 비로소 독화살에 맞았음을 알게 되었다. 송강은 하늘을 우러러 탄식했다.

"신의 안도전이 이미 경사로 불려갔으니, 여기서는 서녕을 살릴 뛰어난 의원이 없구나. 틀림없이 내 팔다리를 잃게 되겠구나!"

송강은 상심하여 마지않았다. 오용은 송강에게 형제의 정 때문에 국가의 중대사를 그르치지 말라면서 군영으로 돌아가 군사 상황을 상의하자고 청했다. 송강은 사람을 시켜 서녕을 수주로 보내 요양하게 했지만 화살에 발린 독약으로 완치되지 않았다. 한편 송강은 다시 군사를 보내 학사문의 소식을 알아보게 했다. 이튿날 군사가 돌아와 보고했다.

"항주성 북관문 위쪽 대나무 장대에 학사문의 머리를 걸고 사람들에게 보여주고 있습니다."

학사문이 방천정에게 능지처참을 당한 것을 알게 되었다. 송강은 보고를 받고 슬퍼해 마지않았다. 그리고 보름이 지나 서녕이 죽었다는 보고가 들어왔다. 송강은 두 장수를 잃고, 군사 행동을 멈추고 큰 길만 지키고 있었다.

한편 이준 등은 군사를 이끌고 북신교에 당도하여 주둔하고, 군사들을 나누어 고당의 깊은 산속으로 들어가 길의 상황을 정찰하게 했다. 그때 날듯이 보고가 들어왔다.

"학사문이 죽고 서녕도 독화살에 맞아 죽었습니다."

이준은 장순과 상의하며 말했다.

"생각해보니 우리가 있는 이 길이 독송관으로 가는 가장 중요한 곳이고 호주·덕청 두 곳의 중요한 길목인 것 같네. 게다가 적병들이 모두 이곳에서 나타났다가 사라지니 우리가 목구멍 같은 이 도로를 지키고 있다가 양면으로 협공을 받게 되면 우리는 병력이 적어 대적하기 어렵네. 차라리 서산西山 깊숙한 곳으로 들어가 주둔하는 것이 좋겠네. 그러면 서호西湖 물 위에서 싸워도 좋고, 산 서쪽 뒷면이 서계산西溪山27으로 통하기 때문에 후퇴하기도 좋네."

이준은 소교를 송 선봉에게 보내 보고하고 군령을 받아오게 했다. 송강의 명을 받은 이준은 군사를 이끌고 도원령桃源嶺[28]을 넘어 서산 깊숙한 곳으로 들어 갔는데, 지금 영은사靈隱寺[29]가 있는 곳이다. 산의 북쪽 서계산 입구에 작은 울타리 방책을 세웠는데, 지금의 고당 깊은 곳이다. 전군前軍은 당가와唐家瓦[30]로 가서 정찰했다.

그날 장순이 이준에게 말했다.

"남군은 이미 모두 항주성으로 들어가버린 것 같습니다. 우리가 여기 주둔한지 보름이 넘었지만, 출전하는 적군이 보이지 않았습니다. 이렇게 산속에만 있다가 언제 공을 세우겠습니까? 제가 오늘 호수를 헤엄쳐 건너 수문을 통해 은밀하게 성으로 들어가 불 지르는 것으로 신호를 삼겠습니다. 그때 형님이 즉시 군사를 진격시켜 수문을 탈취하십시오. 그런 다음에 주장 송 선봉께 보고하여 세 길로 일제히 성을 공격하십시오."

이준이 말했다.

"그 계책이 좋기는 하지만, 동생 혼자 힘으로는 성공하기 어려울 것 같네."

"송 선봉 형님의 오랜 정분에 보답할 수 있다면, 이 목숨으로도 충분하지 않습니다."

"동생은 천천히 가게나. 내가 먼저 형님께 보고한 다음에 인마를 점검하여 호응하도록 하겠네."

"저는 여기서 실행할 테니, 형님은 사람을 보내 보고하십시오. 제가 성안으로

27_ 서계산西溪山: 『수호전전교주』에 따르면 『함순임안지』 권38 「산천 15山川十五」에 이르기를 '서계西溪는 무림산武林山 서쪽에 있다'고 했다.'

28_ 도원령桃源嶺: 『수호전전교주』에 따르면 『함순임안지』 권28 「산천 5山川五」에 이르기를 '오잠현於潛縣 도원산桃源山은 현 동쪽으로 2리 떨어진 허유관許遊觀에 있다'고 했다. 즉 도원령이다'라고 했다.

29_ 영은사靈隱寺: 지금의 항저우 서호西湖 서북쪽의 북고봉北高峰 아래에 있다.

30_ 당가와唐家瓦: 즉 당가동唐家衖이다. 『수호전전교주』에 따르면 『함순임안지』 권30 「산천 9山川九」에 이르기를 '당가동은 구리송九里松의 모용비慕容妃 묘 서쪽에 있다'고 했다.

들어가면 선봉 형님도 아시게 될 겁니다."

그날 저녁 장순은 여뀌 잎 모양의 날카로운 칼 한 자루를 몸에 감추고, 술과 음식을 배불리 먹은 다음 서호 기슭으로 갔다. 바라보니 삼면은 푸른 산이고 호수는 푸른 물이었다. 멀리 성곽을 바라보자 네 개의 금문禁門이 호수 기슭에 접해 있었다. 그 네 개의 문은 전당문錢塘門·용금문涌金門·청파문淸坡門·전호문錢湖門31이었다.

독자 여러분 들어보십시오. 원래 항주는 송나라 이전에는 청하진淸河鎭이라 불렸는데, 전왕錢王 때 항주 영해군으로 명칭을 바꾸면서 10개의 성문을 세웠다. 동쪽에는 채시문菜市門·천교문薦橋門, 남쪽에는 후조문候潮門·가회문嘉會門, 서쪽에는 전호문·청파문·용금문·전당문, 북쪽에는 북관문·간산문이 있었다. 고종高宗의 어가가 남쪽으로 건너간 뒤에 이곳에 도읍을 세우고 화화花花 임안부臨安府로 부르고 또 성문 3개를 더 세웠다. 지금 방랍이 점거하고 있을 때는 전왕의 옛 도읍이었는데, 성의 둘레가 80리였다. 비록 고종이 남쪽으로 건너간 이후와 비할 수는 없지만 대단히 부귀하고 강산이 수려했으며 사람과 물자가 사치스럽고 화려했다. 이 때문에 '위로는 천당이 있지만, 아래에는 소주와 항주가 있다'는 말이 전해졌다.

강절江浙은 옛날 대도시였고, 전당錢塘은 예로부터 번화했다네. 성안 풍경은 말하지 않고, 서호의 풍물만 말하노라. 거대하게 펼쳐진 푸른 물은 유리처럼 맑고 투명하며, 늘어선 삼천 봉은 들쑥날쑥 비취처럼 푸르고 아름답구나. 봄바람 불면 호숫가에 화사한 복숭아와 무성한 오얏 덧그린 듯하고, 여름에는 햇빛 작열하는 연못 가운데 푸른 연잎과 붉은 연꽃 그린 듯하네. 가을구름 물에 비끼면

31_ 전당문錢塘門은 송나라 때 건축되었고 전당현 서남쪽에 있다. 영음사가 그 위에 있다. 용금문涌金門은 남송 임안(지금의 항저우)의 서쪽 성문이다. 문이 서호에 닿아 있다. 청파문淸坡門은 송나라 때 암문暗門이라 불렸다. 전호문錢湖門은 청파문 남쪽에 있었다고 한다.

남쪽 나라 여린 국화 황금 쌓은 듯하고, 겨울에 눈 어지러이 날리면 북령北嶺의 한매寒梅 옥을 깨뜨린 듯 새하얗구나. 구리송九里松32에는 푸른 연기 가늘게 피어오르고, 육교六橋33의 벽옥 같은 물은 졸졸 흐르누나. 새벽 놀 삼천축三天竺34을 연이어 비추고, 저녁 구름은 이고봉二高峰35을 깊이 덮네. 바람은 원호동猿呼洞36 입구에서 일어나고, 내리는 비는 용정산龍井山 꼭대기에서 오는구나. 삼현당三賢堂37 옆 거북등은 하늘 가까이 솟았고, 사성관四聖觀38 앞에는 긴 상서로운 구름이 감돌고 있네. 소공제蘇公堤39에는 소동파의 고적이 있고, 고산로孤山路에는 화정和靖40의 옛집이 있도다. 벗을 찾아온 손님은 영은사로 가고, 꽃을 머리에 꽂은 사람은 정자암淨慈庵으로 온다네. 평소에 삼도三島41가 멀다고는 들었지만, 어찌 호북湖北이 봉래보다 나을 줄 알았으랴?

江浙昔時都會, 錢塘自古繁華. 休言城內風光, 且說西湖景物; 有一萬頃碧澄澄掩映琉璃, 列三千面靑娜娜參差翡翠. 春風湖上, 艶桃濃李如描; 夏日池中, 綠蓋紅蓮似

32_ 구리송九里松: 지명으로 지금의 저장성 항저우 서호西湖 북쪽.

33_ 육교六橋: 소식蘇軾이 항주에서 관리로 있을 때 소공제蘇公堤를 건설했는데 여섯 개의 다리가 있었다. 영파映波·쇄란鎖瀾·망산望山·압제壓堤·동포東浦·과홍跨虹이다. 별도로 구정九亭이 있었다.

34_ 삼천축三天竺: 저장성 항저우 천축산天竺山에 상上·중中·하下 천축사天竺寺가 있다. 합쳐서 삼천축이라 한다.

35_ 이고봉二高峰: 항저우 남쪽과 북쪽의 두 고봉을 가리킨다. 두 고봉에는 모두 고탑古塔이 있고 당나라 천보天寶 연간에 건설되었다.

36_ 원호동猿呼洞: 즉 호원동呼猿洞이다. 항저우 서쪽 비래봉飛來峰 아래에 있다.

37_ 삼현당三賢堂: 백락천白樂天·임화정林和靖·소동파 세 현인에게 함께 제사지내는 곳이다. 항저우 서호에 위치해 있다.

38_ 사성관四聖觀: 옛 명칭은 사성당四聖堂이다. 항저우 고산孤山에 위치해 있다. 사성은 자미북극대제紫微北極大帝의 네 장수다. 천봉天蓬·천유天猷·익성翊聖·진무眞武다.

39_ 소공제蘇公堤: 항저우 서호에 있다. 소식이 항주에 있을 때 서호를 원활하게 흐르게 하기 위해 호수에서 진흙을 파내어 쌓고서 둑을 건설했다. 소공제의 길이는 남쪽 남병산南屛山에서 시작해 북쪽 악왕묘岳王廟에 이른다.

40_ 화정和靖: 송나라 초 처사인 임포林逋다. 서호 고산孤山에 은거했으며 독신으로 20여 년을 거주했으며 끝내 평민으로 생을 마쳤다. 인종仁宗이 '화정선생和靖先生'이란 시호를 하사했다.

41_ 삼도三島: 봉래蓬萊·방장方丈·영주瀛州로 바다에 있는 세 개의 선산仙山이다.

畫. 秋雲涵如, 看南國嫩菊堆金; 冬雪紛飛, 觀北嶺寒梅破玉. 九里松靑烟細細, 六橋水碧響泠泠. 曉霞連映三天竺, 暮雲深鎖二高峰. 風生在猿呼洞口, 雨飛來龍井山頭. 三賢堂畔, 一條鰲背侵天; 四聖觀前, 百丈祥雲繚繞. 蘇公堤, 東坡古迹; 孤山路, 和靖舊居. 訪友客投靈隱去, 簪花人逐淨慈來. 平昔只聞三島遠, 豈知湖北勝蓬萊?

소동파蘇東坡 학사도 시를[42] 지어 칭찬했다.

물결 햇빛에 반짝여 더욱 좋고, 비 내려 자욱한 산 경치 또한 기이하구나.
서호를 아름다운 서자西子[43]에 비한다면, 옅고 짙은 화장도 적당하다 하겠네.
湖光激艶晴偏好, 山色空蒙雨亦奇.
若把西湖比西子, 淡妝濃抹也相宜.

「완계사浣溪沙」[44]라는 옛 사에서 이를 증명하고 있다.

호수 위의 주홍색 다리에는 호화로운 수레바퀴 소리 들리고,
넘실거리는 호수 봄물에는 아름다운 흰 구름 거꾸로 비치는구나.
녹색 유리 같은 고요한 물 깨끗하고 매끄러워 티끌조차 없도다.
길에 이리저리 치는 거미줄은 풍경에 도취한 여객을 끌어당기는 듯하고,
꽃밭 속의 꾀꼬리 울음소리 멈추지 않으니 가는 행인 부르는 듯하구나.

42_ 소동파는 송대 시인으로 이 시의 제목은 「음호상초청후우이수飮湖上初晴後雨二首」다. 몇 개의 글자가 원작과는 다른데, 원작에서는 '호광湖光'을 '수광水光', '편偏'을 '방方', '야也'를 '총總'으로 기재하고 있다.
43_ 서자西子: 춘추시대 월越나라 미녀 서시西施를 말한다.
44_ 「완계사浣溪沙」는 사패詞牌 명칭으로 구양수歐陽修의 작품이다. 그러나 항주의 서호와는 무관하고 영주潁州(안후이성 푸양阜陽)의 서호西湖를 읊은 작품이다. '當路游絲迎醉客' 구절에서 구양수의 원문에는 '영迎'자가 '영縈'으로 실려 있다.

석양이 기울어지니 이 봄도 지나갈 텐데, 어쩐한단 말인가!

湖上朱橋響畫輪, 溶溶春水浸春雲. 碧琉璃滑淨無塵.

當路游絲迎醉客, 入花黃鳥映行人. 日斜歸去奈何春!

송나라 때 이 서호의 경치는 이루 다 말할 수 없고 비할 데가 없었다. 장순은 서릉교西陵橋[45]에 이르러 한참 동안 경치를 구경했다. 때는 따뜻한 봄날이라 물빛은 남색이었고 사면의 산은 짙푸른 색이었다. 장순이 보고는 말했다.

"내가 심양강에서 태어나 살면서 큰 바람과 거대한 파도를 수없이 겪었지만, 이렇게 좋은 물은 본 적이 없다. 이곳에서 죽는다 하더라도 유쾌한 귀신이 되겠구나!"

말을 하고는 무명 적삼을 벗어 다리 아래에 놓았다. 붉은 머리카락을 틀어 올리고 허리에는 생사로 짠, 어부나 점원의 앞치마 형상의 옷을 두르고 탑박을 묶고 날카로운 칼을 찼다. 맨발로 호수에 뛰어들어 물 밑바닥을 짚으면서 호수를 건너갔다.

때는 초경이라 달빛이 희미하게 밝았다. 장순은 용금문 옆으로 가까이 다가갔다. 머리를 물 밖으로 내밀고 들어보니 성 위에서 1경 4점을 알리는 북소리가 들려왔다. 성 밖은 아주 고요하여 사람은 하나도 보이지 않았고, 성 위 여장에는 3~4명이 망을 보고 있었다. 장순은 다시 물속으로 들어가 다시 한참 동안 기다리다가, 물 위로 머리를 내밀고 보니 성 위 여장에도 사람이 보이지 않았다. 장순이 더듬으며 수구水口[46]로 다가가 보자 쇠창살로 차단하여 막혀 있었다. 안쪽을 더듬자 모두 물속으로 드리우는 방호용 발이 쳐져 있고 발 위는 밧줄이 있고 구리 방울이 묶여 있었다. 쇠창살은 견고하여 뚫고 성안으로 들어갈 수가

45_ 서릉교西陵橋는 송나라 때 명칭이고 명나라 때는 대부분 '서냉교西冷橋'라 불렀다.

46_ 여기서는 용금문 수구水口를 가리킨다. 아래 문장에서 말한 수문이 바로 여기다.

없었다. 손을 펴 안으로 밀어넣어 발을 끌어 밧줄을 잡아당기자 방울소리가 울렸다. 그러자 성 위에 있던 군사가 큰 소리로 외쳤다. 장순은 다시 물속으로 들어가 기다렸다. 성 위의 군사들이 내려와 발을 살펴보았지만 아무도 보이지 않았다. 그들은 다시 성 위로 올라가며 말했다.

"방울이 울린 것이 이상하네. 큰 물고기가 물결 따라 내려오다가 발을 건드린 게지."

군사들은 한 번 더 살펴보고는 아무것도 보이지 않자 각자 돌아가 잠이 들었다.

장순이 다시 들어보니 성루에서 3경을 알리는 북소리가 울렸다. 한 점을 더 치는 소리가 들리자 이제 군사들이 각자 비틀거리며 가서 잠들었으리라 생각했다.

장순은 다시 물속으로 들어가 성 쪽으로 다가갔고 물속에서 성으로 들어갈 수 없음을 알았기에 언덕으로 기어 올라갔다. 성 위에 한 사람도 보이지 않아 성벽을 기어 올라가려다가 다시 생각하며 말했다.

"만약 성 위에 사람이 있다면 도리어 쓸데없이 목숨만 잃게 된다. 일단 한번 시험해봐야겠다."

장순은 흙덩어리를 주워 성 위로 던졌다. 그때 잠들지 않고 있던 군사들이 소리를 지르면서 일어나 다시 수문으로 내려와 살펴보았지만 아무런 동정이 없었다. 군사들은 다시 적루로 올라가 호수 위를 살펴보았지만 배는 한 척도 보이지 않았다. 원래 서호의 배들은, 이미 방천정의 명을 받들어 모두 청파문 밖이나 정자淨慈 항구에 정박하고 다른 성문에는 배를 정박시키는 것을 허락하지 않았다. 군사들이 말했다.

"이상하지 않아?"

"귀신이 틀림없어! 신경 쓰지 말고 각자 잠이나 자러 가자고!"

입으로는 그렇게 말했지만 잠자러 가지 않고 모두들 여장 옆에 잠복하고 있었다.

장순은 한 경(2시간)이 울리는 소리를 들었고 아무런 동정이 없자 다시 성벽으로 다가가 귀를 기울였다. 성 위에서는 시각을 알리는 북소리가 들리지 않았다. 장순은 감히 성벽을 기어오르지 못하고 또 돌멩이를 성 위로 던져 보았다. 그래도 아무런 동정이 없었다. 장순은 생각했다.

"이미 4경이니 곧 날이 밝아지겠지. 지금 성을 올라가지 않으면 어느 때를 기다린단 말인가?"

장순은 성벽을 기어오르기 시작했고 반쯤 올라갔을 때 성 위에서 딱따기 소리가 나면서 성 위에 군사들이 일제히 일어났다. 장순이 성벽 중간쯤에서 물속으로 뛰어내리려 했지만 그보다 빨리 답노와 강궁, 참대 화살, 자갈이 일제히 쏟아져 내렸다. 가련하게도 장순은 용금문 밖 물속에서 목숨을 잃고 말았다. 시에 이르기를,

싸움 잘하는 자 전쟁에서 죽고, 헤엄 잘 치는 자 물속에서 죽는다 들었네.
질항아리는 우물가에서 깨지니, 권하노니 영웅이라 드러내지 말지어다.
曾聞善戰死兵戎, 善溺終然喪水中.
瓦罐不離井上破, 勸君莫但逞英雄.

이야기는 둘로 나뉜다. 한편 송강은 그날 이준의 지급 보고를 접수했는데, 장순이 물속으로 성에 들어가 불 지르는 것으로 신호를 보낼 것이라 하여 즉시 동문 쪽 군사들에게 그 사실을 알렸다. 그날 밤 송강은 장막 안에서 오용과 계책을 상의하고 있었다. 4경이 되자 심신이 피곤해 졸음이 몰려와 좌우를 물리고 안석에 엎드려 잠이 들었다. 별안간 한 줄기 서늘한 바람이 불어 일어나 보니 등촉은 빛을 잃었고 차가운 기운이 스며들었다. 눈여겨 살펴보자 사람도 아니고 귀신도 아닌 것이 차가운 기운 가운데 서 있었다. 그 사람은 온 몸에 피 얼

룩을 한 채 낮은 목소리로 말했다.

"이 동생이 여러 해 동안 형님을 따르면서 받은 은혜와 사랑이 두터운데 이제 죽어서 보답하고자 합니다. 용금문 아래에서 창과 화살에 맞아 죽었는데, 지금 특별히 형님께 작별인사를 하고자 왔습니다."

송강이 말했다.

"이게 장순 형제 아닌가?"

송강이 고개를 돌려 보자 또 3~4명이 온몸에 피를 흘리면서 곁에 있었는데 누군지 자세히 보이지 않았다. 송강이 통곡을 하다가 문득 깨어나니 한바탕 꿈이었다. 장막 밖에 있던 사람들이 통곡소리를 듣고 들어오자 송강이 말했다.

"괴이하구나!"

송강은 오용을 불러 해몽을 요청했다.

오용이 말했다.

"형님께서 피곤하셔서 잠시 그런 것이지, 특별히 이상한 꿈이 있겠습니까?"

송강이 말했다.

"방금 차가운 기운 속에서 장순이 온몸이 피로 범벅이 된 채 여기에 서 있는 것을 분명히 봤네. 장순이 '이 동생이 여러 해 동안 형님을 따르면서 받은 은혜와 사랑이 두터운데 이제 죽어서 보답하고자 합니다. 용금문 아래에서 창과 화살에 맞아 죽었는데, 지금 특별히 형님께 작별인사를 하고자 왔습니다'라고 말했네. 고개를 돌려보니까 이쪽에 또 피 묻은 3~4명이 있었는데 분명하게 알아보지는 못했네. 그래서 통곡하다가 깨어난 것이네."

오용이 말했다.

"아침에 이준이 보고하기를, 장순이 호수를 건너 성 안으로 들어가 불 지르는 것으로 신호로 삼겠다고 했습니다. 형님께서 이를 마음에 두고 있어 악몽을 꾼 것은 아닌지요?"

"장순은 영리한 사람이네. 필시 무고한 죽음을 당한 것 같네."

"서호西湖 쪽 성벽은 요새인데 아마도 장순이 목숨을 잃은 것 같습니다. 그래서 그 혼백이 형님의 꿈에 나타나 부탁하는가 봅니다."

"만약 그렇다면 그 3~4명은 또 누구겠소?"

오용과 의논했지만 결정을 내리지 못했다. 두 사람은 날이 밝아질 때까지 앉아 있었는데 성안에는 어떠한 움직임도 없었다. 속으로 더욱 의심이 들었고 오후가 되자 이준이 사람을 보내 보고했다.

"장순이 용금문을 통해 성으로 들어가려다가 화살에 맞아 물속에서 죽었습니다. 지금 서호 쪽 성 위에 그의 머리를 대나무 장대에 걸어 보여주고 있습니다."

송강은 보고를 받고 또 통곡하다가 졸도하고 말았다. 오용을 비롯한 장수들 역시 모두 슬퍼했다. 원래 장순은 사람됨이 매우 좋아 형제들과 정분이 깊었다. 송강이 말했다.

"나는 부모님을 여의었을 때도 이처럼 상심하며 번뇌하지 않았는데, 고통이 뼈에까지 사무치는구나!"

오용 등이 설득하며 말했다.

"형님께서는 국가 대사를 생각하셔야 하니, 형제의 정 때문에 귀한 몸을 상하게 해서는 안 됩니다."

송강이 말했다.

"내가 직접 호숫가로 가서 장순을 위해 조문하고 전송해야겠네."

오용이 말렸다.

"형님이 직접 위험한 곳에 가서는 안 됩니다. 만약 적병들이 알면 반드시 공격해올 겁니다."

송강이 말했다.

"내게도 방법이 있네."

송강은 즉시 이규·포욱·항충·이곤 네 사람에게 보군 500명을 이끌고 가면서 길의 상황을 정탐하게 하고, 송강 자신은 석수·대종·번서·마린과 5000명의 군사를 거느리고 은밀하게 서산 오솔길을 통해 이준의 방책으로 갔다. 이준 등이 송강을 영접해 영은사 방장으로 안내하고는 휴식을 취하도록 했다. 송강은 또 한바탕 곡을 하고서 영은사 스님들을 청하여 불경을 읽으며 장순을 추도했다.

이튿날 저녁, 송강은 군교를 시켜 호숫가로 가서 '망제 정장 장순지혼亡弟正將 張順之魂'이라고 쓴 흰 깃발을 물가에 꽂게 했고 서릉교 위에는 많은 제물祭物을 차려놓았다. 그러고는 이규에게 분부했다.

"이렇게 이렇게 하게."

이규는 북산 입구에 매복하고, 번서·마린·석수는 양쪽에 매복했다. 대종은 송강의 곁에서 수행했다. 날이 저물어 초경이 되기를 기다렸다가 송강은 흰 전포를 입고 황금 투구 위에 흰 명주47를 두르고는 대종과 5~7명의 스님들을 데리고 소행산小行山을 돌아 서릉교로 갔다. 군교가 이미 흑돼지와 흰 양, 금은 등 제물들을 차려놓고 등촉을 눈부시게 하고 향을 피워놓고 있었다. 송강은 종이에 이름을 쓰고 불사르며 상천에 고하는 의식을 거행하고 용금문을 바라보며 곡을 하고 추도했다. 대종은 곁에 서 있었다. 먼저 스님들이 방울을 흔들며 염불을 외워 법술로 죽은 장순을 돌아오도록 불러 장순의 혼백을 신명께 기원하고 신번神旛48을 내려놓았다. 그런 다음 대종이 제문을 읽었다. 송강은 다시 잔에 술을 뿌려 추모하고 동쪽 하늘을 우러르며 곡을 했다.

그때 다리 아래 양쪽에서 함성이 일더니 남산과 북산 양쪽에서 일제히 북소리가 울리면서 두 무리의 군마가 송강을 잡으려고 달려왔다. 바로 은혜와 의리가 하늘만큼 커서 적의 병기를 일으켜 땅을 말듯이 달려오게 한 것이다.

47_ 원문은 '효견孝絹'으로 상복을 입었을 때 사용하는 흰 명주.
48_ 신번神旛: 오색五色의 신비로운 깃발.

결국 송강과 대종이 어떻게 적에 맞서는지는 다음 회에 설명하노라.

장순의 죽음

장순의 죽음은 역사에 실존했던 남송 말의 장순張順이 한수漢水에서 해상 전투를 벌였던 고사에서 이식한 듯하다. 『송사』 「충의전」에 다음과 같이 기재하고 있다.

'장순張順은 민병대의 부대장이었다. 양양襄陽이 5년 동안 포위되어 곤경에 처하자 송나라 조정에서는 양양의 서북쪽에 흐르는 청니하淸泥河라는 강이 균주均州와 방주房州에서 발원하는 것을 탐지했다. 이에 그곳에서 가볍고 빠른 배 100척을 건조하고 3척의 작은 배를 한데 묶어 한 척의 커다란 배로 만들었다. 중간 배에는 화물을 싣고 좌우 양쪽 배에는 바닥에 구멍을 뚫고 뚜껑을 덮어 감추었다. 그런 다음 두터운 상으로 죽음을 두려워하지 않는 전사들을 모집했는데 3000명이 모였다. 장수 또한 모집했는데 장순과 장귀張貴를 얻었고, 사람들은 장순을 왜장矮張이라 불렀고, 장귀를 죽원장竹園張이라 했다. 이들은 지혜와 용맹을 갖추었고 장사들이 복종하고 신임했기에 그들을 도통都統으로 임명했다. 이들은 출발하며 명령을 내리기를 "이번 행동은 단지 죽음만이 있을 뿐이다. 너희 중 누구라도 본심에서 나온 것이 아니라면 빨리 떠나 우리의 대사를 그르치게 하지 말라"라고 했다. 그러자 장사들의 분위기가 모두 고조되었다. 한수漢水의 수위가 상승하자 100척의 전선이 출발했고 이틀 후에 항구로 진입하여 방진方陣을 펼치고 각 배에 화창, 화포, 불길이 센 탄, 화포, 큰 도끼, 쇠뇌를 배치했다. 밤 3각이 지나자 출항했고 붉은 등으로 신호를 삼았다. 장귀가 먼저 배에 올라 선봉이 되고 장순이 그 뒤를 따랐다. 그들은 바람을 타고 물살을 가르며 나아가 두텁게 에워싼 포위망을 향해 돌진해갔다. 그러나 북군北軍의 전선과 수군들이 강에 가득했기에 포위를 돌파할 틈이 없었다. 군사들은 날카로운 기세에 힘입어 함께 적들이 철사로 연결한 수백 개의 말뚝을 끊어버렸고 이리저리 120리를 옮겨 다니며 싸웠다. 동틀 무렵에는 양양성 아래에까지 이르렀다. 성안에서는 오랫동안 구원이 단절되었었는데, 구원병이 당도했다는 소식을 듣자 사람들의 사기가 갑자기 백배로 고조되었다. 그런데 전투가 끝나고 군사를 거두었을 때 유독 장순만이 보이지 않았다. 며칠 지나서 떠오른 시신이 물살을 거슬러 올라왔는데, 갑옷을 걸치고 투구를 쓰고 손에는 활과 화살을 잡은 채 떠다니다 다리 아래로 왔다. 사람들이 살펴보니 바로 장순이었고 몸에는 네 군데의 자창이 있고 여섯 대의 화살이 꽂힌 상태였다. 얼굴은 분노가 가득했는데 마치 살아 있는 것 같았다. 놀란 군사들은 그를 신으로 여겼고 그를 위해 무덤을 만들어 염을 하고 매장했으며 사당을 지어 그에게 제사를 올렸다.

장순 등이 양양을 구원하기 위해 포위하고 있던 원나라 군대와 수전을 벌인 사건은 송나라 함순咸淳 8년(1272) 5월의 일이다. 이들은 양양이 5년 동안 포위된 동안 성으로 진입하는 데 성공한 유일한 송나라의 지원군이었다. 장귀는 이후에 포로로 잡혔지만 굴복하지 않고 죽음에 이르렀다. 양양 사람들은 이 두 사람을 위해 사당을 짓고 제를 올렸다.

금
화
태
보
金華太保
가
된
장
순

송강이 대종과 함께 서릉교 위에서 장순의 제사를 지내고 추모하고 있을 때, 방천정은 이 사실을 알고 송강을 사로잡기 위해 10명의 수장首將을 두 갈래 길로 나누어 성 밖으로 내보냈다. 남산 쪽에서는 오치吳値·조의趙毅·조중晁中·원홍元興·소경蘇涇 5명이었고, 북산 쪽 길에서는 온극양溫克讓·최욱崔彧·염명廉明·모적茅迪·탕봉사湯逢士 등 5명이었다. 남북 양쪽 길의 10명의 수장이 각기 인마 3000기를 이끌고 한밤중에 앞뒤 성문을 열고 양쪽 길로 일제히 쳐들어온 것이다. 이때 송강은 대종과 함께 술을 올리고 지전을 사르고 있다가 다리 아래에서 함성이 크게 일어나는 것을 들었다. 왼쪽에는 번서와 마린이, 오른쪽에서는 석수가 각기 5000기의 인마를 거느리고 매복하고 있었다. 앞쪽에서 횃불이 오는 것을 보고 일제히 횃불을 밝히고 양쪽 길로 나누어 남산과 북산에서 오는 군마를 들이쳤다. 남군들은 송군에 준비가 있는 것을 보고 급히 오던 길로

1_ 제115회 제목은 '張順魂捉方天定(장순의 혼백은 방천장을 사로잡다). 宋江智取寧海軍(송강이 지혜로 영해군을 손에 넣다)'이다.

되돌아갔다. 양쪽에서 송군이 추격하자 온극양은 네 장수를 이끌고 급히 말 머리를 돌려 강을 건너려는데, 보숙탑산保叔塔山[2] 뒤에서 완소이·완소오·맹강이 5000명의 인마를 이끌고 뛰쳐나와 돌아갈 길을 차단했다. 모적은 사로잡히고 탕봉사는 어지럽게 찔러대는 창에 찔려 죽었다. 남산 쪽에서도 오치가 네 장수를 이끌고 오다가 송군에게 추격당하게 되어 급히 돌아가다가 정향교定香橋[3]에서 500명의 보군을 이끌고 쳐들어오는 이규·포욱·항충·이곤과 맞닥뜨렸다. 항충과 이곤 두 방패수는 곧장 적병 속으로 돌진해 들어가 방패를 춤추듯 휘두르고 비도를 날려 원흥을 뒤집어 쓰러뜨렸다. 포욱은 칼로 소경을 베어 죽이고 이규는 도끼로 조의를 쪼개 죽였다. 적병 태반이 호수 쪽으로 밀리면서 물에 빠져 죽었다. 쫓긴 적병이 성안으로 들어가자 구원병이 달려나왔지만 송강의 군마는 이미 모두 산속으로 들어가 영은사에 집합하여 각기 공을 바치며 상을 청하고 있었다. 양쪽 길에서 빼앗은 좋은 말이 500여 필이었다. 송강은 석수·번서·마린을 그곳에 남겨 이준을 등을 도와 서호의 산채를 지키면서 성을 공격할 준비를 하도록 분부했다. 송강은 대종과 이규 등을 데리고 고정산 본영으로 돌아왔다. 오용 등이 영접하여 장막에 앉자 송강이 오용에게 말했다.

"이처럼 내가 계책을 써서 수장 4명의 수급을 얻고 모적을 사로잡았네. 장 초토에게 압송해 참수하게 할 것이네."

방책에 있던 송강은 독송관과 덕청현의 소식을 알 수 없어 대종을 보내 알아보고 빨리 돌아와 보고하게 했다. 대종은 며칠 후 방책으로 돌아와 송 선봉을 만나 노 선봉은 이미 독송관을 지났으며 조만간 이곳에 당도할 것이라 보고했다. 송강은 그 말을 듣고서 기뻐하면서도 또 걱정하며 군사들 상황이 어떠한지

2_ 보숙탑산保叔塔山: 항저우 서호 언덕에 보석산寶石山(거석산巨石山이라고도 한다)이 있고 산 위에 보숙탑保叔塔이 있다. 이 때문에 또 보숙탑산이라고도 부른다.

3_ 정향교定香橋: 송나라 때 서호에는 향적원香積院이 있었고 이후에 정향원定香院으로 바뀌었다. 호수에서 적산赤山으로 올라갈 때 적산 부두에서 정향교를 거쳐 간다.

물었다. 대종이 대답했다.

"제가 상세히 알아왔고 공문도 여기 있습니다. 선봉께서는 걱정 마십시오."

송강이 말했다.

"또 형제 몇 명을 잃지는 않았는가? 숨기지 말고 상황을 사실대로 말해주게."

대종이 말했다.

"노 선봉이 독송관을 취하러 갔는데 관 양쪽은 모두 높은 산이고 단지 그 중간에 길이 하나 있을 뿐이었습니다. 산 위에는 관 입구의 초소가 있었는데, 관 옆에는 높이가 수십여 장이나 되는 큰 나무가 있어 여기저기 모두 내려다볼 수 있었지만, 아래쪽에서는 소나무가 무성하여 위를 볼 수가 없었습니다. 관에는 3명의 적장이 지키고 있었습니다. 우두머리는 오승吳升이란 자였고, 두 번째는 장인藏印, 세 번째는 위형衛亨이란 놈이었습니다. 처음에는 매일 적들이 관을 내려와 임충과 싸움을 벌였는데, 장인이 임충의 장팔사모에 찔려 다친 뒤로 오승은 감히 관에서 내려오지 못하고 지키기만 했습니다. 그 뒤에 적장 여천윤厲天閏이 여천우厲天祐·장검張儉·장도張韜·요의姚義 4명의 장수를 이끌고 구원하러 왔습니다. 다음 날 그놈들이 관을 내려와 싸움을 벌였습니다. 적장 여천우가 먼저 말을 몰아 나와 여방을 상대했는데 50~60합 만에 여방의 화극에 찔려 죽자, 적병은 관으로 올라가더니 다시 내려오지 않았습니다. 며칠 동안 관 아래에서 기다리다가 노 선봉은 산봉우리가 험준한 것을 보고 구붕·등비·이충·주통을 산 위로 보내 길을 정탐하게 했습니다. 그런데 뜻하지 않게 형제의 원수를 갚겠다고 군사를 이끌고 관을 내려온 여천윤과 맞닥뜨렸습니다. 여천윤이 주통을 한 칼에 베어 죽였고 이충은 상처를 입고 달아났습니다. 만약 구원병이 조금만 늦게 왔더라도 모두 끝장났을 텐데 다행히 세 장수를 구해서 군영으로 돌아왔습니다. 다음 날 쌍창장 동평이 참지 못하고 복수하기 위해 관 아래서 말을 멈춰 세우고 적장에게 크게 욕설을 퍼부었는데, 생각지도 않게 관 위에서 쏜 화포에서 뿜어져 나온 열기에 왼쪽 팔을 다쳤습니다. 군영으로 돌아와보니 창을 쓸 수 없을 만큼 많이 다쳐 판자를 대고 팔을 묶었습니다. 다음 날 동평이 복수하러 나가려 하자 노 선봉이 막아서며 가지 못하게 했습니다. 하룻밤이 지나고 팔이 좀 나아지자, 동평은 노 선봉에게 알리지도 않고 장청張淸과 상의하여 함께 말도 타지 않고 먼저 관으로 올라갔습니다. 관 위에서 적장 여천윤과 장도가 내려와 교전을 벌였습니다. 동평은 여천윤을 사로잡으려고 걸어가면서 창을 사용했습니다. 여천윤도 장창을 들고 맞서 동평과 10합을 싸웠습니다. 동평은 마음속으로 여천윤을 죽이려 했지만 다친 왼팔로는 창을 쓸 수가 없어 뒤로 물러났습니다. 여천윤이 뒤쫓아 오자 장청이 즉시 창을 뻗어 찔렀는데 여천윤이 소나무 뒤로 피하는 바람에 장청의 수중에 있던 창이 소나무에 푹 박히고 말았습니다. 급히 빼려고 했지만 단단히 박혀 빼내지 못했고 여천윤이 창으로 배를 정통으로 찔러 땅바닥에 쓰러졌습니다. 장청이 창에 찔려 쓰러지는 것을 본 동평이 급히 쌍창으로 싸우려 달려들 때 조심하지 않아 뒤에서 장도가 한칼에 허리를 내리쳐 동평이 두 동강이 나면서 죽었습니다. 노 선봉이 알고서 급히 구원하러 갔지만 적병은 이미 관으로 올라간 뒤였기에 관 아래에서는 손쓸 길이 없었습니다. 그런데 손신·고대수 부부가 피란민으로 꾸미고 깊은 산속으로 들어갔다가 한 갈래 지름길을 찾았습니다. 손신 부부는 이립·탕륭·시천·백승을 데리고 오솔길로 관에 이르렀고 한밤중에 더듬으며 관 위로 올라가 불을 질렀습니다. 적장들은 불길이 치솟는 것을 보고는 송군이 이미 관을 통과한 줄 알고 모두 관을 버리고 달아났습니다. 노 선봉이 관에 올라가 군사들을 점검했는데 손신과 고대수가 원래부터 관을 지키던 장수 오승을 사로잡았고, 이립과 탕륭이 장인을 사로잡았으며, 시천과 백승이 위형을 사로잡았습니다. 노 선봉은 세 적장을 모두 장 초토에게 압송하고 동평·장청·주통의 시신을 수습하여 관 위에서 장사지냈습니다. 노 선봉은 관을 지나 40~50리까지 적병을 추격하여, 여천윤과 교전을 벌여 30여 합 만에 여천윤을 찔러 죽였습니다. 적장 장검·장도·요의는 패잔병을 이끌고 간신히 맞아 싸우다가 물러나 돌아갔습니다. 노 선봉이 조만간에 도착할 텐데 주장께서 믿지 못하시겠다면 이 공문을 보십시오."

송강은 공문을 보고서 답답해하더니 눈물이 솟아났다. 오용이 말했다.

"노 선봉이 승리했으니 군사를 보내 협공하면 남군은 반드시 패할 것입니다. 호주에 있는 호연작의 군마도 호응하게 해야 합니다."

송강이 대답했다.

"군사의 말이 지극히 합당하오."

송강은 즉시 이규·포욱·항충·이곤으로 하여금 보군 3000명을 이끌고 산길로 가서 맞이하게 했다. 흑선풍이 군병을 이끌고 미친 듯이 기뻐하며 갔다. 한편 송강의 군마는 동문을 공격하기로 하고는 주동 등은 5000명의 마보군을 선발하여 탕진로 마을에서 채시문으로 달려가 동문을 공격해 취하도록 했다. 당시 동로東路에는 강을 따라 모두 시골집과 작은 여관들이 들어찼는데 성안에 비해 뒤지지 않았고 농촌 지역도 넓고 규모가 컸다. 성 옆에 당도하여 군마를 넓게 펼쳤다. 노지심이 앞장서서 진을 나가 철 선장을 들고 곧장 성 아래로 걸어가더니 싸움을 걸었다. 노지심이 욕설을 퍼부었다.

"남쪽에 사는 좆같은 놈들아, 어서 나와서 붙어보자!"

성 위의 군사들은 중이 와서 싸움을 거는 것을 보고 황급히 태자궁으로 들어가 보고했다. 보강국사寶光國師 등원각은 한 중이 싸움을 걸고 있다는 말을 듣고는 몸을 일으켜 태자에게 말했다.

"소승이 듣자하니 양산박의 노지심이란 중이 철 선장을 잘 쓴다고 했습니다. 소승이 나가서 그놈과 도보로 몇 합 싸워볼 테니 태자께서는 동문 성에 올라가서 구경하십시오."

방천정은 크게 기뻐하면서 명을 전하고 8명의 맹장과 원수 석보를 거느리고 모두 채시문 성에 올라가 국사가 적과 싸우는 것을 구경하기로 했다. 방천정이 석보와 함께 적루에 앉자 8명의 장수가 양쪽에 에워쌌고 보광국사가 싸우는 것을 구경했다. 그 보광국사의 차림새를 보니,

사나운 불길 같은 선홍색 깃의 검은 도포를 걸치고, 범의 힘줄을 두드려 둥글게 만든 끈을 묶었네. 일곱 가지 보배로운 구슬을 꿰어 만든 염주를 목에 걸고 고리가 아홉 개인 사슴 가죽 승려화를 신었구나. 도포 속에는 향내 나는 실로 금빛 짐승을 수놓은 가슴 보호대를 달고, 두 손으로 빛나는 혼철 선장을 들었도다.

穿一領烈火猩紅直裰, 繫一條虎筋打就圓條. 挂一串七寶瓔珞數珠, 着一雙九環鹿皮僧鞋. 襯裏是香線金獸掩心, 雙手使錚光渾鐵禪杖.

성문이 열리고 조교가 내려가자, 보광국사 등원각이 500명의 칼잡이 보군을 이끌고 날듯이 달려나왔다. 노지심이 보고는 말했다.

"남군에서도 까까중이 나오는구나. 내가 선장 맛을 백 대만 먹여주겠다!"

노지심이 아무 말 없이 선장을 휘두르며 달려들자 보광국사도 선장을 휘두르며 맞섰다. 두 사람은 선장을 들고 나란히 섰다.

격분한 노지심에겐 깨끗한 마음 전혀 없고, 성난 등원각에게도 어찌 자비심이 있겠는가? 이쪽은 불도佛道를 닦은 적 없고 달빛 없는 밤에 살인을 저지르며, 저쪽은 경문經文 볼 줄 모르고 세차게 바람 부는 날 방화만 저지르네. 이쪽은 영산靈山에 올라 여래如來를 화나게 하여 연대蓮臺4에 태만히 앉게 하고, 저쪽은 선법당善法堂 앞으로 가서 게체揭諦5를 핍박하여 금저金杵6를 사용하게 하는구나. 이 중은 일생 동안 양무제의 양황참梁皇懺7을 읽지 않았고, 저 중은 평생

4_ 연대蓮臺: 연좌蓮座로 연꽃의 밑 부분이다. 제불諸佛의 연꽃 자리를 말한다.

5_ 게체揭諦: 게제揭帝라고도 하며 불교에서 호법신 가운데 하나.

6_ 금저金杵: 불교 전설에서 악마를 물리치는 병기.

7_ 양황참梁皇懺: 불교서로 『자비도장참법慈悲道場懺法』의 별칭이다. 전해지기로는 양무제梁武帝가 처음에 옹주雍州 자사刺史였을 때 부인인 치씨郗氏가 질투심이 심했는데 병으로 죽었다. 양무제 즉위 뒤

조사선祖師禪[8]을 알지 못하는가?

魯智深忿怒, 全無淸淨之心; 鄧元覺生嗔, 豈有慈悲之念? 這個何曾尊佛道, 只於月黑殺人; 那個不會看經文, 惟要風高放火. 這個向靈山會上, 惱如來懶坐蓮臺; 那個去善法堂前, 勒揭諦使回金杵. 一個盡世不修梁武懺, 一個平生那識祖師禪?

노지심과 등원각이 50여 합을 싸웠으나 승부를 가리지 못했다. 방천정이 적루에서 보고 있다가 석보에게 말했다.

"양산박에 화화상 노지심이란 자가 있다고 하더니 이처럼 대단할 거란 생각도 못했네. 과연 명불허전이로구나! 이렇게 오래 싸웠는데도 보광국사에게 조금도 꺾이지 않네."

석보가 대답했다.

"소장도 넋을 잃고 보고 있습니다. 이런 적수를 만난 적이 없습니다."

두 사람이 한창 이야기하고 있는데, 정찰 기병이 달려와 또 보고했다.

"북관문 아래에 또 군마가 당도했습니다."

석보가 황급히 일어나 갔다. 한편 성 아래 송 군중에서는 노지심이 보광과 싸워 이기지 못하는 것을 보고 있던 행자 무송이 혹여 실수가 있을까 걱정되어 속으로 초조해하다 쌍계도를 춤추듯 휘두르며 날듯이 진 앞으로 달려나가 곧장 보광에게 덤벼들었다. 보광은 두 사람을 혼자 당해낼 수 없어 선장을 끌면서 성안으로 달아났다. 무송이 용기를 내어 추격하는데 별안간 성문 안에서 한 맹장이 튀어나왔다. 방천정 수하의 패응기가 창을 들고 말을 박차며 달려나와 무송을 막아섰다. 두 사람은 조교 위에서 부딪치며 맞붙었다. 무송이 날쌔게 창을

에 꿈에서 치씨가 이무기가 되어 나타났다. 치씨의 죄업을 참회하기 위해 불경 어구를 수록하여 참법懺法 10권을 만들었기에 '양황참'이라 부른다.

8_ 조사선祖師禪: 불교어. 선종禪宗의 선법禪法은 문장으로 이루어지지 않고 스승이 직접 제자에게 전하면서 대대로 내려와 이심전심의 가르침으로 전해지기 때문에 조사선이라 말한다.

피하면서 수중에 있던 계도를 내던지고 패옹기의 창 자루를 잡았다. 힘껏 잡아 당기자 사람과 창이 함께 말 아래로 끌려 내려왔다. 그 순간 무송이 한칼에 패옹기의 목을 썰어버렸다. 노지심이 뒤따라와 호응하여 돌아왔다. 방천정은 급히 조교를 끌어올리고 군사를 거두어 성안으로 들어오게 했다. 주동도 군사를 이끌고 10리 밖으로 물러나 진지를 구축하고 주둔했다. 그리고 사람을 보내 송 선봉에게 승리 소식을 알렸다.

그날 송강은 군사를 이끌고 북관문으로 가서 싸움을 걸었다. 그러자 석보가 유성추를 차고 말에 올라 손에는 벽풍도를 비껴들고 성문을 열고 나와 맞섰다. 송강의 진에서는 대도 관승이 말을 몰아 나가 석보와 교전을 벌였다. 두 장수가 싸운 지 20여 합 만에 석보가 말 머리를 돌려 달아났는데, 관승이 급히 말을 멈춰 세우고는 본진으로 돌아왔다. 송강이 관승에게 물었다.

"무슨 까닭으로 추격하지 않았는가?"

관승이 말했다.

"석보의 칼솜씨가 저보다 못하지 않습니다. 그런데 말을 돌려 달아난 것은 필시 계책이 있는 것입니다."

오용이 말했다.

"이자는 유성추를 잘 쓴다고 단개가 말했습니다. 말을 돌려 거짓으로 패한 척하면서 깊은 곳에 빠뜨리려고 유인하는 것입니다."

송강이 말했다.

"만약 추격했더라면 악독한 수단에 걸릴 뻔했네. 군사를 거두어 방책으로 돌아가도록 하고 사람을 무송에게 보내 상을 내려야겠네."

한편 이규 등은 보군을 이끌고 노 선봉을 도우러 산길로 가다가 장검 등의 패잔병과 마주쳤다. 이규 등은 힘을 합쳐 충돌했고 난군 속에서 적장 요의를 죽였다. 장검과 장도는 다시 관 위쪽 길로 도망치다가 노 선봉을 만나 한바탕 또 대패하고 깊은 산속 오솔길로 달아났다. 노 선봉이 뒤에서 바짝 추격하자 장검과 장도는 말을 버리고 산 아래로 달아나 목숨만 겨우 건졌다. 그때 뜻밖에 잔대나무숲에서 삼지창을 든 두 사람이 불쑥 튀어나왔다. 장검과 장도는 미처 손쓸 새도 없이 두 사람의 삼지창에 찔려 뒤집어졌고 사로잡혀 산 아래로 끌려왔다. 둘을 찔러 쓰러뜨리고 잡은 사람은 해진과 해보였다. 두 사람이 잡혀 오는 것을 본 노 선봉은 크게 기뻐했다. 이규 등과 군사를 합치고 여러 장수와 함께 모여 고정산 본영으로 돌아와 송 선봉을 만났다. 모두들 상견한 자리에서 동평·장청·주통을 잃은 일을 하소연하자 모두들 슬퍼했다. 뒤이어 여러 장수도 모두 돌아와 송강에게 인사했고 병력을 합쳐 진지를 구축하고 주둔했다. 이튿날 장검을 소주의 장 초토에게 압송해 효수하여 대중에게 보이게 하고, 장도는 방책 앞에서 배를 갈라 심장을 꺼내 아득히 먼 하늘을 우러러 동평·장청·주통에게 제사를 지냈다.

송 선봉이 오용과 계책을 상의하며 말했다.

"노 선봉에게 본부 인마를 통솔하고 덕청현으로 가서 호연작 등의 부대와 호응하여 이곳으로 돌아오게 해야겠네. 모든 병력이 함께 성을 취해야겠네."

노준의는 송강의 명을 받고 본부 병마를 점검하고 출발하여 봉구진奉口鎭을 향해 진군했다. 삼군이 봉구진에 당도했을 때 마침 패잔병을 이끌고 돌아오던 적장 사행방과 마주쳤다. 노준의가 한바탕 공격하자 사행방은 물에 빠져 죽고 나머지 패잔병들은 각자 사방으로 흩어져 달아났다. 호연작은 노 선봉을 만나 인사하고 병력을 합쳐 함께 고정산 총 본영으로 돌아와 송 선봉 등에게 인사했다. 제장들이 모여 계책을 상의했다. 송강은 노준의와 호연작 두 갈래 군마가 모두 항주에 당도하자 선주·호주·독송관 등은 모두 장 초토와 종 참모로 하여금 통제를 파견해 경계를 지키면서 백성을 안정시키게 했다.

송강이 호연작의 부대 안을 살펴보았는데 뇌횡과 공왕이 보이지 않았다. 호연작이 말했다.

"뇌횡은 덕청현 남문 밖에서 사행방과 맞붙어 싸우다가 30합쯤에 사행방의 칼에 베어져 말에서 떨어졌습니다. 공왕은 황애와 교전을 벌이면서 개울을 건너다가 사람과 말이 한꺼번에 개울에 빠졌고 남군이 어지럽게 찔러대는 창에 찔려 죽었습니다. 적장 미천은 색초의 도끼에 찍혀 죽고, 황애와 서백은 여러 장수가 달려들어 사로잡아 이곳에 끌고 왔습니다. 사행방은 쫓기다 물에 빠져 죽었고, 설두남은 난군 속에서 도망쳤는데 행방을 알 수 없습니다."

송강은 또 뇌횡과 공왕 두 형제가 꺾였다는 말을 듣고는 눈물을 비 오듯 흘리며 여러 장수에게 말했다.

"지난번에 장순이 내 꿈에 나타났을 때 옷섶이 피로 얼룩진 3~4명이 오른쪽에 서 있었는데, 면전에서는 형체만 보이더니 바로 동평·장청·주통·뇌횡·공왕의 영혼이었소. 항주 영해군을 손에 넣게 되면, 스님을 청하여 제례를 지내고 전사한 형제들의 영혼을 제도해야겠소."

황애와 서백은 장 초토에게 압송해 참수하게 했다.

이날 송강은 소와 말을 잡아 연회를 열고 삼군을 위로했다. 이튿날 송강은 오용과 계책을 상의하여 항주를 공격할 정장과 편장을 선발했다.

부선봉 노준의는 12명의 정장과 편장을 거느리고 후조문을 공격했는데 임충·호연작·유당·해진·해보·선정규·위정국·진달·양춘·두천·이운·석용이었다.

화영 등 14명의 정장과 편장은 간산문을 공격하게 했는데, 화영·진명·주무·황신·손립·이충·추연·추윤·이립·백승·탕륭·목춘·주귀·주부였다.

목홍 등 11명의 정장과 편장은 서산 방책으로 가서 고호문靠湖門을 공격하게 했는데, 이준·완소이·완소오·맹강·석수·번서·마린·목홍·양웅·설영·정득손이었다.

손신 등 8명의 정장과 편장은 동문 방책으로 가서 주동을 도와 채시문과 천교문을 공격하게 했는데, 주동·사진·노지심·무송·손신·고대수·장청·손이랑이었다.

동문 방책에서 편장 8명을 취해 이응 등과 함께 각 군영의 탐지하는 일과 각지에서 호응하는 것을 관할하게 했는데, 이응·공명·양림·두흥·동위·동맹·왕영·호삼랑이었다.

정선봉 송강은 21명의 정장과 편장을 거느리고 북관문 대로를 공격하기로 했는데, 21명은 오용·관승·색초·대종·이규·여방·곽성·구붕·등비·연순·능진·포욱·항충·이곤·송청·배선·장경·채복·채경·시천·욱보사였다.

송강은 장수들을 배정하자 사면으로 성문을 공격했다.

송강 등의 대부대가 북관문 성 아래에 접근하여 싸움을 걸었다. 성 위에서 북과 징소리가 울리며 성문이 활짝 열리고 조교가 내려지더니 석보가 앞장서서 싸우러 나왔다. 송군 진영에서는 성질이 급한 급선봉 색초가 큰 도끼를 휘두르며 날듯이 달려나가 아무 말 없이 석보와 맞붙어 싸웠다. 두 말이 서로 어우러지며 맹렬히 싸우다가 10합도 못 되어 석보가 짐짓 틈을 보이며 말머리를 돌려 달아나자 색초가 그 뒤를 추격했다. 관승이 급히 추격하지 말라고 소리쳤지만 이미 날아온 유성추에 얼굴을 맞은 색초가 말에서 떨어졌다. 등비가 급히 구원하러 달려나갔지만 되돌아 달려온 석보의 한칼에 손쓸 새도 없이 베어져 두 동강이 나고 말았다. 성 안에 있던 보광국사가 몇 명의 맹장을 이끌고 돌격해 나왔다. 송군은 대패하여 북쪽으로 달아났다. 그때 화영과 진명 등이 비스듬히 달려나와 남군을 물리치고 송강을 구하여 방책으로 돌아왔다. 승리를 거둔 석보는 미친 듯이 기뻐하며 성안으로 들어갔다.

송강 등은 고정산 본영으로 돌아와 쉬다가 제장들을 장막에 소집하여 앉았지만 또 색초와 등비를 잃은지라 우울해했다. 오용이 간언했다.

"저런 맹장이 있으니, 지혜로 성을 취해야지 힘으로 대적해서는 안 됩니다."

송강이 말했다.

"이렇게 많은 장병을 잃었는데, 어떤 계책을 써야 성을 취할 수 있겠소?"

오용이 말했다.

"선봉께서 각 성문을 담당하는 부대에 미리 계책을 일러주고, 선봉께서 다시 군사를 이끌고 북관문을 공격하십시오. 그러면 성 안의 병마가 반드시 달려나와 맞설 것입니다. 그때 우리는 거짓으로 패한 척하며 적병을 성곽에서 멀리 유인하는 겁니다. 그런 다음 신호포를 터뜨려 각 문에서 일제히 성을 공격하는 것입니다. 한 성문이라도 군마가 성안으로 진입하게 되면 불을 질러 신호로 삼게 합니다. 그러면 적병들은 틀림없이 각자 서로를 돌아볼 겨를이 없을 것이니 큰 공을 얻을 겁니다."

송강은 즉시 대종을 불러 각 부대에 영을 전해 계획을 알리도록 했다. 다음 날 관승으로 하여금 약간의 군마를 거느리고 북관문 성 아래로 가서 싸움을 걸게 했다. 성 위에서 북소리가 울리더니 석보가 군사를 이끌고 성을 나와 관승과 교전을 벌였다.

10합도 싸우지 않았는데 관승이 급히 물러나자 석보의 군병이 뒤를 쫓았다. 그때 능진이 신호포를 터뜨리자 각 성문에서 송군이 일제히 성을 공격했다.

한편 부선봉 노준의는 임충 등을 이끌고 군사를 이동시켜 후조문을 공격하러 갔다. 군마가 성 아래 당도해 보니 성문이 닫혀 있지 않고 조교도 내려져 있었다. 유당이 첫 공로를 차지하고자 단기로 칼을 들고는 곧장 성안으로 달려 들어갔다. 성 위에서 유당이 날듯이 달려 들어오는 것을 보고는 도끼로 밧줄을 끊자 갑문의 판이 위에서 떨어져 가련하게도 강하고 용감한 유당은 말과 함께 성문 아래서 깔려 죽고 말았다. 원래 항주성은 전왕錢王이 도읍을 건설할 때 성문을 삼중으로 제작했다. 맨 바깥쪽은 아래위로 움직이는 갑문閘門이고, 중간에는 양쪽으로 여닫는 철판으로 된 문이고, 안쪽에는 또 나무로 된 배책문排柵門9이었다. 유당이 성문 밑으로 달려왔을 때 맨 바깥쪽의 갑문의 판이 아래로 떨어진데다 양쪽에는 군병이 또 매복해 있었으니 유당이 어떻게 죽지 않을 수 있겠는가! 임충과 호연작은 유당이 죽는 것을 보고 군사를 이끌고 군영으로 돌아

9_ 배책문排柵門: 큰 나무를 가지런히 묶어서 만든 울타리 문으로 일종의 군사 방호 조치다.

와 노준의에게 보고했다. 다른 각 성문에서도 성안으로 진입하지 못하고 물러나서는 사람을 시켜 송 선봉의 본영에 보고했다. 송강은 또 후조문에서 유당이 갑문 판에 깔려 죽었다는 보고를 받고 통곡하며 말했다.

"한 형제가 억울하게 죽었구나! 운성현에서 결의형제를 맺은 뒤에 조 천왕을 따라 양산박으로 올라와 고생만 하고 쾌락을 누리지도 못했다. 백 번이 넘는 크고 작은 싸움터에 출전하여 백 번 죽고 한 번 살지라도 날카로운 기세가 꺾인 적이 없었는데, 오늘 이곳에서 죽을 줄을 누가 생각이나 했는가!"

군사 오용이 말했다.

"이것이 좋은 계책이 아니어서 성공하지도 못하고 도리어 한 형제만 잃었습니다. 각 성문에 있는 군사를 모두 물리고 다른 방법을 찾아야겠습니다."

송강은 초조해져 빨리 원수를 갚고 원한을 풀고 싶어 탄식해 마지않았다. 흑선풍 이규가 말했다.

"형, 마음 놓으라니까. 어쨌든 내가 내일 포욱·항충·이곤과 함께 석보란 놈을 잡아오면 되잖아."

송강이 말했다.

"그자는 영웅인데, 네가 어떻게 가까이 접근해 잡는단 말이냐?"

"날 믿지 못하는 거야? 내가 내일 그놈을 사로잡지 못하면, 형 얼굴을 보지 않을 거야."

"조심이나 하고 그놈을 얕보지 마라."

이규는 자신의 장막으로 돌아오자 큰 사발의 술과 큰 접시의 고기를 차려놓고 포욱·항충·이곤을 청하여 술을 마시면서 말했다.

"우리 넷은 줄곧 함께 싸웠잖아. 오늘 내가 선봉 형 앞에서 내일 석보란 놈을 사로잡겠다고 큰소리 쳤는데, 자네들이 귀찮아하지 않았으면 좋겠어."

포욱이 말했다.

"형님이 오늘도 마군을 앞세웠고 내일도 마군을 앞세울 텐데, 오늘 밤 우리가 약속했으니까 내일 힘을 합쳐 전진해서 석보란 놈을 잡읍시다. 우리 넷이 분발해봅시다!"

다음 날 새벽 이규 등 네 사람은 배불리 먹고 취한 상태에서 무기를 들고 방책을 나와 송 선봉에게 싸움을 구경하라고 청했다. 송강은 네 사람이 모두 반쯤 취한 것을 보고는 말했다.

"자네들 네 형제는 목숨을 가지고 장난치지 마라!"

이규가 말했다.

"형은 우리를 얕보지 말라니까!"

송강이 말했다.

"자네들 말대로만 된다면 얼마나 좋겠냐!"

송강은 말에 올라 관승·구붕·여방·곽성 4명의 마군 장수를 데리고 북관문 아래로 가서 북을 두드리고 깃발을 흔들며 싸움을 걸었다. 송강 앞에 이규가 용감하고 기세 좋게 쌍 도끼를 잡고 말 앞에 섰고, 포욱은 판도를 들고 눈을 부릅뜨고서 싸움이 벌어지기를 기다렸다. 항충과 이곤도 각기 비도 24자루를 꽂은 방패를 잡아당기고 철창을 들고는 양편에 서 있었다. 성 위에서 북소리와 징소리가 울리더니 석보가 벽풍도를 들고 과황마를 타고서 상수上首인 오치와 하수下首인 염명 두 수장을 거느리고 성을 나와 맞섰다. 세 장수가 성을 나오자 천지에 두려운 자가 없는 이규가 버럭 소리를 질렀고 네 장수가 곧장 석보의 말을 향해 달려들었다. 석보가 벽풍도로 맞서려 할 때 어느새 이규는 가까이 접근해 있었다. 이규가 도끼로 말 다리를 찍자 석보는 말에서 뛰어내려 마군 속으로 몸을 피했다. 포욱은 그때 이미 염명을 한칼에 베어 말에서 떨어뜨렸다. 항충과 이곤 두 방패수가 날린 비도는 공중에서 마치 옥빛 물고기가 날뛰듯 은빛 나뭇잎이 서로 엇갈리는 듯했다.

이때 송강은 마군을 성벽에까지 돌진시켰지만 성 위에서 뇌목과 포석이 어지럽게 쏟아져 내렸다. 실수가 있을까 걱정되어 급히 물러나라 영을 내렸지만 생

276

각지도 않게 포욱이 성문 안으로 돌진해 들어갔고 송강이 '아이고' 소리를 질렀다. 석보가 성문 안쪽에 숨어 있다가 포욱을 보고는 비스듬히 한칼에 베어 두 동강 내고 말았다. 항충과 이곤은 급히 이규를 호위하여 본영으로 돌아왔다. 송강의 군마는 본영으로 물러나 돌아왔지만, 또 포욱을 잃고서 송강은 더욱 고민에 빠졌다. 이규도 통곡하며 방책으로 돌아왔다. 오용이 말했다.

"이 또한 좋은 계책이 아니었습니다. 비록 적장 하나를 참수하긴 했지만, 이규의 부장을 잃었습니다."

모두 근심에 빠져있는데 해진과 해보가 군영으로 와서 보고했다. 송강이 자세히 묻자 해진이 아뢰었다.

"제가 해보와 함께 남문 밖 20여 리 지점을 정탐했는데 범촌范村[10]이란 곳이었습니다. 그곳 강변에 배 수십 척이 정박해 있었습니다. 가서 물어보니 원래 부양현富陽縣의 원袁 평사評事[11]라는 자가 식량을 싣고 온 배였습니다. 제가 그를 죽이려고 했더니 원 평사가 울면서 말하기를 '저희는 모두 대송의 양민들입니다. 방랍이 끊임없이 세금을 징수하면서 따르지 않는 자는 온 가족을 죽입니다. 저희는 이제 천병이 왔다고 해서 도적을 제거하고 태평한 날을 다시 볼 수 있으리라 바랐는데, 또 비명횡사를 당할 줄이야 누가 생각이나 했겠습니까?'라고 했습니다. 저는 그 말이 진실 되어 차마 죽이지 못하고 다시 물었습니다. '무슨 일로 여기에 왔소?'라고 했더니, 그가 말하기를 '근래에 방천정이 각 현에 명하기를, 마을에서 모조리 빼앗아서라도 쌀 5만 석을 거두어 바치라고 했습니다. 그래서 이 늙은이가 앞장서서 5000석을 거두어 우선 갖다 바치려고 왔습니다. 그런데 이곳에 당도해보니 대군이 성을 포위하여 싸우고 있어 감히 앞으로 더 나아가지 못하고 이곳에 정박해 있는 것입니다'라고 했습니다. 자세한 상황을 알

10_ 범촌范村: 임안臨安(지금의 항저우) 영은산靈隱山 남쪽.

11_ 평사評事는 관직 명칭으로 수나라 이전에 설치되었다. 대리시大理寺에 속했으며 판결하기 어려운 범죄 사건을 관장했다. 송나라 때는 이 관직이 없었다.

아냈기에 특별히 주장께 보고하러 왔습니다."

오용이 크게 기뻐하며 말했다.

"이는 바로 하늘이 내려준 방법입니다. 이들 양식 실은 배를 이용해 공을 세울 수 있습니다. 선봉께서는 명을 내려 해진·해보 형제가 앞장서서 포수 능진과 두천·이운·석용·추연·추윤·이립·백승·목춘·탕륭·왕영·호삼랑·손신·고대수·장청張靑·손이랑을 사공과 여자 뱃사공으로 변장시켜 아무 말도 말고 선미에 섞여 있다가 성안으로 들어가게 하십시오. 연주포 터지는 소리를 신호로 삼아 이곳에서 군대를 보내 호응하면 됩니다."

해진과 해보는 원 평사를 언덕으로 불러 송 선봉의 명을 전하면서 말했다.

"당신들도 송나라 양민이니 이 계책대로 시행하시오. 일이 이루어지면 반드시 두터운 상이 있을 것이오."

이때 원 평사도 따르지 않을 까닭이 없었기에 많은 장교가 모두 배에 올랐다. 원래 사공들은 잡역부로 배에 남고 사공 복장을 벗어 왕영·손신·장청에게 건네 갈아입도록 하여 사공으로 꾸몄다. 호삼랑·고대수·손이랑은 여자 뱃사공으로 꾸몄으며 소교들은 모두 노 젓는 선원으로 꾸몄다. 무기를 선창 안에 감추고, 일제히 성에 가까운 강변으로 배를 저어갔다. 이때 각 성문 주위를 정찰하던 송군은 모두 멀지 않은 곳에 있었다. 원 평사가 기슭으로 올라가자, 해진·해보와 몇 명의 사공이 곧장 성문 아래로 가서 문을 열라고 소리쳤다. 성 위에서 오게 된 사정을 자세히 물어보고는 태자궁으로 가서 보고했다. 방천정은 오치를 보내 성문을 열게 하고 강변으로 가서 배들을 점검하도록 했다. 오치가 배를 점검한 다음 성안으로 돌아와 방천정에게 보고했다. 방천정은 여섯 장수로 하여금 1만 명의 군사를 이끌고 성을 나가 동북쪽 모서리를 차단하고 원 평사에게 양식을 성 안으로 운반하도록 했다. 이렇게 모두 사공과 선원들 틈에 섞여 양식을 운반하면서 성으로 들어갈 수 있었다. 3명의 여장수도 함께 따라 들어갔다. 5000석의 양식이 잠깐 사이에 모두 운반을 마쳤고 여섯 장수는 군사들을 이끌고 성안으로 들어갔다. 송군이 쳐들어와서 다시 성곽을 포위하고는 성에서 2~3리 떨어진 곳에 진세를 펼쳤다. 그날 밤 2경쯤 능진이 자모포 등 아홉 상자를 꺼내 오산 정상으로 올라가 포를 터뜨리자 장수들이 횃불을 가져와 곳곳에 불을 질렀다. 성안은 순식간에 솥에 물이 끓어오르듯 떠들썩해졌고 얼마나 많은 송군이 성안으로 들어왔는지 알 수 없었다. 궁중에 있던 방천정은 깜짝 놀라 급히 갑옷을 걸치고 말에 올랐다. 각 성문을 지키던 군사들은 이미 모두 도망친 뒤였다. 송군이 크게 위세를 떨치면서 각자 공을 세우기 위해 다투었다.

한편 성 서산에 있던 이준 등은 명을 받고 군사를 이끌고 정자항으로 쳐들어가 배를 빼앗아 호수를 통과해 용금문으로 와서 언덕에 올랐다. 장수들은 각처의 수문으로 돌진했고 이운과 석수는 앞장서서 성을 올랐다. 밤중에 성안에서는 혼전이 벌어졌고 남문은 포위하지 않고 내버려두고 있었기 때문에 도망치는 패잔병들은 모두 남문을 통해 달아났다.

한편 방천정은 말에 올랐지만 사방을 찾아봐도 장교 하나도 없어 보군 몇 명만 거느리고 남문을 통해 달아났다. 상갓집 개처럼 허둥거리고 그물에서 빠져나온 물고기처럼 성급히 달려 오운산五雲山[12] 아래에 이르렀다. 그때 강물 속에서 한 사람이 솟아오르더니, 입에 칼 한 자루를 물고 벌거벗은 채로 강기슭으로 올라왔다. 방천정은 말 위에서 그 흉악한 모습을 보고 말에 채찍질을 하여 달아나려고 했는데, 어찌된 일인지 괴상하게도 아무리 채찍으로 때려도 말은 꼼짝도 하지 않았다. 마치 누군가가 재갈을 싸맨 것만 같았다. 그 사내가 말 앞으로 다가오더니 방천정을 말에서 끌어내려 한칼에 목을 잘라버렸다. 그리고는 방천정의 말에 올라 한손에는 수급을 들고 다른 한손에는 칼을 잡고서 항주성으로 달려갔다. 임충과 호연작이 군사를 이끌고 육화탑六和塔[13]에 이르렀을 때 마침

12_ 오운산五雲山: 『수호전전교주』에 따르면 "『함순임안지咸淳臨安志』 권23 「산천 2山川二」에 이르기를 '오운산은 전당현錢塘縣에 있으며 대략 높이가 100장이고 둘레가 15리다'라고 했다."
13_ 육화탑六和塔: 지금의 항저우 남쪽 전당 강변의 월륜산月輪山 위에 있다. 탑은 팔각형으로 높이는

달려오던 그 사내와 마주쳤다. 두 장수는 그 사내가 선화아 장횡임을 알고는 깜짝 놀랐다. 호연작이 소리쳤다.

"동생은 어디에서 오는 길인가?"

장횡은 아무런 대답도 하지 않고 곧장 성안으로 달려 들어갔다. 그때 송 선봉의 대부대는 이미 성안으로 모두 들어와 방천정의 궁중을 원수부로 삼고 장교들이 행궁을 지키고 있었다. 장횡이 홀로 말을 달려오는 것을 보고는 모두들 깜짝 놀랐다. 장횡은 송강 면전에 이르자 말안장에서 구르듯 내려와 수급과 칼을 땅바닥에 내던지고 머리를 조아려 두 번 절하고서는 통곡하기 시작했다. 송강이 황급히 장횡을 끌어안으며 말했다.

"동생은 어디서 오는가? 완소칠은 어디에 있는가?"

장횡이 말했다.

"저는 장횡이 아닙니다."

"자네가 장횡이 아니라면 도대체 누구란 말인가?"

"저는 장순입니다. 용금문 밖에서 창과 화살을 맞고 죽었는데 망령이 되어 물을 떠나지 못하고 떠돌고 있었습니다. 서호의 진택용군震澤龍君[14]께서 감동하여 저를 금화태보金華太保[15]로 삼으시고 수부용궁水府龍宮에서 머물면서 신이 되도록 해주셨습니다. 오늘 형님께서 성을 격파하시는 것을 보고, 제 혼이 방천정에 달라붙어 한밤중에 그를 따라 성을 나왔습니다. 장횡 형님이 큰 강에 있는 것을 보고 형님의 육체를 빌려 나는 듯이 기슭으로 올라가 오운산 아래에서 이 도적을 죽이고 곧장 형님을 뵈러 달려온 것입니다."

60미터로 항저우의 주요 명승 가운데 하나다.

14_ 진택震澤은 호수 명칭으로 지금의 장쑤성 태호太湖다.

15_ 금화태보金華太保: 항주 용금문 밖에 금화태보의 사당이 있는데, 장순이 죽어서 금화태보가 된 것이다. 혹은 용금지涌金池 앞에 금화장군金華將軍 사당이 있는 것을 말한다. 그 신은 조고曹杲로 후당後唐의 금화령金華令이었는데, 군郡의 병사들이 배반하자 조고가 계책을 써서 평정하자 오월왕이 그의 공을 칭찬하여 사당을 세웠다. 여기서는 장순이 죽어서 그 혼이 금화장군에 붙은 것이다.

말을 마치더니 갑자기 땅에 쓰러졌다.

송강이 직접 부축해 일으키자 장횡이 눈을 뜨고는 송강과 장수들, 그리고 칼과 창이 숲처럼 빼곡하고 군사들이 가득한 것을 보고 말했다.

"제가 황천에서 형님을 뵙고 있는 것은 아니지요?"

송강이 울면서 말했다.

"방금 전에 자네 동생 장순의 혼이 자네 육체를 빌려 방천정 도적놈을 죽였네. 자네는 죽지 않았고 우리 모두 산 사람이네. 어서 정신 차리게."

장횡이 말했다.

"그렇다면 제 동생이 이미 죽었습니까!"

"장순은 서호 물밑을 통해 수문을 밀고 성안으로 들어가 불을 지르려고 했었는데, 생각지도 못하게 용금문 밖에서 성을 넘으려다가 적들에게 발각되어 창과 화살에 맞아 그곳에서 죽었다네."

그 말을 들은 장횡이 대성통곡했다.

"동생아!"

바닥에 쓰러지고 말았다. 사람들이 보니 사지가 움직이지 않고 두 눈이 흐릿하니 칠백七魄은 유유히 떠 있고 삼혼三魂은 묘연한 듯했다. 바로 오도장군五道將軍[16]을 따라가지는 않았을지라도 무상無常 두 귀신[17]이 명을 재촉하는 격이었다.

결국 인사불성이 된 장횡의 목숨이 어떻게 되는가는 다음 회에 설명하노라.

16_ 오도장군五道將軍: 전설에 따르면 동악대제東嶽大帝 수하에 있는 신으로 저승에서 세상 사람의 생사, 명예, 봉록을 주관한다고 한다.

17_ 원문은 '무상이귀無常二鬼'다. '무상無常'은 전설에서 사람이 죽었을 때 영혼을 데려오는 사자를 가리킨다. 무상은 또 흑무상黑無常과 백무상白無常으로 나뉘는데 모두 무상귀無常鬼다.

오
룡
령烏
龍
嶺 1

장횡은 동생 장순이 죽었다는 말을 듣고는 한참 동안 기절한 뒤에 깨어났다. 송강이 말했다.

"장막에서 몸조리하게. 바다의 일은 나중에 다시 물어보겠네."

송강은 배선과 장경을 시켜 여러 장수의 공로를 기록하게 했다. 진시쯤에 모두들 군영 앞으로 모였다. 이준과 석수는 오치를 사로잡았고 세 여장수는 장도원을 사로잡았다. 임충은 장팔사모로 냉공을 찔러 죽였고, 해진과 해보는 최욱을 죽였다. 달아난 자는 석보·등원각·왕적·조중·온극양 5명이었다. 송강은 즉시 방을 내붙여 백성을 안정시키고 삼군을 포상하고 위로했다. 오치와 장도원을 장 초토에게 압송해 참수를 시행하게 했다. 양식을 바친 원 평사는 부양현 현령으로 보증 천거하는 문서를 올렸고 장 초토가 유명무실한 관직 수여에 대

1_ 제116회 제목은 '盧俊義分兵歙州道(노준의는 군사를 나누어 흡주로 가다), 宋公明大戰烏龍嶺(송 공명은 오룡령에서 크게 전투를 벌이다)'이다. 오룡령烏龍嶺은 저장성 젠더建德의 오룡산烏龍山(송나라 선화 연간에 인안산仁安山으로 명칭 변경) 옆이다.

한 조령을 수령했음은 더 이상 말하지 않겠다.

장수들이 성안에서 쉬고 있는데 좌우에서 보고했다.

"완소칠이 강에서 언덕으로 올라와 성으로 들어왔습니다."

송강이 장막으로 불러서 묻자 완소칠이 말했다.

"저는 장횡·후건·단경주와 함께 수군을 이끌고 해변으로 가서 배를 구하여 해염海鹽[2] 등으로 가서 전당강으로 들어갔습니다. 그런데 뜻밖에 바람이 순조롭지 못해 바다로 밀려갔습니다. 급히 배를 되돌리려고 하다가 또 바람을 만나 배가 부서지고 모두 물속에 빠졌습니다. 후건과 단경주는 물에 익숙하지 않아 바닷물에 빠져 죽고, 수군들도 각자 목숨을 구하고자 사방으로 흩어졌습니다. 저는 헤엄쳐 바다 어귀에 이르러 자산문赭山門[3]으로 들어가려 했지만 다시 세찬 조수에 밀려 반변산半墦山까지 떠내려갔다가 다시 헤엄쳐 돌아왔습니다. 장횡 형님을 오운산 아래 강에서 보았는데 언덕으로 올라가 기다릴 것이라 생각했지만 어디로 갔는지는 모르겠습니다. 어젯밤 멀리서 바라보니 성안에서 불길이 치솟고 또 연주포 터지는 소리를 듣고는 틀림없이 형님께서 항주성에서 싸우고 있으리라 생각하고 강에서 언덕으로 올라와 여기로 왔습니다. 장횡 형님도 언덕으로 올라왔습니까?"

송강은 장횡의 일을 완소칠에게 이야기해주고 그의 두 형과 만나게 해주었다. 이들은 이전처럼 수군 두령으로서 배를 통솔하게 했다. 송강은 수군 두령들에게 명을 내려 먼저 강에 있는 배들을 수습하여 목주로 진격할 준비를 하도록 했다. 송강은 장순이 이처럼 영험 있는 신령으로 나타난 것을 생각하고 용금문밖 서호 가에 사당을 세우고 '금화태보'라 이름 짓고는 제사를 지내 신의 가호에 보답했다. 이후에 방랍을 정벌하는 데 공이 있어 송강이 동경으로 돌아가 장순

2_ 해염海鹽: 저장성 자싱嘉興에 예속되어 있다.
3_ 자산문赭山門: 송나라 때 절강의 입구에는 두 개의 산이 있었는데, 남쪽을 감산龕山이라 하고 북쪽을 자산赭山이라 했다. 강과 바다 양측에 대치하고 있어 해문海門이라 했다.

의 일을 조정에 아뢰자 특별히 성지를 내려 장순을 '금화장군金華將軍'에 봉하고 항주에 사당을 세우고 제사를 지내 받들도록 했다.

한편 송강은 행궁 안에 머물면서 강을 건너온 이래 잃은 많은 장수를 생각하며 대단히 슬퍼했다. 정자사淨慈寺에 가서 수륙도량을 설치하고 7일 밤낮으로 수륙재를 지냈다. 소식小食을 나누어주고 망령을 구제하며 제장들을 제도하고 각기 위패를 설치하며 제사를 지내 법사法事 활동을 잘 마쳤다. 그러고는 방천정의 궁궐 내 모든 금지하는 물건들을 부수고 금은보화 등을 제장과 군교들에게 상으로 나누어주었다. 항주 백성은 모든 것이 평온해지자 연회를 경축했다. 송강은 군사 오용과 함께 군사를 파견해 목주를 수복할 일을 천천히 신중하게 의논했다. 때는 이미 4월 말엽이었는데 별안간 보고가 들어왔다.

"부도독 유광세와 동경에서 온 사신이 항주에 당도했습니다."

송강은 장수들을 거느리고 북관문을 나가 영접하여 성으로 들어왔다. 행궁으로 와서 성지를 낭독했다.

"선봉사 송강 등이 방랍을 토벌하면서 여러 차례 큰 공을 세웠으므로 어주 35병과 비단옷 35벌을 정장들에게 상으로 하사하고 나머지 편장들에게도 각기 상으로 비단을 하사하노라."

원래 조정에서는 공손승이 강을 건너 방랍 토벌에 참여하지 않은 것은 알고 있었지만 허다한 인마를 잃은 것은 알지 못하고 있었다. 송강은 35명에게 하사된 비단옷과 어주를 보고는 갑자기 눈물을 그칠 수가 없었다. 사신이 까닭을 묻자 송강이 장수들을 잃게 된 일을 이야기했다. 사신이 말했다.

"이렇게 급시에 잃었는데 조정에서 어떻게 알겠습니까? 제가 돌아가면 반드시 황상께 상주하겠습니다."

송강은 즉시 연회를 열어 사신을 극진히 대접했다. 유광세가 주인 자리에 앉고 나머지 대소 장수들은 서열에 따라 자리에 앉아 하사된 어주를 마시며 각자 입은 은혜에 감사했다. 이미 전사한 정장과 편장에게 상으로 하사된 비단옷과 어주는 남겨두었다가 이튿날 위패를 세워놓고 먼 하늘을 향해 제사를 지냈다. 송강은 어주 한 병과 비단옷 한 벌을 가지고 장순의 사당으로 가서 그 이름을 부르며 제사를 지냈다. 비단옷은 진흙으로 빚은 장순의 신상에 입히고, 나머지 물건은 모두 불태워 허공으로 날렸다. 사신은 며칠 머무른 뒤 경사로 돌아갔다.

세월은 빠르게 흘러 이미 수십 일이 지났다. 장 초토가 송 선봉에게 문서를 보내 군사 진격을 재촉했다. 송강과 오용은 노준의를 청해 상의했다.

"여기서 목주를 가려면 강을 따라 곧장 적의 소굴로 가야 하네. 흡주로 가려면 육령관昱嶺關[4]의 오솔길을 따라 가면 되네. 이제 여기서 병력을 나누어 토벌해야 하는데, 동생은 어느 쪽으로 병력을 이끌겠는가?"

노준의가 말했다.

"병권을 쥐고 부대를 통솔하는 것은 형님의 엄명에 따를 뿐입니다. 어떻게 감히 선택할 수 있겠습니까?"

송강이 말했다.

"그렇긴 하지만 천명을 시험해보도록 하세."

두 부대로 나누고 인원수를 정한 다음에 두 곳을 적어 제비를 만들고 향을 피우고 기도한 다음 각기 제비를 뽑았다. 송강은 목주를 뽑고 노준의는 흡주를 뽑았다. 송강이 말했다.

"방랍의 소굴은 청계현 방원동에 있네. 동생이 흡주를 손에 넣으면 군마를 주둔시키고 문서를 보내 보고하도록 하게. 그때 날짜를 정해 함께 청계현 방원동을 공격하세."

노준의는 즉시 송 공명에게 파견할 장수와 군교를 나누어달라고 청했다.

---

4 육령관昱嶺關: 육령산昱嶺山은 저장성 린안臨安 서남쪽에 위치해 있는데, 산세가 험준하여 옛날에 관을 설치했었다.

선봉사 송강은 정장과 편장 36명을 거느리고 목주와 오룡령을 취하기로 했다.

군사 오용과 관승·화영·진명·이응·대종·주동·이규·노지심·무송·해진·해보·여방·곽성·번서·마린·연순·송청·항충·이곤·왕영·호삼랑·능진·두흥·채복·채경·배선·장경·욱보사였다.

수군 두령 정장과 편장 7명은 배를 이끌고 군사를 따라 목주로 전진하게 했다. 이준·완소이·완소오·완소칠·동맹·동위·맹강이었다.

노준의는 정장과 편장 28명을 거느리고 흡주와 욱령관을 취하기로 했다.

군사 주무와 임충·호연작·사진·양웅·석수·선정규·위정국·손립·황신·구붕·두천·진달·양춘·이충·설영·추연·이립·이운·추윤·탕륭·석용·시천·정득손·손신·고대수·장청·손이랑이었다.

노 선봉이 이끄는 정장과 편장 29명5 장수들은 3만 명의 군병을 이끌고 날을 골라 유 도독, 송강과 작별하고 항주를 떠나 산길로 임안현을 지나 진군했다. 한편 송강 등은 배와 군마를 정돈하고 정장과 편장들을 배정한 다음, 날을 택하여 제기祭旗를 지내고 출정했는데 수륙으로 함께 진격했다. 이때 항주 성 안에는 역병이 성행하여 장횡·목홍·공명·주귀·양림·백승 6명의 장수가 병을 앓아 출정할 수 없었다. 목춘과 주부가 그들을 간호하느라 항주에는 모두 8명이 남게 되었다. 나머지 장수들은 모두 송강을 수행하여 목주를 취하러 갔는데, 모두 37명6으로 강을 따라 길을 잡아 부양현으로 진군했다.

한편 시진은 연청과 함께 수주 취리정에서 송 선봉과 작별하고 해염현으로 먼저 가서 해변에서 배를 탔다. 월주를 지나 구불구불 제기현으로 가 어포魚浦를 건너 목주 경계에 이르렀다. 관문을 지키는 장교가 가로막자 시진이 말했다.

"나는 중원의 수사秀士로 천문지리를 알고 음양陰陽7 방술도 잘하며 육갑풍

5_ 앞 문장에서 노 선봉이 28명을 이끈다고 했는데, 본인을 더해 29명이다.

6_ 앞 문장에서 송강이 36명을 이끈다고 했는데, 본인을 더해 37명이다.

7_ 음양陰陽: 점성·점술·풍수를 보는 방술을 말한다.

운六甲風雲[8]을 인식하고 삼광기색三光氣色[9]을 판별하며 구류삼교九流三教[10]에도 통하지 않는 바가 없소. 멀리 강남을 바라보니 천자의 기운이 있어 왔는데, 무슨 까닭으로 현인의 벼슬길을 막는단 말이오?"

장교는 말이 속되지 않은 것을 보고 성명을 물었다. 시진이 말했다.

"나는 가인柯引이라 하오. 내 하인과 함께 이 나라에 의탁하러 온 것으로 다른 이유는 없소."

그 장교는 시진을 붙잡아두고, 사람을 목주로 보내 우승상 조사원祖士遠·참정參政 심수沈壽·첨서簽書 환일桓逸·원수 담고譚高 네 사람에게 아뢰게 했다. 목주에서 즉시 사람을 보내 시진을 맞아 데려갔다. 목주에 이르러 시진은 이들을 만나 예를 마친 다음 그럴싸한 말로 사실을 과장하며 이들 네 사람을 놀라게 했다. 또한 시진의 외모가 당당한데다 속되지 않았기에 꺼리지도 않고 의심도 하지 않았다. 우승상 조사원은 크게 기뻐하면서 첨서 환일을 불러 시진을 청계현의 궁성 안으로 안내하여 알현하게 했다. 원래 방랍은 목주와 흡주에 모두 행궁 대전을 세웠고, 그 안에 오부五府와 육부六部[11]를 설치했으며 총제總制[12]는 청계현 방원동에 있었다.

시진과 연청은 환일을 따라 청계현 제도帝都[13]으로 가서 먼저 좌승상 누민중婁敏中을 만났다. 시진의 고상하고 오묘한 의론을 들은 누민중은 크게 기뻐하며,

---

8_ 육갑풍운六甲風雲: 천간지지天干地支를 배합하여 시세의 풍운 변화를 계산하는 것.

9_ 삼광기색三光氣色: 해·달·별의 상태를 가리킨다.

10_ 구류삼교九流三教: 일반적으로 종교, 학술의 각종 유파를 가리킨다. 구류는 유가·도가·음양가·법가·명가·묵가·종횡가·잡가·농가를 말한다. 삼교는 유교·불교·도교를 가리킨다. 여기서는 또한 각색 인물 혹은 각종 업종을 가리키기도 하는데, 사냥꾼, 어부, 백정, 회자수 같은 종류다.

11_ 오부五府는 중앙의 다섯 관서의 합칭으로 시대마다 일치하지는 않지만 대부분 태부太傅·태위太尉·사도司徒·사공司空·대장군을 가리킨다. 육부六部는 중앙 정권에 이부·호부·예부·병부·형부·공부 6부를 설치했고 각 부의 최고 장관은 상서였다. 여기서는 방랍이 황제를 칭하고 제도를 갖춘 것이다. 실제로 송나라 때는 중서·문하·추밀원이 국가의 정무와 군무를 나누어 관장했다.

12_ 총제總制는 통솔의 의미다.

13_ 제도帝都: 제국의 수도.

시진을 상부相府(좌승상 부중)에 머물게 하고는 극진히 대접했다. 누민중은 시진과 연청이 속되지 않고 글과 예의를 이해하는 것을 보고 대단히 좋아했다. 누민중은 원래 청계현에서 학생들을 가르치던 선생이라 문장을 조금 알기는 했지만 학식은 그다지 높지 않았다. 이 때문에 시진의 말에 크게 기뻐했던 것이다. 하룻밤을 지내고 이튿날 조회 때 방랍 왕자王子가 대전에 오르기를 기다렸다. 안에는 시어侍御와 비빈, 채녀采女14들이 늘어섰고 바깥에는 구경九卿, 사상四相15 및 문무 양반, 전전무사殿前武士, 금과金瓜를 든 노복과 시종이 늘어섰다. 좌승상 누민중이 반열에서 나와 아뢰었다.

"중원은 공부자孔夫子(공자)의 고향인데, 지금 중원에서 가인이란 현사가 찾아왔습니다. 문무를 겸비하고 지혜와 용기를 갖추었으며, 천문지리를 잘 알고 육갑풍운을 식별하고 천지의 기색에 관통했으며 삼교구류와 제자백가諸子百家에 통달하지 않은 것이 없는 자입니다. 천자의 기상을 보고서 왔는데, 지금 조문朝門 밖에서 폐하의 명을 기다리고 있습니다."

방랍이 말했다.

"현사가 왔다고 하니 흰 옷을 입고 알현하게 하도록 하라."

각 문의 대사大使16가 명을 전달하자 시진을 인도하여 대전 아래에 이르렀다. 시진이 배무를 마치고 일어나 만세를 세 번 부른 다음 주렴 앞으로 왔다.

방랍은 시진의 풍채가 당당하고 속되지 않으며 권력가 집안 자제의 기상이 있음을 보고 팔 푼쯤 기뻐하는 기색을 띠었다. 방랍이 물었다.

14_ 채녀采女: 궁정의 여자 관원 혹은 궁녀의 통칭으로 사용되기도 한다.

15_ 사상四相: 삼국시대 때 제갈량·장완張琬·비위費褘·동윤董允 4명의 재상을 말한다. 방랍의 괴뢰정권이 여러 가지로 구비했음을 형용한다.

16_ 원문은 '문대사門大使'다. 역자는 '합문대사閤門大使'로 의심하는데, 100회 본에도 '합문대사'로 기재하고 있다. 합문대사는 합문사閤門使로 관직 명칭이다. 당나라 말에서 오대 때 합문사가 있었는데, 연회를 주도하고 친왕, 문무백관, 번국이 알현할 때 맞아들이는 일을 관장했다. 송나라 때도 동·서에 합문사 각 3명, 부사 각 2명을 설치했다.

"현사가 말하기를 천자의 기색이 있음을 보고 왔다고 했는데, 어느 곳을 말하는 것이오?"

시진이 아뢰었다.

"신 가인은 중원에 살면서, 부모가 모두 돌아가시고 홀로 학업에 매진하면서 선현先賢의 비결과 창시자의 천문에 관한 저작을 전수받았습니다. 근래에 밤에 천체현상을 관찰했더니 제성帝星이 동오東吳 지방을 밝게 비추고 있었습니다. 그래서 천리를 걷는 수고로움을 마다하지 않고 그 기운을 보고 왔습니다. 특히 강남에 와서 또 한 줄기 오색 천자의 기운이 목주에서 일어나고 있었습니다. 이제 천자의 용안을 우러러 뵈오니 용과 봉황을 끌어안은 자태와 하늘과 해를 지탱하는 용모를 지니신지라 바로 그 기운에 상응합니다. 신은 지극히 기쁘고 다행스러움을 이길 수 없습니다!"

말을 마치고 두 번 절을 올렸다. 방랍이 말했다.

"과인이 비록 동남쪽 땅의 분야를 소유하고 있으나, 근래에 송강 등이 성지를 침탈하여 점차 내 땅에 다가오고 있으니 어찌하면 좋겠소?"

시진이 아뢰었다.

"옛사람이 말하기를 '쉽게 얻은 것은 쉽게 잃고, 어렵게 얻은 것은 잃기 어렵다'고 했습니다. 폐하께서는 동남쪽에 기업을 개창한 이래로 땅을 말듯이 신속하게 진군하여 허다한 주군州郡을 손에 넣으셨습니다. 지금 비록 송강에게 몇 군데를 침략당하긴 했지만 오래지 않아 기운이 다시 성상께 돌아올 것입니다. 훗날에는 강남뿐만 아니라 중원의 사직도 폐하께 속하게 될 것입니다."

방랍은 그 말을 듣고 속으로 크게 기뻐하면서 비단으로 장식한 자리를 하사하여 앉게 하고 연회를 열어 극진히 대접하는 한편 중서시랑中書侍郎[17]에 봉했다. 이때부터 시진은 매일 방랍 가까이서 아첨과 듣기 좋은 말로 신임을 얻었다.

17_ 중서시랑中書侍郎: 중서성 장관의 부직副職이다.

보름이 지나지 않아 방랍과 내외 관료들 가운데 시진을 좋아하지 않는 사람이 하나도 없게 되었다. 그 뒤로 방랍은 시진 관서의 일처리가 공평한 것을 보고 더욱 좋아하게 되어 좌승상 누민중을 중매쟁이로 삼아 금지공주金芝公主를 시집보내 부마로 삼고 주작도위主爵都尉[18]에 봉했다. 연청은 이름을 운벽雲璧으로 바꾸었기에 사람들이 모두 운雲 봉위奉尉라고 불렀다. 시진은 공주와 결혼한 뒤로 궁전을 출입하면서 안팎의 일을 모두 자세히 알게 되었다. 방랍은 군사 상황에 관한 중요한 일이 있으면 즉시 시진을 내궁으로 불러 계책을 상의했다. 시진은 항상 아뢰었다.

"폐하의 기색은 진실하기에 지금은 비록 강성罡星의 침범을 받기에 아직 반년 정도는 안정되지 않을 것입니다. 조금만 기다리시면 송강의 수하에 장수가 한 명도 남지 않게 되고 강성이 물러나 피하게 될 것이니 그때 폐하께서 기업을 부흥시켜 땅을 말듯이 신속하게 진군하면 중원을 차지하실 겁니다."

방랍이 말했다.

"과인 수하의 신임하는 여러 무장이 모두 송강에게 죽음을 당했으니, 이를 어찌하면 좋겠는가?"

시진이 또 아뢰었다.

"신이 밤에 천체현상을 살펴보니, 폐하의 운수에는 장성將星이 비록 수십 개가 있지만 정기正氣가 아니어서 오래지 않아 반드시 없어질 것입니다. 그렇지만 이십팔수二十八宿의 별이 폐하를 보좌하여 기업을 부흥시킬 것입니다. 송강의 무리 가운데서 10여 명의 장수가 투항하러 올 것입니다. 이들은 별자리에 속하는 자들로서 모두 폐하께서 강역을 개척하고 확장하는 신하가 될 것입니다!"

방랍은 그 말을 듣고 크게 기뻐했다. 여기에 이를 증명하는 시가 있다.

18_ 주작도위主爵都尉는 한나라 경제景帝 때의 관직 명칭으로 열후와 봉작의 사무를 주관했다. 당 이후에 폐지되었다.

태사 궁형[19]에 처했을 때만 해도, 누가 이릉의 투항을 죄라 하지 않았는가?

누가 알았으랴. 총애를 받는 부마가, 원래 일념으로 송강만을 위할 줄을.

蠶室當時懲太史, 何人不罪李陵降?

誰知貴寵柯駙馬, 一念原來爲宋江.

한편 송강은 대부대의 인마를 거느리고 항주를 떠나 부양현을 향해 진군하고 있었다. 당시 보광국사 등원각은 원수 석보와 왕적·조중·온극양과 함께 패전한 군마를 이끌고 부양현 관문을 지키고 있으면서 목주로 사람을 보내 구원을 요청했다. 우승상 조사원은 친군지휘사親軍指揮使 두 명에게 군마 1만 명을 이끌고 가서 호응하여 싸우도록 했다. 정지휘사 백흠白欽과 부지휘사 경덕景德은 모두 만 명을 당해낼 수 있는 용맹을 지닌 자들이었다. 이들은 부양현에 당도하여 보광국사 등과 병력을 합쳐 산꼭대기를 점거하고 있었다. 송강 등의 대부대는 이미 칠리만七里灣에 당도하여, 수군이 마군을 인도하며 함께 전진하고 있었다. 송의 대군이 온 것을 본 석보가 말에 올라 유성추를 지니고 벽풍도를 들고서는 부양현 산 정상에서 내려와 송강에 맞섰다.

관승이 말을 몰아 나가려 하자 여방이 소리쳤다.

"형님은 잠시 쉬고 계십시오. 제가 저놈과 몇 합 싸워보겠습니다."

송강이 문기 그림자 아래에서 보니 여방이 화극을 들고 곧장 석보에게 달려들었다. 석보는 벽풍도를 휘두르며 맞섰고 50합을 싸웠을 때 여방이 힘이 달려 소심해지기 시작했다. 곽성이 그걸 보고는 화극을 들고 말고삐를 놓고 달려나가

19_ 원문은 '잠실蠶室'인데, 감옥 명칭으로 궁형宮刑을 받은 자가 기거하는 곳이다. 『후한서後漢書』 이현李賢 주석에 따르면 거세당하는 궁형을 받은 후에 바람을 피하고 밀폐된 따뜻한 곳에 기거해야 하는데, 양잠養蠶하는 방과 같아 잠실이라 했다. 궁형은 남자 생식기를 거세하고, 여자 생식기를 훼손시키는 것을 말한다. 남자에 대한 궁형은 부형腐刑이라고도 하고 여자에 대한 궁형은 유폐幽閉라고도 한다.

석보를 협공했다. 석보는 한 자루 칼로 두 화극에 맞서 싸우는데 조금의 빈틈도 보이지 않았다. 한창 싸우는 중요한 때에 남쪽의 보광국사가 급히 징을 울려 군사를 거두었다. 강에서 전선들이 순풍을 타고 모래톱으로 와서 기슭 옆에 배들을 붙이려는 것을 보고 양쪽에서 협공당할까 두려워 징을 울려 군사를 거둔 것이었다. 여방과 곽성은 석보를 놓아주지 않고 달라붙어 싸웠다. 석보가 또 3~5합을 싸우고 있는데 송군 진영에서 주동이 창을 들고 달려나와 또 협공했다. 석보는 세 장수와 싸울 수 없어 무기를 거두고 이내 달아났다. 그때 송강이 채찍으로 가리키자 대군이 고개로 돌격했다. 석보의 군마는 길에 멈추어 주둔할 수 없어 곧장 동려현桐廬縣[20] 경계 안까지 물러났다. 송강은 밤새도록 군사를 진격시켜 백봉령白蜂嶺을 넘어 울타리 방책을 세웠다. 그날 밤 해진·해보·연순·왕왜호·일장청으로 하여금 동쪽 길을 취하게 하고, 이규·항충·이곤·번서·마린으로 하여금 서쪽 길을 취하게 했는데, 이들은 각기 1000명의 보군을 이끌고 가서 동려현의 적들 방책을 급습하게 했다. 강에서는 이준·삼완·동위·동맹·맹강 7명으로 하여금 수로로 군사를 진격시키게 했다.

한편 해진 등이 군병을 이끌고 동려현으로 쳐들어갔을 때는 이미 3경 무렵이었다. 보광국사는 석보와 군사 사무를 의논하고 있었는데 갑자기 터지는 포성을 듣고는 급히 말을 타고 살펴보니 세 군데 길에서 불길이 치솟고 있었다. 적장들은 석보를 따라 목숨을 건지고자 달아났고 감히 달려와 맞서지 못했다. 세 갈래 길의 군마가 곧장 좌충우돌하며 몰려들었다. 온극양은 말에 오르는데 조금 지체되어 오솔길로 달아나다가 왕왜호·일장청과 맞닥뜨렸다. 부부가 일제히 달려들어 온극양을 말에서 힘으로 끌어내려 사로잡았다. 이규는 항충·이곤·번서·마린과 함께 동려현으로 쳐들어가 불을 질렀다. 송강은 보고를 받고 군병을 재촉하여 울타리 방책을 뽑고 곧장 동려현으로 가서 군마를 주둔시켰다. 왕왜

20_ 동려현桐廬縣: 저장성 항저우 관할로 저장성 서북부에 위치해 있다.

호와 일장청이 온극양을 바치며 공을 청했다. 송강은 온극양을 항주의 장 초토에게 압송하여 참수시키도록 했다.

이튿날 송강은 수륙으로 진격하여 오룡령 아래에 당도했다. 여기만 넘으면 바로 목주였다. 이때 보광국사는 장수들을 거느리고 오룡령에 올라 관문을 지키면서 군마를 주둔시키고 있었다. 오룡령 관문은 장강長江에 닿아 있고 산이 험준하고 물살이 급했으며 관 위에는 방어 시설이 구축되어 있고 아래에는 전함이 늘어서 있었다. 송강의 군마는 근처에 주둔하면서 울타리 방책을 세웠다. 보군 중에서 이규·항충·이곤에게 500명의 방패수를 이끌고 길을 정탐하게 했다. 이들은 오룡령 아래에 이르렀는데 위에서 뇌목과 포석이 쏟아져 내려 전진할 수 없는데다 손 쓸 방법이 없자 돌아와 송 선봉에게 보고했다. 송강은 다시 완소이·맹강·동맹·동위 4명을 보내 먼저 전선을 저어가 절반쯤 모래톱에 대게 했다. 완소이는 두 부장을 데리고 100척의 전선에 1000명의 수군을 나누어 태우고, 깃발을 흔들고 북을 두드리며 산가山歌를 부르면서 오룡령 옆으로 점차 접근해갔다. 원래 오룡령 아래에는 산을 끼고 있는 방랍의 수채水寨가 있었고, 수채 안에는 500척의 전선과 5000명의 수군이 주둔하고 있었다. 우두머리는 네 명의 수군총관水軍總管이었는데 절강사룡浙江四龍이라 불렸다. 옥조룡玉爪龍 도총관都總管 성귀成貴·금린룡錦鱗龍 부총관副總管 적원翟源·충파룡衝波龍 좌부관左副管 교정喬正·희주룡戲珠龍 우부관右副管 사복謝福이었다.

이들 4명의 총관은 원래 전당강의 사공이었는데 방랍에게 의탁하여 삼품三品 관직의 직무를 받은 자들이었다. 이날 완소이 등은 배를 타고 급류를 따라 내려가 모래톱을 향해 갔다. 남군 수채 안의 총관 4명은 이미 그 사실을 알고 불을 붙일 50척의 뗏목을 준비해놓고 있었다. 원래 이 불 붙일 뗏목들은 큰 소나무와 삼나무를 뚫어 만든 것으로, 그 위에 건초를 쌓고 건초 안에는 유황과 염초 등의 인화물질을 감춰두고는 대나무를 꼬아 엮어서는 모래사장에 늘어세웠다. 완소이·맹강·동위·동맹이 모래톱을 향해 배를 저어가고 있었는데, 4명의 수군총관이 위에서 그걸 보고는 각기 붉은 신호 깃발을 꽂은 네 척의 빠른 배를 타고 물살을 따라 내려왔다. 이를 본 완소이는 수군들에게 화살을 쏘라고 큰소리로 명했다. 그러자 네 척의 빠른 배들이 돌아갔다. 완소이는 기세를 몰아 모래톱으로 추격했고 네 척의 빠른 배들이 모래톱 옆에 닿자 4명의 총관은 기슭으로 뛰어 올랐고 수군들도 모두 달아났다. 완소이는 모래톱의 수채에 배가 많은 것을 보고 감히 오르지 못하고 한창 주저하며 의심하고 있는데 오룡령 위에서 깃발이 흔들리면서 징소리와 북소리가 울리더니 불붙은 뗏목들이 순풍을 타고 모래톱으로 부딪치며 내려왔다. 뗏목들 뒤에는 큰 배들이 따르고 있었는데 일제히 함성을 지르더니 모두 장창과 갈고리를 든 수군들이 불붙은 뗏목을 따라 내려왔다. 동위와 동맹은 적의 기세가 대단하여 접근하기 어려운 것을 보고는 배를 기슭에 댄 다음 배를 버리고 산으로 기어 올라가 길을 찾아 방책으로 돌아갔다. 완소이와 맹강은 여전히 배 위에서 적과 대적했지만 불붙은 뗏목이 연이어 타올랐다. 완소이는 급히 물속으로 뛰어들었지만 뗏목을 뒤따르던 적선에서 갈고리로 완소이를 걸었다. 당황한 완소이는 사로잡혀 욕을 당할 것이 두려워 허리에 차고 있던 요도를 뽑아 스스로 목을 찔러 죽었다. 맹강도 사태가 좋지 않음을 보고 급히 물속에 뛰어들었는데 그때 불붙은 뗏목에서 일제히 터진 화포가 맹강의 투구를 정통으로 때리면서 맞아 정수리를 뚫어 잘게 다진 고기가 되고 말았다. 4명의 수군총관이 불붙은 배 위로 올라와 송 수군들을 죽이기 시작했다. 뒤에 있던 이준과 완소오·완소칠은 앞의 배들이 패한데다 강기슭을 따라 쳐들어오자 황급히 배를 돌려 동려현 기슭으로 돌아갔다.

한편 오룡령 위에서 수군총관들이 승리를 거두고 있는 것을 보고 있던 보광국사와 원수 석보는 기세를 몰아 군사를 이끌고 쳐내려왔다. 그러나 수심이 깊고 거리도 멀어 추격하지는 못했다. 송군은 다시 물러나 동려현에 주둔하고 남군도 군사를 거두어 오룡령으로 돌아갔다.

송강은 동려현 울타리 방책에 주둔하면서, 또 완소이와 맹강을 잃자 침식도 전폐하고 꿈속에서도 불안해했다. 오용 등이 애써 권고했지만 소용없었다. 완소칠과 완소오가 형의 장례를 치르고 나서 찾아와 간언했다.

"저희 형이 오늘 국가의 대사를 위해 목숨을 잃었는데 양산박에서 이름도 없이 죽는 것보다는 낫습니다. 선봉께서는 병권을 장악하고 계시니 번민하지 마시고 국가 대사를 처리하시기 바랍니다. 저희 형제가 원수를 갚으러 가겠습니다."

송강은 그 말을 듣고 마음을 조금 돌리게 되었다. 이튿날 송강은 다시 군마를 점검하여 군대를 진격시키고자 했다. 오용이 간언했다.

"형님, 성급하게 움직여서는 안 됩니다. 다시 계책을 깊이 생각하여 오룡령을 넘어도 늦지 않습니다."

해진과 해보가 말했다.

"저희 형제는 원래 사냥꾼 출신이라, 산을 기어오르고 고개를 넘는 데 익숙합니다. 저희 둘이 이곳 사냥꾼으로 변장하여 산을 기어 올라가 불을 지르겠습니다. 그러면 적병이 크게 놀라 반드시 관을 버리고 달아날 것입니다."

오용이 말했다.

"그 계책이 비록 좋기는 하지만 이 산은 험준하여 앞으로 나아가기가 어려울 것이네. 혹여 발을 헛디디기라도 한다면 목숨을 보존하기가 어려울 것이네."

해진과 해보가 말했다.

"저희 형제는 등주 감옥을 넘어 양산박으로 올라간 이래로 형님의 복과 덕을 입었습니다. 여러 해 동안 호걸이 되기도 했고, 또 국가로부터 명을 받고 비단 저고리를 입기도 했습니다. 오늘 조정을 위해 분골쇄신하고 형님에게 보답하는 데 많은 것이 필요치 않습니다."

송강이 말했다.

"동생들은 그런 상서롭지 못한 말은 하지 말게. 다만 빨리 큰 공을 세워 동경으로 돌아가기만을 바라네. 그러면 조정에서도 우리를 저버리지 못할 걸세. 자네들은 국가를 위해 힘을 다하면 되네."

해진과 해보는 가서 짐을 꾸리고 호피로 된 덧저고리를 입고 허리에 잘 드는 칼을 차고 삼지창을 들었다. 두 사람은 송강에게 작별하고 오솔길로 오룡령을 향해 올라갔다. 이때는 초경이었는데 길에서 매복해있던 적군 둘과 마주치자 그들을 죽였고 오룡령 아래에 당도했을 때에는 이미 2경이었다. 그때 오룡령 위의 방책에서 시각을 알리는 북소리가 분명하게 들렸다. 두 사람은 감히 큰길로 가지 못하고 칡덩굴을 붙잡고 한 걸음씩 기어오르기 시작했다. 이날 밤은 달이 대낮처럼 밝았다. 두 사람이 삼분의 이쯤 올라가 오룡령 위를 올려다보니 등불이 깜빡이는 것이 보였다. 관문 옆까지 올라가 엎드려 들으니 위에서 4경을 알리는 북소리가 들렸다. 해진이 조용히 동생 해보에게 말했다.

"밤이 짧아서 오래지 않아 날이 밝아질 것 같다. 빨리 올라가자."

두 사람은 다시 칡덩굴을 붙잡고 기어 올라갔다. 암벽이 울퉁불퉁한 곳까지 올라가 험준한 낭떠러지에 이르렀고 두 사람은 기어오르는 데만 정신이 팔려 손과 발이 쉬지 않았다. 그러다 탑박으로 묶은 삼지창이 등 뒤에서 끌리면서 대나무 덩굴을 쳐서 소리가 났고 고개에 있던 적병들에게 그만 발각되고 말았다. 해진이 산 오목한 곳으로 오르고 있을 때 위에서 고함 소리가 들렸다.

"잡아라!"

갈고리로 해진의 상투를 걸었다. 해진이 급히 허리에 찬 칼을 빼들었을 때, 위에서 다리를 걸어 들어올렸다. 해진은 당황하여 한칼에 갈고리를 잘라냈고 그만 허공에서 떨어졌다. 가련하게도 반평생을 호걸로 살아온 해진은 100장이 넘는 낭떠러지에서 추락사하고 말았다. 절벽 아래는 이리 이빨처럼 돌들이 들쑥날쑥 솟아 있어 몸은 부서졌다. 해보는 형이 떨어지는 것을 보고는 급히 아래로 내려가려 했는데, 위에서 크고 작은 돌들과 짧은 쇠뇌, 화살이 대나무 덩굴 사이로 쏟아져 내렸다. 가련하게도 해보도 평생을 헛되이 사냥꾼으로 살다가 오룡령 옆 대나무 덩굴 속에서 형과 함께 잠들고 말았다.

날이 밝자 오룡령 위에서는 사람을 내려 보내 해진과 해보의 시신을 고개 위로 끌고 올라가 드러나도록 내버려두었다. 정탐꾼이 그 사실을 탐지하여 자세히 알아보고서 해진과 해보가 오룡령에서 이미 죽었음을 송 선봉에게 보고했다. 송강은 또 해진과 해보를 잃었다는 소식을 듣고는 통곡하다가 몇 번이나 혼절했다. 송강은 즉시 관승과 화영을 불러 군사를 점검하여 오룡령 관문을 취하여 네 형제의 원수를 갚으라고 했다. 오용이 간언했다.

"형님, 성급하게 해서는 안 됩니다. 이미 죽은 사람은 모두 천명입니다. 관문을 취하려면 경솔하게 행동해서는 안 됩니다. 반드시 신묘한 지략과 기묘한 계책으로 관문을 취해야 비로소 군사를 이동시키고 장수를 보낼 수 있습니다."

송강이 화를 내며 말했다.

"수족 같은 우리 형제들 셋 중에 하나를 잃을 줄이야 누가 생각했겠는가? 저 도적놈들이 우리 형제의 시신을 고개 위에 그대로 드러내놓고 내버려둔 것을 참을 수 없네. 오늘 밤 반드시 군대를 일으켜 먼저 시신을 빼앗아 돌아온 다음에 관곽을 마련하여 매장을 해야겠네."

오용이 막으며 말했다.

"적병이 시신을 내버려둔 것에 실로 계책이 있을까 걱정됩니다. 형님은 경솔해서는 안 됩니다."

송강은 오용의 간언을 들으려 하지 않고, 즉시 3000명의 정예병을 점검하여 관승·화영·여방·곽성과 함께 이끌고 밤중에 진격했다. 오룡령에 이르렀을 때는 이미 2경이었다. 소교가 보고했다.

"앞에 내버려진 시신 두 구가 있는데, 해진·해보의 시신 같습니다."

송강이 직접 말을 몰아 달려가 보니, 두 나무 사이 대나무 장대에 걸린 두 구의 시신이 보였다. 그리고 나무껍질을 벗겨낸 곳에 두 줄로 큰 글씨가 적혀 있었는데, 달빛이 어두워 뚜렷하지가 않았다. 화포의 불씨를 가져다 비추어 보니, '송강도 조만간 이곳에서 처형되어 구경거리가 될 것이다'라고 쓰여 있었다. 송강은 크게 노하여 시신을 끌어내리게 했다. 그때 사방에서 횃불이 일제히 밝혀지고 북소리와 징소리가 어지럽게 울리면서 군마들이 겹겹이 에워쌌다. 앞쪽 고개 위에서는 화살이 어지럽게 쏟아져 내렸다. 강의 배들 안에 있던 적 수군들이 모두 쉴 사이 없이 언덕으로 올라왔다. 송강이 보고는 '아이고' 소리치면서 어찌할 줄 모르다가 급히 군사들을 물리려 하는데 석보가 앞장서서 가는 길을 가로막았고 옆쪽으로 돌아가자 또 등원각이 쳐들어왔다. 이 장면은 마릉馬陵21으로 가는 길에서 매복에 걸린 방연龐涓과 비슷하며22 그 광경은 낙봉파落鳳坡에서 곤경에 빠진 방통龐統23과 같았다.

결국 송강의 군마가 어떻게 벗어났는가는 다음 회에 설명하노라.

21_ 마릉馬陵: 옛 지명으로 지금의 산둥성 판현范縣 서남쪽이다. 지금의 허난성 푸양濮陽 북쪽이라고도 하는데, 대체적으로 서로 가깝다.

22_ 『사기』 「손자오기열전孫子吳起列傳」에 다음과 같이 기재하고 있다. "손빈孫臏이 방연龐涓의 행군 속도를 헤아려보니 저녁 무렵이면 마릉馬陵에 도달할 것 같았다. 마릉은 길이 비좁은 데다 양쪽의 지세가 험준하여 병사들을 매복시키기에 좋았다. 손빈은 사람을 시켜 길옆에 있던 큰 나무의 껍질을 벗겨내고 하얗게 드러난 부분에 이렇게 써놓았다. '방연이 이 나무 아래에서 죽을 것이다.' 그런 다음에 활을 잘 쏘는 제나라 군사 1만 명을 선발하여 쇠뇌를 쥐게 하고 길 양쪽에 매복시키고는 말했다. '밤에 누군가가 불을 붙이는 것이 보이면 일제히 쏘도록 하라.' 그날 밤 방연은 과연 껍질이 벗겨진 큰 나무 아래에 이르렀고, 나무 흰 부분에 뭐라고 쓰여 있는지 보려고 사람을 시켜 불을 비추게 했다. 방연이 나무의 글자를 미처 다 읽기도 전에 양쪽에 매복해 있던 제나라 군사들이 한꺼번에 쇠뇌를 발사했고 위나라 군사들은 크게 어지러워지며 대형을 잃었다. 방연은 자신의 지혜가 모자라고 군사가 패한 것을 알고는 스스로 목을 베었다."

23_ 방통龐統은 유비劉備를 보좌하여 촉蜀을 탈취했다. 그는 낙현雒縣으로 진군하다 화살에 맞아 죽었다. 낙봉파라는 지명은 허구다. 『삼국지』 「촉서蜀書·방통전」에 따르면 "선주(유비)가 군사들을 진격시켜 낙현雒縣(쓰촨성 광한廣漢 북쪽)을 에워쌌다. 방통은 병력을 거느리고 성을 공격하다가 화살에 맞아 목숨을 잃었다. 이때 그는 서른여섯 살이었다. 선주는 애통해하며 그에 대해 언급하기만 하면 눈물을 흘렸다"고만 기록하고 있다.

신
의
도
움 1

송강은 해진과 해보의 시신을 찾으려 오룡령 아래로 갔다가 석보의 계책에 걸려들었다. 사방에서 복병이 일제히 일어났는데 앞에는 석보의 군마가 있고 뒤에는 등원각이 돌아가는 길을 차단했다. 석보가 성난 목소리로 크게 외쳤다.

"송강은 말에서 내려 항복하지 않고 어느 때를 기다린단 말이냐?"

관승이 크게 노하여 말을 박차고 칼을 휘두르며 석보와 교전을 벌였다. 두 장수가 맞붙어 싸우기도 전에 뒤쪽에서 함성이 또 일어났다. 배후에서 4명의 수군총관이 일제히 언덕으로 올라와서는 왕적·조중과 함께 고개 위에서 쳐내려오고 있었다. 화영이 급히 달려나가 뒤쪽의 적군 부대를 가로막고 왕적과 교전을 벌였다. 몇 합을 싸우지도 않고 화영이 달아나자, 왕적과 조중이 기세를 몰아 뒤를 쫓았다. 그때 화영이 손을 들어 급히 연이어 화살 두 대를 날려 두 적장을 맞혔고 그들은 몸이 뒤집어지면서 말에서 떨어졌다. 적군은 함성만 지를

1_ 제117회 제목은 '睦州城箭射鄧元覺(등원각이 목주성에서 화살에 맞다), 烏龍嶺神助宋公明(송 공명이 오룡령에서 신의 도움을 받다)'이다.

뿐 감히 앞으로 나오지 못하고 물러나더니 달아나기 시작했다. 4명의 수군총관들도 연이어 왕적과 조중이 화살에 맞아 죽는 것을 보고 감히 앞으로 나오지 못했다. 이 때문에 화영은 적을 저지시킬 수 있었다. 그때 옆에서 또 두 부대의 적군이 튀어 나왔는데 백흠과 경덕이 지휘하는 부대였다. 송강 진영에서도 두 장수가 일제히 나갔다. 여방은 백흠을 막고서는 교전을 벌였고, 곽성은 경덕과 맞붙었다. 이에 사방에서 달려드는 적군을 대적하며 죽기로 싸웠다.

송강이 허둥대고 있는데 남군의 뒤쪽에서 함성이 끊이지 않으면서 적군들이 달아나기 시작했다. 이규가 항충·이곤과 함께 1000명의 보군을 이끌고 와서 석보 마군의 후방을 들이친 것이었다. 등원각이 군사를 이끌고 달려와서 구원하려고 할 때 배후에서 노지심과 무송이 계도로 찍고 혼철 선장으로 맹렬히 결판내면서 1000명의 보군을 이끌고 곧장 달려들었다. 그 뒤로는 또 진명·이응·주동·연순·마린·번서·일장청·왕왜호가 각기 마군과 보군을 거느리고 죽음을 각오하고 들이쳤다. 송군이 사방에서 석보와 등원각의 군마를 죽이고 흩뜨리며 송강 등을 구해 동려현으로 돌아갔다. 석보도 군사를 거두어 오룡령 위로 올라갔다. 송강이 군영에서 장수들에게 감사를 표하며 말했다.

"형제들이 구해주지 않았다면 이미 저승의 귀신이 되었을 것이네."

오용이 말했다.

"형님이 이번에 가신 것은 제 뜻에 부합되지 않았습니다. 혹여 실수가 있을까 염려하여 장수들을 보내 구원하게 했습니다."

송강은 감사해 마지않았다.

한편 오룡령 위에서 석보와 등원각 두 원수는 방책 안에서 상의하며 말했다.

"지금 송강의 병마가 물러나 동려현에 주둔하고 있는데, 만약 몰래 오솔길로 고개를 넘어가게 되면 목주가 매우 가까운 거리라 위태롭게 됩니다. 국사께서 친히 청계현 궁궐로 가서 천자를 뵙고 군마를 더 파견해 이곳 험준한 길목을 수호하는 것이 낫다고 주청해주십시오. 그러면 이 오룡령을 오래도록 보전할 수 있을 것입니다."

등원각이 말했다.

"원수의 말씀이 지극히 합당합니다. 소승이 다녀오겠습니다."

등원각은 즉시 말에 올라 목주로 가서 우승상 조사원을 만나 말했다.

"송강의 병마가 강하고 용맹하여 그 기세를 감당할 수 없습니다. 군마가 땅을 말듯이 쳐들어오면 정말 실수가 있을까 두렵습니다. 소승이 특별히 관문을 지키는 군사를 더 보내달라고 주청하고자 합니다."

조사원은 그 말을 듣고 등원각과 함께 목주를 떠나 청계현 방원동으로 갔다. 먼저 좌승상 누민중을 만나 군마를 더 보내달라는 주청을 드려달라고 했다.

이튿날 아침 방랍이 대전에 오르자 좌우 두 승상이 등원각과 함께 알현했다. 배무를 마치자 등원각이 앞으로 나와서는 일어나 만세를 부른 다음 아뢰었다.

"신 원각은 성지를 받들어 태자와 함께 항주를 지키고 있었습니다. 그런데 생각지도 못하게 강한 송강의 군마가 땅을 말듯이 쳐들어와 그 기세를 대적하기 어려웠습니다. 그런데 원 평사가 적을 성으로 이끌고 들어오는 바람에 항주는 함락되고, 태자는 나가서 싸웠지만 달아나다 전사했습니다. 지금 제가 원수 석보와 함께 물러나 오룡령 관문을 지키고 있는데, 근래에 송강의 네 장수를 연이어 베어 기세가 자못 진작되었습니다. 송강이 지금 동려현에까지 진격하여 주둔하고 있어 조만간 적들이 몰래 오솔길로 고개를 넘어 관문으로 진입하려 한다면 고개의 험준한 길목을 보전하기 어려울 것입니다. 청컨대 뛰어난 장수를 선발하고 정예 군마를 더 보내주셔서 함께 오룡령 관문을 보전할 수 있도록 해주십시오. 그러면 잃었던 성을 수복할 수 있을 것입니다."

방랍이 말했다.

"이미 군병들은 각처로 모두 파견했소. 근래에 흡주 육령관도 긴급하다고 하여 또 수만 명의 군병을 나누어 보내 어림군밖에 남아 있지 않소. 과인도 대궐을 보호해야 하는데 어떻게 사방으로 군사를 분산시켜 보낼 수 있겠소?"

등원각이 또 아뢰었다.

"폐하께서 구원병을 보내주시지 않으면 신도 어떻게 할 수 없습니다. 만약 송군이 오룡령을 넘어오면 목주를 어찌 지킬 수 있겠습니까?"

좌승상 누민중이 반열에서 나와 아뢰었다.

"저 오룡령 관문 또한 매우 중요한 곳입니다. 신이 알기로 어림군은 모두 3만 명이니, 1만 명만 나누어 국사를 따라가 관문을 지키게 하십시오. 바라건대 폐하께서는 자세히 살펴주십시오."

그러나 방랍은 누민중의 말을 듣지 않고 고집을 부리며 어림군을 배정하려 하지 않았다.

그날 조회가 끝나고 모두 궁궐을 나왔다. 누 승상은 여러 관원과 상의하여 조 승상에게 목주에서 장수 한 명과 5000명의 군사를 선발해 국사와 함께 오룡령을 보호하기 위해 보내도록 했다. 그리하여 등원각은 조사원과 함께 목주로 돌아와 5000명의 정예 군마를 선발하여 수장 하후성夏侯成과 함께 오룡령 군영으로 돌아와서는 석보에게 이 일을 이야기했다. 석보가 말했다.

"이미 조정에서 어림군을 선발하지 않기로 했으니 우리는 관문을 지키기만 하고 출전하지 맙시다. 수군총관 4명에게도 모래사장과 강 언덕만 굳게 지키게 하고 적의 배가 오면 물리치되 군사를 진격시키지 말라고 해야겠소."

보광국사는 석보·백흠·경덕·하후성과 함께 오룡령 관문을 지키고 있었다. 한편 송강은 장수를 잃고서 동려현에 주둔한 채 군사 행동을 멈추고 있었다. 20여 일이 지나도록 출전하지 않는데 별안간 탐마가 보고했다.

"조정에서 또 동 추밀을 보내 상을 하사했는데 이미 항주에 당도했습니다. 병력을 두 갈래 길로 나눈 것을 알고, 동 추밀이 대장 왕품王稟에게 상을 나누어 욱령관의 노 선봉에게 보내 하사하도록 했고 동 추밀은 지금 직접 상을 주고자 이곳으로 오고 있습니다."

송강은 보고를 받고 즉시 오용 등과 함께 동려현에서 20리 밖까지 나가 영접했다. 현 치소로 와서 천자의 성지를 낭독하고 장수들에게 상을 나누어줬다. 송강 등은 동 추밀에게 절한 뒤 연회를 열어 대접했다. 동 추밀이 물었다.

"정벌하는 동안 장수를 잃었다는 소리를 많이 들었소."

송강이 눈물을 흘리며 아뢰었다.

"예전에 조 추밀을 따라 북쪽으로 요나라를 정벌할 때에는 전승을 거두면서 장교를 한 명도 잃지 않았습니다. 칙명을 받들어 방랍을 토벌하러 올 때 경사를 떠나기도 전에 공손승이 먼저 떠나고 게다가 어전에 몇 사람이 남게 되었습니다. 강을 건넌 뒤 도착하는 곳마다 몇 명씩 잃었으며, 근래에는 또 8~9명의 장수들이 병에 걸려 항주에 있는데 생사도 보장하지 못하는 상황입니다. 앞에 있는 오룡령을 두 차례 공격했지만 또 몇 명을 잃고 말았습니다. 산은 험준하고 물살이 급해 대적하기가 어려워 급하게 진입할 수가 없습니다. 지금 근심하고 있는데 다행히 은상께서 오셨습니다."

동 추밀이 말했다

"금상천자께서 선봉이 큰 공을 많이 세운 것을 알고 계시는데, 그 뒤로 장수들을 잃었다는 소식을 들으시고 특별히 본관에게 대장 왕품과 조담趙譚을 데리고 가서 전투를 지원하라고 하셨소. 왕품은 하사한 상을 장수들에게 나눠주기 위해 노 선봉이 있는 곳으로 갔소."

그러고는 조담을 불러 송강 등과 상견하게 하고 함께 동려현에 주둔했다. 연회를 열어 동 추밀을 대접했다.

다음 날 동 추밀이 오룡령 관문을 공격하려 하자 오용이 간언했다.

"가볍게 움직이지 마십시오. 일단 연순과 마린을 시냇가 오솔길로 보내 그곳 마을에 사는 백성을 찾아 통하는 길을 묻고 다른 샛길을 알아본 다음에 가야 합니다. 그런 다음에 양면으로 협공하면 적들이 서로를 돌보지 못하게 되어 손바닥에 침 뱉는 것만큼 쉽게 관문을 손에 넣을 수 있습니다."

송강이 말했다.

"그 말이 지극히 묘하네."

송강은 즉시 마린과 연순에게 수십 명의 군사를 이끌고 촌락으로 가서 백성을 찾아 길을 물어보게 했다. 하루가 지나서 저녁 때 마린과 연순이 한 노인을 데리고 와서는 송강을 만나게 했다. 송강이 물었다.

"이 노인은 누구신가?"

마린이 말했다.

"이곳 토박이로서 산과 냇물의 길을 모두 알고 있다고 합니다."

송강이 노인에게 말했다.

"노인장께서 오룡령을 넘어가는 길을 안내해주시면 큰 상을 내리겠습니다."

노인이 말했다.

"이 늙은이는 조상 때부터 이곳에 살고 있는데 백성이 누차 방랍에게 해를 입고 있지만 도망칠 곳이 없습니다. 다행히 천병이 왔으니 만민이 복을 누리고 다시 태평세월을 볼 수 있게 되었습니다. 제가 오솔길을 안내해드릴 텐데 오룡령을 넘으면 바로 동관東管으로 목주까지 거리가 멀지 않습니다. 북문에 당도하여 서문으로 돌아가면 바로 오룡령입니다."

송강은 그 말을 듣고 크게 기뻐했다. 즉시 노인에게 은덩이를 상으로 주고 방책 안에 머물게 하고는 사람을 시켜 술과 음식을 대접하게 했다.

이튿날 송강은 동 추밀에게 동려현을 지키게 하고 자신은 정장과 편장 12명을 거느리고 오솔길로 출발했다. 12명의 장수는 화영·진명·노지심·무송·대종·이규·번서·왕영·호삼랑·항충·이곤·능진이었다. 마보군 1만 명이 길을 안내하는 노인을 따라갔다. 말은 방울을 떼고 군사들은 하무를 물고서 빠르게 나아갔다. 소우령小牛嶺에 이르자 한 무리의 적군이 길을 가로막았다. 송강은 이규·항충·이곤을 시켜 돌격하게 했는데 길을 지키던 300~500명의 적병들은 모두 이규 등에 의해 죽임을 당했다. 4경쯤에 동관에 당도했다. 동관을 지키던 장수 오응성伍應星은 송군이 이르렀다는 말을 듣고는 부하가 2000명에 불과하여 대적할 수 없음을 헤아리고는 '와와' 소리 지르며 모두들 달아났다. 오응성은 목주로 도망치고는 조 승상 등에게 보고했다.

"지금 송강의 군병이 몰래 오솔길로 오룡령을 통과하여 동관에 이르렀습니다."

그 말을 들은 조사원은 깜짝 놀라 급히 장수들을 모아놓고 상의했다. 그때 송강은 이미 포수 능진을 시켜 연주포를 터뜨리게 했다. 오룡령 위의 방책에 있던 석보 등은 화포 소리를 듣고 깜짝 놀라 급히 백흠에게 군사를 이끌고 가서 정찰하게 했다. 백흠이 살펴보자 사방으로 송강의 깃발이 펼쳐져 있고 숲속에도 가득했다. 백흠이 급히 돌아와 보고했다. 석보가 말했다.

"조정에서 구원병을 보내주지 않았으니 우리는 관문을 굳게 지키기만 하고 구원하러 가지 맙시다."

등원각이 말했다.

"틀렸습니다. 지금 만약 구원병을 보내 구원하지 않는다면 목주는 무사할 수 없습니다. 혹여 궁궐까지 잃게 되면 우리도 보전할 수 없을 것입니다. 원수께서 가지 않으시겠다면 저 혼자서라도 가겠습니다."

석보는 말릴 수 없었다. 등원각은 5000명의 인마를 점검하여 선장을 들고 하후성을 데리고 오룡령을 내려갔다

한편 송강은 군사를 이끌고 동관에 당도했지만 목주를 공격하러 가지 않고 먼저 오룡령 관문을 취하러 가다가 마침 등원각과 맞닥뜨렸다.

군마가 점차 접근하여 양군이 마주하자 등원각이 먼저 앞으로 달려나와 싸움을 걸었다. 화영이 보고는 송강의 귀에 대고 낮은 목소리로 말했다.

"이렇게 이렇게 하면 저놈을 잡을 수 있습니다."

송강이 고개를 끄덕이며 옳다고 하고는 진명에게 당부했고 두 장수가 그 뜻을 이해했다. 진명이 먼저 출전하여 등원각과 교전을 벌였다. 5~6합만 싸우다가 진명은 말을 돌려 달아났고 군사들도 각자 사방으로 흩어져 달아났다. 등원각은 진명이 패한 것을 보고는 진명은 내버려두고 송강을 잡으려고 달려들었다.

원래 송강을 호위하던 화영은 이미 준비를 마친 상태로 등원각이 접근해오는 것을 기다리다가 활을 팽팽하게 당겨 실눈을 뜨고 등원각이 가까이 접근했음을 가늠하고는 얼굴 정면으로 '씨잉' 화살을 날렸다. 보름달처럼 당겨진 활을 놓자 화살이 유성처럼 날아가 등원각의 얼굴에 정통으로 꽂혔다. 말에서 떨어진 등원각은 달려든 군사들에게 죽임을 당했다. 송군이 일제히 휩쓸며 돌격하자 남군은 대패했다. 하후성은 대적해내지 못하고 목주로 달아났다. 송군은 곧장 오룡령 위로 쳐들어갔지만 뇌목과 포석이 쏟아져 내려 더는 올라갈 수가 없었다. 송군은 하는 수없이 돌아왔고 먼저 목주부터 공격하기로 했다.

한편 도망친 하후성은 조 승상을 만나 보고했다.

"송 군대가 이미 동관을 지나 등 국사를 죽이고 목주로 쳐들어오고 있습니다."

조사원은 그 말을 듣고 사람을 하후성과 함께 청계현으로 보내 누 승상에게 조정으로 들어가 상주하도록 청했다. 누 승상은 입조하여 아뢰었다.

"지금 송 군대가 이미 오솔길로 동관을 통과하고 매우 급하게 목주를 공격하러 오고 있습니다. 바라건대 폐하께서는 서둘러 구원병을 파견하여 구원하십시오. 지체되면 반드시 목주가 함락될 것입니다."

방랍은 그 말을 듣고 깜짝 놀라 급히 전전태위殿前太尉 정표鄭彪에게 1만 5000명의 어림군을 점검하여 밤에 목주를 구원하러 가게 했다. 정표가 아뢰었다.

"신이 성지를 받들었으니 바라건대 천사天師와 동행하여 협동작전을 벌이면 송강을 대적할 수 있습니다."

방랍은 허락하고 영응천사靈應天師 포도을包道乙을 불렀다. 천사에게 조칙이 내려지자 곧바로 대전 아래에 이르렀고 포도을이 머리를 조아렸다. 방랍이 명을 전달하며 말했다.

"지금 송강의 병마가 과인의 땅을 침범하여 여러 차례 성을 함락하고 장병들을 죽였소. 송 군대가 목주에까지 이르렀으니 천사가 도술로 나라를 보호하고 백성을 구하여 강산과 사직을 보존하도록 하시오."

포 천사가 아뢰었다.

"주상께서는 마음을 편히 하십시오. 빈도가 재주는 없지만 흉중에 품은 학식과 폐하의 홍복으로 송강의 병마를 쓸어버리겠습니다."

방랍은 크게 기뻐하면서 연회를 열어 포도을을 대접했다. 연회가 끝난 뒤 작별하고 조정을 나왔다. 포도을은 정표·하후성과 군대를 일으킬 일을 상의했다.

원래 포도을은 금화산金華山에 살던 자로서 어려서 출가하여 정통이 아닌 술법을 배웠다. 그 뒤에 방랍을 따라 모반했고 교전을 벌일 때마다 반드시 요사스런 술법으로 사람을 해쳤다. 현원혼천검玄元混天劍이라는 보검을 날려 100보 밖의 사람도 맞출 수 있었다. 방랍을 도와 어질지 못한 짓을 했기 때문에 영웅천사라 이름을 높이게 되었다. 또한 정표라는 자는 원래 무주婺州[2] 난계현蘭溪縣의 도두 출신이었는데, 어려서부터 창봉을 배워 숙달되었고 방랍을 만나 전수태위가 되었다. 도술을 매우 좋아하여 포도을을 스승으로 모시고 많은 술법을 배웠으며 싸움터에 나가면 구름 기운이 그를 따르므로 사람들이 정마군鄭魔君이라 불렀다. 하후성 역시 무주 산속에 살던 자였는데 원래 사냥꾼 출신으로 삼지창을 잘 썼다. 조 승상을 따라 목주를 관할하고 있었다. 그날 세 사람이 전수부에서 군대를 일으킬 일을 상의하고 있는데, 문지기가 와서 보고했다.

"사천태감司天太監 포문영浦文英이 천사님을 뵙고자 찾아왔습니다."

포도을이 오게 된 까닭을 묻자 포문영이 말했다.

"천사께서 태위·장군 3명과 함께 군사를 일으켜 송군과 싸우러 간다고 들었습니다. 제가 밤에 천체현상을 살펴보니 남방의 장성將星들이 모두 빛을 잃고 송강 등의 장성은 태반이 밝게 빛나고 있었습니다. 천사께서 이번에 가시는 것이 비록 좋기는 하지만 이롭지 못할까 걱정됩니다. 투항을 상의하여 나라의 위급함을 해소하는 것이 상책일 것 같은데 어찌하여 주상께 상주하지 않습니까?"

2_ 무주婺州: 저장성 진화시金華市의 옛 명칭이다.

이 말을 들은 포도을은 크게 노하여 현원혼천검을 뽑아 포문영을 한칼에 두 동강 내고 말았다. 그러고는 급히 문서를 써서 방랍에게 상주했음은 더 이상 말하지 않겠다. 사관이 시에 이르기를,

동남방에서 왕기 점차 소멸해가건만, 정통 아닌 요사스런 술법에 기대는구나.
문영은 진정한 천명 이미 알면서도, 어찌 가짜 조정 위해 목숨 버렸을까?
王氣東南已浙消, 猶憑左道用人妖.
文英既識眞天命, 何事捐生在僞朝?.

포도을은 즉시 정표를 선봉으로 삼아 성을 나가 진격하게 하고, 자신은 중군이 되고 하후성은 후군이 되도록 했다. 군마가 목주를 구원하러 출발했다.

한편 송강 군대는 목주에 당도했고 아직 공격을 시작하지는 않고 있었다. 그때 갑자기 탐마가 달려와 청계현에서 구원군이 당도했다고 보고했다. 송강은 듣고서 왕왜호와 일장청을 보내 맞서게 했다. 왕왜호·일장청 부부는 3000명의 마군을 이끌고 청계현으로 향하다가 정표와 맞닥뜨렸다. 정표가 앞장서 말을 몰아 나와 왕왜호와 교전을 벌였다. 두 사람은 아무런 말도 하지 않고 진세를 펼치고는 두 말이 엇갈리며 싸우기 시작했다. 8~9합을 싸웠을 때 정표가 입속으로 주문을 외면서 소리쳤다.

"가라!"

그러자 정표의 투구 위에서 한 줄기 검은 기운이 흘러나왔는데 그 기운 속에서 금빛 갑옷을 입은 천신天神이 손에 항마보저降魔寶杵3를 들고 내려왔다. 왕왜호는 깜짝 놀라 허둥지둥하면서 창법이 흐트러졌고 이때 정마군의 창에 찔려 말에서 떨어졌다. 일장청은 남편이 말에서 떨어지는 것을 보고는 급히 쌍도를

3_ 항마보저降魔寶杵: 라마교 법기法器의 일종으로 원래는 고대 인도 병기 가운데 하나다.

휘두르며 구원하러 달려가 정표와 교전을 벌였다. 1합만 싸우고 정표는 말머리를 돌려 달아났다. 일장청은 원수를 갚기 위해 급히 뒤를 쫓았다. 정마군은 철창을 내리고는 손을 쭉 펴서 비단 주머니 안에서 도금한 구리 벽돌 하나를 더 들어 꺼내더니 몸을 돌리면서 일장청의 얼굴을 향해 던졌다. 일장청은 정통으로 구리 벽돌을 맞고 말에서 떨어져 죽었다. 가련하게도 싸움에 뛰어난 아름다운 여인은 일장춘몽이 되고 말았다.

정마군은 군마를 휘몰아 송군을 추격했다. 송군은 대패하여 돌아와서는 송강에게 왕왜호와 일장청이 모두 정마군에게 찔리고 맞아서 죽고 데리고 갔던 군병 태반을 잃었다고 보고했다. 송강은 또 왕왜호와 일장청을 잃었다는 보고를 듣고는 크게 노하여 이규·항충·이곤과 함께 5000명의 인마를 거느리고 대적하고자 전진했다. 정마군의 군마는 이미 당도한 상태였고 송강은 노기가 가슴에 가득하자 돌연 앞장서 말을 몰아 나가더니 크게 소리 질렀다.

"역적 놈이 어떻게 감히 나의 두 장수를 죽였단 말이냐!"

정표가 창을 들고 말을 몰아 나와 송강과 싸우려 하자 이규가 크게 노하여 쌍 도끼를 들고 날듯이 달려나갔다. 항충과 이곤도 급히 방패를 휘두르며 이규를 감싸면서 곧장 정표에게 돌진했다. 그러자 정마군이 말을 돌려 달아났고 세 장수는 곧장 남군 진영 속으로 추격해 들어갔다. 송강은 이규를 잃을까 두려워 서둘러 5000명의 인마를 이끌고 일제히 돌격했고 남군은 사방으로 흩어져 달아났다. 송강은 징을 울려 군사를 거두었다. 항충과 이곤 두 방패수가 이규와 함께 돌아오는데 사방에서 먹장구름으로 뒤덮이고 검은 기운이 하늘에 가득차면서 동서남북을 분간할 수 없게 되었다. 대낮인데도 밤처럼 캄캄해지자 송강의 군마는 어디로 가야할지 몰랐다.

검은 구름 사방에서 모이고 검은 안개가 온 하늘에 가득 찼구나. 한바탕 바람 불더니 세차게 비는 내리고, 성난 천둥 수차례 맹렬하게 치네. 산천이 진동하니

높아졌다 낮아져 하늘이 무너져내리는 듯하며, 시내가 격렬하게 출렁이니 좌우
로 움직이며 땅이 꺼지는 듯하구나. 비통함에 귀신도 울고 신들도 끊임없이 소
리 지르누나. 눈여겨보아도 약간의 형상도 보이지 않고, 귀를 막으니 빼곡한 나
무 스치는 소리만 들리는구나.

陰雲四合, 黑霧漫天. 下一陳風雨滂沱, 起數聲怒雷猛烈. 山川震動, 高低渾似天崩;
溪澗顚狂, 左右却如地陷. 悲悲鬼哭, 袞袞神號. 定睛不見半分形, 滿耳惟聞千樹響.

송강의 군병은 정마군의 요사스런 술법에 걸려 깜깜한 천지에서 길을 잃어
헤매다가 어느 한 곳에 이르렀는데 어둑어둑하여 아무것도 보이지 않는지라 본
부의 군병들이 어지러워지기 시작했다. 송강이 하늘을 우러러 탄식했다.

"나도 여기서 죽게 되는구나!"

사시부터 시작되어 미시에 이르자 비로소 검은 안개가 흩어지면서 밝은 빛
이 비치기 시작했는데, 금빛 갑옷을 입은 덩치 큰 사내들이 송강의 주위를 에워
쌌다. 송강은 보고서 놀라 땅에 쓰러지며 입속으로 중얼거렸다.

"어서 죽여주시오!"

감히 얼굴을 들지 못하고 있는데 귓가에 비바람 소리만 들릴 뿐이었다. 수하
의 장병들도 모두 땅바닥에 엎드려 칼과 도끼가 내려져 죽기만을 기다리고 있
었다. 잠시 후 비바람이 지나가고 칼과 도끼로 내려치는 것이 보이지 않더니 어
떤 사람이 송강을 부축하며 말했다.

"일어나십시오!"

송강이 고개를 들고 얼굴을 바라보니 앞에 자신을 부축하고 있는 한 수재가
보였다. 그 사람의 차림새를 보니,

머리에는 두 다리가 아래로 드리워진 검은 당건을 쓰고, 깃이 둥근 흰 비단의
적삼[4] 입었네. 허리에는 검은 코뿔소 가죽에 황금을 박아넣은 혁대를 묶고, 다

섯 조각을 꿰맨 검은색 조화朝靴를 신었구나. 얼굴은 분을 바른 듯하고 입술은 주사를 칠한 듯하네. 당당한 칠 척尺 체구에다 빼어난 자태에 서른이 넘어 보이는구나. 상계의 영관靈官5이 아니라면, 구천九天의 진사進土로다.

頭裹烏紗軟角唐巾, 身穿白羅圓領凉衫. 腰繫烏犀金輕束帶, 足穿四縫乾皂朝靴. 面如傅粉, 唇若塗朱. 堂堂七尺之軀, 楚楚三旬之上. 若非上界靈官, 定是九天進土.

송강이 깜짝 놀라 일어나서는 예를 표하고 그 수재에게 성명을 물었다. 수재가 대답했다.

"소생은 소준邵俊이라 하며 이곳에서 대대로 살고 있습니다. 방랍의 13년 운수가 다하여 열흘 안에 격파할 수 있다는 것을 의사義士께 알려드리려고 오늘 특별히 왔습니다. 소생은 여러 차례 의사를 위해 힘을 써왔습니다. 지금 비록 곤경에 빠졌지만 구원병이 이미 당도했다는 것을 의사께서는 알고 계십니까?"

송강이 다시 물었다.

"선생, 방랍의 운수가 13년이라 하셨는데 언제 잡을 수 있습니까?"

선비가 손으로 밀자 송강이 문득 놀라 깨어났는데 한바탕 꿈이었다. 깨어나 살펴보니 앞에서 에워싸고 있던 큰 사내들은 원래가 모두 소나무들이었다. 송강은 장병들에게 소리쳐 일어나게 하고 빠져나갈 길을 찾게 했다. 그때 구름과 안개가 걷히고 날씨가 맑아졌는데 소나무 숲 바깥에서 함성이 일어났다. 송강이 군병들을 이끌고 숲 밖으로 나와 보니 노지심과 무송이 한 갈래 길로 달려와 정표와 맞붙어 싸우고 있었다. 말을 타고 있던 포도을은 무송이 두 자루의 계도를 휘두르며 곧장 정표에게 달려드는 것을 보고는 칼집에서 현천혼원검玄天混元劍을 뽑아 공중으로 던졌다. 검은 날아가 무송의 왼팔을 찍었고 무송은 피를

4_ 원문은 '양삼凉衫'인데, 남송 시기 사대부들이 입었던 흰색의 평상복이다.
5_ 도교에서 가장 숭상하는 호법신護法神.

흘리며 쓰러졌다. 그때 노지심이 선장을 휘두르며 힘을 다해 달려 들어가 무송을 구했지만 무송의 왼팔은 이미 찍혀 거의 끊어질 듯 달려 있었고 노지심은 그 혼원검을 주웠다. 정신을 차린 무송은 자신의 왼팔이 거의 끊어진 것을 보고 오른손으로 계도를 들어 잘라 버렸다. 송강은 군교를 불러 무송을 부축해 방책으로 돌아가 쉬게 했다. 노지심은 적진 속으로 돌진해 들어가 하후성과 교전을 벌였다. 몇 합을 싸우다가 하후성이 패해 달아났다. 노지심이 선장을 휘두르며 곧장 치고 들어가자 남군은 사방으로 흩어져 달아났다. 하후성은 숲속으로 달아났는데, 노지심은 멈추지 않고 깊은 산속까지 끝까지 추격했다.

한편 정마군 그놈이 다시 군사를 이끌고 추격해왔다. 송 진영에서는 이규·항충·이곤이 방패·비도·표창·도끼 등을 들고 일제히 부딪쳐 들어갔다. 정마군은 대적해내지 못하고 고개를 넘고 시내를 건너 달아났다. 세 장수는 길도 잘 모르면서 공을 세우고자 필사적으로 시내를 건너 정표를 바짝 추격했다. 그때 시내 서쪽 언덕에서 3000명의 군마가 튀어나와 송군을 차단했다. 항충이 급히 돌아서려 할 때 이미 양쪽 언덕에서 두 장수가 가로막았다. 항충이 이규와 이곤을 불렀지만 두 사람은 이미 시내를 건너 정표를 추격하고 있었다. 뜻하지 않게 앞쪽의 시냇물이 깊어 이곤은 발을 헛디뎌 시냇물에 빠졌고 남군이 어지럽게 쏘아대는 화살에 맞아 죽고 말았다. 항충은 급하게 언덕으로 뛰어 올라갔으나 밧줄에 걸려 넘어졌고 벗어나려 발버둥쳤지만 적군들의 난도질에 잘게 다진 고기가 되고 말았다. 가련하게도 이곤과 항충이 영웅이라 한들 이곳에서 어떻게 하겠는가! 이규만 혼자서 깊은 산속으로 정표를 추격했는데 시내 옆에 있던 군마가 뒤를 따라와 기습했다. 반 리도 가지 못했는데 뒤에서 함성이 진동하면서 화영·진명·번서가 군사를 이끌고 구원하러 와서는 남군을 죽이며 흩어놓았고 깊은 산속으로 들어가 이규를 구하고 돌아왔다. 그렇지만 노지심은 어디로 갔는지 보이지 않았다. 장수들이 일제히 돌아와 송강을 만나 정마군을 추격하여 시내를 넘어 갔다가 항충과 이곤을 잃고 이규만 구하여 돌아왔다고 하소연하며 보고하자 송강은 통곡해 마지않았다. 군병을 점검해보니 많은 군사를 잃은 데다 노지심도 보이지 않았으며 무송은 왼팔을 잃은 상태였다.

송강이 통곡하고 있는데 탐마가 달려와서 보고했다.

"군사 오용이 관승·이응·주동·연순·마린과 함께 1만 명의 군병을 이끌고 수로를 따라 도착했습니다."

송강은 오용 등을 맞이하여 오게 된 사정을 물었다. 오용이 대답했다.

"동 추밀을 수행하는 군마와 대장 왕품, 조담, 도독 유광세가 거느린 군마가 이미 오룡령 아래에 당도했습니다. 여방·곽성·배선·장경·채복·채경·두흥·욱보사와 수군 두령 이준·완소오·완소칠·동위·동맹 등 13명은 그곳에 남겨두고, 나머지는 모두 저를 따라 이곳으로 호응하러 왔습니다."

송강이 하소연하며 말했다.

"장수들을 잃고 무송은 폐인이 되었고 노지심은 어디로 갔는지 행방을 알수 없소. 그러니 내가 슬퍼하지 않을 수 없소."

오용이 격려하며 말했다.

"형님은 마음을 열도록 하십시오. 가까운 시일 내에 방랍을 사로잡을 때입니다. 국가의 대사가 중요하니 귀한 몸을 근심으로 상하게 해서는 안 됩니다."

송강이 많은 소나무를 가리키며 꿈속의 일을 이야기하자, 오용이 말했다.

"그처럼 영험한 꿈을 꾸셨다면, 이곳 어딘가에 있는 사당의 신통력 있는 신령이 나타나 형님을 보우해 준 것입니다."

송강이 말했다.

"군사의 견해가 지극히 타당하오. 산속으로 같이 들어가 찾아보세."

오용이 송강과 발길 가는대로 산속으로 들어갔는데, 화살이 날아갈 거리의 절반도 채 못 가서 소나무 숲속에 사당이 하나 보였다. 편액에 금빛 글씨로 '오룡신묘烏龍神廟'라고 쓰여 있었다. 송강은 사당 안으로 들어가 신전 위를 쳐다보고는 깜짝 놀랐다. 신전 위에 흙으로 빚은 용군龍君 성상星象이 꿈속에서 본 바로 그 사람이었던 것이다. 송강은 두 번 절하며 진심으로 감사했다.

"용군 신성神聖께서 구호해주신 은혜를 아직 보답하지 못했습니다. 바라건대 신령께서는 저희를 도와주십시오. 방랍을 평정하면 온힘을 다해 조정에 상주하여 사당을 중건하고 성호聖號를 봉할 수 있도록 하겠습니다."

송강과 오용이 절을 마치고 계단을 내려와 돌비석을 읽어보니 이 사당에 모신 신은 당나라 때의 진사進士였던 소준邵俊이었다. 그는 과거에 급제하지 못하자 강에 뛰어들어 죽었는데, 천제天帝께서 그 충직함을 가련히 여겨 용신龍神으로 삼았다고 했다. 이곳의 백성이 바람을 빌면 바람이 불고 비를 빌면 비가 내렸기 때문에 사당을 세우고 사계절마다 제사를 지내고 있다는 것이었다. 송강은 즉시 검은 돼지와 흰 양을 잡아 제사를 지냈다. 사당을 나와서 다시 자세히 살펴보니 주변 소나무들이 꿈에 신령으로 나왔다는 것이 참으로 기이했다. 지금까지도 엄주嚴州 북문 밖에 오룡대왕烏龍大王의 사당이 있고 또한 만송림萬松林이라 부르는 고적이 아직도 남아 있다. 이를 증명하는 시가 있다.

충심을 귀신이 조금이라도 알게 되면, 남몰래 진심으로 도와주는구나.
용군의 진짜 이름 알고자 한다면, 만송림에서 깨진 돌비석 읽을지어다.
忠心一點鬼神知, 暗裏維持信有之.
欲識龍君眞姓字, 萬松林下讀殘碑.

용군이 보호해준 은혜에 감사한 송강은 다시 말에 올랐다. 군영으로 돌아와서는 오용과 목주를 공격할 계책을 상의했다. 한밤중까지 앉아 있다가 심신이 피곤해 잠시 책상에 엎드려 있었는데 누군가 와서 보고했다.

"소 수재께서 찾아오셨습니다."

송강이 급히 장막을 나가 영접하자 소 용군邵龍君이 크게 읍을 하고서 말했다.

"어제 만약 소생이 구해드리지 않았다면 소나무를 사람으로 변화시키는 포도을의 요사스런 술법에 걸려 족하께서는 사로잡혔을 겁니다. 방금 전에 제사를 지내주신 예에 깊이 감동하여 특별히 감사 인사를 드리러 왔습니다. 목주는 내일 격파할 수 있을 것이고 방랍은 13일 내로 사로잡을 것입니다."

송강이 장막 안으로 청하여 다시 물어보려고 했는데 갑자기 바람소리에 놀라 깨어나니 또 꿈이었다.

급히 오용을 불러 꿈 얘기를 하며 해몽을 요청하자 말했다.

"용군이 그처럼 영험한 모습을 드러내셨으니, 내일 목주를 공격하십시오."

송강이 말했다.

"그 말이 지극히 타당하오!"

날이 밝자 군령을 내려 대군을 점검하고 목주를 공격했다. 연순과 마린에게는 오룡령으로 가는 큰 길을 지키게 하고, 관승·화영·진명·주동 4명의 정장에게는 앞장서 군대를 진격시켜 목주로 가서 북문을 공격하게 했다. 그리고 능진에게는 자모 등의 화포 아홉 상자를 가지고 가서 곧장 성안으로 쏘게 했다. 화포가 날아들자 하늘이 무너지고 땅이 흔들리며 산악이 요동치는 듯했다. 성안의 군마들은 놀라서 혼비백산하여 싸우기도 전에 어지러워졌다.

한편 포 천사와 정마군의 후군은 노지심에게 추격당해 흩어졌고 하후성은 행방을 알 수 없었다. 그때 이미 군마는 성 안으로 물러나 주둔하고 있었는데 우승상 조사원·참정 심수·첨서 환일·원수 담고·수장守將 오응성 등과 상의했다.

"송군이 이미 이르렀는데, 어떻게 해야 성을 구할 수 있겠소?"

조사원이 말했다.

"예로부터 적병이 성 아래 해자에 이르렀을 때 죽기로 싸우지 않으면 어떻게 구할 수 있겠소? 성이 격파되면 반드시 사로잡히고 말 것이니 일이 위급하게 되었소. 모두 나가서 싸워야 할 것이오!"

정마군은 담고·오응성 및 아장 10여 명과 함께 정예병 1만 명을 이끌고 성문을 열고 나가 송강과 대적했다. 송강은 군마를 대략 화살이 날아가는 거리 절반

정도까지 물리고 적군이 성을 나와 진세를 펼칠 수 있도록 했다.

포 천사는 교의를 가져와 성벽 위에 앉았고 조 승상·심 참정·환 첨서는 적루에 앉아 바라보고 있었다. 정마군이 창을 들고 말을 박차며 진 앞으로 나오자 송강의 진에서는 관승이 청룡도를 춤추듯 휘두르며 달려나와 정표와 싸웠다. 두 장수의 말이 엇갈리며 싸운 지 몇 합이 되지도 않았는데, 정표는 관승을 대적해내지 못하고 좌우로 몸을 비키면서 피하고 막아내는 데 급급했다. 포도을이 성벽 위에서 보고 있다가 요술을 부렸다. 입속으로 주문을 외우면서 소리쳤다.

"가라!"

주문을 돕고자 입김을 부니 정마군의 머리 위에서 한 줄기 검은 기운이 피어오르더니 그 속에서 금빛 갑옷을 입은 신인이 손에 항마보저를 들고 나타나 공중에서 공격하며 내려왔다. 남군 부대 속에서도 어두컴컴하게 검은 구름이 피어올랐다. 송강은 보고서 혼세마왕 번서를 불러 급히 술법을 부리게 하는 한편, 자신도 천서에 쓰여 있는 바람을 격파하는 은밀한 비법의 주문을 읽었다. 그러자 관승의 투구 위에서 한 줄기 흰 구름이 피어오르고 그 속에서 한 신장神將이 나타났다. 머리털은 붉고 얼굴은 파랗고, 눈은 푸르고 이빨은 입술 밖으로 길게 뻗었는데 검은 용을 타고 손에는 철추를 들고 있었다. 신장은 정마군의 머리 위에 있는 금빛 갑옷의 신인에게 달려가 교전을 벌였다. 아래에서는 양군이 함성을 질렀고 두 장수는 맞붙어 싸웠다. 몇 합을 싸우지도 않아 위에서는 검은 용을 탄 천장天將이 금빛 갑옷의 신인을 물리치고, 아래에서는 관승이 한칼에 정마군을 베어 말에서 떨어뜨렸다.

포도을은 송군 속에서 바람이 일고 천둥이 치는 것을 보고 급히 몸을 일으켰는데 그때 능진이 쏜 굉천포의 포탄에 정통으로 맞아 머리와 몸이 부서지고 말았다. 남군은 대패했고 송군은 기세를 몰아 목주로 치고 들어갔다. 주동은 원수 담고를 한 창에 찔러 말에서 떨어뜨렸고 이응은 칼을 날려 수장 오응성을 죽였다. 목주성 아래에서는 포 천사가 몸에 화포를 맞는 것을 보고는 남군들은 모두 성 아래로 구르듯 내려가 도망쳤다. 송강의 군마는 이미 안으로 돌진해 들어갔고 장수들이 일제히 전진하여 조 승상·심 참정·환 첨서를 사로잡았고 나머지 아장들은 이름도 묻지 않고 모조리 죽였다.

송강 등은 입성하여 먼저 방랍의 행궁을 불태우고, 그곳에 있던 황금과 비단은 삼군의 장병들에게 상으로 나누어줬다. 그리고는 즉시 방을 내붙여 백성을 안정시켰다. 아직 군마를 점검하지도 않았는데 탐마가 달려와 보고했다.

"서문 쪽 오룡령 위에서 마린이 적장 백흠의 표창에 맞아 말에서 떨어졌는데 석보가 달려와 한칼에 마린을 두 동강 내고 말았습니다. 연순이 보고는 달려가 싸우려는데 또 석보 그놈의 유성추에 맞아 죽었습니다. 석보는 승리를 거두자 기세를 몰아 군사를 이끌고 쳐들어오고 있습니다."

송강은 또 연순과 마린을 잃었다는 말을 듣고 손목을 불끈 쥐고 통곡하다가, 급히 관승·화영·진명·주동 4명의 정장을 보내 석보와 백흠에게 맞서고 오룡령 관문을 취하게 했다. 네 장수가 오룡령으로 싸우러 갔기에, 나누어 서술하면 청계현 안에서 반란을 꾀한 적병을 소멸시키고, 방원동에서 초두천자草頭天子6를 사로잡은 것이다. 그야말로 송강 등의 이름이 청사에 천년 동안 기록되고 태평한 시대에 전파된 공적이 만고에 전해지게 된 것이다.

결국 송강 등이 어떻게 대적하는지는 다음 회에 설명하노라.

동관의 방랍 토벌

방랍이 반란을 일으켰을 때 동관이 토벌을 주관했다는 내용이 본문에 출현하는데, 이는 역사적 사실에 부합되지 않는다. 『수호전보증본』에 따르면 "북송 정부는

6_ 초두천자草頭天子: 강도의 우두머리면서 제멋대로 황제라 칭하는 자를 가리킨다.

원래 환관인 담진譚稹과 보군도우후步軍都虞候 왕품王稟에게 군사를 이끌고 토벌하게 했는데, 방랍이 항주를 점령하자 다시 동관을 선무사宣撫使로 삼고 담진을 제치사制置使로 변경하고 유연경劉延慶을 도통제都統制로 삼아 금군과 섬서陝西 6로路 번한蕃漢 군병을 이끌고 남쪽으로 내려갔으며 별도로 동남쪽 여러 로路의 병사들까지 증강시켰다"고 했다.

정표鄭彪는 정마왕鄭魔王인가?

본문에 방랍의 부하로 전전태위殿前太尉 정표鄭彪라는 인물이 등장한다. 정표는 아마도 역사에 등장하는 '정마왕'을 말하는 듯하다. 『수호전보증본』에 근거하면, 선화 3년(1121) 3월에 유광세劉光世의 군대가 구주衢州로 진입하자 적 1만 명이 성을 나왔다. 유광세 군대는 큰 승리를 거두고 2256명을 참수하고 수괴인 정마왕을 생포했다.(『통감장편기사본말通鑑長編紀事本末』 권141)

정마왕은 성이 정鄭이고 이름이 결缺이다. 마왕魔王은 당시 방랍 등이 떠받든 '식채사마교食菜事魔敎'의 교주 칭호다. '식채사마교'는 바로 마니교摩尼敎로 3세기에 페르시아인 마니摩尼가 창립해 당나라 고종高宗 때 강회江淮와 절민浙閩 지구에 전파되었다. 그들은 세계에 '광명光明'과 '흑암黑暗' 두 파가 있다고 선전하며 고기 요리와 술을 금지하고 소식素食을 먹으며 나장裸葬(시신을 알몸인 채로 관에 넣어 장사를 지냄)을 행하고, 남녀평등을 제창하고 신불神佛을 공경하지 않으며 조상에게 제사를 지내지 않는 등의 규범을 지니고 있었다. 교단에 가입한 자는 모두 '사마事魔'라 칭했고 사마는 모두가 채소 요리를 먹었으므로 '식채사마교'라 불렀다. 방랍은 이것을 강령으로 삼고 고취했으며 농민 기의를 조직했던 것이다.

계
책
대
결[1]

관승 등 네 장수는 군사를 이끌고 나는 듯이 오룡령 위로 쳐들어가다가 석보의 군마와 마주쳤다. 관승이 말 위에서 크게 소리쳤다.

"적장은 어찌 감히 나의 형제를 죽였느냐!"

석보는 관승을 보자 싸움에 연연해하지 않고 오룡령 위로 물러났고 백흠을 내보내 관승과 싸우게 했다. 두 말이 서로 어우러지고 병기가 함께 솟아올랐다. 그런데 10합도 싸우지 않아 오룡령 위에서 급히 징을 울리며 군사를 거두었다. 관승은 추격하지 않았는데, 오룡령 위의 군병들이 스스로 어지러워지기 시작했다. 원래 석보가 오룡령 동쪽만 바라보고 싸우면서 서쪽은 방비하지 않아 동 추밀이 인마를 휘몰아 오룡령 위로 쳐들어온 것이었다. 송군 대장 왕품은 남군의 지휘사 경덕과 싸웠는데 10합 만에 경덕을 베어 말 아래로 떨어뜨렸다. 이때 여방과 곽성이 앞장서서 오룡령 위로 달려 올라갔다. 고개 옆에 도달하기도 전에

1_ 제118회 제목은 '盧俊義大戰昱嶺關(노준의가 욱령관에서 크게 싸우다). 宋公明智取淸溪洞(송 공명이 지혜로 청계동을 취하다)'이다.

산 정상에서 큰 바위가 굴러 떨어지면서 곽성은 말과 함께 바위에 치여 고개 옆에서 죽고 말았다. 오룡령 동쪽의 관승은 오룡령 위에서 크게 혼란스러워지는 상황을 보고는 서쪽에서 송군이 고개 위로 올라간 것이 발각되었음을 알고 급히 장수들을 불러 일제히 고개 위로 쳐들어갔다. 양면에서 협공하자 오룡령 위에서는 혼전이 벌어졌다. 여방은 백흠을 맞아 맞붙어 싸웠다. 3합도 싸우지 않아 백흠이 창으로 찌르자 여방이 날째게 피하면서 백흠의 창이 여방의 옆구리 아래를 찌르며 빗나갔고 여방의 화극도 백흠이 쳐내면서 옆으로 비껴갔다. 두 장수는 말 위에서 실력을 발휘하지 못하게 되자 수중의 무기를 버리고 말 위에서 서로 붙들고 싸우기 시작했다. 원래 두 사람이 맞붙은 고개는 험준한 곳이어서 말이 발을 붙여 서 있기 어려운 곳이었다. 그런데 두 장수가 힘으로 맹렬하게 싸우자 뜻밖에 사람과 말이 모두 고개 아래로 굴러 떨어졌고 두 장수는 고개 아래에서 넘어져 죽고 말았다.

관승 등 장수들이 걸어서 오룡령 위에 올라와 보니, 양면이 모두 송 군사들로 이미 모두 고개 위에 올라와 있었다. 석보는 양면 어느 쪽으로도 달아날 길이 없자 사로잡혀 욕을 당할 것이 두려워 벽풍도로 자신의 목을 베어 자결했다. 송강의 장수들은 오룡령 관문을 빼앗았고 관승은 급히 사람을 시켜 송 선봉에게 보고하게 했다. 강변 수채에 있던 4명의 수군총관들은 오룡령을 이미 잃었고 목주가 함락되는 것을 보고는 모두 배를 버리고 강 맞은편으로 달아났다. 그러나 성귀와 사복은 맞은편 언덕에서 백성에게 사로잡혀 목주로 압송되었고, 적원과 교정은 어디로 달아났는지 행방을 알 수 없었다. 송의 대군이 목주로 돌아오자 송강이 성을 나가 영접했다. 동 추밀과 유 도독은 입성했고 주둔하여 군영을 꾸린 다음 방을 내붙여 백성을 귀순시키고 생업으로 돌아가게 했다. 남군 가운데 투항한 자는 그 수를 헤아릴 수 없을 정도로 많았다. 송강은 창고의 식량을 모조리 꺼내 나누어주고 각자 고향으로 돌아가 양민이 되도록 했다. 수군총관 성귀와 사복의 배를 갈라 심장을 꺼내 완소이와 맹강, 오룡령에서 앞뒤로 전사한 장수들의 혼령을 위해 제사를 지내고 흠향할 수 있도록 했다. 또한 이준 등 수군 장수들에게 많은 배를 거느리고 가서 도적 수괴의 가짜 관원들을 잡아들여 장 초토에게 압송하게 했다. 송강은 또 여방과 곽성이 죽은 것을 보고는 슬퍼해 마지않았다. 군사 행동을 멈추고 노 선봉의 병마가 당도하기를 기다렸다가 함께 청계현을 공격하기로 했다.

한편 부선봉 노준의는 항주에서 병력을 나눈 뒤에 3만 명의 인마를 통솔하고 정장과 편장 28명의 장수들과 함께 산길로 전왕錢王의 옛 도읍이었던 임안진을 지나 욱령관 앞으로 접근했다. 욱령관을 지키는 장수는 방랍 수하의 대장인 소양유기小養由基2라는 별명을 지닌 방만춘龐萬春이었다. 바로 방랍이 다스리는 강남 지역에서는 가장 활을 잘 쏘는 자였다. 그는 2명의 부장을 거느리고 있었는데, 하나는 뇌형雷炯이고 다른 하나는 계직計稷이었다. 이 두 부장은 모두 700~800근의 힘을 들여야 당길 수 있는 강한 쇠뇌를 쏘고 각기 질려골타疾藜骨朵3를 사용했다. 그들은 수하에 5000명의 인마를 보유하고 있었다. 이들 3명이 욱령관을 지키고 있었는데 송 군대의 부선봉 노준의가 온다는 소식을 듣자 대적할 기계 등을 이미 준비해놓고 접근해오기를 기다리고 있었다. 한편 노 선봉의 군마는 점차 욱령관 앞으로 다가가자 먼저 사진·석수·진달·양춘·이충·설영으로 하여금 3000명의 보군을 이끌고 앞서가면서 정탐하게 했다.

사진 등 여섯 장수는 말을 탔고 나머지 군사들은 보군이었는데 구불구불 관문 아래 당도하여 정찰했지만 단 한 명의 적군도 보이지 않았다. 사진은 의심이 들어 장수들과 상의했는데, 말을 마치기도 전에 어느새 관문 앞에 이르렀다. 관문 위를 바라보니 실로 수놓은 흰 깃발이 세워져 있고 그 아래에 소양유기 방

2_ 양유기養由基는 춘추시대 초나라 사람으로 활을 잘 쏘았다. 백 보 밖에서 버들잎을 맞추는 백발백중의 명궁이었다.

3_ 질려골타疾藜骨朵: 병기의 일종으로 서강西羌에서 전해졌다. 긴 봉으로 되어 있고 봉 끝에는 마름쇠 형상의 머리가 달려 있다. 철 혹은 단단한 나무로 제작되었다.

만춘이 서 있었다. 방만춘은 사진 등을 보고는 크게 웃으면서 욕했다.

"너희 도적놈들은 양산박에나 있을 것이지, 송나라 조정을 협박하여 귀순하라는 명령을 내리게 하고는 어찌하여 감히 우리 국토까지 쳐들어와서 호걸인 체하느냐! 너희는 소양유기라는 이름을 들어본 적 있느냐? 네놈들 중에 무슨 소이광 화영이란 놈이 있다고 들었는데, 나와서 나랑 활을 겨루어보자. 네놈들에게 먼저 나의 신전神箭을 구경시켜주마."

말을 마치기도 전에 '씨잉' 소리와 함께 화살이 날아와 사진을 맞혀 말에서 떨어뜨렸다. 다섯 장수가 급히 앞으로 나와 사진을 구해 말에 태우고는 돌아갔다. 그때 산 꼭대기에서 징소리가 울리더니 좌우 양쪽 소나무숲 속에서 일제히 화살이 쏟아졌다. 다섯 장수는 사진을 돌아볼 겨를도 없이 각자 목숨을 구하고자 달아났다. 산기슭 끝을 돌아가는데 맞은편 양쪽 산비탈에서 뇌형과 계직이 쇠뇌를 비 오듯 쏘아댔다. 여섯 장수가 비록 대단한 영웅이었지만 쏟아지는 화살을 피할 수는 없었다. 가련하게도 수호의 여섯 장수의 삶은 이곳에서 헛된 꿈이 되고 말았다. 사진·석수 등 여섯 사람은 한 명도 빠져나가지 못하고 모두 관 아래에서 화살에 맞아 죽고 말았다.

3000명 중 겨우 100여 명만 도망쳐 돌아와서 노 선봉에게 이 사실을 알렸다. 노준의는 깜짝 놀라 한참을 멍하니 있었다. 신기군사 주무가 진달과 양춘을 생각하며 눈물을 흘리다가 노 선봉에게 간언했다.

"선봉께서는 너무 괴로워하지 마십시오. 큰일을 그르치겠습니다. 별도로 다른 계책을 상의하여 관문을 탈취하고 적장을 참수하여 이 원한을 갚아야 합니다."

노준의가 말했다.

"송 공명 형님이 특별히 내게 많은 장교를 나누어줬는데, 이번에 한 번도 이겨보지 못하고 먼저 여섯 장수와 군졸 3000명을 잃고 겨우 100여 명만 돌아왔으니, 어떻게 흡주로 가서 형님을 뵐 수 있겠는가?"

"옛사람이 말하기를 '천시天時는 지리地利만 못하고, 지리는 인화人和만 못하다[4]고 했습니다. 우리는 모두 중원의 산동과 하북 사람들이라 이곳에 익숙하지 못하기 때문에 지리를 잃었던 것입니다. 거주민들을 찾아 길을 인도하게 해야 비로소 복잡한 산길을 알 수 있을 것입니다."

"군사의 말이 지극히 타당하오. 누구를 보내 길을 정탐하게 하는 것이 좋겠소?"

"제 어리석은 생각으로는 고상조 시천을 보내는 것이 좋겠습니다. 그는 추녀와 담벼락을 나는 듯이 넘나드는 사람이니 산속에서도 길을 잘 찾을 겁니다."

노준의는 즉시 시천을 불러 명을 내렸다. 시천은 마른 양식을 가지고 요도를 차고 방책을 떠났다.

한편 깊은 산속으로 들어간 시천은 길을 찾느라 한나절을 헤매다가 날이 저물었는데, 멀리서 등불이 밝게 빛나고 있는 것이 보였다. 시천이 말했다.

"등불이 있는 곳에 반드시 인가가 있을 것이다."

어둠 속에서 등불이 켜진 곳으로 더듬어 가보니 아주 작은 암자 안에서 불빛이 새나오고 있었다. 암자 앞에 이른 시천이 불쑥 들어가 안쪽을 살펴보자 한 노승이 앉아서 불경을 읽고 있었다. 시천이 방문을 두드리자 노승이 한 어린 행자를 시켜 문을 열게 했다. 시천이 방으로 들어가 절을 했다.

그 노승이 말했다.

"손님은 절하지 마시오. 지금 천군만마가 싸우고 있는 곳인데 어떻게 여기까지 오셨소?"

시천이 대답했다.

"사부님께 사실대로 말씀드리겠습니다. 소인은 양산박 송강의 부하 편장인 시천이라 합니다. 지금 성지를 받들어 방랍을 토벌하러 왔는데, 뜻밖에 어젯밤 욱령관을 지키는 적장이 어지럽게 화살을 쏘아대는 바람에 우리 장수 6명이 목숨을 잃었습니다. 이 관을 넘을 계책이 없어 특별히 저를 보내 관을 넘을 오솔

4_ 원문은 "天時不如地利, 地利不如人和"로 출전은 『맹자』 「공손추公孫丑 하」다.

길을 찾아보게 했습니다. 지금 깊은 산과 넓은 들판을 지나 이곳까지 찾아왔으니, 사부님께서 저희에게 오솔길을 가르쳐주셔서 몰래 이 관을 넘을 수 있게 해주시면 두텁게 보답하겠습니다."

"이곳 백성은 방랍의 해를 입어 원한을 품지 않은 사람이 없습니다. 이 노승역시 마을에서 시주한 양식으로 살아왔습니다만, 지금은 사람들이 모두 도망쳐버렸습니다. 노승은 갈 곳이 없어 여기서 죽을 날만 기다리고 있습니다. 이제 다행히 천병이 이곳에 이르렀으니 만민의 복입니다. 장군께서 도적을 토벌하러 오셨다니 백성을 위해 해로움을 제거해주십시오. 도적들이 알게 될까봐 두려워 감히 여러 말씀 드리지 않겠습니다. 지금 천병이 당도하여 장군을 보냈다고 하니 몇 마디 말씀드리겠습니다. 여기서 관을 넘어가는 길은 없고 곧장 서산 고개로 가면 관을 지나갈 수 있는 오솔길이 있습니다. 그런데 근래에 도적들이 그 길을 끊어 지날 수 없게 되지 않았을까 걱정됩니다."

"사부님! 그 샛길을 통해 관으로 올라가면 도적들의 방책에 당도하게 됩니까?"

"그 오솔길로 곧장 가면 방만춘 방책의 뒤편에 이르고, 고개를 내려가면 바로 관을 지나가는 길이 나옵니다. 아마도 도적들이 큰 바위를 쌓아 길을 차단하여 지나가기가 어려울 것입니다."

"상관없습니다. 길이 있기만 하다면 차단했더라도 조치를 취할 수 있습니다. 이제 알았으니 소인은 돌아가서 보고하고 나중에 와서 사례하겠습니다."

"장군께서 다른 사람을 만나면 빈승이 이야기했다고 말하지 마십시오."

"소인도 세심한 사람입니다. 사부님이 말씀하셨다고 감히 말하지 않겠습니다."

그날 시천은 노승과 작별하고 방책으로 돌아와 노 선봉에게 있었던 일을 보고했다. 노준의는 그 말을 듣고 크게 기뻐하면서 군사 주무를 청해 관을 점령할 계책을 상의했다. 주무가 말했다.

"대단히 좋습니다. 육령관을 바라보니 손바닥에 침 뱉는 것만큼이나 손에 넣기 쉬워졌습니다. 다시 한 사람을 시천과 함께 보내 큰일을 실행해야 합니다."

시천이 말했다.

"군사께서는 무슨 큰일을 시키려 하십니까?"

주무가 말했다.

"가장 요긴한 일이 불을 지르고 화포를 터뜨리는 것일세. 자네들은 화포, 부시와 부싯돌을 가지고 적의 방책 뒤쪽으로 가서 불을 지르고 화포를 터뜨리게. 이게 바로 자네가 해야 할 큰일이네."

시천이 말했다.

"단지 불을 지르고 화포를 터뜨리는 일 외에 다른 일이 없다면 다른 사람과 함께 갈 필요 없이 저 혼자 가도 됩니다. 다른 사람과 함께 갔다가 저를 따라 추녀와 담벼락을 넘나들지 못해 때를 놓치게 됩니다. 제가 가서 그런 일을 하면 군사께서는 어떻게 관 쪽으로 오실 겁니까?"

주무가 말했다.

"그건 쉬운 일이네. 도적들이 매복해 있더라도 문제가 없네. 적들이 매복해 있든 아니든 숲이 조밀한 곳을 만나면 불을 질러 태워버릴 것이네. 그래서 그놈들이 매복해있다 하더라도 상관없네."

시천이 말했다.

"군사의 고견이 지극히 분명하십니다."

시천은 부시와 부싯돌, 불을 붙이는 통을 챙기고 등에 화포 보따리를 지고서 노 선봉과 작별하고 즉시 떠났다. 노준의는 시천에게 은 20냥과 쌀 한 석을 지고 노승에게 주게 했다. 그리고 군졸 한 명을 골라 딸려보냈다.

그날 오후 시천은 군졸에게 쌀을 지게 하고 갔던 길을 찾아 다시 암자로 갔다. 시천이 노승에게 말했다.

"주장 선봉께서 화답하시며 작은 예물을 보내셨습니다."

시천은 은냥과 쌀을 노승에게 건넸다. 노승이 받자 시천은 군졸을 방책으로 돌려보내고 다시 노승에게 부탁했다.

"번거롭지만 행자에게 소인을 데리고 길을 인도하게 해주십시오."

노승이 말했다.

"장군은 잠시 기다리셨다가, 밤이 깊어지면 가십시오. 대낮에는 관 위에서 알아챌까 두렵습니다."

저녁에 밥을 지어 시천을 대접했다. 밤이 되자 노승은 행자에게 분부했다.

"장군을 그쪽까지 길을 인도해드리고 너는 다른 사람이 알아채지 못하게 즉시 돌아오너라."

어린 행자는 시천을 인도하여 암자를 떠나 깊은 산속으로 들어가 길을 찾았다. 숲을 지나고 고개를 넘어 칡덩굴을 잡고 올라갔고 몇 리를 걸어 산길과 비탈을 지나자 희미한 달빛 아래 험준한 고개가 하나가 나타났다. 깎아지른 듯한 절벽이 있는데 멀리 한 갈래 오솔길이 보였다. 고개 바위 위를 모두 큰 돌로 쌓아 가로막고 높은 성벽을 쌓아놓았다. 어린 행자가 말했다.

"장군님, 저기 돌을 쌓아 성벽을 만들어놓은 곳이 바로 관입니다. 저 돌벽을 지나면 또 큰길이 나옵니다."

시천이 말했다.

"행자는 이제 돌아가게. 내가 이제 길을 알았네."

어린 행자가 돌아가자 시천은 추녀와 담벼락을 나는 듯이 넘나들고 울타리를 뛰어넘어 말을 타는 능력을 발휘하여 돌벽에 달라붙어 기어오르기 시작했다. 멀리 동쪽을 바라보니, 숲속에서 하늘이 모두 붉은 빛으로 가득했다. 노 선봉이 주무 등과 함께 울타리 방책을 뽑고 군사를 일으켜 불을 질러 태우면서 관으로 올라가고 있는 것이었다. 노준의는 먼저 300~500명의 군사를 보내 길에서 지난번에 전사한 여섯 장수의 시신을 수습하게 했다. 그리고 산을 끼고 고개에 접근해가면서 불을 질러 길을 열게 했는데, 매복한 적병들이 몸을 숨길 곳을 없애기 위해서였다. 욱령관 위의 소양유기 방만춘은 송군이 불을 질러 숲을 태우면서 길을 열고 있다는 것을 듣고는 말했다.

"저렇게 진격해오는 방법이라면 우리 복병이 힘을 발휘할 수 없겠구나. 하지만 우리가 이 관을 단단히 지키고 있으니 네놈들이 어떻게 넘어갈 수 있겠는가?"

송군이 점차 관 아래로 접근해오자 방만춘은 뇌형과 계직을 데리고 관 앞으로 와서 지키고 있었다.

한편 시천은 한 걸음씩 더듬어가며 관 위로 올라가서는 큰 나무 꼭대기에 올라갔다. 가지와 잎이 무성한 곳에 엎드려서 보니, 방만춘·뇌형·계직이 활과 쇠뇌에 화살을 먹이고 관 앞에 숨어서 송군을 기다리고 있었다. 송 군대 쪽을 보자 한 무리가 불을 지르면서 올라오고 있었다. 중간에 임충과 호연작이 관 아래에 말을 세우고 욕설을 퍼부었다.

"적장은 어찌 감히 천병에 대항한단 말이냐?"

남군의 방만춘 등은 화살을 쏠 때를 기다리느라 시천이 이미 관 위에 올라와 있음을 방비하지 않았다. 그때 시천이 살그머니 나무에서 내려와 관 뒤쪽으로 돌아가니 마른 풀 두 더미가 보였다. 시천은 부시와 부싯돌을 꺼내고 불씨를 내고 풀 더미 위에 화포를 올려놓았다. 그리고 유황과 염초로 풀 더미에 불을 지르고 또 이쪽 장작더미에도 불을 붙였다. 화포에도 불을 붙이고 불씨를 가지고 관문 대들보 위로 기어 올라가 거기에도 불을 붙였다. 양쪽의 풀과 장작더미에서 일제히 불길이 일고 화포가 터지며 하늘을 뒤흔들었다. 관 위에 있던 적장들은 죽이지도 않았는데 혼란에 빠져 고함만 질렀고 군사들은 모두 달아나느라 대적할 마음이 없어졌다. 방만춘은 두 부장과 함께 급히 관 뒤로 가서 불을 끄려고 했는데, 그때 시천이 용마루 위에서 또 화포를 터뜨렸다. 화포가 관문을 뒤흔들자 놀란 남병들은 모두 칼·창·활을 내던지고 두루마기와 갑옷을 벗고서 관 뒤편으로 달아났다. 시천이 지붕 위에서 큰소리로 외쳤다.

"이미 1만 명의 송군이 관을 넘어갔다. 너희는 어서 투항하라!"

방만춘은 그 말을 듣고 겁에 질려 넋이 나가 발을 헛디디기만 했다. 뇌형과 계직도 놀라 몸이 마비되어 움직이지 못했다. 그때 임충과 호연작이 앞장서서

산 위로 올라와 관 꼭대기에까지 이르렀다. 장수들도 앞 다투어 올라와 일제히 관을 지나 도망치는 남군을 30여 리나 추격했다. 손립은 뇌형을 사로잡았고, 위정국은 계직을 사로잡았다. 방만춘만 홀로 달아났고 수하의 군병들은 태반이 사로잡혔다. 송군이 모두 관 위로 올라와 주둔했다.

노 선봉은 욱령관을 손에 넣었고 시천에게 두터운 상을 내렸다. 뇌형과 계직의 배를 갈라 심장을 꺼내 사진과 석수 등 여섯 장수에게 제사를 지냈다. 여섯 장수의 시신을 수습하여 관 위에서 장사지내고 나머지 시신들은 모두 불태웠다. 이튿날 노준의는 장수들과 함께 갑옷을 벗고 말에 올라 장 초토에게 문서를 보내 욱령관을 손에 넣었음을 알리고 다른 한편으론 군사를 이끌고 전진하여 관을 넘어 곧장 흡주성 아래에 이르러 진지를 구축하고 주둔했다.

원래 흡주성은 방랍의 친숙부인 황숙대왕皇叔大王 방후方垕가 관직이 문직文職으로 봉해진 2명의 대장과 함께 지키고 있었다. 한 명은 상서尙書인 왕인王寅이고 다른 한 명은 시랑侍郞 고옥高玉으로, 10여 명의 장수와 2만 명의 군사를 주둔시키고 흡주의 성곽을 지키고 있었다. 왕인은 흡주 산속의 석공 출신으로 강철 창을 잘 사용했고 전산비轉山飛라고 불리는 말을 탔는데, 그 말은 산을 오르고 물을 건너기를 마치 평지를 달리듯 했다. 고옥도 흡주의 토박이로 대대로 벼슬을 한 집안의 자손인데 한 자루의 편창鞭槍을 사용했다. 두 사람은 문장에도 자못 통했기 때문에 방랍이 문직 관작으로 봉함과 동시에 병권의 일도 관할하게 했다. 소양유기 방만춘이 패전하여 흡주로 돌아와서는 행궁으로 가서 황숙에게 아뢰었다.

"토착민이 누설하여 송군을 오솔길로 인도해서는 몰래 관을 넘어오는 바람에 군사들이 흩어져 대적하기 어려웠습니다."

황숙 방후는 그 말을 듣고 크게 노하여 방만춘에게 욕했다.

"저 욱령관은 흡주의 첫 번째로 긴요한 장벽인데, 이제 송군이 그 관문을 넘었으니 조만간 흡주에 당도할 것이다. 저들을 어떻게 대적한단 말이냐?"

왕 상서가 아뢰었다.

"주상께서는 천둥 같은 노여움을 푸십시오. 예로부터 이르기를 '이기고 지는 것은 병가에서 흔한 일로 전쟁은 본인의 죄가 아니다'라고 했습니다. 지금 전하께서는 방 장군이 이미 저지른 죄를 잠시 용서하시고, 반드시 승리하겠다는 군령장을 쓰게 하고 군사를 이끌고 출전하여 적에 맞서 송군을 물리치게 하십시오. 만약 승리를 거두지 못한다면 그때 두 죄를 한꺼번에 물으십시오."

방후는 그 말에 따라 5000명의 군사를 선발하여 방만춘을 따라 성을 나가 대적하여 승리를 거두고 돌아와 보고하게 했다.

한편 노준의는 욱령관을 지나간 뒤에 곧장 흡주성 아래까지 추격했고 그날 장수들과 함께 흡주를 공격했다. 그러자 성문이 열리면서 방만춘이 교전을 벌이려고 군사를 이끌고 나왔다. 양군이 각기 진세를 펼쳤다. 방만춘이 싸움을 걸자 송 진영에서 구붕이 철창을 들고 말을 몰아 나가 방만춘과 싸웠다. 5합도 되지 않아 방만춘이 패해 달아나자 구붕이 공을 세우기 위해 말고삐를 놓고 뒤를 쫓았다. 방만춘이 몸을 돌리며 화살 한 대를 쏘았는데 구붕은 수완이 뛰어나 날아오는 화살을 손으로 잡았다. 원래 구붕은 방만춘이 연속해서 활을 쏠 수 있다는 것을 방비하지 않고 있었고 화살 한 대를 손으로 잡자 마음 놓고 그 뒤를 쫓았다. 그때 시위 소리와 함께 두 번째 화살에 맞으면서 구붕은 그만 말에서 떨어졌다. 성 위에서 이를 본 왕 상서와 고 시랑이 성중의 군마를 이끌고 일제히 달려나왔다. 송군은 대패하여 30리를 물러나 주둔했다. 장병을 점검해보니 난군 속에서 채원자 장청이 또 꺾였다. 손이랑은 남편이 죽는 것을 보고 수하 군졸을 시켜 시신을 찾아 화장하면서 한바탕 통곡했다. 노 선봉은 속으로 갑갑해했고 좋은 계책이 아님을 생각하고 주무와 의논하며 말했다.

"오늘 진격했다가 또 장수 2명을 잃었네. 이를 어찌하면 좋단 말인가?"

주무가 말했다.

"이기고 지는 승패는 병가에서 흔히 있는 일입니다. 오늘 적병은 우리가 군마를 물리는 것을 보고 자신의 능력을 드러내고자 기세를 몰아 반드시 오늘 밤 방책을 기습할 것입니다. 우리는 군마와 장수들을 나누어 사방에 매복해놓고, 중군에는 양을 몇 마리 묶어놓아5 이렇게 저렇게 하는 겁니다. 호연작은 한 갈래 군마를 이끌고 왼쪽에 매복하고, 임충은 오른쪽에 매복하고, 선정규와 위정국은 뒤쪽에 매복하게 하십시오. 그리고 나머지 편장들은 각기 사방으로 흩어져 오솔길에 매복하게 하십시오. 밤중에 적병이 다가오면 중군에서 불길이 치솟는 것을 신호로 삼아 사방에서 일어나 각자 적을 사로잡으면 됩니다."

노 선봉은 계책대로 선발해 배치하고 각기 지키며 적군이 오기를 기다렸다.

한편 남국의 왕 상서와 고 시랑은 자못 모략이 있는 자들이라 방만춘 등과 상의하여 황숙 방후에게 아뢰었다.

"오늘 송군이 패해 30여 리를 물러나 주둔하고 있습니다. 군영은 텅 비고 군마들은 틀림없이 피로해졌을 겁니다. 이때 기세를 몰아 기습하면 반드시 전승을 거둘 수 있을 것입니다."

방후가 말했다.

"그대들이 신중하게 의논한 것이니, 즉시 시행하시오."

고 시랑이 말했다.

"제가 방 장군과 함께 군사를 이끌고 적의 방책을 기습할 테니, 상서와 전하께서는 단단히 성을 지켜주십시오."

그날 밤 고옥과 방만춘은 갑옷을 걸치고 말에 올라 군병을 이끌고 전진했다. 말은 방울을 떼고 군사들은 하무를 물고는 빠르게 달려 송군의 울타리 방책 앞에 이르렀다. 군영 문은 닫혀 있어 남군은 감히 함부로 진격하지 못하고 있었다.

5_ 『수호전교주본』에 따르면 "빈 군영 안에 깃발만 남기고 양을 메달아 북을 두드리게 한 것은 고대 전장에서 흔히 사용하던 기법으로 적군이 군영이 비었음을 알아채지 못하게 하고 군영 안의 인마를 다른 곳으로 옮겨 매복시키는 것이다"라고 했다.

그때 처음에는 시각을 알리는 북소리가 분명하게 들리더니 그 뒤로는 차츰 어지러워지기 시작했다. 고 시랑이 말을 멈춰 세우고는 말했다.

"진격해서는 안 됩니다!"

방만춘이 말했다.

"상공은 어찌하여 진격하지 않습니까?"

"군영 안에서 시각을 알리는 북소리가 분명하지 않습니다. 틀림없이 계책이 있는 겁니다."

"상공이 틀렸습니다. 오늘 적군은 패전하여 간담이 서늘해지고 반드시 피곤할 겁니다. 졸면서 북을 두드리기 때문에 소리가 분명하지 않은 겁니다. 상공은 의심할 필요가 없습니다. 쳐들어갑시다!"

"그 말씀이 맞습니다."

군사들을 재촉하여 큰 칼과 큰 도끼를 휘두르며 군영으로 진격했다. 두 장수가 군영 문안으로 들어가 곧장 중군에까지 이르렀지만 군사는 단 한 명도 보이지 않고 버드나무에 양 몇 마리만 묶여 있었다. 양들은 발굽에 북채가 매어 있었고 북을 두드리고 있었다. 이 때문에 시각을 알리는 북소리가 분명하지 않았던 것이다. 두 장수는 빈 군영을 기습한 것이었고 당황하여 급히 소리쳤다.

"계책에 빠졌다!"

몸을 돌려 달아나는데, 중군 안에서 불길이 치솟자 산 정상에서 포성이 울렸다. 사방에서 불길이 오르면서 도처에 매복해 있던 복병이 어지럽게 일어나 일제히 쳐들어왔다. 두 장수는 군영 문을 열고 달아나다가 호연작과 마주쳤다. 호연작이 크게 소리쳤다.

"적장은 어서 말에서 내려 항복하라, 그러면 죽음은 면할 것이다!"

고 시랑은 당황하여 싸울 마음이 없어져 벗어나려고만 했는데 호연작이 뒤쫓아 가서 쌍편으로 내리쳤다. 고옥은 머리통 반쪽이 부서져 죽고 말았다. 방만춘은 죽기 살기로 겹겹의 포위를 뚫고 달아나 목숨을 건졌다. 한창 달아나고 있는데 길에 매복하고 있던 탕륭이 구겸창으로 말 다리를 걸어 넘어뜨려 사로잡아 끌고 왔다. 여러 장수가 모두 산길에서 남병을 추격했고 날이 밝자 모두 방책으로 돌아왔다. 노 선봉은 이미 중군으로 와서 좌정하고 즉시 본부의 장수들에게 인원을 점검하도록 명을 내렸는데 정득손이 산길 풀숲에서 독사에게 다리를 물렸고 독이 뱃속까지 침투해 죽은 상태였다. 노준의는 방만춘의 배를 갈라 심장을 꺼내 구붕과 사진 등에게 바쳐 제사를 지내고 수급은 장 초토에게 보냈다.

이튿날 노 선봉은 장수들과 함께 다시 흡주성으로 군대를 진격시켰다. 그런데 성문은 열려 있고 성 위에는 깃발이 하나도 없었으며, 성루에도 군사들이 보이지 않았다. 선정규와 위정국은 첫 공을 세우려고 군사를 이끌고 성안으로 돌진했다. 뒤쪽에서 중군 노 선봉이 따라갔을 때에는 두 장수가 이미 성문 안으로 들어간 뒤였기에 '아이고' 소리만 질렀다. 원래 왕 상서는 송 군대 방책을 기습하러 갔던 인마가 꺾인 것을 보고는 거짓으로 성을 버리고 달아난 척하면서 성문 안쪽에 함정을 파놓았다. 선정규와 위정국 두 장수는 자신들의 필부의 용맹만 믿고 방비도 없이 앞장서서 성문 안으로 달려 들어가다가 사람과 말이 함께 함정에 빠지고 말았다. 그때 함정 양쪽에 매복하고 있는 긴 창과 활을 든 군사들이 일제히 앞으로 나가 찌르고 화살을 쏘아대자 가련하게도 성수장군과 신화장군은 이날 함정 속에서 일순간 죽고 말았다. 노 선봉은 또 두 장수가 죽는 것을 보고 분노하여 급히 선두부대를 보내 흙 자루를 성안으로 날라 함정을 메우게 하는 한편, 격전을 벌이며 남군의 인마를 죽여 함정을 채웠다. 노 선봉은 앞장서서 달려가다가 황숙 방후와 마주쳤다. 두 말이 어우러진 지 1합 만에 노준의는 분노가 머리끝까지 치밀어 평생의 위력을 펼치며 박도로 방후를 베어 말 아래로 떨어뜨렸다. 성안의 군마들은 서문을 열고 돌파해 달아났다. 송군의 장수들은 힘을 합쳐 전진하여 남군을 토벌하고 사로잡았다.

한편 왕 상서는 달아나다가 이운에게 가로막혀 싸움이 벌어졌다. 왕 상서가 창을 들고 앞으로 달려들었지만 이운은 도리어 말을 타지 않고 걸어서 싸우다가 말에 짓밟혀 죽었다. 석용은 이운이 말에 부딪쳐 쓰러지는 것을 보고는 걸어서 급히 구원하러 달려갔지만 왕 상서의 신출귀몰한 창 솜씨를 어떻게 당해내겠는가? 왕 상서와 몇 합을 싸우지도 못하고 왕 상서의 한 창에 찔려 목숨을 잃고 말았다. 그때 성안에서 손립·황신·추연·추윤이 달려나와 왕 상서를 가로막고 싸웠다. 왕인은 용기와 힘을 떨치며 네 장수를 대적했는데 조금도 겁내지 않았다. 그런데 뜻하지 않게 임충이 뒤쫓아와 또 싸움이 벌어졌다. 왕인이 설령 세 개의 머리와 여섯 개의 팔을 지녔다 할지라도 다섯 장수를 대적해내지는 못했다. 다섯 장수가 일제히 달려들어 어지럽게 왕인을 찔러댔다. 가련하게도 남국의 상서 장수는 뜻을 펼치지도 못하고 오늘 목숨을 잃고 말았다. 다섯 장수는 왕인의 수급을 잘라내 날듯이 노 선봉에게 가서 바쳤다. 노준의는 이미 흡주성 안의 행궁에 머물면서 방을 내붙여 백성을 안정시키고 군마를 성중에 주둔시켰다. 사람을 시켜 문서를 장 초토에게 보내 승전을 보고하는 한편, 송 선봉에게도 서신을 발송해 군대 진격을 어떻게 할 것인지 물었다.

한편 송강 등은 목주에 주둔하면서 모든 군사가 모이면 함께 역적의 소굴인 방원동을 공격하려고 기다리고 있었다. 노준의로부터 흡주를 수복했고 군사와 장수들이 이미 성안에 주둔하면서 함께 진격하여 역적의 소굴을 취하고자 명을 기다리고 있다는 보고가 들어왔다. 그러나 또 사진·석수·진달·양춘·이충·설영·구붕·장청·정득손·선정규·위정국·이운·석용 등 장수 13명과 많은 무관을 잃었다는 것을 알고는 괴로워하고 통곡하며 슬퍼해마지않았다. 군사 오용이 위로하여 말했다.

"죽고 사는 것은 사람마다 다 정해진 것이니 주장께서는 옥체를 상하지 않도록 하십시오. 국가 대사를 처리하셔야 합니다."

송강이 말했다.

"비록 그렇다 하더라도 사람이 되어 어떻게 슬퍼하지 않을 수 있겠는가! 당초 석갈石碣에 천문天文으로 108명의 이름이 쓰여 있었는데, 이곳에 와서 점차 사망하고 있으니 실로 내 팔다리가 잘려나가는 것 같소."

오용은 송강의 괴로움을 위로하는 한편, 노 선봉에게 군대를 일으켜 청계현을 공격할 날짜를 약정한 서신을 보냈다.

한편 방랍은 청계현 방원동의 궁성에서 조회를 열고는 문무백관과 함께 송강에게 대적할 용병 계책을 상의하고 있었는데, 서주西州에서 패전한 군마가 돌아와 흡주가 이미 함락되고 황숙·상서·시랑이 모두 전사했으며 지금 송군이 두 갈래 길로 나누어 청계현을 취하고자 쳐들어오고 있다고 보고했다. 보고를 받은 방랍은 깜짝 놀라 즉시 문반과 무반 대신을 소집하여 상의하며 말했다.

"너희 경들은 모두 관작을 받고 주군과 성지를 차지하여 부귀를 누리면서 어찌하여 송강의 군마가 자리를 말듯이 쳐들어와 성들이 모두 함락되고 이제 청계현 궁성만 남게 만들었단 말이냐? 지금 송군이 두 갈래 길로 쳐들어오고 있다고 하는데, 어떻게 맞서 대적할 것이냐?"

좌승상 누민중이 반열에서 나와 아뢰었다.

"지금 송강의 인마가 이미 신주神州에 접근했기에 내원內苑과 궁정도 지키기가 어렵게 되었습니다. 병력이 적고 장수도 부족하니 폐하께서 친히 출정하지 않으시면 병사와 장수들이 마음을 다해 전진하지 않으려 할 것입니다."

방랍이 말했다.

"경의 말이 지극히 합당하오!"

그러고는 즉시 성지를 내렸다.

"삼성육부三省六部·어사대관御史臺官·추밀원·도독부호가都督府護駕·금오영金吾營·용호영龍虎營 대소 관료들은 모두 과인의 어가를 따라 출정하여 일전을 벌이도록 하라."

누 승상이 또 아뢰었다.

"어떤 장수를 선봉으로 삼으시겠습니까?"

"전전금오상장군殿前金吾上將軍이며 내외제군도초토內外諸軍都招討인 조카 방걸方杰을 정선봉으로 삼고, 마보친군도태위馬步親軍都太尉이며 표기상장군驃騎上將軍 두미杜微를 부선봉으로 삼는다. 방원동 궁정을 지키고 어가를 호위하는 어림군 1만3000명과 전장戰將 3000여 명을 거느리고 전진하라."

원래 방걸은 방랍의 친조카로 흡주의 황숙 방후方厚의 장손이었다. 방걸은 송군의 노 선봉이 자신의 할아버지를 죽였다는 것을 듣고 원수를 갚고자 스스로 선봉이 되기를 원했던 것이다. 방걸은 방천화극을 잘 사용했으며 만 명을 당해낼 수 있는 용맹을 가졌다. 두미는 원래 흡주 저자거리의 대장장이로서 무기를 두드려 만들었는데, 또한 방랍의 심복으로서 여섯 자루의 비도飛刀를 사용했는데 걸어 다니며 싸웠다. 방랍은 또 별도로 성지를 내려, 어림호가도교사御臨護駕都敎師인 하종룡賀從龍에게 어림군 1만 명을 선발하여 병마를 총 감독하며 흡주에서 오는 노준의의 군마를 대적하게 했다.

한편 송강의 대부대는 목주를 떠나 청계현을 향해 진격했다. 수군 두령 이준 등은 수군의 배들을 이끌고 산간 계곡의 돌이 많은 급류 속으로 배들을 저어갔다. 말을 타고 송강과 함께 가던 오용이 상의하며 말했다.

"이번에 청계현 방원동을 취하러 가는데, 역적의 수괴 방랍이 알아채고 깊은 산속이나 넓은 들판으로 도망쳐 사로잡기 어렵게 될까 걱정입니다. 방랍을 사로잡아 경사로 압송하고 천자를 알현하려면 반드시 안팎으로 호응해야 합니다. 방랍을 알아봐야 사로잡을 수 있고, 또한 방랍이 어디로 달아날지를 알아야만 그놈을 놓치지 않을 것입니다."

송강이 말했다.

"그렇다면, 거짓으로 항복하여 상대방 계책을 미리 알아채고 그것을 역이용하는 장계취계將計就計를 사용해야 비로소 안팎으로 호응할 수 있을 것이네. 지난번에 시진과 연청이 첩자로 갔는데, 아직까지 소식이 없네. 이번에는 누구를 보내는 것이 좋겠는가? 거짓 투항이 먹혀야 할 텐데."

"수군 두령 이준이 아니면 안 될 것 같습니다. 배에 양식을 싣고 가서 바치면서 거짓 투항하여 의심하지 않게 해야 합니다. 방랍 그놈은 궁벽한 산골 소인배인데 많은 양식을 보고서 어찌 받아들이지 않겠습니까?"

"군사의 고견이 지극히 명료하오."

송강은 즉시 대종을 불러, 수로로 이준에게 가서 어떤 계책을 실행하라고 명을 전하게 했다. 이준 등은 계책을 수령했고 대종은 돌아왔다.

이준은 완소오와 완소칠을 불러 뱃사공으로 분장시키고 동위와 동맹을 수행하는 선원으로 꾸며 양식을 실은 60척의 배에 양식을 바친다는 깃발을 꽂고서 큰 시내를 따라 저어갔다. 청계현에 가까워지자 일찌감치 남국의 전선이 맞서 나오면서 적군들이 일제히 활을 쏘기 시작했다. 이준이 배 위에서 소리쳤다.

"활을 쏘지 마시오, 할 말이 있소! 우리는 특별히 대국에 양식을 바쳐 군사들에게 보급하고자 투항하러 온 사람들이니 제발 받아들여주시오."

적선의 두목은 이준 등의 배에 무기가 없는 것을 보고 활 쏘는 것을 멈췄다. 그리고 사람을 보내 자세한 상황을 묻고 배 안의 양식도 살펴본 다음 누 승상에게 가서 이준이 양식을 바쳐 투항하러 왔다고 보고했다. 누민중은 보고를 받고 투항하러 온 자들을 기슭으로 오르도록 했다.

이준이 기슭으로 올라가 누 승상을 뵙고 절을 마치자 누민중이 물었다.

"너는 송강 수하의 누구냐? 어떤 직분을 맡고 있느냐? 이번에는 무엇 때문에 양식을 바치고 투항하러 왔느냐?"

이준이 대답했다.

"소인의 이름은 이준이고, 원래는 심양강의 호걸이었는데 강주에서 형장을 기습하여 송강의 목숨을 구해줬습니다. 그런데 지금 그놈이 조정에 귀순하여 선봉이 되더니 저희가 이전에 베풀었던 은혜를 잊고 여러 차례 소인을 핍박하고 모욕했습니다. 지금 송강이 비록 대국의 주군을 점령하긴 했지만 수하의 형제들이 죽어가고 있습니다. 그런데도 그놈은 여전히 나아가고 물러남을 모르고 소인 등의 수군에게 진격하라고 위협하고 있습니다. 더 이상 모욕을 견딜 수 없어 그래서 특별히 양식 실은 배들을 끌고 와서 대국에 바치고 투항하려는 것입니다."

누 승상은 이준의 일장연설을 듣고는 이준을 궁정으로 인도하여 방랍에게 알현시키고 양식을 바치고 투항하러 온 일을 구체적으로 설명했다. 이준은 방랍에게 두 번 절하고 일어나서는 누 승상에게 했던 말을 아뢰었다. 방랍은 거리낌 없이 의심하지 않고 이준·완소오·완소칠·동위·동맹으로 하여금 청계현의 수채에 머물면서 배들을 관할하며 지키게 하고는 말했다.

"과인이 송강의 군마를 물리치고 조정으로 돌아오면 별도로 상을 내리겠노라."

이준은 절을 올리고 궁정을 나와 양식을 기슭으로 옮기고 창고로 넘겼다.

한편 송강은 오용과 상의하여 군마를 나누어 배치하면서 관승·화영·진명·주동 4명의 정장을 선두로 삼아 군사를 이끌고 곧장 청계현 경계로 보냈는데 남군의 방걸과 마주쳤다. 양쪽 군병이 각기 진세를 펼치자 남군 진영에서 방걸이 화극을 들고 나섰다. 그 뒤쪽으로 두미가 걸어서 따라 나왔는데 갑옷을 걸치고 등에는 다섯 자루의 비도를 감추고 손에는 칠성보검七星寶劍을 들고 있었다. 두 장수가 진 앞으로 나오자 송강 진영에서 진명이 앞서 말을 몰아 나왔는데 낭아곤을 춤추듯 휘두르며 곧장 방걸에게 달려들었다. 방걸은 젊은 나이인데도 정신을 집중했고 화극을 숙련되게 다루어 진명과 30여 합을 싸웠지만 승부를 가리지 못했다. 방걸은 진명의 솜씨가 강한 것을 보고는 평생 동안 배운 무예를 모두 발휘하며 약간의 빈틈도 보이지 않았다. 두 장수가 한창 싸움을 벌이는데 진명 또한 자신의 실력을 드러내며 빈틈을 허락하지 않았다. 이때 그만 두미 그놈을 방비하지 않고 있었다. 방걸이 진명을 이기지 못하는 것을 뒤에서 보고 있던 두미가 말 뒤에서 쏜살같이 튀어나와 비도를 뽑아 진명의 얼굴을 향해 날렸다. 진명이 급히 비도를 피할 때, 방걸의 방천화극이 치솟더니 내리찍어 진명이 말에서 떨어지며 비명에 죽고 말았다. 가련하게도 벽력화는 아무 소리도 내지 못하고 땅에서 사라졌다. 방걸이 화극으로 진명을 찔러 죽이기는 했지만,

감히 송군 진영으로 돌격하지는 못했다. 그 틈에 송군의 한 젊은 장수가 급히 갈고리로 진명의 시신을 걸어 끌고 갔다. 송군은 진명이 죽는 것을 보고 모두 낯빛이 변했다. 송강은 관과 곽을 준비해 진명의 시신을 입관하게 하고 다시 군사들을 출전시켰다. 방걸은 싸움에서 이기자 자신의 실력을 뽐내며 진 앞에서 크게 소리 질렀다.

"송군에 또 호걸이 있거든 빨리 나와서 뒈지거라!"

송강이 중군에 있다가 방걸이 큰소리친다는 보고를 듣고는 급히 진 앞으로 달려나와 보니, 방걸의 뒤편에 방랍의 어가가 나타났는데 곧장 군사들 앞으로 나오더니 늘어섰다.

금과金瓜가 빽빽이 늘어서 있고 쇠도끼가 줄지어 서있네. 방천화극 줄을 이루고 있고, 용과 봉황 수놓은 깃발들 무리지어 있구나. 기모旗旄[6]와 정절旌節들 조밀하게 울긋불긋 휘날리고, 옥 등자에 무늬 조각한 안장엔 진주와 비취 빽곡하게 둘러 있네. 나는 용 그려진 양산은 푸른 구름에 자줏빛 안개 흩어지는 듯하고, 나는 호랑이 그려진 깃발은 길상의 아지랑이와 상서로운 연기 서린 듯하구나. 왼편엔 문관들이 모시고 있고, 오른편엔 무장들이 가득 배열해 있도다. 비록 제 멋대로 천자의 지위라 자칭하지만, 응당 가짜 중신들 양반으로 늘어세워야 하도다.

金瓜密布, 鐵斧齊排. 方天畫戟成行, 龍鳳綉旗作隊. 旗旄旌節, 一攢攢綠舞紅飛; 玉鐙雕鞍, 一簇簇珠圍翠繞. 飛龍傘散靑雲紫霧, 飛虎旗盤瑞靄祥烟. 左侍下一帶文官, 右侍下滿排武將. 雖是妄稱天子位, 也須僞列宰臣班.

남국 진영 안에서 아홉 번 각이 진 누런 비단의 양산 아래에 옥 고삐와 재

<hr>

6_ 기모旗旄: 깃대 머리를 야크 꼬리로 장식한 깃발.

갈을 한 소요마遙遙馬에 앉은 자가 산적 우두머리인 방랍이었다. 그의 생김새를 보니,

머리엔 충천전각冲天轉角 황금 복두를 쓰고 어깨 장식에 구룡을 수놓은 도포를 입었는데, 허리에는 황금을 박아넣고 보배를 끼워넣은 영롱한 옥대를 묶었으며, 발에는 술기가 드러나고 코가 구름 형상인 황금 조화朝靴를 신었네.
頭戴一頂冲天轉角明金襆頭, 身穿一領日月雲肩九龍綉袍. 腰繫一條金鑲寶嵌玲瓏玉帶, 足穿一對雙金顯縫雲根朝靴.

방랍은 은빛 갈기의 백마를 타고 진 앞까지 나와 직접 싸움을 감독했다. 방랍은 송강이 직접 진 앞에 말을 타고 나와 있는 것을 보고는 즉시 방걸에게 출전하여 송강을 사로잡으라고 명했다. 송군 진영에서도 여러 장수들이 적을 맞아 싸우고 방랍을 사로잡을 준비를 하고 있었다. 남군의 방걸이 막 출전하려고 하는데, 탐마가 날듯이 달려와 보고했다.

"어림도교사 하종룡이 군마를 총 감독하여 흡주를 구원하러 가다가 송군 노 선봉에게 사로잡혀 진으로 끌려갔습니다. 그래서 우리 군마는 모조리 흩어졌고 송군이 이미 산 뒤쪽에 이르렀습니다."

방랍은 깜짝 놀라 급히 군사를 거두어 궁정을 보호하라는 성지를 내렸다. 방걸은 두미에게 군사 상황을 통제하게 하고 방랍의 어가가 먼저 출발하기를 기다렸다가 방걸과 두미는 그 뒤를 따라 물러났다. 방랍의 어가가 청계현 경계에 이르렀는데, 궁정 안에서 함성이 하늘에 닿을 듯 일어나고 불길이 사방을 덮치며 병마가 교전을 벌이고 있었다. 바로 이준·완소오·완소칠·동위·동맹이 청계현 성안에서 불을 질렀던 것이다. 방랍이 보고서 성을 구하기 위해 어림군을 대대적으로 몰아 성으로 들어가자 혼전이 벌어졌다. 남군이 후퇴하는 것을 본 송강의 군마는 그 뒤를 따라 추격했다. 청계현에 당도하여 성안에서 불길이 오르는

것을 보고는 이준 등이 일을 벌인 것을 알고 급히 장수들에게 명을 전하여 군마를 불러 제각기 성으로 돌진하게 했다. 이때 노 선봉의 군마도 산을 넘어왔고 양쪽에서 모였으며 사면으로 청계현 궁정을 협공했다. 송강을 비롯한 장수들은 사면팔방에서 돌진해 제각기 남군을 찾아 사로잡고 성곽을 격파했다. 방랍은 방걸이 이끌고 온 군사들의 보호를 받으면서 방원동으로 들어갔다.

송강 등의 대부대가 모조리 청계현으로 진입했다. 장수들은 방랍의 궁중으로 들어가 금령을 위반하는 무기와 금은보화를 수습하고 창고 안에 저장된 것들을 수색하고 조사한 다음에 궁전에 불을 질렀다. 방랍의 내외 궁전이 불에 타 없어지고 창고 안의 돈과 양식을 모조리 뒤져 수습하니 텅 비게 되었다. 송강은 노준의의 군마와 합쳐 청계현에 주둔하고, 장수들을 소집하여 공을 청하고 상을 받도록 했다. 양군의 장수들을 점검해보니 욱보사와 여장군 손이랑이 두미의 비도에 맞아 죽었고, 추연과 두천이 마군들 속에서 말발굽에 밟혀 죽었다. 이립·탕륭·채복이 중상을 입고 치료를 받았지만 회복되지 못하고 죽었으며, 완소오는 앞서 청계현에서 누 승상에게 죽음을 당했다. 여러 장수가 남국의 가짜 관원 92명을 사로잡아 공을 청해 상을 받았지만 누 승상과 두미의 행방은 알 수가 없었다. 방을 내붙여 백성을 안정시키는 한편 사로잡은 가짜 관원들을 장초토에게 보내 참수하여 대중에게 보이게 했다. 그 뒤에 백성이 알리기를, 누 승상은 완소오를 죽인 뒤 대군이 청계현을 격파하자 스스로 소나무 숲에서 목을 매고 죽었다고 했다. 두미 그놈은 자신이 먹여 살리던 창기 왕교교王嬌嬌 집에 숨어 있다가 사로社老7에게 잡혀왔다. 송강은 사로에게 상을 내리고, 사람을 시켜 먼저 누 승상의 수급을 베어 가져오게 했다. 송강은 채경에게 두미의 배를 가르고 심장을 도려내게 했다. 그러고는 피를 떨어뜨려 진명·완소오·욱보사·손

7_ 사로社老: 사장社長을 말한다. 사社는 지방 기초조직이었고 사장은 향관鄕官의 가장 낮은 등급이었다. 10가구가 1사였는데 나이 많고 농사일을 잘 아는 사람을 추천하여 사장으로 삼았다.

이랑과 청계현에서 전사한 장수와 장병들에게 제사를 지냈다. 송강은 직접 분향하고 제사를 지내며 신의 가호에 보답했다. 이튿날 송강은 노준의와 함께 군대를 일으켜 곧장 방원동으로 진격하여 입구를 에워쌌다.

한편 방랍은 방걸의 호위를 받으며 방원동 궁정으로 들어가서는 인마를 주둔시키고 방원동 입구를 견고하게 지키면서 출전하여 대적하지 않았다. 송강과 노준의는 방원동 입구 주위를 군마로 포위하기는 했지만 진입할 수 있는 계책이 없었다. 방랍은 방원동에 있으면서 마치 바늘방석에 앉아 있는 것 같이 불안했다. 양군이 꼼짝달싹 못한 지 며칠이 지나자 방랍이 고민하고 있는데 별안간 비단옷에 수놓은 저고리를 입은 한 대신이 대전 섬돌 아래에서 바닥에 엎드리더니 아뢰었다.

"대왕께 아룁니다. 신이 비록 재주는 없지만, 주상의 관대한 성은을 깊이 입고서도 아직 보답하지 못하고 있습니다. 신은 지난날 병법을 배웠고 평소에 무공을 단련했으며 육도삼략六韜三略도 듣고 칠종칠금七縱七擒의 계책도 배웠습니다. 신에게 주상의 한 갈래 군마를 빌려주시면 송나라 군대를 물리치고 국가의 명운을 중흥시키겠습니다. 주상의 뜻이 어떠하신지 모르겠습니다."

방랍은 크게 기뻐하며 즉시 칙령을 내려 방원동 내의 모든 병마를 동원하여 이 장군이 이끌고 방원동을 나가 송강과 대적하게 했다. 승패가 어떻게 될지는 모르지만 우선 그의 위풍이 출중했다. 방랍국에서 이 사람이 군사를 이끌고 출전했기에, 나누어 서술하면 궁전 섬돌 아래에 사람의 머리가 나뒹굴고 옥석으로 쌓은 궁전의 정문에 끓는 피를 뿌리게 되었던 것이다. 그야말로 청계현 소굴을 쓸어버리고 방랍을 사로잡아 송강이 공훈을 수립하고 명성을 드러내게 되었던 것이다.

결국 방랍국에서 군사를 거느리고 출전한 사람이 누구인가는 다음 회에 설명하노라.

사진의 행적

본문에서는 사진이 옥령관에서 전사한 것으로 전개되지만 이는 소설가의 말이다. 역사에 근거하면 사진은 실존 인물이었다.

『송사』 「고종기高宗紀」에 따르면 "건염建炎 원년(1127) 가을 7월에 관중關中의 도적 사빈史斌이 홍주興州(산시陝西성 뤠양略陽)를 침범했다"고 했다. 또한 『수호전보증본』에 근거하면 『건염이래계년요록』 권7에 이르기를, "건염 원년 가을 7월 도적 사빈은 홍주를 점거하고 제멋대로 황제라 칭했다. 사빈은 본래 송강의 무리였는데, 사빈이 난을 일으키자 지키고 있던 지방 장관인 상자총向子寵이 그의 기세를 보자마자 달아났고 사빈은 촉蜀으로 들어갔다"고 했다. 사빈의 '빈斌(bin)'과 사진의 '진進(jin)'은 북방의 음독으로 자못 비슷하기에 작자가 '빈'을 '진'으로 바꿨을 가능성이 크다. 또한 사진이 소화산에서 무리를 모은 일과 관중에서 사빈의 활동과도 동일하다. 이것으로 보건대 사빈(진)은 송강이 투항한 이후에 또 난을 일으켰고 게다가 스스로 황제가 되었던 것이다. 그리고 사빈(진)이 일어난 때는 건염 원년으로 송강이 귀순한 때와 그 차이가 5년에 불과하다. 사빈은 결국 이듬해 겨울에 실패하고 만다. 『송사』 「고종기」에 따르면 "건염 2년(1128) 11월, 경원涇原 병마도감 오개吳玠가 기습하여 사빈을 참수했다"고 기재하고 있다.

양을 메달아 북을 두드리게 한 계책

본문에서는 주무가 빈 군영 안에 깃발만 남기고 양을 메달아 북을 두드리게 한 계책을 사용한 내용이 등장하는데, 이것은 남송의 명장이었던 필재우畢再遇의 고사를 이식한 것이다. 『수호전보증본』에 따르면 『속자치통감續資治通鑑』 권157에 근거하면, 남송 영종寧宗 개희開禧 2년(1206)에 송나라 군대가 북벌에 나서서 여러 군대가 모두 패했지만 필재우만이 승리를 거둔 뒤에 철군했다. 『삼십육계三十六計』에 이르기를 '필재우와 금나라 군대가 대치했는데, 어느 날 저녁 필재우는 군영을 뽑아 떠나면서 군영 안에 깃발만 남겨두고 살아 있는 양을 묶어 매달았는데 두 앞발은 북에 두었다. 양은 거꾸로 매달리지 않으려고 두 앞발로 북을 두드리며 소리를 냈다. 금나라 군대는 깨닫지 못하고 며칠 동안 대치했고, 비로소 알게 되었지만 필재우 군대는 이미 멀리 물러난 뒤였다'고 했다."

방원동幇源洞

『수호전보증본』에 따르면 "방원촌幇源村(저장성 춘안淳安현 탕촌唐村 부근)은 방랍의 근거지다. 이곳은 봉우리가 우뚝 솟아 있고 바위들로 산세가 높고 험준한 골짜기다. '동洞'은 그곳이 산골짜기라고 해석할 수 있다. 그러나 방원동은 확실히 동굴에 속한다. 방원촌 산 위에 위치해 있는데, 입구의 높이는 대략 1.8미터이고 넓이는 0.96미터다. 입구로 들어가 안쪽의 상층은 길이가 대략 15미터이고 넓이가 겨우 0.6미터인 통로가 있는데 몸을 옆으로 해야 들어갈 수 있다. 통로 끝에는 중층 동굴로 들어가는 수직 입구가 있다. 중층 동굴의 길이는 약 2미터이고 넓이는 대략 0.8미터인데 다시 수직으로 하층 동굴로 들어갈 수 있다. 하층은 대략 길이가 4.9미터이고 넓이는 약 1.3미터로 10명 정도가 누울 수 있는 공간이다'라고 했다.

【 제119회 】

진
짜
화
상
이
되
다[1]

방랍의 대전 아래에서 군사를 이끌고 방원동을 나가기를 원한다고 아뢴 자
는 바로 동상부마東廂駙馬[2]인 주작도위 가인柯引이었다. 가인의 말을 들은 방랍
은 기쁨을 이기지 못했다. 가 부마는 남군 병력을 거느리고 운벽봉위雲璧奉尉(연
청)를 데리고 갑옷을 걸치고 말에 올라 출전했다. 방랍은 자신의 황금 갑옷과
비단 전포를 가 부마에게 하사하고 또 좋은 말 한 필을 골라 타고서 출전하게
했다. 가 부마는 황제의 조카 방걸과 함께 방원동의 어림군 1만 명과 상장 20여
명을 거느리고 방원동 입구를 나가 진세를 펼쳤다.

한편 송강의 군마는 방원동 입구를 포위하고 장수들을 나누어 보내 지키게
하고 있었다. 송강은 진중에 있으면서 수하의 형제들 셋 중에 둘이 꺾인 데다
아직까지 방랍을 사로잡지 못했는데 남군은 또 출전하지 않고 있어 눈살을 찌

1_ 제119회 제목은 '魯智深浙江坐化(노지심이 절강에서 원적하다), 宋公明衣錦還鄕(송 공명이 금의환향하
다)'이다.

2_ 동상부마東廂駙馬: 동상쾌서東廂快婿로 사람됨이 활달하고 재능이 출중한 사위를 가리킨다.

푸리며 얼굴 가득 근심이 어려 있었다. 그때 전군에서 달려와 보고했다.

"방원동 안에서 군마가 교전을 벌이려 나오고 있습니다."

보고를 받은 송강과 노준의가 급히 장수들에게 명하여 말에 올라 군사를 이끌고 나가 진세를 펼치게 했다. 남군의 진영을 보니 가 부마가 앞장서서 출전했는데, 송강의 군중에서 누가 시진을 몰라보겠는가? 송강은 즉시 화영에게 명하여 대적하게 했다. 명을 받은 화영이 창을 비껴들고 말을 질주해 진 앞으로 나가 큰소리로 물었다.

"네놈은 뭣 하는 놈이기에 감히 역도를 도와 우리 천병에게 대항하려 하느냐? 내가 너를 사로잡기만 하면 갈기갈기 찢어 죽여 뼈와 살을 진흙으로 만들어놓을 것이다! 어서 말에서 내려 항복하면 네놈의 목숨만은 살려주마!"

가 부마가 대답했다.

"나는 산동의 가인이다, 나의 큰 이름을 듣지 못한 놈이 있단 말이냐? 네놈들 같은 양산박의 강도 도적놈들은 어찌 말할 가치가 있겠느냐! 내가 네 얄궂은 수단보다 못할 것 같으냐? 네놈들을 모조리 죽이고 잃었던 성을 수복하는 것이 바로 내가 바라는 바다!"

송강과 노준의는 말을 탄 채 시진이 한 말을 듣고는 속으로 생각하여 그 속마음을 알아챘다. '시柴'자는 '땔나무'라는 뜻인데 '나뭇가지'라는 의미의 '가柯'자로 바꾸었고, '진進'자는 '나아가다'는 뜻인데 '이끌다'는 의미인 '인引'자로 바꾼 것이었다. 오용이 말했다.

"잠시 화영이 그와 대적하는 것을 보시지요."

화영이 창을 들고 말을 질주해 나가 가인과 싸움을 벌였다. 두 말이 엇갈리고 두 무기가 함께 부딪쳐 올라갔다. 두 장수가 한창 싸우면서 뒤얽히며 한 덩어리가 되었을 때 시진이 나지막하게 말했다.

"형님 패한 척해주시고 내일 다시 이야기합시다."

화영은 그 말을 듣고 대충 3합 정도 더 싸우다가 말머리를 휙 돌려 달아났다. 가인이 소리쳤다.

"패장아, 내 너를 뒤쫓지는 않겠다! 더 나은 놈이 있으면 그놈을 내보내 나랑 싸우게 해봐라!"

화영이 본진으로 돌아와 송강과 노준의에게 시진이 한 말을 전하자 오용이 말했다.

"다시 관승을 출전시켜 싸우게 하십시오."

관승이 청룡언월도를 춤추듯 휘두르며 날듯이 달려나가 소리 질렀다.

"산동의 꼬맹이야, 감히 나와 대적해보겠느냐?"

가 부마가 창을 세우고 달려와 맞섰다. 두 장수가 맞서 싸우면서 전혀 두려워하는 기색이 없었다. 두 장수가 5합을 싸우지도 않았는데, 관승 또한 거짓으로 패한 척하면서 본진으로 달아났다. 가 부마는 뒤를 쫓지 않고 진 앞에서 큰 소리로 외쳤다.

"송군에 나와 대적할 더 강한 장수가 있느냐?"

송강은 다시 주동을 출전시켜 시진과 싸우게 했다. 두 장수가 군사들을 속이며 왔다갔다 싸우는데 5~7합 만에 주동도 패한 척하면서 달아났다. 시진이 뒤를 쫓아가 창으로 허공을 한 번 찌르자, 주동은 말을 버리고 본진으로 뛰어 달아났다. 남군은 좋은 말부터 앞 다투어 먼저 빼앗았다. 가 부마는 남군을 지휘하며 송군 진영으로 짓쳐 들어갔다. 송강은 급히 장수들에게 영을 전하여 군사를 10리나 물리고 진지를 구축하고 주둔하게 했다. 가 부마는 군사를 이끌고 일정 거리를 추격하다가 군사를 거두고 방원동으로 돌아갔다.

이미 누군가가 먼저 달려가 방랍에게 보고하며 말했다.

"가 부마는 영웅으로 적장 세 명에게 연이어 이기고 송군을 물리쳤습니다. 송강 등은 한바탕 꺾이고 10리를 물러났습니다."

방랍은 크게 기뻐하면서 연회를 열게 했다. 가 부마가 군장을 풀고 갑옷을 벗자 후궁으로 청해 앉히고 직접 황금 잔을 들어 가 부마에게 권하면서 말했다.

"부마가 이같이 문무를 겸비했을 줄은 생각도 못했네! 과인은 사위가 글재주가 있는 수사인 줄만 알았는데, 이런 영웅호걸일줄 미리 알았더라면 허다한 주군州郡을 잃게 되지는 않았을 것이네. 부마는 기이한 재주를 크게 펼쳐 적장들을 베고 나라의 기업을 중흥시켜 과인과 함께 태평과 무궁한 부귀를 누리도록 하세."

가인이 아뢰었다.

"주상께서는 안심하십시오! 신하된 자로서 마땅히 마음을 다해 은혜에 보답하고 함께 국가의 명운을 일으키도록 하겠습니다. 삼가 청컨대 내일 성상께서는 산에 올라가셔서 제가 싸워서 송강 등의 무리를 베는 것을 구경하십시오."

그의 말에 방랍은 크게 기뻐하며, 밤이 깊을 때까지 연회를 즐기다가 각자 궁으로 돌아갔다. 이튿날 아침 방랍은 조회를 열고 소와 말을 잡아 삼군을 배불리 먹이게 한 다음 각자 갑옷을 걸치고 말에 올라 방원동 입구로 나가 깃발을 흔들고 함성을 지르고 북을 두드리며 싸움을 걸게 했다. 방랍은 내시와 근신들을 거느리고 가 부마가 싸우는 것을 보고자 방원동 산꼭대기로 올라갔다.

한편 이날 송강은 명을 전하며 장수들에게 분부했다.

"오늘 싸움은 다른 때와 비할 바가 아닌 가장 중요한 싸움이다. 그대 장수들은 각기 심혈을 기울여 역적의 수괴 방랍을 사로잡도록 하고 죽여서는 안 된다. 군사들은 남군 진에서 시진이 말을 돌려 인도하면 곧장 방원동 안으로 쳐들어가 힘을 합쳐 방랍을 추격해 사로잡도록 하라. 명을 어겨서는 안 된다!"

명을 받은 삼군의 장수들은 각기 주먹을 문지르고 손을 비비면서 창검을 뽑아들고, 방원동의 황금과 비단을 빼앗고 방랍을 사로잡아 공을 세워 상을 청하고자 했다. 송강과 장수들이 모두 방원동 앞에 이르자 군마를 늘어놓고 진세를 펼쳤다. 남군의 진에서는 가 부마가 문기 아래 서 있다가 출전하려 했는데, 황제 조카 방걸이 말을 세우고 화극을 비껴들고는 말했다.

"도위都尉께서는 잠시 기다려주십시오. 제가 먼저 송군의 장수 한 명을 베어

내면 그때 도위께서 출전하여 군사를 부리며 대적하십시오."

송군 진영에서는 연청이 시진의 뒤를 따르고 있는 것을 보고는 장수들이 모두 기뻐하며 말했다.

"오늘의 계책은 반드시 성공할 것이다!"

각자 출전할 준비를 했다.

한편 방걸은 앞장서서 말고삐를 놓고 달려나와 싸움을 걸었다. 송강의 진에서는 관승이 말을 몰아 나와 청룡도를 춤추듯 휘두르며 방걸과 대적했다. 두 장수는 말이 엇갈리며 왔다갔다 반복하면서 10여 합 넘게 싸웠을 때 송강이 다시 화영을 출전시켜 함께 방걸을 상대하게 했다. 방걸은 두 장수가 협공해오는데도 전혀 겁내는 기색 없이 힘써 두 장수를 대적했다. 또 몇 합을 싸웠는데 비록 승부를 가렸다고 할 수는 없지만 두 장수는 막고 피하기에 바빴다. 송강의 진에서 다시 이응과 주동이 달려나가 힘을 합쳐 싸웠다. 네 장수가 협공을 해오자 방걸은 비로소 말머리를 돌려 본진을 향해 달아났다. 가 부마는 문기 아래에서 도망쳐오는 방걸을 저지하고서 손을 한 번 흔들었다. 그러자 관승·화영·주동·이응 네 장수들이 추격해왔다. 가 부마는 즉시 창을 곧게 뻗어 곧장 방걸에게 달려들었다. 방걸은 형세가 좋지 않음을 보고서 급히 말에서 내려 달아나려 했지만 미처 손 쓸 겨를도 없이 시진이 창으로 찔렀고 뒤에 있던 운봉위 연청이 쫓아와 한칼에 베어 죽였다. 남군 장수들은 그걸 보고 놀라 어리둥절하다가 각자 목숨을 구하고자 달아났다. 가 부마가 크게 소리쳤다.

"나는 가인이 아니라, 시진이다! 송 선봉의 부하인 정장 소선풍이 바로 나다! 나를 수행하는 운봉위는 바로 낭자 연청이다! 우리는 이미 방원동의 안팎을 자세히 알고 있다. 방랍을 사로잡아 오는 자는 높은 관직에 임용할 것이고 길들여진 준마를 골라 타게 될 것이다. 삼군의 투항하는 자는 살육을 면하게 될 것이나 항거하는 자는 온 집안이 참수될 것이다!"

시진은 몸을 돌려 네 장수와 대군을 불러 모아 방원동 안으로 돌진해 들어갔다. 방랍은 내시와 근신들을 거느리고 방원동 산꼭대기에 있다가 방걸이 죽고 삼군이 무너져 혼란에 빠지는 것을 보고는 상황이 위급하게 되었음을 알았다. 앉아 있던 황금으로 된 교의를 발로 차버리고 깊은 산속으로 달아났다.

송강은 대부대의 군마를 일으켜 다섯 갈래 길로 나누어 방원동으로 돌격해 들어가 방랍을 사로잡게 했다. 그러나 생각지도 않게 방랍은 이미 도망쳐버렸고 시종들만 붙잡는 데 그쳤다. 연청은 방원동 안으로 돌진하여 몇 명의 심복을 데리고 창고로 가서 황금과 진주, 귀금속을 두 짐 정도 꺼내오고는 내궁과 금원禁苑에 불을 질렀다. 시진이 동궁으로 들어갔을 때 금지공주는 이미 스스로 목을 매고 자결한 뒤였다. 시진은 이를 보고 궁원에 불을 지르고 어린 시녀들은 각자 살아남도록 놓아주었다. 여러 장수는 곧장 정궁正宮으로 들어가 비빈과 채녀들 그리고 친병親兵, 시종 관리, 황친과 국적들을 모조리 죽이고 방랍의 황금과 비단을 빼앗았다. 송강도 군장들을 대대적으로 몰아 궁궐로 들어와 방랍을 수색하여 찾았다.

한편 완소칠은 내원 심궁深宮3으로 들어갔다가 상자 하나를 찾아냈다. 그 안에는 방랍이 위조한 평천관平天冠·곤룡포袞龍袍·벽옥대碧玉帶·백옥규白玉珪·무우리無憂履4 등이 들어 있었다. 완소칠은 윗면이 모두 진주와 기이한 보배로 장식되어 있고 비단에 용봉龍鳳이 수놓인 것을 보고는 생각했다.

"방랍이 입던 것 같은데 내가 한번 입어본다고 해서 문제 될 거야 없지."

완소칠은 곤룡포를 입고 벽옥대를 묶고서 발에 무우리를 신고는 머리에는 평천관을 썼다. 그리고 백옥규를 가슴에 꽂고서 말에 올라 채찍을 쥐고 궁궐 앞으로 나갔다. 삼군의 장수들은 방랍인 줄 알고 일제히 야단법석을 떨며 사로잡기 위해 달려들었다가 완소칠임을 알아보고 모두들 크게 웃었다. 완소칠은 장

3_ 심궁深宮: 제왕이 기거하는 곳이다.
4_ 무우리無憂履: 제왕이 신는 신발이다.

난치기를 좋아하는지라 말을 타고서 이리저리 돌아다니며 많은 장수와 군사들이 약탈하는 것을 구경했다.

소동이 일어난 가운데 동 추밀이 데리고 온 대장 왕품과 조담도 이미 방원동으로 들어와 싸움을 돕고 있었는데, 삼군이 방랍을 사로잡기 위해 떠들썩하다는 것을 듣고 자신들도 공을 다투고자 했다. 그런데 완소칠이 천자의 의복에 평천관을 쓰고 장난치며 웃고 있는 것을 보고는 왕품과 조담이 욕했다.

"네놈이 방랍을 본받지 않고서야, 그런 모양을 하고 있단 말이냐!"

완소칠은 크게 화가 나 왕품과 조담을 손가락으로 가리키며 말했다.

"너희 두 놈은 무슨 좆같은 놈들이냐! 우리 형님이신 송 공명이 아니었다면, 너희 두 놈의 당나귀 같은 대가리는 이미 방랍에게 찍혀 떨어졌을 것이다! 오늘 우리 형제들이 공로를 세웠는데, 네놈들은 도리어 깔보는 것이냐! 조정은 자세한 상황도 모르면서 두 대장이 협조해서 성공했다고 말할 것이 아니냐!"

왕품과 조담이 크게 노하여 완소칠과 싸우려 하자, 완소칠도 소교의 창을 빼앗아 왕품을 찌르려 달려들었다. 호연작이 보고는 급히 날듯이 달려가 가로막았고 이미 군사가 송강에게 보고했다. 보고를 받고 달려온 송강과 오용은 완소칠이 천자의 의복을 입고 있는 것을 보고는 말에서 내려 금령을 위반한 의복을 벗어 한편에 내려놓으라고 소리쳐 명했다. 송강이 두 사람에게 사과하고 달랬다. 왕품과 조담 두 사람은 송강과 장수들의 권유에 화해는 했지만 속으로는 원한을 품었다.

그날 방원동 안에는 죽은 시체가 들판을 뒤덮고 흐르는 피가 도랑을 이루었다. 『송감宋鑑』[5]에서 기재하기를 참수된 방랍의 군사가 2만 명이 넘었다고 한다. 송강은 명을 내려 사방에 불을 지르게 했고 방랍의 궁전을 완전히 불태워 없애

5_ 『송감宋鑑』: 『수호전교주본』에 따르면 "『송원자치통감宋元資治通鑑』『속자치통감장편』이 있는데, 구체적으로 어떤 책을 가리키는지는 알 수 없다"고 했다.

는 것을 감독했다. 용루봉각龍樓鳳閣, 내원內苑과 심궁深宮, 주헌취옥珠軒翠屋이 모조리 불타버렸다.

반쯤 구름 속에서 솟은 누런 명주의 덮개와 붉은 칠을 한 수레,
백성의 고혈 짜내어 칠한 것인데도 스스로 만족하며 기뻐했다네.
만일 이런 사치를 용납한 것이 진정 하늘의 뜻이라 말한다면,
사치스럽고 화려한 아방궁도阿房宮도 불태우지는 않았으리라.
黃屋朱軒半入雲, 塗膏釁血自欣欣.
若還天意容奢侈, 瓊室阿房可不焚.

송강 등은 궁전을 모두 불에 태워 없애는 것을 감독한 다음에 군사를 이끌고 방원동 입구에 진지를 구축하고 주둔하면서 사로잡은 자들을 대조 점검했다. 그런데 수괴인 방랍만 잡지 못했다. 송강은 명을 내려, 군사들에게 산을 따라 수색해 잡도록 했고 방랍을 사로잡는 자에게는 조정에 상주하여 높은 관직에 임명하고 방랍의 행방을 알고 고발하는 자에게는 상금을 내리겠다고 주민들에게 포고했다.

한편 방랍은 방원동 산꼭대기에서 오솔길로 도망쳤는데, 깊은 산과 넓은 들판을 바라보면서 고개를 넘어 숲을 지나면서 자황포赭黃袍6를 벗어버리고 꽃 장식을 한 복두를 버리고 조화朝靴를 벗고는 미투리를 신고 산을 기어올라 목숨을 구하고자 달아났다. 밤새도록 산을 다섯 개나 넘어 어떤 산속 깊은 곳에 이르렀는데 오목한 곳에 박아 넣은 듯한 암자 하나가 눈에 들어왔다. 방랍은 배가 고파 음식을 얻고자 암자 안으로 들어가서 먹을 만한 것을 찾으려 했는데, 소나

6_ 자황포赭黃袍: 수·당 시기에 천자가 입었던 도포로 황토색이었으므로 자황포라 했다. 후대에도 답습하여 사용했다.

무 뒤쪽에서 한 뚱뚱한 화상이 돌아나오며 선장으로 방랍을 때려눕히고 밧줄을 가져와 묶어버렸다. 그 화상은 다름 아닌 화화상 노지심이었다. 노지심은 방랍을 끌고 암자 안으로 가서 밥을 먹은 다음 다시 방랍을 끌고 산을 나오다가 산속을 수색하고 있던 군사들을 만나 함께 송 선봉에게 갔다.

송강은 방랍을 사로잡아온 것을 보고 크게 기뻐하며 물었다.

"스님은 어떻게 이 역적 수괴를 사로잡았습니까?"

노지심이 말했다.

"저는 오룡령 위의 만송림萬松林에서 싸우면서 하후성을 뒤쫓다가 깊은 산속으로 들어갔습니다. 하지만 적병들과 싸워 죽이는 데만 몰두하다 산이 많은 깊은 곳으로 들어가는 바람에 길을 잃고 말았습니다. 이리저리 길을 찾다가 마침 넓은 들판에 있는 옥 같이 아름다운 산에서 한 노승을 만났습니다. 그 노승이 저를 이곳 암자로 데려와서는 당부하기를, '땔감과 쌀, 채소는 모두 있으니 여기서 기다리다가, 덩치 큰 사내가 소나무 숲 깊은 속에서 나오거든 바로 사로잡으시오'라고 했습니다. 소승이 하룻밤을 보내면서 간밤에 산 앞에서 불길이 치솟는 것을 보았는데, 그곳 산길이 어디인지도 알 수 없었습니다. 오늘 아침에 이 도적놈이 산을 기어 올라오는 것을 보고 선장으로 때려눕히고 묶었는데, 뜻밖에 방랍이었습니다!"

송강이 또 물었다.

"그 노승은 지금 어디에 계십니까?"

"소승을 암자로 데리고 가서 땔감과 쌀을 내어주며 분부하더니 어디로 갔는지 알 수 없습니다."

"그처럼 신통력을 발휘하는 것을 보니 그 노승은 성승聖僧이나 나한羅漢7인

7_ 성승聖僧은 이미 정과正果를 증명해낸 고승을 가리킨다. 나한羅漢은 사람들이 공양하는 존귀한 자로 고승을 가리킨다.

것 같습니다. 우리 스님이 큰 공을 이루었으니 경사로 돌아가면 처자식이 봉호를 받고 자손이 대대로 관직을 세습하여[8] 부모님의 은혜에 보답하고 조상을 빛내시지요."

"제 마음은 이미 재가 되었기에 관리가 되는 것은 원치 않고, 다만 조용한 곳을 찾아 근심 없이 생활하면 만족하겠습니다."

"스님이 환속하길 원하지 않는다면, 경사의 명산에 있는 큰 사찰의 주지로 있으면서 승수僧首[9]가 된다면 또한 종풍宗風[10]을 빛내고 부모의 은덕에 보답하는 것이 될 것입니다."

노지심이 그 말을 듣고는 머리를 흔들며 말했다.

"아무것도 필요 없고 모두가 쓸모없는 것입니다. 단지 죽어서 온전한 시신이면 좋을 따름입니다."

송강은 그 말을 듣고서 묵묵히 말이 없었고 기쁘지 않았다. 송강이 장수들을 점검해보니 모두 살아 있었다. 방랍을 죄수 싣는 수레에 실어 동경으로 압송하여 천자께 바치기로 했다. 삼군을 재촉하며 제장들을 이끌고 방원동 청계현을 떠나 목주로 돌아갔다.

한편 장 초토는 유 도독·동 추밀·종 참모·경 참모를 모두 목주로 집합시키고 병력을 합쳐 주둔하고 있었다. 송강이 큰 공을 세우고 방랍을 사로잡아 목주로 압송해오고 있다는 보고를 받자 모든 관원이 와서 장 초토에게 축하했다. 송강 등이 와서 절을 하자 장 초토가 말했다.

"장군께서 변방에 와서 고생하시고 또 형제들을 잃었다는 것을 알고 있습니다. 이제 큰 공을 세우셨으니 실로 천만다행입니다."

8_ 원문은 '음자봉처蔭子封妻'다. 고대 제왕이 신하를 끌어들이는 일종의 우대로 자손 후대가 선조의 관작, 봉록, 특권을 세습 받고 처도 작위를 받을 수 있었다.

9_ 승수僧首: 한 무리의 승려와 여승의 사무를 관리하는 승관僧官.

10_ 종풍宗風: 불교 각 종파의 풍격과 전통으로 대부분 선종禪宗에서 쓰인다.

송강이 두 번 절하고 눈물을 흘리며 말했다.

"당초 소장 등 108명이 요나라를 격파했을 때에는 한 사람도 잃지 않았었습니다. 그런데 이번에는 뜻하지 않게 공손승이 먼저 떠나고 또 경사에 몇 사람을 남겨두었습니다. 양주를 탈환하고 큰 강을 건널 때에 이미 열에 일곱을 잃을 줄 어떻게 알았겠습니까! 이 송강이 비록 살아 있다고는 하지만 무슨 면목으로 다시 산동의 어른들과 고향 친척들을 뵐 수 있겠습니까?"

장 초토가 말했다.

"선봉께서는 그런 말씀 마십시오. 예로부터 이르기를 '빈부귀천은 전생에서 확정된 것이고, 수명의 길고 짧음은 태어날 때 정해진 것이다'[11]라고 했습니다. 또 속담에 '복 있는 사람이 복 없는 사람을 먼저 보낸다'[12]는 말도 있습니다. 장수들을 잃은 것이 어찌 수치라 하겠습니까! 오늘 공을 세우고 이름을 드날렸으니 조정에서 알고 반드시 중용할 것입니다. 관직에 봉해지고 작위를 하사받아 가문을 빛내며 금의환향하면, 누군들 칭찬하며 부러워하지 않겠습니까! 중요하지 않은 일에 너무 괘념치 마시고 군대를 수습하여 회군할 준비를 하고 천자를 알현할 일만 돌보십시오."

송강은 장 초토 등 관원들에게 감사 인사를 하고 돌아와 장수들에게 회군할 준비를 하라고 명을 내렸다. 장 초토는 군령을 내려 방랍은 동경으로 압송하고 나머지 생포된 역적 무리의 가짜 관원들과 역적을 따르던 자들은 모조리 목주 저자거리에서 참수하라 명했다. 아직 수복되지 않은 구현과 무현 등에서는 역적들과 부정한 관원들이 방랍이 이미 사로잡힌 것을 알고는 절반은 도망치고 절반은 목주로 와서 자수했다. 장 초토는 자수한 자들은 모두 양민으로 돌아가게 하고, 방을 내붙여 각처를 복종시키고 백성을 안정시켰다. 나머지 역적을 따

11_ 원문은 '貧富貴賤, 宿生所載, 壽夭短長, 人生分定'이다. '숙생宿生'은 '전생前生'이다.
12_ 원문은 '有福人送無福人'이다.

르던 자들 중에 사람을 해치지 않은 자들과 또한 자수하여 투항한 자들은 양민으로 돌아가게 하고 산업과 논밭의 일부분을 떼어 돌려줬다. 공격해 수복한 주현에는 각기 관군을 보내 방어하게 하고 경계를 보호하며 안정시켰다. 장 초토와 관원들은 모두 목주에서 태평연을 열어 장수들과 관료들을 경하하고 삼군의 장교들에게 상을 내리고 위로했다. 그리고 송 선봉과 장수들에게 명을 전하여 군대를 수습하여 경사로 회군하도록 했다. 군령이 전해지자 제각기 행장을 준비하여 차례로 출발했다.

한편 선봉사 송강은 죽은 장수들을 생각하며 눈물을 흘리고 있었다. 그런데 뜻하지 않게 항주에서 장횡, 목홍 등 6명이 병을 앓고 있었고 주부와 목춘이 간병을 하고 있어 그곳에 모두 8명이 있었는데, 양림과 목춘만이 군사를 따라 출발하려고 왔고 나머지는 죽었다는 말을 들었다. 송강은 장수들의 노고가 있어 오늘의 태평함이 있음을 생각하고 전사한 장수들의 망령을 제도하기로 했다. 목주에 있는 도관 가운데 깨끗한 곳에 긴 깃발을 높이 들어 올리고 제단을 설치하여 지하 깊은 곳에서 재앙을 벗어나도록 제도하며 360개의 도량을 설치하여 나천대초羅天大醮를 거행하고 죽은 정장과 편장 장수들을 추도했다. 이튿날 소와 말을 잡아 희생물과 단술을 준비하고서 군사 오용을 비롯한 장수들과 오룡신묘에 가서 비단을 태우며 오룡대왕에게 제사를 지내고 용군龍君께서 보우해준 은혜에 감사하며 기도를 드렸다. 방책으로 돌아온 송강은 전사한 정장과 편장 장수들의 시신을 찾을 수 있는 한 수습하여 모두 안장했다. 송강은 노준의와 함께 군마와 장교 인원을 수습하여 장 초토를 따라 항주로 가서 성지를 기다린 다음에 경사로 개선하기로 했다. 장수들의 공로를 적은 책을 만들고 명부를 더해 어전에 올리기로 했다. 먼저 표문을 적어 천자께 아뢰었다. 삼군을 정비하여 차례로 출발했는데, 송강이 부하 정장과 편장을 살펴보니 남은 장수는 36명뿐으로 호보의 송강·옥기린 노준의·지다성 오용·대도 관승·표자두 임충·쌍편 호연작·소이광 화영·소선풍 시진·박천조 이응·미염공 주동·화화상 노지심·행자 무송·신행태보 대종·흑선풍 이규·병관색 양웅·혼강룡 이준·활염라 완소칠·낭자 연청·신기군사 주무·진삼산 황신·병울지 손립·혼세마왕 번서·굉천뢰 능진·철면공목 배선·신산자 장경·귀검아 두흥·철선자 송청·독각룡 추윤·일지화 채경·금표자 양림·소차란 목춘·출동교 동위·번강신 동맹·고상조 시천·소울지 손신·모대충 고대수였다.

송강은 여러 장수와 함께 병마를 이끌고 목주를 떠나 항주를 향해 출발했다. 군사를 거두는 징소리가 온 산에 울리고 승전을 알리는 붉은 깃발이 10리에 걸쳐 늘어섰다. 가는 길에 말할 만한 것은 없었고 항주에 당도했는데, 장 초토의 군마가 성안에 있었기 때문에 송 선봉은 육화탑六和塔 부근에 주둔하고 장수들은 모두 육화사六和寺에서 휴식을 취했다. 선봉사 송강과 노준의는 아침저녁으로 성으로 들어가 명을 받았다.

한편 노지심은 무송과 함께 절 안쪽 한 곳에서 말을 쉬게 하고 명을 기다리고 있었는데, 성 밖의 강산이 수려하고 경치가 매우 좋아 속으로 기뻐했다. 그날 밤은 달이 밝고 바람이 잔잔했으며 하늘과 물빛이 함께 푸르렀다. 두 사람은 승방에서 잠이 들었는데, 한밤중에 갑자기 강에서 밀물 소리가 우레처럼 들렸다. 노지심은 관서 지방 사내라 절강의 조신潮信13에 대해 알지 못했기 때문에 북소리로 듣고 적이 쳐들어온 줄 알았다. 벌떡 일어나 선장을 찾아 들고 크게 소리 지르면서 방에서 뛰쳐나왔다. 중들이 깜짝 놀라 모두 달려와 물었다.

"스님께서는 어찌 이러십니까? 어디로 가려하십니까?"

노지심이 말했다.

13_ 조신潮信: 조수潮水로 밀물과 썰물 시간을 가리킨다.

"내가 전쟁터의 북소리를 들었기에 싸우러 나가려는 거요."

중들이 모두 웃으면서 말했다.

"잘못 들으셨소! 저건 북소리가 아니라 전당강의 조신 소리입니다."

노지심이 그 말을 듣고는 깜짝 놀라며 물었다.

"스님들, 조신 소리라는 것이 무엇이오?"

중들이 창문을 밀어 열고 조수의 파구波丘를 가리키며 노지심에게 보도록 하고는 말했다.

"이 조신은 하루에 두 번 오는데 결코 시각을 어기는 법이 없습니다. 오늘은 8월 15일이라 3경에 밀물이 들어오는 겁니다. 시각을 어기지 않으므로 조신이라 합니다."

노지심은 밀물을 바라보다가 마음속으로 홀연 크게 깨닫고는 손뼉을 치고 웃으면서 말했다.

"나의 스승이신 지진장로께서 나에게 게언 네 구절을 당부한 적이 있소. '봉하이금逢夏而擒'은 내가 만송림에서 싸우다가 하후성을 만나 사로잡은 것을 말하고, '우랍이집遇臘而執'은 내가 방랍을 사로잡은 것을 말하오. 오늘이 바로 '청조이원聽潮而圓, 견신이적見信而寂'이란 구절에 상응하는 것 같소. 내가 생각하기에 조신潮信을 만났으니 원적圓寂[14]을 해야 합당할 것 같소. 그런데 스님들에게 하나 물어보겠는데, 원적이라 부르는 것이 무엇이오?"

중들이 대답했다.

"스님은 출가인이면서, 불문佛門에서 원적은 바로 죽음을 말하는 것임을 아직도 깨닫지 못했습니까?"

노지심이 웃으면서 말했다.

14_ 원적圓寂: 불교어로 열반涅槃이다. 공덕이 원만圓滿하고 뭇 악이 적멸寂滅(소멸)되는 것으로 불문에서 수행하는 이상적 경계와 최종 목적을 가리킨다. 그러므로 승녀의 죽음을 원적이라 한다.

"죽음을 원적이라 부른단 말이군. 그럼 내가 이제 반드시 원적해야겠소. 번거롭겠지만 목욕 좀 하게 물 한 통만 데워주시오."

중들은 모두 노지심이 농담하는 줄 알았고, 또 그의 성격을 알기 때문에 감히 따르지 않을 수 없었다. 도인을 불러 물을 데워오게 하고는 노지심에게 목욕하도록 했다. 노지심은 목욕을 하고 천자가 하사한 승복으로 갈아입고는 부하 군졸을 불러 말했다.

"송 공명 선봉 형님께 가서 내가 뵙고자 한다고 보고해라."

또 중들에게 지필묵을 빌려 게송 한 편을 적었다. 그러고는 법당으로 가서 선의禪椅를 가져와 법당 한가운데에 놓고 앉았다. 향로에 좋은 향을 피우고 게송을 쓴 종이를 선상禪床 위에 놓고, 두 다리를 겹치고 왼쪽 다리를 오른쪽 다리 위에 올려 가부좌를 트니 자연스럽게 영혼이 하늘로 솟아올랐다. 보고를 받은 송 공명이 급히 두령들을 데리고 달려와 살펴보니 노지심은 이미 선의에 앉아 움직이지 않고 있었다. 노지심이 적은 게송偈頌에 이르기를,

평생 선행의 보답은 수행하지 않고, 살인 방화만 좋아했구나.
홀연 쓰고 있던 쇠사슬이 풀리더니, 여기서 족쇄가 잘리누나.
아이구! 전당강에 조신이 오니, 오늘에야 비로소 내가 나인 것을 알았다네.
平生不修善果, 只愛殺人放火.
忽地頓開金繩, 這裏扯斷玉鎖.
咦! 錢塘江上潮信來, 今日方知我是我.

송강과 노준의는 게송을 보고는 탄식해 마지않았다. 많은 두령이 노지심이 원적한 것을 보고는 향을 사르며 배례했다. 성안에 있던 장 초토와 동 추밀 등의 관원들도 와서 분향하며 배례했다. 송강은 황금과 비단을 가져와 중들에게 나누어주고 사흘 밤낮으로 공덕을 기리게 했다. 주홍색 감자龕子15를 제작하게

하여 시신을 담고 경산徑山16 주지인 대혜선사大惠禪師를 청하여 화장 의식을 부탁했다. 다섯 산에 있는 사원과 10개 사찰의 선사들이 모두 와서 불경을 독송했다. 감자를 육화탑 뒤쪽으로 옮겨 화장했다. 경산의 대혜선사가 손에 횃불을 들고 감자 앞에 가서 노지심을 가리키며 몇 마디 법어를 말했다.

노지심, 노지심이여! 녹림에서 몸을 일으켰구나.

두 눈에서 불을 뿜어내며, 오직 살인할 마음뿐이네.

홀연 조수 따라 떠나가니, 과연 간 곳을 찾지 못하겠도다.

아아! 하늘의 구름을 백옥으로 변화시키고, 대지를 황금으로 바꾸었도다.

魯智深, 魯智深, 起身自綠林.

兩隻放火眼, 一片殺人心.

忽地隨潮歸去, 果然無處跟尋.

咄! 解使滿空飛白玉, 能令大地作黃金.

대혜선사가 불을 붙이자 중들이 불경을 독송하며 참회했다. 감자가 불타자 남은 유골을 수습하여 육화탑 산 뒤쪽 탑원塔院17에 매장했다. 노지심이 쓰던 의발, 조정에서 상으로 하사한 금은과 여러 관청에서 보시한 재물 등은 모두 육화사에 시주하여 공용으로 사용하게 했다. 혼철 선장과 검은색 도포 또한 육화사에 남겨 공양하게 했다.

송강이 무송을 보니 비록 죽지는 않았지만 이미 폐인이 되어 있었다. 무송이 송강에게 말했다.

15_ 감자龕子: 승려가 사용하는 보탑寶塔 형상의 시신을 담는 용기.

16_ 경산徑山: 천목산天目山(저장성 린안臨安 서북쪽) 동북쪽 봉우리로 중간에 천목天目(산에 좌우로 서로 마주하는 두 개의 봉우리가 있어 천목이라 한다)으로 통하는 좁은 길이 있으므로 경산이라 불렀다.

17_ 탑원塔院: 불탑이 건축된 정원.

"저는 이제 불구가 되었으니 동경으로 가서 천자를 알현하고 싶지 않습니다. 상으로 받은 모든 금은은 육화사에 헌납하여 배당陪堂18를 위해 공용으로 쓰게 하고, 한가로운 도인道人이 되었으면 대단히 좋겠습니다. 형님이 공적부를 만드실 때 제 이름을 적어 올리지 마십시오."

송강이 말했다.

"자네 마음에 맡기겠네."

무송은 이때부터 육화사에서 출가하여 80세까지 살다가 선종善終했는데, 이 일은 뒤에 말하겠다.

한편 선봉 송강은 매일 성안으로 들어가 명을 받다가, 장 초토의 중군 인마가 떠난 뒤 군병을 이끌고 성안으로 들어가 주둔했다. 보름이 지나서 조정에서 파견한 천사가 와서 선봉 송강 등은 회군하여 경사로 돌아오라는 성지를 전했다. 장 초토·동 추밀·도독 유세광·종 참모·경 참모·대장 왕품·조담 등의 중군 인마는 차례대로 경사로 회군하고, 송강 등도 그 뒤를 따라 군마를 수습하여 경사로 회군했다. 출발할 때가 되었을 때, 뜻밖에 임충이 풍병風病에 걸려 온몸이 마비되었고, 양웅은 등창이 나서 죽고, 시천은 또 교장사攪腸痧19에 걸려 죽고 말았다. 송강은 슬퍼해 마지않았다. 단도현에서 공문이 왔는데, 양지가 이미 죽어 단도현의 산에 있는 화원에 매장했다고 했다. 임충은 풍병이 낫지 않아 육화사에 남겨 무송을 시켜 간병하게 했는데 반년 만에 죽었다.

송강이 장수들과 함께 항주를 떠나 경사를 향해 출발할 때 낭자 연청이 은밀하게 주인인 노준의를 만나 권했다.

18_ 배당陪堂: 불교어로 여기서는 머리를 깎지 않은 출가자로 자비로 장기간 사원에 기거하며 승려, 기도객과 신도를 수행하며 불상 앞에서 절하고 한담을 나누는 신사信士(불교 신자인 남자)를 가리킨다.

19_ 교장사攪腸痧: 교장사絞腸痧라고도 한다. 음식을 절제하지 않아 더럽고 탁한 것이 위장을 막아 토하고 싶어도 토해낼 수 없고 설사를 하려 해도 나오지 않아 심장과 배가 크게 아프면서 죽음에 이르는 병이다.

"저는 어려서부터 주인님을 따르면서 은덕을 입은 것을 감사하게 생각하고 있고, 한 마디 말로 다 표현할 수 없습니다. 이제 큰일은 마쳤으니, 주인님과 함께 받았던 관직 수여 증빙을 반납하고 종적과 이름을 감추어 외지고 깨끗한 곳을 찾아가 천수를 마치고자 합니다. 주인님의 뜻은 어떠하신지요?"

노준의가 말했다.

"양산박에서 조정에 귀순한 이래로 많은 전쟁을 치르면서 고생스러움을 두려워하지 않고 변방 요새에서 형제들이 목숨을 잃었는데, 다행히 우리 두 사람은 살아남았다. 이제 금의환향하여 처자식이 봉호를 받고 자손이 대대로 관직을 세습 받을 수 있는데 어찌하여 그런 결실이 없는 일을 찾으려 하느냐?"

연청이 웃으면서 말했다.

"주인님께서 틀리셨습니다! 제가 가려는 것이 결실이 있는 일입니다. 도리어 주인님께서 가시려는 길이 아무런 결실이 없을까 걱정됩니다."

연청이야말로 진퇴존망의 시기를 잘 알고 있었다고 할 수 있다. 여기에 이를 증명하는 시가 있다.

땅 점령하고 성 공격하는 뜻 이미 이루었으니
함께 적송자赤松子20에게 가서 즐기자 권하누나.
당시 사람들 고생스럽게 공명에만 연연해하는데
공명이 끝까지 유지될 수 없음을 두려워하노라.
略地攻城志已酬, 陳辭欲伴赤松游.
時人苦把功名戀, 只怕功名不到頭.

노준의가 말했다.

20_ 적송자赤松子: 전설 속 신선으로 신농神農 시기 때 우사雨師(비를 다스리는 신)라고 전해진다.

"연청아, 나는 지금까지 조금도 다른 마음을 가진 적이 없는데, 조정이 어째서 나를 저버리겠느냐?"

"주인님께서는 어찌 한신韓信이 열 가지 큰 공을 세우고서도 미앙궁에서 참수되었고, 팽월彭越21은 소금에 절여져 젓갈이 되었으며, 영포英布22는 고조高祖(유방)에게 활을 당겼다가 독주를 마시고 죽었음을 듣지 않으셨습니까? 주인님께서는 깊이 생각해보십시오. 화가 눈앞에 닥치면 피하기도 어렵습니다!"

"내가 듣기로는 한신은 삼제三齊23에서 제멋대로 왕을 칭했으며 진희陳豨24로 하여금 모반하게 했다. 팽월이 죽음을 당하고 집안을 망하게 한 것은 대량大梁에서 고조를 알현하지 않았기 때문이었다. 영포는 구강九江에 부임하여 한나라 강산을 도모하려다가, 고조가 거짓으로 운몽雲夢으로 놀러간 척하면서 여후呂后를 시켜 참수하게 했다.25 나는 비록 그들만큼 높은 관작을 받지도 않았지만,

---

21_ 팽월彭越: 진나라 말에 무리를 모아 군대를 일으켰고 한나라 초에 유방에게 귀의했다. 많은 공적을 세워 양왕梁王에 봉해졌으나 나중에 그가 모반했다고 누군가 고발하여 삼족이 멸했다.

22_ 영포英布: 경형鯨刑(묵형墨刑) 형벌을 받았기 때문에 세상 사람들이 그를 경포鯨布라 불렀다. 한나라 초기 명장으로 처음에는 항우를 따랐으나 이후 유방에게 귀순했고 공적이 있어 회남왕淮南王에 봉해졌다. 이후에 한신과 팽월이 죽임을 당하자 불안해하며 모반했고 고조가 직접 정벌하여 평정했다.

23_ 삼제三齊: 진나라가 망하자 항우는 제나라의 옛 땅을 나누어 제齊, 교동膠東, 제북濟北 삼국을 세웠는데, 이후에 일반적으로 삼제라 불렀다.

24_ 진희陳豨는 유방의 개국 공신으로 한나라 7년(기원전 200) 겨울에 한왕韓王 신信이 유방을 배반하고 흉노와 결탁하자 유방은 진희를 대代 땅의 상相으로 임명하고는 대와 조趙 땅 변경의 군사를 감시하도록 했다. 그러나 그가 빈객들을 양성하자 조나라 상 주창周昌이 그를 고발했다. 유방이 진희가 모반할 것을 의심하여 도성으로 불러들이자 진희는 반란을 일으켰다.

25_ 『사기』「회음후淮陰侯열전」에 다음과 같이 쓰여 있다. "한나라 6년(기원전 201)에 어떤 사람이 글을 올려 초나라 왕 한신이 모반했다고 고발했다. 고제高帝(유방)는 진평의 계책에 따라 천자가 순수巡狩를 한다고 하면서 제후들을 모두 불러 모으기로 했다. 남방에 운몽雲夢이라는 곳이 있는데 고제는 사자를 보내 각 제후들에게 진현陳縣에 모이도록 하면서 말했다. '내가 운몽으로 순수하려 하오.' 사실은 기회를 틈타 한신을 기습해 체포하려고 한 것이지만 한신은 이를 알지 못했다." 운몽雲夢은 운몽택雲夢澤을 말한다. 옛날에 후베이성 남부, 후난성 북부 장강 양쪽 기슭의 커다란 호수와 늪의 땅을 가리킨다. 장강 북쪽을 운택雲澤이라 했고, 장강 남쪽을 몽택夢澤이라 했다. 여후呂后는 이름이 치雉이고 한 고조 유방의 처이며 혜제惠帝의 모친이다.

또한 그런 죄를 짓지도 않았다."

"주인님께서 제 말씀을 듣지 않고 후회하실까 걱정됩니다! 제가 본래는 송 선봉께 작별인사를 드려야 하지만 의를 중히 여기시는 분이라 틀림없이 놓아주 려 하지 않을 것 같아, 이렇게 주인님께만 작별인사를 드립니다."

"너는 나와 작별하고 어디로 가려 하느냐?"

"저는 주인님 근처에 있을 것입니다."

노준의가 웃으면서 말했다.

"원래 그렇게 해야지. 네가 어디로 가겠단 말이냐?"

연청은 머리 숙여 노준의에게 여덟 번 절을 올리고, 그날 밤 황금과 진주, 보 배를 수습하여 메고는 어디론가 가버렸다. 이튿날 아침 한 군사가 편지 한 장을 수습하여 송 선봉에게 보고했다. 송강이 편지를 보니 다음과 같이 쓰여 있었다.

욕되게 하는 동생 연청이 선봉 주장 휘하에 백 번 절을 올리며 간곡히 말씀 드립니다. 저를 거두어주신 두터운 은혜에 깊이 감사드리며 죽을힘을 다해 공을 세워도 다 보답하기 어려울 것입니다. 지금 스스로 생각해보니, 저는 운명이 불 운하고 신분이 미천하여 국가의 임용을 감당할 수 없습니다. 진심으로 원컨대 산야로 물러나 살면서 한가한 사람이 되고자 합니다. 본래는 작별인사를 드려 야 하지만, 주장께서는 의기가 매우 깊으신 분이라 쉽게 놓아주시지 않을 것 같 아 밤중에 몰래 떠납니다. 이제 구호口號[26] 네 구절을 남겨 작별을 고하니, 바라 건대 저의 죄를 용서해주십시오.

기러기 행렬 흩어지니 스스로 놀라며, 관직 반납하고 영화 구하지 않네.
몸은 이미 왕의 사면장 받았으니, 속된 일 털어버리고 이 생을 마감하리라.

26_ 구호口號: 옛 시의 표제 용어다. 입에 나오는 대로 읊는 시.

雁序分飛自可驚, 納還官誥不求榮.

身邊自有君王救, 灑脫風塵過此生.

송강은 연청의 편지와 네 구절의 구호를 읽고 나서 속으로 고민하며 즐겁지 않았다. 당시 송강은 죽은 장수들의 임명장과 패면牌面을 수습하여 경사로 돌아가면 관부에 반납하기로 했다.

송강의 인마가 구불구불 천천히 전진하여 소주성 밖에 이르렀을 때, 혼강룡 이준이 풍질風疾(중풍)에 걸린 척하면서 침상에 쓰러졌다. 수하 군졸이 송 선봉에게 보고했다. 보고를 받은 송강이 직접 의원을 데리고 와서 진료하자 이준이 말했다.

"형님께서는 회군하는 기한을 어기지 마십시오. 장 초토가 앞서 돌아간 지 오래 되었으니 늦으면 조정의 질책을 받을 것입니다. 형님께서 저를 가엾이 여기신다면, 동위와 동맹을 남겨 저를 돌보게 해주십시오. 병이 완치되면 뒤따라가 천자를 알현할 것입니다. 형님께서는 군마를 거느리고 경사로 가십시오."

그 말을 들은 송강은 속으로는 내키지 않았지만 의심도 하지 않았기에 군사를 이끌고 전진했다. 또한 장 초토가 전진을 재촉하는 문서를 보냈기에 송강은 하는 수 없이 이준·동위·동맹을 남겨두고 제장들과 함께 말에 올라 경사를 향해 갔다.

한편 이준과 동위·동맹 세 사람은 이전의 약속을 어기지 않고 비보 등 네 사람을 찾아갔다. 이들 7명은 유류장에서 상의하여 결정하고 가산을 모두 털어 배를 건조하여 태창항을 떠나 바다로 나아가 화외국化外國27으로 갔다. 이후에 이준은 섬라국暹羅國28의 군주가 되었고, 동위·비보 등은 모두 관원이 되어 즐겁

27_ 화외국化外國: 중국 동남 연해 일대의 교화가 미치지 않은 국가를 가리킨다.
28_ 섬라국暹羅國: 타이의 옛 명칭이다.

게 살았다. 또한 해안을 제패했는데 이것은 이준의 뒷이야기다. 시에 이르기를,

조짐을 알아채는 것 군자의 일이니, 명철하게 동등함으로 나아갔다네.
무거운 결의 새로이 맺고, 더욱이 몸을 온전히 하며 즐겁게 보냈구나.
심양강의 배는 메이지 않았는데, 유류장에서 또 새로이 배 건조하네.
한없이 넓고 아득한 하늘을 뉘 알았는가, 달리 살아가는 사람들 있도다.
知幾君子事, 明哲邁夷倫.
重結義中義, 更全身外身.
潯水舟無繫, 楡莊柳又新.
誰知天海闊, 別有一家人.

한편 송강 등 일행의 군마가 가는 길에서는 말할 만한 것은 없었다. 상주와 윤주의 지난날 서로 싸웠던 곳을 지나면서 송강은 슬퍼하지 않을 수 없었는데, 군마가 강을 건너온 이래로 열에 두셋밖에 남지 않았기 때문이었다. 양주와 회안으로 진입하니 경사가 멀지 않았다. 송강은 장수들에게 각기 천자를 알현할 준비를 하라고 명을 내렸다. 삼군 인마는 9월 20일에 동경에 당도했다. 장 초토의 중군 인마는 먼저 성으로 들어가고, 송강의 군마는 성 밖에 주둔했다. 예전에 머물렀던 진교역에 군영을 세우고 성지를 기다렸다. 이때 이준을 돌보라고 남겨두고 왔던 군졸이 소주에서 돌아와, 이준은 원래 병을 앓은 것이 아니라 경사로 가서 관원이 되고 싶지 않았기 때문이었고 지금 동위·동맹과 함께 어디로 갔는지 알 수 없다고 보고했다. 송강은 또 다시 탄식했다. 송강은 배선을 시켜 경사로 돌아온 정장과 편장 27명의 장수들과 나라를 위해 전사한 장수들의 이름을 기록한 성은에 감사하는 표문을 짓게 했다. 그리고 정장과 편장들에게 천자를 알현하기 위해 각기 복두와 공복公服[29]을 준비하라고 명을 내렸다. 3일 뒤에 조회가 열려 근신이 천자에게 아뢰자, 천자는 송강 등에게 알현토록 하라고

명했다.

이날 동방이 차츰 밝아오자, 송강과 노준의 등 27명의 장수는 성지를 받들어 서둘러 말에 올라 성으로 들어갔다. 동경 백성이 봤을 때 이번이 세 번째 알현이었다. 첫 번째는 송강 등이 귀순 요청을 받았을 때로 성지를 받들어 모두가 천자가 하사한 붉은 전포 혹은 녹색 저고리를 입고 금 혹은 은의 패면을 걸고 성으로 들어와 알현했었다. 두 번째는 요나라를 격파하고 개선했을 때로 천자가 칙명을 전달하여 모두 전포를 입고 갑옷을 걸쳐 군장을 갖추고 입성하여 알현했었다. 이번에는 태평한 시기에 조정으로 돌아왔기에 천자의 특명으로 문관 복장인 복두와 공복을 입고 입성하여 알현했다. 백성은 이들이 몇 명밖에 남지 않은 채 돌아온 것을 보고는 모두들 탄식해 마지않았다. 송강 등 27명은 정양문 아래 당도하여 일제히 말에서 내려 입조했다. 시어사가 대전 아래 붉은 칠을 한 궁전 앞의 섬돌까지 인도했다. 송강과 노준의가 앞에 서서 앞으로 나아가 여덟 번 절하고 뒤로 물러나 여덟 번 절하고 다시 중간쯤 나아가 여덟 번 절했다. 모두 스물 네 번의 절을 올리고 양진무도揚塵舞蹈[30]를 하고는 만세를 세 번 불렀다. 군신 간의 예의가 끝나자 휘종 천자는 송강 등이 몇 명밖에 남지 않은 것을 보고 마음속으로 탄식하고는 모두 어전으로 올라오라고 명했다. 송강과 노준의는 장수들을 이끌고 계단을 올라가 주렴 아래에서 일제히 무릎을 꿇었다. 천자는 장수들을 일어서라 명하고 좌우 근신들에게 주렴을 말아 올리게 했다. 천자가 말했다.

"짐은 경들이 강남을 토벌하느라 노고가 많았음을 알고 있다. 또한 형제들을 태반이나 잃었다는 것을 듣고 짐은 슬픔을 이기지 못했다."

29_ 공복公服: 관리의 예복禮服. 또한 성복省服이라 부르기도 하여 군장을 갖춘 편복便服과 구별하기 위한 것이다.
30_ 양진무도揚塵舞蹈: 허리를 굽히고 옷섶을 들어 올리고 빨리 걸으며 의상 옷자락을 흔들며 절하는 것으로 신하가 군주에게 절할 때의 최고 예의다.

송강이 흐르는 눈물을 그치지 못하고 두 번 절하고서 아뢰었다.

"신은 어리석고 재능이 보잘 것 없어, 간과 뇌가 흙에 범벅이 되어도 국가의 큰 은혜를 갚지 못할 것입니다. 지난날 신들 의병 108명이 모여 오대산에 올라 생사를 같이하기로 발원發願31했었는데, 오늘 열에 여덟을 잃을 줄을 누가 생각이나 했겠습니까? 전사한 형제들을 감히 독단적으로 아뢸 수 없어 그 이름을 적어 삼가 올리니 엎드려 바라건대 살펴주십시오."

천자가 말했다.

"경의 부하로서 조정의 대사인 정벌에 나가 죽은 자들의 무덤에 이름을 새기고 관작을 더해 봉하라고 명했으니, 그 공이 결코 없어지지는 않을 것이다."

송강이 두 번 절하고 표문을 올렸다.

평남도총관 정선봉사 신 송강 등은 삼가 표문을 올립니다. 엎드려 생각하건 대 신 송강 등은 어리석고 재능이 평범하며 견문이 천박한 하급 관리로서, 지난 날 가없는 죄를 지었는데 다행히 폐하의 막대한 은혜를 입었습니다. 하늘이 아무리 높고 땅이 아무리 두텁다 하더라도 어찌 폐하의 은덕에 보답할 수 있으며, 뼈가 가루가 되고 몸이 깨어지도록 노력한들 어찌 다 갚을 수 있겠습니까? 다리와 팔 같은 신하가 되어 진력하고자 물가를 떠나면서 사악함을 버리고, 형제들이 한 마음으로 오대산에 올라 발원하면서 충정을 보전하고 의를 행하며 나라를 수호하고 백성을 보호하고자 했습니다. 유주성에서는 요나라 군대와 격전을 벌여 물리쳤고, 청계현 방원동에서는 힘으로 방랍을 사로잡았습니다. 비록 미미한 공이지만 폐하께 아뢰는 것은 훌륭한 장수들이 지하 황천에 깊이 잠겨 있기 때문입니다. 신 송강은 그들을 생각하며 밤낮으로 근심이 가득하고 아침 저녁으로 슬퍼하며 마음 아파합니다. 엎드려 바라건대 폐하께서 은혜로 굽어

31_ 발원發願: 불교어로 신불 면전에서 소망을 약속하고 식언을 하지 않는 것을 말한다.

살피시어 이미 죽은 자들도 모두 은택을 입을 수 있게 해주시고 살아 있는 자들도 홍복을 얻게 해주십시오. 신 송강은 사직하여 들판으로 돌아가 농민이 되기를 원하니, 폐하께서 인덕과 교화로써 길러주십시오. 신 송강 등은 두려움을 이기지 못하겠습니다! 삼가 죽은 형제들의 이름을 적어 폐하께 올립니다.

전장에서 전사한 정장과 편장은 모두 59명입니다. 정장 14명은 진명·서녕·동평·장청張淸·유당·사진·색초·장순·완소이·완소오·뇌횡·석수·해진·해보입니다.

편장 45명은 송만·초정·도종왕·한도·팽기·정천수·조정·왕정륙·선찬·공량·시은·학사문·등비·주통·공왕·포욱·단경주·후건·맹강·왕영·호삼랑·항충·이곤·연순·마린·선정규·위정국·여방·곽성·구붕·진달·양춘·욱보사·이충·설영·이운·석용·두천·정득손·추연·이립·탕륭·채복·장청張靑·손이랑입니다.

도중에 병으로 죽은 정장과 편장은 10명입니다. 정장 5명은 임충·양지·장횡·목홍·양웅이고, 편장 5명은 공명·주귀·주부·백승·시천입니다.

항주 육화사에서 좌화坐化33한 정장 1명은 노지심이고, 팔을 잃어 관작을 원하지 않고 육화사에서 출가한 정장 1명은 무송입니다.

지난번에 경사로 회군했을 때 계주로 돌아가 출가한 정장 1명은 공손승입니다.

관작을 원하지 않아 도중에 떠난 정장과 편장은 4명인데, 정장 2명은 연청·이준이고, 편장 2명은 동위·동맹입니다.

이전에 경사에 머물렀고 후에 경사로 불려간 의원까지 5명인데, 편장 안도전·황보단·김대견·소양·악화입니다.

현재 입조하여 알현한 정장과 편장은 27명으로, 정장 12명은 송강·노준의·오

32_ 좌화坐化: 불교 용어로 수행하여 소양이 있는 사람이 단정하게 앉아서 편안하게 운명하는 것을 말한다. 원적圓寂과 같은 의미다.

용·관승·호연작·화영·시진·이응·주동·대종·이규·완소칠이고, 편장 15명은 주무·황신·손립·번서·능진·배선·장경·두흥·송청·추윤·채경·양림·목춘·손신·고대수입니다.

선화 5년 9월 일.
선봉사 신 송강, 부선봉 신 노준의 등이 삼가 표문을 올립니다.

천자는 표문을 보고 탄식해 마지않으며 말했다.

"경 등 108명은 위로는 별자리에 상응하는데 이리 27명만 남았구나. 또 4명은 사양하고 떠났으니 참으로 열 가운데 여덟이 떠났도다!"

천자는 성지를 내려 명에 따라 전쟁에 파견되어 죽은 정장과 편장들에게 각기 관작을 수여했다. 정장은 충무랑忠武郎에, 편장은 의절랑義節郎에 봉했다. 그들 가운데 자손이 있는 자는 경사로 불러 관작을 계승하도록 하고, 자손이 없는 자는 사당을 세우고 제사를 지내게 했다. 장순은 영험을 나타내어 공을 세웠으므로 칙명으로 금화장군金華將軍에 봉했다. 승려인 노지심은 역적 수괴를 사로잡은 공이 있고 큰 사찰에서 좌화坐化하여 선종했으므로 의열조기선사義烈照暨禪師를 더하여 추증했다. 무송은 적과 싸우면서 공을 세우고 팔을 잃었으며 육화사에서 출가했으므로 청충조사淸忠祖師를 수여하고 10만 관의 돈을 하사하여 천수를 마칠 수 있게 했다. 고인이 된 여장군 호삼랑에게는 화양군부인花陽郡夫人을, 손이랑에게는 정덕군군旌德郡君을 더하여 봉했다. 현재 입조한 자들은 선봉사 송강을 제외한 정장 10명은 무절장군武節將軍을 수여하고 각 주의 통제가 되게 했고, 편장 15명은 무혁랑武奕郎을 수여하고 각 노의 도통령都統領이 되도록 했으며 성원의 파견에 따라 각기 가서 군사와 백성을 관할하게 했다. 여장군 고대수는 동원현군東源縣君에 봉했다. 선봉사 송강은 무덕대부武德大夫 및 초주楚州 안무사 겸 병마도총관을 더해 수여했다. 부선봉 노준의는 무공대부武

功大夫 및 여주盧州 안무사 겸 병마부총관을 더해 수여했다. 군사 오용은 무승군武勝軍33 승선사承宣使34, 관승은 대명부 정병마총관正兵馬總管, 호연작은 어영병마지휘사35, 화영은 응천부 병마도통제, 시진은 횡해군 창주 도통제, 이응은 중산부 운주 도통제, 주동은 보정부保定府 도통제, 대종은 연주부 도통제, 이규는 진강 윤주 도통제, 완소칠은 개천군蓋天軍 도통제를 수여했다.

천자는 칙명을 내려 정장과 편장들에게 각기 관직을 봉하고 직무를 수여하여 은혜에 감사하고 명령에 복종하게 했으며 상을 하사했다. 편장 15명에게는 각기 금은 300냥과 채색 비단 안과 겉감 다섯 필, 정장 10명에게는 각기 금은 500냥과 채색 비단 안과 겉감 여덟 필을 하사했다. 선봉사 송강과 노준의에게는 각각 금은 1000냥과 비단 안과 겉감 열 필, 어화포御花袍 한 벌, 명마 한 필을 상으로 내렸다. 송강 등은 은혜에 감사한 다음, 또 목주의 오룡대왕이 두 번이나 영험을 나타내어 나라와 백성을 보호하고 장병들을 구원하여 전승을 거두게 되었음을 아뢰었다. 천자는 칙령을 내려 '충정영덕보우부혜용왕忠靖靈德普祐孚惠龍王'을 더해 봉했다. 그리고 어필로 목주睦州를 엄주嚴州로 흡주歙州를 휘주徽州로 개명했는데, 방랍이 모반한 땅이기 때문에 각기 반대의 뜻을 가진 문자로 바꾼 것이었다. 청계현淸溪縣은 순안현淳安縣으로 명칭을 변경하고, 방원동은 물길을 내어 섬으로 만들어버렸다. 칙령을 내려 목주의 관부에서 돈을 내어 오룡대왕묘를 세우도록 위임하고 친필 편액을 하사했는데, 지금까지도 그 고적이 남아 있다. 강남은 방랍이 손상시키고 파괴한 곳으로 피해를 입은 강남 지역의 인

33_ 무승군武勝軍: 원나라 때 지명이다. 우성현武勝縣으로 쓰촨성에 속했다. 군軍은 송나라 때 행정구역 명칭이다. 어떤 곳은 주州, 부府와 동급이고 어떤 곳은 현과 동급이었다.
34_ 승선사承宣使: 당·오대의 절도使度, 관찰유후觀察留後를 송나라 정화政和 7년(1117)에 승선사로 명칭을 변경했다. 정해진 인원은 없고 직무도 없었으며 단지 무관이 승급을 준비할 때의 더해지는 이름뿐인 직책이었다.
35_ 어영御營은 군사 기구로 남송 때 제정되기 시작했고 북송 때는 아직 없었다. 황제의 직속 부대로 황제가 순행을 나갈 때 군사 사무를 책임졌다.

민들에게 3년 동안 요역을 면제해주었다.

그날 송강 등이 각기 은혜에 감사하자, 천자는 태평연을 열어 공신들을 경하했다. 문무백관과 구경九卿 사상四相[36]이 모두 연회에 참석했다. 연회를 마치자 장수들이 은혜에 감사했다. 송강이 또 상주했다.

"신이 양산박에서 귀순 요청을 받은 이래로 부하 군졸도 태반을 잃었습니다. 살아남은 자들 가운데 집으로 돌아가기를 원하는 자에게 폐하께서 성은을 베풀어 위로해주시기를 바랍니다."

천자는 윤허하고 칙령을 내렸다.

"군사가 되기를 원하는 자는 100관의 돈과 비단 열 필을 내리고 용맹군龍猛軍과 호위군虎威軍 두 군영에 속하게 하여 집중 조련하게 하고 달마다 봉록으로 쌀을 지급하고 부모를 공양하는 데 필요한 용품과 비용을 지급토록 하라. 군사가 되기를 원하지 않는 자는 200관의 돈과 비단 열 필을 내리고 각자 고향으로 돌아가 백성을 위해 일할 수 있도록 하라."

송강이 또 상주했다.

"신은 운성현에서 태어나 살았는데 죄를 지은 이래로 감히 고향으로 돌아가지 못했습니다. 바라건대 성상께서 관대한 은혜를 베푸시어 신이 고향으로 돌아가 성묘하고 친족을 살핀 다음에 초주로 부임할 수 있도록 휴가를 주시기 바랍니다. 감히 독단적으로 할 수 없기에 바라건대 성지를 청하는 바입니다."

천자는 상주를 듣고 기뻐하면서 다시 10만 관의 돈을 하사하여 고향으로 돌아가는 노자로 사용하게 했다. 그날 연회를 마치자 은혜에 감사하고 조정을 나왔다. 이튿날에는 중서성에서 태평연을 열어 장수들을 극진히 대접했고, 사흘째에는 추밀원에서 또 연회를 열어 태평을 축하했다. 장 초토·유 도독·동 추밀·종 참모·경 참모·왕품과 조담 대장은 조정에서 숭고한 작위로 승급했다. 태을원

36_ 구경九卿 사상四相은 역대로 일치하지 않으며 일반적으로 중앙정부의 고급 관리를 가리킨다.

太乙院에서는 제본題本37을 올려 성지를 요청하여 방랍을 동경 저자거리에서 능지처참에 처하고 사흘 간 대중에게 보였다. 여기에 이를 증명하는 시가 있다.

송강이 상을 하사받고 승진하는 날, 방랍은 능지처참에 처해지는 때였다네.
선과 악에는 결국에 보응이 있으니, 오는 것이 늦고 빠름을 다툴 뿐이로다!
宋江重賞升官日, 方臘當刑受剮時.
善惡到頭終有報, 只爭來早與來遲!

한편 송강은 주청하여 고향으로 돌아가 친척을 살펴보라는 휴가의 성지를 받았다. 부하 군사들 가운데 군대에 남기를 원하는 자는 이름을 보고하고 용맹군과 호위군 두 군영으로 보내 조련을 받게 하는 한편 상을 주고 마군 수비가 되도록 했다. 백성이 되기를 원하는 자는 은냥을 주어 각기 고향으로 돌아가 백성을 위해 일하도록 했다. 부하 편장들도 각기 상을 받고서 군사와 백성을 관할하는 외에 관리가 되어 경계를 수호하고 관리 임명을 받아 각기 부임해 가서는 나라와 백성을 안정시키게 했다.

송강은 부하들을 모두 나누어 보내고 사람들과 작별하고 나서 동생 송청과 함께 수행하는 군졸 100~200명을 거느리고 하사받은 어물御物과 행장, 옷과 소지품, 상품을 짊어지고 동경을 떠나 산동을 향해 출발했다. 송강과 송청은 말을 타고 비단 옷을 입고는 경사를 떠나 고향으로 돌아갔다. 산동 운성현 송가촌에 도착하자 고향의 어른들, 친척들이 모두 영접하여 장원으로 갔다. 뜻밖에 송 태공은 이미 사망하고 영구가 기다리고 있었다. 송강과 송청은 통곡하며 슬픔을 이기지 못했다. 가족과 장객이 모두 와서 송강에게 절을 올렸다. 장원의 전

37_ 제본題本: 명대 상주문의 일종이다. 명나라 제도에서 신하의 상주문에는 제본과 주본奏本의 구별이 있었다. 군사 사무와 돈, 식량, 지방의 백성 관련 사무에 관련된 대소 공사는 모두 제본을 사용했다.

답과 가산들은 송 태공이 살아 있을 때와 마찬가지로 잘 정돈되고 완비되어 있었다. 송강은 장원에 제단을 설치하여 제례를 거행하고 승려를 청해 명복을 빌고 공덕을 기리며 돌아가신 부모님과 종친들을 제도했다. 주현의 관료들 문안도 끊이지 않았다. 송강은 날을 골라 송 태공의 영구를 직접 떠받치고 높은 언덕에 모셔 안장했다. 이날 주의 관원들과 이웃 어른들, 손님과 친구, 친척들이 모두 와서 영구를 묘지로 모셨다. 송강은 현녀 낭랑의 은혜에 보답하지 못한 것을 생각하고, 돈 5만 관을 내어 장인들을 시켜 구천현녀 낭랑의 사당과 양쪽 복도, 산문을 다시 세우게 하고 성상聖像도 새로 단장했으며 양쪽 복도를 채색하여 모두 완비되도록 했다. 어느덧 고향에서 여러 날이 지나자 천자의 책망을 걱정하여 날을 골라 상복을 벗고 며칠 동안 법사를 진행한 다음에 크게 연회를 열어 고향 어른들을 초청하여 술잔을 기울이며 작별의 정을 나누었다. 다음 날은 친척들 또한 축하 연회를 열었다. 송청은 비록 관작을 수여받기는 했지만 고향에서 농사에 힘쓰면서 종친들의 제사를 받들기를 원했기에 송강은 장원을 송청에게 넘겨주고 나머지 많은 돈과 비단은 주민들에게 나누어줬다.

고향에서 몇 달을 머문 송강은 고향 어른들, 친구들과 작별하고 다시 동경으로 돌아가 여러 형제를 만났다. 그들 중에는 가족을 동경으로 이사시켜 함께 사는 사람도 있고, 부임지로 떠나간 사람도 있었으며, 남편이나 형제가 나라의 전쟁에서 죽은 사람들은 조정에서 하사한 황금과 비단을 받아 가족을 돌보고 위로하러 고향으로 돌아간 사람도 있었다.

송강은 동경에 당도한 뒤에 그들을 고향으로 돌려보낸 다음 조정의 명을 받아 성원의 관원들과 작별하고 임지로 부임하기 위해 수습했다. 그런데 신행태보 대종이 송강을 찾아와서는 이야기를 했다. 나누어 서술하면, 송 공명은 살아서 운성현의 영웅이 되고 죽어서는 요아와의 토지신이 되었다. 차가운 신선한 바람이 사당에 일고, 당당한 생전의 초상이 능연각凌烟閣38에 있게 되었다.

결국 대종이 송강에게 무슨 말을 했는가는 다음 회에 설명하노라.

방원동의 전사자 수

『수호전보증본』에 따르면 "방랍군은 20만 명이었고 전사자 수는 『속자치통감장편』에서는 '1만800여 명'이라고 했고, 『송회요집고』와 『십조강요十朝綱要』에서는 '1만 여명'과 '1만 명 이상'이라고 했다. 『청계구궤』와 기타 『송사』의 관련 부분에 근거해서는 '7만 명'이라고 하여 각기 서로 말하는 것이 다르다. 방랍군 대다수는 포위망을 돌파하여 절동折東 지구로 달아났고 투쟁을 이어갔다"고 했다.

누가 방랍을 생포했을까?

노지심이 방랍을 사로잡았다는 이야기는 꾸며낸 말이다. 『수호전보증본』에서는 역사 자료에 근거하여 방랍을 생포한 사람에 대해서 세 가지 학설이 있다고 했다. 첫 번째는 한세충韓世忠 설이다. 남송 조웅趙雄의 『한충무왕세충중흥좌명정국원훈지비韓忠武王世忠中興佐命定國元勛之碑』에 따르면 "한세충이 은밀하게 계곡 사이로 가서 시골 부녀자에게 물어 동굴 입구를 알게 됐다. 즉시 창을 들고 전진하여 가시덤불과 험한 고개의 험난한 장애물을 넘어 몇 리를 가서 그들의 소굴을 쳤다. 가짜 팔대왕八大王을 포박하고 몇 사람을 때려죽이고 마침내 방랍을 사로잡았다"고 했다. 『청계구궤』와 『용재일사容齋逸史』, 『송사』 「한세충전」, 『송사기사본말宋史紀事本末』 「방랍지란方臘之亂」과 진정陳桱의 『속통감續通鑑』의 내용이 대체적으로 상통하여 이 학설이 최초의 판본인 듯하다.

두 번째는 절가존折可存 설이다. 『절가존묘지명折可存墓志銘』에 근거하면, 방랍이 반란을 일으키자 절가존은 삼장병三將兵(동남제일장東南第一將, 제칠장第七將과 경기제사장京畿第四將)을 이끌고 화살을 무릅쓰고 진을 돌파하여 방랍을 사로잡았고 무절대부武節大夫로 승진했다고 했다. 그러나 이것은 오류이고 그는 방랍이 생포된 뒤에 논공행상에 참여했을 따름이었다. 『송사』 「양진전楊震傳」에 근거하면 "여사낭을 사로잡고 수령 30명을 죽였다"고 하여, 절가존은 절동浙東에서 여사낭을 대

38_ 능연각凌烟閣: 통치자가 공적이 있는 신하들을 표창하기 위해 세운 누각으로 그 공신들의 초상이 그려져 있다.

적했지 방원동 전투에는 참여하지 않은 것으로 기재하고 있다.

세 번째는 유광세와 요평중姚平仲 설이다. 『여지기승輿地紀勝』에 따르면 "선화 연간 초에 방랍이 목주를 함락시키자 유광세와 요평중에게 명하여 방랍을 사로잡게 했다"고 했다. 그러나 『송회요집고』 등의 책에서는 유광세는 선화 3년 4월 1일에 구주衢州에 있었고, 이후에는 용유龍遊, 난계蘭溪와 무주婺州(저장성 진화金華) 등지에서 작전을 벌였다. 또한 요평중은 4월 23일에 포강浦江을 점령하고 5월 초에 의오義烏에 있었기에 이들은 모두 방원동에 가지 않았다.

또 다른 견해로는 『통감장편기사본말通鑑長編紀事本末』(권141) 에 따르면 "왕품, 신흥종辛興宗, 양유충楊唯忠은 방원산幫源山 동북쪽 모퉁이 산골짜기에서 방랍과 그의 처자식과 가짜 상相·후侯·왕王 39명을 사로잡았다"고 했다.

양지는 금나라 정벌에 참가했다.

역사 기록에 근거하면 양지라는 인물은 확실히 존재했다. 『삼조북맹회편』에 근거하면 선화 4년(1122) 6월 동관이 요나라를 정벌할 때 양지는 충사도種師道 휘하의 선봉군이었다. "왕품이 전군을 이끌고, 양유중楊唯中이 좌군, 충사중種師中이 우군, 왕평王坪이 후군을 이끌었으며 조명趙明과 양지가 선봉군을 이끌었다"고 했다. 금나라 군대가 침범했을 때 하동河東 지구에 많은 전투가 벌어졌는데, 대부분 패했고 그 가운데 "양지는 우현盂縣에서 패했다"고 했으며 이후에 충사중을 수행하여 태원太原을 구원했다고 했다. 당시 조정에서는 엄중한 처벌을 진행했기에 양지는 주살되었을 가능성이 있으며 설령 죽음을 면했을지라도 다시는 기용될 수 없었을 것이다. 이후로 양지는 역사 기록에 보이지 않는다.

【 제120회 】

요
아
와[1]

　송강은 금의환향하고는 동경으로 돌아와 형제들을 만나서 그들에게 행장을
수습하여 부임지로 가게 했다. 신행태보 대종이 송강을 찾아와 두 사람은 한가
하게 이야기를 나누었는데, 대종이 일어나더니 말했다.

　"저는 성은을 입어 연주 도통제를 제수 받았습니다. 진심으로 원하는데 이제
황제께서 수여하신 관직을 반납하고 태안주 악묘로 가서 여생을 한가하게 보낼
수 있다면 참으로 다행이겠습니다."

　송강이 말했다.

　"동생은 무슨 연유로 그런 생각을 하게 되었는가?"

　"제가 최부군崔府君[2]에게 불려가는 꿈을 꾸었기에 선량한 마음이 생겨난 것

1_　제120회 제목은 '宋公明神聚蓼兒洼(송 공명 등의 신령이 요아와에 모이다), 徽宗帝夢遊梁山泊(휘종 황
　　제가 꿈에서 양산박을 유람하다)'이다.
2_　최부군崔府君: 민간 신앙의 신선. 성은 최崔이고 이름은 각표이며 자는 자옥子玉이다. 낮에는 인간의
　　형사 사건을 심리하고 밤에는 저승의 귀신 안건을 심사 판결했는데, 정확하고 공평하지 않은 것이
　　없어 사람과 귀신이 모두 경외하며 탄복했기에 최부군이라 불렀다.

376

같습니다."

"동생은 살아서 이미 신행태보라 불렸으니, 훗날 반드시 악부岳府의 영험하고 총명한 신령이 될 걸세."

송강과 작별한 대종은 관직을 반납하고 태안주 악묘로 가서 배당陪堂으로 출가했다. 매일 향을 올리면서 성제聖帝에게 제사를 지냈는데 경건하고 정성스러웠으며 소홀함이 없었다. 몇 달 후 어느 날 저녁 무렵에 아무런 병도 없었는데 도사들을 청하여 작별인사를 나누고 크게 웃더니 세상을 떠났다. 후에 악묘에서 여러 번 영험을 나타냈기 때문에 주州 백성이 축원하고 악묘 안에 대종의 신상神像을 빚어 만들었는데, 뼈대는 그의 진짜 몸이었다.

또 완소칠은 조정의 명령을 받고 송강과 작별하고는 개천군으로 가서 도통제의 직무를 수행했다. 몇 개월이 되지도 않아 대장 왕품과 조담이 방원동에서 완소칠에게 욕설로 창피를 당한 것에 원한을 품고서 누차 동 추밀 앞에서 완소칠의 과실을 성토했다. 완소칠이 당시 방랍의 자황포를 입고 용의龍衣[3]에 옥대를 찬 것이 비록 한때의 장난이었지만 결국에는 불량한 마음을 품은 것이며 또한 개천군은 궁벽한 곳에다 주민들이 야만적이어서 반드시 모반에 이르게 될 것이라고 했다. 동관이 그 사실을 채경에게 알렸고, 채경은 천자에게 상주하면서 성지를 내려 공문을 그곳으로 보내 완소칠의 관직 수여 증빙을 박탈하고 다시 서민으로 돌아가게 하도록 요청했다. 그러자 완소칠은 도리어 속으로 기뻐하면서 노모를 모시고 양산박 석갈촌으로 돌아갔고 예전처럼 물고기를 잡으며 살면서 노모를 봉양하며 60세에 천수를 마쳤다.

한편 소선풍 시진은 경사에 머물고 있었는데, 대종이 수여받은 관직을 반납하고 한가롭게 살고자 떠나가는 것을 보았고, 또 완소칠이 방랍의 평천관을 쓰고 용의를 입고 옥대를 찬 일을 가지고 그가 방랍의 모반을 배울 의도가 있다

3_ 용의龍衣: 용무늬의 의복. 통상적으로 황족 종실이 사용했다.

고 하여 조정에서 그에게 수여된 관직을 박탈하고 서민으로 만드는 처벌을 내리는 것을 보았다. 시진은 생각했다.

"나 또한 전에 방랍의 부마 노릇을 한 적이 있는데, 만약에 훗날 간신들이 이를 알게 되어 천자 앞에서 헐뜯어 관직 수여 명령을 박탈당한다면 어찌 모욕을 받는 것이 아니겠는가? 차라리 시대의 흐름을 알고서 모욕을 당하지 않는 것이 낫겠다."

시진은 중풍을 앓고 있는데 불시에 발작한다는 핑계를 대고는 임용되기 어려우니 관리 임용 명령을 반납하고 진심으로 한가롭게 농민이 되고자 한다고 했다. 그는 관원들과 작별하고 다시 창주 횡해군으로 돌아가 농민으로 살았다. 그러다 어느 날 갑자기 아무 병도 없이 세상을 마쳤다.

이응은 중산부 도통제를 수여받고 부임한 지 반년 만에 시진이 한가롭게 살고자 떠났다는 것을 듣고, 그 또한 중풍에 걸렸기에 관리가 되어 성원에서 입신출세할 수 없다는 핑계를 대고는 관직 수여 증빙을 반납했다. 그러고는 고향인 독룡강으로 가서 생활했고, 이후에는 두흥과 함께 부호가 되어 살면서 천수를 다했다.

관승은 북경 대명부 총관병마가 되었는데 군사들의 마음을 얻어 모두들 존경하며 복종했다. 어느 날 군마 조련을 하고 돌아오다가 만취한 바람에 헛디뎌 말에서 떨어졌고, 그것이 병이 되어 사망하고 말았다.

호연작은 어영지휘사를 수여받아, 매일 어가를 수행했다. 이후에 대군을 거느리고 출전하여 금나라의 올출兀朮 사태자四太子[4]를 격파하고 회서까지 진군했다가 전사했다. 주동은 보정부保定府에서 군사를 관할하면서 공이 있어 뒤에 유광세를 수행하여 금나라를 격파하고 태평군太平軍 절도사가 되었다.

4_ 올출兀朮 사태자四太子: 금나라 태조인 온얀 아쿠타完顏 阿骨打의 여섯 번째 아들이다. 송나라 사람들은 아들이 4명 있는 것으로 알았기 때문에 올출을 '사태자(네 번째 태자)'라 불렀다.

화영은 아내와 여동생을 데리고 웅천부에 부임했고, 오용은 홀몸이라 수행하는 심부름꾼 아이만 데리고 무승군에 부임했다. 이규 또한 홀몸이라 하인 둘만 데리고 윤주로 부임했다. 다른 사람들은 모두 최후의 결말까지 언급했는데, 어찌하여 이 세 사람은 부임한 것까지만 이야기했는가? 7명의 정장은 모두가 이후에는 보이지 않기에 결말을 먼저 이야기한 것이고, 나머지 5명의 정장 즉 송강·노준의·오용·화영·이규는 아직 만나볼 수 있기에 결말을 언급하지 않은 것으로 이제 곧 결과를 볼 수 있다.

한편 송강과 노준의는 경사에 머물러 있으면서 여러 장수에게 상을 나누어 주고 각기 부임지로 가도록 했다. 전장에서 전사한 장수들의 가족에게 마찬가지로 하사 받은 돈과 비단, 금은을 나누어줬다. 경사로 온 편장 15명 가운데 송청은 고향으로 돌아가 농민이 되었고, 두흥은 이미 이응을 따라 고향으로 돌아간 상태였다. 나머지 사람들인 황신은 청주로 부임하고, 손립은 형제인 손신·고대수와 함께 처자식을 데리고 예전처럼 등주로 부임했다. 추윤은 관리가 되는 것을 원치 않아 등운산으로 돌아갔고, 채경은 관승을 따라 북경으로 돌아가서 서민이 되었다. 배선은 양림과 상의하여 음마천으로 돌아가 직무를 받아 한가롭게 지냈고, 장경은 고향이 그리워 담주로 돌아가 일반 백성이 되었다. 주무는 번서에게 가서 도술을 전수받았고 두 사람은 전진교全眞敎의 도사가 되어 강호를 구름처럼 떠다니다가 공손승을 찾아가 출가하여 천수를 누렸다. 목춘은 게양진으로 돌아가 뒤에 양민이 되었고, 능진은 포수로서 비범했기에 화약국 어영으로 임용되었다. 이전에 경사에 남았던 편장 5명을 이야기하겠다. 안도전은 도중에 황제의 명을 받고 경사로 돌아와 태의원太醫院5에서 금자金紫6 의관醫官이

5_ 태의원太醫院: 금나라 관서 명칭이다. 송나라는 태의서太醫署와 국局을 설치했고 태상太常이 관할했다. 금나라 때부터 태의원이라 부르기 시작했고 원나라 때 비로소 독립 기구가 되었다.

6_ 금자金紫: 금어대金魚袋를 차고 자주색 관복을 입는 것을 말한다. 당나라 때 규정에 따르면 3품 이상 관원의 복색이다.

되었고, 황보단은 어마감御馬監7 대사大使가 되었고, 김대견은 이미 궁전의 어보감御寶監 관원이 되었다. 소양은 채경의 부중에서 직무를 얻어 글방 선생이 되었고, 악화는 부마 왕 도위의 부중에서 늙도록 한가롭게 살았으며 죽을 때까지 즐겁게 지냈다.

한편 송강과 노준의는 작별한 뒤에 각자 부임했다. 노준의는 가족이 없었으므로 수행하는 하인 몇 명을 데리고 여주로 갔다. 송강은 조정에서 베풀어준 은혜에 감사하고 성원의 관원들과 작별하고는 집안의 종 몇 명을 데리고 초주로 부임했다. 이때부터 서로 작별하고 모두가 각기 흩어져 떠났다.

송나라는 원래 태종이 태조로부터 제위를 물려받을 때 조정에 간사하고 아첨하며 깨끗하지 못한 무리들이 없도록 하겠다고 맹세했었다. 그러나 휘종 천자에 이르러, 황제는 지극히 신성하고 현명했지만 예기치 않게 간신들이 정권을 잡고 권력을 독점하여 충성스럽고 선량한 사람들을 해쳤으니 매우 가엾은 상황이었다. 당시 채경·동관·고구·양전 네 간신이 천하를 전란으로 어지럽히고 나라와 가정과 백성을 무너뜨렸다. 전수부 태위 고구와 양전은 천자가 송강 등과 그들의 장교들에게 두터운 상을 하사하고 존중의 예를 행하는 것을 보고는 속으로 매우 불만스러워했다. 두 사람은 상의하며 말했다.

"송강과 노준의 이놈들은 모두 우리의 원수인데, 이제 저놈들이 도리어 공이 있는 대신이 되었고 조정으로부터 은혜와 상을 받았습니다. 그래서 말에 오르면 군대를 관할하고 말에서 내리면 백성을 다스리고 있으니, 우리 같은 성원 관료들이 어찌 사람들의 비웃음을 받지 않겠습니까? 예로부터 '원한이 작으면 군자가 아니요, 독하게 큰일을 처리하지 않으면 대장부가 아니다'8라고 했습니다."

7_ 어마감御馬監: 관서 명칭. 제왕이 사용하는 말을 관장하는 사무관을 대사라 불렀다.
8_ 원문은 '恨小非君子, 無毒不丈夫!'다. 여기서의 군자는 재덕이 출중하고 능력 있는 사람을 말한다.

380

양전이 말했다.

"나한테 계책이 하나 있습니다. 먼저 노준의를 처리하면 송강은 한쪽 팔을 잃게 됩니다. 노준의는 대단히 용맹하여 만약 송강을 먼저 처리하면 그가 알고서 필시 일을 뒤바꾸어 도리어 한바탕 좋지 않은 일이 일어날 것입니다."

고구가 말했다.

"어떤 묘책인지 듣고 싶습니다."

"여주 군졸 몇 명을 준비시켜, 노준의가 군사를 불러들이고 말을 사들이며 마초를 쌓고 군량을 저장하는데, 모반할 의도가 있다고 성원에 고발하게 하는 겁니다. 그리고 그들과 함께 태사부로 가서 아뢰면 채 태사를 속일 수 있습니다. 채 태사가 천자께 상주하여 노준의의 관직을 박탈하도록 요청하기를 기다렸다가, 그때 사람을 시켜 그를 속여 경사에 오도록 하는 겁니다. 황제께서 그에게 음식을 하사하실 때 안에다 수은을 넣습니다. 수은이 콩팥으로 들어가면 제 기능을 하지 못하게 되어 큰일을 할 수 없게 될 것입니다. 그리고 다시 송강에게 사신을 보내 어주를 하사하고 술에 천천히 퍼지는 독약을 타면 반달이 못 돼 반드시 구제할 방법이 없게 될 겁니다."

"그 계책이 대단히 묘합니다!"

여기에 이를 비웃는 시가 있다.

예부터 권력 휘두른 간신들 선량한 사람 해쳤고
나라 세우려는 충의지사 용납하지 않았네.
황천황天[9]이 명백한 응보를 밝히려 한다면
남자는 광대가 되고 여자는 창기가 되도록 하소서.
自古權奸害善良, 不容忠義立家邦.

9_ 황천황天: 천제天帝에 대한 존칭.

皇天若肯明昭報, 男作俳優女作倡.

　두 간신은 계책이 정해지자 심복을 여주로 보내 선비 두 사람을 찾아내 소장을 써서 안무사 노준의가 여주에 부임하자마자 군사를 불러들이고 말을 사들이며 마초를 쌓고 군량을 저장하면서 반란을 일으키려 한다고 추밀원에 고발하게 했다. 또 노준의가 사람을 초주로 보내 안무사 송강과 연계하여 폭동을 일으키려 모의한다고 했다. 추밀원의 동관 역시 송강 등에게 원한을 품고 있었기 때문에, 즉시 원고의 소장을 접수하고 태사부로 가서 아뢰었다. 소장을 본 채경은 즉시 관원들을 모아놓고 계책을 상의했다. 그때 고구와 양전도 회의에 참여하여 네 간신은 계책을 정하고 원고를 데리고 궁으로 들어가 천자에게 아뢰었다. 천자가 말했다.

　"짐이 생각건대, 송강과 노준의는 사방의 도적들을 토벌하느라 10만 대군의 병권을 장악하고 있었지만 나쁜 마음을 품은 적이 없었다. 지금은 나쁜 길을 버리고 바른 길로 돌아왔는데 어찌 배반하려 하겠는가? 과인이 그들을 저버리지 않았는데, 어찌하여 감히 조정에 반역을 한단 말인가? 아마도 속이는 것이 있으니 허실을 살펴보지 않고는 믿을 만한 소식이라 여기기 어렵다."

　고구와 양전이 옆에 있다가 아뢰었다.

　"성상께서 말씀하신 것이 비록 충성과 인애라고 하지만 사람의 마음은 가늠하기 어렵습니다. 생각건대 노준의는 틀림없이 관직이 낮고 직무가 소소한 것에 불만스러워 모반할 뜻을 품었다가 불행하게 남에게 들킨 것 같습니다."

　천자가 말했다.

　"노준의를 불러들여 과인이 친히 물어보아 실상을 알아보겠다."

　채경과 동관이 다시 아뢰었다.

　"노준의는 맹수 같은 자라 그 마음을 보장할 수 없습니다. 만약 그를 놀라게 하면, 반드시 계획이 누설되어 곤란해지기에 체포하기가 어려울 것입니다. 그를 속여서 경사로 오게 한 다음에 폐하께서 친히 음식과 술을 내리시고 좋은 말로 위로하면서 허실과 그의 동정을 살펴보는 것이 좋겠습니다. 만약 아무 일이 없다면 추궁할 필요도 없을 것이고, 또한 폐하께서 공신을 저버리지 않는다는 생각을 드러낼 수 있습니다."

천자는 허락하고 즉시 성지를 내려 사신을 여주로 보내 임용할 일이 있으니 노준의를 조정으로 불러들이게 했다. 사신이 명을 받들어 여주에 당도하자 대소 관원들이 곽까지 나와 영접하여 관아로 와서는 성지를 낭독했다.

장황한 말은 그만두고 본론으로 들어가서, 노준의는 성지를 듣고 사신과 함께 여주를 떠나 역참의 말을 타고 경사로 갔다. 길에서는 말할 만한 것이 없었고 황성사皇城司 앞에서 하룻밤을 쉬고, 이튿날 아침 동화문 밖으로 가서 조회를 기다렸다. 그때 태사 채경, 추밀원 동관, 태위 고구와 양전이 노준의를 인도하여 편전에서 천자를 알현하게 했다. 노준의가 배무를 마치자 천자가 말했다.

"과인은 경이 보고 싶었도다."

그러고는 또 물었다.

"여주는 살 만한가?"

노준의가 두 번 절하며 아뢰었다.

"성상의 하늘같은 홍복 덕분에 그곳 군사와 백성은 모두 평안하게 살고 있습니다."

천자가 또 한담을 나누며 시간을 끌다가 정오가 되자 음식을 주관하는 관원이 아뢰었다.

"음식을 올리려 하는데 감히 함부로 처리하지 못해 성지를 기다리고 있습니다."

때는 고구와 양전이 이미 음식 속에 몰래 수은을 넣고서 탁자에 올려놓은 뒤였다. 천자는 음식을 노준의에게 하사했고 노준의는 절하고 받아서 먹었다. 천자가 위로하며 말했다.

"경은 여주로 가서 마음을 다해 군사를 배양하는 데 힘쓰고 다른 뜻을 품지 말도록 하라."

노준의는 머리를 조아리며 은혜에 감사하고 조정을 나와 여주로 돌아갔다. 노준의는 네 명의 간신들이 자신을 해치려고 계책을 세운 것을 전혀 모르고 있었다. 고구와 양전이 말했다.

"앞으로의 큰일은 이루어졌다!"

한편 노준의는 그날 밤 여주로 돌아가고 있었는데, 콩팥의 통증이 심한데다 몸을 움직일 수가 없었다. 그래서 말을 타지 않고 배를 타고 돌아갔다. 배가 사주泗州 회하淮河에 이르렀을 때 노준의의 천수가 다했는지 일이 일어나고 말았다. 그날 밤 술에 취해 뱃머리에 서서 한가하게 시간을 보내고 있었는데 수은이 허리 부분과 골수까지 스며들어 똑바로 서 있을 수 없는데다 술을 마신 터라 발을 헛디뎌 회하 깊은 곳으로 빠져죽고 말았다. 가련하게도 하북의 옥기린은 억울하게 물에 빠져 죽은 귀신이 되고 말았다. 수행원이 시신을 건져 관곽을 갖추어 사주의 높은 언덕에 매장했다. 사주의 관원이 문서로 이 같은 사실을 성원에 보고했다.

채경·동관·고구·양전 네 간신은 의논하여 사주에서 올린 문서를 조회에서 천자에게 아뢰었다.

"사주에서 올린 공문에 따르면, 노준의 안무사가 회하에 이르렀을 때 술에 취해 물에 빠져 죽었다고 합니다. 신 등의 성원은 감히 아뢰지 않을 수 없는데, 이제 노준의가 죽었으니 송강이 내심 의심하고서 다른 일을 벌이지 않을까 두렵습니다. 폐하께서는 초주로 사자를 보내 어주를 하사하여 그의 마음을 안정시켜주십시오."

천자는 한참동안 망설였는데, 그들의 말이 틀렸다고 하자니 송강의 마음을 알지 못했고, 허락하자니 사람을 해치게 될까 두려웠다. 황제는 어찌해야 할지 모르고 있었는데, 간신들의 감언이설과 교묘하게 꾸며대는 말에 현혹되어 결국 그들의 의견을 받아들였다. 마침내 사신에게 어주 두 병을 가지고 초주로 가게 했다. 그러나 그 사신 역시 고구와 양전의 수하 심복들이었다. 송 공명도 천수를 다해 명운이 끝나는지 간신들은 어주에 천천히 퍼지는 독약을 타서 사신에게 초주로 가지고 가게 했다.

한편 송강은 초주에 와서 안무사를 담당하면서 병마를 총 관리하고 있었다. 부임한 이후에 군사들을 아끼고 백성을 사랑하여 백성은 그를 부모처럼 공경하고 군사들은 천지신명처럼 우러렀다. 소송을 진행하는 대청은 경건했고 육사六事10가 완비되었으며 인심이 복종하고 흠모했다. 송강은 공무를 처리하고 여유가 생기면 항상 곽 밖으로 나가 휴식을 취하며 산보를 즐겼다. 원래 초주 남문 밖에 요아와蓼兒洼라는 곳이 있었는데, 산의 사방이 모두 강의 지류였고 가운데에 높은 산이 하나 있었다. 산세가 수려하고 소나무와 측백나무가 빽빽이 늘어서 있었으며 풍수가 매우 좋았다. 비록 좁은 곳이었지만 안쪽에 산봉우리가 둘러싸고 있고, 용이 서리고 호랑이가 웅크린 듯 지세가 웅장하고 험준했으며 구불구불 산이 이어져 있고 비탈이 계단처럼 쌓은 듯했다. 사방이 강의 지류로 둘러싸여 앞뒤로 얕은 호수여서 마치 양산박의 수호채水滸寨와 비슷했다. 송강은 보고서 속으로 매우 좋아하며 혼자 생각했다.

"내가 만약 여기서 죽는다면 무덤으로 적당하겠구나. 한가로우면 이곳으로 놀러 와서 즐겁게 소일해야겠다."

장황한 말은 그만두고 본론으로 들어가서 송강은 부임한 이래로 반년이 지났다. 때는 선화 6년 수하首夏11 초순이었는데, 별안간 조정에서 어주를 하사하러 온다는 소식이 들려왔다. 송강은 관원들과 함께 곽을 나가 사자를 영접했고

10_ 육사六事: 지방 관리의 정치적 업적을 평가하는 여섯 가지 항목. 『금사金史』 「백관지百官志」에 근거하면 육사는 '전야벽田野闢(들판이 개간되다), 호구증戶口增(호구가 늘어나다), 부역평賦役平(부역이 공평하다), 도적식盜賊息(도적이 없다), 군민화軍民和(군사와 백성이 화합하다), 소송간訴訟簡(소송을 간단하게 처리하다)'이다.

11_ 수하首夏: 초여름, 음력 4월.

관아로 들어오자 사자는 성지를 낭독했다. 사자는 어주를 받들어 송강에 마시게 했고, 송강은 어주를 마신 다음 사자에게도 마시기를 권했다. 그러나 사자는 술을 마시지 못한다는 핑계를 대고는 마시지 않았다. 어주로 연회를 마치자 사자는 경사로 돌아갔다. 송강이 예물을 준비해 사자에게 선물했으나 사자는 받지 않고 떠났다. 송강은 어주를 마신 뒤에 배가 아프기 시작하자 속으로 어주에 독이 든 것으로 의심했다. 그래서 급히 사람을 시켜 사자가 왔을 때 상황을 알아보게 했더니 사자가 오는 길에 역관에서 술을 마셨다는 것이었다. 이는 틀림없이 간신들이 어주에 독을 탄 것으로 자신이 간계에 빠졌음을 알게 되었다. 송강은 탄식했다.

"나는 어려서부터 유학儒學을 배우고 장성해서는 관리로서 합법적인 도리를 지켰다. 불행히도 해를 입어 죄인이 되었지만, 조금도 다른 마음을 품은 적이 없었다. 지금 천자가 달콤한 말로 아첨하는 자들의 말을 믿고서 내게 독주를 하사했으니 내가 무슨 죄를 짓고 무엇을 어겼단 말인가? 나는 죽어도 아무 상관 없지만 윤주의 도통제로 있는 이규가 조정에서 이런 간악한 나쁜 짓을 저질렀다는 것을 듣게 되면 반드시 무리를 모아 산림으로 들어갈 것이다. 그러면 우리가 일생 동안 행한 맑고 아름다운 명성과 충의로운 일들이 무너지고 말 것이다. 이규가 그처럼 행동하지 못하게 제거해야 한다."

송강은 그날 밤 사람을 윤주로 보내 별도로 상의할 일이 있으니 밤새 초주로 달려오도록 이규를 불렀다.

한편 흑선풍 이규는 윤주의 도통제로 부임한 이후로 따분하여 사람들과 종일 술이나 마시며 지냈다. 송강이 사람을 보내 자신을 부른다는 말을 듣고서는 이규가 말했다.

"형이 나를 부른다면 틀림없이 할 말이 있는 게야."

이규는 즉시 심부름꾼과 함께 배를 타고 초주로 가서 관서로 들어가 송강을 만났다. 송강이 말했다.

"동생, 형제들과 헤어진 뒤로 밤낮으로 그들을 생각하고 있네. 오용 군사가 있는 무승군은 멀고, 화영은 응천부에 있는데 또 소식을 알 수 없네. 다만 동생이 비교적 가까운 윤주 진강鎭江에 있어, 큰일을 하나 상의하려고 특별히 불렀네."

이규가 말했다.

"형, 큰일이 뭔데?"

"일단 술이나 마시자!"

송강은 후당으로 이규를 청했는데 술상이 차려져 있었다. 이규를 극진히 대접하면서 한참 동아 술과 밥을 먹었다.

술이 반쯤 거나하게 취하자, 송강이 말했다.

"동생은 모르겠지만, 내가 듣자하니 조정에서 사람을 시켜 내게 독주를 보내 마시게 한다고 하네. 내가 죽으면 자네는 어떻게 할 건가?"

이규가 크게 소리 질렀다.

"형, 반란 일으키면 되잖아!"

"동생, 군마도 모두 없어지고 형제들도 각기 흩어졌는데 어떻게 반란이 성공한단 말인가?"

"내가 있는 진강에 3000 군마가 있고, 형이 있는 초주에도 군마가 있잖아. 군마와 백성을 모두 일으키고 또 힘써 군사를 불러 모으고 말을 사들여 쳐들어가야지. 그리고 다시 양산박으로 돌아가 즐겁게 살면 여기 간신 놈들 밑에서 모욕당하는 것보다 낫잖아."

"동생은 서두르지 말고 다시 계책을 따져보세."

송강이 원래 접풍주接風酒 안에 천천히 스며드는 독약을 탄 상태였다.

그날 밤 이규는 술을 마셨고 다음 날 배를 타고 떠나면서 송강에게 말했다.

"형, 언제 의병을 일으킬 거야? 나도 군사를 일으켜 호응할게."

송강이 말했다.

"동생, 나를 원망하지 말게! 며칠 전 조정에서 파견한 사자가 가져온 독주를 내가 마셔서 조만간에 죽을 것이네. 나는 평생 '충의' 두 글자만 주장하며 살아왔고, 조금도 내 양심을 속인 적이 없었네. 지금 조정에서 죄가 없는데도 나한테 죽음을 내렸지만, 설령 조정이 나를 저버릴지라도 내 충심은 조정을 저버릴 수가 없네. 내가 죽은 뒤에 자네가 모반하여 우리 양산박의 '하늘을 대신해 도를 행한다'는 충의의 이름을 훼손할까 걱정되어 자네를 한번 만나자고 불렀던 것이네. 어제 자네가 마신 술에 천천히 퍼지는 독약을 탔으니까, 윤주로 돌아가면 반드시 죽을 것이네. 이곳 초주 남문 밖에 있는 요아와라는 곳은 풍경이 양산박과 똑같으니, 자네는 죽은 뒤에 거기서 함께 망령이 되어 만나세. 나는 죽은 뒤에 내 시신을 그곳에 매장해달라고 이미 정해두었네!"

말을 마치고는 눈물이 비 오듯 흘렸다.

이규 또한 눈물을 흘리며 말했다.

"됐어, 됐다고, 좋아! 살아서 형을 모셨으니 죽어서도 형 부하 귀신이 될 거야!"

말을 마치고는 눈물을 흘렸는데 몸이 무거워지는 것을 느꼈다. 이규는 눈물을 흘리며 송강과 작별하고 배에 올라 윤주로 돌아갔다. 과연 독이 온몸에 퍼져 죽을 것 같았다. 이규는 죽음에 이르자 하인들에게 부탁했다.

"내가 죽거든 부디 영구를 초주 남문 밖 요아와로 옮겨가 형 있는 곳에 묻어다오."

당부를 마치고 이규가 죽자 하인들은 관곽을 준비해 시신을 담고 그의 당부대로 영구를 요아와로 호송해갔다.

송강은 이규와 작별한 뒤에 슬퍼하면서 오용과 화영을 생각했지만 만날 수가 없었다. 그날 밤 독이 퍼져 죽음에 이르자 송강은 따르던 측근들에게 부탁했다.

"내가 말한 대로 내 영구는 남문 밖 요아와 높은 언덕에 묻어주게. 자네들이 베푼 덕은 반드시 보답할 테니 내 부탁을 들어주기 바라네!"

말을 마치고는 세상을 떠났다. 송강의 하인들은 관곽을 준비하고 예의에 따라 장사를 지냈다. 초주의 관리들은 송강의 유언을 어기지 않고 그의 측근들,

초주의 노소 하급 관리들과 함께 송 공명의 영구를 떠받쳐들고 요아와에 매장했다. 며칠 뒤에 이규의 영구도 윤주로부터 왔고 송강의 묘 옆에 매장했다. 한편 송청은 집에서 병을 앓고 있었는데 일가 사람이 돌아와서는 송강이 초주에서 사망했다는 소식을 알려줬다. 송청은 운성현에서 앓고 있었기 때문에 가서 상례를 처리할 수 없었다. 이후에 또 초주 남문 밖 요아와에 매장됐다는 소식을 듣고는 집안사람을 보내 제사를 올리고 묘지를 보살피게 했다. 묘지를 수축 완비하고 돌아와 송청에게 보고했음은 말하지 않겠다.

한편 군사 오용은 무승군의 승선사로 부임한 이후로 항상 마음이 즐겁지 않고 매번 송 공명과 서로 아끼던 마음을 생각했다. 어느 날 갑자기 정신이 흐리멍덩해지고 잠자리가 불안했는데, 밤에 꿈속에서 송강과 이규가 나타나더니 옷자락을 붙잡으며 말했다.

"군사, 우리는 오직 충의로써 하늘을 대신해 도를 행하면서 천자를 저버린 적이 없었는데, 지금 조정에서 독주를 내려 죄도 없는데 나를 죽였소. 죽은 뒤에 초주 남문 밖 요아와에 묻혔으니 군사는 옛 친분을 생각해서 직접 묘지에 와서 한번 살펴주시오."

오용은 자세히 물으려다가 놀라 깨어나니 한바탕 꿈이었다. 오용은 눈물을 비 오듯 흘리며 앉아서 날이 밝기를 기다렸다. 꿈을 꾸고 나서는 잠자리와 식사가 편안하지 않았다.

이튿날 오용은 행장을 수습하여 따르는 하인도 없이 혼자 초주로 갔다. 도착해보니 과연 송강은 이미 죽은 상태였다. 그곳 사람들에게 물어보니 탄식하지 않는 이가 없었다. 오용은 제품祭品을 마련하여 곧장 남문 밖의 요아와로 가서 송 공명과 이규의 묘 앞에서 곡을 하며 제사를 올렸다. 오용은 무덤을 손바닥으로 치며 울면서 말했다.

"형님의 영혼이 깨어 있다면 살펴주시오. 이 오용은 한낱 시골의 학구學究에 불과했는데 처음에 조개 형님을 따르다가 후에 형님을 만나 목숨을 구하고 영화까지 누리게 되었습니다. 지금까지 수십 년을 살아온 것은 모두가 형님의 덕에 의지했기 때문입니다. 그런데 지금 형님은 국가를 위해 돌아가시고 제 꿈에 귀신이 되어 나타나셨습니다. 이 동생이 형님께 보답할 수 없으니 바라건대 이 좋은 꿈을 가지고 저승에서 형님을 만나고자 합니다."

말을 마치고는 통곡했다. 막 목을 매려고 하는데 화영이 배에서 내려 날듯이 묘 앞으로 달려오는 것이 보였다. 화영은 오용을 보았고 두 사람은 깜짝 놀랐다. 오용이 물었다.

"동생은 응천부 관리가 되었는데, 어떻게 형님이 돌아가신 줄 알았는가?"

화영이 말했다.

"형제들과 헤어져 부임한 뒤로 항상 예전의 정을 생각하면서 하루도 심신이 편안한 날이 없었습니다. 어젯밤 이상한 꿈을 꾸었는데, 꿈속에서 송 공명 형님과 이규가 나타나서 저를 붙잡고 하소연하기를 '조정에서 하사한 독이 들어간 짐주를 마시고 죽어 지금 초주 남문 밖 요아와의 높은 언덕에 묻혀 있으니 옛 정을 버리지 않았다면 묘지에 한번 와서 살펴주게'라고 했습니다. 그래서 집안 일을 내던지고 밤새 말을 달려온 것입니다."

오용이 말했다.

"나도 동생과 똑같이 이상한 꿈을 꾸고 여기로 왔는데, 동생도 오니 좋네. 내 마음은 송 공명 형님의 은의를 버릴 수 없는데다 우의에 보답할 길이 없어 여기서 스스로 목을 매고 죽어 혼백이나마 형님과 함께 하려 하네. 내 죽은 뒤의 일은 동생에게 부탁하네."

"군사께서 그런 마음이 있으시다면 이 동생도 따라가 송 공명 형님과 함께 하겠습니다."

그들은 진정 저버리지 않고 생사를 같이하는 사람들이었다. 여기에 이를 증명하는 시가 있다.

붉은 여뀌 핀 물웅덩이 꿈속에서 부탁하니, 화영과 오용 깊이 슬퍼하누나.

의기투합하여 의로운 피 가득 끓는데, 어찌 전횡田橫만 목숨 잃었나?[12]

紅蓼洼中托夢長, 花榮吳用苦悲傷.

一腔義血元同有, 豈忍田橫獨喪亡?

오용이 말했다.

"내가 죽으면 동생이 나를 여기에 묻어 주기를 바랐는데, 자네는 어찌하여 죽으려 하는가?"

화영이 말했다.

"저도 송 공명 형님의 인의를 저버릴 수 없고 그 은혜를 잊기 어렵습니다. 우리가 양산박에 있을 때 이미 큰 죄인이었는데 다행히 죽지 않았습니다. 천자의 사면과 부름을 받아 남북을 토벌하면서 공을 세웠고 이미 천하가 익히 알고 있을 정도로 이름을 드날리게 되었습니다. 그러나 조정에서 의심하기 시작했다면 틀림없이 경미한 과실조차도 찾아낼 것입니다. 만약 그들의 간사한 계략에 걸려 형벌을 받아 죽음에 처해지게 된다면 그때는 후회해도 늦을 것입니다. 지금 형님을 따라 함께 황천으로 가게 되면, 맑고 아름다운 명성을 세상에 남기게 되고 시신도 반드시 무덤에 들어갈 수 있을 겁니다!"

"동생, 자네는 내 말을 들어 보게. 나는 홀몸으로 가족도 없으니 죽는다 한들 무슨 상관이겠나? 하지만 자네는 지금 어린 자식과 젊고 아리따운 아내가 있는데 그들이 누구에게 의지한단 말인가?"

"그거라면 상관없습니다. 모아놓은 재물이 있어 근근이 살아가기에 충분하고

12_ 전횡田橫: 『사기』 「전담田儋열전」에 근거하면 전횡은 진나라 말기에 봉기한 수령으로 원래는 제나라 귀족 출신이다. 전횡은 전담田儋, 전영田榮과 함께 제나라 땅을 점거하고 나란히 왕이 되었다. 유방이 천하를 통일한 뒤 한나라 신하를 지내지 않고 자신의 무리 500명과 함께 바다 섬으로 갔다. 유방이 사자를 보내 불러들였으나 낙양에서 30리 떨어진 역참까지 와서는 자살했다.

처가에도 돌봐줄 사람이 있습니다."

두 사람은 한바탕 크게 곡을 하고서 스스로 나무에 나란히 목을 매고 죽었다. 배에 있던 사람들은 오래도록 기다려도 화영이 오지 않자 모두들 묘 앞으로 가서 보니 오용과 화영이 목을 매고 죽어 있었다. 황급히 응천부 관료에게 보고했고 관곽을 준비하여 요아와 송강의 묘 옆에 매장했으니 동서로 네 개의 묘가 생기게 되었다. 초주 백성은 송강이 인덕과 충의를 완비했음에 감동하여 사당을 세우고 계절에 한 번 제사를 올렸는데, 마을 사람들이 기도를 올리면 감응하지 않은 적이 없었다.

요아와에 묻힌 송강이 여러 차례 영험을 드러내어 백성이 구하고자 하는 바에 모두 감응했음은 더 이상 말하지 않겠다. 한편 도군 황제는 동경의 내원內院13에 있으면서 송강에게 어주를 하사한 이후에 거듭 의심이 들었지만 송강의 소식을 알 수 없어 항상 마음에 두고 염려하고 있었다. 그러나 매일 고구와 양전의 현란한 논조에 현혹되어 현명한 이들의 벼슬길을 막고 충성스럽고 선량한 사람들을 모함하여 해치고 있었다. 그러던 어느 날 황제가 내궁에서 한가롭게 노닐다가 문득 이사사가 생각나자 내시 두 명과 함께 지하도를 통해 이사사의 후원으로 가서 방울 달린 줄을 잡아당겼다. 이사사가 황급히 황제를 영접하여 침실로 모시고 앉았다. 황제는 앞뒤 문을 모두 닫게 했다. 이사사가 화려하게 차려입고 앞으로 오자 황제가 말했다.

"과인이 근래 경미한 병이 있어 좋지 않아 신의 안도전에게 치료를 받느라, 수십 일 동안 애경愛卿14을 만나보지 못했더니 그리움이 더 심해졌구나. 오늘 이렇게 보니 짐이 기쁨을 이기지 못하겠구나!"

이사사가 아뢰었다.

13_ 내원內院: 황궁 내의 비빈이 거주하는 궁실.
14_ 애경愛卿: 군주가 신하를 부르는 애칭이다. 송나라 때는 기생집 여자의 칭호로 사용되기도 했다.

"폐하의 총애를 받게 되어 미천한 몸 더할 나위 없이 부끄럽습니다!"

이사사는 방에 술과 안주를 차려놓고 황제와 함께 술을 마시며 즐겼다. 황제는 술을 몇 잔 마신 후 심신이 피곤하여 졸음이 왔다. 그때 등촉이 눈부시게 밝혀지면서 홀연 방 안에 찬바람이 한바탕 불더니 누런 적삼을 입은 사람이 눈앞에 서 있는 것이 보였다. 황제가 깜짝 놀라 일어나며 물었다.

"넌 누구이기에 여기에 온 것이냐?"

누런 적삼을 입은 사람이 아뢰었다.

"신은 바로 양산박 송강의 부하인 신행태보 대종입니다."

"넌 무슨 까닭으로 이곳에 왔느냐?"

"신의 형 송강이 근처에 있으니, 청컨대 폐하께서는 어가를 타시고 함께 가시지요."

"경솔하게 과인의 어가를 어디로 가자는 것이냐?"

"빼어나게 아름답고 좋은 곳이 있으니, 폐하께서는 놀러 가시지요."

황제는 이 말을 듣고 일어나서 대종을 따라 후원으로 나갔는데 말과 수레가 준비되어 있었고 대종은 황제에게 말을 타고 가자고 청했다. 구름 같기도 하고 안개 같기도 한 곳이 보이고 비바람 소리가 들리더니 어느새 한 곳에 당도했다.

수증기 자욱한 수면이 끝없이 펼쳐져 있고, 구름 낀 먼 산은 은은하구나. 해와 달의 밝은 빛도 보이지 않고, 수면이 마치 하늘에 이어진 듯 푸른색 일색이로다. 온통 보이는 것은 바람에 떨리는 붉은 여뀌 꽃이요, 한들거리는 녹색의 갈대 잎사귀 가득하구나. 쌍쌍의 기러기 작은 모래톱 자갈밭 앞에서 애처롭게 울고, 짝 이룬 할미새는 시든 연잎 물가에서 지쳐 잠드누나. 빼곡히 모여 있는 서리 맞은 단풍은 떠나는 사람의 물결 같은 눈물을 칠한 듯하고, 바람 맞은 성긴 버들은 한 많은 여인이 눈살 찌푸린 듯하네. 어슴푸레한 달빛과 차디찬 별은 긴 밤의 정경이요, 서늘한 바람과 찬 이슬은 바로 늦가을이로다.

漫漫烟水, 隱隱雲山. 不觀日月光明, 只見水天一色. 紅瑟瑟滿目蓼花, 綠依依一洲
蘆葉. 雙雙鴻雁, 哀鳴在沙渚磯頭; 對對鷗鴇, 倦宿在敗荷汀畔. 霜楓簇簇, 似離人
點染淚波; 風柳疏疏, 如怨婦蹙顰眉黛. 淡月寒星長夜景, 涼風冷露九秋天.

황제가 말 위에서 경치를 구경하다가 대종에게 물었다.

"이곳이 어디이기에 과인을 이곳으로 데려왔느냐?"

대종이 산 위의 관 입구에 닦아놓은 산길을 가리키며 말했다.

"폐하께서 저곳으로 가시면 알게 되실 겁니다."

황제는 말고삐를 놓고 산을 올라갔다. 세 개의 관문 길을 지나가고 세 번째
관문 앞에 이르자 100명이 넘는 사람들이 땅바닥에 엎드려 있었다. 모두 전포
를 입고 갑옷을 걸치고 군장을 갖추고 혁대를 찼는데 황금 투구와 황금 갑옷
을 걸친 장수들이었다.

황제가 깜짝 놀라 물었다.

"경들은 모두 어떤 사람들인가?"

맨 앞에 봉황 날개의 황금 투구를 쓰고 비단 전포에 황금 갑옷을 걸친 자가
앞으로 나와 아뢰었다

"신은 바로 양산박의 송강입니다."

"과인이 경을 초주의 안무사로 삼았는데, 무슨 까닭으로 이곳에 있는가?"

송강이 아뢰었다.

"신 등은 삼가 폐하께서 충의당으로 오르시기를 청합니다. 신들이 억울하게
죽은 하소연을 자세히 말씀드리겠습니다."

황제가 충의당 앞에 이르러 말에서 내리고는 대청에 올라 좌정하자 대청 아
래에 많은 사람이 연무 속에서 엎드려 있었다. 황제가 우물쭈물하고 있는데, 앞
에 있던 송강이 계단을 올라와 앞을 향해 무릎을 꿇고는 눈물을 흘렸다. 황제
가 말했다.

"경은 무슨 까닭으로 눈물을 흘리는가?"

"신들이 비록 천병에 항거한 적이 있었지만, 평소에 충의를 다하며 터럭만큼도 다른 마음을 품은 적이 없었습니다. 폐하께서 내리신 귀순하라는 칙명을 받든 이후에 먼저 요나라를 물리치고 세 도적의 무리를 평정하면서 수족 같은 형제들 열에 여덟을 잃었습니다. 신이 폐하의 명을 받고 초주에 부임한 이래로 청렴한 관리가 되어 군사와 백성의 물건을 제멋대로 취하지 않았음을 하늘과 땅이 알고 있습니다. 그런데 폐하께서는 신에게 독주를 하사하셨고 신은 그것을 마시고 죽게 되었습니다. 신은 죽어도 아무런 유감이 없지만 이규가 원한을 품고 다른 마음으로 일어날까 두려웠기에, 신 특별히 사람을 윤주로 보내 이규를 불러 제가 직접 독주를 먹여 죽였습니다. 오용과 화영 또한 충의를 위해 신의 무덤 옆에서 스스로들 목을 매어 죽었습니다. 신들 네 명은 초주 남문 밖의 요아와에 함께 묻혀 있는데, 마을 사람들이 불쌍히 여겨 무덤 앞에 사당을 세워줬습니다. 신 등의 망령이 흩어지지 않고 이곳에 모두 모여 폐하께 평생 동안 진정이었으며 처음부터 끝까지 다름이 없었음을 하소연하니, 바라건대 폐하께서는 살펴주십시오."

황제는 그 말을 듣고 깜짝 놀라며 말했다.

"과인이 친히 사신을 보내면서 황봉어주를 하사했는데, 누가 독주로 바꾸어 경에게 하사했단 말인가?"

"폐하께서 사신을 심문해보시면, 간악하고 부정한 짓을 찾아낼 수 있을 것입니다."

황제는 세 개의 관문과 영채가 웅장한 것을 보고는 내심 가슴 아파하며 물었다.

"여기는 어디며, 경들은 어찌하여 이곳에 모여 있는가?"

송강이 아뢰었다.

"이곳은 신들이 예전에 의를 위해 모였던 양산박입니다."

황제가 다시 물었다.

"경들은 이미 죽었으니 마땅히 다른 생을 부여받으러 가야 하거늘, 무슨 까닭으로 다시 이곳에 모이게 되었는가?"

송강이 아뢰었다.

"천제께서 신들의 충의를 가련히 여기셨고, 옥황상제께서 천제의 칙명을 받들어 양산박의 토지신으로 봉하셨습니다. 저희가 이곳에 모인 것은 억울한 일을 당했으나 호소하기 어려워 특별히 대종을 시켜 도리에 맞지는 않지만 폐하를 친히 물가로 오시게 하여 저희의 충정을 간절히 알리고자 한 것입니다."

"경들은 어째서 궁궐로 와서 과인에게 명백하게 알리지 않았는가?"

"신들은 저승의 혼백인데, 어떻게 감히 궁궐에 갈 수 있겠습니까? 지금 폐하께서 궁궐을 나오셨기 때문에 도리에 맞지 않게 이곳으로 모셔온 것입니다."

"과인이 살펴보며 감상해도 되겠는가?"

송강 등이 두 번 절하며 은혜에 감사했다. 황제는 충의당을 내려와 고개를 돌려 당상의 편액을 보니 '충의당'이라는 세 글자가 크게 쓰여 있었다. 황제는 고개를 끄덕이며 계단을 내려왔다. 그때 별안간 송강의 등 뒤에서 이규가 손에 쌍 도끼를 들고 돌아나오면서 성난 목소리로 외쳤다.

"황제, 황제 네 이놈! 네가 간신 네놈의 말을 듣고서, 우리 목숨을 억울하게 죽게 했단 말이냐? 오늘 잘 만났다. 원수를 갚아야겠다!"

흑선풍이 쌍 도끼를 휘두르며 황제에게 달려들었다. 황제가 깜짝 놀라 잠에서 깨니 꿈이었다. 온몸이 식은땀으로 젖어 있었고 등촉이 환하게 비추고 있었다. 이사사는 아직 잠들지 않고 있었는데 황제가 물었다.

"과인이 방금 어디에 갔다 왔느냐?"

이사사가 아뢰었다.

"폐하께서는 베개를 베고 누워 계셨습니다."

황제는 꿈속에서 겪었던 신기한 일을 이사사에게 자세히 이야기했다. 이사사가 다시 아뢰었다.

"무릇 정직한 사람은 반드시 신이 된다고 합니다. 혹여 송강이 정말로 죽어서 폐하의 꿈속에 신령으로 나타난 것이 아니겠습니까?"

"과인이 내일 반드시 이 일을 알아봐야겠다. 만약 정말로 송강이 죽었다면 꼭 사당을 세워주고 열후烈侯에 봉해야겠다."

"정말로 열후에 봉하신다면 폐하께서 공신의 덕을 저버리지 않음을 드러내시는 겁니다."

그날 밤 황제는 탄식해 마지않았다.

이튿날 조회 때, 황제는 성지를 내려 군신들을 편전으로 모이게 했다. 하지만 채경·동관·고구·양전 등은 조회가 끝나자 황제가 송강의 일을 물어볼까 두려워 이미 궁을 나간 뒤였다. 단지 숙 태위 등 몇 명의 대신만 옆에 시립하고 있었다. 황제가 숙원경에게 물었다.

"경은 초주 안무사 송강의 소식을 알고 있소?"

숙 태위가 아뢰었다.

"신은 비록 송 안무사의 소식은 알지 못하지만, 어젯밤에 이상한 꿈을 꾸었는데 매우 기괴합니다."

"경이 이상한 꿈을 꾸었다고 하니, 과인에게 꿈 얘기를 해보시오."

"신의 꿈속에서 송강이 군장을 완전히 갖추고 갑옷과 투구로 무장하고는 사택으로 찾아왔는데 폐하께서 하사한 독주를 마시고 죽었다고 하소연했습니다. 초주 사람들이 그의 충의를 가엾게 여겨 초주 남문 밖 요아와에 매장하고 사당을 세워 사계절로 제사를 올리고 있다고 했습니다."

황제가 그 말을 듣고 고개를 위아래로 흔들며 말했다.

"참으로 이상한 일이오. 짐의 꿈과 같소이다."

황제는 다시 숙원경에게 분부했다.

"경은 심복을 초주로 보내 이 일을 세심하게 살피게 하여 급히 나에게 보고

하시오."

숙 태위가 말했다.

"알겠습니다."

숙 태위는 성지를 수령하고 궁을 나왔다. 집으로 돌아가 심복을 초주로 보내 송강의 소식을 탐문해 오게 했다.

다음 날, 황제는 문덕전에 앉아 있다가 고구와 양전이 곁에 있는 것을 보고는 물었다.

"그대들 성원은 근래에 초주의 송강 소식을 알고 있소?"

두 사람은 감히 사실대로 아뢸 수가 없어 각자 모른다고 대답했다. 황제는 의심이 들어 즐겁지 않았다.

한편 숙 태위의 심복은 초주에 가서 사실을 알아본 다음에 돌아와서는, 송강은 황제께서 하사한 독주를 마시고 죽었으며, 장례를 마친 뒤에 초주 사람들이 그 충의에 감동하여 초주 요아와의 높은 산에 매장했고, 오용·화영·이규도 함께 그곳에 매장되었고, 백성이 가련히 여겨 무덤 앞에 사당을 세우고 봄가을로 제사를 지내 신의 가호에 보답하고 있으며 경건하고 정성스럽게 제사를 받드는데 사람들이 기도를 올리면 지극히 영험하다고 보고했다. 숙 태위는 듣고 나서 황급히 심복을 데리고 대궐로 가서 천자에게 이 사실을 자세히 아뢰었다. 황제는 그 말을 듣고 슬퍼해마지 않았다. 다음 날 조회 때 천자는 크게 노하여 백관 앞에서 고구와 양전을 호되게 욕했다.

"나라를 망치는 간신들이 과인의 천하를 망치는구나!"

두 사람은 땅바닥에 엎드려 머리를 조아려 절하며 사죄했다. 채경과 동관도 앞으로 나와서 아뢰었다.

"사람의 생사는 정해져 있어 피할 수 없는 것입니다. 성원에 공문이 오지 않아 감히 함부로 아뢰지 못했습니다. 마침 어젯밤에 비로소 공문이 도착하여 신등이 아뢰려던 참이었습니다."

황제는 결국 네 간신들이 덮어 숨기는 바람에 죄를 부가하지 않고 소리 질러 고구와 양전을 쫓아내고, 어주를 주어 보낸 사신을 잡아오라 했지만 그는 초주를 떠나 돌아오다가 이미 길에서 죽은 상태였다.

이튿날 숙 태위는 편전에서 황제를 만나 재차 다시 송강의 충의와 영험을 드러낸 일을 아뢰었다. 황제는 송강의 친동생 송청에게 송강의 관작을 계승하도록 허락했다. 그러나 송청은 중풍에 걸려 관리가 될 수 없어 표문을 올려 사양하며 단지 운성현에서 농민이 되기를 원했다. 황제는 그의 효도를 어여삐 여겨 돈 10만 관과 전답 3000무畝를 하사하여 가족을 부양하게 했다. 또한 자손은 조정에서 등용하도록 했다. 후에 송청의 아들 송안평宋安平은 과거에 급제하여 관직이 비서학사秘書學士에까지 이르렀다.

한편 황제는 숙 태위의 상주에 따라 친히 성지를 적어 송강을 충렬의제영응후忠烈義濟靈應侯에 봉하고 돈을 하사하여 양산박에 사찰을 짓고 사당을 크게 건축하여 송강을 비롯하여 국가를 위한 전쟁에서 전사한 많은 장수의 신상을 화려하게 꾸며 만들게 했다. 그리고 황제는 친필로 '정충지묘靖忠之廟'라고 쓴 편액을 하사했다. 제주에서는 칙명을 받들어 양산박에 사찰을 건설하기 시작했다.

황금 못 박은 붉은 문, 옥기둥에 은으로 된 문이구나. 그림 그린 마룻대와 조각한 들보, 붉은 처마에 푸른 기와로다. 녹색 난간 낮춰 창문에 맞추고, 수놓은 발과 장막 보배로 장식한 문지방 위에 높이 걸려 있네. 다섯 칸짜리 대전 한복판엔 황제가 하사한 황금 칠한 글자의 편액 걸려 있고, 양쪽 행랑의 긴 복도에는 조정에 출입하는 재상들의 채색 그림이 있구나. 녹색 홰나무 그림자 속에 영성문欞星門 높이 솟아 푸른 구름에 이어져 있고, 청록의 버드나무 그늘 속에 정충지묘靖忠之廟는 곧장 하늘을 뚫을 듯하누나. 황금전黃金殿에는 송 공명 등 36명의 천강天罡 정장正將을 빚어 만들었고, 양쪽 복도 안에는 주무 등 72명의 지살地煞 장군들이 늘어섰네. 문 앞의 시종들은 흉악하게 생겼고, 부하 신병神

兵들은 용맹하더라. 솜씨 좋은 장인이 누대처럼 쌓은 향로에선 사계절마다 지전과 비단이 타는구나. 높이 세운 장대엔 긴 깃발 걸려 있고, 봄가을마다[15] 마을 사람들 제사지내 신의 가호에 보답하도다. 백성은 신명神明을 예로써 공경하고, 충렬제忠烈帝를 참배하며 제사를 지내누나. 만 년 동안 향화는 끝없이 바쳐질 것이고, 천 년 동안 공훈은 사기史記에 전해지리라.

金釘朱戶, 玉柱銀門. 畫棟雕梁, 朱檐碧瓦. 綠欄干低繞軒窓, 綉簾幕高懸寶檻. 五間大殿, 中懸敕額金書; 兩廡長廊, 彩畫出朝入相. 綠槐影裏, 欞星門高接靑雲; 翠柳陰中, 靖忠廟直侵霄漢. 黃金殿上, 塑宋公明等三十六員天罡正將; 兩廊之內, 列朱武爲頭七十二座地煞將軍. 門前侍從猙獰, 部下神兵勇猛. 紙爐巧匠砌樓臺, 四季焚燒楮帛. 桅竿高竪挂長旛, 二社鄕人祭賽. 庶民恭禮正神祇, 祀典朝參忠烈帝. 萬年香火享無窮, 千載功勳表史記.

또 절구絶句 한 수가 있다.

천강성 모두 천계로 돌아갔고, 지살성도 호응하여 땅속으로 들어갔네.
영원히 신이 되어 사당에 모셔지니, 만 년에 걸쳐 청사에 전해지리라.
天罡盡已歸天界, 地煞還應入地中.
千古爲神皆廟食, 萬年靑史播英雄.

이후에 송 공명은 여러 차례 영험을 드러내어 끊어지지 않고 제사를 받았다. 그리고 양산박 안에서 비를 내려달라고 빌면 비가 내리고 바람을 빌면 바람이 불었다. 초주의 요아와에서도 영험을 드러내어 그곳 백성은 대전大殿을 건설하

15_ 원문은 '이사二社'다. 여기서는 춘사春社와 추사秋社를 말한다. 봄과 가을에 토지신에 제를 올리는 것이다.

고 복도를 두 개 더 만들었으며 천자께 상주하여 편액을 하사하게 했다. 정전正殿에는 36명 정장들의 신상을 화려하게 꾸며 세우고, 양쪽 복도에는 72명 편장들의 신상을 빚어 만들어 세웠다. 해마다 제사를 지내고 만민이 무릎을 꿇고 절을 올렸는데, 지금까지도 고적이 남아 있다. 사관들이 당나라 율시律詩 형식으로 만가挽歌 두 수를 지어 애도했다.

행적 없어졌다고 하늘 원망치 말지니, 한신과 팽월 또한 멸족 당했도다.
나라에 보답하다 좌절된 날까지, 요 군주 사로잡고 방랍 격파했네.
천강성과 지살성 이미 죽었지만, 비방하며 해치는 간신들 여전하도다!
독주 마실 줄 알았더라면, 범려를 본받아 배 타고 멀리 떠나가버릴 것을.
莫把行藏怨老天, 韓彭赤族已堪怜.
一心報國摧鋒日, 百戰擒遼破臘年.
煞曜罡星今已矣, 讒臣賊子尙依然!
早知鴆毒埋黃壤, 學取鴟夷范蠡船.

또 시에 이르기를,

살아선 정鼎 늘어놓고[16] 죽어선 후에 봉해졌으니, 남자 평생의 뜻 실현되었다네.
철마는 산에 달 떴음을 알리고, 원숭이 휘파람 소리 구름 짙어지누나.
사적이 진실인지 따져서 무엇하리, 즐겁게 충성스러운 이들 화제로 삼으리라.
많은 영웅 묻힌 곳 요와아, 떨어지는 꽃잎과 우는 새 소리 슬프구나.

16_ 원문은 '정식鼎食'인데, 생활이 지극히 화려한 것을 말한다. 정鼎은 고기를 삶고 담는 용기다. 다리가 세 개인 원형과 네 개인 사각형이 있고 또한 뚜껑의 유무에 따라 구분하기도 한다. 고대에 귀족들 집에서는 정鼎을 늘어놓고 먹는다고 했다. 『사기』 「평진후주보平津侯主父열전」에 '오정식五鼎食'이란 말이 등장하는데, 풍성하게 차린 음식으로 생활이 지극히 화려한 것을 말한다.

生當鼎食死封侯, 男子生平志已酬.

鐵馬夜嘶山月曉, 玄猿秋嘯暮雲稠.

不須出處求眞迹, 却喜忠良作話頭.

千古蓼洼埋玉地, 落花啼鳥總關愁.

관승은 금나라에 대항하다 살해당했다

역사 자료에 근거하면 관승이라는 사람은 확실히 존재했고 제남濟南에서 금나라에 대항하다 살해되었다. 『금사』 「유예전劉豫傳」에 따르면 "유예는 송 선화 연간 말에 하북서로河北西路 제형提刑에 임명되었다가, 추밀사 장각張愨의 추천으로 제남지부濟南知府에 임명되었다. 당시 산동에는 도적들이 만연했기에 유예는 강남의 한 군郡으로 전임되기를 원했다. 그러나 재상이 허락하지 않았기에 매우 화가 난 상태에서 부임했다. 달라撻懶가 제남을 공격했을 때 관승이란 자가 있었는데 제남의 효장이었다. 그는 여러 차례 성을 나가 막아내며 저항했지만 유예는 결국 관승을 죽이고 성을 나가 항복했다"고 했다. 『송사』 「유예전」에서도 건염建炎 2년 (1228) 정월에 유예가 제남지부에 임명되었다고 하면서 "이해 겨울, 금나라가 제남을 공격했고 유예는 아들 유린劉麟을 출전시켰으나 금나라 군대가 성을 겹겹으로 에워쌌다. 군郡의 부장관인 장간張柬이 병력을 늘려 구원하러 오자 금나라 군대는 포위를 풀고 사람을 보내 유예를 이익으로 꾀어냈다. 유예는 이전의 징벌에 분노하여 결국 은밀히 계략을 꾸며 모반하고는 장수 관승을 죽이고 백성을 이끌고 금나라에 항복했다. 백성은 따르지 않았으나 유예는 성을 바치고 투항했다"고 했다.

네 명의 간신

본문에서는 항상 채경·동관·고구·양전을 언급하면서 '사적四賊'이라고 표현한다.

그러나 역사에 근거하면 통상적으로 채경·동관·주면朱勔·왕보王黼·양사성梁師成·이언李彦으로 '육적六賊(여섯 명의 간신)'이라 부른다. '육적'이란 말은 북송 태학생太學生인 진동陳東에서 시작되었다. 선화 7년(1125)에 휘종 조길趙佶은 금나라 군대가 도성을 압박해오자 흠종欽宗 조환趙桓에게 제위를 넘겼고 진동은 궐에 엎드려 상서를 올려 채경 등 6명을 주살하라고 주청하면서 '육적'이라 했다. 휘종 선화 7년에 이언에게 죽음이 내려졌고, 흠종 정강靖康 원년(1126)에 나머지 5명도 잇따라 죽임을 당했는데, 채경만은 담주儋州(지금의 하이난성 단저우儋州)로 좌천되었다가 가는 도중에 병사했다.

독살당한 송강

송강이 독살 당했다는 내용은 역사 자료와 송·원 시기 평화잡극에도 보이지 않으며 단지 소설가의 말일 뿐이다. 『수호전보증본』에 근거하면, 이것은 명나라 초 주원장朱元璋이 공신들을 죽인 사건을 빌어 풍자한 것이라 여기는 사람도 있다고 했다. 예를 들면 『중국 소설의 역사적 변천』에서 루쉰魯迅이 말하기를 "송강이 독약을 마시게 된 것은 명나라 초에 추가된 것이다. 명 태조는 천하를 통일한 뒤에 공신들을 의심하여 살육을 저질렀고 천수를 누린 사람이 매우 드물었다. 백성에게는 해를 입은 공신들에 대한 동정심이 일어났기 때문에 송강이 독약을 마시고 신이 된 사건을 더한 것이다. 이 또한 실상으로서는 결함이 있지만 소설이 그들을 한데 모으게 한 선례라 하겠다"고 했다.

송강과 양산박

『선화유사』에 근거하면 조개와 송강 등이 모인 곳은 태항산太行山의 양산락梁山濼이며 수호전의 산동 양산박과는 무관하다. 『송사』 「휘종본기」에 따르면 "선화 3년 2월, 회남淮南의 도적 송강이 등이 회양군淮陽軍을 침범했다"고 했고, 『송사』 「후몽전侯蒙傳」에 따르면 "송강이 경동京東을 침범하자 후몽이 상서를 올려 말하기를, '송강 이하 36명이 제위齊魏 땅에 횡행하는데 관군 수만 명이 감히 대항하지 못하고 있으니 그 재주가 필시 남보다 뛰어난 듯합니다'고 했다." 또한 『송사』
「장숙야전」에 따르면 "송강이 하삭河朔에서 일어나 10개 군郡을 돌아다니며 강
탈하고 있는데, 관군 가운데 그들의 예리함을 범하지 못하고 있다"고 했다. 이렇
듯 이들 자료에서는 모두 산동 양산박을 언급하지 않고 있다. 이것으로 보건대
조개와 송강 등이 산동 양산박에서 모인 것은 아니었다.

또한 송강의 사당은 태항산太行山, 중조산中條山, 태악산太岳山 3대 산맥이 합쳐지
는 곳에 위치해 있는데, 송·금 시기에 세워졌다.

원본 수호전 6

ⓒ 송도진

초판인쇄 2024년 6월 7일
초판발행 2024년 6월 21일

지은이 시내암
옮긴이 송도진
펴낸이 강성민
편집장 이은혜
마케팅 정민호 박치우 한민아 이민경 박진희 정유선 황승현
브랜딩 함유지 함근아 고보미 박민재 김희숙 박다솔 조다현 정승민 배진성
제작 강신은 김동욱 이순호

펴낸곳 (주)글항아리 | **출판등록** 2009년 1월 19일 제406-2009-000002호

주소 경기도 파주시 심학산로 10 3층
전자우편 bookpot@hanmail.net
전화번호 031-955-2689(마케팅) 031-941-5161(편집부)

ISBN 979-11-6909-254-8 04820
　　　979-11-6909-248-7 04820 (세트)

www.geulhangari.com